WUNDERLICH

Robert Gordian

Tod in Olympia

Roman

Wunderlich Taschenbuch

Einige Begriffe und historische Bezüge bedürfen der näheren Erläuterung. Am Schluss des Buches befindet sich ein diesbezügliches Glossar.

Originalausgabe
Veröffentlicht im Rowohlt Taschenbuch Verlag GmbH,
Reinbek bei Hamburg, August 2000

Lektorat Sabine Lammers
Umschlaggestaltung Cordula Schmidt
(Foto: Archiv für Kunst und Geschichte, Berlin /
Erich Lessing)
Satz Galliard PostScript (PageOne)
Gesamtherstellung Clausen & Bosse, Leck
Printed in Germany
ISBN 3 499 26242 8

Die Schreibweise entspricht den Regeln der neuen Rechtschreibung.

ERSTER TEIL

DER SCHIFFBRUCH

1

Wenige Tage nach der Sommersonnenwende verließ ein attisches Kriegsschiff den Hafen von Mytilene auf der ägäischen Insel Lesbos und nahm Kurs auf Korinth. Der leichte Dreidecker war bei einem Scharmützel beschädigt worden und musste im Hafen von Mytilene zurückgelassen werden. Dort nahm man sich mit der Behebung der Schäden viel Zeit. Erst nach dringenden Bitten der Athener, die neuerdings wiederum in Plänkeleien verwickelt waren und jedes Schiff brauchten, entschloss man sich auf der Werft von Mytilene, die notwendigen Reparaturen vorzunehmen und die Triëre zurückzusenden. Um die wachsamen Feinde, die Spartaner, zu täuschen, sollte sie zunächst nach Korinth gebracht werden, wo die Athener sie dann übernehmen wollten.

Im Augenblick lag die Zahl der Ruderer so weit unter der normalen Stärke, dass das Schiff bei Windstille nur mäßig schnell vorangebracht werden konnte. Zum Glück wehte seit Beginn der Reise eine kräftige Brise aus Nordost, man fuhr die meiste Zeit unter Segel. Schon am dritten Tag war die Enge zwischen Euböa und Andros passiert, Keos kam in Sicht, und am Abend hoffte man, Kap Sunion zu umschiffen.

Außer der Besatzung war eine kleine Reisegesellschaft an Bord, sechs Männer auf dem Weg nach Olympia.

Ein schlanker, quicklebendiger Alter mit weißem Haarkranz, der auf den Namen Dikon hörte, war Gymnastes und geleitete drei junge Männer, die als Läufer und Fünfkämpfer starten wollten, zum Festort. Zu ihnen gehörte als Fünfter der in ganz

Hellas bekannte Faustkämpfer Drakonides, der als erfahrener Athlet gewöhnlich ohne Betreuer reiste, sich aber diesmal seinem früheren Übungsleiter und dessen Gruppe angeschlossen hatte. Die fünf wollten ihre Inselstadt Mytilene bei den Olympischen Spielen vertreten, die in etwa vierzig Tagen am heiligen Ort, im Tal des Flusses Alpheios, beginnen würden. Dass sie schon jetzt unterwegs waren, hatte seinen Grund in den strengen gesetzlichen Bestimmungen über die Teilnahme an den Spielen. Wer nicht einen Monat vor der Eröffnung in Elis, dem Hauptort des Veranstalterlandes, zur Prüfung und zu den vorbereitenden Übungen erschien, wurde zum Wettkampf nicht zugelassen.

Der sechste Reisende war ein schöner, vornehmer Herr mit schwarzem Lockenhaar und prächtigen Zähnen, der sich Pherenikos nannte. Er war zwar in Mytilene an Bord gegangen, kam aber angeblich von Rhodos. Auch er wollte nach Olympia, wohin ihm ein junger Athlet, den er zu Hause betreute, vorausgereist war. Zu seinen Reisegefährten wahrte er Abstand, nur mit Drakonides knüpfte er ab und zu ein Gespräch an. Gewöhnlich aber stellte er seinen Klappstuhl neben dem des Kapitäns auf und saß dort im reich gefältelten Stutzermantel, den breitkrempigen Petasos auf dem Kopf, die langen Beine übereinander geschlagen, schweigend oder behaglich plaudernd.

Es war Mittag, die Sonne stand im Zenit. Der Himmel war klar, nur am Horizont zeigten sich einige Wolken. Auf den Bänken zu beiden Seiten des Oberdecks dösten die Ruderer. Einige der bärtigen und fast nackten Gestalten hockten im Kreis auf den Decksplanken und unterhielten sich beim Knöchelspiel.

Der Kapitän, ein beleibter Mann, saß träge neben dem Hauptmast auf seinem Klappstuhl und winkte immer wieder einem Sklaven, der dann sogleich unter Deck verschwand und mit einer Kanne gekühlten Weins wieder auftauchte. Von Zeit zu Zeit ließ sich auch Pherenikos den Becher mit dem erfrischenden, stark mit Wasser verdünnten Getränk füllen. Für die Athleten hingegen gab es kein Ausruhen. Dikon war unermüdlich im Erfinden von Übungen, mit denen er die beiden Läufer auf dem schmalen Schiffsdeck beschäftigte. Sein dritter Schützling, der Fünfkämpfer, wartete dagegen nicht erst auf Anweisungen. Mehrmals schon hatte er den Hauptmast erklettert, um an der Rahe zu turnen. Dann wieder war er auf Händen über das Deck gelaufen. Einmal hatten alle erschrocken gesehen, wie er plötzlich mit einer Hand an dem eisernen Balken des Bugs gehangen hatte und in Gefahr geraten war, hinabzustürzen und von dem Rammsporn am Kiel der Triëre aufgespießt zu werden. Er war der Liebling der Schiffsbesatzung, weil er für Unterhaltung sorgte.

Auch jetzt hing er an der Rahe und machte Klimmzüge.

«Der Bursche hat Mut, das muss man ihm lassen», sagte der behäbige Schiffsführer. «In seinem Alter war ich genauso.»

«Er könnte Olympiasieger werden», bemerkte Pherenikos sachkundig, mit seiner hellen, klangvollen Stimme. «Zuzutrauen wäre es ihm.»

«Dieser Tollkopf!», murmelte Dikon, der zu spät auf den jungen Fünfkämpfer aufmerksam wurde. Die Hände zum Trichter formend, rief er hinauf: «Komm herunter, Ephialtes! Ich hab es dir verboten!»

Doch der junge Mann hörte nichts oder wollte nichts hören. Er machte einen Aufschwung und setzte sich auf den Rahbalken, unter dem sich das Segel blähte.

Drakonides, der Faustkämpfer, war nicht so eifrig. Ein Mann wie er konnte sich schon auf seine Erfahrung verlassen, die er in unzähligen Kämpfen auf den Festplätzen und in den Stadien gesammelt hatte. Er war von riesigem Wuchs, über sechs Fuß hoch, und an seinen langen, von Muskelbergen geschwellten Armen hingen die Fäuste wie schwere Felssteine. Sein Gesicht war mit Narben bedeckt, das Haupthaar noch schwarz, doch der Bart begann zu ergrauen. Narben spalteten seine wulstigen Lippen, sein Nasenbein war gebrochen, sein Gebiss hatte Lücken. Seine Augen aber, die jung und scharf waren, blickten heiter und feurig.

Zweimal am Tage befestigte er den Korykos, den mit Körnern gefüllten Ledersack, an dem kleineren, etwas nach vorn geneigten Bugmast und schlug mit den riemenbewehrten Fäusten auf ihn ein. Aber an diesem Tag war er lustlos und auch der Korykos schien nur widerwillig den Stößen und Schlägen zu weichen, zumal der seit einer Stunde stärker werdende Wind von der anderen Seite drückte.

Pherenikos erhob sich und kam langsam näher.

«Ich fürchte, du machst die Reise umsonst», sagte er spöttisch. «Deine Schultern sind steif und deine Beine zu langsam.»

Drakonides ließ die Fäuste sinken und lachte.

«Und du bist lästig und hartnäckig wie ein Fliegenschwarm. Willst du mir wieder deine Ratschläge aufdrängen?»

«Du tätest gut daran, sie dir anzuhören. Nicht jeder hat das Glück, sie umsonst zu bekommen.»

«Ah, ich vergaß ja, du bist ein berühmter Gymnastes.»

«Noch bin ich es nicht. Doch ich werde es sein. Wenn mein Zögling Olympiasieger geworden ist.»

«Erspare mir deine Prahlerei!» Drakonides lachte wieder verächtlich. «Du willst Ausbilder eines Faustkämpfers sein? Wenn jemand ein so feines Gesicht hat wie du, dann hat er wohl niemals Bekanntschaft mit den Riemen gemacht.»

«Du hast Recht, wenn du damit sagen willst, dass ich die Riemen niemals angelegt habe. Trotzdem verstehe ich mehr vom Faustkampf als mancher alte Palästralöwe. Und ich glaube, auch du könntest noch von mir lernen.»

«Es ist besser, du gehst mir aus den Augen. Ich habe genug von deinem Geschwätz!»

«Immerhin scheint dir ja mein Gesicht zu gefallen», sagte Phe-

renikos, wobei er lächelte und den Hut ein wenig zurückschob.
Mit einem Ruck hob Drakonides das Kinn und starrte ihn an. «Du willst mir wohl noch etwas anderes anbieten», knurrte er böse. «Nicht nur dein Wissen über den Faustkampf!»
Der Mann aus Rhodos lächelte immer noch.
«Wenn du auf das andere Wert legst», sagte er leise, mit einer lässigen Geste, «wäre ich nicht abgeneigt.»
«Genug! Lass mich endlich in Frieden.»
Die Unterredung hatte den Faustkämpfer wütend gemacht und wieder schlug er auf den Korykos ein.
Pherenikos trat ein paar Schritte beiseite, sah ihm aber weiterhin zu.
Drakonides spürte den spöttischen Blick und plötzlich empfand er das Bedürfnis, seinen Zorn an einem ebenbürtigen Gegner auszulassen. Er wandte sich den Seeleuten zu, die sich immer im Vorderteil des Schiffes versammelten, wenn er übte.
«Faules Gesindel!», rief er. «Hat keiner den Mut, einen Kampf zu wagen? Ihr wollt Seeleute sein? Schwächlinge, Feiglinge seid ihr! Geht zu den Weibern in die Spinnkammer!»
Gelächter antwortete ihm. Drakonides spie verächtlich aus und wollte sich wieder dem Korykos zuwenden. Er hatte schon mehrmals glücklos versucht, einen Übungspartner zu finden.
Zu seiner Überraschung erhob sich aber jetzt einer und sagte: «Komm her, du Großmaul, ich werde es dir zeigen! Wollen doch mal sehen, ob nicht du es bist, der in die Spinnkammer gehört!»
Drakonides war einen Augenblick starr vor Staunen über die Frechheit dieser Anrede. Dann rief er: «So sprichst du mit einem Sieger der Isthmischen Spiele? Bei Styx! Wahrhaftig, das sollst du bereuen! Wenn du nach Hause kommst, wird deine

eigene Mutter dich nicht wieder erkennen! Beeile dich, lege die Riemen an!»

Er warf dem Matrosen zwei Bunde Faustkampfriemen hin, die er als Ersatz bei sich trug. Der Mann, den seine Kameraden heftig ermunterten, stieß sie jedoch mit dem Fuß weg.

«Nicht nötig! Ich erledige dich auch so.»

Er war ein untersetzter Bursche mit breiten Schultern und muskelbepackten Armen und Beinen, aber etwas einfältigen Zügen. Der Beifall der anderen, den er wohl sonst entbehren musste, machte ihn tollkühn.

Drakonides zögerte nicht, riss mit den Zähnen die Knoten an seinen Handgelenken auf und streifte die Riemen ab. Die Nachricht, dass es einen Kampf geben werde, hüpfte von Ruderbank zu Ruderbank bis ans Heck. An die zwanzig Männer erhoben sich und schlenderten herbei, sogar aus dem Innern des Schiffsraums kamen einige herauf. Der Keleustes, der die Ruderer kommandierte, trieb sie zurück, damit das Schiff nicht zu einseitig belastet wurde, und sie lagerten sich in einiger Entfernung.

Auch Dikon wurde aufmerksam, sah herüber. Er ließ seine beiden Athleten stehen und eilte herbei.

«Was machst du da, Drakonides?»

«Ich bereite mich vor. Auf einen Übungskampf.»

«Ohne Riemen? Bist du verrückt? Du wirst dir die Knöchel verletzten! Die Handgelenke verstauchen!»

«Ja, wenn der Bursche aus Eisen wäre.»

«Er will uns beweisen, dass er ein Heros ist», sagte Pherenikos lachend zu Dikon. «Ratschläge sind an ihn verschwendet.»

Drakonides warf ihm nur einen finsteren Blick zu und dachte: Dir zeig ich's, Kinäde! Wart's ab, als Nächster kommst du selber dran. Dir verbläue ich dann so regelwidrig den Hintern, dass du mit dem nicht mehr locken kannst!

Der Matrose, der wie Drakonides nur einen Lendenschurz

trug, kam näher. Er hatte eher den plumpen Körperbau eines Ringers, mit fleischigen Lenden und dicken Schenkeln. Kein Zweifel, dass er dem erfahrenen Faustkämpfer, der überdies einen Kopf größer war, unterlegen sein musste. Aber die Anfeuerungsrufe seiner Kameraden trieben ihn vorwärts, machten ihm Mut.

«Gib's ihm, Lykon!»

«Du bist der Stärkere!»

«Hau ihn platt! Mach aus ihm eine Decksplanke!»

«Mach ich!», schrie Lykon. «Passt auf, wie ich's mache! Ihr werdet's gleich sehen!»

Auch der Kapitän schob sich jetzt in den Kreis der dicht gedrängt sitzenden Zuschauer.

Dikon breitete verzweifelt die Arme aus.

Der Einzige, den der Kampf nicht zu interessieren schien, war Ephialtes. Er hatte nun fast die Spitze des Mastes erklommen. Am Himmel über ihm zogen grauschwarze Wolken heran. Noch verdeckten sie aber nicht die Sonne.

Drakonides streckte die Linke mit der geöffneten Handfläche zur Verteidigung vor und begann, auf der Stelle zu tänzeln. Die Rechte mit der geballten Faust hielt er schlagbereit.

«Na, komm schon, du Hundefloh!», rief er. «Greif an!»

Auch Lykon streckte die Linke vor und trat auf ihn zu. Drakonides wich aus und ging zurück. Der Raum war eng, schon hatte er den Bugmast im Rücken. Lykon ging mit und schlug einen Haken, der aber ins Leere traf. Drakonides machte nun eine Vierteldrehung und schwang plötzlich die Rechte heraus nach dem Kinn des Gegners. Lykon warf zwar den Kopf zur Seite, doch wäre der Kampf schon zu Ende gewesen, wenn Drakonides gewollt hätte. Der Matrose hatte auf seinen schweren Füßen die Vierteldrehung nicht mitgemacht und wäre gleich voll getroffen worden. Aber der Faustkämpfer wollte den Kampf in die Länge ziehen, die Gelegenheit, einen

Übungspartner zu haben, nicht so flüchtig vorbeigehen lassen. So stoppte er kurz vor dem Ziel die Faust und ließ sie sinken. Ein flüchtiger Blick überzeugte ihn, dass Pherenikos das Manöver durchschaut hatte. Doch das anerkennende Nicken des Schönlings ärgerte ihn und er spie durch eine Zahnlücke aus. Die Seeleute gingen lebhaft mit, feuerten ihren Kameraden an.

«Vorwärts, Lykon!»

«Nicht nachlassen!»

«Gib's ihm!»

Die Kämpfer drehten sich jetzt im Kreise. Jeder deutete Schläge an, vermied aber Treffer. Der Matrose, der keine Aussicht hatte, bei dem größeren Gegner einen Schwinger zu landen, versuchte mehrere Haken, streifte jedoch nur den Kopf. Doch da er selbst nichts einstecken musste, wurde er mutiger. Er wuchtete seine Faust auf den entgegengestreckten Arm des Gegners und versuchte mit aller Kraft, ihn herunterzudrücken. Drakonides hielt stand. Lykon nahm auch die Linke zu Hilfe, drückte mit dem ganzen Gewicht seines Körpers.

Da ließ Drakonides auf einmal den Arm fallen und sprang zur Seite.

Von der Wucht seines Körpers wurde der Matrose nach vorn geworfen. Er machte drei, vier taumelnde Schritte. Krachend schlug sein Kopf gegen den Mast.

Die Zuschauer schrien auf. Einige lachten. Sie sahen ein, dass Lykon ein Opfer seiner blinden Angriffswut war. Auch der Schiffsführer schlug sich die Schenkel. Nur Dikon blickte noch immer besorgt.

Auf den Turner an der Spitze des Hauptmastes achtete niemand. Unter ihm blähte sich das Segel, über ihm jagten Wolken heran. Doch der Wind schien ihn nicht zu stören, er schickte sich an, einen Handstand zu machen.

Lykon rieb sich die schmerzende Stirn und starrte wütend auf

Drakonides, der wieder die Linke hoch nahm und ihn mit spöttischem Grinsen lockte. Lykon stürmte los, mit erhobenen Fäusten. Drakonides wollte abermals ausweichen, doch da spürte er plötzlich, wie der Boden unter ihm wegglitt. Er fiel hart auf die Planken und rutschte ein Stück zur Seite. Bei dem stärker werdenden Wellengang hatte das Schiff zu schwanken begonnen. Doch das schien niemand zu bemerken. Die unerwartete Wendung des Kampfes nahm aller Aufmerksamkeit gefangen. Die Zuschauer interessierte jetzt nur, wie der Athlet sich aus seiner bedrohlichen Lage befreien würde.

«Jetzt hast du ihn, Lykon!»

«Los, weiter!»

«Schlag zu, mach ihn fertig!»

«Die Rechte zum Kopf!», schrie Pherenikos dem Faustkämpfer zu. «Links stütze dich auf!»

Schon war Lykon bei Drakonides und schlug auf ihn ein. Der folgte fast unbewusst der Weisung, schützte den Kopf mit der offenen Rechten und versuchte, sich mit der Linken aufzustützen. Es gelang nicht, er musste weitere Hiebe abwehren.

Die Seeleute waren jetzt wieder ganz auf der Seites ihres Mannes. Ihr Geschrei übertönte das Brausen des Windes und das Rauschen des Wassers.

Da rollte sich Drakonides herum und sprang auf. Ein durch die Bewegung des Schiffes verzogener Schwinger streifte nur den Kopf des Matrosen, der dennoch wie gefällt auf den Rücken fiel. Einige Seeleute eilten hinzu und wollten, ohne sich um die Wettkampfregeln zu kümmern, dem Gestürzten wieder aufhelfen. Der aber machte keine Anstalten, sich zu erheben.

Er blickte nur mit aufgerissenen Augen nach oben und stammelte: «Seht doch mal ... dort!»

Auf der Spitze des heftig schwankenden Hauptmastes erhob sich, auf einen gestreckten Arm gestützt, der schlanke Körper des Ephialtes. Der Kopf war dem Schiff zugewandt, die Füße

schienen die Wolken zu pflügen. Es waren graue, düstere Sturmwolken, die das Blau des Mittagshimmels schon fast verdeckten.
«Beim Zeus!», schrie Dikon. «Er hat den Verstand verloren!»
Die beiden Faustkämpfer waren vergessen. Alle starrten gebannt nach oben. Als sei er mit dem Mast verwachsen, schwankte der Jüngling vor dem wilden Gewölk hin und her.
«Er bringt sich um!», rief Pherenikos. «Ihr Götter, helft ihm!»
Dikon stieß ein paar Männer beiseite und eilte mit stolpernden Schritten zum Hauptmast.
«Was willst du denn tun?», schrie Drakonides ihm nach.
«Ich hol ihn herunter! Er schafft's nicht allein!»
In diesem Augenblick fuhr eine Bö in das Segel und blähte es so heftig, dass der Mast einen Stoß erhielt. Das Holz glitt unter der Hand des jungen Mannes hinweg und der Körper schien in der Luft zu stehen. Dann fiel er steil herunter. Doch mitten im Fall, auf halber Höhe des Mastes, krümmte er sich zusammen, drehte sich, streckte sich wieder, schnellte hart jenseits der Bordwand hinab und verschwand im Wellenschaum.
Der heftige Windstoß hatte an Bord beträchtliche Verwirrung angerichtet. Viele, die zu selbstvergessen hinaufgestarrt hatten, wurden umgerissen und kugelten über die Planken. Aber noch immer schien man sich der Gefahr nicht bewusst zu sein. Die Gedanken waren jetzt auf die Rettung des jungen Athleten gerichtet, der in den drei Tagen zum Liebling aller geworden war.
«Ein Tau!», schrie der Kapitän. «Werft ihm ein Tau zu!»
Der Jüngling tauchte auf und eine Woge trug ihn heran und warf ihn fast auf das Deck. Doch bevor er das Tau zu packen bekam, riss sie ihn fort, weit hinaus. Er verschwand und kam erst nach einer Weile wieder zum Vorschein. Aber nur noch für einen Augenblick.

«Unglücklicher!», jammerte Dikon. «Zu sehr hast du das Schicksal herausgefordert!»
Wieder ergriff eine Sturmbö das Schiff. Eine mächtige Woge riss Dikon herum, spülte ihn über das Deck und warf ihn gegen eine Ruderbank.
Mit ächzenden Spanten legte das Schiff sich auf die Seite. Inzwischen war es fast dunkel geworden.

2

Erst jetzt begriffen die Seeleute, dass sie von einem Unwetter überrascht worden waren.
Als sie arglos dem Faustkampf zusahen und die akrobatische Glanzleistung bestaunten, hatte es sich wie ein tückisches Raubtier herangeschlichen. Nun fiel es brüllend und mit zerstörerischer Gewalt über sie her.
Es war zu spät, das Segel einzuziehen und den Hauptmast niederzulegen. Vergebens schrie der Kapitän seine Befehle, das Sturmgeheul übertönte seine Stimme. Jeder suchte nur seine Haut zu retten und auf dem schlingernden Deck einen Halt zu finden.
An der rechten Bordwand splitterte krachend eines der Steuerruder. Nun war die Triëre den Elementen fast hilflos ausgeliefert. Mit geblähtem Segel trieb sie dahin.
Drakonides hatte sich auf eine Ruderbank geworfen und klammerte sich an den Scharten fest, die für die Riemen bestimmt waren. Nicht weit von ihm kauerte der Matrose, der mit ihm gekämpft hatte, an der Bordwand, hob flehend die Hände zum Himmel und betete laut. Eine Sturzwelle stieß wie ein Habicht auf ihn herab, packte ihn, riss ihn über Bord.
Der Sturm griff jetzt von der anderen Seite zu und schob die Triëre in östliche Richtung. Wenn sie aus einem Wellental in die

Höhe getragen wurde, sahen die Männer mit Schrecken die schwarzen Umrisse des Eilands, auf das sie zutrieben. Das mussten die felsigen Küsten von Keos oder von Andros sein.
Mit ohrenbetäubendem Krachen riss das Segel, und gleich darauf knickte der Hauptmast ein und stürzte aufs Achterdeck. Auf der Stelle erschlug er mehrere Männer. Aus dem Dunkel der Woge, die die Getroffenen über Bord spülte, leuchtete flüchtig der weiße Haarkranz des Dikon.
«An die Riemen!», schrie der Keleustes.
Die Männer ahnten den Befehl mehr, als sie ihn hörten. Sie wussten, was jetzt zu tun war. Alles stürzte zu den Ruderbänken und fasste die Riemen.
Es war ein Glück, dass das Segel, mit dessen Hilfe der Sturm sie hätte ungehemmt forttragen können, gerissen war. Jetzt gab es Hoffnung, das Schiff unter Kontrolle zu bringen, aber man musste aus dem Gefahrenbereich der Felsen und Klippen gelangen.
Der Trièraules, der Flötenspieler, klammerte sich mit einem Arm an den Maststumpf. Mit der freien Hand hielt er die Flöte, auf der er schrille, rhythmische Töne hervorbrachte. Die Männer begannen, nach Leibeskräften im Takt zu rudern.
Auch Drakonides hatte einen Riemen ergriffen. Schaumspritzer trafen ihn in die Augen und machten ihn fast blind. Doch sein muskelbepackter Körper spannte sich, und seine Arme zogen die langen Hölzer kraftvoll durch die Fluten. In der Nähe, am Bugmast, hing noch der Korykos, schwang hin und her.
Die Triëre stach durch das Wellengebirge. Auf jeder Seite schnitten Reihen langer Riemen die Flut. Die dunkle Masse des Eilands kam näher.
Auf die Ruderbank vor dem Faustkämpfer war Pherenikos geschleudert worden. Sein Petasos zerrte an den Bändern, mit denen er unter dem Kinn befestigt war, riss sich los, flog davon, tanzte weit hinten auf den Wellen. Drakonides sah mit

vom Schaum verschleierten Blicken den bloßen Rücken, an dem nur noch Fetzen des kostbaren Mantels hingen. Im Nacken klebten die schwarzen Löckchen. Weit beugte sich Pherenikos beim Rudern vor und zurück, zog den Riemen durch.

Der Kerl hat ja Schneid!, dachte Drakonides flüchtig. Das hätte ich ihm nicht zugetraut ...

Plötzlich ein Krachen, Knirschen und Splittern. Die Triëre streifte ein Felsenriff. Eine Reihe der Ruder wurde abgemäht, Holz wirbelte hoch in die Luft.

Nun gab es keine Hoffnung mehr, das Schiff mit menschlicher Kraft zu retten. Es torkelte durch das Gebirge der Wellen, aus dem beutelüstern die schwarzen Klippen hervorstachen.

Nur tollkühne Schwimmer hatten jetzt noch geringe Aussicht, das Land zu erreichen. Drakonides sprang auf und warf sich über Bord in den Rachen der nächsten Woge, die ihn mit ihren spitzen Schaumzähnen packte und gierig verschlang.

Einige Seeleute folgten ihm.

Als der Faustkämpfer auftauchte, sah er, wie einer der Männer vom Wasser emporgehoben und gegen die Schiffswand geschleudert wurde. Er bekam den Körper, der abprallte, zu packen. Über ihnen begann es Balken und Planken zu regnen, das Schiff war auf einer Klippe zerborsten. Drakonides spürte einen scharfen Schmerz, eines der hölzernen Geschosse hatte ihn getroffen.

Aufbrüllend ließ er den Körper los, der in ein Wellental hinabglitt. Bevor über ihm das Wasser zusammenschlug, erkannte Drakonides noch das entsetzte Gesicht.

Es war Pherenikos.

Das Land war jetzt nahe. Es zog die turmhohen Wogen an, die die Schiffbrüchigen mit sich fortrissen. Plötzlich spürte Drakonides körnigen Grund. Er versuchte, sich aufzurichten und auf die Füße zu kommen. Aber die Gegenströmung packte ihn, wirbelte ihn wie toll herum. Spitze Steine schlugen ihm ins Ge-

sicht, sein Mund füllte sich mit Sand, er war dem Ersticken nahe. Mit beiden Armen suchte er sich aus dem Sog zu befreien und an die Oberfläche zu kommen.
Es gelang ihm, und eine neue Welle trug ihn jetzt weit mit sich fort und warf ihn ans Ufer. Er kroch ein Stück weiter. Die nächste Welle sprühte noch ihren Schaumregen über ihn hin. Die übernächste leckte seine Füße.
Drakonides wälzte sich auf den Rücken, dehnte den mächtigen Brustkorb und stieß einen rauen, tierhaften Schrei aus.
Gerettet!

3

Als Drakonides erwachte, fand er sich in einer schmalen Grotte, deren Eingang den Blick auf das Meer freigab.
Es war heller Tag. Friedliche weiße Wolken zogen am Himmel. Das eintönige Rauschen der Wellen war zu hören, die in der Nähe den Strand bespülten.
Er richtete sich auf und wollte wie immer beim Erwachen ein paar Geraden und Haken in die Luft schlagen. Aber ein zuckender Schmerz in der linken Schulter ließ ihn das Vorhaben aufgeben. Er starrte auf das geronnene Blut, und erst allmählich begriff er, was geschehen und wie er an diesen Ort gekommen war.
Nachdem ihn die Wellen ans Ufer geworfen hatten, war er ein Stück den Strand hinaufgekrochen, um nicht zurückgerissen zu werden. Und später hatte er Schutz vor den Regenfluten gesucht und sich in diese Grotte geflüchtet.
Er war nackt. Der Lendenschurz, den er an Bord des Schiffes getragen hatte, war verloren gegangen. Sein Körper war über und über mit Algen bedeckt.
Ächzend erhob er sich und trat gebückt aus der Grotte. Er be-

fand sich in einer geräumigen Bucht, deren steiniger Strand zu spärlich bewaldeten Hügeln anstieg. Weit draußen im Meer ragten die Klippen, an denen das Schiff zerschellt war.

Ringsum waren die Spuren des Unwetters zu sehen. Ein paar Bäume waren geknickt, unzählige Meerestiere ans Ufer geschleudert.

Drakonides stieg zum Wasser hinab.

Er fand ein paar angeschwemmte Bretter und ein Stück vom Rahbalken, an dem noch ein Tauende und ein paar Leinwandfetzen hingen. Das waren die Reste des stolzen attischen Schiffes.

Bei diesem Anblick verließ Drakonides die Hoffnung, er könne noch irgendetwas von seiner Habe wiederbekommen. Sein Festgewand, seine Faustkampfriemen, sein Geld, sein Empfehlungsschreiben – alles war verloren. Nackt und mittellos, wie er war, musste er eine menschliche Siedlung suchen und dort um Hilfe bitten. Vielleicht gelang es ihm dann, im nächsten Hafen ein Schiff zu finden, mit dem er die Reise fortsetzen konnte. Allerdings war es unwahrscheinlich, dass er Elis noch pünktlich erreichen würde. Aber so weit mochte er jetzt noch nicht denken. Seine Lage war alles andere als rosig, und dennoch überkam ihn plötzlich ein heißes Gefühl der Freude, dass er am Leben geblieben war.

Er streckte die Arme aus, sog in tiefen Zügen die Luft ein und begann mit heiserer Stimme ein Lied zu singen, irgendeines, das ihm gerade in den Sinn kam.

«Herz, mein Herz, vom Brandungsgischt heillosen Kummers überspült, tauch empor …»

Lange schweifte sein Blick über das Meer und den Strand.

Er erinnerte sich an den Faustkampf mit dem Matrosen, der ohne Sieger geblieben war. Sein Gegner lag jetzt wohl auf dem Meeresgrund. Aber was war aus seinen Freunden geworden? Dikon war tot, ganz ohne Zweifel. Jedoch die anderen …

Er dachte auch an Pherenikos, diesen nicht mehr ganz jungen, doch wohlgestalteten, eigenartigen Mann, der ihn mit Reden und Blicken herausgefordert hatte. Drakonides hatte ihn retten wollen und es wäre ihm vielleicht auch gelungen, wenn ihn nicht die Planke getroffen und das Meer ihm die Leute noch entrissen hätte. Nur eine vage Erinnerung hatte er an den winzigen Augenblick, als im Wasser der nackte Körper des Pherenikos gegen den seinigen gepresst war. Fast schien es ihm, als habe er da so etwas wie Lust empfunden. Aber das mochte nur eine Sinnestäuschung in Todesgefahr gewesen sein. Vielleicht war Pherenikos dabei auch schon nicht mehr am Leben, er war ja vorher gegen die Schiffswand geprallt. Was konnte Drakonides noch für ihn tun? Die Moiren, die das Schicksal bestimmten, hatten nun einmal beschlossen, den Lebensfaden dieses Menschen abzuschneiden.

Aber es musste Überlebende geben – vielleicht jenseits der Bucht. Drakonides beschloss, sich auf die Suche zu machen. Leichter und sicherer würde es sein, sich auf diesem fremden Eiland durchzuschlagen, wenn man in Gesellschaft war. Ein Mann allein und waffenlos konnte, auch wenn er stark und beherzt war, leicht in eine gefährliche Lage geraten. Überall auf den Inseln ringsum gab es Seeräubernester. Ein Umherirrender war schnell eingefangen und in Fesseln geschlagen, um später auf einem der Sklavenmärkte verkauft zu werden.

Wieder spürte er den Schmerz in der Schulter. Die Wunde war handbreit und tief ins Fleisch gerissen, aber sie war nicht gefährlich. Mit seinen harten, geübten Fingern tastend, stellte Drakonides fest, dass der Knochen unverletzt war. In acht bis zehn Tagen würde alles verheilt sein und er würde wieder seine Übungen aufnehmen können. Aber der Kranz vom heiligen Ölbaum war wohl auch diesmal verloren …

Er machte sich von den Resten des Segels einen Schurz und befestigte ihn mit einem Strick, den er aus dem Tauende herauslöste. Das Stück Rahe war gerade so dick und so lang, dass es in der Faustkämpferhand einen tüchtigen Knüppel hergab. So ausgerüstet, machte Drakonides sich auf den Weg. Er ging in die Richtung, wo er nach der Lage der Klippen am ehesten Aussicht hatte, auf Überlebende zu stoßen.

Er hatte kaum zwei Stadien zurückgelegt, als er in einer Erdmulde einen Toten entdeckte.

Das Gesicht war dem steinigen Boden zugewandt, der schmale Körper über und über mit grünlichem Schlamm bedeckt. Als Drakonides ihn umdrehte, erkannte er einen jungen Ruder-sklaven. Lange betrachtete er die im Schrecken erstarrten Züge. Es war nur ein Unfreier, doch ihn so liegen zu lassen, brachte Drakonides nicht fertig. Er kratzte mit den Händen noch etwas Sand aus der Grube, damit sie tiefer wurde, und warf ihn dann auf den Toten. Schließlich errichtete er einen kleinen Hügel aus Steinen.

«Ein Totenopfer kann ich dir leider nicht bringen», murmelte er.

Es bedrückte ihn, dass er auch nicht die kleinste Münze besaß. So musste er diesen Armen begraben, ohne ihm Geld für Charon zu geben, den Fährmann der Unterwelt, der ihn über den Acheron bringen musste. Vielleicht macht er es bei ihm umsonst, dachte Drakonides, er wird wohl auch nicht der Einzige sein, der keinen Obolos hat, wenn er dort ankommt.

Nach weiteren vier Stadien erreichte der Faustkämpfer das Ende der Bucht. Es lief in eine schmale Landzunge aus, hinter der sich eine zweite, viel kleinere Bucht auftat.

Ein Fischerboot lag am Strand und eine einfache schilfgedeckte Lehmhütte lehnte sich an einen Felsen. Vor ihr hockte ein weißbärtiger Alter, mit dem Flicken eines Fangnetzes beschäftigt. Die Arbeit ruhte in seinen Händen. Misstrauisch und ängstlich blickte er dem riesenhaften, knüppelbewehrten Fremden entgegen, der vom Strand her auf ihn zukam.

Ein struppiger Knabe, acht, neun Jahre alt, der in der Nähe am Wasser gespielt hatte, lief von der anderen Seite herbei.
«Chaire, Großvater!», sagte Drakonides.
«Chaire, Fremder.»
«Wo bin ich hier?»
«Auf Andros, in der Nähe von Gaurion.»
«Ist es weit bis zum nächsten Hafen?»
«Sechzig Stadien. Du bist wohl von dem Schiff, das in die Klippen geraten ist? Jaja ... das war ein Unwetter. So etwas erlebt man nur einmal im Jahr.»
«Hast du sonst niemand gesehen, der sich retten konnte?»
«Es war ja so finster und der Wind kam von Westen. Wer schwimmen musste, wurde in die andere Richtung getrieben. Aber du bist ja verletzt ...»
«Nicht der Rede wert. Kannst du mich aufnehmen? Kurze Zeit nur, ich werde dir nicht viel Mühe machen. Bin Faustkämpfer, will nach Elis und dann nach Olympia.»
«Götter!», rief der Alte und sprang freudig auf. «Was für eine Ehre für mich und mein ärmliches Haus! In Olympia war ich noch nie und ich habe noch niemand gesehen, der dort um den Kranz kämpfen wollte. Poseidons Zorn, der dich stranden ließ, hat mir also Gutes gebracht. Komm, Myrrhinos», sagte er zu dem Jungen, indem er ins Haus eilte, «holen wir Fladen und Fisch herbei! Bewirten wir unseren Gast und richten wir ihm ein Lager!»
Drakonides musste sich beim Eintritt in die niedrige Hütte tief bücken. Auf einen Wink des Fischers brachte der Junge einen Krug Wasser und der Gestrandete trank gierig. Dann verschlang er einige Fladen und Fische. Der Alte, er hieß Battos, bemühte sich eifrig um den Gast, dessen Schicksal ihn neugierig machte. Er füllte auch einen Becher mit Wein und begann ein Gespräch mit Drakonides, der währenddessen die Wunde säuberte.

Der Junge hielt sich respektvoll abseits, ließ aber keinen Blick von dem Fremden. Drakonides rief ihn schließlich heran.
«Du ... komm her! Na komm schon, ich tu dir nichts.»
Zögernd näherte sich der Junge.
«Kennst du das Wollkraut?»
Der Junge nickte.
«Auch Felsenpfeffer? Und Brunnenkresse ... kennst du die auch?»
Jedes Mal bejahte der Junge.
«Myrrhinos kennt alle Pflanzen und Tiere», sagte der Alte. «Er ist klug und weiß sehr viel für sein Alter.»
«Hol mir das alles!», befahl Drakonides und fügte, an Battos gewandt, hinzu: «Sonst hab ich das bei mir ... für alle Fälle. Wenn du vielleicht etwas Honig hättest ... Ich könnte mir eine Salbe kochen.»
Der Junge entfernte sich mit dem Korb.
«Bringe auch etwas Rinde vom wilden Feigenbaum!», rief Drakonides ihm nach. Er nahm den Krug und goss nochmals Wasser auf die bereits gereinigte Wunde.
«Wenn du dich auf so was verstehst ... dann bist du wohl oft im Krieg?», fragte der alte Fischer.
«Das war ich, Großvater», erwiderte Drakonides. «Früher, als ich ein junger Raufbold und Schlagetot war. Da bin ich als Söldner umhergezogen. Unter Iphikrates. Hast du von dem mal gehört?»
Der Alte verneinte.
«Das war in Athen und ist lange her», sagte Drakonides nachdenklich.
«Und jetzt bist du also Faustkämpfer.»
«Ja. Und wenn ich nicht bald schon von hier fortkomme ... dann wird es auch diesmal nichts mit dem Olympiasieg.»
«Da müsstest du es wohl in vier Jahren noch einmal versuchen.»

«In vier Jahren?» Drakonides stieß ein bitteres Lachen aus. «In vier Jahren ist es zu spät.»

Dann aber hob sich seine Stimmung wieder, als er von Battos erfuhr, dass die kleine Hafenstadt Gaurion nur vierzig Stadien entfernt war. Wenn, wie er hoffte, die Wunde in ein paar Tagen verheilt sein würde, hätte er wohl Aussicht, dort ein Schiff zu finden, das die Reise nach Korinth in zwei Tagen schaffen würde. Vielleicht war es also doch noch möglich, zur rechten Zeit nach Elis zu kommen.

Drakonides bat seinen Gastgeber um ein paar Weihrauchkörner, trat draußen an den aus Feldsteinen errichteten Hausaltar und opferte Zeus. Lange stand er vor der dünnen Rauchsäule, die Arme mit den geöffneten Handflächen erhoben. Dabei sprach er zu dem höchsten der Götter, dankte ihm für die glückliche Rettung und empfahl sich auch weiterhin seinem Schutz.

Der Junge kam fröhlich und mit gefülltem Korb die Uferböschung herab. Er hatte tatsächlich alle gewünschten Kräuter gefunden.

Drakonides war so weit in der Heilkunst bewandert, dass er Verletzungen, die ihm in Kämpfen zugefügt wurden, gewöhnlich selber behandeln konnte. Unter Zusatz von Weihrauch und etwas Honig gewann er aus den Kräutern einen Sud, mit dem er die Wunde bestrich. Er war sicher, sie würde in kurzer Zeit heilen.

Später trat er noch einmal ans Meeresufer und blickte nach den Klippen hinüber. Er dachte wieder an seine Gefährten und machte sich auf, um nach ihnen zu suchen. Lange wanderte er am Strand entlang, doch erst jenseits der großen Bucht fand er wieder verschiedene Wrackteile. Dann entdeckte er kurz hintereinander drei tote Seeleute. Auch sie begrub er an Ort und Stelle. Alle anderen mussten ins Meer hinausgetrieben sein.

Drakonides stieß noch eine Zeit lang Rufe aus, doch als er

keine Antwort erhielt, brach er die Suche ab und kehrte zurück in die Hütte.
Am Abend bekam er Fieber. Er streckte sich auf einer Matte aus, um zu schlafen. Aber nach einer Weile begann er zu stöhnen und seine Zähne schlugen aufeinander.
Neben ihm hockte der Knabe Myrrhinos mit dem Wasserkrug und blickte bestürzt auf den gewaltigen Mann, der sich halb ohnmächtig hin und her wälzte und immer wieder zu trinken verlangte. Battos stand neben dem Lager und seine Miene war sehr bekümmert.
«Wird er sterben, Großvater?», fragte der Knabe leise.
«Wer kann das wissen?», sagte der Alte. «Poseidon hat so viele Opfer bekommen. Aber er ist wohl unersättlich ...»

4

Drakonides träumte von seinem Lieblingshelden, dem großen Dulder Odysseus.
Odysseus sitzt auf der Insel Ogygia und grämt sich, weil ihm Kalypso, die schöne Nymphe, die Weiterreise verwehrt. Hingestreckt auf einen flachen Felsen, blickt er düster aufs Meer. Er fühlt sich einsam und ist voller Schwermut. Sehnsüchtig blickt er hinüber zum Horizont, wo weit in der Ferne ein Streifen des Festlands zu sehen ist. Seine Augen füllen sich langsam mit Tränen, die in seinen Bart tropfen. Die Linie des Horizonts verschwimmt, löst sich auf. Ein Tränenschleier scheint sich herabzusenken.
Dabei liegt das Floß schon im Hafen, schaukelt einladend auf den Wellen. Der Wind bläht das gelbe Segel und in der Luft ist ein Brausen, das wie der Gesang eines himmlischen Chors klingt.
Ein schönes Weib von riesenhaftem Wuchs, bekleidet mit

einem kostbar gewirkten Peplos, steht am Ufer. Ist das nicht die Nymphe Kalypso selber? Sie wacht darüber, dass Wein und Wasser und Speisen und Zukost an Bord gebracht werden. In ihrer beringten Hand hält sie den Griffel, mit dem sie alles auf einer Wachstafel registriert.
Da nähert sich der Gestrandete. Er ist von starkem Körperbau, aber fast nackt. Er küsst Kalypso zum Abschied und hoffnungsvoll will er das Floß besteigen.
Doch im letzten Augenblick stößt ihn das mächtige Weib ans Ufer zurück. Unter dem schrillen Geschrei ihrer Mädchen sticht die Nymphe sogar mit dem ehernen Griffel, der einer Lanze gleicht, auf Odysseus ein. Sie reißt ihm die Schulter auf, Blut schießt hervor.
Der große Mann taumelt und stürzt zu Boden. Voller Sehnsucht und Hoffnung hebt er die Augen zum Himmel.
Plötzlich erscheint dort ein rosa Wölkchen. Es schwebt langsam herab, es landet am Meeresufer. Eine anmutige Gestalt entsteigt ihm, geflügelter Hut, geflügelte Sohlen, ein Heroldsstab, um den sich züngelnde Schlangen winden.
Hermes, der Götterbote!
Leichtfüßig kommt er näher und macht der sich abwendenden Kalypso heftige Vorwürfe. Dann holt er aus seinem Reisesack eine Schriftrolle, die eine Botschaft des Zeus enthält.
«Halte Odysseus nicht länger fest, Kalypso, denn es ist im göttlichen Rat beschlossen, dass er über das Meer reise, nach seinem fernen Ziel. Leiden und Prüfungen werden ihm auferlegt und er wird sich tapfer bewähren müssen. Aber das ist das Schicksal, das ihm die Götter bestimmt haben, und was du auch tust, er wird ihm doch nicht entrinnen!»
Die schöne Nymphe steht immer noch starr und abgewandt, mit ungebrochenem Stolz. Sie will den Geliebten nicht hergeben, auch nicht auf allerhöchsten Befehl.
Da berührt sie der ungeduldige Gott mit dem Heroldsstab und

schon zerfällt sie wie ein Bildwerk aus Marmor unter Hammerschlägen.

Die Arme fallen herunter, die Schulter bricht ab, der Kopf spaltet sich in zwei Hälften. Übrig bleibt nur ein Haufen behauener Steine. Obenauf liegt die riesige Hand, die den Griffel umkrampft.

Wieder ist das Brausen des Chors zu hören und nun dreht Hermes sich um und kommt näher. Seine Schritte sind leise, er beugt sich herab. Seltsam, seine Züge sind nicht von dem schönen Ebenmaß, wie die Künstler sie darstellen. Er ist auch nicht mehr der anmutige junge Mann, der er vorher war. Das Gesicht des Gottes ist klein und spitz und von einem weißen Bart umrahmt. Es ist ein gütiges, altes Gesicht. Jetzt ist es ganz nahe …

«Wer bist du, Alter?»

«Erkennst du mich nicht? Den Göttern sei Dank! Du hast es geschafft, du wirst leben!»

Drakonides riss die Augen auf, starrte in das Gesicht, das eben noch einem Gott gehört hatte, und stieß hervor: «Woher kommst du? Vom Olymp?»

«Was sollte ich auf dem Olymp?», erwiderte Battos kichernd. «Die Götterversammlung würde sich freuen, wenn ein einfacher Fischer dort mitreden wollte!»

«Ich hab geträumt … von Odysseus und … Aber sag mir, wie lange …?»

«Wie lange du hier gelegen hast? Neun Tage und Nächte.»

«Wie? Sprichst du die Wahrheit?»

Nun endlich kam Drakonides zu sich.

Neun Tage und Nächte hatte er sich im Fieber gewälzt, gestöhnt, wirres Zeug geredet, manchmal sogar wie ein Stier gebrüllt und um sich geschlagen. Das aber war nun überstanden. Der Alte, der blass und müde war, hatte ihn gepflegt und Dra-

konides würde nun aufstehen und seine Reise bald fortsetzen können.
Später saß er vor der Hütte in der Sonne. Er steckte die Nase in den Wind, der sanft vom Meer herüberkam, und sog gierig die Luft ein. Von Augenblick zu Augenblick spürte er, wie Kraft und Festigkeit in seinen Körper zurückkehrten.
Auch die Schulterwunde war gut verheilt. Myrrhinos hatte sich das Rezept gemerkt und mehrmals neue Salbe gekocht, die er sorgsam auf die Wunde gestrichen hatte. Der Junge sah ebenfalls übernächtigt aus und war sichtlich abgemagert. Battos hatte nicht gewagt, vom Lager des Kranken zu weichen, und so war er in diesen Tagen kein einziges Mal zum Fischen hinausgefahren. Sie hatten gewacht und von ihren kargen Vorräten gezehrt. Aber es hatte sich gelohnt.
Am nächsten Tag ging Drakonides hinunter zum Wasser und schwamm bei Windstille und ruhiger See von einem Ende der kleinen Bucht zum anderen. Seine Genesung machte nun rasche Fortschritte. Manchmal empfand er noch etwas Kopfschmerz und Schwindel, aber das waren nur noch die letzten Bosheiten der Krankheit, die den Körper verlassen musste.
Allerdings schlief Drakonides nicht gut. Er dachte viel nach, wurde von allerlei Zweifeln geplagt. Er träumte auch oft und immer wieder erschien ihm Hermes.
Wollte ihn der Gott der Palästra, der Beschützer der Athleten und des gymnischen Agons, an seine Pflicht erinnern?
Einmal fuhr Drakonides mit Battos hinaus, um zu fischen. Nachdem sie einen mageren Fang gemacht hatten, überredete er den Fischer, in die Nähe der Klippen zu rudern. Als Battos sich schließlich weigerte, mit dem Boot weiter vorzudringen, sprang Drakonides ins Wasser und schwamm hinüber.
Zunächst fand er nichts als ein paar Reste von Leinwand, die an den Steinen klebten. Dann aber, nach mehreren Tauchversuchen, entdeckte er, zehn Fuß unter Wasser eingeklemmt, ein

Stück vom Bugmast mit dem kleinen Rahsegel und daran hängend – zu seiner großen Überraschung – den Korykos, den er dort festgemacht hatte, um zu üben. Er brachte ihn an die Oberfläche und schließlich ins Boot. Ans Ufer zurückgekehrt, entleerte er seine faulig gewordene, stinkende Füllung aus Gerstenschrot, Gras und Feigensamen, ließ die leere Hülle trocknen und stopfte dann Sand hinein, um den Sack besonders hart zu machen. Darauf suchte er einen geeigneten Baum, hängte den Korykos an einen Ast und begann zu üben.

Erstaunt, beinahe ehrfurchtsvoll sah Battos ihm zu. Myrrhinos sprang wie ein junger Hund um den Faustkämpfer herum, wobei er die Schlagbewegungen nachahmte. Aber der Alte rügte ihn streng. Der Junge wich ein wenig zurück, ließ jedoch kein Auge von dem Athleten. Das neue Spiel entzückte ihn.

Drakonides merkte, dass seine Arme schwer und dass seine Beine langsam waren. Die Schulter begann wieder zu schmerzen und er ermüdete bald. Also beschloss er, es erst einmal mit leichteren Übungen zu versuchen – solchen, wie sie die Läufer und Fünfkämpfer machten. Auch zu Hause, in der Palästra, der Übungshalle für Faustkämpfer, Ringer und Pankratiasten, begann er gewöhnlich so.

Hier nun wurde ein Stock zum Speer, ein flacher Stein zum Diskos, zwei geschliffene Kiesel dienten als Sprunggewichte. Ein Baum am Ende der Bucht wurde zum Ziel eines Stadionlaufs. Wenn er ausruhte, musste Drakonides daran denken, dass zur selben Zeit auf dem Xystos, dem berühmten Übungsplatz des Gymnasions in Elis, die besten Athleten Griechenlands ihren Schweiß vergossen, um dem Agon, dem Wettkampf, gewachsen zu sein. Und er war wütend, wenn ihm bei Klimmzügen Blitze durchs Hirn zuckten, wenn ihm beim Herumwirbeln schwindelte und wenn er feststellte, dass die verletzte Schulter noch lange nicht wieder ihre frühere Kraft besaß.

Gegen Abend schwamm er noch einmal hinaus und hockte

dann lange, die Füße vom Wasser umspült, am Ufer. Die Sonne ging unter und in den Rinnsalen auf seiner Haut brach sich das Abendlicht in schillernden Farben.
Nach einer Weile kam Battos heran und setzte sich zu ihm. Sie schwiegen lange und blickten auf das ruhige Meer. Der Alte schielte ein paar Mal zur Seite, aber er sah die düstere Miene des anderen und hatte zunächst keinen Mut zu reden.
Endlich fasste er sich ein Herz.
«Worauf wartest du hier, Drakonides? Warum zögerst du und vergeudest die Zeit? Denke nicht, dass ich dich loswerden will, du bist mir ein teurer Gast. Aber hast du wirklich nichts Besseres vor?»
Drakonides wandte sich ihm langsam zu und sagte ernsthaft: «In der Tat, Großvater. Das habe ich.»
«Nun, worauf wartest du dann hier noch?»
«Morgen breche ich auf. Und nehme das nächste Schiff, das in Gaurion ankert. Dann geht es nach Hause.»
«Nach Hause?», rief Battos überrascht.
«Ja, nach Lesbos. Nach Mytilene.»
«Aber was willst du jetzt dort?»
Drakonides stieß ein trockenes Lachen aus.
«Was ich dort will? Mich nützlich machen. Mein Bruder wird froh sein, wenn ich komme. Wir besitzen gemeinsam ein Gut und eine stattliche Herde. Da gibt es Arbeit in Fülle.»
«Und Olympia?»
«Damit ist es aus.»
«Das verstehe ich nicht», sagte Battos, nachdem er einen Augenblick betroffen geschwiegen hatte. «Warum willst du es nicht noch versuchen?»
«Weil es zu spät ist. Und weil es sinnlos ist.»
«Warum denn?»
«Ihre Gesetze sind den Eleern heilig. Man muss einen Monat vorher da sein. Sie würden mich zurückweisen.»

«Glaubst du? Aber es ist doch nicht deine Schuld, wenn du zu spät kommst.»
«Das ist wahr. Aber …»
«Vielleicht machen sie eine Ausnahme.»
«Das würde mir auch nichts nützen. Kann ich denn wagen, mich noch zum Kampf zu stellen?»
«Du hast dich doch gut erholt. Wenn du auf dieses Ding da einschlägst, bekommt man ordentlich Angst vor dir.»
«Ja, du vielleicht. Nach Olympia kommen die besten Faustkämpfer Griechenlands. Du warst noch nie dort, also weißt du nicht, wie es zugeht. Wer vor der Festversammlung auftreten will, muss seiner Sache sicher sein. Er braucht das Gefühl, dass er alles getan hat, was nötig ist. Nur dann hat es Sinn, dorthin zu reisen.»
«Aber du hast dich doch aufgemacht, um dort zu kämpfen.»
«Zu kämpfen? Zu siegen, mein Alter, zu siegen! Zehn Monate bin ich in die Palästra gegangen, so wie es Vorschrift ist. Bei Styx, ich wollte es schaffen – diesmal wollte ich den Kranz vom heiligen Ölbaum gewinnen! Es war die allerletzte Gelegenheit.»
Drakonides schwieg und spie durch eine Zahnlücke aus. «Aber dann», fuhr er fort, «dann der Schiffbruch. Ein Blick durch das Tor zur Unterwelt, nicht sehr ermutigend. Wie eine Drohung der Götter. Eine Warnung vor Übermut und Eitelkeit. Hier müsst ihr doch hindurch, armselige Menschen … ob mit Siegerkranz, ob ohne – wen kümmert es? Dazu die Verletzung, das Fieber, keine Übungen … Es wäre nur schade um die Mühe. Den langen Weg. Die verlorene Zeit.»
«Du willst also wirklich nach Hause?»
«Vielleicht war es ein Fehler, überhaupt loszureisen. Früher war ich in den Stadien gefürchtet. Drakonides aus Mytilene! Schon wenn der Herold meinen Namen rief, zitterten alle. Heute dagegen? Ramphias, Thydeus, Astymachos … das sind die Na-

men der Gefürchteten, die nur darauf warten, mir die Haut vom Schädel zu kratzen. Was bin ich für sie? Ein Korykos, nicht mehr. Mit dem Unterschied, dass ein echter Korykos mehr aushält.»

Drakonides stieß ein zorniges Lachen aus, schüttelte den Kopf mit dem ergrauenden Bart und stand auf. Das Gespräch hatte ihn verstimmt, er wollte nicht weiterreden. Er ging bis an das Ende der Bucht und setzte sich auf einen ins Meer vorspringenden Felsen. Hier stimmte er ein trauriges Lied aus seiner attischen Heimat an.

Es war längst Nacht, als er noch immer dort saß und krächzende Töne hervorstieß.

5

Drakonides gab seinem Wirt ein Abschiedsmahl.

An kräftige Fleischkost gewöhnt und des Fischs, des Käses und der Fladen überdrüssig, hatte er, während Battos und sein Enkel zum Fischen hinausgerudert waren, in der Umgebung sein Jagdglück versucht. Außer dem Wildschwein, das jetzt am Spieß hing, hatte er noch eine Bergziege erlegt und Myrrhinos hatte ihn zu einem Bauern geführt, der mit dem Fischer Tauschhandel trieb, und sie hatten für die Ziege einen Krug Wein bekommen. Denn dem Festschmaus sollte sich, wie es sich gehörte, ein ordentliches Trinkgelage anschließen.

Sie erbaten das Wohlwollen der Götter, indem sie ein paar gute Stücke auf dem Hausaltar opferten, und dann setzten sich die Männer zum Mahl. Der Junge hielt sich respektvoll abseits, benagte einen Knochen und lauschte den Gesprächen.

Nachdem sie gegessen hatten, mischten sie Wein und Wasser und Drakonides, der gewaltige Mengen Fleisch in sich hineingestopft hatte, ernannte sich großartig zum Symposiarchen, zum Vorsteher des Gelages. Er nahm auch sogleich das Wort und begann mit vom Wein gelöster Zunge aus seinem Leben zu erzählen.

Zuerst sprach er von seiner Kindheit in Athen, dem Tod des Vaters, der am Ende des Peloponnesischen Krieges ein Opfer der dreißig Tyrannen geworden war, der schweren Zeit im Hause eines Verwandten, wohin seine Mutter danach mit ihm flüchtete. Als auch sie starb, hielt er es in Athen nicht mehr aus und ließ sich, kaum erwachsen, als Ruderer für die Flotte des Konon anwerben. Unstete Jahre folgten. Nach einem Seegefecht auf die Insel Lesbos verschlagen, kroch er bei einem Bauern namens Lysiteles unter, der ihm Arbeit und Brot gab und ihm väterliche Zuneigung entgegenbrachte. Doch das Landleben war noch nichts für ihn. Er schloss sich dem Söldnerführer Iphikrates an, verteidigte die Mauern Korinths und wurde zuletzt bei Abydos schwer verwundet. Halb tot kehrte er wieder nach Lesbos zurück, das blutige Kriegshandwerk war ihm verleidet. Lysiteles nahm ihn abermals auf und adoptierte ihn sogar. Da er kurz darauf starb, hinterließ er einem Sohn und dem Adoptivsohn einen hübschen Besitz und Drakonides wurde nun doch ein braver Landmann. Er schlug sich nur noch mit Viehdieben und Wölfen herum … bis man ihn eines Tages für den Faustkampf entdeckte.

Sein Entdecker war jener Dikon gewesen, der jetzt wohl auf dem Meeresgrund lag. Der hatte in Mytilene eine Palästra besessen und oft war er in der Stadt und ihrer Umgebung umhergestreift, um talentierte junge Leute zu suchen. Bei einem Hochzeitsfest, das mit einer handfesten Schlägerei endete, entdeckte er in dem wüstesten Raufbold den künftigen großen Athleten und er führte ihn auf die Straße des Ruhms. Auf dieser Straße sollte Drakonides fünfzehn Jahre lang wandeln.

Er trank den leichten, aber feurigen andrischen Wein und als er jetzt auf den Faustkampf zu sprechen kam, reihte er eine Geschichte an die andere. Städte zogen vorüber, Festplätze, Stadien, prächtige Zeremonien, bedeutende Männer und immer wieder aufregende Kämpfe, deren Held Drakonides selbst war. Wo war er nicht überall gewesen! Bei den Molossern und Thesproten, im heißen Kyrene, im volkreichen Syrakus und sogar auf der taurischen Chersonesos. Und erst die großen panhellenischen Feste! Nicht eines hatte er ausgelassen. In Korinth und Nemea hatte er seine Hand nach den Kränzen ausgestreckt und damals am Isthmos …

Von seiner Erinnerung fortgerissen, sprang Drakonides auf und zeigte mit wilden Sprüngen und wirbelnden Fäusten, wie er den isthmischen Kranz erkämpft hatte. Der alte Fischer starrte erschrocken auf den gewaltigen Kerl, der im Schein des flackernden Feuers die Fäuste schwang und dazu raue, kehlige Laute ausstieß. Die Augen des Jungen dagegen blickten begeistert und tatendurstig.

Als Drakonides sich wieder am Feuer niedergelassen hatte, wurde er schweigsam. Der Schattenkampf nach dem reichlichen Essen und Trinken hatte ihn erschöpft. Er hatte keine Lust mehr zu reden, brütete vor sich hin und führte nur ab und zu den Becher zum Munde.

Battos war ebenfalls stumm, berauscht vom Wein und den wunderbaren Geschichten. Mit einem still beglückten Lächeln schlummerte er ein.

Myrrhinos dagegen blieb wach und ließ keinen Blick von Drakonides. Schließlich tat er – zum ersten Mal an diesem Abend – den Mund auf.

«Wenn ich größer bin, kämpfe ich auch in Olympia», sagte er. «Bei allen Göttern, ich schwöre es!»

Der Faustkämpfer fasste den Mischkrug an beiden Henkeln und goss den Rest des Inhalts in sich hinein.

«Du kannst dir nicht vorstellen, Junge, wie es dort ist», sagte er nach einer Weile. «Wie soll ich es dir beschreiben? Ein Göttersitz, aber von Menschen geschaffen. Alles ist großartig. Riesige Tempel aus schimmernden Steinen, bunt bemalt, Altäre von Marmor, Götterbilder von Gold und Elfenbein. Es duftet nach Lavendel und Myrrhe. Opferrauch steigt zum Himmel. Man hört gewaltige Chöre, Flöten, Trompeten. Tausende Menschen begegnen dir, festlich bekränzt. Die berühmtesten Männer aus ganz Hellas stehen plötzlich vor dir, du darfst sie berühren, sie etwas fragen. Und dann das Stadion. Wieder Trompeten. Der Herold tritt auf, ruft deinen Namen. ‹Drakonides aus Mytilene!› Du trittst vor. Jubel empfängt dich. Aber dann bist du allein. Niemand hilft dir. Tausende Augenpaare starren dich an. Jetzt würdest du gern ein Gott sein, alles vermögend. Doch du bist nur ein Mensch. Trotzdem, versuche das Unmögliche! Zeig, was du leisten kannst! Hole das Letzte aus dir heraus! Und wenn es dich umbringt, du musst gewinnen …»

Der Junge lauschte hingerissen. Er wagte nicht, sich zu bewegen, kaum zu atmen.

Drakonides schwieg und sah auf das Meer. Der Widerschein des fast heruntergebrannten Feuers glomm in seinen Augen.

«Erzähle doch weiter!», bat der Junge.

«Ach, dummes Zeug!», sagte der Faustkämpfer grob. «Es ist spät, geh schlafen.»

Myrrhinos erhob sich gehorsam und rannte so hastig ins Haus, dass er unterwegs stolperte und beinahe hinfiel. Drinnen rollte er sich auf seiner Matte zusammen, schluchzte ein bisschen und schlief endlich ein.

Das war das Ende des Gelages.

Leise schnarchend, den Kopf auf den Arm gebettet, lag Battos an der erkaltenden Feuerstelle.

Drakonides saß noch lange mit angezogenen Knien und blickte nachdenklich auf das Wasser, das dunkel und glatt war. Irgendwo hinter dem westlichen Horizont musste Olympia liegen.

6

Die Nacht war kurz. Eos, die Göttin der Morgenröte, kam in aller Frühe, um den Menschen das Licht zu bringen.

Drakonides erwachte, sprang auf, warf den fadenscheinigen Chiton ab, den ihm Battos gegeben hatte, und stieg zum Wasser hinunter.

Er nahm sich vor, weit hinauszuschwimmen. Zu Hause hatte er sein tägliches Übungsprogramm oft mit einem Bad begonnen. Das Meer war ein guter Übungspartner für den Athleten. Pausenlos forderte es ihn, und er musste sich wehren, seiner Gewalt und Tücke, seiner Angriffslust und nie erlahmenden Ausdauer standhalten.

Es war Wind aufgekommen und das Meer war lebendig und tatendurstig. Als Drakonides hineinsprang, wurde er gleich gepackt und davongetragen. Er wurde gehoben und tief hinabgerissen, doch geschmeidig entzog er sich immer wieder den Griffen und peitschte den Gegner mit den Armen. Unermüdlich ging er die Wellen an, gurgelnd und zischend warfen sie sich auf ihn, drückten ihn nieder, zerrten ihn fort und schleuderten ihn zur Seite. Drakonides genoss diesen Kampf, denn er spürte, wie seine Muskeln sich strafften, seine Glieder sich dehnten. Sein Körper schien ins Unermessliche zu wachsen, er empfand eine lustvolle, beinahe schmerzhafte Spannung. So ging es ihm meistens, wenn er hinausschwamm. Anfangs fühlte er sich fast hilflos. Dann aber, herausgefordert, gewann er Selbstvertrauen und Kraft und schließlich wurde er zum Bezwinger.

Ans Ufer zurückgekehrt, ging Drakonides zur Feuerstelle, wo am Spieß noch die Reste des Wildschweins hingen. Er nahm das Messer, schnitt etwas Fleisch ab und aß es.

Der Alte, der eben erwacht war, hatte sich aufgerichtet und sah ihn mit trüben Augen an.

«Es wird Zeit für mich, Großvater», sagte Drakonides. «Vielleicht finde ich ein Schiff, das mich nach Hause bringt. Für deine Güte danke ich dir, geben kann ich dir leider nichts. Das Einzige, was ich habe, ist der Korykos, den lasse ich hier. Vielleicht wird dein Enkel mal ein Faustkämpfer. Mögen die Götter euch beschützen und euch Gesundheit schenken!»
Der Alte murmelte etwas, das wie ein Gebet klang. Sie umarmten einander zum Abschied, und Drakonides ging davon. Hätte er sich noch einmal umgedreht, so hätte er unter der Tür der Hütte den Jungen Myrrhinos bemerkt, der ihm nachblickte wie einem entschwindenden Gott.
Drakonides ging unter dem Baum hindurch, an dem der Korykos hing, und versetzte dem Ledersack einen letzten Hieb. «Chaire, mein Freund!», sagte er. «Wir beide sind miteinander fertig.»
Er schritt rasch aus und war schon gegen Mittag in Gaurion. Die Mole dort fand er verwaist, nur ein paar Fischerkähne lagen am Ufer.
Die Fischer erzählten, sie hätten am Morgen, als sie weit draußen waren, einen großen Handelssegler bemerkt, welcher, von Osten kommend, Kurs auf den Hafen der Stadt Andros nahm.
Wird nach Korinth wollen, dachte Drakonides ärgerlich, aber auch ein bisschen beunruhigt. Er aß etwas, das man ihm anbot, Fisch und Gerstenbrot, und verabschiedete sich.
Bald verlangsamte er seinen Schritt, und noch ehe der Wagen des Helios den Zenit erreicht hatte, ließ er sich unter dem weit geschwungenen Blätterdach einer Eiche zur Ruhe nieder. Er hatte es nicht mehr eilig. Es würde früh genug sein, wenn er die Stadt Andros gegen Abend erreichte. Mochte das Schiff nach Korinth auslaufen, seine Richtung war die entgegengesetzte. Blinzelnd sah er vom hohen Felsufer auf das glitzernde Meer hinab und lauschte auf die Töne einer Syrinx, die ir-

gendwo in der Nähe von einem Hirten geblasen wurde. Eine wohlige Schläfrigkeit überkam ihn.

Er dachte an Myrto, seine Tochter, die jetzt in der Familie seines Halbbruders lebte, und malte sich ihre Freude aus, wenn er den Hof betreten würde. Vielleicht hatte sie schon von dem Schiffbruch erfahren und hielt ihren Vater für tot. Sie hatte ihn vor dieser Reise gewarnt, die Unglückszeichen hatten sich in den Tagen vor seiner Abfahrt gehäuft, und das abergläubische Mädchen war unentwegt zu Sehern und Zeichendeutern gelaufen, hatte Lorbeerblätter im Munde getragen und Sühneopfer gebracht. Am letzten Tag noch hatte sie ihn unter Tränen angefleht, zu Hause zu bleiben. Sie fürchtete für ihn, die Arme, und nicht nur der Gewalt des Meeres wegen. Im vorigen Jahr war er zweimal in ernstem Zustand, halb totgeschlagen, nach Lesbos zurückgekehrt. Früher als er hatte sie begriffen, dass es für ihn zu spät war, dass es eigentlich nicht mehr gut ausgehen konnte. Hätte er, ein alter Dummkopf, lieber gleich auf seine kluge Tochter gehört! Man musste wissen, wann es genug war. Frühling und Sommer waren vorbei, jetzt würde ein ruhiger Herbst beginnen. Herrliche Zeiten! Die Weinlese stand bevor. Hochgeschürzt, singend, lachend würde Myrto die Trauben schneiden, die er, Drakonides, dann mit seinen riesigen Füßen in der Kelter zerstampfen würde. Und im nächsten Jahr würde er sie verheiraten. Einen Bräutigam, der ihr gefiel und mit dem auch er sich verstand, gab es bereits. Zu dritt würden sie ein glückliches Leben führen …

Es dunkelte schon, als Drakonides Andros erreichte. Er stieg zu dem kleinen Hafen hinab, wo trotz der späten Stunde noch ein lebhaftes Treiben herrschte. Alle Männer des Ortes schienen versammelt zu sein, um den gewaltigen Segler zu bestaunen, der hoch aufragend an der Mole lag. Gerade wurden dickbäuchige Vorratsgefäße über die Planken der Brücke hinaufgetragen.

Ohne Hast schob sich Drakonides durch die Gruppen der Mü-

ßiggänger nach vorn. Er näherte sich einem beleibten, kostbar gekleideten Mann, der den Trägern Befehle gab.
«Chaire. Bist du der Schiffsherr?»
«Störe mich nicht!», war die barsche Antwort des Mannes, der nur einen flüchtigen Blick auf Drakonides' zerrissenen Chiton und seine unbeschuhten Füße warf.
«Wohin geht's mit Hilfe der Götter? Nach Korinth?»
«Scharfsinnig vermutet. Aber Ruderknechte brauche ich nicht.»
In diesem Augenblick glitt einer der Träger auf den feuchten Planken aus und stürzte ins Wasser. Sein Gefährte hielt krampfhaft den Henkel des fast mannshohen Gefäßes gepackt, um zu verhindern, dass es zurückrutschte und auf der gepflasterten Mole zerschellte.
Mit zwei, drei Sätzen war Drakonides auf der Brücke. Er stemmte sich gegen den tönernen Bauch des Ungetüms, aus dem ihm Wasser entgegenschwappte. Schließlich packte er den freien Henkel und half, die Amphora an Bord zu schleppen. Dort standen andere Männer bereit, die sie in den Laderaum schafften.
«Komm wieder herunter!», rief der Schiffsherr. «Glaub nicht, du hättest dir damit die Reise verdient!»
Drakonides stieg die Brücke hinab, spie ins Wasser und zuckte verächtlich die Schultern.
«Reg dich nicht auf! Was sollte ich in Korinth? Es zieht mich nicht zu den Liebestempeln. In die Geheimnisse Aphrodites bin ich schon eingeweiht!»
Der Schiffsherr warf ihm eine Münze hin.
«Für deine Hilfe.»
«Spar's für die Huren.»
«Drakonides!»
Der Faustkämpfer, der sich gerade wieder unter die Menge mischen wollte, blickte überrascht auf.

Der Schiffsherr starrte ihn ebenfalls an.
«Erkennst du mich nicht, Drakonides?»
Sein feistes Gesicht legte sich plötzlich in gewinnende Falten.
«Wer bist du?»
«Sieh genau hin!»
«Agathokles?»
«Ich bin's! Ich bin's!»
«Agathokles, der Athener?»
«Wer sonst? Jetzt lebe ich aber auf Samos.»
«So also trifft man Landsleute wieder.»
«Wir saßen mal auf derselben Ruderbank.»
«Das scheinst du jetzt nicht mehr nötig zu haben.»
«Und du? Ganz Hellas singt deinen Ruhm. Aber was ist geschehen? Weshalb finde ich dich hier und in diesem Zustand?»
Worauf sich Drakonides auf seinen Reisen immer verlassen konnte, auch diesmal traf es ein. Er war bekannt und in welchem Winkel der griechischen Welt er immer sich aufhielt, irgendjemand trat auf ihn zu, grüßte und umarmte ihn. Auch wenn er selbst ein Gesicht oder einen Namen vergessen hatte, der andere entsann sich leicht des Mannes von außergewöhnlicher Größe und Kraft, dessen Anblick den Sinn der Griechen für ideale Körperbeschaffenheit mit Bewunderung erfüllte.
In diesem Fall allerdings hatte auch Drakonides sich rasch erinnert. Die von dem anderen erwähnte Ruderbank gehörte zu jener Triëre der Kononschen Flotte, auf der er vor vielen Jahren Kriegsdienst getan und die ein Rammsporn der Spartaner leckgeschlagen hatte. Agathokles, der Polisgenosse, der mit ihm angeheuert hatte, war seit damals für ihn verschollen gewesen. Er hatte nie wieder etwas von ihm gehört.

7

«Und nun bist du also Schiffsherr geworden», sagte Drakonides, als er und Agathokles später bei einem leichten Chier auf dem Achterdeck saßen und sich gegenseitig über die Wechselfälle ihres Lebens aufgeklärt hatten.

Es dunkelte schon, aber noch immer ächzten die Träger mit Ladegut über die Brücke. Erst in der Frühe sollte der Anker gelichtet werden.

«Schiffsherr und Werftbesitzer!», sagte Agathokles, stolz auf seinen mit Fleiß und Glück betriebenen Aufstieg vom einfachen Zimmermann zu einem der reichsten Männer von Samos. «Natürlich muss ich mich nicht mehr auf den Meeren herumtreiben. Ich reise nur noch zu meinem Vergnügen. Aus Gewohnheit beaufsichtige ich ein wenig die Leute. Das macht sonst mein Schiffsführer. Wir werden uns in Korinth ohnehin trennen. Ich will dann zu Lande weiterreisen.»

«Und wohin soll es gehen?»

«Willst du es wissen?»

«Wenn's kein Geheimnis ist.»

«Nun, wohin reist man in diesen Tagen?»

«Nach Olympia?»

«Ja. Da ich nun deine Geschichte kenne, sollte ich eigentlich davon schweigen. Der Verzicht fällt dir sicher nicht leicht und der Gedanke, dass andere dort sind, wo du nicht sein kannst, schmerzt dich vielleicht. Aber mir ist da in diesem Augenblick etwas eingefallen. Wenn du schon nicht als Athlet auftreten kannst ... warum gehst du nicht als Zuschauer hin? Viele frühere Agonisten sieht man an den Festorten unter den Zuschauern.»

«Ich werde dort sein», sagte Drakonides ausweichend. «Später. Vielleicht beim nächsten Mal.»

«Warum erst beim nächsten Mal? In vier Jahren! Wenn du dich schon entschlossen hat aufzuhören ...»

«Ich tauge vielleicht nicht mehr zum Kämpfen. Aber bestimmt noch nicht zum Zuschauen.»

«Ist das Zuschauen wirklich so schwer? Sieh mal, mein Freund, wir beide sind gleichaltrig, unser ‹goldenes Zeitalter› ist vorüber. Aber auch jedes andere hat seine Reize, man muss sie nur kosten. Ist es nicht angenehm zu erleben, wie Knaben und Jünglinge im Agon die Pracht ihrer nackten Leiber entfalten? Welche Schmeichelei für das Auge! Es gibt nichts Erfreulicheres, beim Zeus! Aber gewiss hast du es nie richtig genossen. Hast ja immer selbst vor dem Wettkampf gestanden – hoffend, bangend, unter Spannung und Druck. Wie viel Schönes hast du versäumt! Und würde es dir nicht auch gefallen, einmal den Schweiß der anderen strömen zu sehen?»

«Wahrhaftig, du verstehst zu locken. Aber selbst wenn ich wollte, mir fehlen die Mittel.»

«Mein Teuerster!», rief Agathokles. «Ist es weiter nichts, was dich drückt? Ich lade dich ein, sei mein Reisegefährte! Was sage ich? Du – meiner? Ich will der deinige sein! Allen Göttern werde ich danken, wenn ich an deiner Seite – nein, verzeih mir, in deinem Schatten in Olympia einziehen darf! Als Freund eines in ganz Hellas berühmten Mannes! Solange die Spiele dauern, wirst du mein Gast sein. Ich verbürge mich auch für deine glückliche Heimkehr.»

«Die Sirenen, die Homer beschreibt, müssen deine Stimme gehabt haben.»

«Ich habe dich also betört!»

«Durchaus nicht», sagte Drakonides und suchte nach einem weiteren Einwand. «Meine Tochter … Vielleicht hat sie schon gehört, was geschehen ist. Sie wird sich große Sorgen machen …»

In diesem Augenblick stieg ein Mann auf das Deck, dem ein Knecht mit einem Sack folgte. Der Ankömmling sah sich um, entdeckte den Schiffsherrn und trat sogleich auf ihn zu.

«Chaire, Agathokles! Ich habe hier auf dem Markt noch einen Sklaven erworben. Würdest du ihm und meinem Gepäck einen Platz zuweisen? Ich würde auch gern ... Ah! Das ist doch nicht möglich!»

Er hatte von dem breitschultrigen Mann, der bei Agathokles saß, zunächst nur den Rücken gesehen. Jetzt starrte er in das Gesicht des Drakonides, der seinerseits mit dem größten Erstaunen zu ihm aufblickte.

«Sieh einmal an! Der vornehme Herr aus Rhodos! Ich erwartete nicht, dich wiederzusehen.»

«Auch ich hielt dich für einen Fraß der Fische!», erwiderte Pherenikos und schob den Petasos in den Nacken.

«Wie? Ihr kennt euch?», rief Agathokles.

«Bei unserer letzten Begegnung hatten wir keinen Boden mehr unter den Füßen», scherzte Drakonides, den der Weingenuss milde stimmte und der dem Rhodier nichts mehr nachtrug.

«Ja, wir umarmten uns zum Abschied und jeder nahm seinen eigenen Weg», fügte Pherenikos lachend hinzu.

Der Schiffsherr lud ihn ein, neben ihm Platz zu nehmen, und ließ ihm den Becher füllen. Der schöne Gymnastes war schmaler geworden, seine Haut war blasser, die großen, lebhaften Augen lagen in umschatteten Höhlen. Auch er, so berichtete er, war nach dem Schiffbruch schwimmend ans Ufer gelangt, hatte am nächsten Tag Menschen gefunden, die ihn bekleideten und beköstigten, und war schließlich in kläglichem, geschwächtem Zustand nach der Stadt Andros gezogen, wo er bei einem Verwandten Unterschlupf gefunden hatte. Dieser hatte ihn auch dem Agathokles, der sein Geschäftsfreund war, bei dessen Ankunft empfohlen und ihn großzügig mit Geld für die Weiterreise ausgestattet.

«Ich nehme ja sonst keine Reisenden mit», sagte der fette Schiffsherr und legte Pherenikos die Hand auf das Knie. «Aber

als ich hörte, dass er nach Olympia will, war ich natürlich schnell gewonnen. Ich glaube, wir werden die kurze Überfahrt nach Korinth auf recht angenehme Weise verbringen!»
Er lächelte breit und zwinkerte Pherenikos zu, doch der schob seine Hand energisch weg.
«Die Hauptsache ist, dass es schnell geht», sagte er. «Meine größte Sorge ist, dass ich zu spät komme und meinem Schützling nicht mehr beistehen kann. Aber wie ist es denn nun mit dir?», wandte er sich an Drakonides. «Für den Xystos in Elis ist es doch längst zu spät. Hast du etwa die Absicht, gleich nach Olympia zu gehen, um dich dort ohne Vorbereitung ...»
«Natürlich nicht», unterbrach ihn Drakonides brummig. «Nicht einmal Herakles könnte wagen, dort ohne Vorbereitung zum Agon anzutreten. Doch wäre nicht dieser verdammte Schiffbruch dazwischengekommen», fügte er großsprecherisch hinzu, «hätte ich diesmal den Kranz erkämpft.»
«Davon bin ich fest überzeugt!», sagte Agathokles gönnerhaft.
Pherenikos überhörte die Prahlerei und fragte, an Drakonides gewandt: «So kommst du nicht mit uns?»
«Ich will nach Hause. Werde auf ein anderes Schiff warten.»
«Wäre es nicht vernünftiger, erst einmal mit nach Korinth zu kommen?», gab Pherenikos zu bedenken. «Ehe hier eines vor Anker geht, das nach Lesbos will ...»
«Ich habe ihm ja sogar vorgeschlagen, mich als mein Gast nach Olympia zu begleiten und den Spielen als Zuschauer beizuwohnen», sagte Agathokles. «Doch er ist störrisch wie ein Esel, der nicht in den Stall will. Vielleicht kannst du ihm ein wenig zureden.»
«Das will ich gern tun. Obwohl er sich meinem Rat bisher immer verweigert hat.»
Er tauschte einen Blick mit Drakonides, der grinsend und mit einem Seufzer erwiderte: «Nun, ich bin schon zufrieden, wenn

du vom Faustkampf schweigst. Andere Ratschläge magst du mir immerhin geben.»
«Aber er stammt aus Rhodos», warf Agathokles ein. «Dort versteht jeder etwas vom Faustkampf. Und sie reden dort auch von nichts anderem als vom Faustkampf und vom Pankration. Das habe ich bei meinen Besuchen dort immer erfahren. Schließlich haben sie ja den größten Faustkämpfer hervorgebracht, den es in Griechenland je gab: den Diagoras.»
«Das war mein Großvater», sagte Pherenikos.
Den beiden anderen entfuhr ein Aufschrei.
«Ist das wahr?», rief Drakonides. «Du bist ein Enkel des großen Diagoras?»
«Aber wer war dein Vater?», fragte der Schiffsherr. «Alle drei Söhne des Diagoras waren ja ebenfalls Olympiasieger! War es Damagetos? War es Akusilaos?»
«Die beiden waren meine Onkel», sagte Pherenikos. «Sie sind schon gestorben. Aber mein Vater lebt noch.»
«So ist es Dorieus!»
«Ja.»
«Er siegte dreimal im Pankration», erinnerte sich Drakonides. «Die beiden letzten Male schon mitten im Peloponnesischen Krieg. Später kam er als Kriegsgefangener nach Athen, Rhodos stand ja auf Seiten Spartas. Aber als die Athener ihn erkannten, schenkten sie ihm sofort die Freiheit. Zu seiner Zeit war er der Größte!»
«Jetzt ist er leider schon sehr gebrechlich», sagte Pherenikos. «Deshalb konnte er sich auch die Reise nach Olympia nicht mehr zumuten. Aber er hat noch eine Hoffnung: dass Rhodos, solange er lebt, noch einmal einen Olympiasieger hervorbringt. Und dass es sein Enkel Peisirhodos sein wird. Der Sohn meines leider verstorbenen Bruders. Mein Neffe.»
«Und damit der Urenkel des Diagoras!», rief Agathokles. «Würde es sich nicht lohnen, dabei zu sein, wenn wieder einer

aus dieser ruhmbedeckten Familie sich um die höchste Ehre bewirbt?»

Dem konnte Drakonides kaum widersprechen. Er legte sich aber noch nicht fest. Allerdings musste er zugeben, dass es vernünftig sein würde, sich erst einmal nach Korinth zu begeben, statt tatenlos und ohne Mittel in dem öden Andros hängen zu bleiben. Er kannte dort mehrere Wechsler, die ihm Geld leihen würden. Und er konnte sich dort noch immer entscheiden, in welche Richtung er sich wenden wollte.

Agathokles umarmte ihn, als er seinen Entschluss verkündete. «Bringen wir Zeus ein Trankopfer!», rief er, wobei er einige Tropfen Wein auf die Schiffsplanken schüttete. «Zum Dank für die glückliche Wiederbegegnung!»

8

Zwei Tage später, gegen Abend, betrat Drakonides den schattigen Fichtenhain hinter dem Tempel des Poseidon bei Korinth.

Am Rande des Hauptwegs reihten sich links und rechts, nahe beieinander, nur mit wenigen Schritten Abstand Hunderte von bronzenen und steinernen Bildwerken. Sie standen hier zur Erinnerung an die Sieger bei den Isthmischen Spielen, die zum Zyklus der vier großen, der panhellenischen Spiele gehörten. Jeder Gewinner eines Wettbewerbs hatte das Recht, sich auf diese Weise zu verewigen.

Lange verharrte Drakonides vor der Statue eines Faustkämpfers. Es war seine eigene, vor zehn Jahren hatte er sie hier aufstellen lassen, zum Gedenken an den einzigen Erfolg, den er je bei panhellenischen Spielen errungen hatte. Der Sieg in Olympia galt am meisten, doch auch dieser, auf dem Isthmos, der Landenge zwischen dem griechischen Festland und der pelo-

ponnesischen Halbinsel, errungene stand bei den Griechen in hohem Ansehen, nicht weniger als Siege bei den Spielen von Delphi und Nemea.
Die Statue war aus Marmor, er hatte sie sich etwas kosten lassen. Die Züge des Abgebildeten waren den seinen nicht ähnlich, doch entsprach dies dem Herkommen. Wichtig war nur, dass das Bildwerk erkennen ließ, in welchem Wettbewerb sein Stifter gesiegt hatte. An den Fäusten des steinernen Mannes waren die Riemen angedeutet, er stellte also einen Faustkämpfer dar. Und am Sockel war deutlich mit großen, steifen Buchstaben der Name des isthmischen Siegers und der seines Herkunftsortes Mytilene eingeritzt.
Jedes Mal, wenn Drakonides nach Korinth kam, führte sein Weg ihn hierher. Das Schiff hatte am Nachmittag den Osthafen erreicht, alles Nötige war zum Glück schnell abgewickelt. Der Besuch bei einem Trapeziten, einem Geldwechsler, der ihn gut und schon lange kannte, verhalf dem mittellosen Schiffbrüchigen zu einer Barschaft, die ihn fürs Erste unabhängig machte. Auf dem Markt am Hafen kleidete er sich ein und dort ließ er sich auch von einem Fischkoch eine Seebarbe grillen, die er genießerisch mit einer Soße von Pinienkernen, Koriander und Öl verspeiste. Dann aber zog es ihn schon nach dem Heiligtum. Er brachte dem Meeresgott, der ihm so übel mitgespielt hatte, in seinem Tempel ein paar Weihrauchkörner zum Opfer und ließ einen langen, erinnerungsschweren Blick über das leere Stadion gleiten. Der Höhepunkt auch dieses Besuchs war wie stets das andachtsvolle Verweilen vor der eigenen Siegerstatue.
Drakonides bückte sich gerade und brach den Zweig eines Strauchs ab, der seinen Namen halb verdeckte, als er hinter sich Schritte vernahm. Und schon hörte er Pherenikos sagen: «Ein schöner Platz für die Ewigkeit. Gleich neben Milon und Theagenes. Hast du ihn dir selbst ausgesucht?»
Drakonides richtete sich auf.

«Er wurde mir von den Festordnern angeboten. Willst du damit sagen, er kommt mir nicht zu?»
«Natürlich nicht. Ich meine nur, dass du sehr gute Gesellschaft hast.»
«Dich wird man wohl nirgendwo los. Was tust du hier?»
Pherenikos nahm den unvermeidlichen Petasos ab und wischte sich mit dem Handrücken den Schweiß von der Stirn.
«Was ich hier tue? Das Gleiche wie du. Nur besuche ich nicht meine eigenen Standbilder, sondern die Statuen, die mein Großvater, mein Vater und meine Onkel hier aufstellen ließen. Noch habe ich sie nicht alle gefunden. Leider stehen sie nicht beisammen. Es müssen genau fünfundzwanzig sein.»
«Fünfundzwanzig?», rief Drakonides staunend.
«Von meinem Vater sind es allein acht. Oh, der hat die Siege wie reife Früchte gesammelt! In Nemea und bei den Pythien in Delphi gewann er elfmal. Dazu die drei Olympiasiege – macht zweiundzwanzig bei den panhellenischen Spielen. Nicht davon zu reden, was er dann noch bei den Panathenäen in Athen gewann, den Asklepios-Spielen in Epidauros, den Lykaien in Arkadien ... Was hast du?»
«Oh, nichts. Ich bemerke nur, wie ich während deiner Rede zum Zwerg schrumpfe.»
Pherenikos lachte.
«Verzeih mir! Ich wollte nicht prahlen. Vielleicht hat mein Vater viel Glück gehabt. Als er seinen Sport ausübte, war Krieg und nicht alle griechischen Staaten hatten damals Interesse an solchen Spielen, sie schickten ihre Besten nicht hin. In letzter Zeit war es gewiss viel schwerer ...»
«Ein Sieg ist ein Sieg und niemand fragt später nach den Umständen, wie er errungen wurde», sagte Drakonides gallig.
Der schöne Gymnastes legte die Hand auf seinen Arm und fragte lächelnd: «Und hast du dich mittlerweile entschlossen? Kommst du mit uns nach Olympia?»

Drakonides wandte sich schweigend ab und ging langsam den Weg zum Poseidon-Tempel zurück.
Pherenikos, den Hut in der Hand schwenkend, folgte ihm.
«Was ich dich außerdem fragen wollte … Wie wirst du jetzt leben, wenn du nicht mehr als Faustkämpfer von einem Ort zum anderen ziehst? Was wirst du treiben?»
«Landwirtschaft», brummte Drakonides.
«Ah, du bist Bauer? Dann warst du wohl immer unabhängig? Nicht angewiesen auf Preise und Geld.»
Drakonides knurrte eine Bestätigung.
«Aber würde es dir nicht langweilig werden, immer nur den Acker zu pflügen, die Kühe zu melken, die Schafe zu scheren?»
«Es ernährt seinen Mann.»
«Das ist wohl wahr. Und ernährt es vielleicht … auch eine Frau? Bist du verheiratet?»
Drakonides blickte von seiner Höhe hinunter auf die halb geöffneten vollen Lippen des Pherenikos, hinter denen die prächtigen weißen Zähne schimmerten, und sagte grob: «Wenn du wissen willst, ob ich Frauen liebe … so ist es, mein Freund! Ich habe nur immer Frauen geliebt und mit der Besten der Frauen war ich verheiratet!»
«Du warst es?», fragte der Gymnastes vorsichtig.
«Sie ist gestorben. Vor drei Jahren. An einer Krankheit, die sich nicht heilen ließ.»
Drakonides schritt rascher aus und es schien, als wolle er den anderen abschütteln. Doch Pherenikos blieb an seiner Seite.
«So bist du also allein. Verzeih meine Neugier …»
«Ich bin nicht allein. Meine Tochter erwartet mich. Ich habe auch andere Verwandte. Was geht es dich an?»
«Nichts. Es würde mich auch nicht interessieren, hätte ich dir nicht einen Vorschlag zu machen.»

«Ich kenne den Vorschlag, den du mir machen willst!»
«So bist du ein Seher!», erwiderte Pherenikos spöttisch. «Ahnst du wirklich, dass ich dir vorschlagen will, auf Rhodos in einer großen Palästra tätig zu werden? Als Paidotribes, als Übungsleiter für Faustkampf?»
Drakonides blieb stehen und starrte den schlanken Gymnasten, der seinen Hut in der Hand drehte, ungläubig an.
«Was hast du gesagt?»
«Ich sagte, in einer großen Palästra auf Rhodos wird dringend ein Paidotribes gebraucht. Ein erfahrener Mann, der im Faustkampf Verdienste hat. Dessen Name bekannt ist und Vertrauen einflößt. Und der vor allem junge Männer herbeilockt, die bereit sind, die Härte der Ausbildung auf sich zu nehmen und auch die hohen Palästragebühren zu zahlen. Ich glaube, du könntest dieser Mann sein.»
«Wie kommst du darauf?»
«Dadurch dass ich dich beobachtet habe. Ich sagte dir ja, dass ich viel vom Faustkampf verstehe. Deine Zeit als Athlet ist vorbei. Das wollte ich dir schon auf dem Schiff sagen, doch ich fürchtete deinen Zorn, gegen den ich mich nicht hätte wehren können. Nun, da du selber die richtige Einsicht gewonnen hast, sollst du wissen, was mir an dir gefallen hat und was ich für deine Stärke halte. Du hast Erfahrungen, kennst eine Menge Finten und Tricks, bist in den Regeln bestens bewandert. Und ich traue dir auch die Geduld und die Ausdauer zu, die man mit Lernenden haben muss. Deshalb nochmals mein Vorschlag: Komm zu uns nach Rhodos!»
«Aber wer gibt dir das Recht ...»
«Mein Vater. Ah, da entdecke ich gerade wieder ein Standbild! ‹Mich stellte Dorieus aus Rhodos auf, Sieger im Pankration›. Die Palästra, von der ich spreche, gründete schon mein Großvater Diagoras. Später wurde sie von seinen drei Söhnen geleitet. Von ihnen blieb nur mein Vater übrig, der Jüngste, doch

sein glänzender Name genügte lange, um regen Besuch zu gewährleisten. Schließlich jedoch war er nicht mehr imstande, die Übungen selber zu leiten und so übernahmen das nun mein Bruder und ich: zwei gute Lehrer, aber zwei Niemande! Weder er noch ich errang Athletenruhm. Vor einem Jahr starb mein Bruder an einer brandigen Wunde – so trage ich jetzt allein die Verantwortung. Ein gewisser Kleanthes, der sich bei kleineren Spielen ein paar Trophäen verdiente, machte vor kurzem ganz in der Nähe eine eigene Palästra auf, lockte die jungen Männer von der unsrigen fort. Deshalb sagte mein Vater zu mir: Sieh dich um! Vielleicht findest du unterwegs oder bei den Olympischen Spielen den Mann, der uns aus der Verlegenheit hilft! Den Mann, der bereit ist, das Erbe von vier Olympiasiegern vor dem Ruin zu bewahren!»

Sie hatten ihren Weg fortgesetzt und waren am Ende des Fichtenhains angelangt.

Es war sehr heiß. Drakonides war nur mit einem Chiton bekleidet, dem kurzen Kittel. Pherenikos dagegen hatte sich wie gewöhnlich in einen weiten, reich gefältelten Mantel, die Chlamys, gehüllt. Darunter trug er noch ein wollenes Hemd, dessen Borte ab und zu über dem Knie hervorlugte. In Bächen lief ihm der Schweiß von der Stirn herab über die glatten Wangen.

«Warum legst du bei dieser Hitze den Mantel nicht ab?», fragte Drakonides, um den Gegenstand des Gesprächs zu wechseln. «Verbirgst du vielleicht einen Fehler darunter?»

«Du hast mich doch schon einmal nackt im Arm gehalten», erwiderte der Gymnastes kokett. «Ist dir dabei vielleicht etwas aufgefallen?»

Drakonides zögerte einen Augenblick mit der Antwort, als wolle er sich genau erinnern. Dann sagte er in scherzhaftem Ton: «Ich hatte wahrhaftig etwas anderes im Sinn. Und du entglittest mir ja auch wie ein Fisch.»

«Hast du eigentlich schon Poseidon geopfert – zum Dank für

die glückliche Rettung?», fragte Pherenikos, nach dem Tempel hindeutend, dessen Pforte weit offen stand.
«Das habe ich. Dabei war er ja eigentlich Schuld an dem Sturm und dem Schiffbruch.»
«Die Götter sind eben schlau. Würden sie uns nicht ständig ins Unglück bringen, hätten wir ja keinen Grund, zu ihnen zu beten und ihnen zu opfern. Auch dem Palaimon solltest du danken, ich habe es schon getan.»
«Palaimon? Wer ist denn das?»
«Nun, der Meeresgott, dem der kleine Rundtempel dort drüben gewidmet ist.»
«Ich habe noch nie von ihm gehört.»
«Bevor sie ihn hier zum Gott erklärten, war er ein Mensch und hieß Melikertes. Mit seiner Mutter Ino floh er vor seinem Vater, dem wahnsinnigen König Athamas von Theben. Sie sprangen ins Meer und ein Delphin trug Melikertes hierher nach dem korinthischen Isthmos. Hätten uns doch neulich auch Delphine ans Ufer getragen! Was meinst du? Jedenfalls ging er hier an Land und wurde freudig empfangen. Die Korinther nannten ihn Palaimon und gaben anlässlich seiner Rettung ein Fest, natürlich auch zu Ehren Poseidons. Das waren die ersten Isthmischen Spiele.»
«Was erzählst du da?», widersprach Drakonides. «Ich denke, Herakles hat die Spiele begründet.»
Pherenikos lachte abschätzig auf.
«Ach, Herakles, dieser großmäulige Schlagetot! Soll der denn überall der Erste gewesen sein?»
«In Olympia jedenfalls war er es! Die Olympischen Spiele hat er begründet, das steht einmal fest.»
«Keineswegs steht das fest!»
«Er war auch unter den ersten Olympiasiegern, gewann im Ringen und im Pankration. Im Faustkampf siegte Polydeukes, Kastor im Stadionlauf …»

«Das sind Märchen! Der erste Olympiasieger im Stadionlauf war kein Heros, sondern ein einfacher Koch mit Namen Koroibos. Das erzählte mein Vater, den sie die Siegerlisten einsehen ließen.»
«Und doch ist es Unsinn!», ereiferte sich Drakonides. «Die ersten Sieger waren Heroen! Herakles stiftete nämlich die Spiele, nachdem er den elischen König Augias besiegt hatte. Der hatte ihn vorher gerufen, damit er den Mist von den Herden beseitigte, der den größten Teil des Landes bedeckte. Herakles tat die Arbeit, doch Augias wollte ihn nicht entlohnen. Da rüstete der Heros zum Krieg, gewann ihn und zur Siegesfeier in Olympia gab es die ersten sportlichen Wettkämpfe. Und auch zum ersten Mal wurden die Kränze vom Ölbaum verliehen!»
«Ich kenne die Geschichte ganz anders», sagte Pherenikos, die Schultern zuckend. «Der erste Wettkampf in Olympia war ein Wagenrennen. Und es ging dabei um eine Frau!»
«Ein Märchen!», widersprach Drakonides. «Was haben Frauen mit Olympia zu tun?»
«Sehr viel!»
«Tatsächlich? Und ist dir vielleicht nicht bekannt, dass es Frauen verboten ist, dort zu erscheinen – jedenfalls während der Spiele?»
«Das ist mir sehr wohl bekannt. Eine schreiende Ungerechtigkeit!»
«Das würde ich dort aber nicht so laut verkünden. Es könnte dir übel bekommen!»
«Du findest es richtig, dass man Frauen dort mit dem Tode bedroht? Dass man jede, die erwischt wird, von einem hohen Felsen herabstürzen will?»
«Das ist nun einmal bei den Eleern Gesetz.»
«Ein Gesetz, das man abschaffen müsste!»
«Ich sage nur: Hüte dich! Wenn du dort solche Reden führst, könntest du schnell im Kerker landen!»

Sie standen mitten auf dem Platz vor dem Tempel des Poseidon und schrien einander heftig gestikulierend an.
Pherenikos jedoch lachte plötzlich auf.
«Warum ereifern wir uns eigentlich? Du hast Recht! Wie töricht von mir, davon anzufangen! Was kümmert es denn uns Männer, wie sie dort mit den Frauen verfahren! Ist es nicht wundervoll und angenehm, dass wir dort völlig unter uns sind? Verzeih, wenn ich dich in Wut gebracht habe! Bist du bereit, dich wieder mit mir zu versöhnen?»
Pherenikos streckte Drakonides die Hand hin und dieser nahm sie und drückte sie verlegen in seiner Pranke.
«Auch ich habe mich ereifert. Verzeih!», murmelte er, ein wenig betroffen, weil die Hand in der seinen so schmal und weich war, dass er sie sogleich wieder fahren ließ, als fürchte er, sie zu zerquetschen.
Er wandte sich ab und sagte: «Nun, lebe wohl! Ich habe noch etwas vor.»
«Und deine Antwort?», rief Pherenikos.
«Meine Antwort?»
«Auf das Angebot.»
«Das war doch ein Spaß. Wie? Du wolltest dich nur mit mir unterhalten.»
«Wenn du nach Rhodos kommst, wird dir mein Vater alles bestätigen», sagte Pherenikos, wobei eine Falte, die einen Anflug von Ärger verriet, über seiner Nasenwurzel erschien. «Aber gehen wir doch zunächst nach Olympia! Mein Schützling Peisirhodos wird mich schon ungeduldig erwarten, jetzt vor dem Wettkampf braucht er mich dringend. Später machen wir dann die Reise alle zusammen!»
«Mich zieht es aber nach Hause.»
«Bedenke doch bitte die Vorteile, die dich erwarten!»
«Du nanntest bisher nur die Vorteile, die ich mitbrächte.»
«Du würdest großzügig entlohnt, wärst ohne Sorgen um Kost

und Wohnung. Und du müsstest deinen geliebten Faustkampf nicht aufgeben.»

«Woher willst du denn wissen, dass ich ihn liebe?»

«Auch das sieht ein sachverständiges Auge.»

Der schöne Gymnastes legte den Kopf auf die Seite und um seinen Mund spielte wieder das lockende Lächeln, das Drakonides so missfiel.

«Nun? Zögerst du immer noch?»

«Eines verstehe ich nicht», sagte der zum Rücktritt entschlossene Faustkämpfer. «Eigentlich bist du doch fest überzeugt, dass dieser Peisirhodos, den du als deinen Schützling bezeichnest, den Kranz gewinnt. Damit hättet ihr doch dann wieder einen Olympiasieger, der eurer Palästra Zugkraft verleiht.»

«Aber er ist doch noch fast ein Kind und tritt im Wettkampf der Knaben an. Für die Palästra wird ein Mann gebraucht! Auch falls mein Sohn Olympiasieger wird –»

«Sagtest du eben ‹mein Sohn›?», unterbrach Drakonides, misstrauisch zwinkernd.

Pherenikos errötete und fuhr sich mit einer zerstreuten Geste über die Stirn.

«Oh, das ist mir nur aus Versehen über die Lippen gekommen! Natürlich spreche ich von meinem Neffen. Doch seit mein armer Bruder tot ist, betrachte ich ihn als meinen Sohn und nenne ihn auch im Stillen so. Und das gerät mir dann manchmal sogar auf die Zunge.»

«Du scheinst ein inniges Verhältnis zu deinem Neffen zu haben.»

«O ja! Ich liebe ihn abgöttisch! Nur ist er ein wenig ungebärdig. Ein wildes Füllen, schwer zu zähmen. Seine Erziehung obliegt mir als seinem Vormund allein und das ist keineswegs eine leichte Aufgabe. Und falls er gar in Olympia den Kranz gewinnt, wird er mir überhaupt nicht mehr gehorchen wollen. Dann wird es noch schwieriger mit ihm und er wird eine starke, feste Hand brauchen – die Hand eines Mannes, zu dem er aufblicken kann. Hast du nicht auch davon gehört, dass Athleten, die in ihrer frühen Jugend berühmt wurden, später nicht hielten, was sie versprachen? Weil sie überheblich und träge wurden?»

«Das habe ich sogar oft beobachten können.»

«Überzeugt dich mein Angebot immer noch nicht? Natürlich könntest du auch deine Tochter mit zu uns nach Rhodos bringen. Wir würden eine große Familie sein: mein Vater Dorieus, du, ich und die Kinder.»

«Eine Familie, in der etwas fehlt!», sagte Drakonides entschieden.

Der schöne Gymnastes seufzte. Noch immer drückte er den breiten Hut an die Brust, denn im Schatten der Bäume bedurfte er seiner ja nicht. Einen Augenblick schien er mit sich zu ringen, ob er dem bisher Mitgeteilten noch etwas hinzufügen sollte. Er entschied sich für eine Antwort, die unbestimmt war, zugleich aber neugierig machen sollte.

«Wenn du mit nach Olympia kommst», sagte er leise, mit einem großen, bedeutsamen Aufblick, «könnte ich dir am Abend des ersten Tages der Spiele ein Geheimnis enthüllen, das dich vielleicht geneigt machen wird.»

«Warum erst dort? Und warum nicht früher?»

«Den Grund wirst du dann verstehen.»

«Am Abend des ersten Tages werden die Wettbewerbe der Knaben vorüber sein.»

«So ist es. Aber mehr kann ich wirklich nicht sagen. Wirst du nun mitkommen?»

Drakonides blickte hinunter in die hoffnungsvoll auf ihn gerichteten Augen und sagte in einem Ton, der gleichmütig klang: «Ich werde mir den Peisirhodos ansehen. Wenn wir Athleten schon abtreten, wollen wir schließlich wissen, wer nach uns kommt.»

9

Über den schmalen Bergweg, der von den Höhen Arkadiens herabführte, zog eine lange Kolonne von Reisenden abwärts zum Tal des heiligen Flusses Alpheios.

Die meisten dieser Männer waren drei Tage zuvor in Korinth aufgebrochen, wo sie aus vielen und zum Teil weit entfernten Gegenden Griechenlands zusammengeströmt waren und eine letzte Rast gemacht hatten. Seit sie die Hafenstadt auf dem Isthmos verlassen hatten, lag eine beschwerliche Reise hinter ihnen, doch das Ziel war jetzt nahe. Nur ein kurzes Stück Weges trennte sie noch von dem heiligen Ort, wo schon am nächsten Tag die Spiele zu Ehren des Zeus beginnen würden. Trotz Hitze und Durst und obwohl sie seit dem Morgengrauen schon unterwegs waren, trieb sie die Nähe Olympias zur Eile und sie gönnten sich keine Rast mehr.

Die weit auseinander gezogene Reihe der Maultier- und Ochsengespanne bewegte sich durch das Bett eines ausgetrockneten Flüsschens. Um die Tiere auf dem abschüssigen, steinigen Weg nicht übermäßig zu belasten, hatte man auf den meisten Wagen nur das Gepäck gelassen. Die Gespannführer schritten neben den Zugtieren und auch alle jüngeren und rüstigen Besitzer oder Mieter gingen zu Fuß. Nur alte, kranke und schwächliche Reisende saßen oder lagen auf den Wagen im Heu, viele unter zeltartigen Leinwanddächern.

Die Mittagsglut machte Menschen und Tieren zu schaffen. Im Gehen hielt einer eine Amphora hoch und steckte die Zunge weit heraus, um die letzten Tropfen Wasser aufzufangen. Ein anderer zog neben ihm sein Hemd aus und warf es sich über den Kopf, damit das schweißfeuchte Gewebe die Stirn kühlte. Hinter ihnen konnte ein matter Greis sich auf dem Eselsrücken kaum aufrecht halten und hin und her schwankend musste er von Sklaven gestützt werden.

Von Zeit zu Zeit verlor sich der Weg zwischen Gestein und Gestrüpp, war aber dennoch nicht zu verfehlen. Die Abfälle eines mehrtausendköpfigen Trecks markierten ihn deutlich: zerbrochene Räder, Scherben von Trinkgefäßen, Melonenschalen, menschlicher und tierischer Unrat, von dem sich Fliegenschwärme erhoben.

Es gab eine Stauung. Ein Ochse, der vor einem Wagen ging, blieb stehen und konnte nicht weiter. Der Gespannführer fluchte, schlug mit einem Knüppel auf ihn ein. Der Ochse wankte, die Vorderbeine knickten zuerst ein, er brach zusammen. Der Gespannführer und der Wagenbesitzer versuchten, das Tier wieder hochzuzerren. Aber sie schafften es nicht. Der Ochse rührte kein Glied und der Wagen hatte sich quer gestellt.

Der Weg war an dieser Stelle so schmal, dass kein Gespann vorbeikommen konnte. Der ganze Zug geriet ins Stocken. Hinten wurden Flüche laut. Ein paar Männer traten heran.

«Den bringt ihr nicht wieder hoch», sagte einer. »Räumt ihn fort», empfahl ein anderer, «wir fassen mit an!»

«Habe ich euch um eure Meinung gebeten?», fragte der Besitzer ärgerlich.

«Sie haben Recht, Herr», sagte der Gespannführer. «Er wird verenden.»

«Geht es nun endlich weiter?», schrie man von hinten. «Beeilt euch! Oder wollt ihr hier etwa Mittagsrast halten?»

«Die schonen ihren Ochsen!», ließ sich ein Witzbold vernehmen. «Wollen ihn wohl im Hippodrom starten lassen!»

Es gab Gelächter. Immer mehr Männer kamen herbei, schrien, fuchtelten, gaben alle möglichen Ratschläge. Schließlich sah der Besitzer ein, dass seine Anstrengungen vergeblich waren. Der Ochse blieb liegen. Seine Augen waren schon fast gebrochen, er hatte nicht einmal mehr die Kraft, den Schwanz zu bewegen, unter dem sich die Fliegen sammelten.

«Wenn es die Götter denn so wollen», sagte der Besitzer seufzend, «fasst an!»
«Tretet alle beiseite!»
Der riesenhafte Kerl mit ergrauendem Bart, die Schiffermütze verwegen auf einem Ohr, verschaffte sich Platz und trat in die Mitte.
«Willst du es allein machen, Drakonides?»
«Zu Hause trag ich so ein Vieh auf meinen Schultern spazieren. Das mache ich als Morgenübung.»
Er packte die beiden hinteren Klauen des Ochsen und zog das Tier ohne große Mühe ins Gebüsch. Der Gespannführer schob den Wagen an den Rand der Böschung.
Der Weg war frei und der Zug setzte sich wieder in Bewegung. Alle beschleunigten ihre Schritte und trieben die Tiere an, als gelte es, die verlorene Zeit einzuholen.
«Du schleppst zur Übung einen Ochsen herum?», fragte Agathokles bewundernd.
Drakonides lachte.
«Ich habe gehört, dass Milon von Kroton das tat, der Ringer. Zu seiner Zeit war er der Stärkste. Sollen die Alten uns beschämen?»
«Aber getragen hast du den Ochsen ja gar nicht!», rief einer von hinten.
«Wozu? Ihr Einfaltspinsel glaubt doch auch so, dass ich's kann!»
Ringsum wurde wieder gelacht. Auch Agathokles stimmte ein, obwohl er ein bisschen gekränkt war. Schwitzend und schlaff, seinen Petasos in den Nacken geschoben, mit eingefallener, nackter Fettbrust, unter der sich sein gewaltiger Bauch wölbte, saß er auf dem letzten der drei Wagen, die er in Korinth gemietet hatte. Die beiden anderen waren mit Zelten, Decken, Kisten und Opfergerät beladen. Der Vermieter und die Sklaven des Agathokles gingen neben den Wagen. Die Nachhut bildete

Drakonides. Im blauen Chiton mit breitem Gürtel, die Sandalen bis an die Knie geschnürt, das lederne Käppchen auf dem Kopf, schritt er straff und aufrecht dahin. Die Hitze, die Fliegen und der Gestank schienen ihm nichts auszumachen. So hatte er es immer gehalten. Nie hatte er sich einem Festort anders genähert als gut gekleidet und in würdiger Haltung.
Seit dem Aufbruch von Korinth, während des langen, beschwerlichen Marsches war er die meiste Zeit guter Laune gewesen. Der Gedanke, zu Spielen zu reisen, dort aber zu nichts mehr verpflichtet zu sein, war ihm angenehm. Er fühlte sich leicht, als habe er eine Last abgeworfen, die ihn in letzter Zeit immer mehr gedrückt hatte. So etwa, dachte er, wäre wohl jenem Sisyphos zumute gewesen, wenn ihm plötzlich der Herr der Unterwelt befohlen hätte: Halt ein, ruh dich aus! Und wenn er gesehen hätte, wie der Felsbrocken, den er seit Ewigkeiten immer wieder zum Gipfel hinaufgewälzt hatte, ein letztes Mal vor seinen Augen hinabrollte, um unten liegen zu bleiben, für alle Zeiten.
Drakonides konnte wohl sagen, dass Tyche, die launenhafte Göttin des Schicksals und der glücklichen Fügung, es gut mit ihm meinte. Nach der wunderbaren Errettung vom Tode war er Leuten begegnet, die ihn zu dieser Reise überredet hatten. Was wäre denn sonst geschehen? Er wäre nach Lesbos zurückgekehrt und hätte sich dort gelangweilt und Sehnsucht gehabt. Gemartert hätte es ihn, am Abend nach dem Himmel zu starren und zu sehen, wie sich die Mondscheibe rundete, und daran zu denken, wie sie am Tage des Vollmonds auf dem Altar des olympischen Zeus das Opfer darbrachten, und am Morgen und Nachmittag hätte ihm in der tiefsten ländlichen Stille das Gekreisch der Flöte und das gellende, rhythmische «Euoioi! Euoioi!» aus zehntausend Kehlen in den Ohren geklungen. Nun aber würde er dabei sein und eigentlich zum ersten Mal das Fest richtig erleben. Was hatte er sonst davon gesehen?

Agathokles hatte Recht: so gut wie nichts. Vom Xystos in Elis kommend, zog der Athlet in die Palästra von Olympia ein. Das Wohnlager durfte er kaum verlassen. Essen, schlafen, üben – so ging es bis zum Agon, zum Wettkampf. Und danach mussten die Wunden behandelt werden, ohne die der Faustkämpfer in den seltensten Fällen davonkam. Hatte er sich endlich erholt, rissen sie schon die Zelte ab, verschlossen sie die Tempel und auf dem Alpheios trieben die Kränze, mit denen die Zuschauer sich geschmückt hatten, dem Meer zu.

Seltsam, Drakonides fiel erst jetzt auf, dass er dreimal zu Olympischen Spielen gekommen war, doch dabei niemals einen Stadionlauf gesehen hatte. Auch keinen Fünfkampf und kein Pferderennen. Er hatte nie das Vergnügen gehabt, die stimmgewaltigen und lungenstarken Kerle um die Kränze für Siege bei den Herolden und Trompetern wetteifern zu hören. Nicht einmal die Knabenagone, die viele Männer am stärksten anzogen, hatte er erlebt. Nur einmal, vor acht Jahren, war er zu einem Wagenrennen gegangen, bei dem ein Polisgenosse am Start war. Aber während die Viergespanne dahinjagten, hatte er in der Fieberatmosphäre des Hippodroms, die niemand sonst auf seinem Platz hielt, verdrossen auf dem Boden gehockt und daran gedacht, dass seine Gegner jetzt in der Palästra übten und dass dieser Ausflug ihn zwei Tage später den Sieg kosten würde. Wie gut, dass ihm nun diese Sorge erspart blieb! Während die Fäuste ruhten, würden die Sinne zu ihrem Recht kommen. Mit den Göttern gemeinsam, die auf dem Kronoshügel versammelt sein würden, wollte er schauen und genießen.

Doch auch andere Gedanken waren ihm manchmal in diesen Tagen gekommen. Plötzlich war er wortkarg geworden, zu keinem Scherz mehr aufgelegt. Wie abwesend vor sich auf den Weg starrend, schritt er dann dahin und seine Miene verfinsterte sich, wenn sein Blick auf den Bauch des Agathokles oder die faltigen Hälse und dünnen Altmännerbeine der Reisenden aus Megara fiel, die schnatternd neben ihm herliefen. Bin ich auch schon einer von denen?, fragte er sich. Nur noch zum Klugreden und zum Gaffen gut? Dabei fiel ihm dann jedes Mal Milon ein, der große Ringer, der Mann aus Kroton, für den sich ganz Hellas begeistert hatte. Der kam als Greis in eine Palästra und sah den Jünglingen bei ihren Übungen zu. Plötzlich stürzten Tränen aus seinen Augen. Alle blickten zu ihm hin. Da befühlte er seine eigenen schlaff gewordenen Muskeln und sagte seufzend: «Ach, leider sind sie schon tot ...»

Also beginne ich nun wohl auch zu sterben, fügte dann Drakonides für sich hinzu.

Nachdem von Milon die Rede gewesen war, fiel ihm die Anekdote auch jetzt wieder ein. Doch er wollte sich kurz vor dem Ziel nicht erneut in trübe Gedanken verlieren. So sah er sich nach Pherenikos um, mit dem er sich in diesen letzten Tagen immer häufiger unterhalten hatte. Trotz aller Zurückhaltung, die ihm geboten schien, schätzte er den Gymnasten aus Rhodos als amüsanten, beredten, auf manchem Wissensgebiet bewanderten Reisegefährten.

Er konnte aber den breitkrempigen Petasos des Gesuchten im Gedränge der Hüte und Kappen auf dem schmalen, gewundenen Weg nicht entdecken.

«Wo ist unser Freund aus Rhodos geblieben?», fragte er Agathokles. «Hast du ihn nicht gesehen?»

«Schweige lieber von diesem Kerl!», war die unwirsche Antwort. «Ich will nichts mehr von ihm wissen.»

«Aber wo steckt er? Und was hast du auf einmal gegen ihn?»

«Wo er steckt? Entweder ist er vor uns oder hinter uns, vielleicht auch irgendwo mitten im Wald. Auf jeden Fall hat er sich von uns abgesetzt. Und was ich gegen ihn habe? Frech und undankbar ist er. Und außerdem ein Betrüger, wenn nicht noch Schlimmeres.»

«Ein Betrüger? Was heißt das?»

Agathokles, dem das Gerüttel des Wagens Beschwerden verursachte, wälzte sich seufzend in eine andere halb liegende Stellung, wobei er sich einige Polster unter den Rücken stopfte. Dann gab er Drakonides mit seinem fetten Finger ein Zeichen, er möge sich im Gehen etwas zu ihm herüberneigen, damit er sich nicht so anstrengen musste und damit andere, die vor und hinter dem Wagen gingen, nicht alles mithören konnten.
«Ein Strolch ist er, dieser Pherenikos!», schimpfte er halblaut. «Davon war ich übrigens schon in Korinth überzeugt. Die schöne Geschichte, die er uns beiden erzählt hat, ist von Anfang bis Ende erlogen!»
«Du meinst, was er von seinem Großvater und ...»
«Alles Lüge! Wenn der ein Enkel des Diagoras ist, bin ich ein Sohn des Zeus! Der Vater, die Onkel Olympiasieger ... Geflunker! Er selber Ausbilder in der familieneigenen Palästra ... Schwindel! Sein Schützling, dem er angeblich nachreist, ein Anwärter auf den Kranz vom Ölbaum ... Angeberei! Lug und Trug!»
«Und woher willst du das wissen? Wie kommst du darauf?»
«In Korinth, in der Herberge, fand ich es heraus. Da stürmt plötzlich ein lärmender Haufen herein, gerade angekommen, unterwegs nach Olympia. Die Kerle sind lustig, bestellen Wein. Gleich fällt mir ihr harter dorischer Dialekt auf und schnell hab ich aufgeschnappt, woher sie kommen: aus Rhodos. Da plötzlich tritt unser Pherenikos ein. Ich rufe ihn. ‹Sieh doch mal, die Männer da drüben, deine Landsleute von der Insel! Willst du sie nicht begrüßen? Wie begeistert werden sie sein, dich wieder zu sehen!› Was soll ich dir sagen? Da wird der Kerl blass, greift sich ans Herz, zieht den Hut ins Gesicht, macht kehrt und ist schneller verschwunden, als er gekommen war. Wahrscheinlich verkroch er sich irgendwo in einem Winkel, denn erst am Morgen tauchte er wieder auf, als die Männer aus Rhodos fort waren. Nun, wie findest du das? Benimmt sich so ein

geachteter Mann, der Enkel des berühmtesten Inselbewohners?»

«Es ist immerhin möglich, dass er Feinde hat und dass diese Männer zu ihnen gehörten», sagte Drakonides, der das Bedürfnis verspürte, den Angeschuldigten zu verteidigen. «Ruhm und Erfolg rufen Neider und Widersacher hervor.»

«Ach was, diese Burschen waren harmlos, dafür habe ich einen guten Blick! Er fürchtete nur, erkannt zu werden und uns dann einiges erklären zu müssen. Vielleicht hat er auch irgendetwas verbrochen. Wer weiß? Auch jetzt hat er sich davongemacht. Hier im Treck sind nämlich ebenfalls ein paar Leute aus Rhodos. Das hörte ich vorhin an ihrer Sprache, als sie sich mit den anderen um den Ochsen drängten.»

«Nun, aber wenn er etwas verbergen muss ... warum geht er da ausgerechnet nach Olympia, wo sich Zehntausende treffen und man auf Schritt und Tritt Bekannten begegnet?»

«Wo man aber auch in der gewaltigen Menge untertauchen kann. Was treibt sich dort während der Spiele nicht alles herum? Ist dir vielleicht nicht bekannt, dass in Olympia auch das größte panhellenische Fest der verrufensten Päderasten stattfindet?»

«Das ist mir sehr wohl bekannt», erwiderte Drakonides grinsend. «Aber es reisen ja auch ehrenwerte Päderasten dorthin.»

«Eine Anspielung, die auf mich zielt», sagte Agathokles mit Würde. «Aber ich muss zurückweisen, dass du mich als Päderasten bezeichnest. Ich bin ein Pädophiler, ein Freund der Jugend, der immer mehr gibt, als er nimmt, und dessen wichtigstes Anliegen ist, bei seinen jungen Freunden die Ausbildung einer edlen Gesinnung zu fördern. Ich lese sogar mit ihnen Homer. Die andern dagegen ... was haben sie vor? Sie hoffen auf schmutzige Geschäfte!»

«Es würde mich trotzdem sehr wundern, wenn dies bei Pherenikos der Fall wäre», sagte Drakonides, dem die Vermutungen des Werftbesitzers trotz eines Anscheins von Wahrscheinlichkeit zu weit gingen.

«Nun, ich kenne diese Herrchen besser als du! Dabei hat er sich doch an dich herangemacht, du müsstest ja auch etwas bemerkt haben. Soll ich dir sagen, was ich denke? Auf Rhodos ist er ein bekannter Kinäde, ein männliches Hürchen. Vielleicht treibt er sich dort auch in einer Palästra herum, manche dieser Palästren sind ja nur flüchtig getarnte Männerbordelle. Vielleicht ist er sogar ein Liebhaber dieses Peisirhodos, der ein Enkel des Dorieus sein mag und für Rhodos um neuen Ruhm kämpfen soll. Der aufdringliche Pherenikos stellt ihm so hartnäckig nach, dass man den Jüngling vor ihm schützen muss. Denn nichts ist ja der sportlichen Leistung abträglicher als ein so kräftezehrender Umgang. Man verbietet also dem Kerl, den jungen Mann weiter zu verfolgen und nach Olympia zu reisen. Aber was tut er? Er begibt sich unter einem Vorwand nach Lesbos, wo er das nächste beste Schiff nach Korinth nimmt – die Triëre, die dann vor Andros auf Grund läuft. Unser Kinäde kann sich retten, verliert etwas Zeit, nutzt diese aber auch, um sich ein neues Opfer zu suchen – dich. Du wärst ja ein prächtiger Magnet für ein Männerbordell! Zum Glück für dich muss er nun aber erst einmal von dir ablassen und sich unsichtbar machen. Denn wenn ihn die Männer aus Rhodos entdecken, melden sie es den Betreuern des jungen Athleten und dann ... dann bekommt er es zwar von hinten besorgt, aber gewiss nicht so, wie er es gern hat. Vielleicht würden sie es auch gleich selber tun – warum wäre er sonst so erschrocken gewesen? Was mich betrifft ... ich würde Beifall klatschen! Es geschähe ihm recht, diesem Undankbaren!»

«Immerhin hast du ihn nicht verraten.»

«Hätte ich es nur getan», seufzte der Dicke. «Aber ich hoffte ja, dass er noch seine Schulden beglich.»

«Er hat Schulden bei dir?»
«Für die Überfahrt von Andros. Er hat ja fast nichts dafür bezahlen müssen. Natürlich erwartete ich eine kleine Gefälligkeit. Aber kann man von solchen Menschen Sitte und Anstand verlangen? Siehst du die Schramme auf meiner Nase? Noch heute Nacht ließ er mich auf rüdeste Weise abblitzen.»
«Jetzt verstehe ich deinen Ärger», sagte Drakonides belustigt. «Vielleicht ist er aber auch gar kein Kinäde, sondern gibt sich nur so.»
«Er ist einer!», beharrte der Werftbesitzer, dunkelrot im Gesicht infolge der Hitze und der zornigen Erregung. «Dafür habe ich wahrhaftig ein Auge. Am Hintern ist er gerupft, das habe ich deutlich gesehen, als er sich bückte. Er hat kein Härchen zwischen den Backen, darauf könnte ich schwören! Und auch am Kinn ist er glatt, sogar die Barthaare hat er entfernt. Na, bedarf es da noch eines Beweises? Aber er soll nicht glauben, dass er mir so davonkommt! Jetzt hat er nicht nur die Männer von Rhodos, sondern auch mich auf den Fersen. Wenn meine Leute ihn zu fassen kriegen ...»
«Nun verstehe ich, wie du reich werden konntest», sagte Drakonides ironisch. «Indem du Schulden unbarmherzig eintreibst. Was mich betrifft, so habe ich für die Überfahrt gar nichts bezahlt. Bist du am Ende mein Gläubiger? Schulde auch ich dir eine Gefälligkeit?»
«Wie kannst du so reden!», sagte Agathokles beleidigt. «Mit dir war es etwas anderes, schließlich bist du ein alter Freund. Von dir würde ich niemals etwas verlangen. Ich erinnere mich allerdings gut, dass wir beide mal eine Zeit lang auch ein liebendes Paar waren, als wir noch gemeinsam unter Konon die Ruderbank drückten. Du warst manchmal so leidenschaftlich, dass mir Hören und Sehen verging!»
Agathokles verdrehte die Augen und stieß einen Seufzer aus.
«Ja», sagte Drakonides, «das waren harte Zeiten damals. Im-

mer nur Krieg und keine Weiber. Aber ich sehe da vorn Bewegung. Mir scheint, wir haben den Fluss erreicht!»
Er schritt rasch aus, überholte die vor den Wagen gespannten Maultiere und folgte den Männern, die vor ihm zu laufen begannen.
«Davon will er nichts mehr wissen, der Bauer!», murmelte Agathokles grämlich. «Undankbar sind sie alle!»

10

Der Wald, den sie mehrere Wegstunden lang durchquert hatten, öffnete sich und sie gelangten auf eine steinige Hochebene. Wilde Ölbäume wuchsen hier, Zwergkiefern und Buschwerk. Jeder Schritt wirbelte Staub auf und das Atmen fiel schwer.
Die Kolonne zog sich auseinander, denn nun konnte man überholen. Kleine Gruppen von Männern, die ohne Gefährt unterwegs waren, ließen die schwerfälligen Gespanne, die jeden Augenblick stockten, bald hinter sich. Eilig hielten sie auf den Hügelkamm zu.
Von vorn ertönte Geschrei. Ein Freudenruf, der sich rasch fortsetzte.
«Der Alpheios!»
Die Männer stürzten vorwärts, als gelte es jetzt schon, einen Kranz zu gewinnen. Oben angekommen, verharrten sie keuchend. Einige sanken ergriffen auf die Knie. Hüte flogen in die Luft. Vor ihnen lag der breite, spiegelnde Wasserlauf, der heilige Fluss.
Die Müdigkeit war aus den staubbedeckten und von der Hitze gemarterten Körpern gewichen. Mit ausgebreiteten Armen eilten die Männer zum Ufer hinab. Die allgemeine Hast ergriff auch die Zugtiere, die so flink trabten, dass Gepäck von den

Karren herabfiel, Räder brachen und einige Wagen im Gebüsch stecken blieben.
Unten am Fluss herrschte ein heilloses Durcheinander. Auf der Uferstraße zog von Osten her ein anderer Treck heran, der nun von denen, die von der Hochebene herabkamen, aufgehalten wurde. Sie spannten erst einmal ab, sie hatten es jetzt nicht mehr so eilig, wussten sie doch, dass sie nur noch ein kurzes Stück Weges vom Festort trennte.
Wagen und Karren verstellten den Weg. Pferde, Esel, Rinder, Maultiere drängten sich auf den schmalen Streifen von fettem Gras, fraßen gierig. Männer warfen die Kleider ab, sprangen ins Wasser, ließen sich mit der Strömung treiben.
Die auf der Uferstraße herankamen, suchten sich Durchlass zu verschaffen. Rücksichtslos schoben sie die Wagen der anderen beiseite. Fluchend schlugen sie mit Knüppeln und Peitschen um sich.
Drei Männer gingen auf einen Wagen zu und warfen ihn um. Zwei andere, nackt und wassertriefend, gerade dem Fluss entstiegen, stürzten sich auf sie. Mit Faustschlägen und Fußtritten suchten sie einander aus dem Felde zu schlagen.
«Arkadisches Räuberpack!»
«Böotisches Lumpengesindel!»
«Dass dir die Kutteln bersten!»
«Dir Kuhmelker mach ich Beine!»
«Ziegenhüter!»
«Hundeschwanz!»
Immer mehr Männer mischten sich ein und wurden in das Handgemenge verwickelt. Fäuste krachten auf Kinnbacken. Umschlungene Körper rollten über den Sand. Alle schrien aus Leibeskräften, vor Schmerz oder um sich anzufeuern.
Drakonides war ohne Hast herabgestiegen.
Sein Blick glitt über den brodelnden Haufen. In seinen Augen blitzte es auf.

«Gut so», murmelte er. «Bei Styx, dazu bin ich gerade in Stimmung!»

In aller Ruhe schnallte er seine Sandalen ab, löste den Gürtel, zog den Chiton aus. Er legte alles auf einen Wagen, die lederne Kappe obenauf.

Dann trat er mitten hinein ins Getümmel.

Wie ein Bootsmast in der aufschäumenden Brandung, etwas ruckartig und leicht schwankend, bewegte er sich vorwärts. Links und rechts leichte Schläge austeilend, begnügte er sich zunächst damit, sich ein paar Raufbolde, die ihn bedrängten, vom Leibe zu halten.

In der Mitte angekommen, warf er einen zornigen Blick rundum und begann zu reden.

«Warum prügelt ihr euch, Hellenen?», rief er. «Könnt ihr nicht warten, bis ihr im Stadion seid? Dort werdet ihr besseren Faustkampf sehen! Geht auseinander, hört auf! Wisst ihr noch immer nicht, wo ihr hier seid? Habt ihr noch nichts vom Heiligen Frieden gehört? Glaubt ihr, dass die Eleer euch an den Grenzen die Waffen abnehmen, damit ihr den Krieg mit den Fäusten fortsetzt? Dass euch doch alle der Blitz treffe! Dass euch die Erde verschlinge! Dass euch der Fluss ins Meer schwemme, damit ihr ersauft und – – –»

Weiter kam Drakonides nicht. Ein Bursche hatte ihm einen Schlag auf den Hals gegeben, dass ihm der Atem stockte. Er schluckte und würgte und nun stieg die richtige Wut in ihm auf.

Er packte die erstbesten beiden Köpfe und stieß sie so heftig zusammen, dass die Männer benommen niedersanken. Dann verteilte er Haken und Schwinger, ganz nach den Regeln der Palästra. Es tat ihm gut, die Muskeln zu spannen und die Fäuste tanzen zu lassen. Er zielte genau auf die Punkte, auf die es ankam, und freute sich, wenn er mit einem Hieb auf die Kinnspitze oder hinter das Ohr den Gegner fällte. Zur Abschreckung stieß er raue Laute aus und schnitt Grimassen, und wenn einer vor ihm zurückwich, lachte er schallend. Aber die meisten drängten heran, und da jeder glaubte, der streitbare Riese gehöre zur Gegenpartei, griffen sie ihn von allen Seiten an. Er schüttelte sich wie ein Baum, und sie fielen wie Früchte von ihm ab. Er fühlte sich prächtig.

«Seht doch nur, seht!», rief Agathokles begeistert und wies auf das Durcheinander von Leibern, aus dem die mächtigen Schultern und der Kentaurenschädel des Drakonides herausragten. «Ihr Götter, was für ein Mann! Welche Kraft! – Ein Jammer, das alles nicht zu nutzen», fügte er murmelnd nach einer Weile hinzu, ohne den Blick abzuwenden.

Die Fäuste des Drakonides hatten bald solche Lücken in die Reihen der Helden geschlagen, dass der Kampf abflaute. Drakonides hatte nun selber genug und mit einem kurzen Schlaggeschmetter bahnte er sich eine Gasse zum Fluss.

Er sprang in das gelbgrüne, träge fließende Wasser und tauchte erst in der Mitte des Stromes wieder auf. Wie ein gewaltiger eherner Schild glänzte sein Rücken in der Sonne.

Das Handgemenge endete ebenso schnell, wie es begonnen hatte. Während einige Unermüdliche aus Wetteifer oder Vergnügen nicht aufhören wollten, waren die meisten schon damit beschäftigt, die Uferstraße passierbar zu machen. Dies geschah nun schon wieder in schönster Eintracht. Aus Mündern, in deren Winkeln noch Blut klebte, kamen Scherzworte, und Fäuste, die eben noch erbitterten Gegnern gehört hatten, packten jetzt dieselbe Wagendeichsel. Wer freikam, spannte rasch an und beeilte sich weiterzufahren. Von Norden und Osten zogen neue Kolonnen heran, und man konnte nicht wissen, ob man im nächsten Augenblick noch schadlos von dieser gefährlichen Stelle fortkommen würde.

«So sind die Hellenen», sagte Drakonides, als er später, an einen Baumstumpf gelehnt, ein Stück Ziegenfleisch kaute. «Sie spucken sich an, sie schlagen sich und dann ziehen sie weiter, als sei nichts gewesen. Hätten sie Waffen gehabt, würden hier sogar ein paar Tote herumliegen. Warum nicht? Auch Ödipus erschlug seinen Vater, weil der die Straße nicht freigeben wollte.»

«Ja, es gehört nicht viel dazu, unser Blut in Wallung zu bringen, den Göttern sei es geklagt», bemerkte der auf einem Klappstuhl hockende Agathokles und legte die Hand auf das Hinterteil eines jungen Sklaven, der neben ihm stand und Wasser in einen Mischkrug goss.

Im Schatten der Wagen, etwas abseits vom lauten Trubel, hatte der Schiffsherr einen Imbiss bereiten lassen.

«Du scheinst mir ein gewandter Redner zu sein», sagte Agathokles nach einer Weile. «Ich habe dich vorhin beobachtet. Leider konnte ich nicht verstehen, was du den Männern gesagt hast.»

«Das weiß ich selber nicht mehr», entgegnete Drakonides. «Ich sagte nur, was mir so in den Sinn kam. Ist es nicht üblich, erst zu reden und dann zu raufen? Kannst du dir etwa den ganzen Peloponnesischen Krieg ohne die schönen Reden vorstellen, die sie vorher in den Ratsversammlungen gehalten haben? Auch wir Faustkämpfer reden, doch wir sind ehrlicher als die Politiker. Da wir ja wissen, dass wir uns schlagen werden, suchen wir nicht erst nach kleinlichen Gründen. Wir beschimpfen uns einfach, zur Unterhaltung. Die Zuschauer mögen nun mal keine stummen Kämpfe. Und wer am lautesten ist, kriegt die Leute auf seine Seite. Siehst du, und weil ich nun mal aus Gewohnheit nicht zuschlage, ohne vorher das Maul aufzureißen, habe ich denen eine Rede gehalten. Aber sie haben wohl auch nichts verstanden», schloss Drakonides lachend.

«Dafür haben sie umso besser verstanden, was du ihnen sonst noch zu sagen hattest», befand Agathokles. Plötzlich warf er dem mit der Ziegenkeule beschäftigten Riesen einen forschenden Blick zu und fuhr fort: «Ich finde, du bist prächtig in Form. Willst du es nicht doch noch versuchen?»

Drakonides kaute etwas langsamer, tat aber so, als verstünde er nicht.

«Was meinst du?»

«Du weißt schon.»

Sie schwiegen wieder.

«Deinetwegen machen sie bestimmt eine Ausnahme», begann Agathokles dann aufs Neue. «Es wäre ja nicht das erste Mal, dass sie einen Verspäteten noch zulassen.»

Drakonides warf den Knochen fort und nahm einen Schluck aus seinem Becher.

«Warum fängst du damit an?»

«Weil ich dich gut beobachtet habe.»

«Das war eine Schlägerei, kein Faustkampf.»

«Wenn schon. Du bist trotz allem, was geschehen ist, in guter Verfassung. Deine Füße sind leicht, deine Fäuste schnell, dein Blick ist klar, dein Körper geschmeidig. Glaube mir, du könntest es wagen!»

«Was verstehst du schon davon?»

«Ein bisschen. Ich reise viel, komme herum, besuche die Feste der Hellenen. Ich habe manchen Agon gesehen, kann mir also ein Urteil bilden. Ich wiederhole: Du kannst es wagen!»

Drakonides dachte einen Augenblick nach und sagte dann mit gespielter Heiterkeit: «Zugegeben, ich bin derselben Meinung. Aber was wollen wir beide machen? Die Götter haben es anders beschlossen. Ihre Zeichen sind deutlich.»

Er stand auf, zog den Chiton glatt und blickte hinunter zum Alpheiosufer, wo gerade ein Reitertrupp vorüberkam. Jemand erkannte ihn und winkte und er hob grüßend die Hand und winkte zurück.

«Zeichen, Götter», maulte Agathokles. «Es gibt Entscheidungen, die wir selbst fällen müssen. Meiner Ansicht nach ist es Feigheit, sich hinter den Göttern zu verstecken.»

«Du hältst mich für feige?»

«Versteh mich richtig. Ein gewöhnlicher Mensch mag sich fürchten. Aber ein zweiter Herakles ...»

«Herakles war ein großmäuliger Schlagetot!», erwiderte Drakonides scharf und wunderte sich im selben Augenblick, wie es kam, dass er den sonst so verehrten Heros plötzlich derart respektlos beurteilte. «Ich will sagen ... ich meine, was war denn sein Lohn? Er endete so, wie alle, die überheblich sind und kein Maß kennen, enden müssen: unter Qualen.»

«Das geschah nur durch die Schuld einer Frau, dieser eifersüchtigen Deianeira, die ihm ein vergiftetes Hemd reichte. Frauen sind nun mal das Verderben der Männer, deshalb sollte man sich von ihnen fernhalten.»

Agathokles erhob sich ächzend und gab dem Sklaven ein Zeichen, den Becher des Drakonides noch einmal zu füllen. Listig blinzelnd trat er an die Seite des Faustkämpfers.

«Eben meintest du selber noch, du könntest es wagen.»

«Vielleicht kann auch ich die Hybris nicht zügeln.»

«Also denkst du tatsächlich daran.»

«Nein! Und nun lass mich damit in Ruhe! Geht es bald weiter?»

«Verzeih, ich muss erst mein Mahl beenden», sagte Agathokles seufzend, setzte sich wieder und begann, noch eine Wurst zu verzehren.

Abermals schwiegen sie eine Weile.

«Hör mal», ließ Agathokles sich dann wieder vernehmen. «Ich glaube, dass dich noch eine andere Frage beschäftigt, und ich meine, da hast du vollkommen Recht.»

«Was denn für eine Frage?»

«Die Frage nach dem Lohn.»

«Welchem Lohn?»

«Dem Lohn der Mühe. Was hat deine Polis dir denn in Aussicht gestellt – für den Fall des Olympiasieges?»

«Ist das noch wichtig?»

«Die Athener zahlen fünfhundert Drachmen und speisen den Sieger in ihrem Rathaus, dem Prytaneion. Das hat sich seit Solon nicht geändert. Es ist wenig, sehr wenig ... Ich meine, für die heutigen Verhältnisse. Ein Olympiasieger von Samos hingegen hätte ausgesorgt. Er könnte sein Leben in Wohlstand beschließen.»

Agathokles sah zu Drakonides hinüber, gespannt auf die Wirkung seiner Worte. Der Faustkämpfer stand von ihm abgewandt, ließ Blicke umherschweifen, schwieg.

«Angenommen, du meldest dich noch», fuhr Agathokles lebhaft fort, «warum nicht für Samos? Was schuldest du Mytilene? Dein Vaterhaus stand in Athen, du bist nur durch Zufall dort gelandet. Was kann dieser Ort dir schon bedeuten? Was hat die Polis für dich getan? Dein isthmischer Fichtenkranz hängt im Tempel, du aber plagst dich mit einem Bauerngut ab. Bist du dafür dein Leben lang umhergezogen? Hast du dafür dein Blut in den Sand gespien? Ein hübsches Stadthaus könntest du haben, ein kleines Vermögen, alle Bequemlichkeiten. Als ihren Olympiasieger würden die Samier dich mit den höchsten Ehren empfangen und wie ein König würdest du in ihrer Mitte leben – bis an dein Ende.»

Agathokles machte eine Pause und wartete.

Drakonides rührte sich nicht und schwieg hartnäckig.

Der Werftbesitzer erhob sich abermals von seinem Klappstuhl, nahm den Zipfel seines seidenen Mantels über den Arm, um sich ein wichtiges Aussehen zu geben, und trat auf den Faustkämpfer zu. Er riss seine runden Äuglein auf und obwohl es wegen des Lärms ringsum nicht nötig war, beugte er sich ein wenig vor und dämpfte die Stimme.

«Ein Talent, wenn du dich für Samos eintragen lässt. Drei Talente, wenn den den Kranz gewinnst!»
Drakonides sagte noch immer nichts. Die starren Gesichtszüge verbargen seine Gedanken.
«Antworte doch!», drängte Agathokles. «Was sagst du dazu? Ist das etwa kein Angebot? Lohnt es nicht, dafür etwas zu wagen?»
Drakonides blickte zum Himmel hinauf und zupfte lange an seinem Bart. Dann sah er wieder auf Agathokles hinab und plötzlich begann er zu lachen. Der Dicke sah etwas töricht aus, wie er so vorgebeugt dastand, mit offenem Mund, an dem die Wurstreste klebten.
Drakonides lachte ausgiebig, brach aber ebenso plötzlich ab und seine Miene verfinsterte sich.
«Du singst zwar sehr schön, Sirene», sagte er, «doch du betörst mich nicht.»
Er stülpte das Lederkäppchen auf und nahm von einem der Wagen den kleinen Beutel, in dem sich sein Geld, ein Gewand zum Wechseln, ein Kamm und ein paar andere Kleinigkeiten befanden.
Schließlich umarmte er Agathokles.
«Chaire. Und hab Dank für die Gastfreundschaft. Mögen die Götter dich dafür entlohnen.»
Das hatte Agathokles nicht erwartet.
«Du willst ohne mich weiter?», rief er betroffen.
«Ich spüre Olympia, es ist nahe. Ich kann hier nicht länger herumsitzen.»
«Ich gebe sofort Befehl zum Aufbruch!»
«Du hast dein Mahl noch nicht beendet. Dort bringt man Obst.»
«Bist du mir böse? Mein Vorschlag hat dich doch nicht etwa gekränkt!»
«Warum sollte ein Freund den anderen kränken?»

«Aber so lass uns doch gemeinsam …»
«Leb wohl!»
Drakonides hatte sich schon ein Stück entfernt und winkte zurück.
Im nächsten Augenblick tauchte er in den lärmenden Strom von Menschen, Tieren und Wagen ein, der sich am Ufer des Flusses dahinwälzte, auf Olympia zu.

ZWEITER TEIL

DIE VERFÜHRUNG

11

Zuerst gelangten sie ins Wohnlager. Anfangs waren vereinzelte Rastplätze zu sehen, dann drängten die großen, kleinen, länglichen, runden, aus Leinen und Tierhäuten zusammengeflickten Zelte bis an die Straße heran, die so schmal wurde, dass kaum zwei Wagen aneinander vorbeifahren konnten. Dazwischen standen Buden und Lauben mit Küchen, mit Wasser- und Weinausschank und je näher man dem Heiligtum kam, desto mehr verwandelte sich das Lager in einen riesigen Marktplatz mit Verkaufsständen und Wechslertischen.

In allen griechischen Dialekten priesen die Händler ihre Waren an – Früchte, Backwerk, Salben, billigen Schmuck, kleine Opferfiguren. Die Mastigophoren, die für die Ordnung verantwortlich waren, erteilten mit heiseren Stimmen Befehle. Sklaven trieben Vieh vorbei, schöne Tiere mit glattem, glänzendem Fell, zum Opfer bestimmt. Skythen eilten ihren lavendelduftenden griechischen Herren voraus, stießen mit abschreckend rauem Geschrei die Entgegenkommenden beiseite. Am Boden hockend, streckten nackte Bettler den Vorübergehenden ihre verkrüppelten Glieder entgegen. Viele zeigten Arm- und Beinstümpfe, die noch schorfbedeckt waren und eiterten, grausig daran erinnernd, dass an vielen Orten von Hellas der Krieg tobte.

In einem von Gaffern gebildeten Kreis führten zwei Possenreißer ein Pankration vor. Die beliebte Kampfsportart, halb Faustkampf, halb Ringen, bei der beinahe alles erlaubt war, eignete sich vortrefflich für komische Übertreibungen. Mit gräulichen

Masken vor den Gesichtern und dicken Stoffwülsten an den Armen, die Muskeln darstellend, schlugen die beiden Gaukler wild aufeinander ein, traten sich gegenseitig in den Bauch, den Hintern und auf die Füße. Dabei schrien und grunzten sie unflätig. Wer getroffen war, heulte auf oder stürzte hin und wälzte sich zappelnd im Sand.

Ein dritter Gaukler, von einem aus Lumpen zusammengeflickten roten Mantel umschlottert, stellte den Kampfrichter dar. Kreischende Laute ausstoßend, sprang er um die beiden anderen herum und schlug sie, die echten Hellanodiken nachahmend, mit einer Gabelrute. Den Lärm verstärkten ein Flötenspieler und ein Trompeter, die aus vollen Lungen bliesen.

Die Zuschauer brüllten vor Vergnügen und feuerten die Spaßmacher an. Als diese schließlich versuchten, einander die vorgebundenen ledernen Phallen abzureißen, erreichte die Posse ihren Höhepunkt.

Nur ein Alter im langen zitronengelben Chiton, mit einem Myrtenkranz auf der Glatze, ereiferte sich.

«Schämt ihr euch nicht?», schrie er mit einer Fistelstimme. «Habt ihr denn gar keine Ehrfurcht und keinen Anstand? Wisst ihr nicht, dass die Götter hier sind und zuschauen? Ja, sie sind hier ... mitten unter uns! Und was bekommen sie zu sehen? Gemeinheiten! Ausschweifungen! Gehört sich das an einem heiligen Ort? Eine Schande ist das! Fortjagen sollte man sie!»

Er stieß seinen dürren Zeigefinger anklagend gegen die Possenreißer und blickte mit funkelnden Augen um sich, in der Hoffnung auf Beifall.

Aber niemand teilte seine Entrüstung. Die Darbietung fesselte die Zuschauer so, dass man den Alten gar nicht beachtete. Sein dünnes Stimmchen war im Geschrei und Gejohle untergegangen.

Doch plötzlich legte sich ihm eine schwere Hand auf die Schul-

ter und eine tiefe Stimme sagte: «Was regst du dich auf, Großvater Zopyros? Auch die Götter wollen sich mal amüsieren. Pass auf, dass sie dir's nicht verübeln, wenn du es ihnen missgönnst!»
Der Alte erschrak. Sein weißer, sichelförmig abstehender Bart zitterte heftig. Ruckartig fuhr er herum, sodass der Kranz auf seinem eiförmigen Kahlschädel fast den Halt verlor und auf ein Ohr rutschte.
«Drakonides! Götter, du lebst ja!»
«Überzeug dich davon!»
Der Faustkämpfer zog ihn lachend und ungestüm an sich. Einen Augenblick standen sie so, von Rührung überwältigt. Dann führte Drakonides den Greis aus dem Gewühl heraus, in den Schatten eines Zeltes.
Zopyros sprudelte aus seinem zahnlosen Mund unentwegt Freudenrufe hervor.
«So ein Glück! Du bist gerettet! Du lebst! Was für ein herrliches Göttergeschenk! Und wir dachten, ihr wäret alle mit diesem Unglücksschiff in den Hades hinabgesaust!»
«Wie habt ihr es denn erfahren?»
«Durch Ktesibios.»
«Den Keleustes, den Führer der Rudermannschaft? Er ist hier?»
«Gestern angekommen.»
«Er hat also auch überlebt.»
«Wir waren alle in heller Aufregung. Niemand wusste, wo ihr geblieben wart. Und die vier anderen? Leben sie?»
Drakonides seufzte.
«Nein, Großvater. Jedenfalls glaube ich's nicht. Dikon habe ich selbst über Bord gehen sehen. Ich fand keine Spur von ihm und den anderen.»
Nun brach der Alte in ein Jammergeschrei aus.
«Warum zürnst du uns, dreizackbewehrter Poseidon? Sonst

warst du uns Mytilenern doch immer gewogen! Was haben wir dir getan? Hat dich jemand von uns beleidigt? Wenigstens du bliebst uns erhalten, mein Sohn Drakonides», fuhr er fort, sich etwas beruhigend. «So waren unsere Gebete und Opfer doch nicht umsonst. Dein Schwager Sosigenes wollte schon nach Korinth zurückkehren, um Erkundigungen einzuziehen.»

«Sosigenes ist hier?»

«Ja, und auch alle anderen sind zur Stelle. Die Gesandten und wer sich ihnen anschloss. Zum Architheoros wählten sie mich. Ich bin also schon zum dritten Mal Vorsteher der Gesandtschaft.»

«Und seid ihr im alten Lager? An der Kladeosmündung?»

«Noch ein Unglück! Der flügelbeschuhte Hermes, der Beschützer der Wanderer, ließ uns im Stich. Wir wollten den Weg abkürzen und verirrten uns. Erst vorgestern kamen wir an und da war unser Platz schon belegt. Von mindestens hundert Thessalern samt Pferden und Hunden. Was sollten wir gegen die ausrichten? Die Eleer brachten uns bei den Phokern unter, die brauchen diesmal nicht so viel Raum. Sie sind auch verträglich, wir haben uns schon mit ihnen angefreundet. Natürlich war der frühere Lagerplatz viel besser, aber im Grunde war es uns gleichgültig, wohin wir kamen. Denn als wir ins Rathaus gingen, um uns zu beschweren, sagte der Alytarch, der uns einwies: ‹Warum habt ihr uns diesmal denn keinen Athleten geschickt?› – ‹Was?›, rief ich. ‹Ist unser berühmter, mit dem isthmischen Fichtenkranz geschmückter Drakonides ein Niemand? Und die drei jungen Athleten, die Dikon euch noch bringt ... taugen die nichts?› Na, so erfuhren wir, dass ihr nicht angekommen wart. Beim allwissenden Zeus, dem Lenker und Schützer! Wir stürzten gleich in den heiligen Hain, flehten und opferten. Aber glauben wollten wir's trotzdem nicht. Vor lauter Unruhe hielten wir es kaum im Lager aus. Ich und noch einige, auch dein Schwager ... wir machten uns auf nach Dispontion, die heilige Straße entlang. Dort musste der Festzug ja kommen, von Elis her, mit den Hellanodiken und den Athleten. Er kam ... oh, ihr Götter! Wir standen am Wege und starrten uns fast die Augen aus – niemand dabei! Verzweifelt kehrten wir hierher zurück und inzwischen war Ktesibios angekommen. So hörten wir seinen Bericht und dann weinten wir ...»

Der Schmerz überkam den Alten so heftig, dass er erneut in Tränen ausbrach. Sein ganzer Körper wurde erschüttert, der Myrtenkranz auf seiner Glatze führte einen grotesken Tanz auf.

Drakonides versuchte ihn zu trösten, indem er ihm unbeholfen den Rücken klopfte.

«Beruhige dich, Großvater. Die Moiren haben es so beschlossen. Wo sie den Faden abschneiden, ist es aus. Den Toten ist nicht mehr zu helfen. Denken wir jetzt lieber an uns. Führe mich ins Lager! Ich möchte die Freunde wiedersehen und mich danach ein wenig ausruhen. Ist es unten am Fluss?»

Er packte Zopyros am Arm und wollte ihn in der bezeichneten Richtung fortziehen.

Aber der Alte sträubte sich.

«Willst du nicht lieber erst opfern? Dich bei den Ewigen bedanken? Wenigstens bei Zeus Soter, dem Retter?»

«Das habe ich schon.»

«Und wie steht es mit deiner Bewerbung? Es ist höchste Zeit!»

«Meiner Bewerbung?»

«Nun, für den Agon! Du kommst ja im letzten Augenblick. Nach der Eidesleistung ist es zu spät. Zeus Horkios, der Schwurschützer, duldet keine Verspätung.»

«Wie? Glaubst du etwa ...?»

«Natürlich, sie tragen dich noch in die Listen ein! Ktesibios kann ja alles bezeugen. Wo ist dein Empfehlungsschreiben? Verloren? Macht nichts, ich stelle dir gleich ein neues aus. Ah,

Iolaos ist auch hier, Dikons Palästragehilfe! Er wird bestätigen, dass du dich vorbereitet hast. Auch die Prüfung wirst du bestehen, sei unbesorgt. Aber vorher sollten wir doch dem Hermes Enagonios opfern. Dank dir, Hermes, Beschützer der Kampfspiele!», rief er plötzlich begeistert und verneigte sich gegen einen Unsichtbaren. «Du hast unsere heißen Bitten erhört. Nun werden wir Mytilener doch noch einen Athleten ins Stadion schicken!»

Drakonides hatte sich vergeblich bemüht, den Redestrom des Alten zu stoppen.

«Warte, Großvater, warte doch!», sagte er jetzt. «Nicht so hastig! Woher weißt du denn, dass ich mich noch bewerben will? Vielleicht habe ich überhaupt nicht die Absicht. Nein, ganz bestimmt ... Ich werde mich nicht mehr bewerben!»

Zopyros blickte ihn fragend an. Er schien nicht verstanden zu haben, beugte sich vor und fistelte: «Was sagst du?»

«Ich bin nicht zum Faustkampf hergekommen.»

«Nicht zum Faustkampf? Wie? Ja, willst du vielleicht zum Pankration antreten?»

«Nein!», sagte Drakonides heftig. «Ich will überhaupt nicht antreten. Weder zum Faustkampf noch zum Pankration. Ich will nur zuschauen, nichts weiter. Und nun führe mich in das Lager!»

Er drehte sich um, schob einen Stutzer im bestickten Mäntelchen, der ihm entgegenkam, grob beiseite, überhörte dessen Empörungsschrei und schlug einen Weg in Richtung des Flusses ein.

Bei Styx, warum bin ich noch hergekommen?, dachte er ärgerlich. Jetzt erwarten sie, dass ich kämpfe. Warum habe ich das nicht bedacht? Wenn ich es nicht tue, halten sie mich am Ende noch für einen Feigling.

Aber kann ich es denn riskieren? Nein, ich kann es nicht! Und ich werde nicht!

12

Auf dem letzten Stück Weges, nachdem er Agathokles verlassen hatte, waren in Drakonides seltsame Wandlungen vorgegangen.

Zunächst war er kräftig ausgeschritten. Er hatte sogar gesungen, die Unruhe und die Gereiztheit, die ihn manchmal unterwegs geplagt hatten, waren mit einem Mal verflogen. Vielleicht war das die Wirkung der stolzen Abfuhr, die er dem Agathokles erteilt hatte. Oder war es mehr der süße Nachgeschmack der Worte «Du kannst es noch wagen»?

Mut und Kampfeslust hatten ihn plötzlich gepackt. Ein starker Wind schien ihn vorwärts zu treiben. Je näher er Olympia kam, desto wesensverwandter fühlte er sich den alten Heroen. Hier, wo sie ihren Heldenschweiß vergossen hatten … sollte auch ihm hier nichts Großes gelingen?

Bevor er das Lager betrat, war er entschlossen. Er würde sofort ins Buleuterion eilen und sich anmelden. Und dann sollten die Gegner vor ihm zittern!

Doch der Wind flaute ab und der Mut sank schneller, als er gestiegen war.

Der Anblick des Hügels, der Kronos und Zeus um die Herrschaft der Welt ringen sah, ließ den Menschen zu seiner natürlichen Größe zusammenschrumpfen. Zügle die Hybris! Drakonides erschrak vor sich selbst. Was ging in ihm vor? Eine Rauferei mit Ungeübten, ein Lobspruch aus unberufenem Mund und schon wurde er übermütig?

Er starrte hinauf zu dem kleinen weißen Tempel und plötzlich fühlte er sich erleichtert. Wie froh er war, rechtzeitig zur Vernunft gekommen zu sein! Wie froh er war, nicht mehr sein zu wollen als alle anderen hier – einer, der in der Menge trieb, ohne den Ehrgeiz herauszuragen, voller Lust, sich zu sättigen und zu vergnügen. Er ertappte sich sogar dabei, dass er beim

Vorwärtsschreiten auf einmal den Kopf etwas einzog, um nicht durch seinen hohen Wuchs aufzufallen. Das erheiterte ihn, er lachte laut auf und stahl im Vorbeigehen von einem der Ladentische einen Fladen, den er mit bestem Appetit verzehrte.

Bei Styx! Und nun kam dieser Tattergreis Zopyros und versetzte ihn wieder in Unruhe!

Zwischen Platanen und Weißpappeln sah Drakonides Rauch aufsteigen. Die breite Säulenfront eines Tempels schimmerte durch das Blattwerk.

Das war die Altis, der heilige Hain.

Hier befanden sich die überall in der Welt, nicht nur der griechischen, berühmten Weihestätten und Heiligtümer: der große Tempel des Zeus mit dem Kultbild von zehnfacher Manneshöhe, aus Gold und Elfenbein gefertigt; der Tempel der Göttermutter Hera, wo die Lade des Kypselos, der Diskos des Iphitos und andere allen Griechen heilige Gegenstände aufbewahrt wurden; das Grabmal des Landesheros Pelops, des Namensgebers der peloponnesischen Halbinsel; die Schatzhäuser der griechischen Stadtstaaten, mit Weihegaben und Kunstwerken gefüllt; der seit Jahrhunderten gewachsene, nur aus der Asche der Opfertiere errichtete Hauptaltar; die siebzig anderen, Göttern, Halbgöttern und Heroen geweihten Altäre, die unzähligen steinernen und ehernen Siegerstatuen.

Hier wollte Drakonides sehen und staunen, andächtige Betrachtungen anstellen, die Kunst der großen Meister bewundern.

Doch jetzt war ihm kaum ein Blick vergönnt.

Schon war Zopyros an seiner Seite. Mit hastigen Trippelschritten, den Myrtenkranz an die Glatze drückend, bemühte er sich, dem Riesen, der kräftig ausschritt, zu folgen.

«Du willst dich nicht mehr zum Agon melden?»

«Du hast mich richtig verstanden, Großvater.»

«Aber warum bist du hergekommen?»

«Das sagte ich doch. Zum Zuschauen!»

«Nur zum Zuschauen?»
«Ja!»
«Du beleidigst die Götter!»
«Im Gegenteil, ich ehre sie.»
«Indem du nicht antrittst?»
«Ich habe eingesehen, dass ich mich für den Agon nicht mehr eigne. Nur die Besten sollen hier kämpfen.»
«Du gehörst zu den Besten.»
«Das war einmal.»
«Warte!»
Drakonides schritt immer schneller aus. Aber Zopyros ließ sich nicht abschütteln. Sein Atem ging kurz, doch er blieb nicht zurück. Schließlich bekam er den Gürtel des Drakonides zu fassen.
«Und warum hat Zeus dich dann errettet?»
Drakonides blieb stehen. Der Alte verschnaufte.
«Was willst du damit sagen, Großvater? Was hat meine Errettung mit dem Agon zu tun?»
«Sehr viel! Verstehst du das nicht? Also gut, ich werde es dir erklären. Höre ...»
Zopyros trat nahe an Drakonides heran und blickte nach links und nach rechts, um sich zu vergewissern, dass niemand lauschte. Dann setzte er eine bedeutsame Miene auf und fuhr fort.
«Du weißt doch, dass Zeus und Poseidon auf etwas gespanntem Fuß stehen. Wie das so unter Brüdern ist, besonders wenn einer die Oberherrschaft hat und der andere nur einen Teil vom Ganzen. In der Götterversammlung auf dem Olymp sitzt Zeus auf dem Thron und Poseidon steht unten und muss zu ihm aufblicken. Auch die Menschen machen Unterschiede, wenn sie den beiden huldigen. Die Isthmischen Spiele zu Ehren des Poseidon sind prächtig – aber was sind sie gegen diese hier, die Spiele zu Ehren des Zeus!

‹Wie das Quellwasser unter den Gaben der Erde das Beste ist,
Wie das Gold hervorglänzt unter den Besitztümern der
Menschen,
So sind die Olympischen Spiele von allen die herrlichsten!›
Dies fand bereits der berühmte Pindar!»

«Wenn mir nach Versen ist, gehe ich zu den Rhapsoden und Dichtern!», sagte Drakonides ungeduldig.

«Höre nur weiter! Dies ärgert Poseidon natürlich und – unter uns – er ist furchtbar eifersüchtig auf Zeus. Er neidet ihm diese herrlichen Spiele und deshalb versucht er nach Kräften, ihr Ansehen herabzusetzen. Aber wie? Sehr einfach! Er nutzt – oder besser gesagt: er missbraucht seine Macht als Gott der Meere und hindert die besten Athleten, hierher zu kommen. Denn was wären Spiele ohne den Glanz hervorragender Leistungen! Ist nicht schon mancher elend ertrunken, der nach Olympia unterwegs war? Siehst du, und das ist auch diesmal der Grund, weshalb Poseidon das Schiff versenkte. Er tat es deinetwegen!»

«Großvater …»

«Jaja, so ist es! So und nicht anders! Du solltest nicht ‹mit dem Heldentum deiner Fäuste›, wie ebenfalls Pindar sagt, den Zeus ehren!»

«Aber …»

«Aber Zeus ist nun einmal der mächtigere von den beiden! Voller Zorn sah er, was Poseidon tat. ‹Nein›, sagte er, ‹das gefällt mir nicht! Drakonides soll nicht in Olympia um den Kranz vom heiligen Ölbaum kämpfen? Ich will aber, dass er kämpft, deshalb rette ich ihn! Ich habe ein Recht darauf, dass die Besten mich ehren!› So. Und nun bist du hier und willst nur gaffen und faulenzen. Fürchtest du nicht den Zorn des Gottes, wenn er bemerkt, dass die ganze Mühe mit dir umsonst war?»

Einen Augenblick lang war Drakonides verblüfft.

Zopyros reckte ihm sein Kinn mit dem Sichelbart entgegen und sah ihn herausfordernd an.

Dann aber lachte Drakonides auf.
«Was redest du, Großvater? Was für Geschichten denkst du dir aus? Glaubst du wirklich, dass Zeus nichts Besseres zu tun hat, als auf mich aufzupassen? Es gibt wichtigere Dinge, um die er sich kümmern muss. Und hat er denn Grund zur Besorgnis? Die besten Faustkämpfer von ganz Hellas sind hier, da ist er auf mich nicht gerade angewiesen. Sei sicher, er wird geehrt, wie es Brauch ist!»
«Das bin ich aber nicht!», sagte Zopyros störrisch. «Nein, das bin ich ganz und gar nicht.»
«Warum?»
«Wo sind denn die besten Faustkämpfer? Wo? Sind sie wirklich hier?»
Er deutete auf ein Gebäude, in dessen Nähe sie sich befanden, und Drakonides bemerkte erst jetzt, dass es das Buleuterion war, das Rathaus von Olympia.
Zopyros nickte ihm aufmunternd zu und ging voran.
Diesen Ort wollte Drakonides eigentlich meiden, wenigstens heute. Aber nun war seine Neugier geweckt.
Er folgte dem Alten.

13

Auch diesmal hatten die Hellanodiken bis kurz vor Eröffnung der Spiele gewartet, ehe sie die Listen der Wettkampfteilnehmer bekannt gaben. Mit schwarzer Farbe geschrieben, standen die Namen, Vatersnamen und Heimatorte der Athleten auf großen hölzernen Tafeln, die man an die Säulen der Vorhalle des Buleuterions gelehnt hatte. Für jeden Wettbewerb gab es eine Tafel, nur für den Stadionlauf wurden zwei benötigt und auch zu einigen Knabenagonen waren so viele Wettkämpfer zugelassen, dass eine allein ihre Namen nicht fassen konnte.

Es war hier ein ununterbrochenes Kommen und Gehen. Zwar hatten viele Besucher die Athleten, die die einmonatige Vorprüfung in der Landeshauptstadt Elis bestanden hatten, schon bei der Ankunft des Festzugs oder bei ihren Übungen gesehen und natürlich waren die Namen der Berühmtheiten in aller Munde. Doch wie die Aussichten jedes einzelnen Teilnehmers wirklich waren, konnte man erst ermessen, wenn man die amtlichen Listen kannte.

Um jede Tafel hatte sich eine Traube von Männern gebildet. Man stieß und drängte, suchte über Köpfe und Schultern hinweg die Schriftzeichen zu entziffern. Wer nicht lesen konnte, erkundigte sich bei anderen. Man rief einander die Namen der Wettkämpfer zu. Viele fingen Gespräche an oder blieben einfach nur da, um auf die unvermeidlichen Streitereien zu warten, die zwischen Anhängern rivalisierender Teilnehmer ausbrechen würden. Mastigophoren standen zwischen den Säulen und blickten stumm auf die Menge, bereit, Unruhestifter und Raufbolde sofort mit Peitschenhieben auseinander zu treiben.

Das stärkste Gedränge gab es vor der Tafel mit der Überschrift «PYGME» – Faustkampf.

Ein Gerücht hatte schon die Runde gemacht, hatte die Anhänger dieses Wettkampfs beunruhigt, erschreckt, aufgeregt. Jetzt war es bestätigt.

Fast leer war die Tafel. Zwei Namen standen darauf.

Die Aussicht, nur zwei Athleten zu sehen, nur einen einzigen Kampf zu erleben, verstimmte die meisten. Um so mehr, als auch dieser eine Kampf im Grunde bereits entschieden war. Der ruhmreiche, sieggewohnte Ramphias von Halikarnassos gegen einen unbekannten Eleer – was war da schon zu erwarten? Nach kurzer Zeit würde alles vorbei sein. Doch besonders ärgerlich war, dass man auf die Spannung langer Ausscheidungskämpfe verzichten musste. Den erbarmungslosen Schlagabtausch über Stunden, das raue Gebrüll, die wilden At-

tacken und kunstvollen Abwehrfinten der nackten, schwitzenden Männer – um all dies war man so gut wie betrogen.
Stimmen des Unmuts wurden laut. Einige schrien, sie hätten es ja gewusst, Olympia lohne nicht mehr, die Spiele seien heruntergekommen. Selbst in den hintersten Winkeln, bei den Asklepieien in Epidauros und den Amphiareien in Oropos, werde den Zuschauern mehr geboten.
Drakonides schob sich durch das Gewühl der fluchenden, gestikulierenden Männer, warf einen Blick auf die Tafel und stieß einen Überraschungsruf aus.
«Bei Styx, was hat das zu bedeuten? Ramphias – und ein einziger Gegner? Fürchten sich alle vor ihm? Ist er ein Halbgott?»
Das Erscheinen des bekannten Athleten löste neue Bewegung aus.
«Und du, Drakonides Amykos?», rief ein hagerer Bursche mit heller, geifernder Stimme. «Fürchtest du dich denn etwa nicht?»
«Nenne mich nicht Amykos, du Hasenschwanz!»
«Hast du nicht in Delphi so viel Prügel bekommen wie Amykos von Polydeukes?»
«Warum kommst du erst jetzt?», schrie ein Alter. «Warum drückst du dich?»
«Ich – und mich drücken? Was redest du da? So wagst du mit einem isthmischen Sieger zu sprechen?»
Einige lachten.
«Isthmischer Sieger? Wann war denn das?»
«Lange vor dem Trojanischen Krieg!»
«Olympiasieger war er noch nicht!»
«Das wird er auch nie!»
«Mit Ramphias wirst du nun mal nicht fertig», erklärte ein Bärtiger, an Drakonides gewandt, gewichtig. «Hast es ja oft genug versucht.»

«Habe ich dem nicht in Nemea die Kaldaunen geschüttelt, dass er schon glaubte, im Hades zu sein?»

«Das ist lange her! Die delphische Prügel hast du im vorigen Jahr erst bezogen.»

«Du beziehst gleich olympische Prügel!»

«Nun, was sagst du dazu?», meinte Zopyros, der sich herangedrängt hatte. «Das Volk ist aufgebracht. Ein einziger Kampf – das beleidigt den Gott!»

In diesem Augenblick schob sich ein kraushaariger Bursche mit wuchtigen Schultern und dem zernarbten Gesicht eines Faustkämpfers an die Gruppe heran.

«Chaire, Drakonides!»

«Moschos! Chaire!»

Die beiden umarmten einander.

«Wir haben uns lange nicht getroffen», sagte Moschos.

«Sehnst du dich etwa nach meinen Fäusten?»

«Nicht sehr. Du aber wohl auch nicht nach den meinigen.»

«Unseren letzten Kampf hab ich in guter Erinnerung. Schlug ich dir nicht zwei Zähne aus?»

«Beim Zeus, das ist wahr!»

Gutmütig lachend entblößte Moschos sein fast kahles Zahnfleisch. Er tippte auf einen ledernen Beutel, der ihm an einem Band um den Hals hing.

«Hier sind sie drin. Mit fünfzehn anderen.»

Jetzt lachten beide und knufften sich freundschaftlich in die Seiten.

«Schlagt lieber dem Ramphias einige aus, ihr Schwächlinge!», schrie einer von hinten.

Nun erhob sich ringsum Gelächter, doch offenbar war Moschos beliebt, die Schmährufe wurden seltener. Neugierige umstanden die beiden Athleten in respektvollem Abstand.

«Bist du auch gerade erst angekommen?», erkundigte sich Drakonides.

«Nein», sagte Moschos, «ich war schon in Elis dabei.»
«Und warum bist du nicht auf der Liste?»
«Hab's aufgegeben. Ramphias ist diesmal zu stark. Den Ölkranz würde ich doch nicht gewinnen. Aber meinen Kopf nur zum Spaß hinhalten kann ich mir nicht mehr erlauben. Ich will meinen Vater noch beerben. Wenn meine Verwandten mich nicht wieder erkennen, bekomme ich keinen Obolos.»
Der alte Faustkämpferscherz erntete spöttisches Gelächter. Nur Drakonides blieb ernst.
«Wie viele waren auf dem Xystos in Elis?»
«Achtzehn.»
«Und sechzehn sind ausgeschieden?»
«So ist es. Einige gaben freiwillig auf, andere wurden fortgeschickt, weil sie zu schwach waren. Nicht einmal Antenor und Philinos konnten bestehen. Obwohl sie in diesem Jahr schon beachtliche Siege errangen.»
«Und Thydeus? Und Astydamas?»
«Sind gar nicht erst in Elis erschienen. Wussten wohl, dass es keinen Zweck hat.»
«Einer will es immerhin wagen.»
«Ja, ein gewisser Eutelidas.»
«Wer ist das? Ich kenne ihn nicht. Habe noch nie von ihm gehört.»
«Du siehst ja dort auf der Tafel, dass er Eleer ist. Ein junger Mann mit wenig Erfahrung. Die Götter mögen ihm beistehen. Ich wünsche mich nicht an seine Stelle.»
Einer der Umstehenden rief: «Eutelidas wird es dem Ramphias zeigen, dem Großmaul!»
Gelächter beantwortete diese Kundgebung eines Einheimischen.
Moschos sah kurz zu dem Rufer hin und fuhr dann in etwas gedämpftem Ton fort: «Ein armes Opfertier ist er, wird auf dem Altar der Ehre geschlachtet. Damit Ramphias nicht akoniti,

ohne Staub, siegt. So etwas kommt zwar ab und zu vor, aber du weißt ja, wie es die Zuschauer aufbringt. Die Eleer fürchten um das Ansehen der Spiele. Nur um zuzuschauen, wie die Athleten bekränzt werden, ohne vorher gekämpft zu haben ... macht man dafür die weite Reise? Nun gibt es wenigstens einen Kampf.»

«Und auch das ist schändlich!», rief einer, der in der Nähe stand. «Ich komme aus Mesambria am Schwarzen Meer. Bin sechzehn Tage zu Schiff unterwegs, falle in die Hände von Räubergesindel, Herbergswirte und Wagenvermieter pressen mich aus, ich leide hier Durst, lasse mich von den Mücken zerstechen – und alles wofür? Weil ich hoffte, die besten Faustkämpfer unter den Griechen zu sehen. Wie bin ich betrogen, da es nur einen einzigen Kampf gibt!»

Das Gezeter des Mannes zog die allgemeine Aufmerksamkeit auf sich. Andere schrien nun ebenfalls wieder ihren Ärger heraus.

Zopyros, der mit seiner dünnen Stimme kaum durchdrang, suchte allen zu erklären, dass ihre eigenen Ungelegenheiten gering seien gegen die der Himmlischen, die eigens ihr Geschäft, die Welt zu regieren, wegen der Spiele unterbrochen hätten und nun erzürnt und enttäuscht auf ihren Göttersitz zurückkehren müssten.

Drakonides und Moschos traten ein wenig beiseite und unterhielten sich leise weiter.

«Und du? Kommst du erst jetzt, Drakonides? Hast du es vielleicht geahnt?»

«Das nicht. Ein Schiffbruch. Kam gerade noch so davon.»

«Dich hätten sie wohl auch fortgeschickt.»

«Glaubst du?»

«Für Ramphias bist du zu alt.»

«Auch Diagoras war so alt wie ich, als er noch Kränze erkämpfte.»

«Nicht gegen einen Ramphias. Und verzeih … ein Diagoras bist du auch nicht.»
«Ich könnte mich noch bewerben.»
«Ich rate dir, Drakonides, tu's nicht! Denk an Athen! Er gewann mühelos, wir beide aber schieden schon in den ersten Vorkämpfen aus. Seitdem ist er noch stärker geworden. Mit drei Wagen ist er angekommen! Einer davon ist von oben bis unten mit Kostbarkeiten gefüllt, die er überall auf den Festen erkämpft hat.»
«Wenn ich alle Preise mitschleppen wollte, die ich jemals gewonnen habe», erklärte Drakonides großspurig, «müsste ich ein Schiff beladen und damit den Alpheios herauffahren.»
Das Lächeln des Moschos war mitleidig.
«Tu, was du willst, ich hab dich gewarnt.»
«Und was machst du? Reist du ab oder bleibst du als Zuschauer?»
«Ja, ich bleibe noch bis zum Ende der Spiele. Ab und zu trete ich auch als Übungspartner in der Palästra auf, das ersetzt mir die Reisekosten. Wenn die Spiele vorbei sind, gehe ich nach dem Norden, zu den Thessalern und Makedonen. Man hat mir erzählt, es gäbe dort hübsche Preise zu gewinnen. Bronzene Dreifüße, silberne Ketten …»
«Überlege dir lieber, ob es Sinn hat, die letzten Zähne für ein paar Ketten und Dreifüße auszuspucken. Für den Ölkranz, das wäre etwas anderes …»
Im Grunde war Drakonides nun endgültig überzeugt, dass ein solches Wagnis nicht lohnen würde. Zwar spielte er dem anderen gegenüber den Unerschrockenen, doch nur, weil er glaubte, sich das schuldig zu sein. Die meisten Athleten verbargen ihre Angst hinter großen Worten, taten so lange überlegen, wie der Augenschein nicht das Gegenteil bewies. Tatsächlich jedoch war Drakonides froh, dass er Moschos getroffen hatte. Wenn ein so erfahrener, bei vielen Spielen erfolgreicher Faust-

kämpfer sich geschlagen gab, ohne zu kämpfen, hatte er nicht die geringsten Siegesaussichten.
Vielleicht hat er Recht, dachte Drakonides, vielleicht hätten sie mich davongejagt. Zum ersten Mal wäre mir das passiert. Vielleicht muss ich auch Poseidon dankbar sein, weil er mich aufhielt und mir die Schmach ersparte …
«Platz! Macht Platz für den Hellanodiken!»
Ein Mastigophoros war aus dem Rathaus getreten und bahnte nun eine Gasse. Hinter ihm ging ein untersetzter Mann, der den Purpurmantel des Kampfrichters trug. Den Schluss des Zuges bildete ein Sklave, der als Schriftmaler Pinsel und Farbtopf trug.
Die drei gingen zu der Tafel, auf der die Namen der Teilnehmer des Pankrations standen. Es waren neun und nun machte der Sklave sich unter Aufsicht des Hellanodiken daran, einen zehnten hinzuzufügen.
Drakonides und Moschos waren neugierig näher getreten. Sie standen inmitten des Haufens der Gaffer, die sofort einen engen Halbkreis um die Amtsperson und ihren Helfer bildeten. Alle schwiegen und starrten auf die Hand des Sklaven, die mit Sorgfalt die Buchstaben formte. Schon als der zweite vollendet war, gab es ein Raunen. Als der dritte erschien, rief einer:
«Ramphias!»
Ein Schrei der Überraschung antwortete ihm aus vielen Mündern.
Die meisten der Männer freuten sich über die Neuigkeit. Dieser Ramphias war schon ein verwegener Bursche, da er es wagen wollte, nach dem Faustkampf auch noch im Pankration anzutreten. Zwar konnte er damit rechnen, im Faustkampf nicht viel Mühe zu haben, dennoch – seine Bewerbung nötigte Achtung ab und versprach neue Spannung. In diesem Agon der schmerzhaften Hiebe und Griffe würde der berühmte Athlet so leichten Kaufs nicht davonkommen. Die neun, die schon auf

der Liste standen, fast alle erfahrene, viel gereiste Pankratiasten, würde sein großer Name nicht schrecken. Sie würden kämpfen und ihn ermüden, nachdem er bereits im Faustkampf ermüdet worden war und vielleicht Wunden empfangen hatte. Das gab Gesprächsstoff und man schloss bereits Wetten ab. Was als ausgemacht galt, war wieder offen. Einige schwärmten davon, dass Ramphias beide Agone gewinnen könnte. Dann würde man Zeuge eines Ereignisses sein, das bei Olympischen Spielen selten genug war. Bis an das Ende seiner Tage könnte man davon erzählen.

Als der Sklave die letzten Buchstaben schrieb, sah schon niemand mehr hin. Alle redeten angeregt und erwartungsfroh durcheinander.

«Ich traue ihm zu, dass er beide Agone gewinnt», sagte Moschos. «In Argos hat er es auch geschafft.»

«Er sollte sich hüten», sagte Drakonides missgestimmt. «Schon dem großen Theagenes ist es übel bekommen, dass er zwei Kränze auf einmal begehrte.»

Der Mann im Purpurmantel sah sich verwundert um.

«Drakonides!»

«Chaire, Polyktor!»

Das Gesicht des Hellanodiken verzog sich zu einem breiten, gewinnenden Lächeln. Auch die Miene des Drakonides hellte sich auf.

Sie gaben einander die Hände.

«Welche Freude, dich wiederzusehen! Also ist es nicht wahr, was uns berichtet wurde.»

«Fühle die Wahrheit. Sie lebt und atmet!»

«Zeus tat ein Wunder!», mischte sich Zopyros eifrig ein. «Damit Drakonides noch rechtzeitig herkommen konnte!»

«Du willst dich noch bewerben?», fragte Polyktor zurückhaltend.

«Wozu? Ihr habt doch schon einen Sieger», sagte Drakonides.

«Vor dem Agon ist nicht entschieden. Aber wir haben es den Bewerbern nicht leicht gemacht, so wie immer. Wärst du derselbe wie bei den vorigen Spielen ...»
«Die Bäume wachsen nicht in die Erde und der Regen strömt nicht zum Himmel.»
«Weise gesprochen. So lebe wohl. Die Götter mögen dich weiterhin schützen.»
Der Hellanodike hob grüßend die Hand und kehrte in das Rathaus zurück.
Zopyros starrte ihm wehmütig nach.
«Gehen wir!», sagte Drakonides und schlug den Weg zum Alpheios ein.

14

Sie gingen schweigend den kurzen Weg hinunter ins Lager. Drakonides wurde einige Male erkannt und begrüßt, aber er sagte nur «Chaire, Lysikles!», oder «Sehen wir uns auch mal wieder, Thyamis?», und ließ sich nicht aufhalten.
Zopyros ging jetzt voran. Er hatte den Myrtenkranz tief in die Stirn gedrückt und trug eine Trauermiene zur Schau. Nur ab und zu streckte er mürrisch den Arm aus, um den Weg zu weisen.
Kaum vorstellbar war es, dass hier noch vor wenigen Tagen nur Frösche gequakt und Grillen gezirpt hatten. In allen Lautfarben der griechischen Sprache schwatzte, fluchte, lachte und sang es. Die Zelte und Buden, die zusammengestellten Wagen, die rasch aus Steinen errichteten Altäre und Herde, die Asche- und Abfallhaufen, die zum Kühlen der Getränke ausgehobenen Gruben und die eingefriedeten Plätze für die zum Opfer und Verzehr bestimmten Schweine, Kälber und Ziegen ließen nur schmale Durchgänge frei, an denen zwei Männer sich gerade

aneinander vorbeizwängen konnten, heitere, stolze, neugierige, abschätzige Blicke tauschend und ihre Gerüche mischend – das Lavendelparfüm der Bärte mit dem Bocksgestank der Achselhöhlen, den zarten Duft ölglänzender Haut mit den knoblauchgesättigten Dünsten der Münder. Es roch nach gebratenem Fleisch, ranzigem Fett, Tierblut, Fischlake, Weihrauch, Urin. Die Luft war schwer von Rauch und Staub. Die Hitze drückte. Fliegen und Mücken plagten Menschen und Tiere.

Den Mytilenern war von den Ordnern des Festes ein Stück trockener Wiese im Schatten eines Ufergebüschs zugewiesen worden. Es war nur schmal, lag aber immerhin am Wasser. Der offiziellen Gesandtschaft hatten sich etwa fünfzig Männer angeschlossen. Einige wurden von ihren jugendlichen Söhnen begleitet, die Wohlhabenderen hatten Sklaven zu ihrer Bedienung bei sich.

Die Ankunft des Drakonides war wie Regen, der die trägen Geister erfrischte und die müden Glieder in Bewegung brachte.

Der erste Begrüßungsruf löste ein allgemeines Freudengeheul aus. Im Handumdrehen bildete sich ein Kreis von halb angezogenen und nackten Männern, die in die Hände klatschten, sich unterhakten und rhythmisch stampfend um Drakonides herumtanzten. Der ließ sich nicht lange bitten, reihte sich ein, warf die Beine, stieß raue Freudenlaute aus. Er packte zwei Männer, wirbelte mit ihnen herum, schleuderte sie von sich. Sie sprangen ihn wieder an und er ließ sich von ihnen niederringen. Lachend ging er zu Boden und teilte Fußstöße aus. Die Getroffenen purzelten übereinander. Ein Knäuel von Leibern, um das die Hunde bellend herumsprangen, wälzte sich im Sand.

Als die Männer erschöpft waren, blieben sie keuchend liegen, wo sie gerade waren, und Drakonides bekam zu trinken und musste berichten.

Nun endlich konnten sich ihm auch zwei Ältere nähern, die mit ernsten, gespannten Gesichtern dabeigestanden und sich vergebens bemüht hatten, an ihn heranzukommen. Es waren die Väter von zwei jungen Athleten, die mit Dikon ertrunken waren. Drakonides' Auskünfte dämpften die Stimmung zunächst, aber dann verstand er es, mit seiner Erzählung zu fesseln.

Der Empfang hatte seine Stimmung gehoben. Sein Bericht war farbig und voller Witz, wie die Hellenen es liebten, er sparte auch nicht mit Übertreibungen und Ausschmückungen. Das Gemälde vom Aufenthalt am Rande des Hades spiegelte sich in betroffenen Mienen, die Schlägerei mit den Arkadern und Böotiern wurde ausgiebig belacht und als Drakonides erzählte, er habe gerade ein Angebot, für fünf – auch hier übertrieb er – Talente als Samier zu kämpfen, zurückgewiesen, gab es ungläubige Mienen und begeisterte Zurufe.

Einige Männer traten noch einmal zu ihm und umarmten ihn herzlich.

«Heißt das, Drakonides», sagte Iolaos, Dikons früherer Gehilfe, «dass du dich noch am Agon beteiligen willst?»

Seit der Ankunft des Athleten war das die Frage, die jeden beschäftigte. Plötzlich schwiegen alle und warteten.

Drakonides sah beklommen, wie sie ihn anstarrten. In seiner Verlegenheit schlug er nach einer Mücke, befühlte das fleischige Ende seiner Nase und sagte schließlich: «Nein. Das will ich nicht. Ich will überhaupt mit dem Faustkampf aufhören.»

Sie tauschten Blicke. Einige seufzten. Es schien, dass die Auskunft ihnen genügte, denn niemand fragte noch etwas oder erhob einen Einwand. Doch man sah ihnen die Enttäuschung an.

Auch Drakonides verspürte wenig Lust, etwas hinzuzufügen. Wozu? Was sollte er zur Begründung sagen? Wussten nicht alle Bescheid, Iolaos am besten? Seine schlechte Laune kehrte zurück.

Selbstsüchtige Heuchler!, dachte er. Nicht meine Rettung vom Tode hat sie gefreut, sondern die Aussicht, mich kämpfen zu sehen, sich mit mir rühmen, sich wieder im Glanz meiner Taten sonnen zu können! Nun, da ich ihnen den Gefallen nicht tue, ist das Feuer ihrer Begeisterung rasch niedergebrannt. Ein Haufen Asche!

Zopyros, der im Schatten des Gebüschs auf dem Boden hockte und bisher zu allem geschwiegen hatte, schien die Gedanken des Drakonides zu erraten. Die sich verfinsternde Miene des Athleten verhieß ihm nichts Gutes. Obwohl nicht weniger als die anderen enttäuscht, musste er als Architheoros auf Ausgleich bedacht sein. Reibereien verdarben nur allen die Feststimmung und konnten, von den Nachbarn bemerkt, dem Ansehen des Gemeinwesens schaden.

Zopyros entschloss sich, dem vorzubeugen.

«Warum lasst ihr nur alle die Köpfe hängen?», rief er tadelnd. «Als ob ihr euch nicht längst damit abgefunden hättet, dass wir diesmal keinen Athleten ins Stadion schicken! Seid froh, dass der Polis ein Bürger erhalten blieb. Die Götter haben ihn zu uns zurückgeführt – also dankt ihnen!»

Und um gleich selber ein Beispiel zu geben, verschwand er in einem der Zelte und kam gleich darauf mit einer Schale Opfermehl wieder. Er streute zwei Hände voll in die noch schwelende Glut des Altars, der in einer Ecke des Lagers aus Feldsteinen errichtet war, den Herd des heimischen Prytaneions ersetzend. Die Hände erhoben, Gebete murmelnd und sich eifrig verneigend, widmete sich Zopyros seiner Lieblingsbeschäftigung, der Zwiesprache mit den Göttern.

Unterdessen hatte der Kreis um Drakonides sich bereits aufgelöst. Einer nach dem anderen stand auf und ging fort.

«Verzeih, ich habe noch etwas zu besorgen.»

«Ein Kitharode aus Ephesos soll heute auftreten, ich möchte ihn hören.»

«Mein Nachbar hat mich gebeten, für ihn der Themis zu opfern, damit er endlich zu seinem Recht kommt.»
Verschwindet nur!, dachte Drakonides. Herzloses Gesindel! Warum habe ich die Talente des Agathokles verschmäht? Um euch nicht zu kränken! Dafür kränkt und beleidigt ihr mich! Wahrhaftig, ihr hättet verdient, dass ich euch den Rücken kehre …
Um dies gleich in die Tat umzusetzen, hatte er den Einfall, sich in dem Gästehaus einzumieten, das die Eleer am Rande der Altis für begüterte und besonders vornehme Einzelbesucher bereithielten. Er wollte sich noch einmal vergewissern, dass seine Barschaft dazu ausreichen würde – und stellte fest, dass der Beutel mit seinem Geld und den anderen Dingen verschwunden war. An einem Tragriemen hatte er an seiner Schulter gehangen. Vermutlich war es einem geschickten Dieb gelungen, sich irgendwo im Gedränge, wohl auf einem der schmalen Wege durch das Lager, der Beute zu bemächtigen.
Drakonides stieß einen Fluch aus, verwünschte den Dieb, machte sich aber auch selbst einen Vorwurf. Warum hatte er nicht besser Acht gegeben …
Wer wusste nicht, dass die Olympischen Spiele auch das größte panhellenische Fest der Spitzbuben waren!

15

Drakonides saß mitten auf dem Lagerplatz und blickte verdrossen um sich.
Er hatte beschlossen, vorerst zu bleiben, aber er wusste nicht recht, wie und wo er sich einrichten sollte. Sein Schwager Sosigenes war nicht da, es hieß, er sei auf das andere Ufer gegangen, um dort einen Kampfhahn vorzuführen. Drakonides hoffte, dass ihm der – allerdings etwas flatterhafte – Ehemann

seiner Stiefschwester Pamphile aus der Verlegenheit helfen würde. Er hätte auch wieder einen Geldwechsler aufsuchen können, aber er wusste nicht, ob er hier einen finden würde, bei dem er über ein Guthaben verfügte oder der eine von einem Geschäftspartner in Mytilene ausgestellte Zahlungsanweisung an ihn hatte. Und auf ein Leihgeschäft wollte sich Drakonides nicht einlassen, die Zinsen waren hier in Olympia schwindelerregend.

Er bemerkte jetzt, dass ihn allein der Umstand, ohne Gepäck zu sein, in Verlegenheit brachte. Immer wenn er sonst reiste, hatte er den Korykos bei sich, der auch als Tragbeutel diente, mit Riemen, Schabeisen, Ölfläschchen, dem Festgewand, einem Weinschlauch und anderen nötigen Dingen. Wo er sich lagern wollte, warf er zuerst den Korykos hin. Dieses Stück Erde ist erobert! Der Korykos war das Siegeszeichen. Womit sollte er hier seinen Anspruch markieren?

Er stand unschlüssig auf und trat ans Wasser. Seine Füße sanken im Schlamm ein. Er spähte hinüber zum anderen Ufer und erwog bereits, einen Kahn zu nehmen, als ihn von hinten jemand ansprach.

«Machen wir ein Spiel, Drakonides?»

Es war der Sophist Philemon, ein bärtiger alter Mann mit prächtigem Kahlschädel, der ihn zuvor mit einer freundschaftlichen Umarmung begrüßt, sich dann aber wieder in seine Papyrosrolle vertieft hatte. Jetzt saß er auf der Erde und warf seine Astragalen, die kleinen Hinterfußknochen des Schafs, die man zum Spiel benutzte.

«Gut», sagte Drakonides, indem er herantrat und sich niederließ. «Aber ich werde wie immer verlieren. Deine Geschicklichkeit ist ja berühmt.»

«Deshalb will auch niemand mehr mit mir spielen», sagte der Gelehrte in scherzhaftem Klageton. «Man gönnt es so einem Alten nicht, der Erste zu sein. Dabei war ich früher noch besser, jetzt werden die Finger schon steif. Als ich so alt war wie du, habe ich fast nur Aphroditen geworfen.»

«Du übertreibst.»

«Ich schwöre es.»

Er warf die Knöchel und seufzte.

«Ach, nur ein Solon.»

Drakonides warf auch, schaffte aber weit weniger, nur einen «Perses». Er spielte nicht oft und nur schlecht, seine großen Faustkämpferhände waren zu ungelenk. Fast jeder seiner Würfe hatte einen geringeren Wert als der vorausgegangene des Philemon. In Dikons Palästra hatten sie manchmal miteinander gewürfelt, wenn sie zufällig zur gleichen Zeit eine Pause gemacht hatten – Drakonides bei seinen Übungen, der Sophist bei seinen Vorträgen, die er der lernbegierigen Jugend hielt.

Bei jedem Wurf spitzte Philemon die Lippen und wenn er die Knöchel fortschnellte, spreizte er die Finger wirkungsvoll ab. Je nachdem, wie der Wurf ausfiel, seufzte er oder lachte zufrieden.

Während sie spielten, leerte sich allmählich der Lagerplatz. Einzeln und in Gruppen gingen die Männer fort, von den zahlreichen Anziehungspunkten des Festortes angelockt. Auch Zopyros war wieder verschwunden. Nur ein paar Sklaven, als Wachen zurückgelassen, hockten missmutig beieinander.

«Warum gehst du nicht auch fort?», fragte Drakonides, nachdem sie eine Weile gewürfelt hatten. «Hast du die Reise gemacht, um hier im Lager zu sitzen?»

«Willst du wissen, zum wie vielten Mal ich hier bin?», fragte Philemon. «Zum zwölften Mal! Das erste Mal kam ich mit meinem Vater, da war ich kaum im Ephebenalter. Seitdem war ich hier, sooft ich konnte. Ich habe hier alles gesehen, kenne alles.»

«Und trotzdem kommst du her?»

«Wenn sie mich nicht in die Gesandtschaft gewählt hätten, wäre ich wohl zu Hause geblieben. Oder nicht? Genau weiß ich es nicht. So bin ich also mitgereist, es war mühsam genug. Aber nun muss ich mich schonen, sonst bin ich zu müde, um an den Opfern teilzunehmen und den Wettkämpfen zuzuschauen. Oh, ein Hund!»

Drakonides hatte den «Kyon» geworfen. Alle vier Knöchel waren auf die gleiche der beiden Schmalseiten gefallen. Das war der Hundewurf, der schlechteste überhaupt.

«Kein Wunder, an so einem Tag», sagte Drakonides ärgerlich. «Bei Styx, ich hätte nicht mehr herkommen sollen! Warum ließ ich mich dazu überreden?»

Philemon hob den Kopf und sah ihn mit seinen klaren, etwas spöttisch blickenden Augen an, die in seinem alten Gesicht eigenartig jung wirkten.

Drakonides spürte den Blick, tat aber so, als bemerke er ihn nicht. Er sah auf die Erde und würfelte weiter.

«Wenn ich es recht bedenke», sagte Philemon, «so wäre ich wohl auch hergekommen, wenn sie mich nicht in die Gesandtschaft gewählt hätten. Trotz aller Beschwernisse.»

«Nicht ungefährlich, in deinem Alter.»

«Auch in dem deinigen nicht, wie sich zeigte. Aber natürlich hast du Recht. Der berühmte Thales von Milet, einer der Sieben Weisen, der eine Sonnenfinsternis voraussagen konnte, starb hier am Hitzschlag, er war fast achtzig. Ich habe mehrere Greise gesehen, die man tot aus dem Stadion trug. Aber ich habe viele gesehen, die wieder jung waren, als sie es verließen. Heiter, kraftvoll und zuversichtlich. Übrigens waren das die meisten. Auch ich gehöre zu denen, seit ich in dem Alter bin.»

«Das bildest du dir wohl nur ein», sagte Drakonides misslaunig. «Was kannst du als Zuschauer schon gewinnen?»

«Du meinst ...»

Drakonides wies mit einer zornigen Geste auf den leeren Lagerplatz.
«Warum kommen die alle hierher? Was haben sie davon, wenn ich, der Athlet, meinen Schweiß vergieße? Sie schreien und toben ein bisschen, betrinken sich, grölen ihr Siegeslied und prahlen: ‹Sehr her, seht mich an, ich bin ein Mitbürger des Siegers!› Sie bilden sich ein, sie hätten Anteil am Sieg und jeder von ihnen hätte selber ein Blatt vom Ölkranz verdient. Dabei sind sie weder stärker noch besser geworden!»
«Mag sein», sagte Philemon, indem er die Knöchel warf und einen Augenblick das Ergebnis begutachtete. «Für viele ist wohl tatsächlich nicht mehr gewonnen als ein angenehmer Zeitvertreib. Aber ich glaube, man kann es auch anders betrachten. Du kennst doch den alten Brauch, der noch in manchen Städten geübt wird. Ist ein Bürger Olympiasieger geworden, reißt man bei seinem Empfang einen Teil der Stadtmauer ein und führt ihn durch diese Bresche. Ist dir bekannt, wie das gemeint ist?»
«Es heißt wohl, die Stadt, die solche Bürger hat, braucht keine Mauern.»
«So ist es.»
«Ein sinnloser Brauch.»
«Wie? Glaubst du nicht, dass eine Gemeinschaft, in deren Mitte ein solcher Mann lebt, gestärkt wird?»
«Keineswegs so, dass sie auf Mauern und Befestigungen verzichten könnte. Was kann ein einzelner Mann denn schon ausrichten, selbst wenn er Olympiasieger ist?»
«Viele Gefahren kann er abwenden.»
«Wirklich? Das erkläre mir mal.»
Philemon strich sich den Bart und ließ die wurfbereite Hand mit den Knöcheln sinken. Dass jemand eine abweichende Meinung äußerte und ihm damit Gelegenheit zu einem belehrenden Gespräch gab, freute ihn und er lächelte behaglich.

«Nun, sind wir in unserer Stadt nur von den Feinden bedroht, die gegen uns mit Speer und Schild anrücken könnten? Gibt es nicht auch noch andere Gefahren, die uns umlauern? Ich glaube, die Alten, die jenen Brauch einführten, meinten damit nicht nur den Kriegsfall. Was schon dadurch bewiesen sein dürfte, dass sie das Loch wieder zumauerten. Es war also eine symbolische Handlung.»

«Symbolisch? Wofür?»

«Dafür, dass sie nun auch vor den anderen Gefahren sicherer waren.»

«Die ein Olympiasieger abwenden könnte?»

«Abwenden ist vielleicht übertrieben. Aber doch wohl ein wenig eindämmen.»

«Und welche wären das?»

«Die Gefahr der Trägheit zum Beispiel, der geistigen wie der körperlichen, die zu Schwelgerei und Überdruss führt und eine Gemeinschaft ruinieren kann. Wo so ein ausgezeichneter, tüchtiger Mann wirkt, wird sie vielleicht geringer sein.»

«Ist das alles?»

«Auch die Gefahr, dass die Sitten verwildern und die Gesetze missachtet werden, verringert sich, wenn der Erfolg einem Manne Recht gibt, der sich strenger Zucht und harten Prüfungen unterwirft.»

«Und weiter?»

«Die Gefahr des Kleinmuts, der Zaghaftigkeit und Selbstbescheidung. Eine Gefahr, die alle bedroht, die Gemeinschaft wie den Einzelnen. Den Staatsmann, der vor Reformen zurückschreckt, die seine Gegner gegen ihn aufbringen und ihn vielleicht sein Amt kosten könnten ... den Schiffsherrn, der die Säulen des Herakles niemals hinter sich lässt, aus Angst vor dem Unbekannten ... den Künstler, der sich vor neuen, noch nie erprobten Formen fürchtet ... den Philosophen, der immer nur denkt, was schon vor ihm gedacht wurde ... ihnen allen flößt der ausgezeichnete Mann, der sich kühn in das Wagnis stürzt, der gegen stärksten Widerstand und erbitterte Gegnerschaft nach dem Höchsten greift, Mut ein. Und was für ein glänzendes Beispiel gibt er der Jugend, die noch im Dunkeln umherirrt und ständig Gefahr läuft, in Abgründe zu stürzen! Er zeigt ihr, was ein tüchtiger Kerl ist und wie man sich durchsetzt. Ja, und auch für uns Alte, denen die größte Gefahr droht, nämlich das Leben zu verlieren, ist es gut, einen solchen Mann zu sehen … zu beobachten, wie er um den Kranz kämpft. Er mahnt uns damit, nicht angstvoll und zitternd auf das Ende zu warten, sondern die Kräfte, die uns geblieben sind, anzuspannen. Um damit das Leben zu verlängern, es bis zum letzten Atemzug auszuschöpfen. Siehst du», schloss Philemon mit rhetorischem Schwung, «das meinte ich, als ich vorhin sagte, das Stadion könne Greise verjüngen!»

«Das mag alles richtig sein», sagte Drakonides schroff. «Trotzdem hat niemand das Recht, mir einen Vorwurf zu machen.»

«Dir einen Vorwurf?», sagte Philemon, indem er scheinbar erschrocken den Kopf hob. «Hast du mich etwa so verstanden? Aber es war nicht so gemeint. Ob du dich noch bewirbst oder nicht, ist deine Sache … was geht mich das an? Ich sprach allgemein vom Nutzen der Tüchtigkeit, man übersieht ihn ja heute sehr leicht. Manches Ungesunde drängt sich vor, auch bei den Athleten. Vor allem das leidige Gewinnstreben schadet der Sache und bringt sie auf die Stufe anspruchsloser Vergnügungen herab. Trotzdem … ich glaube daran, dass unsere Arete, dieser wunderbare Geist, der alle Tüchtigen erfüllt, nie zugrunde gehen wird. Nein, nie! Die alten Heroen hatten ihn in sich, die Olympiasieger früherer Zeiten … warum sollte er heute fehlen? Solange er als ein Funke fortglüht, wird er immer von einem zum anderen überspringen. Oh!», sagte er plötzlich. «Jetzt haben wir uns so in unser Gespräch vertieft, dass wir das Spiel ganz vergaßen.»

Er nahm die Knöchel, drehte sie sorgfältig zwischen den Fingern und schnellte sie fort.
«Aphrodite!», rief er.
Da lag er, der Aphroditenwurf. Die Knöchel waren in einem schönen Viereck geordnet und jede der Flächen, die nach oben zeigten, hatte einen anderen Wert.
«Das heißt: Glück im Leben und in der Liebe! Ach, für die Liebe ist es zu spät. Aber das andere ... Jetzt werde ich doch noch ausgehen», sagte Philemon fröhlich, wobei er nicht ohne Mühe aufstand. «Unser Meinungsstreit hat meinen Appetit angeregt. In der hinteren Halle des Zeus-Tempels soll heute ein Redner auftreten, ein gewisser Ktesias aus Priene. Ich werde ihm ein paar Fragen stellen, um zu sehen, was der Mann wert ist!»
Er verwahrte die Astragalen in einem Kästchen und trug es in eines der Zelte. Mit dem Petasos auf dem Kopf und auf einen Stock gestützt, kam er zurück. Er ging an Drakonides vorüber, winkte ihm noch einmal aufmunternd zu und verschwand.
Der Athlet warf ihm einen düsteren Blick nach und blieb noch eine Weile bewegungslos sitzen. Erst als er sich von den Sklaven beobachtet fühlte, stand er auf und trat wieder an den Fluss. Ein großer runder Stein ragte aus dem seichten Wasser. Darauf ließ Drakonides sich nieder, um zu warten. Am anderen Ufer sah er ein Mädchen Wasser schöpfen. Es trug einen dunklen, geschlitzten Kittel, aus dem braune Beine hervorlugten. Drakonides fiel ein Lied ein, das er zu Hause von Arbeiterinnen gehört hatte.
Während er brummte und krächzte, setzte das Mädchen den Krug auf den Kopf und verschwand.

> «Mahle, Mühle, mahle,
> denn auch Pittakos mahlte, der Herrscher
> über die mächtige Stadt Mytilene ...»

16

Zu Hause ging Drakonides oft an dem kleinen, etwas vernachlässigten Heroon vorüber, wo die Leute von Mytilene dem Pittakos opferten. Nach über zweihundert Jahren sprach mancher noch immer von dessen Regierung, seiner ordnenden Hand, die in den Wirren blutiger Parteienkämpfe geschlichtet hatte. Zehn Jahre war Pittakos an der Macht gewesen, doch als er dem Volke neue Gesetze gegeben hatte, war er von der Tyrannis zurückgetreten, denn seine Meinung war, dass es besser sei, wenn die Gesetze, nicht aber einzelne Männer herrschten. «Schwer ist es, ein wahrhaft edler Mann zu bleiben!», hatte er eines Tages ausgerufen, als er im Vollbesitz der Macht und der Versuchung ihres Missbrauchs ausgesetzt war. Er war ein edler Mann geblieben und sein Ruhm überdauerte seine Tage.

Manchmal, als er noch jünger war, hatte auch Drakonides dem Pittakos ein paar Weihrauchkörner oder Opferkuchen, einmal sogar ein schwarzes Kälbchen geopfert. Er hatte ihn damals zu seinem Lieblingsheros erkoren und noch über Odysseus und Achilles gestellt. Als Feldherr, um eine Schlacht zu entscheiden, hatte Pittakos einst einen Zweikampf auf Leben und Tod gewagt und seinen Gegner im Angesicht beider Heere besiegt. Das Blut seiner Mitbürger nicht zu vergießen, sein eigenes Leben aufs Spiel zu setzen war Drakonides als der höchste Ausdruck der Arete, der männlichen Tüchtigkeit, erschienen und stets hatte er bei seinen Opfern gelobt, in diesem hohen Geiste zu handeln. Der edle Eifer ließ nach und manche schwärmerische Vorstellung verblasste im Athletenalltag. Dennoch, Drakonides konnte sich rühmen, die alten Schwüre niemals gebrochen zu haben.

Während er auf dem Stein saß und seine Füße im Fluss badete, ärgerte er sich. Er hätte dem Philemon klarer die Meinung sagen sollen! Doch der geübten Beredsamkeit des Sophisten war er nicht gewachsen gewesen. Es wurmte ihn, wenn er jetzt daran dachte, dass ausgerechnet ihn, auch wenn Philemon nichts davon wissen wollte, der Vorwurf mangelnder Tüchtigkeit traf. Hatte er nicht oft genug dafür gesorgt, dass die Stadt Mytilene bei Siegerehrungen genannt wurde? Hing die Vortrefflichkeit eines Athleten wirklich nur davon ab, dass er Olympiasieger war? Gab es etwa nur dort eine starke Polisgemeinschaft, wo Kränze vom heiligen Ölbaum in den Tempeln aufbewahrt wurden?

Drakonides grollte seinen Mitbürgern, denen jedes Mittel recht war, um ihn vor ihren Siegeswagen zu spannen. Sogar Zeus wurde bemüht, der ihn angeblich eigens dazu errettet hatte. Heuchler, dachte er, eitle Greise, Hohepriester des falschen Scheins! Sie schwatzten von Tüchtigkeit – aber war das denn alles, worauf es ankam? Wenn man nun einmal zu alt war … nicht mehr stark genug, um den Kranz zu gewinnen? Wozu kämpfen, wenn man nicht siegen konnte? Schon der Zweite war nur ein Verlierer. Allein für den Sieg lohnte es, den Kopf hinzuhalten, sonst tat man besser daran, zu verzichten. Moschos und andere hatten auch so gedacht. Bei Styx, deshalb waren sie keine Feiglinge!

Drakonides blickte vor sich ins Wasser und sah sein Spiegelbild. Die zerklüftete Landschaft seines Gesichts, dieses wüste, unregelmäßig gepflügte Feld. Nein, er hatte sich nichts vorzuwerfen!

In Hunderten von Kämpfen hatte er die Zuschauer mitgerissen und in den weitaus wenigsten Fällen war er es gewesen, der das Aufgabezeichen gegeben hatte. Wenn die Herolde erschienen waren, um zu den großen, den «kranzspendenden» Spielen zu rufen, hatte er sich sorgfältig vorbereitet und danach auf den Weg gemacht. Er hatte zu Ehren des pythischen Apollon, des Poseidon im Isthmos und des olympischen und nemeischen Zeus gekämpft – auch den Göttern war er nichts schuldig geblieben. Er hatte sich immer um kunstvollen Faustkampf bemüht und blutige Metzeleien vermieden, selbst dann, wenn die Gegner roh und ungeübt waren. Er hatte sich niemals bestechen lassen und niemals bestochen, er war den Anordnungen der Schiedsrichter immer gefolgt und nie hatte er im Übermut einen schwächeren Gegner, der aus Ehrgeiz oder der rasenden Menge zuliebe nicht aufgeben wollte, schwer verletzt oder gar totgeschlagen. Das war seine Arete, die er im Heroon des Pittakos gelobt hatte.

Er hatte auch niemals den Faustkampf betrieben, um Reichtümer zu erwerben. Neuerdings gingen viele Athleten nur noch darauf aus, Geld und Geschenke einzusammeln. Sie machten den Faustkampf zum Beruf, sie lebten davon. Er hätte ebenfalls davon leben können, aber er hatte Dikons Rat befolgt und seinen ländlichen Besitz am Stadtrand von Mytilene nicht aufgegeben. So war er unabhängig geblieben und hatte es nicht nötig, von einem Fest zum anderen zu hasten, um hier einen Dreifuß, dort einen Armreif und wieder woanders einen Krug mit Öl zu erraffen.

Er konnte sich immer Zeit nehmen, um in der heimischen Palästra für die großen, kranzspendenden, panhellenischen Spiele zu üben, wo es keine Geschenke und kein Geld, dafür aber umso mehr Ehre zu gewinnen gab. Wenn manche Athleten in letzter Zeit nur noch nach Olympia, Delphi, Korinth und Nemea kamen, um ihre Namen mit neuem Glanz zu versehen und ihre Stirnen mit frischem Grün zu schmücken, damit die Belohnungen und Geschenke bei den kleinen Festen umso reichlicher ausfielen, konnte er mit Recht von sich sagen, dass er zwar des Glanzes und des Grüns wegen, aber zu keinem anderen Zwecke dorthin gekommen war. Natürlich, auch er war gereist, er hatte ganz Hellas gesehen. Doch waren die Reisen immer kurz gewesen, nie war er länger als zwei, drei Monate von Lesbos fortgeblieben. Oftmals, zur Zeit der Aussaat oder der

Weinlese, war er gleich nach dem Agon zurückgeeilt, um zu Hause in der Wirtschaft zu helfen, die sein Bruder mit Hilfe einiger Tagelöhner und Sklaven betrieb – so lange, bis er selbst nur noch Bauer sein würde.

Denn er hatte nicht die Absicht, nach dem Ablegen der Riemen als Gymnastes oder Paidotribes weiterzumachen. Den Vorschlag des Mannes aus Rhodos hätte er ohnehin nicht angenommen, auch wenn es ein ernsthafter gewesen wäre. Die Ehrengeschenke und Geldpreise, die er gewonnen hatte – natürlich bei weitem keine Schiffsladung –, waren in der Landwirtschaft angelegt worden. Er hatte etwas Weideland und einen zweiten Weinberg gekauft und seine Rinderherde auf eine stattliche Größe gebracht. Er war nicht reich, aber wohlhabend, und er musste sich nicht vor dem Alter fürchten. Wenn er die Jammergestalten sah, die sich bei kleinen Spielen bewarben und sich in den Palästren als Übungspartner anboten, weil sie, obwohl zahnlos, glatzköpfig und verbraucht, aus Not nicht aufhören konnten, war er froh, es so und nicht anders gehalten zu haben. Das war noch die Art, wie die Väter die Agonistik gepflegt hatten – frei, sorglos, nur aus Ehrgeiz und dem Bedürfnis nach Ruhm, ohne jene hässlichen Zwänge und Auswüchse. Wie die alten Helden vor Troja, Odysseus, Aias und Epeios, hatte er den gymnischen Agon zeitlebens um seiner selbst willen betrieben und war damit inzwischen unter den Faustkämpfern fast zu einer Ausnahmeerscheinung geworden.

Während er über dies alles nachdachte, packte ihn abermals der Ärger über seine Mitbürger, die ihn ungerecht beurteilten und Unbilliges von ihm erwarteten. Die Polis hatte ihn nie unterstützt, wenn er mal von der kleinen Prämie absah, die er vor langer Zeit für seinen isthmischen Sieg erhalten hatte. Die Palästragebühren und die Kosten für seine Reisen hatte er immer selber getragen, auch seine Siegesfeiern hatte er allein ausgerichtet. Er war niemandem etwas schuldig und er brauchte vor niemand die Stirn zu senken. Ob er sich noch bewarb oder nicht – wem musste er darüber Rechenschaft ablegen? Natürlich hätte er seine lange Faustkämpferlaufbahn gern mit einem Olympiasieg beendet ... aber war es denn sinnvoll, Unerreichbares zu begehren? Sollte er sich von einem jungen wilden Stier wie Ramphias überrennen und vielleicht fürchterlich zurichten lassen? Schon mancher, der seine Kraft überschätzte, hatte zu guter Letzt noch ein Auge verloren oder den Kinnbacken gebrochen. Nein, der Entschluss war richtig, daran gab es nicht den geringsten Zweifel.

Nur einen Fehler hatte er gemacht. Er hätte bei seinem Vorsatz bleiben und nach Hause zurückkehren sollen. Was wollte er hier? Kühlen Blutes den Wettkämpfen zuzuschauen – so weit war er noch nicht. Und sollte er während der Festzeit ständig in den Augen der Polisgenossen diese schlecht verhohlene Enttäuschung lesen? Vielleicht sogar Spott? Warum hatte er sich von Agathokles und schließlich von diesem undurchsichtigen Pherenikos, der sich kurz vor der Ankuft in Olympia aus dem Staube gemacht hatte, überreden lassen, doch noch hierher zu kommen!

Eines musste Drakonides dem eigenartigen Mann aus Rhodos allerdings zugute halten: Als Einziger hatte er ihm immer wieder gesagt oder zu verstehen gegeben, dass er von seiner Bewerbung in Olympia nichts hielt. Schon auf der Triere hatte er Zweifel geäußert, in Korinth, im Hain des Poseidon sogar deutlich erklärt, er halte die Zeit des Faustkämpfers Drakonides für abgelaufen. Dies zeugte von Aufrichtigkeit und Urteilsvermögen und ließ durchaus keinen eigensüchtigen Beweggrund erkennen. Es passte auch nicht zu dem Bild eines windigen Abenteurers, das der enttäuschte Agathokles gezeichnet hatte. Der Gedanke an den Nasenstüber, mit dem der dicke Schwelger von dem schlanken, fast zierlichen Pherenikos entlohnt worden war, entlockte Drakonides ein Lächeln. Dabei fiel ihm ein, dass er diesem versprochen hatte, sich seinen «Schützling» in Olympia anzusehen. Doch er hatte vor dem Buleuterion nicht einmal einen Blick auf die Teilnehmerlisten der Knabenagone geworfen und wusste nicht, ob es jenen Peisirhodos überhaupt gab. Er würde es wohl auch nicht erfahren – ebenso wenig wie das Geheimnis, das Pherenikos ihm am Abend des ersten Tages der Spiele enthüllen wollte.

Er wollte hier überhaupt nichts mehr sehen und hören – er wollte nur fort.

Ja, dachte er, das Beste wird sein, ich mache mich unverzüglich davon! Noch ehe die Spiele eröffnet werden, bin ich verschwunden. Das Reisegeld wird mir Sosigenes geben, es wird weniger sein, als er mir lange schon für eine Stute und einen Hammel schuldet. Wenn ich Glück habe, bin ich in acht bis zehn Tagen auf Lesbos und kann Myrto, mein Töchterchen, in die Arme schließen. Hier aber habe ich nichts mehr verloren. Nach Hause, nach Hause!

Als dies entschieden war, beruhigte sich Drakonides. Er wollte nur noch auf Sosigenes warten, ihm das Geld abverlangen und dann sofort aufbrechen. Er wurde ein bisschen schläfrig, stützte die Ellbogen auf die Knie, ließ den Kopf auf die Brust sinken.

Ich sollte wieder heiraten, dachte er noch. Jetzt, da ich bodenständig werde, könnte ich ernsthaft Ausschau halten. Es könnte ja eine Witwe sein, es gibt so viele nach den endlosen Kriegen. Auch Vater möchte ich noch einmal werden. Vielleicht würde es diesmal ein Knabe, der später die Herden hüten könnte. Ein hübscher Junge, der das Auge erfreut. Ich hätte ja nun viel Zeit, um ihn anzuleiten – zum Jagen und Fischen und zu allem, was man als Bauer verstehen muss. Auch in die Palästra könnte ich ihn mitnehmen, wenn es mich ab und zu dorthin zieht. Vielleicht legt er mal die Riemen an …

17

«Trink ich Rebensaft,
dann wird das Herz mir warm,
ich preise Aphrodite,
mein Mädchen fest im Arm ...»

Drakonides fuhr auf und sah einen Kahn, der sich vom anderen Ufer her näherte.

Hinten ruderte ein Sklave, vorn saßen zwei Männer, die sich aneinander festhielten, um nicht ins Wasser zu fallen. Sie sangen aus voller Kehle und wollten sich dabei halb totlachen.

Es waren Sosigenes und Ktesibios, der ehemalige Führer der Rudermannschaft auf dem verunglückten Schiff.

Drakonides stand auf und erhob sich zu seiner Achtung gebietenden Größe.

«He, wer ist das?», schrie Sosigenes.

«Schon wieder ein Aufseher!», lallte der betrunkene Ktesibios.

«Nein, das ist Drakonides! Mein Schwager, mein Nachbar! Der, den wir alle für tot hielten!»

«Das wäre aber der Erste, den Pluton wieder nach oben lässt.»

«Halt's Maul, du hast heute nur Puren gesoffen, du siehst nichts mehr. Er ist's! Du bist es doch, Drakonides?»

«Wer sonst? Ich warte auf dich! Beeile dich!»

«Euoioi!», rief Sosigenes, klatschte in die Hände und sprang in den Fluss.

Er versank und kam prustend wieder hoch.

«Euoioi!», schrie er wieder, warf sich nach vorn und peitschte das Wasser mit heftigen Armstößen. Gleich darauf stolperte er triefend ans Ufer und fiel Drakonides in die Arme.

«Haben dich die alten Vetteln, die Erinnyen, die uns für unsere Schuld bestrafen, doch nicht erwischt?»

Das Boot war inzwischen herangekommen. Ktesibios starrte Drakonides aus trüben Augen ungläubig an.
«Wie hast denn du es geschafft? Ah, ich verstehe! Hast Poseidon zum Faustkampf herausgefordert! Hast ihm ein paar Haken und Schwinger verpasst! Da wollte er dich gleich wieder loswerden!»
Sie lachten so laut, dass man vom anderen Ufer herübersah.
«Vergesst euren Hahn nicht!», rief der Ruderer und hob einen Korb vom Boden des Kahns auf. «Vielleicht taugt er noch zum Mahl!»
Er grinste höhnisch und stieß das Boot ab.
Als er den Korb in der Hand hielt, vergaß Sosigenes für einen Augenblick alles andere.
«Das soll ein Kampfhahn sein!», rief er empört. «Ein Lyder hat ihn mir aufgeschwatzt, so ein Gauner! Zehn Tetradrachmen hat er mir abgenommen! Ich dachte natürlich, es kommt das Zehnfache wieder herein. Betrug! Der Gewinner wollte den Hahn nicht mal haben. Ich könnte ihn dem Asklepios opfern, aber vielleicht ist der Gott dann beleidigt. Willst du ihn essen, Drakonides? Ich mag ihn nicht, diesen Schwächling. Iss ihn nur, du musst Hunger haben. Woher kommst du überhaupt? Erzähle doch endlich!»
Er zückte bereits ein Messer, um dem verendenden Vogel den Rest zu geben. Als schließlich der Hahn gerupft und gebraten und von Drakonides verzehrt worden war, hatte Sosigenes alles erfahren. Ktesibios lag schon im Zelt und schnarchte.
«Bei Dionysos!», sagte Sosigenes und sein rundes, pfiffiges Gesicht zog sich in Lachfalten. «Das nenne ich Glück, Tyche hat dich zu ihrem Liebling erkoren, Drakonides! Den da, den Ktesibios, hat sie sich auch ausgesucht. Er wundert sich immer noch, dass er davonkam. Und dass er dabei noch ein Schatzkästchen von der Triëre herunterbringen konnte. Es gehörte dem Schiffsführer, war voller Juwelen. Das meiste davon hat er

gleich in Korinth gelassen, im Hain der Aphrodite. Als die Mädchen dann alle hierher zogen, zum olympischen Wettkampf auf dem Liebeslager, zog er gleich mit. Er hat alles mit einer gewissen Krobyle verjubelt. Sie ist wirklich sehr schön und singen und tanzen kann die ... bei den himmlischen Huren, ein Hochgenuss! Aber nun ist der ganze Reichtum dahin. Die letzte Perle hat sie ihm heute abgenommen. Er ist ebenso abgebrannt wie ich selber.»

«Du kannst mir also das Geld nicht geben», sagte Drakonides.

Sosigenes seufzte.

«Im Augenblick nicht. Aber wir werden schon etwas auftreiben. Drüben, am anderen Ufer, auf dem Vergnügungsplatz, kommt man auf jede Art zu Geld. Der gehört ja nicht zum Heiligtum und alles, was Männern Spaß macht, ist dort erlaubt. Du könntest vielleicht ein Kraftstück vorführen ...»

«Ich trete niemals auf Märkten auf!», unterbrach Drakonides ihn schroff.

«Schon gut, schon gut, das war nur so ein Gedanke. Ich könnte es auch beim Kottabos-Spiel versuchen. Oder als Rätselerzähler. Kennst du das? Ich gebäre die Mutter und werde von ihr geboren. Wie nennt man uns?»

«Tag und Nacht.»

«Ja, das ist leicht. Aber neulich, in einer Herberge, hat mir ein Kerl ein paar neue Rätsel erzählt. Ich wette, dass du die Lösung nicht findest ...»

«Du hast also nichts mehr», sagte Drakonides, den das Geschwätz des Sosigenes ärgerte. «Hast alles vertan. Was wird Pamphile dazu sagen? Gegeben hat sie dir doch sicher genug, damit du hier keinen Mangel littest.»

«Deine geizige Schwester ... was die schon herausrückt.»

«Immerhin reichte es für einen Kampfhahn.»

«Den du gerade gegessen hast», sagte Sosigenes mit einem entwaffnenden Lächeln. «Verzeih ...»

Drakonides musste nun selber lachen. Dieser Sosigenes war ein unverbesserlicher Schlingel. Aber lange zürnen konnte man ihm nicht.

«Dass ich mich auch auf dich verlassen habe! Ich werde also Zopyros oder Philemon bitten, mir etwas zu leihen. Notfalls aus der Gesandtschaftskasse.»

«Willst du denn wirklich wieder abhauen?»

«Ja.»

«Aber ...»

«Ich habe dir doch erklärt, warum. Dachte, du hättest mich verstanden.»

«Habe ich ja», sagte Sosigenes teilnahmsvoll. «Ich begreife schon, dass es dir keinen Spaß macht, hier herumzusitzen und zuzusehen, wie andere bekränzt werden. Schade ... Wenn du dabei wärst, hätte ich Wetten auf dich abschließen können. Sehr vorteilhafte!»

«Keinen Obolos hättest du gewonnen, du Dummkopf.»

«Wer weiß? Etwas Glück hätte natürlich dabei sein müssen.»

«Man gewinnt einen Faustkampf nicht mit Glück.»

«Manchmal doch. Oder etwa nicht? Du hättest Ephedros werden können. Wer ein Freilos zieht ... einen Kampf weniger hat ... dem ist doch der Kranz so gut wie sicher.»

«Das stimmt. Ein solcher Sieg ist aber weniger wertvoll.»

«Sieg ist Sieg. Kranz ist Kranz.»

«Es wird in den Siegerlisten verzeichnet, ob einer Ephedros war.»

«Trotzdem würdest du lieber als Ephedros siegen als gar nicht. Habe ich Recht?»

Sosigenes warf Drakonides einen kurzen Seitenblick zu und seine kleinen, immer heiteren Augen blitzten listig auf.

Drakonides, der mit einem Holzspan in seinen Zähnen herumstocherte, achtete nicht darauf. Ihn langweilte dieses Gespräch und er schwieg.

Sie saßen allein an der Kochstelle, die Hitze war jetzt erträglich. Ringsum im Wohnlager war es stiller geworden, weil die meisten unterwegs waren.

«So ein Ephedros hat wirklich einen gewaltigen Vorteil», fing Sosigenes wieder an. «Während die anderen sich gegenseitig ermüden und Wunden beibringen, lässt er sich noch in aller Ruhe massieren und beißt mit Genuss in eine Melone. Und wenn er besonderes Glück hat, zieht er im nächsten Durchgang einen Gegner, der sich kaum noch auf den Beinen halten kann.»

«So ging es mir mal in Theben», sagte Drakonides, den die Erinnerung etwas belebte. «Gleich für den ersten Durchgang zog ich einen Kerkyrer, der seine Sache verstand. Wir kämpften bis zur Erschöpfung. Die anderen waren längst fertig, da standen wir immer noch. Endlich gibt der Kerkyrer das Aufgabezeichen. Ich wanke vom Kampfplatz, will mich irgendwo in den Schatten werfen, aber da heißt es schon: Auslosung für den zweiten Durchgang! Ich komme nicht einmal dazu, mir das Blut von der Nase zu wischen, es tropft in die Losurne. Also, ich greife in den Topf und ziehe ...»

«Den Ephedros!»

«Ja. Und weil der Kerkyrer und ich so viel Zeit verbraucht haben, geht es gleich weiter. Der Ephedros, ein Mann aus Troizen, kommt auf mich zu, ich habe kaum meine Linke oben, da trifft er mich schon – links, rechts, links, rechts. Das war mein kürzester Kampf, bei Styx!»

«Aber wenn ich dabei war», sagte Sosigenes wieder mit einem schlauen Lächeln, «warst du oft selber Ephedros. Erinnere dich ... vor ein paar Jahren in Argos und danach in Pellene ... und jedes Mal hast du am Ende gewonnen.»

«Gewiss, ab und zu kam das vor», sagte Drakonides ausweichend. «Doch in Korinth, vor zehn Jahren, gab's keinen Ephedros. Acht Bewerber, vier Paare, drei Kämpfe. Ich habe den Fichtenkranz ohne Freilos gewonnen!»

«Ich verstehe ja, dass du stolz darauf bist. Aber meiner Meinung nach ist ein Ephedros-Sieg nicht weniger ruhmreich. Besonders dann, wenn er eine andere Ungerechtigkeit ausgleicht.»

«Was meinst du damit?»

«Nun, ist nicht so mancher Athlet im Nachteil? Weil er leichter ist als sein Gegner? Oder kleiner? Oder weil er kürzere Arme hat? Oder weil ihm vielleicht sogar ein Auge fehlt, das er bei einem früheren Kampf verloren hat? Wäre es nicht gerecht, einem solchen Athleten gleich einen Durchgang zu erlassen und ihn zum Ephedros zu machen?»

«Ungerecht wäre es nicht, nur ...»

«Wenn ein Hellanodike nun sagte: ‹Drakonides, du bist zehn oder zwölf Jahre älter als Ramphias ... er hat dir so viel an frischer Kraft voraus, dass wir dich für den ersten Durchgang zum Ephedros ernennen!› ... würdest du ablehnen?»

«Du schwatzt Unsinn, Sosigenes. Niemand würde ein solches Angebot machen.»

«Und wenn es Tyche persönlich täte, deren Liebling du bist? Wenn die Göttin deine Hand führte und dich in der Urne das richtige Los finden ließe, wie sie es schon öfter getan hat?»

Drakonides hob rasch den Kopf.

«Daran hast du noch nicht gedacht, wie?», fuhr Sosigenes fort, erfreut, dass er endlich verstanden wurde. «Als Ephedros hättest du gute Aussichten. Vorausgesetzt, du bewirbst dich noch.»

«Was redest du ... gute Aussichten ...», murmelte Drakonides verwirrt.

«Überleg doch mal! Wenn sich drei bewerben, gibt's einen Vorkampf. Zwei treten gegeneinander an, der Dritte ist Ephedros. Wie der Vorkampf auch ausgeht, eines ist sicher: Der Unterlegene hat den Sieger ermüdet, vielleicht hat er ihm auch Wunden zugefügt. Denke nur an den Mann aus Kerkyra! Nun

folgt eine kurze Pause – der Endkampf beginnt. Der angeschlagene Sieger vom Vorkampf gegen den ausgeruhten Ephedros! Sozusagen ein halber gegen einen ganzen!»
«Mehr als ein halber, wenn er Ramphias heißt.»
«Wenn schon. So nimmst du es mit ihm auf!»
Sie verharrten einen Augenblick reglos und sahen sich an. Dann gab Drakonides dem Sosigenes einen Stoß vor die Brust und sprang auf.
«Was hast du dir da wieder ausgedacht in deinem verrückten Schädel?»
«Wenn es dir nicht gefällt … warum schlägst du mich gleich?», sagte Sosigenes, den Gekränkten spielend.
Drakonides hatte sich abgewandt.
Er trat rasch hinunter ans Wasser. Dort verharrte er längere Zeit, den Blick auf den Alpheios gerichtet.
In der Nähe tummelten sich ein paar Jungen, die zum Grunde des Flusses tauchten und kreischend und prustend, mit Händen voller Algen und Schlamm an die Oberfläche zurückkehrten. Einer schwenkte ein zerbrochenes Henkelgefäß. Gleich warfen alle auf einmal ihre mageren Hintern hoch und verschwanden in der gelbgrünen Flut, um ebensolche Schätze zu bergen.
Drakonides schien von alledem nichts zu bemerken. Er stand da, als habe ein Bildhauer ihn in Stein modelliert.
Wie ihn der Faustsstoß hingestreckt hatte, lag Sosigenes in dem mit Asche vermischten Sand neben der Kochstelle und wartete. Sein rundes Schelmengesicht hatte einen gespannten, aber dabei auch vergnügten Ausdruck angenommen. Er wusste wohl, was geschehen würde.
Plötzlich fuhr Drakonides herum und sagte mit einer heftigen Geste: «Gehen wir!»
«In die Palästra?»
«Komm!»

18

Die olympische Übungsstätte der Faustkämpfer, Ringer und Pankratiasten lag zwischen dem heiligen Hain und dem Kladeos, einem von den Hängen des Pholoe-Gebirges herabstürzenden Wildbach, der hier in den Alpheios mündete. Sein breites Mündungsbett mit dem wirbelnden, strudelnden klaren Wasser war seit Urzeiten eine natürliche Badeanlage und die Veranstalter hatten es niemals für nötig gehalten, sie durch eine künstliche zu ersetzen.

Längs des Kladeos-Ufers lagen die Unterkünfte der Athleten, einfache, lang gestreckte Lehmziegelhütten ohne jede Bequemlichkeit, und in der Nähe erhob sich die Mauer der Palästra, die ebenfalls ein schmuckloser Zweckbau war, mit der einzigen Bestimmung, alle vier Jahre die Teilnehmer des olympischen Agons für wenige Tage aufzunehmen. Der Innenhof war mit offenen Übungshallen und kleineren, verschließbaren Räumen zur Aufbewahrung von Öl, Sand, Arbeits- und Sportgeräten umbaut. In zwei Ecken standen ein Altar des Herakles und eine Statue des Hermes, des Schutzherrn der Palästra. Es gab auch ein paar steinerne Ruhebänke für Athleten und Zuschauer.

Vor den Spielen wurde der altehrwürdige, aber vernachlässigte Bau jedes Mal mehr oder weniger gründlich überholt, indem man hier eine Säule austauschte, dort eine neue Wand einzog – mit dem Ergebnis, dass er schließlich aus lauter architektonischem Flickwerk bestand. Aber das störte niemand. Es war nur der farblose, kaum beachtete Hintergrund für ein wild bewegtes Treiben.

In dem von gleißendem Sonnenlicht überstrahlten Innenhof sah man Faustkämpfer, Ringer und Pankratiasten. Auch Fünfkämpfer waren hier, um das Ringen zu üben. Schwergewichtige Riesenleiber, die langsam und würdevoll ihre Kraft entfalteten, waren Ruhepunkte im Gewimmel schlanker, straffer, geschmeidiger Körper, die sich umschlangen, in die Luft warfen oder im aufstiebenden Sand des gelockerten Bodens wälzten. Ohrenbetäubender Lärm erfüllte das Viereck zwischen Säulen und Mauern. Gebrüll, Flüche, Kommandos und Zurufe mischten sich mit den schrillen Tönen, die ein Flötenspieler hervorbrachte. Im Schatten des Säulenumgangs, der den Hof und die überdachten Räume trennte, drängten sich die Zuschauer.

Drakonides blickte nachdenklich auf das Getümmel. Wie lange war es nun her, dass er diese Palästra zum ersten Mal betreten hatte ... zwölf Jahre! Dreimal war er hier gewesen und hatte diesen Boden mit Schweiß getränkt. Mit wie viel Hoffnung war er jedes Mal gekommen und wie wenig hatte er dann erreicht. Es hatte immer viele Bewerber gegeben und er war zweimal bereits im ersten und einmal im zweiten Durchgang der Vorkämpfe ausgeschieden. Nirgendwo war er vom Sieg so weit entfernt gewesen wie gerade hier. Selbst in seiner besten Zeit, vor acht Jahren, als er von Erfolg zu Erfolg eilte, war der Ölkranz für ihn unerreichbar gewesen.

«Wo bleibst du denn, Drakonides?», rief Sosigenes, der mit ihm eingetreten und schon weitergegangen war. «Beeil dich! Sie sind gerade bei ihren Übungen! Dort drüben in der Halle!»

Wozu bin ich hergekommen?, dachte der Faustkämpfer. Was für ein Einfall, den Sieg auf die Gunst des Loses zu bauen. Hier in Olympia! Welcher von denen, die dort rangen, sich schlugen und versuchten, einander die Glieder zu verrenken, würde das tun! Sein Blick fiel auf den bronzenen Hermes. War auf die Götter denn Verlass? Konnte man ihres Wohlwollens sicher sein, auch wenn man es einmal genossen hatte? Was sah er, der himmlische Herr der Palästra? Nahm er Anteil am Treiben der Athleten? Warum gab er ihm nicht ein Zeichen?

Drakonides wollte sich gerade abwenden und Sosigenes folgen, als eine bekannte Stimme ihn plötzlich aufmerken ließ und zurückhielt.

«Die Linke hoch – und die Beine bewegen! Jetzt einen Ausfallschritt nach rechts! Schneller! Und einen Schwinger zum Kinn! Nein, du wartest zu lange, Peisirhodos! Du musst ihn treffen, bevor er dir folgt! Zu langsam bist du geworden, zu schwerfällig! Hast du denn alles vergessen, was ich dir beigebracht habe?»

«Ich mache es so, wie Tellon es will.»

«Das ist falsch! So wirst du nie Olympiasieger ...»

Unweit des Eingangstors, am Rande des Übungsplatzes, stand Pherenikos im wallenden Mantel, den Hut im Nacken, und schrie und gestikulierte.

Der schlanke, schwarz gelockte Jüngling, an den er sich wandte, erhob sich gerade aus dem Sand. Vom Fausthieb eines feisten, etwas älteren Epheben war er hingestreckt worden. Ein muskelbepackter elischer Gymnastes gab ihm einen Schlag mit der Gabelrute.

«Noch einmal! Greif an! Langes Zögern ist Feigheit! Schlage auch mit der Linken, nimm beide Fäuste!»

«Nein!», rief Pherenikos gellend. «Die Linke lass vorgestreckt und offen! Geh rückwärts, hebe die Füße! Jetzt den Ausfall! Nein, wieder zu spät ...»

Peisirhodos fing einen Hieb des Dicken und hielt sich gerade noch auf den Beinen.

«Da hast du es, du Überschlauer», sagte der Eleer zu Pherenikos. «Wenn du ihn weiter so verwirrst, bezieht er im Wettkampf nur Prügel. Dann war unsere Mühe mit ihm umsonst.»

«Von eurer Mühe bemerke ich nichts. Er bringt ja nicht einmal dieses Mastkalb zu Fall!»

«Weil er auf deine Befehle hört! Würdest du nicht ständig dazwischenreden ... Drakonides!», rief er plötzlich und winkte. «Ich danke den Göttern, dass ich dich wieder sehe!»

«Chaire, Tellon!» Drakonides trat näher. «Freut mich ebenfalls, dich zu sehen.»
«Kommst diesmal spät. Legst du die Riemen nicht mehr an?»
Die zornige Erregung des Pherenikos erließ Drakonides die Antwort.
«Wie gut, dass du gerade dazukommst!», rief er. «Sag deine Meinung als erfahrener Athlet! Das ist Peisirhodos – sieh ihn dir an! Ist er nicht der geborene Faustkämpfer? Groß und schlank, beweglich, leichtfüßig? Zu Hause war er noch in bester Verfassung. Aber dreißig Tage auf dem Xystos in Elis und ich erkenne ihn nicht wieder. Was Wunder, wenn er sich mit einem drei Jahre älteren Fettklumpen prügeln muss, der sich nicht von der Stelle rührt!»
«Jetzt reicht es aber, das dulde ich nicht!», ereiferte sich nun auch Tellon. «Unsere Übungspartner sind ausgebildete Faustkämpfer.»
«Würdest du Peisirhodos nicht zwingen, wie ein Pfahl auf demselben Fleck zu stehen, würde er ihn sehr schnell fertig machen!»
«Hier ist nicht so viel Platz wie im Stadion!»
«Platz ist ausreichend, aber ihr versteht nichts vom Faustkampf! Wäre ich nur von Anfang an in Elis dabei gewesen! Ein Fehler, den Jungen allein hinzuschicken. Verdorben habt ihr ihn!»
«Verdorben?» Der elische Gymnastes hob zornig die Hand mit der Gabelrute. «Was sagst du? Wir verderben die Athleten? Wir, die Ordner der heiligsten aller Spiele? Die mit allen Geheimnissen der Kunst des gymnischen Agons bestens vertraut sind? Unsere Väter haben Herakles kämpfen sehen! Zeige mir doch, wie überlegen du bist, du Großmaul, du Angeber! Stelle dich mir zum Kampf! Wirf den Mantel ab! Lege die Riemen an!»
Er schleuderte die Rute fort und war gleich darauf bis auf den

Lendenschurz nackt, eine Berglandschaft schwellender Muskeln.
Einige junge Athleten unterbrachen ihre Übungen und traten neugierig heran. Es war immer eine willkommene Abwechslung, wenn zwei Gymnasten, meist ein einheimischer und ein auswärtiger, miteinander in Streit gerieten. Oft konnte man dabei auch lernen. Und manchmal, wenn sich der auswärtige zu anmaßend aufführte, gab es Peitschenhiebe zu sehen. Die Eleer hatten nun einmal sowohl auf dem Xystos in ihrer Hauptstadt als auch hier in Olympia die Oberaufsicht bei den Übungen und sie wussten sich Respekt zu verschaffen.
Pherenikos zeigte allerdings keine Neigung, die Herausforderung des Tellon anzunehmen. Er zog den Hut ins Gesicht und sagte kühl: «Mit dir kämpfen? Fällt mir nicht ein! Ich bin kein Athlet, ich spreche nicht mit den Fäusten. Es würde wohl auch nicht viel nützen. Wie könnten dich Faustschläge dazu bringen, deinen Verstand zu gebrauchen!»
«Noch eine Beleidigung? Das genügt! Dir zeig ich es, Bursche! Herunter den Mantel!»
Tellon machte zwei Schritte vorwärts und versuchte, einen Zipfel des weiten Umhangs zu fassen. Pherenikos raffte das Kleidungsstück vor der Brust, trat rasch zurück.
«Ist es hier in Olympia üblich, den Gästen die Kleider vom Leibe zu reißen?»
«Es ist hier üblich, unbekleidet zu kämpfen!»
«Du begreifst reichlich langsam. Ich kämpfe nicht!»
«Und ich bestehe darauf! Man macht sich nicht ungestraft über uns lustig!»
«Ich nahm an, die Fäuste werden hier zum Vergnügen gebraucht, nicht zur Strafe!»
«Verdrehe mir nur die Worte im Mund, du Zierbengel!»
«Jetzt bist du es, der mich beleidigt. Das gleicht sich wohl aus!»

«O nein! So kommst du mir nicht davon! Zum letzten Mal: Den Mantel herunter!»

Tellon stürzte abermals auf Pherenikos zu, erwischte den Umhang und zerrte so heftig daran, dass die Spange am Halse aufsprang und eine weiße, schmale Schulter zum Vorschein kam.

Da sprang Peisirhodos hinzu und gab dem Eleer einen Stoß vor die Brust. Verblüfft ließ Tellon den Mantel fahren. Wütend fuhr er gegen den jungen Athleten los.

«Bist du von Sinnen? Du wagst es, einen Festordner anzugreifen? Ich werde auf der Stelle Anzeige machen! Der Olympische Rat wird dich von den Wettkämpfen ausschließen!»

«Aber was hat er denn getan?», rief Pherenikos, der sich wieder verhüllt hatte. «Er glaubte, mir helfen zu müssen, weil du mich angriffst. Hättest du mich in Ruhe gelassen ...»

«Schweig! Ihr beide werdet mir folgen! Widersetzlichkeiten dulden wir nicht.»

«Wir wollen nur unsere Übungen machen, wie wir es zu Hause gewohnt sind.»

«Ihr seid hier aber nicht zu Hause. Da ihr euch also weigert, Belehrungen anzunehmen ...»

Der Eleer sah sich nach einem der Mastigophoren um, die auf dem Säulenumgang im Schatten standen und die Menge beobachteten.

Doch jetzt mischte sich Drakonides ein.

«Hör mal, Tellon, du brauchst doch gewiss einen Zeugen, wenn du die beiden vor den Rat führst.»

«Einen Zeugen? Das wäre nicht übel!»

«Ich bin gern bereit.»

«Dann komm gleich mit. Du hast alles gesehen und kannst bestätigen, dass ich im Recht war.»

«Das nun wieder nicht.»

«Was soll das heißen?»

«Vielleicht warst du zuletzt im Recht, zu Anfang aber warst du es nicht», sagte Drakonides mit listigem Grinsen.

«Zu Anfang nicht? Die Weisungen, die ich ...»

«Die Weisungen, die du dem jungen Athleten erteilt hast, waren die falschen.»

«Was? Wie?»

«Wenn er sich nach ihnen richtet, verliert er.»

«Du behauptest ...»

«Ich beweise es dir. Er ist noch jung und in den Fäusten fehlt ihm noch Kraft. Wenn es zum Schlagabtausch kommt, gerät er in Nachteil. Den muss er vermeiden, er muss ihm unbedingt ausweichen! Stattdessen muss er mit flinken Füßen den Gegner ermüden ...»

«Das meinte ich ja!», rief Pherenikos.

«... so wie ich es dir gleich zeigen werde», fuhr Drakonides fort, an Tellon gewandt. «Du stellst dich hin und versuchst, auf mich einzuhauen und ich werde derweil ein bisschen um dich herumtanzen. Und du wirst staunen, wie schnell du zu Boden gehst. Fangen wir an? Sobald du dich dann wieder erholt hast, gehen wir alle zum Rat und machen die Anzeige.»

«Verzichte!»

Der Gymnastes, der Drakonides kaum bis zur Schulter reichte, wandte sich ab, hob seinen Mantel auf und warf ihn sich über. Einige der Zuschauer lachten, verstummten aber gleich wieder, als Tellon ihnen drohende Blicke zuwarf.

«Es ist immer dasselbe», grollte er. «Ihr von den Inseln haltet zusammen. Nun, meinetwegen! Der Wettkampf wird zeigen, ob es verkehrt war, dass ich dem Jungen etwas mehr Härte beibringen wollte. Jedenfalls werde ich mich nicht mehr um ihn kümmern! Was dich betrifft», wandte er sich an Pherenikos, «so kannst du von Glück sagen, dass ich noch einmal Nachsicht üben und von einer Anzeige absehen werde – trotz deiner frechen Äußerungen. Aber ich habe ein Auge auf dich! Sollte

noch einmal etwas vorfallen, wird dies mit angerechnet ... verlass dich darauf! Komm, Glaukon!»
Er bedeutete dem dicken Epheben mit einer Kopfbewegung, er möge ihm folgen.
Drakonides entging nicht, dass Pherenikos und der junge Peisirhodos einen innigen Blick und einen Händedruck tauschten. Doch plötzlich stürzte der Jüngling zu Boden. Der Dicke hatte ihm beim Abgehen ein Bein gestellt.
Peisirhodos raffte sich auf und rannte ihm nach. Ein Tritt in den Hintern und der tückische Angreifer fiel. Er nahm eine Hand voll Sand und warf sie nach dem jungen Rhodier, traf aber ein paar Pankratiasten, die in der Nähe ihren Übungen nachgingen. Schon war eine Schlägerei im Gange und Tellon musste mit der Rute dazwischenhauen. Auch Mastigophoren eilten hinzu.
Peisirhodos sah sich nach Pherenikos um.
«Wo ist sie?», fragte er Drakonides.
«Wer – sie?», war die überraschte Gegenfrage.
«Nun, meine ... mein ... mein Gymnastes», stotterte der Jüngling, über und über errötend.
«Du meinst Pherenikos?»
«Ja ... ja, den meine ich.»
«Seltsam. Gerade war er noch hier.»
In diesem Augenblick näherte sich ein lärmender Haufen von Männern mit Hüten und Kappen, in staubbedeckten Reisekleidern.
«Peisirhodos!», schrien sie in hartem dorischem Dialekt. «Unser Stern, unsere Hoffnung! Da sind wir, deine Freunde aus Rhodos, gerade in Olympia angekommen! Der erste Weg führt uns zu dir!»
Der Jüngling wurde umarmt, geküsst und schließlich sogar auf Schultern gehoben.
Drakonides ließ seinen Blick umherschweifen. Pherenikos

musste noch in der Nähe sein. Er hatte vermutlich die Männer kommen sehen und sich hinter einer Säule versteckt.
Die Beschuldigungen des Agathokles waren demnach nicht aus der Luft gegriffen – der schöne Gymnastes hatte Grund, seine Polisgenossen aus Rhodos zu fürchten. Und dass ihn der junge Mann für ein Weib nahm …
«Drakonides! Was stehst du herum, wo es nichts zu sehen gibt? Du verpasst ja das Beste!»
Sosigenes war zurückgekommen. Diesmal ergriff er seinen Schwager am Arm und zog ihn mit sich.

19

Drakonides hatte es nun ebenfalls eilig. Er durfte ja keine Zeit verlieren.
Im Gedränge der Zuschauer, die nur den schmalen, um den Hof laufenden Säulengang benutzen durften, strebten sie der großen Übungshalle zu. Der Andrang der Schaulustigen an diesem letzten Tag vor der Eröffnung der Spiele war so stark, dass der Einlass in die Palästra beschränkt werden musste. Draußen am Tor standen Mastigophoren, die sofort zuschlugen, wenn jemand ohne ihre Erlaubnis durchschlüpfen wollte. Drakonides als bekanntem Athleten hatte es allerdings keine Mühe bereitet.
Noch sahen sie die beiden Faustkämpfer nicht. Je näher sie der nach dem Hof hin offenen Halle kamen, desto dichter standen die Zuschauer, desto schwieriger war es, nach vorn zu gelangen. Selbst Drakonides, der alle überragte, konnte zunächst nichts sehen als einen Korykos, der von einem der Deckenbalken herabhing und heftig hin und her schwankte.
Die Zuschauer vor ihm unterhielten sich lebhaft.
«Was hältst du von ihm, Passion?»

«Kraft hat er. Nur seine Füße sind zu müde.»
«Kann er Ramphias schlagen?»
«Wenn man Ramphias die Fäuste auf den Rücken bindet ...»
Es wurde gelacht.
Ein alter Eleer sagte wichtig: «Soll ich euch sagen, wie es ist? Ramphias ist der Baum, Eutelidas ist das Schilf. Der Baum wird vom Sturm gefällt. Dagegen das Schilf wird nur gebeugt und erhebt sich wieder.»
«Wenn man es aber abmäht», rief einer, «wird es schon liegen bleiben, dein Schilf!»
Es gab ein heftiges Geschiebe, weil zwei Aleipten, Betreuer der Athleten, aus der Halle kamen und zum Hof hindrängten. Als sich die Lücke schloss, wurde Drakonides plötzlich nach vorn gestoßen, fast bis an das Seil, das man zwischen den Anten gespannt hatte, damit die Zuschauer nicht in die Halle gelangen konnten.
Nun sah er ihn, den bewunderten Heros des Faustkampfs.
Im Jahr nach den letzten Olympischen Spielen war Ramphias zum ersten Mal aufgetaucht und seitdem war ihm Drakonides häufig begegnet. Acht Kämpfe hatte er gegen ihn ausgetragen, vor ein paar Monaten erst den isthmischen Endkampf, und alle bis auf einen verloren. Jedes Mal, wenn er ihn wiedersah, war er zunächst verblüfft, denn auf den ersten Blick war dem Mann aus Halikarnassos diese Überlegenheit nicht zuzutrauen.
Die Erscheinung des Ramphias war für einen Faustkämpfer ungewöhnlich. Er war nur mittelgroß, kleiner als diese Athleten im Allgemeinen. Seine Gestalt war mehr die eines Pankratiasten, er hatte schlanke Muskeln und nicht den starken Knochenbau der meisten Faustkämpfer. Sein Gesicht, kaum von Narben gezeichnet, war von fast regelmäßiger Schönheit und hätte anziehend gewirkt, wäre da nicht ein grausamer, etwas verächtlicher Zug gewesen. Es war das Gesicht eines Mannes, der seit seinem ersten Auftreten vom Erfolg verwöhnt war.

Natürlich wusste Drakonides, warum er dem Ramphias nicht gewachsen war. Auch jetzt, als er ihn beobachtete, sah er es gleich. Die Stärke des anderen waren seine Beweglichkeit, die Behändigkeit seiner Füße, seine tierhaften Sprünge, die blitzschnellen Ausfälle, der wirbelnde Angriff seiner Fäuste. Jeder, der sich auf eine starre Verteidigung verließ (und Drakonides hatte – trotz besserer, gerade dem Tellon bekundeter Einsicht – mit zunehmendem Alter diesen Kampfstil bevorzugt), war gegen einen solchen Gegner verloren.

Ramphias hatte mit seiner Begleitung ein Drittel der Halle mit Beschlag belegt. Er selber und seine Übungspartner waren nackt, bis auf die riemenumwickelten Fäuste.

Es war eine bunte Gesellschaft von Leuten der unterschiedlichsten Herkunft, die den berühmten Athleten umgab. Wahrscheinlich hatte er sie auf Sklavenmärkten zusammengekauft und in den Abfallecken von Stadien und Palästren aufgelesen: ausgediente Faustkämpfer mit zerfetzten Ohren, zwei junge braune Numidier, einen plattnasigen Italiker, einen Ägypter, einen Skythen. An einige von ihnen erinnerte sich Drakonides, er hatte sie schon an anderen Festorten gesehen. Sie zogen im Tross des Ramphias mit, zu vielem nützlich. Sie waren Diener, Köche, Masseure, Spaßmacher. Vor allem aber waren sie Übungspartner, die man nicht schonen musste und die man, wenn sie zu nichts mehr taugten, irgendwo zurückließ.

Ramphias schlug erbarmungslos zu. Sein eigener Gymnastes stand neben ihm und sprach ohne Unterlass anfeuernd auf ihn ein, während sich der Eleer Thrasykles, der in der Halle die Aufsicht führte, abseits hielt. Ging einer der Übungspartner nach einem schweren Treffer zu Boden, trat gleich der nächste an seine Stelle, während der Niedergestreckte durch einen Aleipten mit Wassergüssen behandelt wurde. Die Schwierigkeit für die Übungspartner war, dass sie sich wohl verteidigen, Hiebe aber nur andeuten durften, denn natürlich sollten dem Heros keine Verletzungen zugefügt werden. Mit einer guten Verteidigung konnte man zwar Treffer vermeiden, aber die Mehrheit der Männer war nicht mehr stark genug, um lange standzuhalten. Die Jüngeren, die gut bei Kräften waren, mochten den Zorn ihres Meisters fürchten, wenn sie ihn sich zu lange abmühen ließen. Manchmal ließ einer sich fallen, ohne wirklich getroffen zu sein. Wenn der Gymnastes es merkte, war er gleich bei ihm und gab ihm die Rute. Der Gezüchtigte sprang dann rasch wieder auf und machte weiter.

Obwohl es sich nur um Übungskämpfe handelte, sah Drakonides, dass Ramphias jetzt noch besser war als im Frühjahr in Korinth. Die Wucht seiner Schläge hatte zugenommen. Durch seine raubtierhafte Behändigkeit musste er früher ersetzen, was die Kraft seiner Fäuste nicht leisten konnte. So war es auch zu jener einzigen Niederlage gekommen, die Drakonides ihm beigebracht hatte, gleich bei ihrer ersten Begegnung. Ramphias stürmte unentwegt an, doch es gelang ihm nicht, entscheidende Schläge am Kopf des Drakonides zu landen. Als er schließlich von den wilden Attacken erschöpft war, bat er um eine Pause, die Drakonides verweigerte. Da geriet Ramphias so in Wut, dass er leichtfertig die Verteidigung aufhob und in die Fäuste des Drakonides hineinlief, der jetzt nicht mehr viel Mühe hatte.

Auch in den folgenden Kämpfen, die sie bestritten und die Ramphias alle gewann, hatte Drakonides die Vorteile seiner Erfahrung und der größeren Kraft seiner Fäuste für sich, sodass er die Niederlagen lange hinauszögern konnte. Einige Male hatte er dabei sogar den Ramphias so erschöpft, dass er dessen Gesamtsieg verhinderte. Bei den diesjährigen Isthmien jedoch hatte der andere gezeigt, dass er aus den früheren Fehlern gelernt hatte. Nicht rasend anzustürmen, sondern, geduldig den richtigen Augenblick abwartend, mit einem Überraschungsangriff alles zu entscheiden war diesmal sein Kampfstil gewesen und Drakonides hatte auch dabei schon die verstärkte Wucht

der Schläge des Ramphias zu spüren bekommen. Mit blutüberströmtem Kopf war er aus dem Stadion getorkelt, noch aufrecht zwar, aber mehr tot als lebendig.
Heute war Ramphias in Kampflaune. Sonst gab es in der Palästra weniger Verletzungen. Aber die Zuschauer, die jeden Treffer mit dankbarem Beifallsgeschrei bedachten, stachelten den Ehrgeiz an und der näher rückende Zeitpunkt des Agons machte den Athleten erfolgssüchtig. Jedes Mal, wenn einer der Männer zu Boden gestreckt war, legte Ramphias eine kleine Pause ein, schlug die Zähne, die auch bei ihm schon Lücken aufwiesen, in eine Melonenscheibe, ließ sich von den Aleipten die Stirn befeuchten und die Muskeln lockern. Dabei lächelte er in die Zuschauermenge, genoss die bewunderungsstarren Blicke, die Verzückung der offenen Münder.
«Götter, wen sehe ich?», rief er plötzlich. «Bist du's, Drakonides? Bist du gekommen, um mir Angst zu machen?»
Er wartete, bis das Gelächter sich legte, und streckte den Arm gegen Drakonides aus.
«Das war mal der stolzeste Hahn von ganz Hellas! Aber ich hab ihm den Kamm abgefressen!»
Jetzt brüllten seine Anhänger vor Vergnügen.
Drakonides wollte etwas entgegnen, konnte sich aber bei dem Lärm nicht verständlich machen. Sosigenes schrie etwas, bekam einen Nasenstüber und wehrte sich.
Es gab ein Gedränge und zwei Mastigophoren, die an der Seitenwand der Halle standen, traten vor und schlugen mit ihren Peitschen zwei-, dreimal wahllos in die Menge, die sich sofort, wenn auch protestierend, beruhigte. Sie hatte auch schon wieder etwas zu gaffen und zu beklatschen, denn im Übermut hatte Ramphias den Ägypter mit einem so gewaltigen Hieb zu Boden geschmettert, dass der sich mehrmals überschlug und in einer Wolke aufstiebenden Sandes bis auf die andere Seite der Halle rollte.

Dorthin reckten sich nun alle Köpfe und auch Drakonides blickte hinüber.

Da sah er zum ersten Mal den Eutelidas.

Erst jetzt fiel ihm auf, dass er schon eine Weile vor der Halle gestanden und keinen Blick für den Mann gehabt hatte, um dessentwillen er eigentlich hier war. Die Vorstellung, die Ramphias und seine Leute boten, hatte selbst ihn gefesselt, obwohl er das alles schon mehrmals erlebt hatte. Er wusste nun, dass der «Löwe von Halikarnassos», wie manche ihn nannten, gefährlicher denn je war. In einem Kampf zu gleichen Bedingungen würde er nicht die geringsten Aussichten gegen ihn haben. Nur wenn er ein wenig im Vorteil wäre, da hatte der listige Sosigenes Recht, könnte er Ramphias bezwingen. Das aber war nicht nur von einer Begünstigung durch das Los, sondern mindestens ebenso von etwas anderem abhängig: von der Kraft und Ausdauer jenes Dritten, der bisher der einzige Gegner des Ramphias war.

Was für ein Unterschied zwischen den beiden!

Der Eleer war groß und schwergewichtig, sein dicker Kopf lag fast halslos auf den wuchtigen Schultern. Er hatte ein rundes Gesicht mit aufgeworfenen Lippen und einer Stupsnase, das beinahe unversehrt war, bei ihm wohl eher ein Anzeichen dafür, dass ihm agonistische Erfahrung fehlte. Nackt, wie es Vorschrift war, bearbeitete er mit gleichmäßigen Schlägen einen Korykos.

Ein finster blickender Gymnastes, der neben ihm stand, aber mehr auf Ramphias Acht gab, rief ihm von Zeit zu Zeit etwas zu. Seine Übungspartner, drei von den Veranstaltern verpflichtete ältere Faustkämpfer, unter ihnen Moschos, saßen im Hintergrund auf einer Bank und unterhielten sich.

Der Erfahrene sah auf den ersten Blick, dass dieser Eutelidas kaum Aussicht hatte, den Kranz zu gewinnen. Starkknochig und mit Muskelwülsten beladen, würde er seinen Gegner leicht niederschlagen, falls dieser nicht aufmerksam war. Doch schien es ausgeschlossen zu sein, dass er bei Ramphias auch nur einen einzigen Treffer anbringen konnte. Er musste gegen diesen kunstfertig und schnellfüßig kämpfenden Widersacher verlieren und die Eleer schickten ihn wohl nur in den Agon, weil er viel einstecken und so den Kampf in die Länge ziehen konnte. Die Zuschauer schienen das längst begriffen zu haben und kümmerten sich um den Eutelidas wenig. Selbst von Einheimischen kamen kaum Anfeuerungsrufe.

Drakonides hingegen ließ jetzt kein Auge von ihm. Er betrachtete sachkundig jeden Teil seines Körpers. Die Arme waren ziemlich lang, für einen kürzer geratenen Gegner wie Ramphias ein Nachteil, weil er viel Mühe haben würde, an der gestreckten Linken vorbeizukommen. Auch die Schultern des Eutelidas waren gut entwickelt, die Fäuste hatten gewaltige Schlagkraft. Sehr aufmerksam musterte Drakonides den unteren Teil seines Körpers. Die Lenden wirkten noch fest, aber die Oberschenkel und besonders die Waden waren zu dick, die Füße zu schwer, was wieder ein Vorteil für Ramphias war. Mit zwei Sätzen würde er in die ungedeckte Flanke seines behäbigen Gegners gelangen. Ein gezielter Schlag auf das Ohr ...

Drakonides zweifelte nicht, dass ein Kampf zwischen diesen beiden Gegnern so oder ähnlich ausgehen würde. Den Unterschied der Größe und des Gewichts würde Ramphias durch seine Schnelligkeit, seine Sprungkraft und seine Kampferfahrung mehr als ausgleichen. Worauf es ganz allein ankam, war die Mühe, die er aufwenden musste. Ein kurzer Kampf würde kaum Spuren bei ihm hinterlassen, ihn eher erwärmen, in Stimmung bringen. Nur eine lange, schwere, ermüdende Auseinandersetzung würde ihn so viel von seiner Überlegenheit kosten, dass Drakonides es mit ihm aufnehmen konnte. Dies aber war nicht nur von der Kraft und Geschicklichkeit, sondern vor allem vom Willen des jungen Athleten abhängig. Wie schnell würde er verzagen und den Zeigefinger zum Zeichen der Aufgabe heben?

Drakonides blickte ihm ins Gesicht und forschte nach einer Antwort. Das Ergebnis fiel eher ungünstig aus, denn die weichen, fast noch kindlichen Züge sprachen wenig von Mut und Zähigkeit. In diesem Augenblick hörte Eutelidas auf, den Korykos zu schlagen. Sein Gymnastes winkte einen der beiden Gefährten des Moschos zu einem Übungskampf heran. Während der Aleiptes den Eutelidas mit dem Schwamm bearbeitete, blickte der junge Eleer hinüber auf die Seite des Ramphias, wo gerade wieder, vom Jubelgeschrei der Zuschauer begleitet, einer der Übungspartner zu Boden ging.

Ramphias sah, dass ihn sein Gegner beobachtete. Spöttisch lachte er ihm ins Gesicht und deutete auf den Geschlagenen, der sich mühsam aus dem Sand erhob. Seine Anhänger verstanden die Geste, johlten und klatschten Beifall.

Verlegen und unbeholfen stand Eutelidas mit hängenden Armen und wartete auf den Beginn des Kampfes.

Jetzt trat ihm sein Übungspartner entgegen. Der Gymnastes ließ die Rute herabzischen.

Da geschah etwas Unerwartetes.

Eutelidas ballte die rechte Faust und noch ehe der andere die Linke zur Verteidigung vorstrecken konnte, traf ein so prächtig gezielter Haken seine Kinnspitze, dass er hinstürzte.

Er blieb liegen und wurde von zwei Aleipten zur Seite getragen. Ramphias gab sich zwar unbeeindruckt, aber den Leuten gefiel die trotzige Antwort. Der Eleer erhielt nun ebenfalls Beifall.

Drakonides hatte genug gesehen. Er wandte sich ab und drängte zum Ausgang.

20

«Du hast dich also noch entschlossen», sagte Polyktor, der Hellanodike.
«Ja», sagte Drakonides. «Zum Zuschauen tauge ich noch nicht.»
«Es ist dein Recht, dich noch zu bewerben. Aber du weißt wohl, dass wir viele fortschicken mussten. Nur zwei konnten die hohen Anforderungen erfüllen, die wir in Olympia stellen müssen.»
«Ich wurde noch nirgendwo fortgeschickt.»
«Warst du in der Palästra? Hast du die beiden bei ihren Übungen gesehen? Fühlst du dich ihnen gewachsen?»
«Ich fürchte mich weder vor Ramphias noch vor eurem Landsmann. Wenn ihr mich in die Listen aufnehmt und die Götter mir beistehen, kann ich gewinnen.»
«Nun gut. Du musst deinen Antrag an den Olympischen Rat richten. Er allein ist für solche Ausnahmefälle zuständig. Du hast Glück, die hohe Behörde tagt gerade. Hast du die nötigen Zeugnisse?»
Das Gespräch fand in der südlichen Halle des Buleuterions statt, die das aufgeregt klopfende Herz des Festortes war. Sieben prachtvolle dorische Säulen teilten den etwa fünfundsiebzig Fuß langen Raum in zwei längliche Hälften. Die eine, zum Hof hin gelegen, war den Hellanodiken und Priestern, die andere dem Alytarchen als Oberordner, verschiedenen Sekretären, Schreibern, Kassierern und anderen niederen Beamten vorbehalten. Die olympischen Würdenträger saßen unter den hoch gelegenen Fenstern an Tischen, die mit Schriftrollen und Wachstafeln bedeckt waren.
Es herrschte eine verwirrende Geschäftigkeit. Alle Tische waren dicht von Frage- und Antragstellern umlagert, die die unterschiedlichsten Anliegen hatten. Vieles konnte an Ort und

Stelle entschieden werden, anderes, das höherer Zustimmung bedurfte, wurde notiert. Boten standen bereit, um mit ein paar rasch in Wachs geritzten Zeilen hinüberzueilen in die Nordhalle, die Tagungsstätte der Ältestenversammlung, des Olympischen Rates. Andere kamen zurück und brachten manchmal fünfzehn, zwanzig Tafeln zugleich. Auf diesen übermittelte der Rat Beschlüsse und Entscheidungen, die man den wartenden Antragstellern mitteilte.

Drakonides stand vor einem Tisch, an dem Polyktor mit einem Schriftführer saß. Er war nicht allein gekommen. Die schnell zusammengerufenen Mitglieder der Gesandtschaft aus Mytilene hatten es sich nicht nehmen lassen, ihn hierher zu begleiten und seinen Antrag zu unterstützen. Mit freudig-feierlichen Mienen hatten sie sich im Halbkreis aufgestellt. In seinen vor Aufregung zitternden Händen hielt Zopyros ein Schriftstück, das er bereits entrollt hatte, um es dem Hellanodiken hinzureichen. Auch Iolaos, der Paidotribes, war mitgekommen. Im Hintergrund mühte sich Sosigenes, dem als Zeugen unentbehrlichen Ktesibios, der noch unter den Folgen seines Rausches litt, eine der Würde des Ortes angemessene Haltung zu geben, indem er ihn stützte und ihm Ermahnungen zuraunte.

«Beginnen wir also», sagte Polyktor. «Ich werde den Antrag aufsetzen und befürworten. Alles andere wird vom Wohlwollen des Rates und deiner Leistung abhängen, Drakonides. Schreibe, mein Lieber», wandte er sich an den Schriftführer, der den Griffel schon in das Wachs drückte. «‹Polyktor an den Olympischen Rat. Dringender Antrag. Drakonides, Sohn des …›»

«Lysiteles», sagte Drakonides.

«‹… des Lysiteles, geboren als freier Hellene, worüber es seit seiner ersten Teilnahme an Olympischen Spielen in unserem Archiv ein Zeugnis von Bürgern seiner Geburtsstadt Athen gibt, beantragt die Zulassung zum Agon der Faustkämpfer.› Habt ihr ein Empfehlungsschreiben für ihn?»

«Hier ist es!», sagte Zopyros eifrig. «Ich bin der Vorsteher der Gesandtschaft. Habe es selbst verfasst und geschrieben.»

Polyktor nahm das Schriftstück und überflog es.

«‹Er hat keinen Gottesfrevel und keine Blutschuld …›», diktierte er.

«Keinen Gottesfrevel und keine Blutschuld!», wiederholte Zopyros nachdrücklich.

«‹… auf sich geladen, stets nach den Gesetzen gelebt und sich als nützliches Mitglied der Polisgemeinschaft bewährt. Die Bürger der Stadt Mytilene unterstützen daher den Antrag.›»

«Wir sind stolz auf einen so tüchtigen Mitbürger!», sagte Philemon mit ernstem Pathos.

«Du solltest hinzufügen», sagte Zopyros, «dass auch die Gottheiten unserer Heiligtümer, Zeus, Hera und Dionysos, den Antrag unterstützen. Das haben unsere Seher aus den Eingeweiden der Opfertiere ermittelt.»

«Nun, das versteht sich wohl von selbst», sagte Polyktor. «Wer bestätigt aber, dass er sich gründlich vorbereitet hat? Zehn Monate, wie das Gesetz es vorschreibt?»

«Ich bestätige es!», sagte Iolaos.

«Du bist …?»

«Iolaos, Sohn des Argeios. Ich bin Paidotribes, war Dikons Gehilfe.»

«Also schreibe», sagte Polyktor. «‹Die vorgeschriebenen Progymnasmata hat er unter der Leitung des Dikon und des Iolaos befolgt und sich pünktlich auf die Reise zum Festort begeben. Infolge eines Schiffbruchs jedoch, bezeugt durch …›»

«Durch den hier! Er war der Führer der Rudermannschaft!», rief Sosigenes, wobei er den Ktesibios nach vorn zerrte.

«Bei allen Göttern, ich schwöre es!», sagte der und bemühte sich, gerade zu stehen. «Das war ein Sturm! Wir merkten nicht einmal, wie er aufkam. Drakonides schlägt gerade einen Matrosen zusammen ... wir gucken alle gemütlich zu ... auf einmal ... da purzeln wir durcheinander wie ...»

«Dein Name?»

«Kte... Ktesibios», sagte der Seemann und rülpste.

«‹... bezeugt durch den Führer der Rudermannschaft Ktesibios ...›», diktierte Polyktor dem naserümpfenden Schreiber.

«Die meisten sind abgesoffen ... fast alle! Nur wir, Dra... Drakonides und ich ...»

Ktesibios rülpste abermals. Drakonides schob ihn beiseite.

«Hau ab. Das genügt.»

Der Hellanodike kam zum Schluss.

«‹... konnte er sich nicht rechtzeitig einfinden. Er erklärt aber, für den Wettkampf gerüstet zu sein. Ich befürworte seine Bewerbung und empfehle, die Eignung durch einen Probekampf festzustellen.›»

Drakonides und seine Polisgenossen blickten stumm auf die flinke Hand des Schreibers, die die letzten Buchstaben in das Wachs ritzte.

Polyktor erhob sich und winkte einen Boten herbei.

«Übergib die Tafel Gryllos persönlich.»

Der Bote eilte davon.

«Nun, wie steht es, mein Freund?», fragte Zopyros in vertraulichem Ton den Kampfrichter. «Wird unsere Hoffnung sich erfüllen? Wird der Rat den Antrag genehmigen?»

«Sicher ist es nicht», sagte Polyktor. «Die Weisen werden bedenken, dass wir dann drei Agonisten hätten. Einer würde Ephedros werden. Bei nur zwei Kämpfen ein großer Vorteil. Meinst du nicht auch?», fragte er Drakonides spöttisch.

«Das mag schon sein», sagte der gedehnt. «Aber das Freilos kann jeder ziehen. Tyche macht keinen Unterschied.»

«Auf ihre Gunst zu bauen wäre auch unklug.»

«So etwas habe ich nicht nötig», erwiderte Drakonides, der sich durchschaut sah, großsprecherisch. «Mir wäre am liebsten, wenn ich es mit Ramphias allein zu tun hätte. Soll ich mich schon auf den Probekampf vorbereiten?»

«Warte noch», sagte Polyktor. «Wir werden den Spruch des Rates bald kennen. Dann hast du noch immer genügend Zeit.»

Er war schon von anderen Antragstellern umringt, die jetzt alle gleichzeitig auf ihn einredeten.

Die Männer aus Mytilene traten beiseite.

«Hoffentlich sind wir nicht doch zu spät gekommen», seufzte Kalliades, einer der Theoren.

«Habt ihr nicht draußen den Lärm gehört?», fragte Sosigenes.

«Die Leute beschweren sich immer noch. Deshalb ist der Augenblick günstig.»

«Hört mal, Freunde», sagte Zopyros, «das bringt mich auf einen guten Gedanken. Wir sollten Kairos, den Gott des günstigen Augenblicks, anrufen! Wenn ich recht unterrichtet bin, hat er hier einen Altar, in der Nähe des Stadioneingangs. Ich werde hingehen und ihm ein Rauchopfer bringen.»

Gleich darauf war der gelbe Chiton des Zopyros im Gedränge verschwunden.

«Habt ihr schon einmal etwas von Kairos gehört?», fragte Thukles, ein anderes Mitglied der Gesandtschaft.

«Scheint eine weniger wichtige Persönlichkeit unter den Göttern zu sein», sagte Philemon geringschätzig. «Auch bei denen gibt's Standesunterschiede.»

«Vielleicht hilft uns gerade dieser Gott», warf Kalliades vorsichtig ein.

Aber Philemon lachte auf und sagte volltönend: «Brauchen wir wirklich die Hilfe der Götter? Ist nicht die Hauptsache, tüchtige Männer zu haben? Solche wie unseren Drakonides? Wie freue ich mich über deinen Entschluss!», fuhr er fort, dem Faustkämpfer väterlich den Rücken klopfend. «Als man mich von den Tempelstufen fortholte, damit ich hier für dich zeugen konnte, war ich gerade mitten in einem Meinungsstreit mit jenem Philosophen aus Priene. Das ist einer von diesen modernen Denkern, die vor nichts Achtung haben und nur Kritik üben. Wisst ihr, was er behauptet? Alle Athleten seien berechnend und feige. So etwas sagt einer in Olympia, auf den Stufen des Zeustempels! Natürlich trat ich ihm gleich entgegen. Ich widerlegte ihn und bewies ihm das Gegenteil. Nun werdet ihr einwenden: Hast du nicht selber schon auf die Athleten geschimpft? Zugegeben, ich leugne es nicht! Aber nur auf eine bestimmte Sorte, die satten und faulen Leuten für Geld etwas Nervenkitzel verschafft. Ein paar von denen sind sogar hier – aber können sie die Sonne Olympias verdunkeln? Ich sage nein und abermals nein! Denn die wird strahlen, solange es Männer gibt, die mit edlem Mut, ihre Angst besiegend, für nichts als den Ruhm die Besten ermitteln ... Männer, für die, wie Homer schon sagt, die schönste Tugend ist, immer der Erste zu sein und den anderen voranzuleuchten ...»

Wer hier Ansichten mitzuteilen hatte, ergriff die Gelegenheit, wann und wo sie sich bot. Philemon war bereits mitten im Vortrag. Der Schweiß rann von seiner prächtigen Stirn, die Augen blitzten und ausdrucksstarke Gebärden gaben den Worten Kraft und Nachdruck. An eine Säule gelehnt, hatte der Alte die Zuhörer um sich geschart, deren Kreis sich allmählich vergrößerte. Denn auch Fremde drängten hinzu und spitzten die Ohren.

Nur Drakonides war beiseite getreten. In einer Ecke hockte er auf dem Fußboden.

Wozu sollte er sich jetzt Vorträge anhören? Was wusste schon so ein Gelehrter, der sich an Worten berauschte und den Faustkampf wohl doch besser aus dem Homer als aus dem Stadion kannte? Hatte er jemals das scharfkantige Leder am Kinn gespürt? Lag ihm der üble Geschmack des mit Schweiß und Öl vermischten Blutes auf der Zunge? Was wusste er von den Athleten, von ihrer Angst und ihrem Mut? Lagen Angst und Mut nicht nahe beieinander? Waren sie nicht wie Brüder, einander feindlich gesinnt, doch aus derselben Quelle genährt? Umschlangen sie einander nicht gleich Ringern, wobei mal der eine oben war, mal der andere … so lange, bis einer den anderen niederwarf? Oder waren sie manchmal nicht wie zwei Pankratiasten, ineinander verbissen, verschlungen, verhakt, ein unentwirrbares Knäuel schmerzhafter Gegensätze? Mochte Philemon unentweg das Bild des tadelsfreien Kämpfers beschwören – man gewann einen Wettkampf nicht nur mit Vortrefflichkeit. Ja, auch Berechnung gehörte dazu! Darin ähnelte der Agon einer Schlacht. Auch dort kam es darauf an, das Kräfteverhältnis richtig zu beurteilen, bevor man losschlug. Wenn man feststellte, dass der Gegner zahlenmäßig stärker oder besser bewaffnet war, zog man sich zurück – oder man tat alles Erdenkliche, um die eigene Kraft zu verstärken. Man verbesserte seine Stellung unter Nutzung des Geländes, man erfand Listen, lockte den Feind in Hinterhalte, man zog Hilfstruppen heran. Auch im Faustkampf kam es darauf an, seine Kraft so wirksam wie möglich zu machen. Mit Finten und Tricks, die der Gegner nicht kannte. Oder indem man versuchte, die Zuschauer auf seine Seite zu bringen. Kaum je hatte es einen Sieger gegeben, der sich nicht der Hilfskraft anderer bediente. Zwar ließ ihm das Regelwerk wenig Einfluss darauf, aber wenn es der glückliche Zufall ermöglichte …?

Drakonides war mit seiner Bewerbung zufrieden. Sosigenes, dieser kleine Schurke, hatte den richtigen Einfall gehabt. Auch wenn Polyktor es unklug nannte, die Aussicht, das Freilos zu ziehen, gab Drakonides berechtigte Hoffnung auf den Olympiasieg. Hatte er jemals mehr als diese Hoffnung gehabt? Und war diese Hoffnung nicht vorher geringer gewesen, als er mit vielen starken Athleten und langen Ausscheidungskämpfen rechnen musste? War er mit so wenig Hoffnung nicht dennoch zehn Monate lang in die Palästra und schließlich auf die Reise gegangen?

Obwohl er sich Mühe gab, gelassen zu bleiben, irrten seine Augen immer wieder zur Eingangstür. Jedes Mal, wenn ein Bote mit Schreibtafeln eintrat, spürte er am Hals den Herzschlag. Aber die Zeit verging, für Drakonides war keine Nachricht dabei. Polyktor blickte nicht auf, um ihn zu suchen. Niemand rief seinen Namen. Es gab vielleicht Meinungsverschiedenheiten im Rat. Man nahm sich Zeit, den Fall zu prüfen. Oder hielt man ihn weder für dringlich noch wichtig? Dachten sie dort vielleicht, der alte Ochse könne die jungen Stiere ohnehin nicht bezwingen?

Bei diesem Gedanken stieß Drakonides einen Fluch aus. Einige Männer, die in der Nähe standen, blickten neugierig zu ihm hin. Doch er beruhigte sich bald wieder. Als er länger darüber nachdachte, kam er sogar zu dem Schluss, dass auch die Ablehnung seines Antrags für ihn vorteilhaft wäre. Zwar wäre der Kranz dann für ihn verloren, doch auf jeden Fall seine Ehre gerettet. Wer konnte ihm dann noch Vorwürfe machen? Wer ihn noch feige nennen? Er brauchte niemandem mehr aus dem Wege zu gehen, den Festort nicht Hals über Kopf zu verlassen. Er würde im Stadion sitzen und zuschauen und wie immer es ausging, man würde flüstern: Wäre nur Drakonides dabei gewesen! Es wäre alles ganz anders gekommen, wenn er nicht so viel Pech gehabt hätte, erst der Schiffbruch, dann die Zurückweisung durch den Olympischen Rat …

Er war jetzt sehr ruhig und dachte nicht länger darüber nach, was geschehen würde. Die Arme über den angezogenen Knien verschränkt, blickte er um sich.

Obwohl der Tag schon zur Neige ging und den Eintretenden,

denen die Sonne im Rücken stand, lange Schatten vorauseilten, nahm das Kommen und Gehen nicht ab. Noch immer umlagerte jeden Amtsträger ein Schwarm von Besuchern. Drakonides sah in die erhitzten, wütenden, skeptischen, fragenden, bittenden Mienen und fast belustigt hörte er hierhin und dorthin, um Gesprächsfetzen aufzufangen.

«Zehn Johr hon mer Krieg g'hobt mit den Skotussern!», schrie ein Gebirgler. «Nu hon mer Fried! Nu woll'n mer o Denkmol ... hier in Olympia. Von dem rächenden Zeus, hörst?»

«Warum vom rächenden?», fragte der Sekretär, der den Antrag notierte.

«Nu, warum wohl? Zur Warnung! Doss sie nich noch amol ofangn, die räudigen Hunde, wos ...»

«Ich hatte immer den Platz an der Altismauer!», ereiferte sich ein Bäcker. «Jetzt steht dort ein Fischkoch, der den heiligen Hain mit Gestank verpestet!»

Ein Bauer im groben Kittel trat ein.

«Wir bringen den feinen Sand für das Stadion! Wo sollen wir ihn hinschütten?»

«Zwanzig Amphoren feinstes Palästraöl!», rief ein Kaufmann. «Dafür kann ich vier Minen verlangen!»

Pferdebesitzer feilschten um die Stallmieten für ihre Rennpferde.

Techniker wurden dringend verlangt, um einen Stau in der Wasserzufuhr des Hippodroms zu beheben.

Der Vater eines Athleten stritt mit einem Priester über den Ablauf des Opferzeremoniells, das er für seinen Sohn bestellt hatte.

Sieh an, wie geschäftig Sosigenes ist, dachte Drakonides. Wo hat der Schuft die Schreibtafel her? Vermutlich von einem der Tische gestohlen. Und nun läuft er herum und nimmt Wetten auf. Glaubst du, dass Drakonides noch in den Agon kommt?

Nein? Ich sage ja. Bist du bereit, beim Wechsler Isarchos fünf Drachmen zu setzen?

Ein junger Mann mit schreckensweit aufgerissenen Augen stürmte herein.

«Einen Arzt! Einen Arzt!», schrie er. «Es sind Kranke im Lager! Eine Seuche ist ausgebrochen!»

Diejenigen, die in der Nähe standen, verstummten und blickten entsetzt zu ihm hin.

Ein Hellanodike trat rasch auf ihn zu.

«Wo gibt es Kranke?»

«Gleich neben dem Stadion, bei den Akarnanen. Ein Geheul und Gestank ist das – zum Umfallen!»

Der Hellanodike nahm einen Griffel und schrieb rasch ein paar Zeilen.

«Zu Menon – ins Ärztezelt!»

Ein Bote war schon unterwegs.

«Du aber höre auf, solchen Lärm zu schlagen!», sagte der Hellanodike zu dem Überbringer der Nachricht. «Wenn ein paar Männer Durchfall haben, ist das kein Grund, Verwirrung zu stiften. Sie haben vielleicht verdorbenes Obst gegessen. Die Ärzte werden sie untersuchen und notfalls wird man sie über die Grenze schaffen. In Olympia eine Seuche? Das gab es nicht und das wird es nicht geben! Schon das Gerücht davon wäre ein furchtbares Übel! Also hüte die Zunge!»

Aber die peinliche Botschaft interessierte schon niemand mehr. Sie war nur ein Spritzer im Meer der Geschäftigkeit, das um die sieben Säulen brandete.

«Drakonides! Wo ist Drakonides?»

Der Faustkämpfer sprang auf die Beine und blickte sich um. Nun hatte er doch den Boten verpasst.

Polyktor trat bereits auf ihn zu.

«Der Olympische Rat steht deinem Antrag wohlwollend gegenüber. Bereite dich auf einen Probekampf vor!»

21

Am Kladeos, hinter der Palästra und dem Gymnasion, der größten Übungsstätte für die Teilnehmer der Olympischen Spiele, war das Wohnlager für die Athleten errichtet. Zum Teil aneinander gereiht, zum Teil aber auch verstreut zwischen Baumgruppen und Buschwerk, standen hier etwa sechzig einfache Lehmziegelhütten, in denen die Athleten und ihre Betreuer Unterkunft fanden.

Einer der drei Lagervorsteher führte Drakonides über den breiten Mittelweg quer durch die Anlage. Die Wohnplätze für die Teilnehmer an den Kampfsportarten befanden sich an dem Ende des Lagers, wo schon der Wald begann. Im Licht der untergehenden Sonne herrschte ringsum lebhaftes Treiben. Die Bewohner der Hütten, die sich tagsüber nebenan an den Übungsstätten, im Festbezirk oder irgendwo anders aufgehalten hatten, waren zurückgekehrt, wie es Vorschrift war, denn nach Einbruch der Dunkelheit wurde das Tor geschlossen. Nachdem sie ihr Abendessen verzehrt hatten, machten sich viele noch Bewegung, mit Ballspielen oder leichten Übungen. Andere würfelten oder saßen in Grüppchen beisammen. Die meisten kannten Drakonides und von allen Seiten rief man ihm Grüße zu. Er dankte durch ein Kopfnicken oder indem er kurz die Hand hob. Doch wenn man ihn einlud, Platz zu nehmen, lehnte er ab und ging rasch vorüber.

Sonst war der Einzug in das Wohnlager von Olympia immer ein großer Augenblick für ihn gewesen. Der Athlet, der das Recht erkämpft hatte, ein paar Tage in diesen dürftigen Hütten zu wohnen, war ja ein Auserwählter, einer der Besten von ganz Hellas. Diesmal erschien es Drakonides, als ob er sich nachträglich eingeschlichen habe und überhaupt noch nicht recht hierher gehöre. Noch war ja nicht sicher, ob er tatsächlich am Agon teilnehmen würde. Der Aufenthalt im Wohnlager war ihm ausdrücklich als Vergünstigung gewährt worden, doch würde es im Fall einer Niederlage im Probekampf bei einer einzigen Übernachtung bleiben. So war sein Schritt weniger sicher als sonst, sein Blick weniger heiter und stolz. Die Arme mit den schweren Fäusten hielt er leicht angewinkelt, als wisse er noch nicht recht, wie und wozu er sie künftig brauchen solle. Und noch immer hing kein Korykos von seiner Schulter.

War der Faustkämpfer mürrisch und wortkarg, so war sein Begleiter, der Lagervorsteher, umso redseliger und lebhafter. Von eher kleinem Wuchs, spitznasig, graubärtig, schritt er, den dürren, fast schwarz gebrannten, nur mit einem Lendenschurz bedeckten Greisenkörper gerade aufgerichtet, leichtfüßig neben dem Riesen, wobei er fröhlich drauflosschwatzte. Drakonides hörte kaum zu. Was interessierten ihn jetzt die Namen von Läufern, Wagenlenkern und Fünfkämpfern, die ihm der Alte zeigte und die er für Anwärter auf den Ölkranz hielt. Er war froh, als sie endlich die Hütte erreichten.

Sie traten ein. Es war niemand drinnen. Längs der roh gezimmerten Wände waren Decken und Schaffelle auf den Boden gebreitet, es gab ein Dutzend schmale Schlafplätze. Von den abwesenden Bewohnern der Hütte lagen allerlei Habseligkeiten herum: Lederbeutel, Sandalen, Hemden, Stirnbänder, Trinkbecher, Ölfläschchen.

«Hier ist noch Platz», sagte Ornytos, der alte Lagervorsteher. «Wie du siehst, ist nur die Hälfte belegt. Wir hatten ja mit mehr Teilnehmern an den Agonen gerechnet. Vor allem die guten Faustkämpfer sind nun wohl selten geworden.»

Drakonides musste den Kopf einziehen, um nicht an das Dachgebälk zu stoßen.

«Verdammt eng ist es hier.»

«Es wird schon gehen, ihr seid ja nur zwei. Da drüben sind Pankratiasten untergebracht. Und dort ein junger Faustkämpfer und sein Betreuer. Ah, und sein Gymnastes ist heute noch angekommen. Da hinten, unter der Eiche, siehst du die drei. Unermüdlich sind sie, wollen wohl bis zum letzten Augenblick üben.»

Drakonides warf einen Blick durch die Türöffnung.

«Was? Die dort? Die schlafen hier in der Hütte?»

«Ja. Sie kommen aus Rhodos. Kennst du sie?»

«Flüchtig.»

Unter der von Ornytos bezeichneten Eiche, an deren unterstem Ast ein Korykos hing, bemerkte der Faustkämpfer Pherenikos, Peisirhodos und einen schon bejahrten Aleipten. Letzterer saß, an den Baumstamm gelehnt, im Gras und sah zu, wie der Junge auf den Ledersack einschlug. Pherenikos, wie immer im Mantel, den Hut in der Hand schwenkend, gab ihm gestenreich Anweisungen.

«Dann weißt du wohl nicht, dass der Junge ein Urenkel des Diagoras ist», sagte Ornytos, «und ein Enkel des Dorieus, des dreifachen Olympiasiegers im Pankration. Den Diagoras habe ich natürlich nicht mehr erlebt, auch nicht seine beiden älteren Söhne, die hier am selben Tag im Faustkampf und im Pankration den Ölkranz gewannen. Doch an den Dorieus erinnere ich mich gut. Ein gewaltiger Mann, bewundernswert! Er soll noch am Leben sein, wenn auch jetzt hinfällig. Vergönnt wäre ihm die Freude, dass auch sein Nachkomme sich mit dem Kranz schmückt und ...»

«Wo haben die drei sich eingerichtet?», unterbrach Drakonides den geschwätzigen Alten.

«Nun, dort ...»

«Dann bleibe ich hier.» Drakonides wies auf zwei Schlafplätze in der entgegengesetzten Ecke und ließ sich gleich auf dem einen nieder. «Wenn mein Betreuer kommt, führe ihn her. Er besorgt noch das Nötigste: Korykos, Schaber ...»

«Das hättest du auch von mir bekommen», sagte Ornytos

nicht ohne Vorwurf. «Wir haben ja hier alles vorrätig. Gegen eine kleine Gebühr ...»

«Ich benutze lieber eigene Sachen. Habe es immer so gehalten. Leider ist mir unterwegs alles verloren gegangen.»

«Jaja, ich hab schon gehört ... ein Schiffbruch. Als ich zum ersten Mal nach Olympia kam – fast fünfzig Jahre ist das nun her –, wäre ich auch beinahe ertrunken. Ich kam von Sizilien herüber, weißt du, aus Messana ... bin nämlich ein Nachkomme der Messenier, die von den Spartanern vertrieben wurden. Damals rettete uns ein Fischerboot von der Insel Zakynthos, das brachte uns dann nach dem elischen Hafen Pheia. Auch wir langten gerade noch rechtzeitig in Olympia an und ich konnte noch starten, im Doppellauf. Das war ein Wettkampf, unvergesslich! Leider gelang es mir nicht, den Kranz zu gewinnen, damals gab es einen überragenden Mann, einen Böotier, der hieß ...»

Drakonides streckte sich auf dem Schaffell aus, schob ein Lederkissen, das dabeilag, unter den Kopf, schloss die Augen.

Schließlich merkte Ornytos, dass er nur noch zu sich selber sprach, und zeigte sich einsichtig.

«Nun, ich sehe, du willst dich ausruhen! Da werde ich dich nicht länger stören. Mögen die Götter dir nachher beistehen! Falls du noch etwas brauchen solltest ...»

Drakonides knurrte nur abweisend.

Ornytos ging hinaus. Der Faustkämpfer hörte ihn draußen sagen: «Was ist? Endlich fertig mit den Übungen?»

Und die Stimme des näher kommenden Pherenikos antwortete: «Nein, ich will nur das Hemd wechseln.»

«Wozu? Du wirst es gleich wieder durchschwitzen. Warum gehst du nicht nackt ... wie alle hier?»

«Ich vertrage die Sonnenstrahlen nicht», erwiderte Pherenikos, der nun vor dem Eingang der Hütte stehen blieb.

«Aber es wird ja schon Abend», wandte der Alte ein. «Die Sonne verschwindet ja gleich.»
«Umso schlimmer wird jetzt die Mückenplage.»
«Dagegen ist leider nichts zu machen. Doch alle finden sich damit ab.»
«Meine Beine sind schon völlig zerstochen. Das reicht mir.»
«Du wirst dich trotzdem daran gewöhnen.»
Pherenikos betrat die Hütte, wobei er die Schulterspange öffnete, um seinen Mantel abzulegen. Er erschrak, als er Drakonides bemerkte, der ihm, ausgestreckt in der Ecke liegend, entgegensah. Rasch warf er den Zipfel des Mantels über die Schulter zurück.
«Oh … Ich dachte, es sei niemand in der Hütte. Was machst du hier?»
«Das siehst du doch. Ich ruhe mich aus.»
Pherenikos trat zwei Schritte näher. Seine Wangen waren gerötet. Den Petasos hatte er draußen gelassen, die wirre Lockenmähne fiel ihm über die Stirn und die Augen. Er presste die Hand auf die Brust, als wolle er seinen heftig gehenden Atem zum Stillstand zwingen.
«Aber warum bist du hier … im Athletenlager?»
«Warum sollte ein Faustkämpfer denn nicht hier sein?»
«Es darf hier nur sein, wer am Wettkampf teilnimmt.»
«So ist es.»
«Heißt das … heißt das etwa, du willst nun doch noch …?»
«Verzeih, dass ich dich nicht um Erlaubnis gefragt habe.»
Drakonides wandte sich ab und blickte hinauf nach dem Dachgebälk – zum Zeichen, dass er keine weitere Erörterung wünschte.
Pherenikos starrte ihn einen Augenblick an. Dann seufzte er und sagte schroff: «Du musst ja wissen, was du tust!»
Er machte kehrt und wollte hinausgehen.
Doch am Türpfosten drehte er sich um und fragte in einem

Ton, in dem tiefe Besorgnis mitschwang: «Wie bist du denn nur darauf gekommen? Haben dich deine Leute gedrängt? Oder hat dich vielleicht dieser Agathokles ...»

«Das geht dich nichts an!», gab der Faustkämpfer unwirsch zurück. «Das ist meine Sache. Verstanden? Und deine schlauen Einwände kannst du dir sparen, ich will sie nicht hören. Ich habe dir schon gesagt, dass ich mich ausruhen will. Hab nämlich heute noch einen Kampf zu bestehen.»

«Heute noch? Einen Kampf?»

«Nun, den Probekampf. Weil ich nicht mit auf dem Xystos war. Die Regeln schreiben das vor, aber es ist kein Hindernis mehr. Trotzdem muss ich in guter Verfassung sein. Also lass mich ...»

«Ich gehe schon!», sagte Pherenikos und wandte sich abermals ab.

«Warum gleich gekränkt?» Drakonides richtete sich auf einem Ellbogen auf. «Ich werfe dich nicht hinaus, hätte ja auch kein Recht dazu. Hörte ich nicht, du willst dein Hemd wechseln? Tu es!»

«Das hat ja Zeit. Ich will dich nicht stören.»

«Damit störst du mich nicht.»

«Es wird auch besser sein, erst zum Fluss zu gehen und zu baden.»

«Schade», sagte Drakonides ironisch. «Ich hätte gern deinen Körper bewundert. Er muss wohl etwas Besonderes sein, weil er so überaus empfindlich ist ... gegen die Sonne, gegen Ungeziefer, gegen Faustschläge. Ein Gymnastes von so zarter Beschaffenheit ist mir noch niemals begegnet.»

«So machst du eine neue Erfahrung!»

Pherenikos lehnte sich gegen den Türpfosten, strich die Locken aus der Stirn, verschränkte die Arme. Offenbar konnte er sich nicht entschließen zu gehen.

«Ich möchte dir übrigens noch danken», sagte er nach einer Weile mit einem Lächeln.

«Wofür?»
«Dafür, dass du uns vorhin verteidigt hast. Gegen Tellon und seine Drohungen.»
«Das hätte ich besser bleiben lassen.»
«Wie? Tut es dir Leid, dass du gerecht warst? Dass du dich nicht, wie alle anderen hier, von den elischen Grobianen einschüchtern ließest?»
«Es tut mir Leid, dass ich dich nicht beim Faustkampf erlebt habe», erwiderte Drakonides grinsend. «Dabei wäre vielleicht ein Stück von der Wahrheit zum Vorschein gekommen.»
«Welcher Wahrheit?»
«Der Wahrheit über einen, der immer schleunigst das Weite sucht, wenn Leute sich nähern, die ihn erkennen könnten. Wahrhaftig, ein würdiger Enkel des Diagoras!»
«Woher willst du wissen …»
«Verstelle dich nicht. Das fiel bereits Agathokles auf.»
«Agathokles verleumdet mich. Weil ich Anträge, die er mir machte, zurückwies.»
«Und die Männer aus Rhodos? Fürchtest du, dass sie dich auch verleumden?»
«Welche Männer aus Rhodos?»
«Die vorhin angekommen sind. Und vor denen du in der Palästra Reißaus nahmst.»
«Ich hatte mich nur entfernt, weil ich Angst bekam, Tellon würde sich anders besinnen und seine Drohungen doch noch wahr machen. Ah, Männer aus Rhodos sind gekommen? Wie schön, wie erfreulich! Ich muss sie morgen unbedingt treffen. Das wird ja ein frohes Wiedersehen!»
Drakonides beobachtete Pherenikos und sagte widerwillig anerkennend: «Du redest dich immer heraus, hab ich Recht? Bist ein gerissener Kerl, das muss man dir lassen. Irgendetwas stimmt nicht mit dir. Eins aber hast du: Verstand.»
Der schöne Gymnastes seufzte bekümmert.

«Warum bist du so misstrauisch gegen mich? Hab ich dir Grund dafür gegeben? Vorhin hast du doch noch bestätigt, dass ich im Recht sei. Dass ich vom Faustkampf etwas verstehe. Wie könnte ich das ohne Erfahrungen in der Palästra.»

«Man kann auf manche Art in der Palästra Erfahrungen sammeln.»

«Ich habe alles von meinem Großvater und meinem Vater gelernt!»

«Mag sein. Nur hießen die nicht Diagoras und Dorieus.»

In den Augen des Pherenikos blitzte Empörung auf.

«Du glaubst, ich hätte das erfunden?»

«Du wärst nicht der Erste, der sich berühmte Ahnen zulegt, um als etwas zu gelten, was er nicht ist.»

«Ich rufe Peisirhodos zum Zeugen! Gleich auf der Stelle, wenn du willst! Auch Dorkos, der alte Aleiptes, den du da draußen siehst, wird bestätigen …»

«Schon gut, schon gut. Das ist nicht nötig. Wer weiß, was ihr drei zusammenschwindelt. Es ist mir auch gleich und ich habe jetzt wenig Lust, mir das anzuhören.»

«Aber ich will nicht … Du sollst nicht glauben …»

«Nun, was? Dass du dem Jungen da deine ‹Erfahrungen› beibringst? Die einen ebenso wie die anderen?»

«Was soll das heißen?»

«Du verstehst schon. Spiele doch nicht mehr den Unschuldigen! Schon auf dem Schiff hast du mir gezeigt, wer du bist. Und als du vorhin verschwunden warst, suchte dein Liebling dich und fragte: ‹Wo ist sie?›»

«Er fragte …?», rief Pherenikos betroffen.

«Das beweist ja wohl, dass du in vielen Künsten bewandert bist», fuhr der Faustkämpfer fort. «Wie ich schon immer vermutet hatte. Warum auch nicht? Bei den Spartanern sind Freundespaare die besten Stützen der Armee und des Staates. Warum sollt ihr auf Rhodos nicht euren dorischen Vorbildern nacheifern? Nur empfiehlt es sich vor dem Wettkampf, die Leidenschaften zu zügeln. Haltet euch heute Nacht zurück! Und auch später ... Findet woanders heraus, ob ihr Mann oder Weib oder lieber beides zugleich seid. Wir werden hier alle unsere Ruhe brauchen!»

Pherenikos blickte wieder empört, obwohl bei den letzten Bemerkungen des Drakonides seine vorher gespannte Miene auch eine gewisse Erleichterung gezeigt hatte.

«Sei unbesorgt!», erwiderte er. «Und lass dir gesagt sein: Du irrst! Die Wahrheit ist eine andere und wüsstest du sie, würdest du weniger verächtlich daherreden! Ich würde dich ja in alles einweihen», fuhr er plötzlich in sanftem Ton fort. «Aber ich kenne dich noch nicht gut genug, um zu wissen, was du dann tun würdest. Deshalb ...»

«Deshalb muss ich auf das Geheimnis warten!», sagte der Faustkämpfer auflachend. «Morgen Abend erfahre ich es!»

Sein Lachen erstarb, weil Pherenikos ihm ernst in die Augen sah.

«Vielleicht», sagte er. «Doch vielleicht auch nicht. An einen, der sich selber nicht kennt, wäre wohl mein Geheimnis verschwendet. Warum sollte ich es ihm preisgeben?»

Drakonides wich dem Blick aus und brummte nur etwas. Wieder legte er sich auf den Rücken und starrte zum Dachgebälk hinauf.

Pherenikos stürzte auf einmal drei Schritte vor und kniete an seiner Seite nieder.

«Warum hast du dich nur anders besonnen? Bist du nicht ein Mann, der sein Maß kennen sollte? Warum stürzt du dich in die Gefahr wie ein unbesonnener Jüngling? Ich hoffte, du hättest auch hier die Festigkeit, treu zu deinem Entschluss zu stehen!»

«Lass mich in Ruhe!», sagte der Faustkämpfer grob. «Was fängst du noch einmal davon an! Du siehst ja, ich kenne mein

Maß noch nicht. Ist das deine Angelegenheit? Verschwinde!»

«Ich habe Ramphias auch gesehen! Es ist unmöglich ... unmöglich, dass du ihn ...»

«Schweig endlich! Geh doch! Was hängst du wie eine Klette an mir! Was kümmerst du dich um mich? Ich habe genug von deiner Aufmerksamkeit. Sie ist lästig!»

«Wenn du mich doch anhören wolltest ...»

Drakonides drehte sich auf die Seite, zur Wand.

«Noch einmal: Kein Wort mehr! Und geh endlich! Ich muss mich noch ein bisschen erholen ... war im Morgengrauen schon auf den Beinen ... den ganzen Tag unterwegs ...»

Pherenikos verharrte noch immer kniend, den flehenden Blick auf den breiten Rücken gerichtet, der ihm abweisend zugekehrt war.

Ein Geräusch an der Türöffnung ließ ihn zusammenzucken. Er fuhr herum und erblickte Iolaos, der missbilligend zu ihm herabsah.

Der Paidotribes, hager, mit strengen, etwas grämlichen Zügen, das schüttere Haar in die Stirn gestrichen, machte eine scheuchende Handbewegung.

Pherenikos erhob sich, zögerte aber einen Augenblick und schien zu überlegen, ob er gehorchen solle. Er kam zu dem Schluss, dass es besser sei, maß Iolaos noch einmal stolz von oben bis unten und ging rasch an ihm vorbei und hinaus.

Iolaos trat zu Drakonides, tippte ihm auf die Schulter.

«Was ist? Was willst du schon wieder?» Der Faustkämpfer wälzte sich herum. «Ach, du bist es. Ist er weg?»

«Was wollte er denn von dir?»

«Oh, ich kenne ihn von der Reise ...»

«Jetzt gehen sie schon im Athletenlager auf Jagd! Lass dich nur nicht mit so einem ein!»

«Spar dir die Ratschläge. Ich brauche nur einen Betreuer, keinen Vormund. Im Übrigen … Der versteht was vom Faustkampf, auch wenn man es ihm nicht ansieht. Ist Gymnastes, betreut einen Jugendlichen. Und auch sonst … ist er nicht übel.»

Einen Augenblick schwieg Drakonides und seine von Narben gespaltenen wulstigen Lippen verzogen sich zu einem bedauernden Lächeln. Dann befühlte er den neuen Korykos, den Iolaos mitgebracht hatte.

«Gutes Leder. Hast du auch alles andere?»

22

Die Dämmerung ging schon in Dunkelheit über und Selene, die Mondgöttin, löste den Sonnengott Helios ab, als Drakonides zum zweiten Mal an diesem Tag die Palästra betrat.

Sie war jetzt fast leer. Die meisten Athleten hatten ihre Übungen beendet, die Zuschauer waren fortgegangen. Nur in einer der kleineren Hallen übten noch zwei Pankratiasten. Ein Paidotribes und ein paar Helfer standen dabei. Im Hof gruben Sklaven den Sand um.

Mit Drakonides kamen an die vierzig, fünfzig Männer herein, seine Mitbürger aus Mytilene. Obwohl sie überall im heiligen Bezirk, auf dem Markt und im Wohnlager ausgeschwärmt waren, hatte die Nachricht von dem bevorstehenden Probekampf alle auf wunderbare Weise erreicht, und einer nach dem anderen hatte sich vor der Palästra eingefunden, um den Athleten zu erwarten. Sie hatten Drakonides mit freudigen Zurufen und Gesang begrüßt und nun drängten sie aufgeregt hinter ihm in das Apodyterion, die größte, dem Eingang zunächst gelegene Halle.

Drakonides trug jetzt die unbekümmerte Miene eines Mannes zur Schau, der seiner Sache sicher ist. Er wusste, dass eine sol-

che Prüfung nur veranstaltet wurde, um dem Gesetz zu genügen, und er war überzeugt, dass sein Gegner, wer auch immer, ihn nicht ernsthaft fordern würde. Der andere würde kaum mehr tun, als nötig war, um zu vermeiden, dass ihm die Rute des Hellanodiken den Rücken gerbte. Der Kampf würde kurz sein, vielleicht würden die Hellanodiken ihn sogar abbrechen, wenn sie sahen, dass Drakonides noch immer der Alte und in guter Verfassung war. Er fühlte sich ausgezeichnet, wie damals, vor seinem isthmischen Sieg. Dass der Olympische Rat seiner späten Bewerbung zugestimmt hatte war ja auch ein Grund, stolz zu sein und sich geschmeichelt zu fühlen. Er hatte wohl zu früh an sich gezweifelt. Diejenigen, auf die es hier ankam, hielten ihn noch für fähig, einen Ramphias zu besiegen.
Vielleicht fühlte er sich auch so stark und zuversichtlich, weil er wieder einen Korykos auf dem Rücken spürte. Von dem Korykos floss ihm Kraft zu, er war für ihn das, was für den Krieger Schwert und Schild waren. Kalliades, der das Geld der Gesandtschaft verwaltete, hatte ihm fünfzig korinthische Tetradrachmen vorgeschossen. Es war Iolaos nicht schwer gefallen, bei den Händlern, die rund um die Altis ihre Waren feilboten, alles zu beschaffen. In dem neuen Korykos hatten ein Festgewand, ein Paar Riemen, ein Schabeisen und ein paar andere nötige Dinge Platz gefunden.
Drakonides ging, sein stattliches Gefolge hinter sich herziehend, bis zur Mitte der Halle, warf den Korykos auf den Boden und sagte in scherzhaftem Ton: «Da bin ich. Nun? Wer hat Lust auf ein Tänzchen?»
Auf der Bank in der Ecke saßen fünf oder sechs Athleten, aber ehe noch Drakonides dazu kam, in ihre Gesichter zu blicken, stand Tellon vor ihm. Der Gymnastes hielt ihm mit einem schiefen Lächeln die Losurne hin und sagte: «Das wirst du gleich wissen. Zieh einen Buchstaben. Die dort haben alle schon einen.»

Drakonides hob die Hände, murmelte, wie es üblich war, ein kurzes Gebet und griff in die Urne.
Tellon nahm ihm den Stein aus der Hand, besah ihn und rief zur Athletenbank hin: «Er hat ‹gamma› gezogen. Wer hat ‹gamma›?»
Der letzte Mann in der Reihe erhob sich, trat näher, zeigte Tellon den Stein, den er in der Hand hielt, und warf ihn zurück in die Urne. Dann sah er Drakonides an. Seine Lippen verzogen sich spöttisch.
Es war Moschos.
«Du also bist es», sagte Drakonides, ein wenig verlegen.
«Ja, ich», sagte Moschos und grinste noch immer. «Kennst du die Geschichte von der Schildkröte, die fliegen wollte? Der Adler hatte sie vorher gewarnt. Aber sie wollte nicht auf ihn hören, ließ sich von ihm in die Luft tragen und …»
«Der Adler bist du wohl?», höhnte Drakonides. «Mir kommst du eher vor wie der Mann, der in die Schlacht zog und das Trompetenspiel nicht vertrug. Sobald zum Angriff geblasen wurde, warf er das Schwert fort und lief davon!»
Die Mytilener belachten den Scherz und Sosigenes ahmte übermütig das Geschmetter einer Kriegstrompete nach.
Moschos wollte noch etwas entgegnen, aber Tellon sagte ungeduldig: «Macht euch nun fertig. Legt die Riemen an. Da kommen schon die Hellanodiken.»
Von Mastigophoren begleitet, waren am Eingang drei bekränzte Männer in Purpurmänteln erschienen. Unter ihnen befand sich Polyktor. Von den Kampfrichtern waren je drei für das Pferde- und Wagenrennen, den Fünfkampf sowie für die übrigen Agone verantwortlich. Um diese drei Letzteren handelte es sich.
«Ist alles vorbereitet?», fragte Polyktor. «Lasst noch mehr Fackelträger kommen. Der Kampfplatz muss gut beleuchtet sein.»

Einige Männer aus Mytilene gaben Drakonides noch ermunternde Ratschläge. Dann gingen alle nach draußen und lagerten sich zwischen den Säulen. Die Athleten, die mit Moschos gewartet hatten, gingen ebenfalls hinaus, um sich den Kampf anzusehen. Im Hof waren die Sklaven inzwischen mit dem Umgraben fertig und walzten und harkten jetzt den Boden. Vom Alpheios tönten Gesänge herüber. Es war noch immer sehr heiß.

Die beiden Athleten waren jetzt mit ihren Helfern in der Halle allein. Sie legten die Kleider ab und ließen sich von Aleipten, die zur Palästra gehörten, das Öl auftragen.

Iolaos bereitete für Drakonides die Riemen vor. Er schürzte das Ende jedes Riemens zu einer Schlinge, in die vier Finger der Hand des Faustkämpfers eingeführt wurden, sodass der Daumen frei blieb. Drakonides zog selbst die Schlinge fest, damit sie weder zu straff noch zu locker saß. Iolaos wickelte den Riemen sorgfältig um den unteren Teil der Finger und die Knöchel, zog ihn dann kreuzweise über Handteller und -rücken, wand ihn um das Gelenk und verschnürte ihn auf dem Unterarm. Drakonides streckte dabei mehrmals die Hand und ballte sie wieder zur Faust, um sicher zu sein, dass der Riemen ihn nicht behinderte.

Während er die Riemen schnürte, blickte Iolaos zu Moschos hinüber und gab Drakonides Hinweise für den Kampf.

«Sie vorsichtig, keine zu raschen Ausfälle. Beschränke dich anfangs auf die Verteidigung. Schläfere ihn ein! Erst dann überrumple ihn!»

«Schon gut», sagte Drakonides. «Ich kenne ihn besser als du. Ich weiß, was ich tun muss.»

Er beobachtete Moschos, der ebenfalls gerade die Riemen anlegte, wobei Tellon ihm half. Moschos bemerkte es, grinste zurück und zeigte ihm kampflustig die Faust.

Das Benehmen des Moschos verwunderte Drakonides. Eigentlich war es ihm recht, dass er gerade diesen Gegner gezogen hatte, den er von vielen Kämpfen her kannte und gegen den er, obwohl etwas älter, meist siegreich gewesen war. Er kannte die Schwächen des Moschos genau und würde sie sich zunutze machen. Außerdem wusste er seit der Begegnung am Buleuterion, dass Moschos sich hier nicht verausgaben wollte. Er schonte sich für andere Spiele und so konnte sich Drakonides kaum einen bequemeren Gegner wünschen. Hinzu kam, dass zwischen ihm und Moschos, trotz aller Athletenrivalität, stets eine Art Freundschaft bestanden hatte, und außerdem musste Moschos ihm dankbar sein. Als er einmal mit einem wertvollen Kampfpreis unterwegs war, hatte ihn Drakonides aus den Händen einer Räuberbande befreit.

Dass bei der Begrüßung von Faustkämpfern derbe Worte gewechselt wurden, war üblich und wurde von allen erwartet. Drakonides und Moschos hatten es vor einem Kampf nie anders gehalten. Dennoch fühlte sich Drakonides beleidigt. Man beschimpfte sich mit allgemeinen Worten, drohte einander Prügel an, doch die Anspielung auf die Fabel des Aisopos enthielt eine wohlüberlegte Kränkung und das Verhalten des Moschos zielte darauf, ihn wütend zu machen. Eine drohende Geste, die kein Zuschauer sah, war wenig sinnvoll – so verhielt sich sonst nur, wer den anderen hasste. Drakonides wusste nicht, was das alles bedeuten sollte, und das machte ihn unsicher. Auf jeden Fall nahm er sich vor, auf der Hut zu sein.

Inzwischen hatte Iolaos die Riemen an beiden Händen befestigt und Drakonides schlug ein paar Haken und Schwinger in die Luft, um ihren Sitz zu prüfen. Derweil bewarf ihn der Aleiptes mit feinem Sand. Dies war eine Maßnahme gegen die Hitze. Der Staub sollte die Poren schließen und, indem er übermäßiges Schwitzen verhinderte, den Körper während des Kampfes kühl halten.

Um das Viereck des Hofes waren nun Sklaven mit Fackeln postiert, deren unruhiges Licht den Kampfplatz erhellte. Weitere Zuschauer hatten sich eingefunden und noch immer war am Eingang Bewegung. Die Nachricht, dass ein Probekampf stattfinden würde, hatte sich offenbar rasch verbreitet. Auch viele Teilnehmer der anderen olympischen Agone, die ihr Abendessen verzehrt und bis zum Schlafengehen Muße hatten, waren – mit besonderer Erlaubnis der Festordner – aus dem benachbarten Lager herübergekommen. Die Zuschauer standen, hockten und lagen um den Kampfplatz herum, nur für Polyktor und einen anderen Hellanodiken waren Stühle gebracht worden. Der Dritte, der den Agon überwachen würde, hatte sich mit einer Gabelrute versehen und ging nun hinüber in die Halle, um die Athleten zu holen. Er überprüfte zunächst die Riemen und schlug dann vor, Ohrenschützer anzulegen, da es sich um einen Übungskampf handelte. Moschos lehnte das ab und so musste auch Drakonides verzichten. Der Hellanodike ließ die beiden nebeneinander Aufstellung nehmen, ermahnte sie, nach den Regeln zu kämpfen und führte sie hinaus auf den Kampfplatz.

Die Mytilener machten gewaltigen Lärm.

«Viel Glück, Drakonides! Schlag ihn zusammen!»

«Denk an das Wunder deiner Errettung!», schrie Zopyros. «Die Götter sehen zu, enttäusche sie nicht!»

«Stoß diesen Moschos zu seinem eigenen Arschloch hinaus, mit dem Kopf nach unten!», riet Sosigenes.

Plötzlich war von der anderen Seite ein aufreizendes Gelächter zu hören.

«Der alte Hahn hat schon keinen Kamm mehr!», rief eine wohlbekannte Stimme. «Reiß ihm die letzten Federn aus, Moschos!»

Einige aus derselben Ecke lachten und klatschten Beifall. Drakonides, der schon in der Mitte stand, fuhr herum und starrte hinüber zu Ramphias und dem ihn umgebenden Haufen.

«Du kommst auch noch dran – später!», grollte er. «Dich fress ich vom Boden! Wirst es in ein paar Tagen erleben!»
«Vorher musst du mich aber fressen!», rief Moschos. «Hoffentlich verträgst du den Brocken!»
«Und du verträgst hoffentlich Sand!», schrie Drakonides, der immer zorniger auf Moschos wurde. «Wirst ihn gleich kosten! Wenn du voll davon bist, hänge ich dich an die Decke der Halle – als Korykos! Taugst ja nur noch zum Üben!»
Ein Aufschrei seiner Anhänger belohnte die treffende Entgegnung.
Der Hellanodike fand, dass es nun an der Zeit war, mit Fäusten statt mit Worten zu kämpfen, trat zwischen die beiden Agonisten und hob die Rute.
Es wurde still.
Die Münder der beiden bewegten sich murmelnd. Noch einmal wurde die Hilfe der Götter erbeten.
Dann fuhr die Rute zischend nach unten. Der Kampf war eröffnet.

23

Die linken Arme der Faustkämpfer schnellten vor und die gestreckten Finger mit den scharfen, gratigen Nägeln bildeten Speerspitzen, drohend auf den Gegner gerichtet. Die rechten Arme hingen herunter, Schwertern gleich. Langsam umkreisten sich die Kämpfer. Die Speerarme zuckten vor und zurück, während die Schwertarme schwingend auf ihre Gelegenheit warteten.
Moschos ging zurück und zog Drakonides quer über den Kampfplatz. Mit ihren Füßen den Sand aufwirbelnd, legten sie hundert, hundertzwanzig Fuß zurück, ohne dass einer auch nur den Versuch machte, einen Treffer anzubringen.

Er hat die Anweisung, mich zu ermüden, dachte Drakonides. Sie wollen sehen, ob ich noch in der Lage bin, einen längeren Kampf durchzuhalten. Ob meine Lunge noch stark ist, meine Füße noch flink sind.

Er sprang ein paar Mal nach links und nach rechts, aber Moschos wich aus und als Drakonides jetzt einen Schwinger versuchte, glitt er zur Seite, machte, das Ausschwingen der Faust nutzend, eine halbe Drehung und ging wieder rückwärts. Zum zweiten Mal pflügten sie, die gestreckten Linken mit offenen Händen gegeneinander stoßend, eine Spur in den Sand.

So ging es weiter. Ab und zu versuchte Drakonides einen Ausfall, aber jedes Mal schwang die Rechte ins Leere. Ein paar linke Geraden, in die er alle Kraft legte, verfehlten den Kopf des Moschos, der seitlich auswich. Als Drakonides dem anderen zum achten oder zehnten Mal über den Kampfplatz folgte, war er verwirrt.

Das entsprach nicht der Art, wie Moschos zu kämpfen pflegte. Sonst war er ein Angreifer, suchte schnelle Entscheidungen. Er verlor rasch die Geduld und öffnete die Verteidigung. Er war immer der Erste, der dem Gegner vorschlug, auf jede Deckung zu verzichten und den Sieger im offenen Schlagabtausch zu ermitteln. Selbst wenn er in einem Übungskampf nicht bis zum Äußersten gehen wollte, war diese Art zu kämpfen kaum Ausdruck von Schonung und Vorsicht. Es schien vielmehr eine bestimmte Absicht dahinter zu stecken.

Was hat er vor?, dachte Drakonides. Auf keinen Fall will er mir nützen. Vielleicht will er zeigen, dass ich nicht besser als er bin. Dass ich kein Recht habe, um den Ölkranz zu kämpfen. Vielleicht will er mich ohne Treffer erledigen – in der Hoffnung, dass ich mich so lange wirkungslos abmühe, bis ich zermürbt und erschöpft bin und aufgebe. Will er den Hellanodiken zeigen, dass er würdiger wäre als ich? Will er am Ende noch selber in den Agon?

Die Zuschauer wurden ungeduldig und murrten. Aus der Ecke der Mytilener kamen wieder Anfeuerungsrufe.
«Hau ihn um! Schlag doch zu! Der ist gleich am Ende, gib ihm den Rest!»
«Bleib stehen, Drakonides!», rief Iolaos. «Greif jetzt an! Brich seine Verteidigung nieder!»
Fang du mal das flüchtige Wild, dachte Drakonides. Aber Iolaos hatte ja Recht, er musste angreifen. Er keuchte schon, seine Waden zitterten und er setzte beim Vorwärtsgehen die ganze Fußsohle auf. Er musste den Kampf entscheiden – sofort!
Er sprang vor, riss die Linke hoch, schlug sie mit aller Kraft auf den stehenden Arm des Moschos. Er versuchte, ihn niederzudrücken, doch Moschos hielt stand. Sie starrten auf die gekreuzten Arme, die Stirnadern traten ihnen hervor. Jetzt gab Moschos nach und Drakonides hatte Raum, einen rechten Schwinger zu landen, der das Ohr traf, und dann kam noch ein linker Haken, der aber das Kinn des Moschos nur streifte. Die Wucht des Hakens riss Drakonides nach vorn, er nahm beide Arme zu neuen Schlägen hoch. Aber Moschos sprang katzenhaft vor und stieß ihm die flache Hand ins Gesicht.
Der Kopf lag im Nacken, das Ziel war frei. Ein kurzer Haken traf das Kinn. Drakonides stolperte ein paar Schritte rückwärts und fiel in den Sand.
Er war benommen, doch er konnte noch denken: Wenn du liegen bleibst, ist es aus! Er riss sich hoch und taumelte ein paar Schritte zur Seite.
Der Schreckensruf blieb seinen Freunden im Halse stecken.
Zum Glück war Moschos nicht gleich imstande gewesen, seinen Vorteil zu nutzen. Der Schlag auf das Ohr hatte voll getroffen, ein Blutrinnsal lief ihm den Hals hinunter. Fünf Schritte voneinander entfernt standen sie sich gegenüber, mit pumpenden Brustkörben, abwartend.

Sie starrten sich an, aber der seltsame Ausdruck in den Augen des Moschos wurde von Drakonides missdeutet. Es war ein bittender, fast beschwörender Blick, doch Drakonides glaubte Angst zu lesen.

Bei Styx, dachte er, jetzt hab ich dich gleich! Wenn nur die Hellanodiken den Kampf nicht vorher abbrechen …

Er spürte schon einen Rutenstreich auf dem Rücken – energische Aufforderung zu kämpfen. Er nahm die Linke hoch, senkte den Kopf und ging vorwärts. Moschos wartete und sprang im letzten Augenblick beiseite. Abermals zog er den Gegner über den Kampfplatz. Drakonides blieb bei ihm, zornig, verbissen, heftiger atmend, mit immer kürzeren, schnelleren Schritten. Wie ein großer roter Vogel, der auf Beute aus war, folgte ihnen der Hellanodike.

Wieder hatten sie einige Male den Platz überquert. Wohl an die zehn Stadien waren auf diese Weise zurückgelegt. Die Mytilener schrien für Drakonides, alle anderen für Moschos. Drakonides versuchte ständig Ausfälle, die Moschos parieren musste, wobei sie sich manchmal im Kreise drehten, mit kurzen Sprüngen, wie junge Hunde. Die pausenlos schwingende Rechte des Drakonides traf aber nur die Schulter oder den Arm des Moschos und der Hellanodike schlug ihn abermals, damit er nach dem Kopf zielte.

Das erschöpfte sie schließlich so, dass sie wieder voneinander abließen, um zu verschnaufen.

Die Zuschauer waren jetzt stiller geworden und warteten nur noch auf die Entscheidung. Einen so langen und harten Kampf hatte niemand erhofft und viele bewunderten Moschos, der nicht am olympischen Agon teilnahm, der es nicht nötig hatte, sich so zu verausgaben, der es anscheinend aber nicht fertig brachte, hier vor den Augen der Hellanodiken und zahlreicher Zuschauer mit halber Kraft aufzutreten. Es wurden nun aber Stimmen laut, die forderten, es dabei bewenden zu lassen. Man

war nicht im Stadion, wo nur die Kampfunfähigkeit oder das Aufgabezeichen eines der Gegner den Kampf beenden konnte. Mochte man nach dem Gesehenen urteilen. es gab für das Können des geprüften Athleten hinreichend Aufschlüsse.
Tatsächlich erhob sich Polyktor von seinem Sitz und winkte dem Hellanodiken, der den Kampf leitete. Der wandte ihm aber den Rücken und sah es nicht.
Dafür bemerkte es Drakonides. Blitzschnell begriff er seine Lage. Er wusste, was der Abbruch des Kampfes bedeuten würde. Er hätte nicht einmal einen Athleten besiegt, der für den Agon nicht geeignet war ...
Sein Körper spannte sich wie ein Bogen und schnellte vor wie ein Pfeil. Die gewaltige riemenbewehrte Faust fuhr steil aus der Hüfte und krachte gegen das Kinn des Moschos. Der war so überrascht, dass er die Arme herabfallen ließ und die Verteidigung aufgab. Wütende Haken folgten nach, Schwinger trafen den Hals, die Ohren, die Stirn. Als habe ein Messer sie geritzt, teilte sich die Haut über einem Backenknochen und Blut schoss hervor.
Moschos wankte noch ein paar Schritte zurück. Dann knickten ihm die Knie ein. Im Fallen hob er die Hand mit dem ausgestreckten Zeigefinger.
Er gab das Aufgabezeichen.
Ein Freudenschrei erhob sich in der Ecke der Mytilener und alle liefen herbei, um Drakonides zu feiern. Sie drückten ihm einen Kranz in die Stirn, fassten sich bei den Händen, tanzten und stimmten Gesänge an. Zopyros verneigte sich vor der Statue des Hermes und hielt eine überschwängliche Dankrede.
«Fünfzig Drachmen hab ich gewonnen!», schrie Sosigenes.
«Ich glaubte Herakles vor mir zu sehen!», sagte Philemon pathetisch.
Drakonides ließ sich an der Stelle, wo er den letzten Schlag geführt hatte, in den Sand fallen. Sein Atem ging schwer. Er be-

fühlte sein Kinn und seine Nase und drückte mit seinen harten, sandüberkrusteten Fingern an den Zähnen herum.

Nicht viel passiert, dachte er, zum Agon ist alles wieder in Ordnung.

Durch die Beine der ihn Umringenden sah er, wie Moschos sich, auf zwei Aleipten gestützt, in die Halle hinüberschleppte. Sein Gesicht, sein Hals und ein Teil seiner Schulter waren voller Blut, das mit Öl und Sand verschmiert war. Er warf sich auf eine Bank und die Aleipten machten sich mit Schwämmen über ihn her. Ein Sklave setzte ihm einen Wasserkrug an die Lippen.

Warum hat er das getan? Warum hat er bis zum Letzten gekämpft?, dachte Drakonides.

Die Hellanodiken, die sich noch kurz beraten hatten, kamen heran.

«Wir halten dich für den Agon geeignet», sagte Polyktor.

Er wartete den Jubel der Anhänger des Drakonides ab und fuhr fort: «Obwohl du einige Mühe hattest. Deine Füße bewegen sich noch zu schwerfällig. Wir empfehlen dir deshalb, in den Tagen bis zum Wettkampf viel im Gymnasion auf der Laufbahn zu üben. Auch deine linke Schulter ist noch zu steif. Lockere sie durch Gymnastik und am Korykos. Geh jetzt zur Ruhe und finde dich in der dritten Morgenstunde am Buleuterion zur Eidleistung ein!»

«Möge Zeus dir zum Sieg verhelfen!», sagte der alte Hellanodike, der mit Polyktor zugeschaut hatte, freundlich.

Die drei Kampfrichter verließen die Palästra. Erst jetzt spürte Drakonides die Müdigkeit.

«Gebt mir zu trinken», sagte er.

Vor seinen Augen erschien eine Hand, die ihm eine Melonenscheibe hinhielt.

Drakonides blickte gar nicht erst auf, sondern biss gierig in das Fruchtfleisch.

«Das gefällt mir», sagte der Mann, der ihm die Erfrischung gereicht hatte. «Solange du mir aus der Hand frisst, habe ich nichts von dir zu befürchten.»

«Ramphias!»

Drakonides spie aus und schob heftig die Hand weg.

Lächelnd, in einem golddurchwirkten Chiton stand der berühmte Faustkämpfer vor ihm.

«Warum erschrickst du? Sind wir nicht gute alte Bekannte? Ich freue mich, dass du gesiegt hast. Ja, glaube mir, ich bin sehr froh darüber! Ein Gegner wie du ist mir lieb, du hast einen Namen in Hellas. Nun wird niemand mehr hinterher sagen können, dass ich den Ölkranz nicht verdient hätte!»

Seine Anhänger, die sich hinter ihm drängten, belachten die Anmaßung.

Unter den Mytilenern erhob sich Protest.

Sosigenes rief: «Noch hast du ihn nicht!»

Drakonides riss sich zusammen, stand auf, sah nun auf Ramphias hinab.

«Er meint vielleicht einen Kranz im Rednerwettstreit. Für die frechste Prahlerei. Lasst mich durch ...»

Er wandte sich ab und wollte hinüber in die Halle gehen.

«Meinen innigsten Dank!», rief Ramphias. «Du weißt ja, ich will noch im Pankration antreten. Vielleicht wird es nun leichter für mich. Ich könnte ja Ephedros werden!»

Seine Bewunderer schrien zustimmend. Drakonides blieb unwillkürlich stehen.

Bei Styx!, dachte er. Das wäre möglich ...

Die Vorstellung, dass auch einer der beiden anderen Ephedros werden könnte, war ihm bis zu diesem Augenblick einfach nicht gekommen. Der eigene Olympiasieg war so ausschließlich vom Gewinn des Freiloses abhängig, dass er daran nicht zweifeln durfte, ohne von vornherein mutlos zu werden. Aber nun war es von Ramphias ausgesprochen: Auch die anderen rechneten mit dem Vorteil.

Der Gedanke, er selber müßte dem überlegenen, furchtbaren Gegner als Übermüdeter und Verletzter gegenübertreten, vielleicht nach einem solchen Kampf wie dem gerade bestandenen, vergällte Drakonides die Freude an seinem Erfolg. Die verfrühten Jubelgesänge seiner Mitbürger ärgerten ihn plötzlich. Einen Becher Wein, den ihm Sosigenes reichte, stieß er weg. Den Iolaos, der ihm, während er ihm dann in der Halle half, den öl- und schweißdurchtränkten Staub von der Haut zu schaben, mit seinen Betrachtungen über den Kampfverlauf lästig fiel, knurrte er an und hieß ihn das Maul halten.
Er schulterte den Korykos und ohne von seinen Anhängern Abschied zu nehmen, verließ er die Palästra durch eine Hinterpforte und ging zum Kladeos hinunter.
Er wollte allein sein.

24

Drakonides stieg in das klare, kühle Wasser und setzte sich im Flachen auf die Kieselsteine. Hier störte ihn niemand. Nur weiter unten, an der Mündung des Wildbachs in den Alpheios, tummelte sich eine Schar junger Athleten. Drakonides blickte auf die silbrig glitzernden Wellen und die vom Mondlicht überstrahlte Hügellandschaft und er hörte das Rauschen des Wassers und aus der Ferne die Musik und die Gesänge.
Solche nächtlichen Bäder im Kladeos hatten ihn früher immer beruhigt und jedes Mal feierlich gestimmt. Diesmal blieb eine solche Wirkung aus. Die Aufregungen, die wechselnden Eindrücke und Entschlüsse, die Enttäuschungen und Hoffnungen dieses Tages waren noch zu lebendig. Obwohl er versuchte, an nichts zu denken, gelang es weder den lieblichen Bildern und Tönen noch dem Wasser, das seinen Körper umspielte, sie in die hinteren Kammern seines Bewusstseins zu drängen.

Schritte hinter ihm ließen ihn aufmerken.
Den Weg vor der Palästra herunter kam ein Athlet. An den breiten, eckigen Körperformen erkannte ihn Drakonides sofort. Es war Moschos.
Vorsichtig auf dem Kieselgrund Halt suchend, trat er ins Wasser und setzte sich, fünf Schritte von Drakonides entfernt, auf einen flachen Stein, der knapp herausragte.
Drakonides tat zunächst so, als bemerke er nichts. Er wandte den Kopf nach der anderen Seite und blickte hinunter zu den Schwimmern.
Moschos schöpfte Wasser mit den Händen und ließ es an seinem Körper hinablaufen. Sein Gesicht war verschwollen und an einigen Stellen mit einer dicken Schicht zerstoßener Feigenbaumrinde bestrichen. Er reinigte ohne Hast seine Arme und Oberschenkel, wobei er mehrmals zu Drakonides hinübersah.
Nach einer Weile begann er zu sprechen.
«Vielleicht glaubst du nun, dass ich dir schaden wollte. Oder dass mich plötzlich ein wahnwitziger Ehrgeiz gepackt hatte. Oder vielleicht denkst du sogar, man hätte mich gut bezahlt, um deine Teilnahme am Agon zu verhindern. Nichts davon ist wahr.»
«Geschadet hast du dir wohl nur selbst», sagte Drakonides, sich ihm jetzt zuwendend. «Sich in einem Übungskampf solche Wunden zu holen ist tatsächlich Wahnwitz. Dass dich jemand bezahlt hat, glaube ich aber nicht.»
«Die Eleer versprachen dem Mann, der das Los zog und gegen dich kämpfen musste, eine kleine Prämie. Natürlich ohne Bedingungen. Es hieß nur, wir sollten dir Gelegenheit geben, dein Können zu zeigen.»
«Du aber wolltest mich besiegen.»
Drakonides wartete. Moschos schwieg lange.
«Erinnerst du dich an jenen Hohlweg bei Argos», sagte er

dann, «wo mich die Bande des Simias überfiel? Du setztest dein Leben ein, empfingst einen Dolchstich. Das hat mir schweres Unheil erspart. Den Verkauf in die Sklaverei oder Schlimmeres.»

«Das ist lange her», sagte Drakonides ungeduldig. Er begriff nicht, worauf der andere hinauswollte.

«Ja, schweres Unheil», wiederholte Moschos. «Seit damals stand ich in deiner Schuld.»

«Ich erwartete nichts.»

«Und ich hoffte, die Tat vergelten zu können. Indem ich irgendwann etwas für dich tat, was gleichwertig wäre.»

«Willst du vielleicht damit sagen …?», fuhr Drakonides auf.

«Die Hoffnung auf eine solche Gelegenheit war nur gering. Doch nun, als ich hörte, was du vorhast, glaubte ich, sie wäre gekommen.»

«Du bist der Meinung, es sei ein Unheil für mich …?»

«Ich wollte es abwenden. Meldete mich sogar freiwillig für den Kampf. Die Eleer argwöhnten aber wohl, ich hätte das Gegenteil vor, wollte dich schonen. Und sie bestanden auf einem Losentscheid. Das Los begünstigte mich, doch leider … Jedenfalls tat ich, was in meinen Kräften stand. Mag nun geschehen, was dir bestimmt ist.»

Er stand auf und watete bis zur Mitte des Wildbachs, wo ihm das Wasser bis an die Brust reichte.

Drakonides blickte ihm ungläubig nach. Er hatte jede andere Erklärung für das Verhalten des Moschos erwartet, nur diese nicht. Er war so betroffen, dass er nicht wusste, ob er nun dankbar oder gekränkt sein sollte. Schließlich entschied er sich für das Letztere.

«Deine Fürsorge war nicht nötig!», rief er. «Ich hatte dich nicht darum gebeten! Verlass dich darauf … Ich hol mir den Kranz!»

Er stand auf und trat ans Ufer zurück. Das Wasser perlte von seiner Haut, auf der noch Ölreste waren. Er warf den Chiton über die Schulter, nahm den Korykos auf und ging ins Athletenlager hinüber.

Wenn man sich hart am Wildbach hielt, musste man nicht das Tor passieren, sondern gelangte mühelos hinter den Zaun. Drakonides ging weiter am Kladeos hinauf und setzte sich dann noch einmal ins Gras, um auf die kleine Wunde am Kinn eine Salbe zu streichen und um seine Füße zu massieren.

Die Gesänge und der Lärm vom anderen Ufer des Alpheios waren hier kaum noch zu hören, wurden fast völlig verschluckt vom Gemurmel und Geplätscher des Baches.

In der Nähe, hinter Gesträuch, saßen Männer um ein Lagerfeuer und unterhielten sich.

Drakonides streifte den Chiton über und wollte sich gerade erheben, um zu der Hütte zurückzukehren, als es dort auf einmal sehr lebhaft wurde. Zu denen, die schon am Feuer saßen, traten, mit Zurufen begrüßt, zwei weitere und ließen sich nieder. Die beiden, anscheinend auswärtige Gymnasten oder Paidotriben, berichteten gleich, einander ins Wort fallend, von dem Kampf, den sie gerade in der Palästra gesehen hatten. Fragen wurden ihnen gestellt und sachkundig werteten sie die Einzelheiten.

Ihrer Meinung nach waren die Gegner gleich stark und der Treffer des Moschos, der Drakonides zu Boden warf, hätte auch einen anderen Ausgang des Kampfes ermöglicht. Dies führte zu einem Streit zwischen den beiden über die Entscheidung des Olympischen Rates. Der Faustkämpfer blieb im Schutze der Sträucher, hörte mit wachsendem Unmut zu.

«Ich halte es nicht für richtig», sagte der eine, «Drakonides noch zuzulassen. Sie hätten ihn gleich zurückweisen müssen.»

«Und mit welcher Begründung?», fragte der andere. «Es war sein Recht, sich noch zu bewerben. Schließlich ist es nicht seine Schuld, dass er zu spät kam.»

«Es hätte sich schon ein Vorwand gefunden.»
«Vielleicht waren sie froh, dass er sich noch bewarb. Vielleicht hatten sie schon bereut, so viele zurückgewiesen zu haben. Es war ja bereits Unruhe unter den Zuschauern, weil es nur einen einzigen Kampf geben sollte.»
«Und jetzt? Ist die Aussicht, dass der Sieger schon vorher feststeht, etwa angenehmer?»
«Der Sieger stand vorher fest, als es nur Ramphias gegen Eutelidas hieß. Jetzt gibt es mehrere Möglichkeiten.»
«Das ist wahr. Dennoch fällt die Entscheidung vor dem Kampf.»
«Du meinst durch das Los?»
«Natürlich. Der Ephedros wird gewinnen.»
«Wenn es so einfach wäre, hätte der Rat Drakonides nicht zugelassen.»
«Ist es denn etwa nicht so?»
«Nicht ganz. Ich glaube, dass die ehrwürdigen Männer gründlich nachgedacht haben, bevor sie sich für Drakonides entschieden.»
«Ich könnte nachdenken, solange ich wollte. Das Ergebnis wäre immer dasselbe. Wer von zwei Kämpfen nur einen bestreitet, gewinnt.»
«Vorausgesetzt, die Gegner sind gleichwertig.»
«Selbst wenn sie es nicht sind. Das Freilos ist ein so großer Vorteil ...»
«In diesem Fall wohl nicht groß genug.»
«Glaubst du, Ramphias könnte auch einen Ephedros schlagen?»
«Ja. Und die Eleer glauben es anscheinend auch. Und so sehen sie plötzlich die Möglichkeit, die Zuschauer doch noch zufrieden zu stellen. Sieh mal, sie haben sich Folgendes überlegt. Bliebe es bei einem einzigen Kampf, würde Ramphias sicherer Sieger. Viele Zuschauer würden enttäuscht, das Fest nähme

Schaden. Mancher würde vielleicht beim nächsten Mal wegbleiben. Mit dem Ephedros aber wird die Versammlung auf jeden Fall in Spannung gehalten und etwas zu sehen bekommen. Zieht nämlich Ramphias das Freilos, ist er zwar so gut wie bekränzt, aber es wird einen packenden Vorkampf geben. Denn Eutelidas und Drakonides sind etwa gleich stark, wobei ich allerdings der Jugend den Vorzug vor der Erfahrung gebe. Wird einer von diesen beiden Ephedros, büßt Ramphias im Vorkampf so viel an Kraft und Schnelligkeit ein, dass er im Endkampf nur noch leicht überlegen ist, und nun würde sogar der Endkampf vielversprechend. Denn es gäbe nun Aussicht, dass Ramphias unterläge – wenn auch nur eine kleine. Wenigstens der junge Eleer könnte ihn unter solchen Umständen schlagen.»

«Und Drakonides?»

«Dem traue ich es nicht mehr zu. Er hat sich verändert, ist nicht mehr der Alte. Hast ja gesehen, wie schwer es ihm fiel.»

«Beim Zeus, du hast Recht. Ich hatte ihn in besserer Erinnerung.»

«Er hätte im Sommer ernten müssen. Im Winter ist es zu spät.»

Rings im Kreise wurde gelacht. Dann unterhielten sich die Männer noch eine Weile über die Schlauheit der Eleer, die aus jeder Lage Auswege fanden und es allen Widrigkeiten zum Trotz immer wieder schafften, ihrem Fest die Bedeutung zu erhalten.

Schließlich standen sie von dem heruntergebrannten Feuer auf, um ihre Hütten aufzusuchen.

Drakonides saß immer noch hinter dem Strauch und dachte darüber nach, was sie zuletzt über ihn gesagt hatten. Es war nur eine der vielen Kränkungen dieses Tages gewesen.

«Vielleicht ist der Sommer vorbei», knurrte er schließlich. «Aber es ist noch lange nicht Winter!»

Er wollte sich abermals erheben. Da aber nahm er, als er noch einmal um sich blickte, eine Erscheinung wahr, die ihn fesselte.

Noch ein Stück aufwärts lag der Kladeos bereits im tiefen Schatten des Waldes, nur ab und an ließ ein Mondstrahl, der die Wipfel durchbrach, die Oberfläche des Wassers aufglänzen. In einem solchen Lichtfleck tauchte plötzlich ein dunkler Schopf auf, dann zeigten sich Schultern und aus dem schimmernden Wellengekräusel des dort nur noch flachen Wassers erhob sich, bis zu den Knien sichtbar, ein schlanker Körper. Drakonides, der sich schon abwenden wollte, weil das ja eigentlich nichts Besonderes war, riss überrascht die Augen auf. Die nackte weiße Gestalt watete einige Schritte zum diesseitigen Ufer hin und verschwand im Schatten.

Zweifelsfrei, das war kein Mann oder Jüngling gewesen. Er hatte eine Frau, ein Mädchen – jedenfalls ein weibliches Wesen gesehen. Deutlich hatte er bemerkt, wie die Badende, nachdem sie aufgestanden war, ihre Brüste rasch mit den Händen bedeckt hatte. Das Gesicht war nicht zu erkennen, unter dem wassertriefenden Haar waren Stirn, Augen, Wangen verborgen gewesen.

Wer war das?

Unmöglich war, dass ein Weib sich im Lager aufhielt. Hatte ein Bauernmädchen aus einem Dorf der Umgebung sich beim abendlichen Bad zu weit vorgewagt? Oder sollte etwa eine Najade, eine Wassernymphe, für einen winzigen Augenblick einem Sterblichen ihren Anblick vergönnt haben?

Der Faustkämpfer, höheren Beistands bedürftig und begierig auf Zeichen, neigte nach kurzem Nachdenken zu dieser letzteren Annahme. Wenn es ihm auch schwer fiel zu glauben, dass sich Zeus selber um ihn kümmerte, hatte er doch allgemein keinen Zweifel daran, dass sich die Götter in die menschlichen Angelegenheiten einmischten. Und sollte nicht eine Najade, ein freundliches, hilfreiches Wesen aus der bunten Schar der niederen Gottheiten, gerade jetzt durch ihr kurzes Erscheinen im Mondlicht beabsichtigt haben, seinen von neuem geschwächten Mut zu stärken? Er wollte es glauben und seine Stimmung hob sich ein wenig. Es gab wohl im heiligen Hain für die Nymphen Altäre, vielleicht sollte er dort ein Dankopfer bringen.

Als er dann, den Korykos geschultert, ins Lager stapfte, kamen ihm aber gleich wieder Zweifel. Nein, eine Nymphe war es wohl doch nicht gewesen. Warum hätte sich denn eine solche so ängstlich, vorsorglich oder schamhaft bedecken sollen, als sie aus dem Wasser auftauchte? Was hatte sie zu befürchten? Für Gottheiten gab es ja keine Verbote. Wenn es aber ein irdisches Weib war, dachte er neidvoll, so hatte es sich vielleicht in größter Heimlichkeit zu seinem Liebsten ins Lager geschlichen, weil der die Trennung nicht aushielt. Jetzt vergnügten sie sich wohl dort oben am Bach.

Bei Styx, wie viel klüger war es doch, mit Frauen zu ringen, als sich mit Männern zu schlagen!

Er fand die Hütte und sah dort den Pherenikos, der ein paar Schritte neben dem Eingang, die Beine unter dem Mantel angezogen, die Arme um die Knie gelegt, auf einer Decke saß. Aus dem Innern der Hütte kamen schon Schnarchtöne. Im Lager war kaum noch jemand unterwegs.

«Was tust du hier draußen? Willst du nicht schlafen?»

Drakonides trat auf Pherenikos zu, der ihm ruhig entgegensah und erwiderte: «Ich bleibe die Nacht über hier. Es ist kühler. Außerdem nehme ich Rücksicht auf dich.»

«Auf mich?»

«Du bist doch um deine Ruhe besorgt.»

«Vertreiben wollte ich dich nicht.»

«Ich hörte, dass du gesiegt hast. Wie schön! Dein Wohlergehen ist jetzt wichtig. Wenn dir jemand zuwider ist ...»

«Aber du bist mir nicht zuwider. Ich ...»

Einen Augenblick zögerte Drakonides noch. Dann widerstand er nicht mehr dem Drang, der sich seiner plötzlich bemächtigt hatte, als er sich dem am Boden Sitzenden näherte. Er beugte sich zu ihm hin und streckte den Arm aus. Und er griff in die wirre, gelockte schwarze Mähne und fand sie so feucht, dass das Wasser aus seiner Hand herabtropfte.
Rasch und verwirrt trat er zurück. Er murmelte einen Gruß zur Nacht und verzog sich in die Hütte.
Lange konnte er nicht einschlafen. Er stöhnte und wälzte sich auf seinem Lager. Einmal erhob er sich und wollte hinausgehen, doch er besann sich und legte sich wieder hin.
Erst gegen Mitternacht siegte die Müdigkeit.

DRITTER TEIL

DAS URTEIL

25

Zeus Horkios, der Schützer des Schwurs, in Bronze gegossen, blickte grimmig und drohend herab, die Arme hochgeschwungen, zuckende Blitze in den Händen. Vom Altar, wo die Eingeweide eines geopferten Ebers brannten, wallte Rauch auf. Ein schwerer Geruch von Blut erfüllte die Luft. Eine Flöte kreischte. Auf dem freien, gepflasterten Platz zwischen den beiden Apsidenhäusern des Buleuterions vollzogen die Priester des höchsten Gottes das uralte Ritual des Schwuropfers.

In langen Reihen standen die Teilnehmer des olympischen Agons, bekränzt und in festliche Gewänder gekleidet. Schmalgliedrige, hoch aufgeschossene Läufer, kleine, breitschultrige, sehnige Fünfkämpfer und Pankratiasten, Ringer mit muskelstrotzenden Riesenleibern, daneben ältere, bärtige Herren mit kostbaren Ringen an den Händen, die Besitzer der Pferde und Gespanne. Zwischen Vätern, Onkeln und erwachsenen Brüdern, die für sie den Eid ablegen sollten, standen die schüchternen, schlanken Knabenathleten. Den farbenprächtigen Hintergrund bildeten die Gesandtschaften der Gemeinwesen.

Flankiert von zwei kleinen Greisen, den Nomophylaken, den besten Kennern der olympischen Bräuche, ragte neben dem Altar ein Mann im Purpurmantel, den Kranz vom Ölbaum um die Stirn gewunden. Es war Aisypos, der Erste unter den Hellanodiken, der oberste Kampfrichter der Olympischen Spiele, Nachfolger der alten Könige, die früher die Spiele geordnet hatten. Man mochte sie in ihm wiedererkennen, jene mythischen Basileas, auch sie hatten wohl so schwarze, von grauen

Wellen durchzogene Bärte gehabt, so ruhige, dunkle, beherrschende Augen und so mächtige Körper, um die sich die purpurnen Mäntel in Falten legten, wie sie ein Bildhauer nicht regelmäßiger meißeln konnte. Hunderte Jahre waren vergangen, seit sie ihre Stämme aus den wüsten Wäldern des Nordens hierher in diese liebliche Ebene geführt und die alte Kultstätte in Besitz genommen hatten.

Damals hatten hier die Achäer, friedliche Ackerbauern, ihren Erd- und Fruchtbarkeitsgöttern geopfert. Von den Bergen Ätoliens kam nun das Kriegsvolk herab und nahm den Nordwesten der peloponnesischen Halbinsel in Besitz. Die Achäer von Pisa suchten ihr altes Heiligtum zu behaupten, aber schließlich mussten sie doch den neuen Herren und ihrem obersten Gott, dem Zeus, in Olympia Heimrecht gewähren. Eine Zeit lang leiteten die Könige beider Stämme gemeinsam das Fest, doch ihre Eintracht war nicht von Dauer. Die Neuankömmlinge, die nun Eleer hießen, setzen sich durch und Zeus übernahm die uneingeschränkte Herrschaft. Als dann in Elis, der Landeshauptstadt, das Königtum abgeschafft wurde und ein Adelsregime an die Macht kam, gelangte die Leitung der Spiele in die Hände einer aristokratischen Behörde – der Hellanodiken, der Griechenrichter. Die Amtsinhaber trugen den Purpur zur Erinnerung an ihre königlichen Vorgänger und als Festordner mit umfassender Machtbefugnis waren sie ja auch wirklich so etwas wie die Herrscher über Olympia.

Als die Priester den Gang um den Altar beendet hatten, verstummte die Flöte und Aisypos begann mit volltönender, ein wenig singender Stimme:

«Zeus, Herr der Welt und Lenker der Geschicke der Menschen, vernimm das Gelöbnis …»

Schon lange bevor Zeus in Olympia einzog, hatten hier Wettkämpfe stattgefunden. In jener längst vergangenen und fast vergessenen Zeit war das Ziel der Stadionläufer der Altar der

Mutter Erde und die Priesterin verlieh dem Sieger den Kampfpreis – sich selbst. Stellvertretend für die Gottheit vollzog sie mit ihm die heilige Hochzeit. Es musste der beste der Männer sein, der schnellste und stärkste, der zuerst den Altar erreichte und mit der Fackel das Feuer entfachte und dann auf der Stelle, auf freiem Felde, nackt und erhitzt, das Brautlager mit der Göttin teilte, seine Kraft in dem ewigen Schoß begrub, um den Kreislauf der Fruchtbarkeit nicht zu unterbrechen. Zeus, der Männergott, verbannte die Erdgöttin und ihre Heerscharen, die Fruchttragenden und Gebärenden, die Frauen, denen der Tod drohte, wenn sie es wagten, den heiligen Bezirk auf der Nordseite des Alpheios zu betreten. Seine Spiele waren ein Männerfest, Kampf und Streit gewannen die Oberhand, wilde Wagenrennen, die Agone der Fäuste und Muskeln.

«Denn wir wollen zu deinen Ehren», rief der oberste Kampfrichter, «die Tüchtigsten unter uns ermitteln, die Muster an Kraft und Beharrlichkeit, Mut und gesundem Ehrgeiz ...»

Dann brachen dunkle Zeiten an, in denen sich die Kraft der Männer auf den Schlachtfeldern erschöpfte. Die Spiele waren vergessen. Drei Stammesführer der Hellenen, Iphitos von Elis, Lykurg von Sparta und Kleosthenes von Pisa, suchten die Eintracht wiederherzustellen, indem sie das alte Fest neu begründeten. Von nun an waren alle, die herkamen, durch eine Ekecheiria, einen Gottesfrieden, geschützt. Wer ihn verletzte, war ein Frevler an Zeus. Alle vier Jahre zogen Herolde aus, um die Hellenen einzuladen. Aus den entferntesten Winkeln strömten sie nun herbei und manchmal waren es Todfeinde, die nach dieser Stätte strebten, wo Zwietracht und Mord nicht geduldet wurden.

So vergingen Jahrhunderte. Ares, der Kriegsgott, verlor in Hellas nie seine Herrschaft, auch jetzt nicht, er wütete schlimmer denn je. Viele zweifelten längst an Zeus und fragten, ob er die Welt noch regierte oder ob er die Menschen im Stich ließ. Dennoch kamen sie, selbst während der schlimmsten Wirren, und für die Tage der Spiele gewann der Weltherrscher seine Autorität zurück. Sie hofften auf ihn und sie schworen ihm …

«… dass wir würdig sind, uns im Agon zu messen, dass wir die Regeln getreu beachten, keine Listen gebrauchen und einzig und allein zu deinem Ruhm kämpfen wollen, der du die Macht und das Recht hast, uns zu belohnen oder, sollten wir meineidig sein, zu bestrafen!»

Nachdem er die Formel gesprochen hatte, machte Asypos eine Pause und ließ einen langen Blick über die Reihen der Agonisten schweifen.

Dann sagte er: «Tretet nun an den Altar und leistet den Eid!»

Das Flötenspiel setzte wieder ein. Die aus der ersten Reihe traten heran, die anderen rückten allmählich nach. Sie berührten den vom Opferblut überströmten Stein, richteten ihre Blicke auf das vom Rauch umwallte göttliche Antlitz, hoben die Hände und schworen. Manche machten es kurz und wandten sich gleich wieder ab. Andere richteten längere Reden an den Gott, erflehten pathetisch oder mit Inbrunst seinen Beistand.

Drakonides, der sein neues Festgewand trug, einen lang fließenden weißen Chiton, trat als einer der Letzten vor. Schweigend, mit ernster Miene, stand er vor dem Altar.

Neben ihm betete ein alter Mann, der einen jugendlichen Wettkämpfer an sich drückte. Ein fetter Ringer schlug sich schluchzend an die Brust und schrie: «Wehe mir Unglücklichem, wenn ich unbekränzt heimkehre!»

Nach einer Weile begann auch Drakonides zu sprechen. Er sprach leise, erregt, mit rauer Stimme.

«Sieh mich an, Zeus», sagte er, «blicke zu mir herab. Bist du allmächtig? Weißt du alles? Dann kennst du den Drakonides. Wenn Zopyros Recht hat, hast du mich sogar beschirmt, mich gerettet. Dafür empfange meinen Dank! Ich werde dir zu Ehren kämpfen und wenn du tatsächlich hier bist und zuschaust, wirst du nicht enttäuscht sein. Aber ich habe eine Bitte. Lass es mich dieses Mal nicht umsonst tun! Bin ich des Kranzes denn nicht würdig? Du musst zugeben, dass es eine verdiente Belohnung wäre. Wie lange ziehe ich schon zu den heiligen, kranzspendenden Spielen! Auch hier war ich dreimal! Nicht ein einziges Fest, das ich ausließ ... und doch konnte ich nur einmal gewinnen, in Korinth, im Hain deines Bruders Poseidon. Das ist viel, ich beklage mich nicht. Aber wer wünschte sich nicht, noch mehr zu erreichen! Wenn du mich ansiehst, mir ins Gesicht blickst, bemerkst du, dass ich mich nicht geschont habe. Meine Haare werden schon grau, meine Füße schwer. Es ist das letzte Mal, die letzte Gelegenheit! Ist ein Mensch nicht mehr als ein Ochse, der seine Pflicht tut, krepiert und verscharrt wird? Habt ihr Götter allein das Recht, unsterblich zu sein? Versage mir nicht den Ruhm! Was verlange ich schon? Nur dass etwas von mir hier bleibt, hier unter dem Himmel, auf der Erde ... wenn ich nach unten ins Schattenreich muss. Ich bitte dich, hilf mir, den Kranz zu verdienen! Wende dein alles sehendes Auge nicht von mir! Das andere tue ich selbst, ich verspreche es. Das war es, was ich dir sagen wollte. Wenn es die Wahrheit ist, mag geschehen, was ich mir wünsche – wenn nicht, so treffe mich Unglück!»

Drakonides blickte lange hinauf in das starre, drohende Antlitz des Zeus, als wartete er auf eine Antwort. Plötzlich bemerkte er, dass das Standbild nicht mehr umwölkt war. Er sah sich um und stellte fest, dass er der Einzige war, der vor dem Altar stand, von dem nur noch eine dünne Rauchsäule aufstieg. Alle anderen waren bereits gegangen, die Priestergehilfen räumten die Opfergeräte fort. Drakonides hatte nicht einmal bemerkt, dass die Flöte verstummt war.

Aus der Menge, die sich langsam verlief, winkte ihm Zopyros zu.

In seinem Festgewand, einem weiten, sternenbesäten, um seine Glieder schlotternden Mantel, aus dem der kleine bekränzte Glatzkopf etwas kümmerlich hervorsah, ähnelte der Architheoros einem fremdartigen Vogel. Mit ruckenden Schritten eilte er Drakonides entgegen.

«Du hast lange gebetet», sagte er. «Gut so! Hast du auch nicht vergessen, den Gott um ein günstiges Los zu bitten?»

«Soll ich seinen Zorn auf mich lenken?», erwiderte Drakonides. «Glaubst du, dass Zeus sich mit solchen Kleinigkeiten abgibt?»

«Vielleicht hast du Recht. Aber vergiss es nicht bei den anderen. Man muss den Göttern seine Wünsche in allen Einzelheiten vortragen. Wie sollen sie uns zufrieden stellen, wenn sie nicht wissen, was wir begehren?»

Er zog Drakonides mit sich fort.

«Nun komm! Beeilen wir uns! Die Priester warten.»

Sie durchquerten die Vorhalle des Buleuterions und tauchten in das Gedränge auf dem Vorplatz ein. Hier teilte sich die Menge. Die meisten zogen hinüber ins Stadion, wo in Kürze die Wettbewerbe der Herolde und Trompeter beginnen würden. Die anderen schoben sich auf das Tor der Altis zu. Es waren vor allem die jungen Athleten mit ihren Verwandten und Betreuern, die vor den Knabenagonen des Nachmittags noch einem Gott oder Heros opfern wollten, der ihrer Polis, vielleicht auch ihrer Familie besonders nahe stand. Vor dem engen Tor des Götterhains gab es das übliche Durcheinander. Es wurde höchst irdisch geschimpft und geflucht und Mastigophoren mussten den Einlass regeln.

Drakonides sah jetzt auch einen flüchtigen Augenblick lang den Pherenikos, der im Gedränge, den Arm um die Schultern seines Schützlings gelegt, der Altis zustrebte. Beim Schwuropfer hatte er ihn nicht bemerkt, dort war an der Seite des Peisirhodos nur der alte Aleiptes gewesen. Die breite Krempe des tief in die Stirn gezogenen Petasos beschattete das Gesicht des Gymnasten, die schwarze Lockenmähne bedeckte Ohren und Wangen. Als Iolaos den Faustkämpfer am Morgen geweckt hatte, waren die Leute von Rhodos schon fort gewesen. Drakonides hatte keine Zeit mehr gehabt, über die Eindrücke und Erlebnisse des vergangenen Abends nachzudenken. Im Lichte des Tages war er auch ziemlich sicher, dass seine Beobachtung am Fluss eine Täuschung gewesen war und dass seine überreizten Sinne ihm nach der Begegnung mit Pherenikos vor der Hütte Trugbilder vorgegaukelt hatten. Genug davon!, sagte er sich entschieden. Jetzt war nicht die Zeit für Hirngespinste. Er sah Pherenikos in der Menge verschwinden und dachte nur noch, er werde ihn ja am Nachmittag im Stadion sehen und dann werde sich schon zeigen, ob er ein Mann und was er wert war. Wenn nämlich Peisirhodos um den Ölkranz kämpfte.

Wie alle anderen, die der Altis zustrebten, hatte auch Drakonides die Absicht, gleich an diesem ersten Tag der Spiele den wichtigsten Göttern und Halbgöttern, deren Wohlwollen und tätige Hilfe benötigt wurden, Opfer zu bringen. Zopyros hatte eine Liste derjenigen aufgestellt, die man unbedingt anrufen musste, und eifrig die nötigen Vorbereitungen getroffen. Während sie sich jetzt dem Tor näherten, machte er Drakonides mit seinem Programm bekannt.

«Wir werden bei der Tyche Agathe beginnen, der Göttin des guten Glücks. Ein schwarzes Zicklein, wie sich's gehört! Dann gehen wir zu Apollon Pythios. Ihn dürfen wir nicht übergehen, denn er ist der Schutzherr der Faustkämpfer. Ein Rauchopfer wird ihn an dich erinnern. Darauf wenden wir uns Dionysos zu. Als einer unserer Stadtgötter hat er ein Schwein zu beanspruchen, das übernehmen wir als Gesandtschaft. Es folgen Alpheios, der Flussgott, dann Herakles Parastates, der Helfer …»

Während Zopyros schwatzte, gelangten sie mit einem Schub in

den Hain und verloren sich für einen Augenblick. Die Menge verteilte sich rasch zwischen den Bäumen, den Statuen und Altären. Drakonides machte ein paar ziellose Schritte und sah sich nach Zopyros um. Plötzlich hob er den Kopf und starrte nach oben.
Eine anmutige Gestalt schwebte auf ihn zu. Langsam sank sie vom Himmel herab. Es war ein sehr schönes junges Weib mit weißer, schimmernder Haut. Der leichte Wind, der ihm entgegenwehte, drückte das zarte Gewand an den Körper, sodass es Falten schlug und die Brüste, den Bauch und die Schenkel rund und prall hervortreten ließ. Die vollen Lippen der Schönen waren geöffnet, sie zeigte ein stolzes, strahlendes Lächeln, das aber auch verheißungsvoll lockte.
Drakonides rührte sich nicht und blickte hinauf. Dieses Gesicht ... Es war das seine, das ihre ... Er spürte auf einmal eine kribbelnde Unruhe ... ein starkes Verlangen, der Schwebenden nahe zu sein. Schon lösten sich seine Füße vom Boden. Er fühlte sich angehoben, hinaufgetragen ... Das liebliche Wesen umschlang ihn, küsste ihn. Es schlug den Mantel, dessen Zipfel es schon in der Hand hielt, um ihn und trug ihn mit seinen Schwingen empor ...
«Drakonides! Wo bleibst du? Was stehst du denn da und starrst hinauf? Hast du noch nie eine Statue gesehen?»
Zopyros war schon ein Stück weitergegangen und winkte ungehalten.
Eine Statue. Auf einer Säule. Aus Marmor.
Drakonides schwebte nicht mehr, doch er stand immer noch da und starrte hinauf. Er begriff nicht, wie das geschehen war. Wie konnte eine Figur aus Stein so plötzlich zum Leben erwachen? Und nicht etwa in der Nacht und unter Beschwörungsformeln, sondern am hellen Tage, an diesem Ort voller Menschen und Tiere, voller Musik, Gesang, Geschrei und Geblök ...
«Warum gehst du nicht weiter, Drakonides? Was ist mit dir?»,

fragte Zopyros, der zurückgekommen war und ihn am Ärmel zupfte. «Du warst doch schon öfter hier. Hast du die Statue nie bemerkt? Sie ist doch unübersehbar.»
«Ich erinnere mich nicht», sagte Drakonides verwirrt. «Wen stellt sie dar?»
«Es ist Nike, die Göttin des Sieges. Ein gewisser Paionios hat sie gemacht, im Auftrage der Naupakter, zum Andenken an die gewonnene Schlacht gegen die Lakedämonier.»
«Nike, die Göttin des Sieges», wiederholte der Faustkämpfer.
«Bewundern wir Kunstwerke oder haben wir Wichtigeres vor? Komm doch, wir verlieren nur Zeit! An allen Altären wird schon geopfert. Wollen wir die Letzten sein, die die Götter ehren?»
Die Altis, der heilige Hain Olympias, war am Eröffnungstag der Spiele von einer Geschäftigkeit erfüllt, die unter dem Vorwand religiösen Eifers sehr praktischen Zwecken diente. Zwischen den uralten Platanen, Eichen und Weißpappeln, den bunten Fassaden der Tempel und den langen Reihen wuchtiger Säulen standen, umgeben von zahllosen Bildwerken, die Altäre der großen und kleinen Gottheiten, denen zu huldigen ratsam erschien, wenn man Erfolg haben wollte. An den dicht umdrängten steinernen Herden waren bekränzte, weiß gewandete Priester mit der vorschriftsmäßigen Ausführung der heiligen Handlungen beschäftigt. Sie unterhielten das Feuer mit Scheiten des allein hier zugelassenen Weißpappelholzes, warfen Weihrauch und Weizenkörper, mit Honig zusammengeknetet, hinein, legten Zweige vom Ölbaum darauf und gossen aus silbernen Schalen Trankopfer in die Flammen. Mit erhobenen Händen betend, standen die Opfernden vor den Altären.
«Athene, unbezwungene Tochter des wetterleuchtenden Gottes ...»
«Hermes, Schützer des heiligen Agons ...»
«Höre mich, Artemis Agoreia ...»

Es war gut, laut und vernehmlich zu reden, damit die Bitte nicht überhört wurde.
«... und verleih mir den Kampfpreis, Erhabener!»
«Steh meinem Sohn bei ...»
«Schon hundertzwanzig Jahre hat unsere Polis keinen Olympiasieger. Hilf, dass sich das ändert!»
Die Worte stiegen zu den Ohren der Götter auf. Oder sie brachen sich an den schweigenden Wänden der stolzen Tempel. Oder verloren sich in den Wipfeln der Bäume.
Die Mytilener umlagerten den Altar der Tyche, der Göttin des glücklichen Zufalls, der günstigen Fügung.
Das Messer des Priesters fuhr in den Hals der Ziege, die, ein letztes Mal kläglich wimmernd, zusammenbrach und ihr Blut in die Schale vergoss, die ihr Sosigenes unterhielt. Da das Opferpersonal überlastet war, mussten die Opfernden selbst die Priestergehilfen stellen. Zopyros, der in seinem Element war, schüttete eigenhändig das Mehl nach und stocherte mit einer langen silbernen Gabel in der Flamme herum. Der Priester, der es eilig hatte, zerteilte das Tier mit raschen, geübten Bewegungen und warf einige Stücke ins Feuer. Es roch nach Weihrauch, Blut und verbrannten Haaren.
Drakonides stand vor dem Altar und suchte nach Worten. Kalliades und Thukles, die beiden Gesandten, die den Wasserkrug und den als Weihwedel dienenden Lorbeerzweig trugen, blickten ihn aufmunternd an. Der Priester warf Drakonides einen ungeduldigen Blick zu.
«So sprich doch!», rief Zopyros aufgeregt. «Die Göttin ist deiner Bitte geneigt. Diesen Augenblick musst du nutzen. Sage ihr, was du nötig hast!»
«Sprich du», sagte Drakonides. «Du kannst es besser.»
«Es ist dein Opfer.»
«Sprich!»
Zopyros ließ sich nicht lange bitten. Früher, als Ratsherr, hatte

er oft genug das Staatsopfer dargebracht und vor versammeltem Volk zu den Göttern gesprochen. Er hatte sich dafür eine reiche Sammlung wohlklingender Wörter und poetisch verschnörkelter Satzgebilde zurechtgelegt, denn nur in einer solchen gleichsam auf dem Kothurn dahergehenden Sprache durfte man seiner Meinung nach mit den Göttern verkehren. Es schmeichelte ihm, dass aus diesem Grunde seinen Bitten ein ungewöhnlich hohes Maß an Erfüllung zuteil wurde, während andererseits viele Gebete ohne Wirkung verhallten, weil die grobe, unveredelte Sprache, in der man sie vortrug, die Ohren der Götter beleidigte und verschloss.

Er ordnete die Falten seines sternenübersäten Mantels, reckte das Kinn mit dem struppigen weißen Bart und krähte:

«O herrlich gelockte Göttin, die du stolz thronend auf schwankendem Wagen dahinrast, verweile im schattigen Tal des Alpheios und erfreue dich unserer bescheidenen Gaben …»

Drakonides schloss die Augen, hob die Hände und versuchte, seine Gedanken auf das Gebet zu richten. Doch es gelang ihm nicht. Die launische, flatterhafte Dame Tyche verbarg sich, ihr Bild gewann in ihm keine Gestalt. Sie entzog sich der Wahrnehmung durch seine Sinne, die es ihm erst ermöglicht hätte, sich ihr anzuvertrauen.

Stattdessen war plötzlich wieder die andere da. Sie schwebte herab, betörend schön, mit diesem stolzen Lächeln, das ihm vertraut war, die Hand am Zipfel des sich im leichten Aufwind blähenden Mantels.

Nike, verleihe mir Flügel, damit ich zum Sieg eile …

Drakonides riss heftig die Augen auf.

Was fällt mir ein?, dachte er. Wie komme ich nur dazu, an Tyches Altar zu einer anderen Göttin zu beten! Am Ende erhört mich weder diese noch jene.

Er lauschte nun auf die Worte des Zopyros und bemühte sich, sie nachzusprechen.

«… und führe die Hand, Erhabene, die in die schicksalsdunkle Urne hinabfährt, den Ruhm verheißenden Stein zu heben …»

«Mach ihn zum Ephedros!», schrie Sosigenes.

«Gewähre ihm deine Gunst! Lass ihn das Freilos ziehen!», riefen auch Kalliades und Thukles.

Der Priester seufzte. Er gab den mit Opfergeräten beladenen Männern, die in der Nähe warteten, ein Zeichen, sich noch ein wenig zu gedulden.

Als Zopyros endlich zum Schluss kam, war die Flamme fast niedergebrannt.

«Das wird ein zarter, schmackhafter Braten», sagte Sosigenes zu Drakonides, während er die übrig gebliebenen Teile des Opfertiers in einem Korb verstaute. «Ich richte ihn nachher gleich an und bringe ihn dir. Weißt du, dass ich bis jetzt über zwanzig Wetten abgeschlossen habe? Das sind schon zweihundert Drachmen, wenn du gewinnst!»

«Beeilt euch!», rief Zopyros. «Auf zum Altar des Apollon Pythios!»

Drakonides folgte ihm ohne Begeisterung. Er wagte nicht fortzugehen, obwohl ihm die vielen Opfer auf einmal nicht mehr sinnvoll erschienen. Je länger er darüber nachdachte, desto sicherer war er, dass Zeus bereits auf seine Bitte geantwortet hatte. Denn hatte er nicht die marmorne Nike zum Leben erweckt und herabschweben lassen, um Drakonides seinen künftigen Sieg zu verheißen? Wozu noch die untergeordneten Götter bemühen? Kam es jetzt nicht auf ihn selber an? War es nicht seine Sache, das Nötige für den Sieg zu tun?

Auf dem Weg zum Altar des Dionysos ließ Drakonides sich dann doch zurückfallen und beeilte sich, den Hain zu verlassen.

26

«Apite!»

Die beiden Läufer am Start schnellten vor und nach einem kurzen Sprint liefen sie aus und kehrten langsam zurück.

«Die Nächsten! Setzt Fuß bei Fuß!», rief der elische Paidotribes. Wieder traten zwei vor und verharrten reglos. Die nackten Körper mit der gebräunten, gesalbten, mattglänzenden Haut glichen einen Augenblick lang bronzenen Bildwerken.

«Apite!»

Der Dromos, die aufgegrabene Laufbahn des Gymnasions, hatte Stadionlänge. Allerdings war er sehr schmal. Nur zwei Athleten konnten, ohne sich zu behindern, nebeneinander laufen. Dahinter lag eine große, stellenweise mit Gebüsch durchsetzte Wiese, die erst am Kladeos endete. Hier übten die Speer- und Diskoswerfer. Pfeilartig schwirrten die kurzen Wurfspeere in die Höhe und wie flüchtige Sonnen stiegen die eisernen Scheiben zum Himmel und stürzten torkelnd herab.

Auf der anderen Seite des Dromos zog sich in seiner vollen Länge eine Säulenhalle mit Bänken hin. Drakonides war gleich hierher gegangen, wo ihn Iolaos verabredungsgemäß erwartete. Der Faustkämpfer warf das Festgewand ab und legte es zusammengerollt auf eine Bank. Dann trug er das Öl auf und ließ sich von dem Paidotriben bestäuben.

«Wir machen alles wie zu Hause», sagte er.

«Nach dem Kampf hätte Dikon dir einen Tag Ruhe verordnet», sagte Iolaos.

«Soll ich zusehen, wie die anderen sich vorbereiten? Polyktor hat Recht. Meine linke Schulter ist steif und meine Beine sind Eisenklumpen.»

Iolaos schwieg, nur seine Miene zeigte deutlich Widerspruch.

Drakonides trat auf die Wiese, lockerte Schultern und Gelenke und lief gemächlich neben dem Dromos bis zum Zielpunkt, der durch Pfähle markiert war. Er wendete und steigerte die Geschwindigkeit. Mal riss er die Knie hoch, dann wieder schlug er die Fersen gegen die Hinterbacken. Abermals machte er kehrt und lief die ganze Strecke noch einmal.

Als er zurückkam, ging sein Atem schon kurz und er spürte die Müdigkeit in den Beinen.

«Übertreibe nicht», sagte Iolaos.

«Ich habe einiges nachzuholen.»

«Immerhin hast du drei Tage Zeit.»

«Wenig genug.»

Unterdessen hatten sie auf dem Dromos mit Übungsläufen begonnen. Wiederum traten die Athleten paarweise an, um dann in hohem Tempo über die Bahn zu jagen. Auf dem Rasen, neben der Startschwelle, saßen die Gymnasten und Paidotriben, die zur Betreuung ihrer Schützlinge aus den Heimatorten angereist waren, sich aber auch hier der Autorität der elischen Übungsleiter beugen mussten. Nur gelegentlich gaben sie kurze Anweisungen.

Im Gegensatz zur lauten und überhitzten Geschäftigkeit an anderen Punkten des Festortes ging es hier seltsam ruhig zu. Von Zeit zu Zeit Rufe und Kommandos, das dumpfe Aufschlagen der Disken, mehr hörte man nicht. Nur von ferne, vom Stadion herüber, tönten ab und zu Trompetensignale. Der Wettkampf der Salpinxbläser hatte begonnen. Das war auch der Grund, weshalb nur wenige Zuschauer aus dem Schatten der Halle die Athleten beobachteten.

Das letzte Läuferpaar trat an die Startschwelle.

«Setzt Fuß bei Fuß!»

Der eine der beiden Epheben war lang und knochig, der andere ein hübscher, graziler Bursche mit weichen Schultern und runden Schenkeln, der an der Startschwelle wie ein edles Pferd tänzelte. Er erregte allgemeine Bewunderung.

In der Halle gerieten zwei nach Myrten duftende Herren ins Schwärmen.
«Ein entzückender Junge.»
«Göttlich wie Ganymedes.»
«Da möchte man Zeus sein.»
«Apite!», rief der Eleer.
Die beiden Läufer schnellten vor, aber schon nach wenigen Schritten stolperte der Hübsche über einen Erdbuckel. Er kreuzte die Bahn des Langen und beide kamen zu Fall. Sie standen zwar gleich wieder auf, doch der Lange fasste nach seiner Schulter, ging beiseite und setzte sich ins Gras.
Der Paidotribes hob seine Gabelrute und zog dem Verursacher des Unfalls einen mäßigen Hieb über den Rücken.
«Rohling!», sagte einer der Myrtenduftenden. «Man sollte ihm seinen eigenen borstigen Hintern verdreschen.»
Es gab eine Verzögerung, weil der Gymnastes des Langen seinem Schützling die Schulter massieren musste.
«Zu empfindlich, diese Läufer», sagte der elische Paidotribes zu Drakonides und Iolaos. «Ihre Knochen sind trockenes Holz, ihre Muskeln dünne Fäden. Können jederzeit reißen.»
Der Hübsche tänzelte wieder an der Startschwelle.
«Wie lange dauert das noch?», rief der Eleer.
«Lass ihm Zeit», sagte Drakonides. «Ich laufe mit.»
Er übersah wieder die bedenkliche Miene des Iolaos und trat vor.
Der Jüngling musterte den Faustkämpfer mit einem koketten, abschätzigen Blick und ließ ein spöttisches Lachen hören.
«Apite!»
Drakonides warf die Beine und stampfte den Sand, aber schon rasch war sein Gegner ihm acht bis zehn Schritte voraus und nach der Hälfte der Strecke war er hoffnungslos abgeschlagen. Als er keuchend ins Ziel kam, empfing ihn das Gelächter der hier wartenden Athleten.

«Warum rennst du so, Großvater?»

«Warum verfolgst du Apollodoros?»

«Bist wohl in ihn verliebt?»

Drakonides ballte die Faust, beherrschte sich aber. Er schwankte ein bisschen, als er beiseite trat. Erschöpft beugte er den Rücken und ließ die Arme baumeln.

«Hör auf, Drakonides», sagte Iolaos, der langsam nachgekommen war.

«Ich habe gesagt, wie zu Hause!», entgegnete Drakonides starrsinnig.

Sie gingen nun hinüber zur Skamma, der Sprunggrube, die mehr nach dem Kladeos zu lag. Die fünfzig Fuß lange Bahn war sauber aufgegraben. Ein alter, buckliger Sklave, der dafür verantwortlich war, hockte in der Nähe. Die Hacke lag neben ihm.

Er grinste freundlich und sagte: «Ihr seid heute die Ersten.»

Drakonides hatte seit langem die Gewohnheit, die Übungen der Fünfkämpfer mit Ausnahme des Ringens an den Anfang seines eigenen Programms zu stellen. Es kam sogar vor, dass er nur diese Übungen machte und auf alles andere verzichtete. Vielleicht empfand er, dass es so in der natürlichen Ordnung war, einem uralten Kanon entsprach. Der Mensch war geflohen, wurde selbst der Verfolger, sprang über Hindernisse, schleuderte Raubtieren Steine entgegen und zielte mit Lanzen nach dem flüchtigen Wild. Erst später stürzte er sich mit Fäusten auf seinesgleichen oder versuchte, sein Ebenbild niederzuringen.

Drakonides bückte sich nach den Halteren, den kolbenförmigen Sprunggewichten, die paarweise an der Absprungschwelle lagen. Die Springer nahmen sie in die Hände, um bei dem fünffachen Sprung aus dem Stand das Gleichgewicht zu stabilisieren. Zu Hause hatte Drakonides eigene Gewichte, die er sich selber aus Feldsteinen hergestellt hatte, weil die in den

Gymnasien fast alle zu klein für seine Hände und zu leicht für die Wucht seines Körpers waren.
Er wählte die größten aus, die er vorfand, stellte sich auf die Startschwelle, federte kurz in den Knien und machte den Fünfsprung.
«Knapp fünfunddreißig Fuß», sagte Iolaos.
Der Bucklige lächelte mitleidig, lockerte die Aufsprungstellen und steckte in Höhe der letzten einen Pflock in den Sand.
Beim zweiten Mal verstolperte Drakonides den vorletzten Aufsprung und stürzte hin. Beim dritten Mal legte er alle Kraft in den ersten Sprung, doch die Gewichte konnten den Schwung nicht ausgleichen und auch diesmal kam Drakonides nicht zum Stehen. Er machte eine Pause und versuchte es noch ein viertes Mal, ohne die erste Leistung zu erreichen. Den fünften Versuch, der dem Springer zustand, unterließ er.
«Bei Styx! Meine Füße sind Blei, nicht Eisen!»
Mit dem Speer und dem Diskos ging es dann aber besser. Im rechten Arm und in der rechten Schulter war bereits wieder frische Kraft, und Drakonides erreichte beinahe die Weiten der Fünfkämpfer. Das hob seine Stimmung und er beschloss, trotz der am ganzen Körper spürbaren Nachwirkung des Kampfes vom Vortag und der abermaligen Warnung des Paidotriben gleich in der Palästra weiterzuüben. Iolaos wurde vorausgeschickt, er sollte dort schon seinen Korykos aufhängen.
Drakonides ging noch einmal allein zurück in die Halle des Gymnasions, um das Gewand und den Tragring mit Schabeisen und Ölfläschchen zu holen.
Als er sich einen Augenblick hinsetzte, um eine kleine Wunde am Fuß zu untersuchen, hörte er einen der Duftenden sagen: «Nun sieh dir den widerlichen Kerl dort an. Wie er sich an den hübschen Jungen heranmacht!»
Drakonides blickte auf und sah einen fetten Rücken, über dem sich ein aufreizend gemustert Chiton spannte. Der Dicke re-

dete eifrig auf den Jungen ein, mit dem Drakonides zuvor gelaufen war. Der lächelte wieder kokett, tänzelte auf der Stelle und es schien, als sei er irgendwie unschlüssig.
Ein schmutziger Kerl im Wollmantel stand dabei, einer von denen, die auf Märkten und in Gymnasien umherstrichen und zu manchem zu gebrauchen waren.
«Chaire, Agathokles!», sagte Drakonides.
Der Werftbesitzer fuhr heftig herum.
«Drakonides … Ich erwartete nicht, dich hier zu treffen.»
Die Begegnung war ihm offenbar peinlich.
«Suchst du noch immer einen Olympiasieger für Samos?»
Der Faustkämpfer trat an die Gruppe heran.
«Wie viel hat er dir geboten?», fragte er den etwa Siebzehnjährigen.
«Zwanzig Minen», sagte der überrumpelt.
«Ein günstiger Anschaffungspreis», fand Drakonides. «Und was hast du dann mit ihm vor? Willst du ihn vergolden und als Heckfigur auf eines deiner Schiffe stellen?»
Ein paar Männer, die in der Nähe standen, lachten.
«Seht euch den dicken ionischen Schwelger an!», rief einer.
«Warum sprichst du so mit mir, Drakonides?», sagte Agathokles, wobei er die Stimme senkte und sich scheu umsah. «Er hat keine Eltern mehr, lebt in dem wüsten arkadischen Orchomenos bei Verwandten. Deshalb will ich ihm ein Zuhause bieten.»
«Ich habe mich aber noch nicht entschieden», sagte der Jüngling.
«Apollodoros! Wo bleibst du?», rief der elische Paidotribes vom Ende des Dromos herüber. Er übte jetzt mit der Läufergruppe das Umkehrmanöver an der Wendesäule.
«Chaire, du Knauser!», sagte der Schöne mit einem dreisten Lächeln zu Agathokles und tänzelte davon.
Die Myrtenduftenden starrten verzückt.
«Apollodoros!», hauchte einer.

Der Mann im Wollmantel blinzelte Agathokles zu und zog sich in den Schatten der Halle zurück.
«Wisst ihr noch, wie es dem Syrakuser Tyrannen erging?», sagte einer der Zuschauer absichtlich laut. «Der kaufte sich den Antipatros aus Milet für zwei Talente, aber als der den Kranz gewann, schiss er ihm ins Nest und ließ sich doch als Milesier ausrufen.»
«Ja, und das Volk war so erbost, dass es den Syrakusern die Zelte verbrannte und sie davonjagte!», rief ein anderer.
«In was für eine Lage bin ich durch dich gekommen!», sagte der Werftbesitzer schnaufend und wischte sich mit einem Tuch den schwitzenden Nacken. «Ist das der Dank dafür, dass ich dich hergebracht habe?»
«Ich weiß, du hattest anderen Dank erwartet. Aber wenn ein Mann einen Hahn füttert und sich wundert, dass er dann keine Eier legt ... wer ist schuld? Der Hahn oder der Mann?»
«Du glaubst, ich hätte von Anfang an die Absicht gehabt ...? Ich schwöre, dass ich dich nur aus Freundschaft einlud! Erst später kam mir dann der Gedanke ...»
«Und nun lässt er dich nicht mehr los. Ich verstehe! Siegesfeiern, Schaugepränge, jubelnde Menschen ... Du als Wohltäter an der Seite des Siegers. Das verschafft Ansehen in der Stadt, auch bei den mächtigen Freunden des Großkönigs. Will der Satrap eine Flotte bauen?»
«Schweig!», sagte Agathokles beleidigt. «Ich bin Grieche. Ich habe nichts mit den Persern zu schaffen. Vielleicht habe ich ein viel edleres Ziel – einen Begabten uneigennützig zu fördern!»
«Ich fürchte, du erreichst es, das edle Ziel», sagte Drakonides und blickte hinunter zum anderen Ende des Dromos. Im Rücken des Paidotriben hatte der Mann im Wollmantel sich wieder an den hübschen Jungen herangemacht, der ihm mit einem hochmütigen Lächeln, aber durchaus aufmerksam zuhörte.

Agathokles wollte noch etwas erklären.
Doch Drakonides wandte sich ab und ging fort, in Richtung des Ausgangs zur Palästra.
«Was macht denn unser schöner Gymnastes?», rief Agathokles ihm nach. «Hast du ihn hier wieder getroffen? Du hast ihn doch so eifrig verteidigt! Seid ihr vielleicht inzwischen ein Paar geworden?»
Drakonides antwortete nicht und sah sich nicht um.
Iolaos erwartete ihn in der Übungshalle für die Faustkämpfer. Als Drakonides eintrat, winkte ihm Ramphias, der mit seiner Gesellschaft wieder fast die Hälfte des Raumes besetzt hielt, mit herablassender Vertraulichkeit zu.
Der junge Eleer war auf der anderen Seite beim Schattenkampf. Er schlug verbissen Haken und Schwinger und schien seinen neuen Gegner nicht wahrzunehmen.
Auch in der Palästra ging es heute ruhiger zu. Die Ereignisse im Stadion hatten größere Anziehungskraft. Nur Verwandte, Freunde und Liebhaber der Athleten waren gekommen und ein paar Begeisterte, deren ausschließliches Interesse den Zweikampfagonen galt. Die Übungen waren heute leichter, nur zweckgerichtet auf den Erhalt der Leistungsfähigkeit. Nachdem die Athleten seit ihrer Ankunft vor zwei Tagen gezeigt hatten, was sie konnten, holten sie nun allmählich Atem für die große Bewährung. Selbst Ramphias schonte seine Leute, der unerschöpfliche Brunnen seiner Kraft sprudelte an diesem Morgen nur mäßig.
Wie schon im Gymnasion sah man auch hier keinen Hellanodiken. Alle zehn waren im Stadion bei den Wettkämpfen. Tellon hatte die Oberaufsicht in der Palästra, saß aber träge auf einer Bank und zeichnete mit seiner Rute Figuren in den Sand. Die anderen elischen Gymnasten und Paidotriben hielten sich ebenfalls zurück und überließen es mehr oder weniger den auswärtigen Übungsleitern, ihre Schützlinge für den entscheiden-

den Gang zu rüsten. Wenn dies erfahrene, viel gereiste Athleten waren, bestimmten sie allerdings in der Regel ihr Übungsprogramm selber und sahen in ihren Begleitern nur Helfer, bestenfalls Ratgeber.

Ein solches Verhältnis bestand auch zwischen Drakonides und Iolaos. Für den alten Faustkämpfer, der den Sand vieler Stadien unter den Füßen gespürt hatte, war der Palästragehilfe Dikons keine Autorität. Nicht einmal Dikon selber war ihm in den letzten Jahren für mehr als gelegentliche Hinweise gut gewesen. Dieser Iolaos, hager, schmallippig, wortkarg, früher ein wenig gereister und wenig erfolgreicher Pankratiast, war zwar für Drakonides nicht ganz entbehrlich, doch hätte ihn einer der zur Palästra gehörenden Aleipten durchaus ersetzen können. Im Grunde störte er Drakonides, der seine in trockenem Ton vorgebrachten Einwände und Warnungen als rechthaberische Nörgeleien empfand.

«Hilf mir bei den Riemen.»

«Ich rate dir, erst eine längere Pause zu machen.»

«Ich fange ja gerade erst an.»

«Geh lieber erst gegen Abend an den Korykos. Oder gar nicht. Ruhe dich aus. Entspanne dich.»

«Bin ich zum Faustkampf oder zum Knöchelspiel hier?»

«Jede größere Anstrengung könnte dir heute schaden.»

«Mir kann nur eines schaden: faulenzen.»

«Versuche doch, dich mit etwas anderem zu beschäftigen.»

«Vielleicht mit den Huren am anderen Flussufer?»

«Besuche die Tempel und Schatzhäuser. Sieh dir die Siegerstatuen an.»

«Jetzt arbeite ich an meiner eigenen Siegerstatue.»

«Die du nur bekommen wirst, wenn du dich richtig verhältst.»

«Und was ist deiner Meinung nach richtig, du Schlaukopf?»

«Heute gar keine oder geringe Belastung, morgen etwas stärkere, übermorgen mittelschwere.»

«Falsch! Heute mittelschwere, morgen starke, übermorgen – vor dem Agon – geringe Belastung.»
«Das wäre richtig, wenn du nicht gestern den Kampf gehabt hättest.»
«Der ist schon vergessen. He, Thrasykles! Ich sehe Moschos nicht!», sagte Drakonides laut, damit alle ringsum ihn hören konnten, zu dem elischen Gymnasten, der in der Halle die Aufsicht führte. «Wo ist er? Hat er sich etwa noch nicht erholt?»
«Er kommt nicht mehr in die Palästra», sagte Thrasykles. «Benötigst du einen Übungspartner?»
«Heute nicht», erwiderte Drakonides. «Morgen alle, die ihr aufbieten könnt. Straffer!», befahl er Iolaos, der gerade den zweiten Riemen am Unterarm festzog. «Und lass den Korykos etwas herunter. Ramphias!», rief er. «Könntest du dich mal hierher stellen? Ich möchte den Korykos gleich in der richtigen Höhe haben – in der Höhe deines Schädels!»
Ramphias, der sich gerade massieren ließ, antwortete mit einem Fluch, den Drakonides dröhnend belachte.
«Ich warne dich nochmals!», sagte Iolaos.
«Bei Styx, halt endlich das Maul!», sagte Drakonides.
Er trat an den Korykos und begann, auf ihn einzuschlagen. Er hatte ihn, auch gegen den Rat des Iolaos, mit Sand gefüllt wie die Pankratiasten, um den harten, vernichtenden Schlag, der seine Stärke war, zu üben. Der Korykos tanzte, von immer schwereren Treffern bewegt.
Drakonides hatte den richtigen Zorn, den er für solche Schläge brauchte. Dieser Zorn war durch manches aufgerührt: die gestrigen Kränkungen, die Nörgeleien des Iolaos, der Ärger über Agathokles. Dann war da die Unruhe, waren die Zweifel. Er musste sich endlich selber beweisen, dass er in guter Verfassung war, dass er sich vor dem Agon nicht zu fürchten brauchte. Auch Ramphias und der Eleer sollten sehen, dass mit ihm zu rechnen war. Und schließlich kam noch hinzu, dass er sich seit

dem Besuch in der Altis in einem Zustand von Zeit zu Zeit aufflackernder Erregung befand, einem rauschhaften Gefühl der Zuversicht und Siegesgewissheit. Die Erinnerung an das Lächeln der Nike, das die schönsten Hoffnungen nährte, ließ ihn immer wieder für Augenblicke vom Boden abheben. Und auch jetzt war er in der Stimmung, Apollon selber zum Faustkampf herauszufordern.

«Hör auf, Drakonides! Das ist doch Raserei, gegen alle Vernunft ...»

Iolaos versuchte einzuschreiten, die wirbelnden Fäuste aufzuhalten. Er selbst empfing einen Schlag mit der lederbewaffneten Rechten, fuhr zurück.

Die Augen des Faustkämpfers waren stier auf den Korykos gerichtet. Der Schweiß rann ihm von der Stirn, die Wangen hinab, in den Bart. Der gewaltige Körper, zuckend, federnd, vor- und zurückschnellend, schien sich selber zerreißen zu wollen.

Alle anderen in der Halle hatten inzwischen ihre Übungen unterbrochen und sahen zu Drakonides hin.

Ramphias, der solche Zustände kannte, lächelte, ahnte wohl, was geschehen würde.

Der junge Eutelidas stand starr, mit leicht vorgestreckten Fäusten in seiner Ecke. Auf seinem kindlichen Gesicht, das seine Empfindungen nicht verbergen konnte, zeigten sich Staunen und Beunruhigung.

Drakonides war nicht bewusst, wie lange er so den Korykos bearbeitet hatte. Er fühlte sich maßvoll erhitzt, leicht, prächtig in Schwung. Nur kam es ihm seltsam vor, dass seine Stirn sich plötzlich abkühlte, dass diese Kühle sich auf den ganzen Kopf übertrug, den Hals, die Schultern erfasste ...

Iolaos hatte schon einem Aleipten ein Zeichen gegeben. Als Drakonides ohnmächtig wurde, stürzten die beiden hinzu, um ihn aufzufangen. Sein Kopf hing auf die Brust herab und seine

Füße schleiften nach, als sie ihn zur Seite schleppten. Sie legten ihn auf eine Bank und der Aleiptes besprengte ihn mit Wasser. Drakonides kam wieder zu sich und versuchte, einen Arm zu heben, doch er fiel kraftlos herunter.

Die Übungen wurden fortgesetzt.

Eutelidas ging jetzt an den Korykos. Ramphias winkte einem aus seinem Haufen. Er spottete nicht einmal, als Drakonides wenig später, den Arm um den Hals des Iolaos geschlungen, steifbeinig und mit stumpfer Miene an ihm vorüberwankte. Eher mitleidig war der Blick, den er dem alten Rivalen nachsandte, fast ein wenig bedauernd.

27

«Drakonides!»

Der Faustkämpfer blinzelte, hob ein wenig den Kopf. Hinter der Hütte, im Schatten eines Mastixstrauchs, lag er ausgestreckt auf dem Rücken.

«Was ist? Ach, ihr seid es ...»

Sosigenes hatte ihn wachgerüttelt und beugte sich über ihn. An seiner Seite stand Iolaos.

«Hier hast du dich also verkrochen», sagte Sosigenes. «Wir suchten dich in der Hütte, am Fluss ...»

Drakonides schüttelte, vom Schlaf noch benommen, den Kopf.

«Hab mich hier noch ein bisschen ausgeruht. In der Hütte war es zu heiß.»

«Es gibt eine große Neuigkeit!»

«Eine schlimme Neuigkeit», sagte Iolaos.

«Ja, du hast gerade etwas versäumt!», sagte Sosigenes fröhlich.

«Was denn versäumt?»

«Im Stadion gab es einen Skandal! Glaube mir, wenn du das erlebt hättest ...»

«Im Stadion?»

«Die Olympischen Spiele fangen gut an. So viel Aufregung schon am ersten Tag gab es nie!»

«Unglaublich, was da passiert ist», sagte Iolaos mit einer Miene, die noch strenger und grämlicher war als gewöhnlich. «Ich hätte nie gedacht, dass so etwas möglich wäre.»

«Was denn?» Drakonides richtete sich auf. «Im Stadion, sagt ihr? Kommt ihr von dort? Ist denn schon Mittagspause?»

«Mittag?» Sosigenes lachte. «Aber Mittag ist doch lange vorüber!»

«Wie? Und die Wettkämpfe?»

«Na, die sind abgeschlossen.»

«Auch die Agone der Knaben?»

«Laufen, Ringen, Faustkampf ... alle.»

«So lange hab ich geschlafen? Bei Styx! Warum habt ihr mich nicht geweckt? Ich wollte ...»

«Du hattest die Ruhe bitter nötig», sagte Iolaos. «Nach dem, was heute Morgen passiert ist ...»

«Wer hat gesiegt? Ich meine ... im Faustkampf?»

«Dieser Peisirhodos aus Rhodos, der hier mit uns in der Hütte ...»

«Ah! Warum war ich nur nicht dabei? Warum habe ich das nicht gesehen! Ich hatte seinem Gymnasten versprochen ...»

«Seinem Gymnasten?»

«Dem Pherenikos. Er hat es also geschafft. Hat seinen Schützling zum Sieg geführt!»

Sosigenes kreischte vor Vergnügen.

«Sie hat es geschafft, mein Teurer ... s i e! Das ist ja das ungeheuerliche Ereignis! Denn höre und staune. Dieser Gymnastes ist kein Mann. Er ist eine Frau und heißt Pherenike!»

«Was sagst du?»
«Jaja, eine Frau! Ein richtiges Prachtweib! Mit allem, was so dazugehört!»
So ist es wahr! dachte Drakonides. Bei allen Göttern, es war keine Täuschung …
«Eine Frau also», sagte er. «Wie seltsam. Aber wie wurde es entdeckt? Und wo …»
«Nun, im Stadion. Nach dem Wettkampf.»
«Hat er … hat sie sich selber …»
«Was denkst du! Es war ein Zufall, dass es herauskam. Man kann es auch einen Unfall nennen.»
«Das Stadion raste vor Empörung», sagte Iolaos. «Eine Dreistigkeit ohnegleichen. Niemand erinnert sich, dass es je so etwas gab.»
«Aber wie … wie geschah es?», drängte der Faustkämpfer. «Hat sie jemand erkannt? Die Leute aus Rhodos …»
«Erkannt hat sie niemand. Sie selber war es, die alles enthüllte.»
«Ja, sie enthüllte alles!», lachte Sosigenes. «Nichts blieb verborgen!»
«Sie hat es gestanden?», rief Drakonides.
«Hätte sie das nur getan – und zwar rechtzeitig!», sagte Iolaos mit einem zurechtweisenden Blick auf Sosigenes. «Das hätte den Rat vielleicht milde gestimmt.»
«Den Olympischen Rat? So meinst du …?»
«Er wird über sie zu Gericht sitzen. Heute noch, nachher im Buleuterion. So wird es wohl einen üblen Ausgang nehmen.»
Drakonides schnaufte und spie aus. Gespannt und hoch aufgerichtet saß er im Gras, die Müdigkeit war verflogen.
«Ich ahnte es», murmelte er. «War ja fast sicher. Hätte sie mir etwas gesagt … sich mir anvertraut …»
«Du ahntest es?», fragte Sosigenes.

«Sagtest du nicht, ihr wäret zusammen gereist?» Iolaos blickte den Faustkämpfer vorwurfsvoll an. «Wenn du schon unterwegs den Verdacht hattest ...»

«Nicht unterwegs. Obwohl es Anzeichen gab. Aber hier ... heute Nacht. Dort drüben am Bach. Ich sah sie dort baden. Doch nur einen Augenblick lang. Es hätte auch eine Täuschung sein können.»

«Du hättest es trotzdem gleich melden müssen! Ich rate dir, niemand zu sagen, was du da sahst! Man könnte dich sonst belangen. Dich als Mitwisser für ein Verbrechen beschuldigen.»

Drakonides hob heftig den Kopf.

«Ein Verbrechen?»

«Der höchste Gott wurde schwer beleidigt. Gegen eines der ältesten Gesetze wurde verstoßen. Auch mir kam ja dieser ‹Gymnastes› gleich merkwürdig vor. Doch ich hielt ihn natürlich für einen Kinäden, eine von diesen männlichen Huren, die hier in Massen umherstreifen. Wie konnte ich denn vermuten, dass eine Frau ...»

«Aber nun redet doch endlich!», unterbrach ihn der Faustkämpfer ungeduldig. «Ich weiß ja noch immer nicht, was geschehen ist! Ihr sagt, sie selber hat ... durch einen Zufall ...?»

Sosigenes grinste behaglich und setzte sich neben Drakonides ins Gras.

«Ich erzähle dir alles. Höre also! Im Stadion drängen sich an die zehntausend Männer – der Faustkampf der Knaben erreicht seinen Höhepunkt. Es waren acht, die zu Anfang antraten, der jüngste dreizehn Jahre alt, der älteste achtzehn. Nach der zweiten Runde des Vorkampfs bleiben die beiden Besten übrig: Peisirhodos und ein Junge aus Smyrna. Die beiden bestreiten nun also den Endkampf ...»

«Und weiter? Weiter?»

«Kein schlechter Kampf ist es, das muss man sagen! Zwei junge Stiere, etwas ungelenk noch, aber mutig und feurig. Die Zuschauer kommen in Stimmung, schreien vor allem für den Jungen aus Smyrna. Der hat schon eine blutige Nase und ein angerissenes Ohr, aber er steht wie eine Tempelsäule. Immer wieder versucht nun Peisirhodos ...»

«Gut! Einen Treffer zu landen ... was sonst! Am Ende gelingt es. Und sie? Wo ist sie?»

«Na, wo soll sie sein? Sie steht bei den Betreuern. Bei den Gymnasten, Peidotriben, Aleipten.»

«Mitten im Stadion?»

«Hinter der Schranke. Du weißt ja, auf diesem kleinen Platz gleich neben der Tribüne der Kampfrichter.»

«Stell dir das vor!», warf Iolaos ein. «Sie hatte tatsächlich die Frechheit, sich dort mit hineinzudrängen. Und sich unter den Augen der Hellanodiken den Kampf anzusehen!»

«Sie stand ganz vorn», fuhr Sosigenes fort. «Aber natürlich achtete niemand auf sie. Aller Augen waren ja auf die Kämpfer gerichtet. Da kommt die Entscheidung. Peisirhodos springt plötzlich vor und schlägt mehrere schnelle Haken und Schwinger. Der Junge aus Smyrna geht in die Knie. Er will sich zwar noch einmal aufrappeln, doch sein Gymnastes schreit ihm zu: ‹Gib das Aufgabezeichen!› Der Junge gehorcht und hebt den Finger. Peisirhodos reißt die Arme hoch, die Zuschauer johlen und klatschen und ... da passiert es!»

«Was passiert?»

«Sie springt über die Schranke. Diesen blau gestrichenen Balken in Gürtelhöhe. Sie schwingt sich hinüber und will zu ihm – wie es natürlich jeder andere Gymnastes, dessen Athlet gerade gewonnen hat, auch getan hätte. Aber sie ist nun mal nicht wie jeder andere. Nach den Vorkämpfen hatte sie sich zurückgehalten, da hatte sich jedes Mal nur ein Aleiptes von der Palästra um den Jungen gekümmert. Natürlich wollte sie nichts riskieren, auf den Wällen standen ja die Männer aus Rhodos. Jetzt aber, im Überschwang, in ihrer Freude über den Sieg im Endkampf, vergisst sie alle gebotene Vorsicht ...»

«... und springt also über die Schranke. Und nun? Was geschieht?»

«Die Schamlose verliert ihren Mantel!», sagte Iolaos mit einem Seufzer.

«Lass mich doch erzählen!», fuhr ihn Sosigenes an. «Sie schwingt sich hinüber, läuft auf ihn zu und da – sie ist schon zwei, drei Schritte fort von der Schranke – bleibt ihr Mantel auf einmal irgendwo hängen. An einem Nagel, an einem Span vielleicht ... wer kann das wissen? Sie aber merkt es nicht, rennt weiter, die Spange an ihrer Schulter geht auf, der Mantel öffnet sich, fällt von ihr ab – und was kommt zum Vorschein?»

«Nun?»

«Alles! Ich sage dir: alles! Alles! Zwei Äpfel, so rund und prall und reif, dass uns die Augen fast aus dem Kopf fielen!»

«Eine Schande! Ein Schrei des Entsetzens erhob sich!», sagte Iolaos und blickte zum Himmel.

«Nun, es klang mehr nach freudiger Überraschung», berichtigte ihn Sosigenes. «Unter dem Mantel hatte sie ja weiter nichts angehabt, nicht einmal einen leichten Chiton, einen Lendenschurz ... bei der Hitze verständlich. Als sie bemerkte, was ihr passiert war, konnte sie wirklich nichts mehr verbergen. Es war zu spät. Splitternackt stand sie auf dem Dromos!»

«Bei Styx!», entfuhr es Drakonides. «Und ich war nicht dabei ...»

«Wahrhaftig, da ist dir etwas entgangen!»

«Du tatest besser daran, dich auszuruhen», sagte Iolaos. «Was hättest du davon schon für einen Nutzen gehabt. Olympia jedenfalls hat den Schaden. Wann gab es je ein solches Ärgernis!»

«Na, übertreibe mal nicht, es gab Schlimmeres!», widersprach

Sosigenes. «Und zu Schaden ist niemand gekommen. Einige taten zwar sehr empört, aber andere schrien: ‹Seht, Aphrodite! Aphrodite! Die Göttin der Liebe besucht die Olympischen Spiele!›»

«Das waren Betrunkene, die sich vergaßen! Die Mehrzahl war entrüstet, bestürzt. Die Kampfrichter sprangen von ihren Sitzen auf, riefen nach den Mastigophoren. Die Ehrengäste ...»

«Und sie? Was tat sie? Was geschah mit ihr?», unterbrach Drakonides ihn ungeduldig.

«Hör weiter, ich bin ja noch gar nicht zu Ende», sagte Sosigenes. «Der ihr am nächsten stand, war Peisirhodos, der neue Olympiasieger. Sie war ihm ja schon zehn Schritte entgegengeeilt. Im ersten Augenblick war er erschrocken. Was sollte er tun? Wie sie schützen? Er war ja selber völlig nackt – womit sollte er sie bedecken? Dann rannte er aber auf sie zu, legte die Arme um sie und rief: ‹Lasst sie in Frieden! Tut ihr nichts! Sie ist meine Mutter!›»

«Wie? Seine Mutter?»

«Ich fasse es auch kaum», sagte Iolaos. «Das Weib ist Witwe, war zu erfahren. Anstelle ihres verstorbenen Mannes hat sie den Knaben in der Palästra betreut. Und dann kam sie auf die Idee, ihm hierher zu folgen. Gab es das jemals?»

«Und weiter? Weiter?»

«Inzwischen», fuhr Sosigenes fort, «ist auch ein Aleiptes über die Schranke gesprungen und kommt mit dem Mantel angerannt. Schade! Wir hätten ja gern noch länger unsere hungrigen Blicke gesättigt. Kaum hat sich die Schöne aber bedeckt, sind schon die Mastigophoren bei ihr. Peisirhodos schreit zwar immer noch: ‹Lasst sie! Lasst sie! Es ist meine Mutter Pherenike, sie hat nichts verbrochen! Nehmt eure dreckigen Pranken von ihr!› Doch es nützt nichts, dass er sogar mit Fäusten dreinschlägt. Was kann ein Fünfzehnjähriger, auch wenn er gerade Olympiasieger geworden ist, gegen zwei solche Kerle ausrich-

ten? Er bekam einen Schlag mit dem Knüppel und wurde von dem Hellanodiken, der seinen Kampf geleitet hatte, beiseite gezogen.»
«Und wohin brachte man sie ... seine Mutter?»
«Erst einmal aus dem Stadion», sagte Iolaos, «damit der Frevel vor aller Augen nicht länger anhielt. Und dann wohl irgendwo in Gewahrsam. Sie wird ja nachher dem Rat vorgeführt.»
«Bei ihrem Abgang bekam sie noch mächtigen Beifall!» fügte Sosigenes hinzu.
«Das ist nicht wahr!», widersprach Iolaos.
«Und doch ist es wahr! Als sie fortgeschleppt wurde, wehrte sie sich. Sie wand sich wie eine Schlange, sie stieß mit den Füßen. Die Schergen hatten die größte Mühe mit ihr. Plötzlich, schon in der Nähe des Tors, riss sie sich los und dabei ging noch einmal ihr Mantel auf. Gleich erhob sich ein Jubelschrei: ‹Euoioi! Euoioi!› Und die beiden, die sie wieder einfingen, wurden beschimpft: ‹Ihr Rohlinge! Unholde!›»
«Das konntest du doch bei dem Lärm gar nicht hören!», wies ihn Iolaos zurecht. «Wir haben ja auf dem Südwall gesessen, auf der entgegengesetzten Seite. Du kannst dir nicht vorstellen, Drakonides, was für ein Durcheinander entstand. Nicht einmal die vorläufige Siegerehrung konnte noch stattfinden. Vielleicht wurde sie auch vergessen. Die Hellanodiken verließen gleich die Tribüne. Zum Glück war der Faustkampf der letzte Wettbewerb dieses Tages. Wer weiß, ob es noch einmal gelungen wäre, die Ordnung im Stadion wiederherzustellen ...»
Drakonides hörte schon nicht mehr zu. Er hatte den Lendenschurz fester geknotet, war aufgestanden und ein paar Schritte beiseite gegangen.
Was bin ich doch für ein alter Esel!, dachte er. Schon lange hätte ich es bemerken müssen. Gleich auf dem ersten Schiff, der Athener Triëre ... Später dann in Korinth, im Hain des Po-

seidon, als sie von sich und ihrer Familie erzählte. Sie versprach sich, sagte einmal, als sie den Jungen erwähnte: ‹Mein Sohn.› Und gestern, in der Palästra … fragte Peisirhodos nicht: ‹Wo ist sie?› Und wurde er nicht gleich über und über rot und fing an zu stottern … Und später am Abend, das Bad im Kladeos … und als ich dann in ihr nasses Haar griff … Ich kannte ja ihr Geheimnis schon, musste gar nicht erst warten, bis sie es mir nach dem Wettkampf enthüllte. Sie hätte es jetzt wohl getan, nur ich allein sollte eingeweiht werden. Nun aber wissen es alle. Und nun wird sie bedroht und gepeinigt. Was für ein Weib! Und was für ein Tölpel, der das zuließ! Aber wie konnte ich denn hoffen, dass mir jemals so eine begegnen würde …

«Ich wollte wissen, Drakonides», hörte er hinter sich die klanglose Stimme des Iolaos, «wie es dir geht und ob du dich inzwischen erholt hast. Das ist ja der Grund, weshalb wir hier sind. Ich hoffe …»

Der Paidotribes verstummte, weil Drakonides sich mit einer schroffen Geste umdrehte und ihn anstarrte.

«Was haben sie jetzt mit ihr vor? Was konntest du darüber erfahren?»

«Nun, wie ich schon sagte … Die Ratsherren werden über sie zu Gericht sitzen. Sie hat eine Verfehlung begangen, auf die die Höchststrafe steht.»

«Die Höchststrafe? Wie? Ja, glaubst du denn wirklich …?»

«Nach dem Gesetz hat sie ihr Leben verwirkt.»

«Aber man wird sie doch nicht zum Tode verurteilen!»

«Das Gesetz ist sehr alt. Und man hat es wohl lange nicht angewandt. Vermutlich bestand dazu auch keine Veranlassung. Aber du weißt ja, wie sehr die Eleer auf Tradition halten. Übertretungen, welche auch immer, werden unnachsichtig bestraft.»

«Das wäre ja Mord!», rief Drakonides.

«Es wäre ein Opfer für Zeus, der erzürnt ist und den man besänftigen muss. So etwas kann man ja nicht als Mord bezeichnen.»

«Es werden schon Wetten abgeschlossen», sagte Sosigenes, wobei er nun ein Gesicht machte, als teile er die Empörung seines Verwandten. «Wird man sie umbringen oder am Leben lassen? Die meisten glauben, man wird sie begnadigen, aber viele setzen auf Todesstrafe. Einige sind dessen so sicher, dass sie als Einsatz alles hergeben, was sie besitzen. Manche nehmen sogar Darlehen auf. An den Wechslertischen ist ein Riesengedränge.»

«Todesstrafe ... das darf nicht sein!» Drakonides sah mit einem flammenden Blick von einem zum anderen. «Man muss sorgsam alle Umstände prüfen. Man muss die Gründe erforschen, warum diese Frau so gehandelt hat ... warum sie vielleicht so handeln musste!»

«Ich bin sicher, es wird ein kurzes Verfahren», sagte Iolaos. «Zu langen Prüfungen fehlt ja die Zeit. Gewiss wird noch heute das Urteil verkündet. Vielleicht auch vollstreckt.»

«Viele hoffen sogar darauf und machen sich schon auf den Weg zur Hinrichtungsstätte», wusste Sosigenes zu berichten. «Es soll dort sehr eng sein, man muss mit Andrang rechnen. Da will jeder einen guten Platz und die beste Sicht haben.»

«Hinrichtungsstätte?», sagte der Faustkämpfer. «Ich hörte mal, es soll einen Felsen geben ...»

«Ja, und das ist für diesen besonderen Fall die Hinrichtungsstätte.»

«Und wo befindet die sich?»

«Genau weiß ich es auch nicht. Sooft ich herkam, ist ja dort noch nie etwas los gewesen. Ich weiß nur, sie liegt auf der anderen Seite des Alpheios, nicht weit von hier. Ein steiler Felsen ist es, den sie Typaion nennen.»

«Von dem wird die Frevlerin, wenn sie verurteilt wird, in die Tiefe gestürzt», sagte Iolaos.

Drakonides packte ihn am Arm und schüttelte ihn.

«Die Frevlerin? Was fällt dir ein, so zu reden! Ich kann nicht glauben, dass ein solches Urteil gesprochen wird. Der Olympische Rat will heute noch, sagst du …?»

«Ich hörte es von Thrasykles», erwiderte Iolaos, indem er sich seufzend befreite. «Sie werden wohl bald zusammentreten, der Tag ist ja nicht mehr lang. Thrasykles meint, dass sie das Ärgernis rasch hinter sich bringen und aus der Welt schaffen wollen. Die Spiele müssen ja weitergehen. Schon heute abend wird jeder Kranzgewinner mit einer Siegesfeier geehrt. Da will man natürlich vermeiden, dass den Festort der Zorn des unversöhnten Gottes bedroht.»

«Wahrhaftig, das wird eine herrliche Siegesfeier! Für einen Olympiasieger, dessen Mutter man umbringt!»

«Ich bitte dich, halte dich zurück!», sagte Iolaos, wobei er sich umsah. «Äußere so etwas nicht zu laut. Die Eleer sind sehr empfindlich, wenn ihre Gesetze und Bräuche getadelt werden. Du könntest dir Unannehmlichkeiten bereiten.»

«Die bereiten sie sich nur selbst!»

«Es tut mir schon leid, dass wir dich geweckt und dir alles berichtet haben. Du regst dich auf, dabei brauchst du noch Ruhe.»

«Ruhe? Jetzt muss man Lärm schlagen!»

«Bedenke, was dir heute Morgen passiert ist! Du warst ohnmächtig, bist noch immer geschwächt. Und in drei Tagen geht es um alles.»

«Jetzt geht es um mehr! Wollen doch sehen, ob sie es wagen!»

Drakonides ging um die Hütte herum und verschwand einen Augenblick drinnen. Die beiden anderen folgten zögernd, blieben in der Nähe des Eingangs stehen.

«Wenn ich gewusst hätte», sagte Sosigenes leise, «dass er es sich so zu Herzen nimmt …»

«Ich hätte kein Wort darüber verloren», erwiderte Iolaos. «Aber du musstest ja mitkommen und ihm das ‹Ereignis› berichten! Was hat er jetzt vor? Was wird er tun?»
Drakonides kam schon wieder heraus. Im Gehen warf er das Festgewand über.
«Wo tritt der Rat zusammen?»
«Wo er immer tagt, im Buleuterion», sagte Iolaos. «Drakonides! Ich rate dir nochmals dringend ...»
«Spar dir deinen Rat! Kommt ihr mit? Dann vorwärts!»

28

Als die drei Männer am Buleuterion eintrafen, hatte die Verhandlung des Olympischen Rates bereits begonnen.
Hunderte drängten sich vor dem Nordbau. Dessen Portal war weit geöffnet, doch nur ein kleiner Teil derjenigen, die als Zuhörer Einlass begehrt hatten, war bis in die Halle gelangt. Drinnen und draußen standen die Männer Kopf an Kopf, und da es zwecklos war, weiter vorzudringen, hatten es die hinten Stehenden aufgegeben, zu schieben und zu stoßen. Vielmehr verhielten sich die meisten sehr ruhig, reckten die Hälse und spitzten die Ohren. Hinter einer Kette von Mastigophoren sah man ab und zu durch eine kleine Seitentür einen wichtigen Mann das Gebäude betreten oder verlassen. Auch Bruchstücke dessen, was drinnen gesprochen wurde, konnte man aufschnappen.
Drakonides ließ sich allerdings durch die Menge nicht aufhalten und bahnte sich rücksichtslos eine Gasse. Proteste kümmerten ihn nicht, zumal sie nur zaghaft vorgebracht wurden und ganz verstummten, sobald er näher kam. Man wich lieber aus, so gut es ging, und ließ den Riesen vorbei, bevor man noch einen schmerzhaften Knuff abbekam. Vor Iolaos und Sosignes

schlossen sich aber die Lücken gleich wieder, die beiden blieben zurück. Drakonides zwängte sich über drei flache Stufen durch das Portal und gelangte endlich in die Halle. An der nächsten Säule blieb er stehen und verzichtete darauf, sich weiter vorzukämpfen. Keiner der zweihundert Köpfe vor ihm versperrte die Sicht, er konnte bequem alles überblicken.
Die Angeklagte sah er gleich und auch sie erblickte ihn. Sein Erscheinen verursachte kurzes Aufsehen, Bewegung und Gemurmel und so wurde Pherenike, die halb abgewandt stand, auf ihn aufmerksam. Sie wagte ein schüchternes Lächeln, das aber gleich erstarb, als sie seine finstere Miene sah. Ihr nach Männerart geschnittenes Haar war zerzaust, ihr beschmutzter Mantel mit einem groben Strick fest gegürtet. Zwei Mastigophoren waren bei ihr.
Die große Halle, dem südlichen Bau in Ausdehnung und Gestaltung fast vollkommen gleich, endete auf der dem Portal gegenüberliegenden Seite in einer Apsis, einer halbrunden, etwas erhöhten Nische. Hier hatten die Mitglieder des Olympischen Rates, bekränzt und in Prunkgewänder gehüllt, auf hohen Stühlen Platz genommen: die beiden Nomophylaken, Hüter der Gesetze, der erste Hellanodike Aisypos, der Theokolos als Oberpriester, der Alytarch als oberster Ordnungshüter und mehrere Würdenträger des elischen Staates. Seitlich auf einer Bank saßen in ihren Purpurmänteln die neun übrigen Kampfrichter, die hier aber nur beratende Stimme hatten. Diesem eindrucksvollen Aufgebot gegenüber standen die Angeklagte und ein Häuflein von Zeugen. Peisirhodos war darunter, der junge Olympiasieger, der nicht einmal Zeit gefunden hatte, sich Sand, Öl und Blut vom Körper zu schaben, und nur ein Handtuch um die Lenden trug. Und auch Dorkos, sein weißbärtiger Betreuer, stand krumm und zittrig, auf einen Stock gestützt, bei dieser Gruppe.
Die Zuhörer waren nur bis zur Hälfte der Halle vorgelassen.

Ein quer durch den Raum gespanntes Seil, hinter dem sich mehrere Mastigophoren mit Peitschen und Knüppeln aufgebaut hatten, hielt sie zurück.

In dem Augenblick, als Drakonides eintrat, wurde gerade einer der Zeugen vernommen. Es war ein schon älterer Mann mit gelocktem Bart, der Vorsteher der Gesandtschaft von der Insel und aus der Stadt Rhodos. Er war sehr aufgeregt, sprudelte die Worte hastig hervor und begleitete sie mit lebhaften Gesten.

«Nein, hoher Rat, das ist nicht der Fall! Ich bin bereit, bei allen Göttern zu schwören! Zeus möge mich strafen, wenn ich lüge! Er möge ...»

«Wir verlangen nicht, dass du schwörst, sondern dass du uns eine ehrliche Auskunft gibst!»

Gryllos, der ältere der beiden Gesetzeshüter, ein rüstiger Greis mit schwarzen, stechenden Augen, leitete diese außerordentliche Sitzung des Rates, rief die Zeugen auf und befragte sie.

«Ihr als Gesandte», fuhr er fort, «wollt also nicht gewusst haben, dass diese Frau sich, als Mann verkleidet und unter dem Vorwand, der Gymnastes des jungen Athleten zu sein, hierher begeben und in den heiligen Bezirk geschlichen hatte!»

«Davon wussten wir in der Tat nichts! Nicht das Geringste, hoher Rat! Als es ruchbar wurde, waren wir ebenso überrascht und bestürzt wie ihr und alle Zuschauer im Stadion.»

«Du kennst aber diese Frau und kannst uns über sie und ihre Familie Auskunft geben.»

«Ja, das kann ich. Ich kenne sie gut. Sie ist die Tochter unseres verdienstvollsten Bürgers, des Dorieus, der hier in Olympia dreimal im Pankration siegte. Er gewann auch achtmal bei den Isthmien in Korinth, siebenmal bei den Nemeen ...»

«Das alles wissen wir!»

«Als er seine Athletenlaufbahn beendet hatte, war er noch mehrmals hier in Olympia als Mitglied unserer Gesandtschaften. Leider war er auch diesmal aufgrund seines hohen Alters und seines schlechten Gesundheitszustands nicht in der Lage, mit uns zu reisen. Schon lange lebt er völlig zurückgezogen auf seinem Landgut. Er unterstützte aber unsere Gesandtschaft mit Geldmitteln und trug uns durch einen Vertreter auf, Zeus hier in seinem Namen Opfer zu bringen. Natürlich hofft er auf einen Sieg seines Enkels. Wie glücklich wird er sein, wenn er die frohe Nachricht erhält! Sie wird ihm zweifellos frische Kraft geben und das Leben verlängern. Hoher Rat, wir billigen nicht, was seine Tochter Pherenike getan hat ... ja, wir verabscheuen es. Dennoch bitten wir euch, dem Dorieus keinen bitteren Tropfen in den Becher der Freude zu schütten!»

«Die Frage ist, ob er das nicht selber getan hat. Was meinst du? Wusste Dorieus, euer verdienter Mitbürger, von der frevelhaften Absicht seiner Tochter, als Gymnastes hier in das Heiligtum einzudringen?»

«Zweifellos wusste er nichts davon und er hätte es gewiss nicht gebilligt. Ich sagte ja, dass er die Götter ehrt, so wie wir alle!»

«Aber dass sie zu Schiff auf eine Reise ging, konnte ihm doch nicht entgangen sein. Es konnte euch allen nicht entgangen sein. Das ist doch für eine Frau auch sehr ungewöhnlich.»

«Hoher Rat, bei uns sind die Frauen daran gewöhnt, in vielen Lebenslagen selbständig zu handeln ... selbständiger als die meisten Frauen in Hellas, die ihre Häuser kaum verlassen und nichts ohne die Erlaubnis ihrer Männer oder ihrer männlichen Verwandten tun. Darin unterscheiden sich unsere dorischen Sitten von denen der anderen Griechen. Frau Pherenike begab sich auf eine Schiffsreise, um Verwandte in Mytilene zu besuchen. Wer sollte bei uns daran Anstoß nehmen? Dass sie die Absicht hatte, hierher nach Olympia weiterzureisen, war ja niemand bekannt und niemand konnte es ahnen ...»

«Ahnen konnte man es!», rief plötzlich ein Mann aus der Gruppe der Zeugen dazwischen. «Es wollte nur keiner glauben, dass sie die Frechheit so weit treiben würde!»

Gryllos starrte ihn an und forderte ihn mit einer Geste auf vorzutreten. Der Mann war bullig und kurzbeinig, ein schwarzer Bart umrahmte sein grobes Gesicht mit platt geschlagener Nase.

«Wer bist du?»

«Ich heiße Machon. Bin Paidotribes.»

«Du kennst diese Frau?»

«Die kenne ich gut. Ein Biest ist das – herrisch, streitsüchtig und verlogen. Ich wusste schon lange, hoher Rat, dass die zu allem fähig ist ... auch zur Schändung von Heiligtümern!»

Pherenike trat heftig zwei Schritte vor und rief: «Ich bitte euch, hört nicht auf ihn! Er will mir schaden, weil er mich hasst!»

«Schweig!», herrschte Gryllos sie an. «Du wurdest bereits vernommen. Und du erhältst später noch einmal das Wort, wenn wir die Wahrheit über dich wissen!»

Einer ihrer Bewacher ergriff Pherenike am Arm und zog sie auf ihren Platz zurück.

«Fahre fort!», sagte Gryllos zu Machon. «Was kannst du uns über die Frau berichten? Wie wurdest du näher mit ihr bekannt?»

«Auf die einfachste Weise», sagte Machon. «Ich habe sie umgelegt.»

«Das ist nicht wahr!», rief Pherenike.

«Es ist so wahr, wie sie Witwe ist», erklärte Machon, «und ihren Mann, einen braven Kerl, schon wie einen Toten behandelte, als er noch quicklebendig war.»

«Womit begründest du das?», fragte Gryllos.

«Man hat ja seine Augen und Ohren. Oder nicht? Timanthes, so hieß er, war Gymnastes. Führte die Palästra des Dorieus, seit der sich zurückgezogen hatte. Den Alten hab ich nie kennen gelernt, er ließ sich ja in der Stadt nicht mehr blicken. Ich bin von Kos dorthin gekommen und dieser Timanthes, sein

Schwiegersohn, stellte mich an, als Übungsleiter für den Faustkampf. Mit ihm selbst kam ich aus, aber leider hatte er nicht viel zu sagen. Das Kommando hatte nur sie! Dabei sollte sie eigentlich nur in der Palästra sein, um ab und zu, wenn es nötig war, eine Wunde zu behandeln oder einen verletzten Knochen zu richten. Sie versteht ein bisschen von solchen Sachen, deshalb hält sie sich auch für einen Gymnasten und blickt auf unsereins mit Verachtung herab. Mit ihrer Aufgabe war sie nicht zufrieden, sie glaubte, auch ein besserer Übungsleiter zu sein als wir Männer. Als ich anfing, vor drei Jahren, war es schon gang und gäbe, dass sie mit den leichteren Ringern und den Fünfkämpfern selbst übte. Dazu zog sie sich ohne Umstände aus, ließ sich einölen und bestäuben und umarmte die Männer, um sie auszuheben.»

«Wir wissen, dass es beim dorischen Stamm solche eigenartigen Sitten gibt», bemerkte Gryllos. «Auch aus Sparta ist ja dergleichen bekannt. Der Ehemann, dieser Timanthes, hat das anscheinend geduldet.»

«Was blieb ihm übrig! Sie sagte ihm rundheraus: ‹Ich mache hier, was ich will, denn ich bin die Herrin! Ich bin die Enkelin des Diagoras und die Tochter des Dorieus, des Palästrabesitzers! Und wer bist du? Ein Niemand, in dem sich mein Vater geirrt hat, als er dich mir als Ehemann aufdrängte!› Sie behandelte ihn wie einen schlaffen Korykos. Als er dann an einem brandigen Bein starb, hat sie nicht groß um ihn getrauert. Sie kam gleich wieder in die Palästra und nun kriegten wir Feuer unter den Hintern, das könnt ihr mir glauben. Jetzt riss sie alles an sich, bestimmte auch, was die Faustkämpfer und die Pankratiasten zu tun hatten. Da kam sie natürlich in mein Gehege, da gab es Ärger ...»

«Du behauptetest eben, du seist ihr Geliebter gewesen. Wurdest du nicht von ihr mit Vorrang behandelt?»

«O nein, hohe Herren! Da hätte sie viele mit Vorrang behandeln müssen. Seht sie euch an! Glaubt ihr vielleicht, mit der kann man ringen, ohne dass sie einem Lust auf was anderes macht? Bei allen Göttern, die trieb es hemmungslos ...»

«Das ist eine Lüge!», rief Pherenike wieder. «Warum lasst ihr zu, dass dieser Mann mich verleumdet? Ich habe keinen der Männer erhört, die zu uns in die Palästra kamen, obwohl viele mir Anträge machten. Der aufdringlichste und hartnäckigste aber war dieser hier – Machon, und weil ich ihn immer wieder abwies, nimmt er jetzt die Gelegenheit wahr, sich an mir zu rächen, und ...»

«Schweig doch!», fuhr Gryllos sie an. «Noch einmal: Du bekommst später das Wort. Wenn du ständig dazwischenschreist, schließen wir die Verhandlung und sprechen das Urteil ohne weitere Zeugen. Das kann aber nicht zu deinem Vorteil sein!»

Pherenike schwieg und drehte sich kurz zu Drakonides um, der reglos an der Säule lehnte.

Die Herren des Rates steckten ihre Köpfe zusammen und tauschten Bemerkungen. Einige schienen besorgt, andere befriedigt über den Ablauf des Verhörs zu sein.

Gryllos wandte sich Machon zu.

«Nun, weiter! Wie war das mit dem Peisirhodos? Wenn du verantwortlich für den Faustkampf warst, musstest doch du seine Übungen leiten.»

«Richtig, so war es in der Ordnung. Und ich habe auch getan, was ich konnte. Sie redete mir zwar immer hinein und wollte es besser wissen als ich, aber ich ließ mich nicht beirren. Ich allein habe mit dem Jungen geübt und ihn in kurzer Zeit zu einem zweiten Apollon gemacht. Dass er heute den Kranz gewonnen hat, verdankt er nur mir!»

Jetzt hielt es Peisirhodos nicht mehr auf seinem Platz. Der Fünfzehnjährige sprang vor und schrie:

«Wie kannst du so etwas behaupten, Machon? Mit dir habe ich

fast nie geübt! Du weißt genau, dass nur sie mein Lehrer war – meine Mutter! Täglich hat sie mich in die Palästra begleitet und dort wich sie nicht von meiner Seite. Alles, alles verdanke ich ihr! Auch den Kranz, den ich heute gewonnen habe! Sie hat ihn mehr verdient als ich! Und hätten die Götter im Tempel nicht Anspruch auf ihn, würde ich ihn meiner Mutter schenken!»

Dem zornigen Ausbruch des Jungen folgte gespannte Stille.

Pherenike umarmte ihren Sohn und konnte Tränen nicht unterdrücken.

Unter den Zuhörern gab es Gemurmel und einige äußerten laut ihren Unmut.

«Da hört ihr es! Einen Olympiasieger hat sie gemacht!»

«Wollt ihr sie etwa dafür bestrafen?»

«Wer etwas leistet wie ein Mann, muss wie ein Mann behandelt werden!»

«Ja, ihr Verdienst wiegt alles auf – auch ihre Verfehlung!»

Gryllos schnappte wie ein Raubvogel zu. Sein Greisenkopf auf dem faltigen Hals geriet in ruckende Bewegung. Die schwarzen Augen blickten starr auf die Rufer.

«Genug!», rief er schließlich schrill. «Hinauswerfen lasse ich die Störer! Nur wer gefragt wird, hat hier das Recht, sich zu äußern!»

Gleich trat Ruhe ein und wieder wandte er sich an Machon: «Peisirhodos hat dir scharf widersprochen. Wie erklärst du dir das?»

«Da muss ich nicht nachdenken wie beim Rätselraten», erwiderte Machon, verächtlich grinsend. «Die Sache ist klar. Sie gönnen mir nicht das Verdienst, hoher Rat. Sie wollen nur eins: dass der ganze Ruhm in der Familie bleibt. Das wusste ich schon in Rhodos, als ich plötzlich von ihr vor die Tür gesetzt wurde.»

«Wie ging das zu?»

«Nun, eure Abgesandten kamen herüber, die Spondophoren, und luden zu euren Spielen ein. Da sagte ich zu der Pherenike: ‹Ich glaube, Peisirhodos könnte es schaffen, er könnte vielleicht den Kranz gewinnen. Ich werde ihn nach Elis begleiten und dort seine Übungen überwachen. Natürlich verstehe ich, dass du gern selber mit dorthin reisen würdest und später auch nach Olympia, aber du weißt ja, dort gibt es ein strenges Gesetz. Vertraue mir also den Jungen an und sei gewiss, dass ich ihn zum Sieg führe!› So sprach ich zu ihr ...»

«Und was erwiderte sie?»

«Nichts. Sie sagte, sie werde es sich überlegen. Günstige Opfer abwarten und so etwas. Aber sie wollte mich nur hinhalten. Und dann schleppte sie auf einmal den Alten da an, den Dorkos, dem ich noch niemals zuvor begegnet war. Seht, wie er zittert! Der kann nicht einmal die Riemen halten, geschweige denn binden. Den Schaber lässt er jedes Mal fallen. Sie aber behauptete ohne Scham, dass der für den Jungen der beste Betreuer sei. Wie ihr euch denken könnt, war ich empört. Ich protestierte – und stand wenig später auf der Straße. Der da, Kleanthes, ein edler Mann, nahm mich auf, gab mir Brot. Er führt selbst in Rhodos eine Palästra. Mit ihm kam ich her, er bezahlte die Reise. So kann ich die Spiele doch noch erleben. Und jetzt begreife ich, warum die dort mich loswerden und verhindern wollte, dass ich hierher kam!»

«Und was ist deiner Meinung nach der Grund?»

«Dass sie alles schon lange geplant hatte! Sie wollte, als Mann verkleidet, den Ruhm einstreichen. Wollte Lobreden hören, Jubelchöre. Als Bildner eines Olympiasiegers geehrt werden. Eitel und ehrgeizig ist dieses Weib! Und schreckt vor keinem Verbrechen zurück, wenn sie damit ihr Ziel erreicht! Der Alte da war nur vorgeschoben. Den bezahlte sie wohl, damit er den Mund hielt und den Peisirhodos herbrachte. Denn sie konnte ja nicht mit ihm in Rhodos an Bord gehen, zu viele hätten es dann gewusst. Aber nun hat sie sich selber verraten. Vielleicht war es auch Zeus höchstpersönlich, der ihr im Stadion den Mantel wegriss. Daran sieht man, wie heilig eure Spiele sind. Hier bleibt wahrhaftig keine Untat verborgen!»

Gryllos bedeutete ihm mit einer gnädigen Geste, dass die Befragung beendet sei.

Der Paidotribes verbeugte sich mehrmals gegen den Rat und trat mit einem selbstgefälligen Lächeln in die Gruppe zurück.

Dich würde ich gern mal vor meine Fäuste bekommen!, dachte Drakonides. Nicht ganz klar war er sich jedoch darüber, ob Eifersucht oder Gerechtigkeitsliebe diesen Wunsch in ihm weckte.

Gryllos rief den alten Dorkos auf, der krumm und zittrig, auf seinen Stock gestützt, vortrat. Mit überraschend kräftiger Bassstimme, wenn auch etwas schleppender Redeweise, forderte er den Nomophylax auf, laut zu sprechen, weil er auf einem Ohr taub und dem anderen schwerhörig sei. Machon lachte dazu und blickte Zustimmung heischend um sich.

«Du bist also Dorkos», begann der Gesetzeshüter. «So hast du dich in unsere Liste mit den Namen der auswärtigen Athletenbetreuer eintragen lassen. Du wurdest in Rhodos von Frau Pherenike beauftragt, ihren Sohn nach Elis und dann nach Olympia zu begleiten. Wusstest du, dass sie euch folgen und hier als Gymnastes auftreten wollte?»

«Nein.»

«Es war nicht verabredet zwischen euch, dass sie zur Täuschung eurer Mitbürger einen Umweg über Lesbos machen und später dann zu euch stoßen sollte?»

«Nein.»

«Du hast sie nicht schon in Elis erwartet, wohin du den Knaben zur Vorbereitung auf die Olympischen Spiele gebracht hattest?»

«Nein.»
«Du warst nicht beunruhigt, weil sie nicht kam ... infolge eines Schiffbruchs, der sie beinahe das Leben gekostet hätte?»
«Nein! Ich hatte sie nicht erwartet und von dem Schiffbruch wusste ich nichts.»
«So warst du wohl sehr überrascht, als sie gestern, am Tage vor der Eröffnung der Spiele, noch in Olympia eintraf?»
«Ja, das war ich.»
«Dir war klar, dass sie damit ein todeswürdiges Verbrechen beging?»
«Ich kenne eure Gesetze. Was aber ein todeswürdiges Verbrechen ist, darüber habe ich eine andere Ansicht!», erklärte Dorkos, wobei er zur Bekräftigung den Stock auf den Boden stieß.
«Deine Ansicht verdient hier keine Beachtung! Wir stellen fest, du hast Frau Pherenike bei ihrer Ankunft erkannt, doch den Festordnern keine Meldung darüber gemacht, obwohl dir bewusst war, dass ein heiliges Gesetz gebrochen und Zeus, der höchste der Götter, beleidigt wurde!»
Dorkos ächzte und hustete, schwieg aber.
«Du bist also mitschuldig an dieser Untat!», sagte der Nomophylax. «Hast du Frau Pherenike wenigstens aufgefordert, den heiligen Bezirk zu verlassen, damit nicht der Zorn des beleidigten Gottes die ganze Festversammlung treffe?»
«Nein. Ich rechnete nicht mit einem Zornesausbruch des Gottes. Jedenfalls nicht aus diesem Grunde.»
«Warum nicht?»
«Weil es ja dazu keine Veranlassung gab. Weil der Knabe dort nun zu einer Leistung beflügelt wurde, die Zeus, zu dessen Ehre er sie vollbrachte, gefallen musste.»
«Du willst damit sagen, dass Peisirhodos durch die Gegenwart seiner Mutter beflügelt und zu seinem Sieg getragen wurde?»

«So ist es. Er wollte sie nicht enttäuschen. Da sie seinetwegen Mühe und Gefahr auf sich nahm, wollte er sich ihrer würdig erweisen.»

«Du zeigst viel Verständnis für die Schuldige!»

«Da ihre Schuld nur darin besteht, ihren Sohn zum Olympiasieg geführt zu haben, indem sie ihn lange und gründlich vorbereitete, habe ich in der Tat viel Verständnis.»

«Von Machon hörten wir, dass er es war, der Peisirhodos so weit gebracht hat.»

«Dem hat Peisirhodos schon selbst widersprochen. Ich bestätige seine Aussage.»

«Was kannst du schon bestätigen, Alter?», rief Machon dazwischen. «Bist ja erst aufgetaucht, als das Werk längst vollbracht war! Niemand weiß, wo du plötzlich herkamst ... in welchem dreckigen Winkel sie dich aufgelesen hat. Keiner der Männer aus Rhodos kennt dich!»

Der Vorsteher der Gesandtschaft und die anderen Männer von der Insel bestätigten dies lebhaft mit Worten und Gesten.

«Eines wundert mich, Dorkos», sagte Gryllos. «Du bist ja schon hochbetagt und, wie man sieht, sehr gebrechlich. Als Betreuer konntest du deinem jungen Faustkämpfer kaum noch nützlich sein. Das nährt den Verdacht, du habest dich für eine schlimme Sache benutzen lassen. Frau Pherenike, von Ehrgeiz und Ruhmsucht angestachelt, beschloss, ihren Sohn in Olympia als Gymnastes zum Sieg zu führen. Machon, der ihn begleiten wollte und seines Verdienstes wegen auch das Recht dazu gehabt hätte, wurde entfernt und du nahmst seinen Platz ein. Von Anfang an warst du bereit, die unerhörte Tat zu decken. Ob du Frau Pherenike schon in Elis erwartest hast, wo sie wegen des Schiffbruchs nicht eintraf, wollen wir nicht untersuchen. Hier in Olympia sahst du tatenlos zu, wie sie frevelhaft in das Heiligtum und in die Wettkampfstätten eindrang. Du hast dieses Verbrechen mit zu verantworten und so wirst du auch deine Strafe erhalten. Mit Rücksicht auf deine Jahre und deine Schwäche werden wir aber von einer Auspeitschung absehen. Doch werden wir dich noch heute, mit Schande bedeckt, aus Olympia fortjagen!»

Kaum war dies ausgesprochen, sprang Peisirhodos abermals vor und schrie:

«Meinen Großvater fortjagen? Dann jagt auch mich fort! Dann behaltet den Kranz vom Ölbaum – ich will ihn nicht haben!»

Unter den Zuhörern erhob sich Unruhe. Die Ratsherren und die Hellanodiken tauschten Blicke.

«Wie?», rief Gryllos. «Sagtest du, dein Großvater?» Und indem er den Alten ungläubig anstarrte: «Heißt das etwa ... heißt das, du bist ...?»

«Ja!», stieß dieser grimmig hervor. «Ich bin nicht Dorkos ... Ich bin Dorieus!»

«Götter!», rief der Vorsteher der Gesandtschaft. «Bist du es wirklich, Dorieus? Welche Veränderung! Ist das möglich? Niemals hätte ich dich wieder erkannt!»

Die Männer aus Rhodos redeten aufgeregt durcheinander.

«Vater, verzeih uns!», war Pherenike dazwischen zu vernehmen. «Du wolltest nicht, dass du erkannt wirst ...»

«Männer, Dorieus ist es! Dorieus ist hier!»

Die Zuhörer gaben die Neuigkeit weiter und der Ruf, dass der dreifache Olympiasieger anwesend sei, erreichte schnell auch die vor der Tür versammelte Menge. Geschrei erhob sich und es wurde nun wieder gedrängt und geschoben, weil man den Heros der Vergangenheit sehen wollte.

Erst nach einer Weile gelang es den Mastigophoren drinnen und draußen, die Ordnung so weit wiederherzustellen, dass Gryllos mit der Verhandlung fortfahren konnte.

«Sprichst du die Wahrheit? Du bist Dorieus?», wandte er sich an den früheren Athleten, der wieder hustete und sich schwer auf den Stock stützte. «Nicht gerade leicht ist es, das zu glauben! Ich habe Dorieus in Erinnerung als einen großen, stattlichen Mann …»

«Das war er!», fiel ihm der Greis ins Wort. «Und was du hier siehst, blieb von ihm übrig. Ein alter Kahn mit krummem Mast und zerrissenen Segeln, der kaum noch dem Steuerruder gehorcht. Ich bin fast blind und höre schwer. Meine Hände zittern bei Tag und Nacht, meine Beine sind lahm. Gebrochene Rippen haben sich in meine Lunge gebohrt und lassen mich Blut speien. Ich habe sämtliche Krankheiten und Gebrechen, die man sich vorstellen kann. Vor langer Zeit war ich ein großer Athlet … habe alles bekommen, was man sich wünscht … Ruhm, Ehre, Reichtümer – alles! Schon damals erhielt ich es nicht umsonst, jetzt aber bezahle ich noch einmal. Und jetzt wird es teurer!»

«Warum erzählst du uns das alles? Willst du unser Mitleid erregen?»

«Nein. Ich wollte mich auch nicht zu erkennen geben. Ich bin keine Zierde für euer Fest. Ich bin der Spiegel, in dem sich mancher Athlet erkennen wird, wenn er den Mut hat, darin nach seiner Zukunft zu forschen. Das könnte nicht wenige in Schrecken versetzen.»

«Darüber mache dir keine Sorgen. Aus einem anderen Grunde sind wir alle erschrocken. Weil du, einst hoch geehrt und dreifacher Gewinner des Kranzes, in eine so üble Angelegenheit verstrickt bist!»

«Ah, ist es so übel», gab Dorieus zornig, mit bebender Stimme zurück, «dass ich seit heute Großvater eines Olympiasiegers bin? Und dass ich Vater einer Tochter bin, auf die auch jeder andere Vater stolz sein müsste? Das nennst du ‹in üble Angelegenheiten verstrickt›?»

«Du bist also stolz auf deine Tochter!»

«Das bin ich! Weil sie nach mir gerät, weil sie mir nacheifert!

Als ich jung war, kannte ich auch keine Furcht und um einer großen Sache willen riskierte ich oft nicht wenig – ja, manchmal alles. Auch ihr habt davon einen Vorteil gehabt!»

«Was willst du damit sagen?»

«Erinnere dich! Wir beide, Gryllos, haben uns hier öfter getroffen. Zuerst warst du Pankratiast, kein sehr guter. Hast wohl auch bald damit aufgehört. Dann wurdest du Kampfrichter, überreichtest mir einmal den Kranz. Als wir uns zum letzten Mal sahen, fünf Olympiaden ist das jetzt her, warst du bereits Gesetzeshüter, einer der höchsten Würdenträger. Nichts anderes gab es in deinem Leben als die Olympischen Spiele, die regelmäßig alle vier Jahre stattfanden. Ihr ludet uns ein, ihr rieft uns – wir kamen. Viele von sehr weit her und das waren keine Vergnügungsreisen! Damals tobte der große Peloponnesische Krieg, drei Jahrzehnte dauerte er. Jeder war des anderen Feind und überall lauerten Gefahren. Der Gottesfrieden, den ihr zu unserem Schutze ausrieft, wurde nur selten beachtet. In jeder Bucht, hinter jedem Strauch, auf jedem Felsen konnte ein Mörder auf den Reisenden lauern. Freund oder Feind?, hieß es. Und wahrhaftig, gegen die Kämpfe, die wir unterwegs zu bestehen hatten, war der Agon eine Spielerei! Einmal geriet ich in Gefangenschaft, mehrmals bestand ich blutige Kämpfe. Nicht wenige von uns Athleten kamen ums Leben. Wir hätten zu Hause bleiben können, in Sicherheit. Aber wir kamen. Wir kamen dennoch! Wir wollten euch und uns die Spiele erhalten, trotz aller Not, trotz aller Kriegswirren. Bedenkt das! Nicht denen, die längst vermodert sind und die in grauer Vorzeit Gesetze gemacht haben, die heute niemand mehr versteht ... nicht denen verdankt ihr, dass eure Spiele noch am Leben sind, dass sie noch immer ein glänzendes Ansehen haben. Nur uns habt ihr das zu danken, nur uns! Bringt es nicht so weit, dass wir bereuen und dass wir etwas verfluchen, was uns das Höchste und Beste zu sein schien!»

Am Ende seiner Kraft, schloss Dorieus unter Husten und Keuchen: «Das ist es, was ich euch sagen wollte ... da ihr nun einmal erfahren habt, wer ich bin. Jetzt urteilt, wie ihr es für richtig haltet!»

Peisirhodos stützte seinen Großvater, dem auf ein Zeichen des Aisypos ein Hocker gebracht wurde, auf dem er sich niederließ.

Eifrig bemühte sich Gryllos, dem Eindruck entgegenzuwirken, den die Worte des Greises auf viele, sichtlich auch einige Ratsmitglieder und Hellanodiken, gemacht hatten.

«Es war nicht nötig, Dorieus», sagte er schneidend, «dass du uns deine Verdienste vorhieltest. Wir wissen sehr gut, wie viel Anteil du hast am Ruhm unseres Festes, was auch andere Mitglieder deiner Familie geleistet haben: dein Vater Diagoras, deine Brüder und jetzt auch dein Enkel. Zurückweisen aber müssen wir deine Behauptung, Olympia sei dir etwas schuldig. Nicht dir und denen, die herkommen, verdankt dieses Fest seinen Glanz und sein Ansehen, sondern einzig und allein Zeus! Nur er hat dafür gesorgt, dass es trotz Krieg und Wirrnis erhalten blieb! Und auch in Zukunft wird nur er dafür sorgen! Voraussetzung dafür ist aber, dass die unantastbaren, ewigen Vorschriften, die für den Kult und die Spiele erlassen wurden, nicht gebrochen werden und nie außer Kraft geraten. Wenn dennoch ein Gesetzesbruch vorkommt, ist er unnachsichtig zu ahnden, damit sich der Frevel nicht fortsetzt! Pherenike von Rhodos, hast du uns noch etwas zu sagen und dem, was wir schon gehört haben, hinzuzufügen?»

Die Angeklagte hatte mehrmals versucht, ihren Vater zu unterbrechen, in Sorge, die Anstrengung könne ihm schaden. Gryllos hatte ihr streng bedeutet zu schweigen und ein Bewacher hielt sie noch immer fest.

Diesen stieß sie jetzt weg und trat vor.

«Hoher Rat! Mein Vater hat euch die Wahrheit gesagt. Er

wusste nicht, dass ich herkommen würde. Als Machon hartnäckig darauf bestand, meinen Sohn nach Olympia zu begleiten, war ich verzweifelt. Ich war sicher, er würde nur Fehler machen und unter seiner Führung und Anleitung würde Peisirhodos nichts erreichen. So entstand der Gedanke, ich selber müsste es wagen. Als ich ihm dies zum ersten Mal sagte, wurde mein Vater sehr zornig und verbot mir, je wieder eine solche Absicht zu äußern. Ich hielt mich jedoch nicht daran, kam immer wieder darauf zurück. Um mich von meinem Vorhaben abzubringen ... um mich zu hindern, dass ich mich in Gefahr begab und euer Gesetz brach, fasste er endlich den Entschluss, Peisirhodos selber zu begleiten, trotz seines Alters und seiner Schwäche. Dafür nahm er mir feierlich das Versprechen ab, zu Hause zu bleiben. Mein Vater ging mit meinem Sohn zu Schiff, ich aber hielt mich nicht an das Versprechen. Auch zu ihm hatte ich ja kein rechtes Vertrauen. Wie sollte er einen jungen Athleten betreuen, nachdem er so viele Jahre keine Palästra betreten hatte? So kam es denn, wie ich es schon geschildet habe. Hier empfing mich mein Vater mit bitterem Vorwurf ... und doch war er froh. Denn so konnte ich meinem Sohn seine Sicherheit und das Selbstvertrauen zurückgeben, das er, falsch angeleitet, schon fast verloren hatte. Er wurde Olympiasieger ... Ist das nicht allein der Beweis, dass ich richtig gehandelt habe? Ich bereue nichts und ich fürchte mich nicht! Ich kann den Gott nicht beleidigt haben, dem ich mit Mühe und Schweiß nur Ehre erwies. Er wird mir verzeihen und deshalb bitte ich euch: Lasst mich gehen! Zurückkehren werde ich nie. Wenn ihr mich freisprecht, wird das den Glanz eures Festes nicht trüben, sondern überall wird man von eurer Weisheit künden: dass ihr eine Tat zu würdigen wisst – auch wenn sie ausnahmsweise mal eine Frau vollbringt!»
Unter den Zuschauern wurde Beifall laut.
Pherenike drehte sich zu ihnen um und lächelte mit blitzenden

Zähnen wie eine Siegerin. Peisirhodos warf sich in ihre Arme und sie drückte ihn an sich und küsste ihn. Sie wagte sogar, Drakonides zuzuwinken, der dies aber nicht angebracht fand und sich abwandte.
Von allen Seiten ertönten Rufe.
«Lasst sie gehen, sie hat nichts verbrochen!»
«Recht hat sie! Was sie geleistet hat, spricht sie frei!»
«Zeus hat ihr vergeben, sonst hätte doch längst der Blitz eingeschlagen!»
«Begnadigt die Tochter des Dorieus, die Enkelin des Diagoras!»
«Lasst sie mit ihrem Vater heimkehren!»
«Ja!», schrie ein Witzbold. «Schickt sie nach Hause! Aber vorher lasst sie zur Strafe den Dromos auf und ab laufen – nackt wie die Athleten!»
Gelächter ringsum begrüßte den Vorschlag.
Gryllos sprang auf und mit zornigen Gesten erreichte er schließlich, dass wieder Ruhe eintrat. Darauf verkündete er das Ende des öffentlichen Teils der Verhandlung. Von der Beratung und Abstimmung, die nun folgen würden, seien die Festteilnehmer ausgeschlossen.
«Mastigophoren! Räumt die Halle! Beeilt euch, die Zeit ist schon vorgeschritten!»
Die Ordnungshüter zückten Peitschen und Knüppel, stemmten sich gegen die erste Reihe der Zuhörer und begannen, alle hinauszudrängen.
Inmitten der Menge wurde auch Drakonides ins Freie geschoben.

29

Lange blieb das Portal geschlossen, hinter dem der Olympische Rat nach einer Entscheidung suchte. Geduldig wartete die Menge auf dem Vorplatz des Buleuterions.

In großen und kleinen Gruppen standen die Männer beieinander. Der Fall wurde leidenschaftlich erörtert, jeder war eifrig bestrebt, seiner Meinung Gehör zu verschaffen. Pathetische Reden wurden gehalten. Augenrollend, schreiend und fuchtelnd suchten sich Widersacher zu überzeugen.

Um Drakonides hatten sich die Mytilener geschart. Er selber blieb finster und wortkarg, nur ab und zu warf er eine Bemerkung hin. Da er aber kein Hehl daraus machte, auf welcher Seite er stand, wagte niemand in diesem Kreise, sich für die Todesstrafe auszusprechen. Auch Iolaos, der um den Gemütszustand seines Athleten bangte, gab sich jetzt weniger streng und gesetzestreu. Und selbst Zopyros war der Ansicht, ein Freispruch werde Zeus durchaus recht sein, damit sein Fest keine weitere Störung erleide.

«Eine Verurteilung ist ja auch gar nicht mehr möglich», sagte Philemon überzeugt. «Nehmt doch nur mal den Fall der Kyniska! Die Schwester eines Königs der Spartaner, des Agesilaos, war sogar selbst Olympiasieger!»

«Soweit mir bekannt ist, war sie aber nicht anwesend», wandte Kalliades ein. «Ihr Bruder nahm für sie den Kranz in Empfang.»

«Ich hörte, dass sie dem Lenker ihres Gespanns die Siegerbinde angelegt hat», bemerkte Thukles. «Also muss sie ja hier gewesen sein.»

«Möglich war das jedenfalls nur, weil die Eleer von den Spartanern unter Druck gesetzt wurden», gab Zopyros zu bedenken. «Sonst hätten sie die Teilnahme einer Frau niemals zugelassen.»

«Gewiss», sagte Thukles, «zumal sie begriffen, dass der König die Spiele damit verächtlich machen wollte. Bekannt ist sein Ausspruch: ‹Nicht die Tüchtigkeit gibt im Wagenrennen den Ausschlag, sondern das Geld.› Was er dann dadurch bewiesen sah, dass sogar eine Frau – seine Schwester – Olympiasieger wurde, nur weil sie sich das teuerste Gespann und den besten Lenker leisten konnte. Das Ganze war ein Vergeltungsakt der Spartaner, sie wollten den Lichas damit rächen.»
«Ich stimme dir zu», erklärte Philemon. «Aber das ist ja gerade das Bemerkenswerte! Alle diese unerfreulichen Vorgänge führten am Ende zu etwas Gutem: dass man ein altes Vorurteil aufgeben musste. Die da drinnen werden daran nicht vorbeikönnen!»
Einige Jüngere wussten nicht recht, wovon die Rede war, und baten um nähere Auskunft.
Thukles blickte hinüber nach dem Portal, und da es noch immer geschlossen war, sagte er: «Damals werden sie wohl hinter dieser Tür dort genauso angestrengt beraten haben. Das war mitten im großen Peloponnesischen Krieg. Die Eleer luden zu den Olympischen Spielen ein und verkündeten ihren Gottesfrieden. In dieser Zeit ist ja das elische Staatsgebiet strikt neutral und steht unter göttlichem Schutz. Was aber taten die Spartaner? Sie überfielen die elische Festung Lepreon und legten eine Besatzung hinein. Darauf wurden sie von den Olympischen Spielen ausgeschlossen. Das Fest fand statt – ohne den mächtigsten Staat auf der peloponnesischen Halbinsel. Im Hippodrom siegte ein thebanisches Viergespann. Umbraust vom Jubel der Zuschauer, eilte der Besitzer zu seinem Wagenlenker und schmückte ihn, wie es üblich ist, mit der Siegerbinde. Plötzlich Bestürzung: Wer war dieser Mann? Ein Spartaner mit Namen Lichas, wie sich herausstellte, ein Aristokrat, ein hoher Würdenträger. Unter Missachtung des Verbots hatte er sein Gespann laufen lassen und sich dann auch noch hochmütig zu

erkennen gegeben. Das war zu viel! Der Olympische Rat beschloss seine Bestrafung. Hier, wo wir jetzt stehen, fand sie statt, auf dem Platz vor dem Buleuterion, unter der Statue des Zeus Horkios. Ich selber war Zeuge, damals fast noch ein Knabe. Der vornehme Mann wurde bis aufs Blut ausgepeitscht. Dann schafften sie ihn über den Fluss und die Grenze. Ein Sieg für die Hüter des Gesetzes – aber die Folgen waren grausam. Die Spartaner vergaßen nicht. Nach ihrem Sieg über die Athener rückten sie ein, auch hier in Olympia. In der Altis dort drüben, zwischen Altären und Statuen, wurde gekämpft. Sogar im Tempel des Zeus floss Blut. Die Eleer wurden besiegt und gedemütigt, verloren einen Teil ihres Staatsgebietes. Sie konnten von Glück sagen, dass sie Olympia behielten. Das hatten sie nun von der allzu strengen Auslegung ihrer Gesetze. Jetzt bestimmte ein König der Spartaner, und wenn der wünschte, dass seine Schwester ein Viergespann laufen ließ, gab es dagegen keinen Einwand. Inzwischen haben sich die Eleer erholt und sind wieder selbständiger geworden. Doch sie werden wohl auch nicht vergessen haben.»

«Die Frau, um die es hier geht, ist aber leider nicht die Schwester eines Königs von Sparta», sagte Kalliades. «Ihr Vater Dorieus ist nur ein schwacher Greis mit verwelktem Ruhm, der den Herren nicht schaden kann. Auch wenn sie streng sind, haben sie nichts zu befürchten.»

«Glaubst du?», ließ sich da Drakonides vernehmen. «Ich meine, das Gegenteil ist der Fall. Der schwache Alte kann ihnen gefährlich werden!»

Alle wandten sich ihm zu, doch die Erklärung, die sie erwarteten, blieb aus. Drakonides hüllte sich wieder in Schweigen, verschränkte die Arme und beobachtete weiter die Vorgänge auf dem Platz und vor der immer noch verschlossenen Tür der Ratshalle.

Die Mytilener fuhren fort, ihre Ansichten auszutauschen.

Philemon nahm wieder das Wort und verbreitete sich ausführlich darüber, dass Gesetze wohl notwendig, aber nie ewig seien. Auch die Eleer, die zwar äußerlich stur am Alten hingen, hätten sich immer wieder Zeiten und Umständen angepasst.

«Ja», fand Sosigenes, «da hast du Recht. Nehmt mal zum Beispiel die Bekleidung der Wettkampfteilnehmer. Es gibt keine mehr! Sie treten nackt auf die Kampfbahn. Am Anfang war das strengstens verboten. Eine züchtige Bedeckung war Pflicht! Ein blanker Arsch hätte Zeus beleidigt! Doch was passiert? Ein gewisser Orsippos aus Megara lässt beim Stadionlauf das störende Ding plötzlich fallen, fühlt sich nun unbeschwert und frei und spurtet an allen andern vorüber. Die sehen, dass er sich einen Vorteil verschafft hat und – schwupp – schon fällt ein Schurz nach dem andern. Orsippos gewinnt und es gibt eine Menge Geschrei und Protest ... aber dann? Schon beim nächsten Wettkampf, dem Doppellauf, treten sie alle nackt an die Startschwelle. Und Zeus, der alte Genießer, sitzt dort oben auf seinem Stammplatz, dem Kronos-Hügel, und hat seinen Spaß an den prallen Backen. Und weil nun einmal Gesetze sein müssen, gab es von da an ein neues Gesetz: Wehe dem, der es wagt, sich noch zu bedecken!»

Das Gelächter, das Sosigenes erntete, war nur kurz und brach plötzlich ab.

Auch ringsum verstummten alle Gespräche. Die Köpfe wandten sich der Halle zu.

Mastigophoren hatten sich vor der Treppe aufgestellt und nun wurden die Flügel des Portals weit geöffnet.

Zwei Männer kamen heraus und traten bis an den Rand der obersten Stufe. Es waren Gryllos und der Alytarches, der höchste Ordnungshüter und Vollstrecker der Strafbefehle.

Ein Raunen der Vorahnung ging durch die Menge.

Gryllos las das Urteil von einer Schriftrolle ab. Anders als während der Verhandlung sprach er langsam und eher gedämpft,

ohne die Stimme zu heben und ohne scharfe Betonung. Nur die in der Nähe Stehenden bekamen den Wortlaut mit.
Doch allen anderen genügte schon ein einziges Wort, das sogleich, nachdem der Nomophylax begonnen hatte, von Mund zu Mund ging und schnell auch die letzten Reihen erreichte.
«Todesstrafe!»
Das hatten die wenigsten noch erwartet. Selbst diejenigen, die dieses Urteil im Voraus gerechtfertigt hatten, waren jetzt überrascht. Die Menge schwieg zunächst und grollte nur, kam allmählich erst in Bewegung. Gryllos konnte zu Ende lesen, ohne durch Lärm und Gedränge gestört zu werden.
Von denen, die alles verstanden, wurde noch mehr nach hinten weitergegeben.
«... wird gleich vollstreckt ... am Typaion-Felsen ... noch vor Sonnenuntergang ...»
Der Nomophylax rollte seinen Papyros zusammen und erst jetzt erhob sich Protestgeschrei. Rasch traten er und der Alytarchos in die Halle zurück. Das Portal wurde wieder geschlossen.
Auf dem Platz begann nun ein wildes Gewoge. Viele drängten nach dem Gebäude hin, forderten Gnade für die Verurteilte. Andere strebten ihnen entgegen, den Ruf «Zum Typaion!» auf den Lippen. Eine Minderheit äußerte laut ihre Freude. Einige tanzten, Gewinner von Wetten brüsteten sich. Gegner des Urteils stürzten sich auf sie. Gleich neben dem Tor zur Altis kam es zum Handgemenge.
Dann hieß es plötzlich: «Da bringen sie sie!»
Ein großes Aufgebot von Mastigophoren bewachte die kleine Seitentür der Nordhalle, aus der die Verurteilte herausgeführt wurde. Kaum zu erkennen hinter zahlreichen ledernen Kappen und breiten Rücken wurde sie zum Alpheios hinuntergeschleppt.
Dort lag eine elische Staatsgaleere vor Anker.
Drakonides befand sich etwa zweihundert Schritte von der

Stelle entfernt, wo der Pulk der Bewacher das Opfer ans Ufer zerrte. Nachdem er das Urteil erfahren hatte, war er zunächst auf dem Platz geblieben, um abzuwarten, wohin Pherenike gebracht wurde. Dieses Zögern erwies sich jetzt als ein Fehler. Er traf erst am Ufer ein, als weit und breit kein Boot mehr im Sand lag. Hunderte kleine und kleinste Kähne schaukelten auf den Wellen und trieben, manche ohne den Einsatz von Rudern, mit der Strömung den Fluss hinab. Einige, überfrachtet mit Schaulustigen, waren nahe daran zu kentern.

Am Ufer wimmelte es inzwischen von Männern, die noch auf die andere Seite und dort zum Schauplatz des Ereignisses wollten. Nicht wenige warfen sich ins Wasser und schwammen hinüber, in der Hoffnung, dort einen Wagen, einen Esel oder ein Maultier zu bekommen. Es schien Drakonides, als habe auch er keine andere Wahl.

Er sah, wie die Mastigophoren die Verurteilte in ein Boot stießen. Es legte ab und gleich darauf bei der Galeere an. Von Deck kam ein Tau herab und wurde der Gefesselten und, wie es schien, auch Geknebelten um den Leib geschlungen. Drakonides sah auch noch, dass sie sich – hoffnungslos – wehrte. Man zog sie hinauf. Derweil kamen noch mehrere Boote vom Ufer her, aus denen die Ratsherren und die Hellanodiken über Strickleitern an Bord kletterten.

Drakonides eilte die flache Uferböschung hinab. Den langen Chiton zog er über den Kopf und band ihn sich um den Hals. Dann warf er sich in die Flut. Mit Armschlägen, in die er schon wieder die volle Kraft legen konnte, kam er rasch bis zur Mitte des Flusses. Er schwamm mit der Strömung auf die Galeere zu, doch sah er jetzt, wie die Mannschaft den Anker hinaufzog und wie links und rechts je zwei Reihen von Rudern taktmäßig eintauchten. Rasch entfernte sich das Schiff.

Drakonides blickte verzweifelt um sich. Am anderen Ufer wurde gerade ein Boot zu Wasser gelassen. Zwei Dutzend

junge Männer umringten es und versuchten, im letzten Augenblick noch hineinzuklettern. Die Insasssen des Bootes, schon zusammengepfercht, schlugen mit den Rudern nach ihnen. Die träge Strömung ergriff das Boot und es gewann allmählich Fahrt. Drakonides sah es auf sich zukommen.
Augenblicklich war sein Entschluss gefasst. Es gab keine andere Möglichkeit mehr, wenn er das Schiff und seine Fracht nicht entkommen lassen wollte.
Er schwang beide Arme über den Kopf und näherte sich, das Wasser peitschend, dem Boot. Die jungen Kerle am Bug schrien ihm etwas zu, fuchtelten, drohten, hoben die Ruder. Er tauchte unter dem Boot hindurch und an der anderen Seite auf. Bekam ein Ruder zu fassen, riss es an sich. Der Mann, der es festhielt, glitt ins Wasser. Drakonides schnellte hoch aus den Wellen, fasste das Ruder wie eine Lanze, stieß noch zwei andere in den Fluss. Jetzt war das Boot von so viel Gewicht befreit, dass es auch ihn tragen konnte. Er schwang sich hinein. Ein paar Faustschläge unterdrückten alle Proteste.
«Alle an die Riemen!», befahl Drakonides.
Acht junge Männer gehorchten widerspruchslos, während zwei andere einen dritten, der nicht schwimmen konnte und jämmerlich schrie, ans Ufer zurückbrachten.

30

Der Felsen Typaion bildete, etwa fünfundzwanzig Stadien von Olympia entfernt, die bizarre Rückseite eines vom Südufer des Alpheios sanft ansteigenden Hügels, der zu den Ausläufern der triphylischen Bergkette gehörte. Vom Fluss her war er nicht sichtbar. Er versteckte sich hinter dem bewaldeten Bergrücken wie ein Stein gewordenes Ungetüm, das in der heiteren Landschaft störte. Auf seiner oberen geräumigen Plattform gab es noch Reste eines uralten Tempels oder Altars, zu dem wohl einst auf dem kurzen, gewundenen Weg die Frauen des Landes hinaufgestiegen waren, um Gaia, der lebenspendenden Erdgöttin, zu opfern und von ihr Fruchtbarkeit oder Beistand bei Schwangerschaft und Geburt zu erbitten. Vielleicht hatten die Priesterinnen trotz strengsten Verbotes hier auch noch heimlich Opferdienste getan, als die Göttin von den neuen Herren des Landes entthront war, und vielleicht waren sie dabei ertappt worden. So könnten sie wohl die Ersten gewesen sein, die man zum Rande des Typaion-Felsens geschleppt und hinabgestoßen hatte. Auf der unteren, viel schmaleren Plattform mussten die Unglücklichen aufgeschlagen und tot, mit zerschmetterten Gliedern, liegen geblieben sein.

Doch es gab daran keine Erinnerung mehr, sie war gründlich getilgt worden. Nur das Gesetz war überliefert, dies solle der Ort sein, wo Frauen, die gegen Zeus gefrevelt hatten, zu opfern wären. Die verheirateten Frauen, Mütter und Witwen galten noch immer allesamt als heimliche Anhängerinnen der Gaia, ihre Anwesenheit auf seinem heiligsten Fest musste Zeus daher als Herausforderung, ja als versuchten Aufruhr betrachten. Und wie alle Tyrannen hatte auch der oberste Gott nur ein einziges Mittel, um damit fertig zu werden.

Wie viele Frauen im Lauf der Jahrhunderte, seit das Gesetz in Kraft war, hier ihren letzten Gang angetreten hatten, war nicht bekannt. Aufzeichnungen gab es darüber nicht, und die Exegeten, die Besucher Olympias auch außerhalb der Festzeit durch den heiligen Bezirk und die dazugehörigen Anlagen führten, wichen darauf bezüglichen Fragen aus. Solche Vorgänge waren peinlich und störten das freundliche Gesamtbild der Spiele. Man brachte die Sache schnell hinter sich und legte Wert darauf, dass sie ebenso schnell in Vergessenheit geriet.

Als Pherenike von Rhodos, umringt von drei Dutzend Mastigophoren, den kurzen, gewundenen Weg zur Hügelkuppe mit

der oberen Plattform des Typaion-Felsens hinaufstieg, waren seit dem unglückseligen Augenblick, da sie im Stadion den Mantel verloren hatte, ganze zwei Tagesstunden vergangen, die neunte und zehnte etwa, ein Sechstel mithin auf der Zwölferskala der Zeit zwischen Sonnenaufgang und Sonnenuntergang. Nach insgesamt drei Stunden sollte die Angelegenheit abgeschlossen sein. In kurzem Abstand von der Verurteilten ächzten und schnauften die Herren des Olympischen Rates in ihren weiten, langen Gewändern, ebenso eilig gefolgt von den Priestern und den Kampfrichtern. Sie alle wollten, wie es Vorschrift war, der Hinrichtung von der oberen Plattform aus beiwohnen. Nach der unteren wurden nur ein paar Mastigophoren und zwei Knechte mit Sack und Bahre geschickt. Diese letztere Gruppe musste den Hügel umgehen, an dessen Rückseite eine wie von Zyklopenhand aufgetürmte Treppe aus mächtigen, unbehauenen Bruchsteinen zu der Stelle hinaufführte, wo sie den Leichnam dann bergen sollte.
Drakonides war noch auf dem Fluss, als er sah, wie sich die beiden Gruppen am Fuße des Hügels trennten und jede ihren eigenen Weg nahm. Er hatte mit seinem Boot der schnellen Fahrt der Galeere nicht folgen können und kam nun mit erheblichem Abstand an. Zwar ruderten alle aus Leibeskräften, doch dann verging auch noch Zeit, weil es unmöglich war anzulegen. Mehr Boote lagen hier am Ufer als Muscheln im Sand. Drakonides und seine acht Gefährten sprangen ins brusthohe Wasser und wateten an Land, das Boot, das die jungen Männer gestohlen hatten, der Laune des Flusses überlassend.
Am Fuße des Hügels war lebhafte Bewegung. Alle, die den Booten entstiegen waren, eilten nach der dem Fluss abgewandten Seite, um einen Platz mit guter Sicht zu bekommen. An die dreihundert Männer lagerten schon auf dem spärlich bewachsenen Nachbarhügel. Jüngere waren auf die vereinzelt stehenden Bäume, Platanen und Buchen, geklettert. Gedränge gab es

vor allem in der Umgebung der Treppe, die zu der unteren Plattform des Todesfelsens hinaufführte. Sie wurde von elischen Hopliten bewacht, mit Schwertern und Lanzen bewaffneten Kriegern. Hier befand man sich nicht mehr in Olympia, wo den Ordnungskräften keine Waffen erlaubt waren.

Kurz hatte Drakonides gezögert und sich gefragt, ob es sinnvoll wäre, dem Zug mit der Verurteilten, der der Kuppe des Hügels zustrebte, zu folgen. Dies hatte er aber rasch verworfen, weil nicht die geringste Hoffnung bestand, gegen die zahlreichen Bewacher irgendetwas auszurichten. Er hätte nur riskiert, übermannt und gleich festgenommen zu werden. So folgte er unten der Menge der Schaulustigen. Indem er rücksichtslos Männer, die vor ihm gingen, beiseite stieß, gelangte er schnell an die Zyklopentreppe. So ungestüm drängte er nach vorn, dass zwei Hopliten, die vorher lässig an der Steinwand gelehnt und die Leute betrachtet hatten, sich aufrichteten und vor ihm die Lanzen kreuzten.

Drakonides stand nun vor dem berüchtigten Felsen. Er blickte hinauf und schätzte die Höhe. Sie betrug von der oberen bis zur unteren Plattform wohl an die sechsundzwanzig bis achtundzwanzig Fuß. Dass das Opfer nicht in eine tiefe, unzugängliche Schlucht gestürzt werden sollte, sondern auf einen von der Natur abgeplatteten Felsvorsprung, zu dem es vom Fuße des Hügels aus einen Zugang gab, war eine ermutigende Entdeckung. Die Fläche der unteren Plattform war, soweit dies vom Boden aus beurteilt werden konnte, ein unregelmäßiges Rechteck von höchstens sechs mal acht Schritten. Über die plumpe Treppe musste man nur drei Mannshöhen aufwärts steigen, um sie zu erreichen. Drakonides überzeugte sich, dass die Vollstrecker des Urteils keine andere Möglichkeit hatten, als das Opfer auf den flachen Stein hinabzustoßen. Nur an dieser Stelle fiel der Hügel steil ab, seitlich davon waren die Hänge stark geneigt und mit Bäumen und Buschwerk bewachsen.

Alle reckten die Hälse, weil jetzt oben auf der Hügelkuppe die farbigen Prunkgewänder der Ratsherren und der Hellanodiken sichtbar wurden. Die roten Kappen der Mastigophoren leuchteten in der Sonne des späten Nachmittags. Die Verurteilte war auch jetzt so von ihren Bewachern umdrängt, dass sie von unten nicht zu erkennen war.
Drakonides blickte um sich und sah in die Gesichter der Männer, die hinaufstarrten. In nicht wenigen las er nur mitleidslose, lüsterne Neugier. Andere verrieten mit Furcht gemischte Spannung. Aber es gab auch einige Männer, aus deren Gesichtern Zorn und Protest sprachen. Auf sie, das wusste er, würde er zählen müssen.
Von der Hügelkuppe war nun die Stimme des Oberpriesters vernehmbar, der mit zum Himmel erhobenen Händen im Kreise der Würdenträger stand. Die Worte waren nicht zu verstehen, es war wohl die Bitte an Zeus, das Opfer wohlwollend anzunehmen. Als der Theokolos verstummte, traten die Ratsherren, die Priester und die Hellanodiken seitlich an den Rand der oberen Felsenplattform, wo eine niedrige, grob gebildete Mauer der Sicherheit diente. Hier stellten sie sich in einer Reihe auf und blickten zur Mitte. Der Alytarch hob die Hand und gab den Mastigophoren ein Zeichen. Deren Haufen teilte sich und zwei von ihnen traten hervor. Zwischen den beiden wurde nun auch die schmale Gestalt der Verurteilten sichtbar, gefesselt, geknebelt. Sie wehrte sich nicht mehr, hielt den Kopf gesenkt und die Augen geschlossen, bewegte die Beine nicht, ließ sich schleppen.
Es war höchste Zeit. Die Menge starrte hinauf, hielt den Atem an. Auch die beiden Hopliten, die unmittelbar am Fuß der Treppe standen, wandten den Zuschauern jetzt den Rücken und gafften. Drakonides machte drei Schritte vorwärts, schwang die Faust aus und schlug sie dem einen ins Gesicht. Der Mann sank um und der Athlet zog ihm, während er fiel,

das Schwert von der Seite. Dem anderen entriss er die Lanze. Mit einem Sprung war er auf der Zyklopentreppe, stürmte die sieben, acht Stufen hinauf. Zwei Sätze – und er war in der Mitte der Plattform.

Er warf die Waffen auf den Boden, streckte die mächtigen Arme vor und schrie hinauf:

«Was zögert ihr? Stürzt sie herab! Gehorcht dem Gesetz! Wenn sie aber am Leben bleibt, ist sie gerettet!»

Es war jetzt der Augenblick, in dem die beiden Mastigophoren das Opfer an den Rand des Felsens gebracht hatten. Pherenike hob den Kopf, riss die Augen weit auf. Die Schergen wagten nicht, sie hinunterzustoßen, sondern sahen sich nach dem Alytarchen um, der ihnen wütend Zeichen gab. Sie glaubten, ihn zu verstehen, und zerrten die sich nun heftig Sträubende am Rande der Plattform hin und her. Doch Drakonides folgte unten jeder Bewegung. Dabei löste er sein um den Hals geknotetes Festgewand, fasste zwei Ecken, hielt es auffangbereit.

«Stoßt sie herab! Vollstreckt das Urteil!»

Er wünschte dringend, es würde geschehen. Die nächsten Augenblicke mussten über den Erfolg seines abenteuerlichen Rettungsversuchs entscheiden. Schon sah er zwei Bewaffnete hintereinander die Treppe hinaufklettern. Er musste sich umdrehen, ihren Angriff abwehren, der Felswand dabei den Rücken wenden.

Da waren sie schon. Er bückte sich nach dem Schwert und der Lanze. Oft hatte er den Speerwurf geübt, er traf den ersten Mann mit dem stumpfen Ende so hart vor die Brust, dass der den Halt verlor und seitlich der Treppe hinabstürzte. Der andere kam auf ihn zu und sie tauschten mehrere Schwerthiebe. Der kriegserfahrene Faustkämpfer drängte den Mann an den Rand der Plattform und nötigte ihn hinabzuspringen. Ängstlich fuhr er herum und stellte sogleich mit Befriedigung fest, dass sich die beiden Mastigophoren, während unten gefochten

wurde, mit der Verurteilten etwas vom Rande des Felsens entfernt hatten. Offenbar war ihnen das befohlen worden.
Oben stemmte Gryllos die Fäuste auf die niedrige Mauer, stieß seinen Greisenkopf vor und schrie zu Drakonides herab: «Entferne dich da! Wie kannst du es wagen! Du behinderst eine heilige Handlung!»
«Vollzieht sie nur – eure heilige Handlung!», brüllte Drakonides zurück und spannte wieder das Tuch. «Versucht nur, diese Frau zu ermorden – die Enkelin des Diagoras, die Tochter des Dorieus, die Mutter des letzten Olympiasiegers! Erschlagen soll mich der Gott auf der Stelle, wenn ihm ein solches Opfer genehm ist!»
Unter den Ratsherren und Würdenträgern kam Unruhe auf. Der Alytarch schrie den Mastigophoren auf der Hügelkuppe Befehle zu. Drakonides blickte sich nach der Treppe um, in Sorge, es könnten sich weitere Angreifer nähern. Ein freudiger Schreck durchzuckte ihn. Am Fuß der Treppe hatte ein Handgemenge begonnen. Beherzte Männer drangen auf die Bewaffneten ein und hinderten sie, zu ihm heraufzusteigen. Er hatte sich nicht in ihnen getäuscht.
Die Strahlen der sich dem Horizont nähernden Sonne beleuchteten ein Bild der Verwirrung und der Gewalt. Unter heftigen Reden und Gegenreden zogen sich die Ratsherren und Würdenträger von ihren Ehrenplätzen am Felsen auf die Kuppe zurück. Am Fuße des Hügels flogen Fäuste und mit den Waffen, die die Ordnungshüter benutzten oder die man ihnen entriss, wurden die ersten blutigen Wunden geschlagen. Vom Nachbarhügel kamen immer mehr Männer herab, um einzugreifen. Sie wichen auch nicht zurück, als mit wildem Geschrei, Peitschen und Knüppel schwingend, die Verstärkung der Ordnungstruppe, die der Alytarch vom Hügel herabgeschickt hatte, herbeistürmte. Selbst mancher, der vorher nur lustvoll der Hinrichtung zuschauen wollte, wurde auf einmal zum wü-

tenden Streiter für die Begnadigung. Der Mann, der durch sein kühnes Handeln den Stimmungsumschwung erreicht hatte, stand immer noch breit und ragend, alle Muskeln gespannt und in Bereitschaft, auf der unteren Plattform des Todesfelsens. Oben, zwei Schritte vor dem Abgrund, war das Opfer, vom Griff der ratlosen Schergen befreit, erschöpft und in Tränen zu Boden gesunken. Den letzten Ausschlag gab, dass von der Hügelkuppe aus bemerkt wurde, wie unten inmitten des Gewühls schon viele ohnmächtig und verletzt zu Boden sanken. Gefahr für die Spiele zog herauf, die noch kaum einen Tag alt waren. Es galt zu handeln, eine Entscheidung zu treffen. Im wehenden Purpurmantel trat Aisypos, der erste Hellanodike, endlich nach vorn an den Rand des Felsens und gab denen unten heftige Zeichen. Die begriffen nicht gleich, doch allmählich wurden Waffen und Fäuste gesenkt. Die Widersacher machten sich gegenseitig auf den Kampfrichter aufmerksam, der ihnen bedeutete, dass er sprechen wolle.

«Männer!», rief er. «Hellenen! Es ist unser aller Bestreben, die Spiele zu Ehren des olympischen Zeus in würdiger Weise fortzusetzen! Gewalt und Zwietracht sind ihnen schädlich. Kehrt alle zurück nach Olympia, ehrt die Sieger des heutigen Tages und freut euch auf die großen Ereignisse, die der morgige für euch bereithält! Hier, an diesem Ort, wird sich nichts mehr ereignen! Der Olympische Rat hat soeben beschlossen, unter Berücksichtigung der Verdienste, die ihre Familie um die Spiele hat, vor allem aber aufgrund der Bitte ihres Vaters und ihres Sohnes …»

Der Rest der Rede des Ersten Hellanodiken war am Fuß des Hügels nicht mehr zu verstehen. Er ging im Jubel der Menge unter.

31

«Also rate: Ein kräftiger Wind. Zwei Schiffe, die ein Steuermann gleichzeitig lenkt. Zehn Matrosen, die angestrengt rudern. Was ist das?»

«Lass mich in Ruhe.»

«Es klingt dir hier ständig in den Ohren.»

«Fällt mir nicht ein.»

«Der Aulos, die Doppelflöte! Gestehe, darauf wärst du nicht gekommen …»

Sosigenes hockte bei Drakonides in der Nähe der Hütte. Zwischen ihnen stand ein Korb mit gebratenem Fleisch. Mit seinen langen, gelblichen Zähnen zerriss Drakonides ein Stück von der geopferten Ziege. Er saß von Sosigenes abgewandt, kaute langsam und blickte dabei zu den Hügeln hinüber. Von Zeit zu Zeit nahm er ein Messer, um zähe Teile vom Knochen zu lösen. Diese Beschäftigung füllte ihn aus, er widmete ihr seine ganze Aufmerksamkeit.

Der erste Tag der olympischen Spiele neigte sich. Im Athletenlager herrschte lebhaftes Treiben. Um diese Zeit war es erlaubt, hier Besuch zu empfangen, der sich bis zum Sonnenuntergang aufhalten durfte. Verwandte und Freunde erschienen. Viele brachten für die Athleten Essbares mit, das allerdings den strengen Ernährungsvorschriften entsprechen musste, über die deren Betreuer wachten. Vor allem die Ringer warteten auf die Karren und Körbe mit Fleisch, meist von geopferten Tieren, das sie in Riesenmengen verschlangen. Überall im Lager saßen Gruppen beisammen, schwatzten und schmausten.

Natürlich sprach man auch über die Ereignisse am Typaion-Felsen. Einige der von dort Zurückgekehrten waren noch hergekommen und berichteten, was sie erlebt hatten. Doch war in dieser Umgebung der Fall der Pherenike von Rhodos nicht viel mehr als eine Begebenheit am Rande. Die Athleten hörten zwar zu und taten auch ihre Meinung kund, doch kamen sie schnell auf das zurück, was hier ausschließlich interessierte: die Wettkämpfe. Gründlich wurde immer wieder aufs Neue erwogen, was die nächsten Tage wohl bringen, welche Erfolge, Überraschungen und Enttäuschungen sie bereithalten würden. Auch diejenigen, die es hinter sich hatten, die jugendlichen Athleten, redeten nur von ihrem Agon und standen noch völlig unter dem Eindruck ihrer Auftritte im Stadion. Viele waren niedergeschlagen, andere stritten sich. Einige weinten sogar und ihre Verwandten und älteren Liebhaber saßen dabei und versuchten zu trösten. Es gab aber auch solche, die schon wieder mit Stöcken fochten oder sich beim Harpaston, dem Spiel um den verlorenen Ball, vergnügten.

Auch Drakonides wollte nach dem Freispruch der Pherenike durch den Olympischen Rat von dieser Angelegenheit vorerst nichts mehr wissen. Auf dem Rückweg vom Typaion-Felsen hatte er manches Lob für seine Kühnheit gehört, viele Hände hatten sich ihm entgegengestreckt. Man hatte sich um die Ehre gestritten, ihn nach Olympia zurückzubringen, und es war eine kleine Flotte gewesen, die dem Boot, in dem er gesessen hatte, gefolgt war. Seine Bewunderer waren sogar noch ein Stück den Kladeos hinauf gerudert und hatten ihn erst am Ufer des Athletenlagers unter Gesängen verabschiedet. Doch auf dem Weg zur Hütte war er dann Ramphias begegnet. Der hatte ihm spöttisch zugewinkt und gerufen: «Sieh einmal an, Drakonides! Wieder auf den Beinen? Geht's denn schon wieder allein, ohne Stütze?» Und das bunte Gefolge des Mannes aus Halikarnassos hatte sich darüber halb totlachen wollen. Drakonides fühlte sich plötzlich ernüchtert, die heitere Stimmung verflog. Bei Styx! Es war ja ganz gut und schön, sich für eine Frau in die Schlacht zu werfen und dabei einen Kranz zu verdienen. Doch er war hier, um Olympiasieger zu werden! Was aber diesen Kranz betraf, stand die Sache ganz anders …

Sosigenes erwartete ihn vor der Hütte. Der rundgesichtige Schelm war nicht mit am Typaion-Felsen gewesen, er hatte sich zu spät auf den Weg gemacht. Von der glücklichen Wendung hatte er inzwischen gehört, vergebens hoffte er jedoch, von Drakonides mit Einzelheiten versorgt zu werden. Der Faustkämpfer antwortete ihm auf seine Fragen erst mürrisch und einsilbig, schließlich gar nicht mehr. Das verdross Sosigenes aber nicht, er war an die seltsamen Launen seines berühmten Schwagers gewöhnt. Später würde er schon noch von anderen alles erfahren. Während sich Drakonides aus dem von ihm mitgebrachten Korb bediente, plauderte er über dies und jenes und gab Rätsel auf, die er gerade gehört hatte.

Drakonides schob ihm den Korb hin und bedeutete ihm mit einer Kopfbewegung, er solle sich auch etwas nehmen.

«Nein, ich will nichts», sagte Sosigenes. «Es ist alles für dich, ich rühre nichts an. Ihr Athleten braucht kräftige Nahrung. Ich schlage mir auch lieber heute abend beim Festschmaus den Bauch voll. Viel Gutes wird es dort geben. Fragst du nicht, was für ein Festschmaus das sein wird? Stelle dir vor, wir saßen im Stadion zufällig neben den Eretriern, und beim Zeus, da gewinnt doch einer von denen das Ringen! Der Vater des Knaben spendierte gleich Wein und auch wir wurden abgeküsst. Als sie den Sieger um das Stadion trugen, rannte ich selbstverständlich mit und schrie am lautesten: Heil dir, Lysikles! Heil dem Sieger! Darauf luden sie mich ein. Ktesibios und ein paar andere ebenfalls. Anschließend gehen wir zu den Zakynthern, die haben auch einen Sieger, im Stadionlauf. Ich habe schon ein paar Verse auf ihn gemacht, die ich vortragen werde. Willst du sie hören? Nein? Und schließlich gibt es auch noch einen Sieger im Faustkampf: Peisirhodos! Der feiert natürlich auf der anderen Seite des Flusses, damit seine Mutter dabei sein kann. Da wird es hoch hergehen! Schade, ihr großer Held und Retter wird fehlen. Oder nicht? Hast du vielleicht heute Nacht die

Absicht, heimlich von hier zu verschwinden und bei der Schönen deinen Lohn einzufordern?»

«Halt's Maul! Was fällt dir ein ...»

«Schon gut, schon gut! Du hast edel und uneigennützig gehandelt. Und die alte Athletenregel kenne ich auch: Vor einem Kampf bleibt der Pfeil des Eros im Köcher!» Sosigenes kicherte in sich hinein. «Wie viel besser haben es doch wir Ruhmlosen! Wir sind nur zu unserm Vergnügen, zu unserer Lust hier. Weißt du, zu wem ich gehe, wenn ich mich auf den Siegesfeiern richtig in Stimmung gebracht habe? Zu der Krobyle. Die vorher den Ktesibios liebte. Deine Schwester braucht es ja nicht zu wissen. Du verrätst mich doch nicht? Diese Krobyle hat Hinterbacken, die wie dicke Honigmilch zittern. Jetzt liebt sie nur mich, sie verzehrt sich nach mir. Und das nur deinetwegen!»

«Meinetwegen?»

«Ja, sie hat viel von dir gehört. Und wenn sie auch noch erfährt, was du heute vollbracht hast ... Seit sie weiß, dass ich dein Schwager bin, will sie nur mich.»

«Und mehr will sie nicht?»

«Nun ... das Übliche, das versteht sich. Seit gestern bin ich schon in ihrer Schuld. Da ich aber in drei Tagen beim Wechsler Isarchos viel Geld einlösen werde ...»

«Viel Geld? Wofür?»

«Deinen Olympiasieg! Zopyros ist auch überzeugt, dass nach unseren heutigen Opfern die wichtigsten Götter auf unserer Seite sind. Du wirst Ephedros!»

«Und dir wird der Wechsler die Haut abziehen.»

«Beim Zeus! Du bist doch nicht etwa wieder kleinmütig? Was dir heute Morgen passiert ist ...»

«Was weißt du davon?», fuhr Drakonides auf. «Hat Iolaos euch alles ...?»

«Nein, der hat kaum etwas angedeutet. Ich hatte es aber längst woanders erfahren. Glaubst du vielleicht, die Palästraschnüffler bringen solche Geschichten nicht unter die Leute? Es hat aber auch sein Gutes. Keinen Obolos wird man noch auf dich setzen. Umso besser für mich! Ich hoffe, deine Ohnmacht ...»

«Verschwinde!»

«... dein Schwächeanfall ...»

«Fort mit dir!»

«... die kleine Verschnaufpause hat dich gestärkt. Du hast eine Heldentat vollbracht und bist auch wieder bei Appetit. Ich werde noch zwei, drei Minen zulegen. Und dann kaufe ich mir zu Hause ein Rennpferd. Und werde auch noch Olympiasieger. Da werden die feinsten Herren den Saum meines Mantels küssen.»

«Und wenn du nun alles verlierst?»

«Dann trifft dich die Strafe der Götter. Denn du wirst an meinem Unglück schuld sein!»

«Mastigophoros!», rief Drakonides.

Ein Ordnungshüter, der in der Nähe stand, kam heran.

«Wirf den Kerl aus dem Lager, er belästigt mich.»

Der Peitschenträger nahm eine drohende Haltung an.

«Ich wollte gerade gehen, Freund!», sagte Sosigenes aufspringend. «Bin nämlich zu einem Festschmaus geladen. Soll ich dir etwas mitbringen, Vielfraß?»

Drakonides schleuderte einen Knochen nach ihm.

Das runde Gesicht des Sosigenes strahlte. Das war die Behandlung, die ihm vertraut war. Der Mastigophoros wollte ihn packen, aber er ließ einen Furz und rannte davon.

Drakonides hinderte den beleidigten Ordnungshüter, ihn zu verfolgen.

«Lass ihn laufen! Das ist sein gewöhnlicher Abschiedsgruß!»

32

Die Sonne stand jetzt tief über den Hügeln. Vom Wohnlager stiegen Rauchsäulen auf. Kitharen, Flöten und laute Gesänge waren vernehmbar. Die Siegesfeiern hatten begonnen.
Drakonides nahm einen Schluck Wasser aus dem Ziegenfellschlauch, stocherte mit einem Span die Fleischreste aus den Zähnen und streckte sich faul im Grase aus. Später wollte er noch einen Spaziergang machen.
Er versuchte, an nichts und niemand zu denken, vor allem nicht an Pherenike. Sie war gerettet, nur das war wichtig. Nichts wäre jetzt schädlicher für ihn, als sich von seiner Aufgabe abzulenken, indem er an eine Frau dachte. Nichts könnte verderblicher sein, als vor dem harten Kampf der Fäuste in verweichlichenden Gefühlen zu schwelgen. Dies hatte er schon am Typaion begriffen, als er vermied, der Begnadigten noch einmal zu begegnen. Er wollte keine stürmische Dankbarkeit, keine Tränen oder gar Küsse. Man hatte sie wohl inzwischen unter Bewachung zurückgebracht und am anderen Ufer des Alpheios der Aufsicht ihres Vaters, ihres Sohnes und ihrer Polisgenossen unterstellt. Gut so! Sie durfte nicht noch einmal herüberkommen, dies würde die Begnadigung aufheben. Er aber würde sich hüten hinüberzugehen. So war es höchst unwahrscheinlich, dass sie sich in Olympia noch einmal sahen. Wenn Pherenike vernünftig war, verließ sie das Fest noch vor seinem Ende, am besten gleich in der Frühe. Nicht sicher war ja, ob die gedemütigten Gesetzeshüter nicht noch etwas gegen sie unternehmen würden. Und danach? Vielleicht würde er sie irgendwann wiedersehen. Sie hatte ihn eingeladen, nach Rhodos. Aber vorerst konnte daraus nichts werden. Er musste nach Hause, die Weinlese wartete …
Um alle Gedanken zu zerstreuen, sah Drakonides den Harpaston-Spielern zu. Mit Geschrei kämpften sie um den Ball. Der

rollte einmal zu ihm hin und er nahm ihn und warf ihn zurück. Zufällig fiel sein Blick dabei auf die Hecke, die das Spielfeld begrenzte. Ein schwergewichtiger Bursche hockte dort einsam auf einem Baumstumpf. Ein Tuch um die Lenden geschlungen, den Rücken gebeugt, schnitzte er an einem Stück Holz.
Es war Eutelidas, der junge Faustkämpfer, sein möglicher Gegner im Agon.
Kurz vor den entscheidenden Kämpfen waren die Teilnehmer an den Zweikampfagonen meist gegen ihresgleichen unzugänglich. Sie sonderten sich voneinander ab und zogen sich gern in einen Kreis von Betreuern und Freunden zurück, die ihre Partei bildeten. Da gnadenlos um den Sieg gekämpft wurde und überhaupt nur der Sieger zählte, war der Gegner ein Stein, der aus dem Weg geräumt werden musste, mit allen erlaubten Mitteln, auch den gröbsten. Schmerz zuzufügen durfte man sich nicht scheuen. Ein Pankratiast, der aus Zartgefühl davor zurückschreckte, den Gegner zu würgen, ihm die Gelenke zu verdrehen oder ihn mit aller Wucht in den Leib zu treten, war von vornherein ohne Aussichten. Ein Faustkämpfer, den ein blutüberströmtes Gesicht zu Mitleid rührte, wurde leicht sein eigenes Opfer. Die Hitze des Agons und der Gluthauch, der ihm vorauswehte, mussten die Kampfbereitschaft der Athleten zum Siedepunkt bringen – alles, was kühlend wirkte, war abträglich.
Nach dem Wettkampf war man oft schmausend und zechend beisammen, umarmte einander und schwor sich Freundschaft, die sich nicht selten auf gefährlichen Reisen, in wüsten Herbergen oder sogar auf dem Schlachtfeld bewährte. Athleten, die sich oft wieder sahen, sich auf den zahlreichen Festen begegneten, wurden im Laufe der Zeit eifersüchtigen, rivalisierenden Brüdern ähnlich, die sich ab und zu gern unter einem Dach versammelten, sei es auch nur, um zu streiten. Wenn jedoch der Agon bevorstand, blieb jeder gern allein.

Drakonides blickte hinüber zu dem Eleer und überlegte, ob er mit dieser Gewohnheit brechen sollte. Der andere wirkte arglos und freundlich, keine eifernde Meute umgab ihn und er selber schien in den Athletenbräuchen so wenig erfahren zu sein, dass er eine Annäherung kaum zurückweisen würde. Und dieser Fall war ja auch ein besonderer. Drakonides war sich nach der Lehre vom Vormittag, an die ihn Ramphias noch einmal höhnisch erinnert hatte, jetzt klarer als vorher bewusst, dass er Ephedros werden musste, um Aussicht auf einen Sieg im Endkampf zu haben. Allerdings musste hinzukommen, dass dieser junge Eleer bereit und imstande war, Ramphias vorher den Rahm von der Milch zu nehmen.

Ich muss mich an ihn heranmachen, dachte Drakonides, damit ich weiß, woran ich bei ihm bin. Ein Faustkampf wird nicht nur mit den Fäusten gewonnen!

Er erhob sich, nahm den Korb auf und ging langsam zwischen den Harpaston-Spielern hindurch auf die Hecke zu.

«Chaire.»

«Chaire.»

Die hellen Augen blickten fragend, der Mund mit den aufgeworfenen Lippen war vor Erstaunen geöffnet.

«Du erlaubst doch. Ich langweile mich ein bisschen. Oder weißt du nicht mehr, wer ich bin?»

«Natürlich weiß ich es. Schon früher habe ich dich hier gesehen.»

«Umso besser. Dann sind wir ja alte Bekannte.»

Drakonides stellte den Korb mit Fleisch ins Gras, warf das noch halb mit Wasser gefüllte Ziegenfell daneben und ließ sich nieder.

«'ne hübsche Keule? Ein saftiges Bruststück? Es ist genug da. Lang zu!»

Eutelidas zögerte, lächelte schüchtern, legte dann aber Holz und Messer beiseite und nahm sich ein Stück.

«Du bist ja ein Künstler.»
«Das ist nichts Besonderes.»
«Nun, für einen, der solche Hände hat …»
Drakonides drehte das halb mannshohe, zu einem Pfeiler geschnittene Holz in den Händen, an dessen Ende das Messer des Eutelidas einen bärtigen Kopf hervorgebracht hatte.
«Eine Herme? Wo willst du sie aufstellen?»
«Zu Hause, zwischen den Feldern. Als Grenzmarke zu unserem Nachbarn.»
«Damit er sich nicht ein Stück zu viel nimmt!»
Drakonides lachte. Eutelidas stimmte ein.
«Auch ich hatte einen räuberischen Nachbarn», sagte Drakonides. «Nachts stahl er mir die Garben vom Feld. Ich fing ihn in einer Fuchsfalle.»
«Du besitzt ein Gut?», fragte Eutelidas interessiert.
«Nicht sehr groß. Aber es ernährt mich. Wie sollte man sonst auch in die Palästra gehen.»
«So lebst du nicht vom Faustkampf.»
«Das mögen andere tun. Ich ziehe es vor, es wie unsere Väter zu machen. Und du selber? Ich sehe dich hier zum ersten Mal.»
«Vor acht Jahren nahm ich am Agon der Knaben teil.»
«Verzeih, dass ich das nicht wusste.»
«Warum solltest du es wissen.»
«Du bist aus Elis?»
«Nein. Aus Letrinoi. Es gehört zum elischen Staatsgebiet.»
«Ist das nicht ganz in der Nähe? Das Dorf bei der Quelle Piera, wo die Hellanodiken am ersten Abend des Festmarschs das Reinigungsopfer bringen?»
«Ja. Mein Vater hat dort ein kleines Gut.»
«Bist du der einzige Sohn?»
«Der einzige.»
«Dann ist er wohl nicht der Ärmste.»

«Wie kommst du darauf?»
«Da er dich in die Palästra schickt, wirst du ihm bei der Arbeit nicht fehlen.»
«Ich fehle ihm sehr, er ist alt. Und jetzt ist Erntezeit.»
Eutelidas seufzte, warf den abgenagten Knochen auf einen Abfallhaufen und wischte sich die Hände im Gras ab.
Drakonides sah ihn von unten herauf prüfend an.
«Ich verstehe», sagte er. «Dein Vater hat deiner Neigung nachgegeben. Viele Väter opfern sich auf, damit ihre Söhne das tun können, wozu sie Lust haben. Da du als Knabe schon Faustkämpfer warst ...»
«Ich wurde es, weil er es so wollte.»
«Und du wolltest es nicht?»
Eutelidas antwortete nicht und warf Drakonides einen kurzen argwöhnischen Blick zu.
Drakonides begriff, dass es besser war, jetzt nicht weiterzufragen.
«Was mich betrifft», sagte er in heiterem, unbekümmertem Tonfall, «so war ich schon über das Ephebenalter hinaus, als ich anfing, regelmäßig in die Palästra zu gehen und den Faustkampf zu üben. Aber geprügelt habe ich mich immer schon gern, ob beim Weinlesefest, beim Kannenfest, ob zu Ehren des Dionysos oder der Hera Gamelia ... Sobald mich jemand unfreundlich ansah oder ich das Gefühl hatte, dass er es tat, ging es los. Ich geriet immer sehr schnell in Zorn und den braucht man ja, wenn die Fäuste ordentlich arbeiten sollen. Der Zorn ist der Herr, die Fäuste sind die Sklaven.»
«Du glaubst, dass man zornig sein muss, um gut kämpfen zu können?»
«Das versteht sich. Natürlich ist ein kunstvoller Faustkampf etwas anderes als eine Rauferei. Man richtet sich nach den Regeln, man hört auf das Kommando der Hellanodiken. Aber ein bisschen Zorn, um in Stimmung zu kommen, ist nötig.»

«Bist du davon fest überzeugt?»
«Bei Styx! Warum, glaubst du, beschimpfen sich die Athleten vor dem Kampf? Du Hundeschwanz! Du lahmes Hähnchen! Um sich den Kopf warm zu machen. Damit er den Fäusten befiehlt, noch kräftiger zuzuhauen!»
«Reden kann ich nicht und richtig zornig werde ich auch nicht», sagte Eutelidas plötzlich niedergeschlagen. «Darin bin ich immer im Nachteil.»
Drakonides blickte ihn aufmerksam an.
«Kein Grund zum Verzagen», sagte er. «Wer nicht aus Zorn kämpft, tut es aus Freude. Aus Freude, sich starken, wehrhaften Männern überlegen zu zeigen. Ich gestehe, bei mir ist es beides, was mich in Schwung bringt. Und bei dir? Nur die Freude?»
«Weder das eine noch das andere.»
Eutelidas nahm sein Messer und kratzte lustlos an der Herme herum.
«Vielleicht tust du es wirklich nur, um die Götter zu ehren, das gibt es ja auch», sagte Drakonides. «Würde mich nicht wundern. Wenn man wie du in der Nähe des Heiligtums wohnt ...»
Der Eleer schwieg. Eine Weile saßen sie stumm beieinander.
«Ich bemerke schon», sagte Drakonides, «du hast keine Lust mehr zu reden. Vielleicht bist du müde und bleibst nur aus Höflichkeit. Ich lege mich auch bald aufs Ohr, wollte mich nur noch ein bisschen unterhalten.»
Er tat so, als wolle er aufstehen.
«Warte!», sagte Eutelidas. «Warum willst du schon gehen?»
Drakonides streckte sich wieder im Gras aus.
«Wenn ich dir nicht lästig falle, bleibe ich noch.»
Der junge Mann schien etwas sagen zu wollen, zögerte aber. Offenbar fiel es ihm nicht ganz leicht.
«Weißt du wirklich nicht, warum ich hier bin?», fragte er schließlich.
«Hat es einen besonderen Grund?»

«Darüber reden doch alle.»

Bei Styx! dachte Drakonides. Sollte er selber es wissen? Die Worte des Moschos fielen ihm ein. ‹Ein armes Opfertier ist er …›

«Was kann es schon sein?», sagte er. «Ist die Prämie bei euch so hoch?»

«Du erfährst es ja doch», sagte Eutelidas. «Es wird ja genug darüber gespottet. Wenn ich den Kranz bekomme, werde ich heiraten.»

«Heiraten?», fragte Drakonides verblüfft. «Bei allen Göttern und Halbgöttern! Du bist eines Mädchens wegen in Olympia?»

Er lachte auf.

«Auch du spottest», sagte Eutelidas bekümmert. «Ramphias hat es erfahren und will mich lächerlich machen. Im Stadion, vor der Festversammlung. Er will Demainete sagen, es sei besser für sie, Jungfrau zu bleiben, als das, was er von mir übrig lasse, zum Manne zu nehmen.»

«Im Stadion will er ihr das sagen? Wie? Diese Demainete wird hier sein?»

«Einige Mädchen werden ja kommen. Ausgeschlossen sind ja nur die Verheirateten und die Mütter … wie die Frau, die sie heute entdeckt haben. Beim Wettlauf der Jungfrauen hat Demainete zuletzt den Kranz gewonnen. Deshalb darf sie auch bei den Männern zusehen.»

«Von einem Wettlauf der Jungfrauen wusste ich nichts.»

«Priesterinnen aus Elis veranstalten ihn.»

«Hier in Olympia?»

«Ja, im Stadion. Immer ein halbes Jahr vor den Olympischen Spielen. Zu den Heraien, dem Fest zu Ehren der Hera.»

«Seltsam. Seine eigene Gemahlin wird hier geehrt … dagegen hat Zeus anscheinend nichts einzuwenden. Die anderen Frauen aber, die irdischen …»

«Die man heute erwischt hat, hörte ich, soll ja begnadigt sein.»
«Ja ...», sagte Drakonides gedehnt. «Wahrhaftig, nicht leicht zu verstehen sind eure Bräuche. Aber erzähle doch weiter. Du kämpfst also, um eine Braut zu gewinnen. Sie will nur einen Olympiasieger ...»
«Ich weiß nicht. Ihre Familie hat es bestimmt. Ihr Vater gewann den Kranz im Wagenrennen. Ihr Onkel war zweimal Hellanodike. Sie nehmen nur einen auf, der ihrer würdig ist.»
«Nun, wenn du das Mädchen unbedingt haben willst, musst du auch alles tun, um sie zu bekommen. Gefällt sie dir denn so sehr?»
«Ja, sie gefällt mir», sagte Eutelidas zögernd, indem er die Augen niederschlug. «Doch sie ist stolz. Und es gibt auch noch andere Bewerber, Söhne vornehmer Familien. Sogar ein Spartiat hält um sie an. Ich hätte nie gewagt, an eine solche Heirat zu denken. Aber mein Vater hat sich ein Herz gefasst. Da wurde ihm der Bescheid zuteil ...»
«... dass du sie nur bekommst, wenn du den Kranz bringst.»
«Ja. Nun weißt du, warum ich hier bin. Und warum solltest du es auch nicht wissen! Nun hast auch du etwas, um dir den Kopf warm zu machen. Spottet nur!», sagte er plötzlich heftig. «Ich werde euch antworten. Mit meinen Fäusten!»
Seine Wangen überzogen sich mit einer dunklen Röte, seine Lippen zuckten. Er wandte sich ab und starrte hinüber zum Kladeos.
«Du kannst ja doch zornig werden», sagte Drakonides.
«Verzeih», erwiderte Eutelidas leise.
«Warum? Diese Sprache ist unter uns Faustkämpfern üblich. Beschimpfe mich nur.»
«Warum sollte ich? Du hast dich freundlich mit mir unterhalten.»
«In drei Tagen werde ich aus deinen hübschen Ohren hässliche Kohlstrünke machen.»

Der junge Athlet fuhr erschrocken herum.
«Was hast du gesagt?»
«Du hast schon verstanden. Verlasse dich nicht darauf, was du heute in der Palästra gesehen hast. Ich war noch ermüdet von der Reise, vom Probekampf.»
«Ich habe gesehen, dass du ein wildes Tier bist, ein Ungeheuer!», rief Eutelidas. Sein großer, plumper Körper schien plötzlich in sich zusammenzusinken.
Angst hat er!, dachte Drakonides. Bei Styx, hätte ich das vorher gewusst! Ich muss es anders anfangen …
«Höre», sagte er nach kurzem Nachdenken. «Ich verstehe sehr gut, warum du mir das alles erzählt hast. Du willst wissen, wie ich es aufnehme … ob ich auch so ein Dummkopf und Großsprecher bin. Willst du meine Meinung erfahren? Ich finde deine Absicht höchst achtbar. Ist es denn unwürdig, den Kampf um eine Frau zu wagen? Muss ein Mann sich dessen schämen? Ist es nicht vielmehr Ausdruck der höchsten Tüchtigkeit und Vortrefflichkeit? Ich habe nur lachen müssen, weil ich so überrascht war und meine Freude nicht zurückhalten konnte. Und gedroht habe ich dir nur, um deinen Kampfesmut zu stärken. Haben nicht unsere gottgleichen Heroen um Frauen gekämpft? Achilleus setzte bei den Leichenspielen zu Ehren seines Freundes Patroklos eine Frau als Kampfpreis. Herakles rang mit dem stierköpfigen Acheloos um Deianeira. Und was tut ihr Eleer? Ihr opfert dem Pelops den schwarzen Widder. War er nicht hier der erste Sieger im Wagenrennen? Und fuhr er nicht um eine Frau, Hippodameia, die Tochter des Königs von Pisa? Welchem Schandmaul hätte er wohl erlaubt, seine edle Absicht zu schmähen und ihn vor seiner Braut und allem Volk zu verspotten?»
Diese Worte, bedachtsam und mit Überzeugungskraft ausgesprochen, verfehlten nicht ihren Eindruck.
«Du hast Recht», sagte Eutelidas, der sich inzwischen wieder

gefasst hatte. «Wenn Ramphias wagen sollte, was er mir angedroht hat, wird er es büßen. Und wenn ich ihn im Stadion totschlagen muss!»

In seinen Augen glühte es auf. Vielleicht war es aber nur der Widerschein der Abendsonne, die hinter den Hügeln hinabsank. Warum gleich totschlagen?, dachte Drakonides. Klopfe ihn mir ein bisschen weich, Freund, damit ich den Rest besorgen kann ...

Der Gymnastes des Eleers und ein Aleiptes liefen herbei.

«Wo bleibst du, Eutelidas?», rief der Gymnastes ärgerlich. «Lykon wartet schon lange mit der Massage!»

«Chaire», sagte Eutelidas zu Drakonides. «Wir sehen uns ja morgen in der Palästra.»

Seine beiden Betreuer musterten den alten Faustkämpfer streng. Mit der Herme im Arm, die er wie eine Geliebte an sich drückte, ging der junge Athlet zwischen den beiden davon.

Die Ballspieler waren inzwischen verschwunden, man hörte sie jetzt beim Bad im Kladeos lärmen.

Drakonides nahm den Korb und das Ziegenfell und ging langsam hinüber zu der Hütte.

Er wurde erwartet.

Peisirhodos trat ihm gleich entgegen. Sein Begleiter, ein Knecht, blieb am Eingang der Hütte stehen.

«Drakonides!», rief der Jüngling, der die Tänie, die Siegerbinde, um die Stirn trug. «Ich warte hier schon eine Weile auf dich. Traute mich aber nicht, dein Gespräch zu stören.»

«Wie kann ein Olympiasieger stören», erwiderte der Faustkämpfer. «Was willst du von mir? Hast du ein Anliegen?»

«Nur eins: dir von ganzem Herzen zu danken! Wärst du nicht gewesen, wäre aus meinem größten Freudentag am Ende ein Trauertag geworden. Erlaube mir, dass ich dich umarme!»

Stürmisch warf sich Peisirhodos an die Brust des Drakonides. Der schob ihn aber gleich wieder weg.

«Ich habe das nicht allein getan. Ein paar hundert Männer haben geholfen.»
«Davon hörte ich. Könnte ich jeden umarmen! Man hielt mich im Buleuterion fest, meinen Großvater ebenfalls. Wir hofften auf ein Wunder des Zeus … dass er vielleicht das Opfer nicht annähme. Das Wunder aber habt ihr vollbracht!»
«Und deine Mutter … Ist sie wohlauf?»
«Sie möchte dir ebenfalls danken.»
«Dazu würde ich ihr aber nicht raten. Wenn sie sich hier noch einmal blicken lässt …»
«Aber sie ist schon hier!»
«Was sagst du da?»
«Nicht im Heiligtum, nicht im verbotenen Bezirk. Auf der anderen Seite des Kladeos, ein Stück oberhalb dieses Lagers. Wenn du am Ufer hinaufgehst, eine Stadionlänge vielleicht, wirst du sie sehen.»
«Wie leichtfertig!», knurrte Drakonides. «Es könnten Wachen aufgestellt sein. Wenn man sie dort bemerkt und herüberschleppt, ist sie verloren!»
«Geh deshalb zu ihr!», bat Peisirhodos. «Wir versuchten ja, sie davon abzubringen, doch es gelang uns nicht. Auch mein Großvater wollte noch einmal herkommen und dir in ihrem Namen danken. Sie aber bestand darauf, es selber zu tun. Nur ein paar Worte will sie dir sagen … dir herüberrufen, vom anderen Ufer. Geh zu ihr! Ich aber … Verzeih, wenn ich dich jetzt verlasse. Die Siegesfeier! Sie haben schon angefangen …»
Drakonides blickte dem Jüngling nach. Peisirhodos und der andere hatten sich alles aufgeladen, was auf den Schlafstellen der Rhodier zurückgeblieben war. Wie die meisten Athleten nach dem Agon verließ der junge Olympiasieger das Lager.
Bei Styx! Was hat sie hier noch zu suchen?, dachte der Faust-

kämpfer. Warum lässt sie mir nicht bestellen, dass sie noch heute Nacht aufbrechen werde? Dann hätte ich meinen Frieden gehabt …

33

Drakonides zögerte nicht lange. Er warf den blauen Chiton über und ging am Waldrand entlang zum Kladeos-Ufer. Zum Glück begegnete ihm kein Wächter, der ihn vielleicht gehindert hätte, das Lager zu verlassen. Er hoffte nur, dass ihn keiner heimlich beobachtete und ihm folgte. Wahrscheinlich hatten sie sich aber alle verdrückt, fortgelockt von den Gesängen und Bratendüften, und waren jetzt dort, wo gefeiert wurde.

Mit nackten Füßen, über Moos und glitschige Rollsteine, folgte er dem Lauf des breit seiner Mündung zuströmenden Wildbachs. Als er das Lager hinter sich hatte, beschleunigte er seinen Schritt. Die Sonne war untergegangen, doch in der hellen Dämmerung war jeder Baum und jeder Strauch am anderen Ufer gut zu erkennen. Mehrmals blieb Drakonides kurz stehen und lauschte. Doch nahm er nichts wahr als das Gemurmel des Wassers und hinter sich, schon aus beträchtlicher Entfernung, Musik und Gesänge.

Von einer Stadionlänge hatte Peisirhodos gesprochen und schnell waren die etwa zweihundert Schritte zurückgelegt. Drakonides hielt abermals inne und spähte hinüber. Auf der anderen Seite gab das Ufergebüsch den Blick auf einen Olivenhain frei, durch dessen Mitte sich ein schmales Rinnsal zum Kladeos hin schlängelte. In der Nähe des Bächleins war eine reglose Gestalt zu erkennen. Doch Drakonides sah gleich, dass es nur eines der steinernen oder hölzernen Bildwerke war, denen man hier auf Schritt und Tritt begegnete.

Er wandte sich ab und ging unschlüssig noch ein paar Schritte weiter. Vielleicht ist sie inzwischen zu der Einsicht gelangt, dachte er, dass sie sich hier besser nicht aufhalten sollte. Oder sie hat es sich anders überlegt und ist gar nicht über den Alpheios gekommen. Er unterdrückte seine Enttäuschung und wiederholte sich, dass es so besser war. Nicht sinnvoll wäre es, weiterzugehen und sich noch mehr vom Lager zu entfernen, zumal nun Gestrüpp, das bis an den Rand des Gewässers wucherte, das Vorwärtsschreiten erschwerte.

Er kehrte um. Den Blick auf das glitzernde, schäumende Wasser gerichtet, achtete er nicht mehr auf seine Umgebung. Plötzlich hörte er seinen Namen rufen. Er fuhr herum und sah am Eingang des Olivenhains, den er schon hinter sich gelassen hatte, die Frau im leuchtend gelben, hoch gegürteten kurzen dorischen Kleid, der Exomis.

«Ich bin hier, Drakonides!»

Er ging rasch ein paar Schritte zurück und sie standen sich gegenüber, zehn Schritte voneinander entfernt, zwischen sich das Wasser.

«Wie froh bin ich!», rief Pherenike. «Schon glaubte ich, du würdest nicht kommen!»

«Ich komme nur, um dir zu sagen, dass du schleunigst wieder verschwinden sollst!», rief Drakonides zurück. «Wie kannst du dich hier noch einmal blicken lassen!»

«Aber hier bin ich doch in Sicherheit!»

«Ich sage dir: Gehe zurück über den Alpheios!»

«Ich gehe gleich über den Kladeos!»

«Das lass dir nicht einfallen!»

«Willst du mich hindern? Das kannst du nur, wenn du zu mir herüberkommst!»

«Es ist schon spät, ich muss ins Lager zurück!»

«Traust du dich etwa nicht herüber? Warst du so kühn, mich vor dem Typaion zu retten – und hast nicht den Mut, meinen Dank zu empfangen?»

Drakonides stieß ein raues Lachen aus, stand aber noch immer zögernd am Ufer.
Im nächsten Augenblick war Pherenike schon bis zu den Knien im Wasser. Sie hob den Saum des Gewandes und watete tiefer hinein.
«Bist du von Sinnen?», schrie Drakonides.
Mit einem Satz sprang auch er in den Wildbach, glitt beinahe aus auf den Steinen des Grundes, gewann durch heftiges Rudern der Arme das Gleichgewicht wieder und gelangte rasch bis zur Mitte. Hier kam Pherenike ihm schon entgegen. Er hob sie auf und sie umschlang ihn gleich stürmisch und bedeckte sein bärtiges, zernarbtes Gesicht mit Küssen. Anfangs versuchte er, sich abzuwenden, doch war das schwierig in seiner Lage und so gab er es auf. Er blieb stehen, bis zu den Lenden im schäumenden Wasser. Federleicht war ihm die Frau, die er auf seinen Armen hielt. Er erwiderte ihre Küsse nicht, genoss aber unter Knurren und Brummen die lange entbehrte Wohltat, die ihm die liebkosenden Lippen verschafften.
Er verlängerte den Augenblick so, dass sie sich unversehens im Licht eines Mondstrahls befanden, umspielt von den silbrig glänzenden Wellen des Wildbachs. Pherenike bemerkte es erstaunt und Drakonides trug sie nun rasch ans Ufer. Man konnte sie wohl vom Lager aus sehen. Er erinnerte sich der Beobachtung, die er am Abend zuvor dort gemacht hatte.
«War es hier, wo du gestern abend gebadet hast?»
«Noch ein Stück weiter unten.»
«Ich hielt dich wahrhaftig für eine Nymphe.»
«Aber als du dann später mein Haar berührtest, da wusstest du alles. Habe ich Recht? Ich lag wohl mehr als die halbe Nacht wach und hoffte, du würdest noch einmal zu mir herauskommen.»
«Ganz sicher war ich noch immer nicht. Eine so ungeheure Dreistigkeit ...»

Pherenike lachte hell auf.
Sie ergriff seine Hand und zog ihn fort in den kleinen Olivenhain.
«Jetzt redest du wie die hohen Herren! So wie diese Priester, Gesetzeshüter und Würdenträger. Wie waren sie meinetwegen in Verwirrung und Aufregung! Sie sahen bereits mit Schrecken den Augenblick nahen, da sich alle Frauen erheben und dreist ihre alten Rechte einfordern würden.»
«Ihre alten Rechte?»
«Die ihr Männer uns ebenso dreist genommen habt. Aber eure Gewaltherrschaft ist nur vorübergehend. Ja, glaube es mir! Enden wird sie, sobald ihr euch gegenseitig fast alle umgebracht habt. Dann werden die Letzten vor uns im Staube liegen und Gnade erflehen. Wir aber werden die Tore unserer Festungen schließen und nur noch so viele von euch hereinlassen, wie wir es für nötig und nützlich halten!»
Sie betonte den Doppelsinn ihrer Worte lächelnd mit einer unzweideutigen Geste.
«Bei Styx, das mögen die Götter verhüten!», rief Drakonides mit gespielter Empörung.
«Die Götter? Die werden alle vertrieben oder dürfen dem Hades Gesellschaft leisten. Mit Ausnahmen … nun, vielleicht dem da und ein paar anderen, die sich uns Frauen wohlgesinnt zeigen. Die uns nicht Kummer, sondern Vergnügen bereiten.»
Sie deutete auf die fast mannshohe Holzfigur, die neben dem schmalen Bach stand. Es war ein Priapos, der immer lüsterne Fruchtbarkeitsgott, fröhlich grinsend, das mächtige Glied in die Höhe gereckt. Er gehörte nicht zu den Olympiern, im Zeus-Heiligtum war er unerwünscht. Aber die Bauern verehrten ihn und stellten ihn in ihre Gärten und Pflanzungen.
Pherenike strich spielerisch über den hölzernen Phallos des Priap.
«Wäre der unser höchster Gott, würde er niemals eine von uns

umbringen lassen. Nur ständig verfolgen würde er uns ... er würde uns nachstellen, uns jagen ... und dann ...»
Der Faustkämpfer spürte unter seinem feuchten Chiton, wie unwiderstehlich ihn das Beispiel des Priapos anregte.
Er wandte sich seufzend ab und sagte: «Es ist besser, ich kehre jetzt zurück. Und du ... gehe über den Alpheios! Hast du ein Boot?»
«Jaja», sagte Pherenike hinter ihm. «Sogar einen Ruderknecht. Unten an der Kladeosmündung.»
«Dann lass ihn nicht warten. Ich muss ins Lager. Es ist den Athleten nicht erlaubt, nach Sonnenuntergang noch ...»
«Willst du mich mit dem hier allein lassen?»
Drakonides drehte sich rasch um. Die gelbe Exomis lag im Grase. Pherenike schöpfte mit hohlen Händen Wasser und besprengte den Rücken des Priapos. Sanft drückte sie Brüste und Bauch gegen das feuchte, polierte Holz, hob und senkte die Schultern, rieb ihren Körper, ließ ihn kreisen. Mit ihren im Mondlicht weiß schimmernden Armen und Beinen wand sie sich um den Hüter des Hains, kitzelte ihn mit den schwarzen Locken. Der hölzerne Priap grinste noch breiter, als wolle er gleich lustvoll ächzen und knarren. Drakonides sah sich herausgefordert. Es war zwecklos, sich noch dagegen zu wehren.
Als endlich der nicht olympische Wettkampf die Agonisten erschöpfte, klangen noch immer vom Festort die Siegeshymnen herüber. Pherenike pflückte einen Ölbaumzweig und bekränzte ihren Geliebten.
Aber er wollte die Ehrung nicht annehmen.
«Du bist es, die ihn verdient hat», sagte er lachend und drückte ihr den Kranz auf das Haar. «In diesem Agon bist du nicht zu schlagen. Wäre ich fortgegangen, hättest du wohl den Priapos da lebendig gemacht.»
«Zum Glück warst du eifersüchtig und hast es verhindert.»

Ausgestreckt lag er im Gras. Sie kniete neben ihm, strich ihm mit zärtlichen Fingern den Bart.
«Gewundert hätte es mich nicht», sagte er. «Weißt du, dass mir erst heute Morgen so etwas passiert ist?»
«Was meinst du?»
«Dass ein Bildwerk plötzlich lebendig wurde.»
«Tatsächlich? Das willst du erlebt haben?»
«Bei allen Göttern, es ist wahr! Im heiligen Hain geschah es, gleich nach dem Schwuropfer. Es war die Nike hinter dem Zeustempel. Und das Erstaunlichste: Ihr Gesicht – es war deines!»
«Was ist daran so erstaunlich?», fragte sie, stolz den Kopf hebend. «Heiße ich nicht Pherenike? ‹Bringe-den-Sieg›?»
«Ja, das ist wahr … genauso ist es!» Drakonides riss die Augen auf und stützte sich auf den Ellbogen. «Bei Styx! So habe ich es auch gleich empfunden. Du bist die Göttin, die mir den Sieg bringt!»
«Aber nicht den Sieg im Faustkampf!», sagte sie rasch, mit einer entschiedenen Geste.
«Welchen sonst?»
«Noch andere Kämpfe sind zu bestehen, noch andere Siege zu erringen.»
«Ich ging aber in den Hain, um für meinen Sieg im Faustkampf zu bitten.»
«Den wirst du nicht bekommen. Das ist gewiss!»
Einen Augenblick schwiegen sie. Pherenike sah Drakonides fest an. Unmutig seufzend schob er sie weg, stand auf und knotete das Tuch um die Lenden.
Während er den Chiton überstreifte, sagte er: «Es wird nun Zeit. Die Nacht ist kurz. Ich muss morgen früh auf dem Dromos sein.»
«Ich bitte dich, Drakonides, höre mich an!»
Sie sprang auf und presste sich an seine Brust.

«Wenn es Liebe ist zwischen dir und mir ... Du musst mich doch lieben, sonst hättest du doch nicht so viel gewagt, um mich zu retten ... Wenn es so ist, dann wage noch einmal etwas! Ich bitte dich!»
«Und was soll das sein?»
«Stelle dich nicht diesem Kampf!»
Er stieß sie von sich.
«Was für ein Ansinnen! Fängst auch du jetzt wieder davon an? Weißt du, was du da von mir verlangst?»
«Nur eines will ich: dass du von hier ohne Schaden fortgehst! Und dass wir gemeinsam glücklich werden! Erinnerst du dich an unser Gespräch im Hain von Korinth? An deine Antwort, als ich dir vorschlug, zu uns nach Rhodos zu kommen, mit deiner Tochter, und mit uns zu leben – mit mir, meinem Vater und meinem Sohn? Du sagtest, da fehle noch etwas. Nun, fehlt es noch immer? Du drängst mich, diesen Ort zu verlassen. Mit Freuden! Gleich morgen! Doch nur gemeinsam mit dir!»
«Daraus wird nichts, das weißt du.»
Pherenike hatte die Exomis übergeworfen und befestigte die Fibel an der Schulter. Drakonides wandte sich ab, doch sie hielt ihn auf. Ihre Augen funkelten beunruhigt.
«Aber liebst du mich denn nicht auch? Glaubst du etwa, was Machon, dieser gemeine Verleumder, in der Verhandlung sagte? Er log schamlos. Ich war meinem Gatten treu, wenngleich er es nicht verdiente. Nicht ich – er war es, der es mit den jungen Athleten trieb. Mein Vater hatte ihn mir bestimmt, ich war keine fünfzehn Jahre alt. Wie hätte ich mich dagegen wehren sollen? Dass ich kaum Trauer empfand, als Timanthes starb, ist wahr ... auch dass ich ihn nicht sehr geachtet habe. Wie anders wird es mit dir sein! Lass uns nicht zögern und morgen aufbrechen! Lass uns so schnell wie möglich Hochzeit halten! Ich habe auch mit meinem Vater schon darüber gesprochen. Er ist dir so dankbar, er liebt dich schon, obwohl er dich

noch nicht einmal kennen gelernt hat. Mein Sohn bewundert dich ...»

Sie hatte seinen Arm ergriffen und ließ ihn nicht los, während Drakonides zum Ufer des Wildbachs ging.

«Und wie stellst du dir das vor?» Er blieb plötzlich stehen. «Zwei Olympiasieger in der Familie – dein Vater, dein Sohn! Ich aber ... kurz vor dem Ziel davongelaufen. Was soll ich gelten in einer solchen Familie? Du würdest mich noch weniger achten als diesen ...»

«Davongelaufen? Was redest du da! Es gibt ja vernünftige Gründe ...»

«Welche denn? Feigheit und Wankelmut?»

«Wer würde dich jemals der Feigheit bezichtigen – nach dem, was du heute getan hast! Und Wankelmut? Ist es wankelmütig, sein Leben zu ändern, wenn es nun einmal Zeit dazu ist? Das wolltest du doch noch, als du herkamst. Du wolltest die Riemen nicht mehr anlegen! Wer könnte dich hindern, zu deinem Entschluss zurückzukehren?»

Drakonides packte Pherenike und starrte sie an.

«Der Entschluss ist gefasst, daran ändert sich nichts! Aber vorher, bevor er ausgeführt wird, muss noch einmal etwas getan werden! Warum hast du kein Vertrauen zu mir?»

«Vertrauen?», rief sie. «Ich habe so viel Vertrauen zu dir, dass ich heute selbst vom Typaion gesprungen wäre, hätte man mich nicht daran gehindert! Ich war vollkommen sicher, du würdest mich auffangen. Willst du noch mehr Vertrauen? Warum enttäuschst du mich jetzt? Warum lässt du mich mit Zweifeln und Ängsten zurück?»

Drakonides stieß einen tiefen Seufzer aus. Er griff in ihr wirres Haar und küsste sie.

«Glaube mir, es wird alles gut. Wir reden darüber nach dem Agon. Auch über die Hochzeit, über alles.» Plötzlich lachte er auf. «Ist das nicht seltsam? Mein Gegner, der Eleer, will auch

Hochzeit machen. Doch bekommt er die Braut nur, wenn er bekränzt wird. Ich werde es leider verhindern müssen!»

«Drakonides ...»

«Nein, nicht mehr davon!»

Er stieg bereits zum Wasser hinab. Sie wollte ihm dorthin folgen, doch er hielt sie zurück.

«Vorsicht! Keinen Schritt weiter. Lauf schnell zum Alpheios hinunter und lass dich zurückrudern. Leb wohl! Ich schlage dir vor, nach Korinth zu gehen. Dort treffen wir uns.»

«Nein!», sagte sie entschlossen. «Ich bleibe. Und jeden Abend werde ich hier auf dich warten!»

«Es wäre vergeblich. Ich werde nicht kommen. Versteh doch ... Es hätte auch heute nicht sein dürfen. Hätte uns Priapos, dieser Spitzbube, nicht verführt ...»

«Ich wünschte, er könnte dich herbeizwingen. Alle Kraft wollte ich dir entziehen! Damit für den Faustkampf nichts übrig bliebe!»

Sie stemmte die Hände in die Seiten, streckte die Brust vor und blickte kampflustig zu ihm auf.

Drakonides sah sie aufmerksam an und brach plötzlich in ein Gelächter aus.

«Bei Styx! Nicht leicht hat es, wer geliebt wird. Gestern wollte mich Moschos aus Freundschaft zu Boden schlagen. Und jetzt willst du ... Doch verzeih, ich bin undankbar! Ich weiß solche Dienste nicht zu schätzen. Noch einmal: Leb wohl, meine Nike! Bald werden wir eine Familie sein. Aber mit drei Olympiasiegern!»

34

Als Drakonides ins Lager zurückkehrte, erwartete ihn Iolaos. Der Paidotribes saß allein vor der Hütte.

Er blickte Drakonides entgegen und sagte: «Ornytos hat schon nach dir gefragt.»
«Wer?»
«Einer der Lagervorsteher. Der alte.»
«Ich habe mir nur noch ein bisschen Bewegung gemacht.»
«Es wird besser sein, du bleibst abends im Lager. Wenn du erwischt wirst, kostet es Strafgeld.»
Drakonides erwiderte nichts und ließ sich neben Iolaos nieder.
Aus der Hütte kamen Schnarchtöne. Die meisten Athleten waren aber noch unten am Bach oder saßen schwatzend und singend um die Feuer herum. Die Besucher waren verschwunden.
Die beiden Männer vor der Hütte schwiegen. Drakonides fragte sich, ob der andere wohl ahnte, wo er jetzt herkam und welche eiserne Regel er gerade verletzt hatte. Von Sosigenes wusste er, dass auch Iolaos nicht mit am Typaion gewesen war, es hatte ihn nicht interessiert. Den tätigen Einsatz für eine Frau musste der grämliche Paidotribes, der zu Hause mit einem jungen Palästrasklaven lebte, auf das tiefste missbilligen. Aber er stellte keine Fragen, die Drakonides allerdings auch nicht beantwortet hätte. Diese Angelegenheit war damit zwischen ihnen erledigt.
«Ich könnte noch eine Massage brauchen», sagte Drakonides nach einer Weile.
«Zieh den Chiton aus», sagte Iolaos, «damit ich dich einölen kann.»
«Übrigens hattest du Recht. Ich habe mich heute in der Palästra wie ein Anfänger benommen.»
Die harten Finger des Paidotriben pflügten den Rücken des Faustkämpfers.
«Und wie soll es nun weitergehen?», fragte Iolaos. «Was hast du morgen vor?»
«Du leitest die Übungen. Du machst die Vorschrift.»

«Das war heute starke Belastung. Also morgen geringe.»
«Meinetwegen.»
Wieder schwiegen sie.
«Ich habe vorhin mit dem Eleer gesprochen», sagte dann Drakonides. «Diesem Eutelidas.»
«Wie? Deinem Gegner?», fragte Iolaos erstaunt. «Ihr habt euch einfach so unterhalten?»
«Ja. Ziemlich lange.»
«Wart ihr allein?»
«Ja.»
«Und was hältst du von ihm?»
«Nicht allzu viel. Er sollte Hymenaios, dem Hochzeitsgott, opfern, damit der ihm zum Sieg verhilft. Diese Schlauköpfe haben ihm einen fetten Köder an die Angel gehängt. Ein Mädchen aus einer vornehmen Familie. Olympiasieger und Würdenträger. Er bekommt sie aber nur für den Kranz.»
«Dann hat er ja allen Grund, sich anzustrengen», bemerkte Iolaos.
«Trotzdem habe ich den Eindruck, dass er lustlos und halbherzig bei der Sache ist. Ich glaube sogar, er hat Angst.»
«Jetzt kann er immerhin Ephedros werden.»
«Schweig!», sagte Drakonides grob, indem er sich aufrichtete. «Diese Möglichkeit ziehen wir nicht in Betracht. Ich habe den Freier bei seiner Ehre gepackt und ihn ein bisschen gegen Ramphias aufgehetzt. Es scheint, dass es nicht ganz nutzlos war.»
Sie gingen noch einmal zum Kladeos hinunter, um das Öl abzuwaschen und um sich abzukühlen.
Später, als sie am Ufer saßen, sagte Iolaos: «Heute im Stadion, beim Faustkampf, habe ich ein paar prächtige Jungen gesehen. In ein paar Jahren wird der ‹Löwe von Halikarnassos› starke Gegner bekommen.»
«In ein paar Jahren werden seine Tatzen schon stumpf sein»,

sagte Drakonides. «Ein paar Krallen ziehe ich ihm noch selber.»

«Was die Krallen betrifft», erwiderte Iolaos, «muss ich dir noch etwas mitteilen. Leider Unerfreuliches. Nicht um dich zu beunruhigen, aber damit du dann nicht überrascht bist. Ramphias hat beim Olympischen Rat den Antrag gestellt, im Agon die harten Riemen zuzulassen.»

Drakonides wandte sich betroffen ab, war aber gleich darauf bemüht, wieder gelassen zu erscheinen.

«Damit gesteht er nur seine Schwäche ein. Nicht mit kunstvollem Faustkampf, sondern mit roher Gewalt will er es schaffen.»

«Du weißt selber, dass er den kunstvollen Faustkampf beherrscht», sagte Iolaos. «Er will nur sichergehen. Er kennt seine einzige Schwäche, obwohl auch die kaum noch zutage tritt. Seinem Faustschlag fehlt die zerschmetternde Wucht. Da er nun weiß, dass du am Agon teilnehmen wirst, will er auch diesem letzten Mangel abhelfen.»

«Sein Faustschlag mit harten Riemen ist kaum so viel wert wie meiner mit weichen», sagte Drakonides störrisch und großsprecherisch wie immer, wenn die Rede auf Ramphias kam. «Wenn auch ich harte Riemen anlege, mag er sich vorsehen.»

«Wenn mit harten Riemen gekämpft wird», sagte Iolaos unbeeindruckt, «kann leicht ein einziger Schlag den Kampf beenden. Wer ist leichtfüßig? Wer ist fintenreich? Wer durchbricht die Verteidigung des Gegners zuerst, um einen solchen Schlag zu führen? Was nützt es schon, dass dein Faustschlag wuchtiger ist, wenn er nicht trifft! Die Füße entscheiden den Kampf.»

Drakonides verzichtete auf eine Entgegnung. Er starrte auf das Wasser vor sich.

Erst als sie sich erhoben, fragte er: «Ist es schon sicher?»

«Was?»

«Dass wir mit harten Riemen kämpfen werden.»

«Morgen, hieß es, entscheidet der Rat.»

Sie sprachen nicht mehr, sondern blickten hinunter nach dem Alpheiosufer. Unzählige Feuer, Flötenmusik. Schatten umherschwärmender junger Männer, zwischen Zelten auftauchend, verschwindend.

Heisere Stimmen grölten.

> «Heil dir und Freude,
> Siegumstrahlter Herrscher Herakles ...»

Die dort gefeiert wurden, hatten es hinter sich.

Vierter Teil

Die Flucht

35

Gegen Ende der Nacht, als die Feuer gelöscht und die letzten Gesänge verstummt waren, als die Sterne blass wurden und sich im Osten die schwarzblauen Spitzen der arkadischen Berge mit einem zarten rötlichen Saum schmückten, war am Ufer des Alpheios schon wieder Bewegung.

Aus der Dunkelheit tauchten Gestalten auf, raunend, schurrend, noch schlaftrunken taumelnd, in der Morgenkühle fröstelnd. Einzeln und in Gruppen strebten sie vorwärts, ließen sich treiben, drängten sich aneinander oder hielten sich bei den Händen. Flüche wurden laut, wenn jemand überholen wollte und andere dabei zur Seite stieß. Ein dunkles Knäuel entstand, als einer stolperte und mehrere über ihn hinwegfielen. Je näher sie ihrem Ziel kamen, desto eiliger wurden die Schritte der Jungen, desto keuchender ging der Atem der Alten. Obwohl der Hippodrom riesig war und Raum genug bot, um alle Besucher zu fassen, wurden sie vorwärts getrieben von dieser unbestimmten Furcht, einen schlechten Platz zu erwischen oder vielleicht den Beginn zu verpassen. Das letzte Stück rannten sie, die Großväter wurden von Söhnen und Enkeln untergehakt, und mit Schwung erklommen alle die Zuschauerwälle. Dann standen sie oben, winzige schwarze Figuren, sich scharf abhebend gegen den sich rötenden Himmel.

Jetzt gab es auch von der anderen Seite Bewegung. Ein Rollen und Rasseln, Trappeln, Wiehern und Stampfen. Kommandos, knirschender Sand, schnaubende Nüstern. Auf den schwankenden Wagen mit niedriger Brüstung standen die Lenker der

Viergespanne in langen, gegürteten Chitons, die Mittelpferde fest, die Leinpferde locker am Zügel haltend. Von allen Seiten griffen Hände zu, um die Gespanne in die erlosten Startboxen zu drängen, Barrieren knallten herab, die achtzig Pferde warfen die Köpfe herum und schlugen mit den Schweifen, die zwanzig Lenker stießen letzte Gebete hervor und umkrampften die Stachelstöcke und Rasselpeitschen.

Da startete endlich Helios' Viergespann, auf das alle warteten, hinter den Bergen kam die Sonne hervor und das Licht, das auf der Ostseite einfiel, kroch rasch die zwei Stadien lange Bahn entlang nach Westen und traf dort einen bronzenen Delphin, der kurz aufglänzte und verschwand. Ein scharfer Trompetenton ließ alle Geräusche verstummen, einen Atemzug lang war es still und durch denselben kunstreichen Mechanismus, mit dem der Delphin hinabgesenkt wurde, stieg dahinter ein Adler empor.

Das war das Startzeichen für die Viergespanne.

Während diese nun aus den Startboxen flogen und auf die Bahn einlenkten, nach innen drängten, Staub aufwirbelten und zunächst in gemäßigtem Trab auf den ersten zwei Stadien um Positionen kämpften, während sie dann möglichst nah, doch mit Vorsicht die gefürchtete, Taraxippos – Pferdeschreck – genannte Wendesäule umfuhren und mit der Sonne im Rücken auf der anderen Seite zurückrasten, wobei ein böotischer und ein thessalischer Wagen die Spitze nahmen, scharf angegriffen von einem Athener, der außen vorbeiging und wagemutig die Bahn schnitt und so, vorwärts gepeitscht von begeisterten Schreien, zwei, drei Gespannlängen zwischen sich und die anderen brachte ...

Während dies alles geschah, stand Drakonides, ein einsamer früher Besucher, im heiligen Hain und blickte zu der Nike hinauf.

Es war still. Kein Lüftchen wehte, kein Blatt bewegte sich. Das

Morgenlicht fiel durch die Baumkronen und zeichnete Muster auf die Säulen und die Wände der Tempel. Auf den Altären pickten Vögel nach übrig gebliebenen Gerstenkörnern. In einer Ecke des Hains, auf der anderen Seite, war ein Priester, der Xyleus, damit beschäftigt, Holz für die Opfer aufzuschichten.

Eine bestimmte Erwartung hatte Drakonides hergeführt. Die Nacht war früh für ihn zu Ende gewesen. Anfangs hatte er geschlafen und auch angenehme Träume gehabt. Plötzlich, noch vor der Morgendämmerung, war er aber erwacht und hatte sich dann nur noch gewälzt. Gedanken hatten ihn gequält: an seinen Zusammenbruch in der Palästra, an die Angst des Eutelidas, an den Antrag des Ramphias auf Zulassung der harten Riemen. Und alle Zweifel waren zurückgekehrt. War es richtig, sich noch zum Agon zu melden? Hatten die, die es gut mit ihm meinten, etwa doch Recht? Konnte die Sache nicht übel enden? In der Frühe dann, sobald es im Lager unruhig wurde, war er aufgestanden und gleich hatte er sich auf den Weg hierher in die Altis gemacht. Vielleicht wiederholte sich das Zeichen. Wenn auch die lebende Nike von seinem Olympiasieg nichts wissen wollte – die steinerne war zu ihm herabgeschwebt, hatte ihn aufgehoben und in die Höhe getragen. Das war wirklich und wahrhaftig am helllichten Tage passiert.

Drakonides blickte hinauf, doch das Zeichen wiederholte sich nicht. Die Nike stand reglos auf ihrer Säule. Aber auch jetzt erstaunte ihn ihre Vollkommenheit. Von niemand gestört, konnte er sie genau und lange betrachten und es schien ihm, als zöge sie ihn in ihrer steinernen Unbeweglichkeit nicht weniger an. Es war ihm nie aufgefallen, dass ein Frauengewand, welches der Wind bewegte, so anmutsvolle Falten schlagen konnte. Er dachte darüber nach, wie es möglich war, das Flattern eines Gürtels, einen raschen, schwebenden halben Schritt, das Breiten der Arme und das Öffnen der Flügel vor dem Abheben in die Luft in Stein zu bannen. Zu Hause ging er oft an der Werkstatt des Steinmetzen vorbei, der die Grabstelen machte und oft Monate brauchte, ehe er, geduldig den Meißel führend, eine starre, grobe Figur aus dem Stein trieb. Wer diese Nike gemacht hatte, musste ein Zauberer sein, denn Drakonides konnte sich nicht vorstellen, dass es auf solche Art gelang, einen flüchtigen Augenblick festzuhalten. Vielleicht hatte er dem Stein seinen Atem eingehaucht und ihm die vorher erdachte Form gegeben. Oder hatte er gar die entsetzliche Macht, ein lebendiges Wesen zu versteinern?

Vom Alpheios tönte, durch die Entfernung gedämpft, ein Jubelschrei herüber und mit kurzer Verzögerung erwachte auch hier in der Altis der zweite olympische Festtag.

An mehreren Altären begannen Priester mit den vorgeschriebenen Opfern. Ein Flötenspieler setzte sich auf die Stufen des Zeustempels und begann zu blasen.

Ein paar Greise, die die Strapazen des Hippodroms gescheut hatten, krochen zwischen den Siegerstatuen umher. Sich kurzsichtig vorbeugend, lasen sie die Namen und Inschriften, um sie sich gegenseitig zuzurufen.

«Mich weihte Pontis' Sohn Kleosthenes!»

«Menekrates' Sohn aus der ruhmreichen Ebene Gelas!»

«Wer?»

«Ein gewisser Pantares. Nie gehört.»

«Das war wohl lange vor unserer Zeit.»

Drakonides blickte ein letztes Mal zu der Nike auf. Er verließ den Hain und kehrte ins Lager zurück.

Das Zeichen hatte er nicht erhalten. Wie konnte ich aber auch erwarten, sagte er sich, dass ein göttliches Wunder zweimal geschieht.

Dennoch war er keineswegs niedergeschlagen. Im Gegenteil. Er fühlte sich auf eine seltsame Art gestärkt und ermutigt.

36

Iolaos erwartete Drakonides im Gymnasion und sie begannen wieder auf dem Dromos. Dann gingen sie hinüber nach der Skamma, wo sie der bucklige Sklave lächelnd wie alte Bekannte empfing. Drakonides sprang diesmal besser und brachte alle fünf Versuche standfest zum Abschluss. Nach den Würfen gingen sie in die Palästra.

«Ich habe Übungspartner bestellt», sagte Drakonides.

«Heute nur Schattenkampf», entschied Iolaos.

«Wie du befiehlst, du bist der Paidotribes», sagte der Faustkämpfer spöttisch, fügte sich aber.

In der Halle war viel Platz, denn Ramphias hatte sich abgemeldet, um sich die hippischen Agone, die Pferde- und Wagenrennen, anzusehen. Erst gegen Abend würde er kommen. Auch Eutelidas war noch nicht da. Er erschien erst, als Drakonides schon fertig war, lächelte schüchtern zu ihm herüber und ging an den Korykos.

Während Drakonides sich mit dem Schaber bearbeitete, beobachtete er den Eleer. Es war nicht zu übersehen, dass Eutelidas an diesem Morgen besonders lustlos zur Sache ging. Kaum hatte er begonnen, als er schon eine Pause einlegte, sich in der Ecke der Halle auf dem Boden niederließ und mit zeitstreckender Langsamkeit einen Apfel verzehrte. Erst die energischen Vorhaltungen seines Gymnasten brachten ihn wieder hoch und nun musste er sich sogar zu einem Übungskampf herbeilassen. Er deutete ein paar Schwinger an, die in der Luft starben, und hob kaum die Füße.

Nach dem Bad, zur Zeit der Mittagsschwüle, lag Drakonides im Schatten und fiel in einen leichten Schlaf. Iolaos ging unterdessen ins Buleuterion, um sich zu erkundigen, ob in der Riemenfrage schon eine Entscheidung gefallen war. Als die Reiter und Wagenlenker, die ebenfalls im Athletenlager wohnten, schimpfend und gestikulierend zurückkehrten, erwachte Drakonides und beobachtete belustigt, wie zwei Lenker, magere Wichte, die einander beschuldigten, sich behindert zu haben, einen Faustkampf austrugen, der bald regelwidrig in Ringkampf und Pankration überging. Einige andere nahmen Partei und bald war wieder eine Schlägerei im Gange. Die Aufseher mussten schlichten.

Auch viele Athleten kamen aus dem Hippodrom. Man schrie sich die Namen der Sieger in den hippischen Wettkämpfen zu – Athener, Böotier, Eleer. Ein Wagen, hieß es, sei an der Wendesäule, dem Taraxippos, zerschellt und der Lenker, in die Zügel verwickelt, von den galoppierenden Pferden noch zweimal um die Bahn geschleift worden, ehe man die Pferde anhalten und seine blut- und sandbesudelte Leiche bergen konnte. Sie sei augenblicklich verbrannt worden, hieß es dann noch, und die Urne sei dem Architheoros der Heimatstadt des Lenkers übergeben worden.

Iolaos kam und berichtete, dass erst gegen Abend über die Riemen verhandelt werde, da gegenwärtig noch für den Fünfkampf am Nachmittag eine dringende Regelfrage zu klären sei. Auf jeden Fall habe er im Namen des Drakonides einen Gegenantrag gestellt. Beim Herumhorchen im Buleuterion habe er aber den Eindruck gewonnen, dass die Sache nicht gut stehe. Die Eleer hätten offenbar Sorge, Olympia könne ins Abseits geraten, wenn es sich nicht den Gepflogenheiten der anderen Festorte anpasse. Und deren Mehrzahl habe die harten Riemen ja längst im Gebrauch.

Gemäß ihrer Übereinkunft, nur mit geringer Belastung zu üben, brachte Drakonides aus Läufern, Reitern und Pankratiasten zwei Mannschaften für das Harpaston-Spiel zusammen und hetzte eine Weile mit dem Ball umher. Einer der Spieler, ein Mann aus Sparta, schlug vor, auf eine schmale Flussinsel hinüberzuschwimmen, die infolge der Trockenheit im Alpheios entstanden war, und ein in seiner Heimatstadt beliebtes Kampfspiel auszutragen. Sie schwammen hin und vergnügten sich dort bis zum Abend, indem immer die eine Partei versuchte, die andere ins Wasser zu drängen. Sieger war diejenige, deren letzter Mann festen Boden behauptete.

Als sie ins Lager zurückkehrten, wurde Drakonides schon von Iolaos, Sosigenes und einigen anderen Polisgenossen erwartet. Iolaos teilte ihm mit, dass die Entscheidung über die Riemen auf den nächsten Tag verschoben sei. Die anderen berichteten übersprudelnd und einander ins Wort fallend von den Ereignissen, die sie im Stadion und im Hippodrom miterlebt hatten. Größtes Bedauern herrschte darüber, dass beim Fünfkampf die letzte und beliebteste Übung, das Ringen, entfallen war, weil der Sieger bereits nach der vierten Entscheidung, dem Stadionlauf, feststand. Er hatte alle anderen dreimal übertroffen und war nicht mehr einholbar. Dabei waren ihm für den Sieg im Speerwurf nur zwei von drei Richterstimmen zuerkannt worden. Ein Mytilener schwor, der Speer eines anderen sei mehrere Handbreiten weiter vorn aufgekommen.

Sie hatten Verpflegung im Überfluss mitgebracht und Drakonides, der nach dem Spiel in Sonne und Wasser großen Hunger verspürte, aß Fleisch, Weizenbrot, Käse und Feigen und sprach auch dem sizilischen Wein zu, nachdem er ihn reichlich mit Wasser vermischt hatte. Die Tollerei auf der Flussinsel hatte ihn in eine sorglose, heitere Stimmung versetzt und er beteiligte sich mit Genuss an den Spötteleien, deren Opfer vor allem Sosigenes war. Dem war am Abend bei einem der Siegesgelage übel mitgespielt worden. Er hatte so viel getrunken, dass er schließlich nicht mehr bemerkte, wie man ihm Essig und Fischlake einflößte. Halb tot, sich erbrechend, war er dann in der Frühe von den Kumpanen zu seinem Zelt geschleppt worden. Die Pferde- und Wagenrennen, die er so über alles liebte, hatte er verschlafen. Noch jetzt sah der Unglückswurm grünlichgelb aus.

«Und gehst du heute wieder zum Siegesschmaus?», neckte ihn Drakonides. «Ich habe gehört, dass der Gewinner des Zweigespannrennens die halbe Festversammlung bewirten will.»
«Ich mache es wie du, ich übe heute nur leicht», sagte Sosigenes unter allgemeinem Gelächter, indem er sich einen Becher mit Drakonides' bekömmlicher Mischung füllte. Doch als sich gleich darauf im Wohnlager ein Getöse von Kitharen, Flöten, Klappern, Trommeln und Becken erhob und ein paar Reiter und Wagenlenker, bekränzt und mit ihren Festgewändern bekleidet, in diese Richtung davoneilten, wurde er unruhig. Er rutschte im Gras hin und her und schließlich hielt er es nicht mehr aus und sprang auf.
«Ich werde trotzdem mal hingehen», meinte er. «Vielleicht treten Tänzer und Akrobaten auf. Vielleicht wollen sie auch Rätsel raten und es fehlt jemand, der ihnen welche aufgibt.»
«Aber übe nur mittelschwer!», rief Drakonides ihm lachend nach.
Allmählich erhoben sich auch die anderen. Einige wollten in den heiligen Hain, wo die Eleer bei Anbruch der Dunkelheit am Ehrengrab des Landesheros, des Pelops, das traditionelle große Opfer bringen würden. Iolaos ging fort, um einen alten Freund zu besuchen. Drakonides blieb allein. Er war angenehm ermattet, maßvoll gefüllt mit Speise und Trank. Zum ersten Mal seit seiner Ankunft fühlte er sich in guter Verfassung. Seine Stimmung, die an den beiden letzten Tagen so oft zwischen Verzagtheit und Selbstüberschätzung geschwankt hatte, war ruhig und ausgeglichen, so wie er es vor dem Agon am liebsten hatte. Nicht geringen Anteil hatten daran auch die freundlichen Aussichten für die Zukunft, die sich ihm plötzlich auftaten. Er hatte eine Geliebte und würde bald wieder eine Ehefrau haben. Er würde der Schwiegersohn des berühmten, in ganz Hellas verehrten Dorieus sein. Und es erwartete ihn eine Aufgabe. Vielleicht würde Myrto ihre Heimat und ihre Fa-

milie nur ungern verlassen, doch er wusste, sie konnte sich nicht von ihm trennen. Und sie würde ja auch keine strenge Mutter, sondern eher eine ältere Schwester und Freundin erhalten.

Etwas später wurde er dann aber doch wieder unruhig. Um sich abzulenken, ging er zum nächsten Baum, sprang hoch an einen starken Ast, machte Klimmzüge. Viel nützte es nicht.

Ob Pherenike kommen würde? Vielleicht wartete sie schon im Hain des Priapos. Ein paar Schritte würden ihm gut tun … aber was sollte daraus werden? Schwäche wäre es, unverzeihlich. Und sie, die erfahrene Palästra-Amazone, würde es richtig deuten: als Aufgabezeichen. Nein, er durfte sie jetzt nicht treffen. Mochte sie warten! Mochte sie sich zwei Nächte lang nach ihm sehnen! Das war sogar gut für eine wie sie, die von alten Rechten der Frauen und ähnlichem Unsinn schwatzte. Die zu viel dorische Weiberfreiheit genossen hatte. Er tat, was er wollte und was er für richtig hielt. Mochte sie das von Anfang an wissen. Einmal nachdenklich geworden, erinnerte er sich jetzt einer Sorge, die er im Laufe des Tages beinahe vergessen hatte. Unwillkürlich wandte er den Kopf. Und als sei das ganz selbstverständlich, saß auch heute neben der Hecke auf dem Baumstumpf der junge Eleer Eutelidas und schnitzte an seiner Herme.

«Chaire. Ich sehe, du kommst mit der Arbeit voran.» Drakonides stellte den Mischkrug und zwei Becher auf den Boden und ließ sich nieder. «Deine Braut kann sich freuen. Einen fleißigen Hausvater wird sie bekommen.»

«Fängst du schon wieder an zu spotten», sagte Eutelidas abweisend.

«Ich meine es ernst.»

«Wie könntest du das? Du bist doch sicher, dass ich nicht heiraten werde.»

«Im Gegenteil. Ich bin sicher, dass du es tun wirst.»

«Heißt das, du glaubst, du selber wirst den Kranz nicht gewinnen?»

«Das habe ich damit nicht sagen wollen.»

«Aber du kennst doch die Bedingung.»

«Ich kenne sie. Doch ich verstehe auch etwas von Frauen. War selber verheiratet, bin viel herumgekommen. Frauen verzeihen Männern, wenn sie nicht siegen. Doch sie verlangen eines von ihnen: stark in der Niederlage zu sein. Deine Braut wird da keine Ausnahme machen.»

Eutelidas ließ das Schnitzmesser sinken und hörte aufmerksam zu. Drakonides nahm den Schöpflöffel und füllte die Becher aus dem Mischkrug.

«Ja», fuhr er fort, «und sie haben Recht damit. Anständig zu verlieren gehört zu den besten männlichen Tugenden. Und es ist schwerer, als zu siegen, bei Styx, ich habe da meine Erfahrungen. Vielleicht will sie prüfen, ob du es kannst.»

«Auch wenn es so wäre», sagte Eutelidas, in dessen Augen das Hoffnungsflämmchen gleich wieder erloschen war, «ist doch ihr Wille nicht entscheidend. Ihr Vater ...»

«Ihr Vater wird tun, was sie wünscht», erwiderte Drakonides überzeugt. «Sagtest du nicht, dass sie eine Berühmtheit ist? Und überhaupt hat väterliche Gewalt ihre Grenzen, auch das weiß ich aus Erfahrung. Besonders wenn es ums Heiraten geht.»

«Und du glaubst wirklich, sie will mich prüfen? Und ich würde auch ohne Kranz heiraten?»

«Wird sie nicht hier im Stadion sein? Natürlich wird sie kein Auge von dir lassen. Und wenn sie sieht, dass selbst ein Ramphias dich nicht beeindruckt, dass du nicht leichtfertig aufgibst, ihn ermüdest, ihn bis an den Rand der Erschöpfung bringst, dann wird sie dich wie einen Halbgott lieben. Und sich nichts anderes wünschen, als ihr Leben in deiner Nähe und unter deinem Schutz zu verbringen.»

«Wenn es wahr wäre, was du sagst …»
«Bringen wir Hymenaios ein Trankopfer!», rief Drakonides. «Möge der Gott die Riemen anlegen und mit dir ins Stadion einziehen!»
Er gab dem Eutelidas einen Becher und sie gossen ein wenig Wein auf die Erde.
«Aber eines verstehe ich nicht», sagte der junge Athlet, nachdem sie getrunken hatten. «Warum sprichst du so mit mir? Was hast du davon, dass du meinen Mut stärkst? Er könnte sich ja auch gegen dich richten.»
«Das ist wahr», entgegnete Drakonides, der diese Frage erwartet hatte. «Je entschlossener du bist, dich auch in der Niederlage als ein Mann zu erweisen, desto mehr muss auch ich vor dir zittern. Aber dies ist vielleicht mein letzter Agon und viel Hoffnung, den Kranz zu gewinnen, habe ich nicht. Eigentlich kam ich nur her, um zuzuschauen. Doch der Geruch der Palästra lockte mich. Ich muss mich noch einmal ins Getümmel stürzen! Nun plagt mich allerdings eine Sorge. Und weißt du, welche? Dass ich der Festversammlung keinen würdigen Kampf zeigen … dass ich zaghaft und kleinmütig werden und zu früh das Aufgabezeichen geben könnte. Dass ich einen langen und ruhmreichen Weg mit einem hässlichen Stolperschritt beenden könnte.»
Drakonides schwieg einen Augenblick, den bitteren Geschmack dieser Worte nachkostend.
Dann besann er sich aber wieder des Zwecks seiner Rede und fuhr fort: «Siehst du, so denke ich darüber. Ich meine, wer sich hier in Olympia zum Agon meldet, muss siegen, auch wenn er unterliegt. Das sage ich jedem, mit dem ich rede. Warum nicht auch dir? Ob du es dir zu Herzen nimmst oder nicht, ist deine Sache. Noch einen Becher? Ein leichter Wein aus Sizilien …»
Sie tranken und schwiegen eine Weile. Drakonides warf ver-

stohlene Blicke auf den jungen Athleten. Der hatte seine Schnitzarbeit nicht wieder zur Hand genommen. Seiner Miene war anzusehen, dass er über das Gehörte nachdachte.

Der Boden braucht noch etwas Mist, dachte der Bauer Drakonides. Damit die Saat schneller aufgeht …

«Hast du schon einmal von Milon gehört?»

«Dem Ringer? Sein Name ist mir bekannt.»

«Der konnte nur siegen, was ihm beinahe zum Verhängnis wurde. Wenn es dich nicht langweilt, erzähle ich dir von ihm.»

«Es langweilt mich nicht. Erzähle!»

Sie blickten auf die vom Abendlicht übergossenen Hügel und hinter ihnen erschien am Himmel der Vollmond, der immer die Festversammlung beschienen hatte, schon zu Zeiten der alten Könige, als sie nur für einen einzigen Tag zusammentrat. Er schien auch vor eineinhalbhundert Jahren, als Milon von Kroton nach Olympia kam.

37

«Dieser Milon war ein Athlet, wie er in Hellas nur einmal geboren wurde. Er war ein Kerl von der Größe eines Baums und mit dem Gewicht eines Bären, jedenfalls annähernd. Sechs Olympiaden lang war er Periodonike, holte sich sämtliche Kränze in Olympia, Delphi, am Isthmos und in Nemea. Kannst du dir das vorstellen? Ich kann es kaum. Aber es war so.

Als er zum sechsten Mal nach Olympia kam, fand sich kein Gegner für ihn. So siegte er akoniti, ohne den Sand des Stadions zu berühren. Wie er nun auf den Hellanodiken zuging, der ihn mit dem Kranz schmücken wollte, glitt er auf den blutigen Resten eines Opfertiers aus und fiel hin. Einige schrien, er sei gefallen und habe deshalb den Kranz nicht verdient. Da sprang

er auf die Füße und rief: ‹Einmal fiel ich! Wer mich ein zweites Mal zu Fall bringen will, trete vor!›
Der Verlierer im Ringkampf muss ja dreimal zu Boden geworfen werden. Natürlich trat niemand vor, Milon wurde bekränzt. Ihm selber und seinen Freunden erschien das so selbstverständlich wie am Morgen der Sonnenaufgang, eigentlich noch selbstverständlicher.
Am Abend versammelten sich die Leute aus Kroton zum Siegesschmaus. Das war damals nicht anders als heute. Sie sangen die Hymne und hielten Reden.
Der Architheoros, ein alter Ratsherr, rief in seiner Begeisterung: ‹Ein zweiter Herakles bist du, Milon, und deshalb sage ich ohne Scheu: Wenn einer unter den Sterblichen wandelt, der so wie einst er zu den Göttern in den Olymp entrückt wird – dann bist du es!›
Dem Milon gefiel das natürlich und er antwortete: ‹Recht hast du, Ratsherr, mich einen Liebling der Götter zu nennen, weil ich erreicht habe, was ich wollte – einsam unter den Menschen hervorzuragen. Denn die Barbaren zählen nicht und unter den Hellenen bin ich der Stärkste. Oder gibt es einen, der stärker ist?›
Sie antworteten ihm mit Beifall und Gejohle und Milon warf sein Gewand ab und legte sich ein Löwenfell um, damit er Herakles ähnlich sähe. So stolzierte er zwischen den Feuern umher.
‹Beim Zeus!›, sagte er. ‹Ich würde mich ja mit Herakles messen. Schade, dass ihn die Götter schon in den Olymp geholt haben.›
‹Du hättest ihn niedergerungen!›, schrien die Schmeichler und Bewunderer.
Da hörte man plötzlich von hinten, aus den Reihen der Gaffer, eine Stimme: ‹Und du bist doch nicht der Stärkste, Milon! Einen gibt es, der stärker ist!›

Milon war natürlich gekränkt, weil ihn einer in seinem Siegesrausch störte. Er winkte den Fremden zu sich heran.
‹Wer soll das sein?›, fragte er barsch.
‹Ein Mann aus Thessalien. Lebt in den Bergen, hütet die Herden.›
‹Dann ringt er wohl mit den Ziegenböcken?›, spottete Milon.
‹Er hat schon Wölfe mit bloßen Händen erwürgt›, sagte der Unbekannte.
‹Lügenmärchen!›
‹Die reine Wahrheit.›
‹Wie heißt dieser Mann?›
‹Titormos.›
‹Habt ihr je von einem Titormos gehört?›, rief Milon.
Hohngelächter antwortete ihm.
‹Und doch ist er stärker als du!›, beharrte der Fremde.
‹Wenn es so wäre›, sagte Milon, ‹warum ist er da nicht längst zu den großen Spielen gekommen und hat mich besiegt?›
‹Er steigt niemals von seinen Bergen herab. Er glaubt auch nicht, dass sich ein Mensch mit ihm messen könnte. Nur mit Stieren und Wölfen kämpft er.›
‹Und wenn es einen Menschen gibt, der Stier und Wolf zugleich ist?›, schrie Milon wütend.
‹Stier, Wolf und Bär müsste sein, wer Titormos besiegen will!›, rief der Fremde.
Da packte ihn Milon und schleuderte ihn in hohem Bogen auf einen Abfallhaufen.
Dort lag er, über und über besudelt, und sagte immer noch: ‹Trotzdem ist er stärker als du!›
Bei Styx, die Siegesfeier war dem Milon verdorben. Er warf das Löwenfell ab und grollte. Man suchte ihn zwar zu besänftigen, indem man den Thessaler als einen dummen Hinterwäldler und halben Barbaren hinstellte, aber es half nichts. Am meisten

ärgerte ihn, dass sein bester Freund, der Philosoph Diotimos, zu allem schwieg. Schließlich hielt Milon es nicht mehr aus.
‹Warum schweigst du? Glaubst du etwa den Unsinn?›
‹Ich glaube›, sagte Diotimos bedächtig, ‹dass ein Mann, der gewöhnt ist, gegen Naturgewalten und die Gefahren der Wildnis zu kämpfen, ungewöhnliche Kräfte entwickeln kann.›
‹Das mag ja stimmen›, sagte Milon. ‹Aber wie könnte er mir überlegen sein?›
‹Ausgeschlossen ist es nicht›, erwiderte Diotimos. ‹So vollkommen ein Mensch auch sein mag, irgendein anderer ist noch vollkommener.›
‹O Götter, das schmerzt!›, schrie Milon auf. ‹So denkt der Mann, den ich von allen am höchsten schätze!›
‹Warum soll ich heucheln, Milon? Ob du stärker bist, ob er es ist … weder das eine noch das andere ist zu beweisen.›
‹Ich werde es aber beweisen! Erfahren sollst du, wie sehr du im Unrecht bist! Wie tief du mich mit deinen Zweifeln verletzt hast! Abbitte sollst du mir leisten!›
‹Und wie willst du mich dazu bewegen?›
‹Indem ich diesen Titormos besiege.›
‹Aber er kommt nicht von seinen Bergen herab.›
‹Ich werde zu ihm hinaufsteigen!›
Natürlich versuchten sie, ihn davon abzubringen. Doch der Stachel saß tief, er musste heraus!
Milon verbrachte eine schlaflose Nacht, wälzte sich auf seinem Lager und erwachte am nächsten Morgen schweißgebadet.
Gleich ging er zu Diotimos.
‹Mein Entschluss ist gefasst!›, rief er. ‹Wenn es diesen Titormos gibt, muss ich mich mit ihm messen. Nur einer von uns kann der zweite Herakles sein! Wie sollte ich künftig meinen Ruhm ertragen? Ich muss die Gewissheit haben, dass er verdient ist!›
Diotimos wandte noch dies und das ein – vergebens. Der Thes-

saler war bereit, Milon zu führen. Und der bestand darauf, dass Diotimos mitkam. Er allein war skeptisch gewesen und außer sich selber wollte Milon nur ihn überzeugen.
So zogen sie los. Natürlich wurde von der Abreise nicht viel Aufhebens gemacht. Ein bisschen lächerlich war es ja, dass der Olympiasieger aufbrach, um einen einfachen Hirten herauszufordern. Milon ließ die Gesandten von Kroton nur wissen, dass er noch andere Spiele besuchen und dieser und jener Einladung folgen wolle. Und dann stahl er sich nachts aus dem Lager. Er war zu berühmt, man hätte ihn ohne Abschiedszeremonie nicht davonkommen lassen. Aber die Reden und Hymnen, die er sonst über alles liebte, waren ihm jetzt auf einmal lästig.
Unterwegs ließ er sich nicht aufhalten. In Korinth wurde er erkannt und zu einem Gastmahl geladen, und auch dort schlich er sich bei Nacht davon.
In der Nähe von Theben bat ihn ein Bildhauer, ihn als Herakles modellieren zu dürfen. Er warf den Mann in einen Fluss.
Ohne weitere Zwischenfälle zogen sie durch die Thermopylen und kamen schließlich an das Ossa-Gebirge, wo dieser Titormos hausen sollte.
Milon war so begierig auf den Kampf, dass er sofort den Aufstieg begann. Drei Tage irrten sie durch die Wildnis. Sie kletterten über steile Hänge, durchschwammen reißende Flüsse, übersprangen Abgründe. Das war keine Kleinigkeit für Milon. Bei ihm war es nicht anders als bei den heutigen Ringern. Sie mästen sich und sind zu vielem untüchtig.
Endlich riss Milon die Geduld.
‹Wann sind wir am Ziel? Ich habe genug von diesen Strapazen!›
‹Titormos muss in der Nähe sein›, sagte der Thessaler. ‹Er war immer in dieser Gegend anzutreffen.›
‹Vielleicht flieht er vor mir›, sagte Milon. ‹Vielleicht hast du

ihn sogar heimlich gewarnt. Um ihm die Demütigung zu ersparen. Oder hast du etwa gelogen? Gibt es diesen Titormos gar nicht? Hast du ihn nur erfunden, weil du mir meinen Ruhm neidest?›

‹Bei allen Göttern, ich habe nicht gelogen!›, schwor der Thessaler. ‹Und Titormos hat es nicht nötig, vor dir zu fliehen!›

‹Nun, dann soll er sich endlich zeigen! Wo ist er? Versteckt er sich? Lauert er am Wege? Ist er ein Skiron oder Prokrustes, der raubt und mordet? Dann werde ich ihm das Handwerk legen. Auch Theseus zog aus und befreite die Menschen von solchen Plagen. He, Titormos!›, rief er. ‹Milon ist hier, der Stärkste unter den Menschen! Komm heraus und stelle dich zum Kampf!›

Keine Antwort. Stattdessen ein Donnerschlag.

‹Wir sollten uns um ein Obdach kümmern›, sagte der ängstliche Diotimos. ‹Ein Unwetter zieht heran.›

‹Was kümmert mich das Unwetter?›, rief Milon. ‹Ich will mit diesem Wilden ins Reine kommen!›

‹Sei vorsichtig!›, warnte der Reiseführer. ‹Er hat nicht nur gewaltige Kraft, sondern auch ein empfindsames Gemüt. Wer seinen Zorn reizt, den können nicht mal die Götter schützen.›

Das war zu viel für Milon. Er fiel über den Thessaler her.

‹Bete zu ihnen, dass sie dich schützen, Bürschlein! Aber viel nützen wird es nicht. Ich bin es müde – dein Geflunker, dein Hinhalten, deine Ausflüchte! Wer ist denn Titormos? Der Felsen dort? Oder der Eichbaum mit Ästen, die wie Arme aussehen?›

Der arme Kerl stöhnte.

‹Glaube mir, Milon …›

‹Kein Wort mehr!›, rief Milon und packte ihn. ‹Du hast mich getäuscht! Konntest es nicht ertragen, dass ich bekränzt und bejubelt wurde. Wolltest mir die Freude an meinem Sieg vergällen. Doch die Genugtuung sollst du nicht haben. Büßen sollst du den Frevel und sterben! Hinab in die Schlucht mit dir!›

‹Was tust du, Milon?›, schrie Diotimos und warf sich verzweifelt dazwischen. ‹Willst du dich mit einer Bluttat entehren?›

Das brachte den Wütenden zur Besinnung.

‹Recht hast du, Diotimos›, sagte er. ‹Das ist der elende Kerl nicht wert. Wir wollen ihn einfach fortjagen. Weg mit dir!›, rief er und stieß den Mann von sich. ‹Und komme mir nie wieder unter die Augen!›

Inzwischen war das Gewitter herangezogen. Schwarzer Himmel. Zuckende Blitze. Felsbrocken stürzten von den Gipfeln ins Tal. Milon und Diotimos irrten umher, ziel- und führerlos

‹Wir Unglücklichen!›, jammerte Diotimos. ‹Verloren sind wir! Wer soll uns aus dieser Wildnis herausführen?›

‹O Kleinmut des Philosophen!›, höhnte Milon. ‹Bin ich nicht bei dir? Herakles fand aus der Unterwelt, Milon wird aus dem Urwald herausfinden!›

Dann wandte er sich direkt an Zeus.

‹Ja, donnere nur, mein Alter auf dem Olymp! Entfessele die Elemente! Knicke Bäume und schleudere Felsen! Zeig deine Kraft, aber glaube nur nicht, du könntest mich damit beeindrucken! Wenn es sein muss, nehme ich es auch mit dir auf! Du bist doch ein Ringer, Zeus, hast mit deinem Vater Kronos um die Herrschaft der Welt gerungen. Nun wage den Kampf mit mir! Steig herab! Ich warte auf dich!›

So schrie er. Weil aber der Gott sich nicht darum kümmerte, zwängte er sich lieber unter einen Felsvorsprung, um sich vor dem Regen zu schützen.

Am Morgen flaute das Unwetter ab und die Sonne erschien. Milon und Diotimos krochen hervor. Müde und ratlos standen sie mitten auf einer Bergwiese, zwischen Felsbrocken, die vom Steinschlag herrührten.

‹Alles nur deine Schuld!›, grollte Milon. ‹Wer hat mich dazu getrieben, diese sinnlose Reise zu machen? Ich selber hätte das Geschwätz dieses Burschen nicht einen Augenblick ernst genommen. Sechsmal war ich Olympiasieger. Wer kann denn stärker als ich sein? Du aber kamst mit «vielleicht» und «alles ist möglich!» Bist du wenigstens jetzt überzeugt, dass es Titormos gar nicht gibt?›

Der Philosoph machte gerade den Mund auf, um zu antworten, aber stattdessen blökte ein Schaf.

Sie sahen sich um. Da kamen noch Rinder und Ziegen. Und da waren auch Menschen! Ein Mann, eine Frau und ein paar Kinder. Betrübt standen sie um ihre halb zerstörte Hütte herum. Aber kaum hatten sie die Fremden bemerkt, eilten sie ihnen schon freundlich entgegen.

‹Ihr habt euch verirrt? Wart die ganze Nacht unterwegs? Ihr Unglücklichen müsst hungrig sein. Wollt ihr Milch? Ein Stück Brot? Eine Hammelkeule?›

Die Frau sprang gleich fort und schleppte alles herbei.

Der Mann war zum Scherzen aufgelegt, trotz des Schadens, den das Unwetter angerichtet hatte.

‹So etwas passiert hier ziemlich oft. Das kam vom Olymp nebenan. Zeus hatte mal wieder Krach mit Hera!›

Die Gäste lagerten sich auf einer Bank, trockneten ihre Kleider in der Sonne, aßen und tranken.

Der Mann ging unterdessen an seine Arbeit zurück. Er räumte die Steine von der Wiese. Einige stieß und wälzte er fort, andere lud er sich auf die Schulter und trug sie zum Rande der Schlucht, wo er sie hinabwarf.

Schließlich war Milon gesättigt und seine Stimmung hob sich wieder.

‹Der Mann wird uns zeigen, wo es zur Küste geht›, sagte er. ‹Wir nehmen das nächste Schiff nach Kroton. Dort warten sie schon mit der Siegesfeier. Ich bin gespannt auf die neue Hymne, die sie für mich einstudiert haben!›

‹Und Titormos?›, fragte der Philosoph.
Milon lachte verächtlich auf.
‹Glaubst du immer noch an diesen Unfug?›
‹Unsere Wirtsleute wissen vielleicht …›
‹Bitte›, sagte Milon, ‹du kannst sie ja fragen. Mir ist die ganze Geschichte zu dumm. Wenn es dir recht ist, brechen wir nachher gleich auf. Aber jetzt will ich mich erst einmal für die Bewirtung bedanken. Ich werde ein bisschen helfen, die Wiese zu säubern. Der Mann ist zwar kräftig, sieht aber müde aus. Wie soll er die großen Steine fortbringen? Ich dagegen fühle mich prächtig, meine Muskeln verlangen Bewegung. Das wird eine nützliche Morgenübung!›
Sagte es und ging hinaus – und machte sich gleich an den größten Brocken.
‹Ho – up! Bei Styx, der ist widerspenstig!›
Zuerst versuchte Milon, ihn zu heben, dann vor sich herzustoßen. Er zog und drückte, sein Atem ging schwer. Alles vergebens. Der Stein blieb liegen.
‹Lass ab›, sagte Diotimos, ‹den bewegst du nicht.›
‹Nein›, sagte Milon. ‹Den würde nicht einmal Herakles bewegen!›
Indem kam der Mann herbei, der von der anderen Seite der Wiese alles gesehen hatte.
‹Was tust du da, Fremder? Warum quälst du dich denn?›
‹Ich will dir ein bisschen helfen, Hirt›, sagte Milon, ‹zum Dank für die Kost. Diesen Brocken hier freilich bringt man nicht fort, er ist mit dem Grunde verwachsen.›
‹Du irrst›, sagte der Hirt, ‹er stürzte herab und brachte mein bestes Mutterschaf um. In die Schlucht mit dem Mörder! Tretet beiseite.›
‹Wie?›, rief Milon. ‹Du glaubst doch nicht etwa …?›
Er lachte laut auf, als der Mann seine Arme um den gewaltigen Block spannte.

‹Beim Zeus, er bewegt ihn!›, schrie Diotimos.
Wahrhaftig! Mit einem Ruck hob der Mann den Stein bis zur Schulter ... er wälzte ihn sich auf die Brust ... beugte sich nach hinten ... und Schritt für Schritt legte er den Weg bis zum Abgrund zurück.
Zehn ... zwölf ... vierzehn Schritte!
Milon murmelte nur: ‹Götter! Götter! Das ist der zweite Herakles!›
Er zweifelte nicht mehr, wo er war.
Der Hirt kam zurück.
‹Setzt euch doch wieder›, sagte er freundlich. ‹Ruht euch aus. Diese Arbeit ist nichts für euch.›
‹Wie heißt du, Hirt?›, stieß Milon hervor.
‹Wozu willst du das wissen?›
‹Deinen Namen!›
‹Wenn du darauf bestehst. Du wirst ihn gleich wieder vergessen haben. Ich heiße Titormos.›»

38

Ringsum war Gemurmel zu hören und der Erzähler schwieg einen Augenblick.
Aus einem einzigen Zuhörer waren fast zwanzig geworden. Nach und nach waren sie näher getreten. Einige standen noch, andere hatten sich im Halbkreis gelagert.
Drakonides saß längst nicht mehr neben dem Baumstumpf im Gras. Er war aufgesprungen und hatte sich in die Gestalten seiner Erzählung verwandelt. Er war Ratsherr, Thessaler, Philosoph und als Milon war er so echt, so riesenhaft, zornig, herausfordernd, anmaßend, dass er die Zuschauer in Erstaunen setzte. Die Augen der jungen Männer loderten, als er den Thessaler würgte, und erschrockene Blicke richteten sich nach

dem Himmel, als er, die Fäuste schüttelnd, den Herrscher der Welt zum Zweikampf forderte. Und als er, nun den Titormos zum Leben erweckend, den gewaltigen Stein hob und ihn sich auf die Brust wälzte und Schritt für Schritt, weit zurückgebeugt unter der vorgestellten Last, zum Kladeos hinunterstapfte, entfuhren den offenen Mündern Bewunderungsschreie.

«Jaja ... so muss es gewesen sein! So wird die alte Geschichte sich abgespielt haben!»

«Weiter!», wurde gefordert. «Erzähle weiter!»

Drakonides trank einen Schluck Wein und sah hinüber zu Eutelidas, der reglos dasaß und keinen Blick von ihm ließ.

«Was weiter geschah? Milon schlich wortlos beiseite. Vorher war es ein Stachel. Jetzt war es ein glühender Pfeil.

Er hatte verloren!

‹Begreifst du das, Diotimos?›, sagte er später, als sie schon auf dem Rückweg waren. ‹Sechsmal gewann ich in Olympia den Ölkranz, siebenmal delphischen Lorbeer, die Fichte am Isthmos, Eppich in Nemea, Palmzweige, Pappel- und Myrtenkränze ... und das alles wog weniger als dieser Felsblock? War der lange Weg meines Ruhms genau vierzehn Schritte zu kurz?›

Er seufzte erbärmlich und hüllte sich wieder in Schweigen. Was ihm der Philosoph auch entgegnete, Milon fand keinen Trost in der Weisheit.

Endlich erreichten sie einen Hafen und gingen auf ein Schiff. In Kroton wartete man schon mit Ungeduld auf den Olympiasieger. Niemand zweifelte, dass er mit frischem Ruhm zurückkehren würde.

Gerüchte waren aufgekommen, die von seinen Verehrern eifrig genährt wurden. Es hieß, er sei nach Thessalien gegangen, um ein Ungeheuer zu bekämpfen, das die Bevölkerung tyrannisiere. Auch Herakles hatte ja die Menschen vom Nemeischen Löwen, der Hydra und den Stymphalischen Vögeln befreit.

Ebenso musste sein Nachfolger Taten zum Wohle der Allgemeinheit vollbringen. Jedes Mal wenn sich ein Schiff am Horizont zeigte, liefen viele Krotoniaten zum Hafen. Sie hofften, Milon würde von Bord gehen.

Endlich kam er. Man erkannte ihn unter den Reisenden gleich an seinem riesigen Wuchs.

Aber wie sah er aus! Schrecklich verändert. Abgemagert, heruntergekommen. Und wo war sein strahlendes Siegerlächeln?

Er achtete nicht auf die vielen Hände, die sich ihm entgegenstreckten, drängte sich durch die Menge und ging auf dem kürzesten Weg nach Hause.

Was bedeutet das?, dachten die Krotoniaten. Zürnt er uns, weil wir ihn nicht mit Girlanden und Hymnen empfangen?

Also zogen am Abend Redner und Chöre und jubelnde Menschen vor sein Haus, warfen Kränze und machten Lärm.

‹Herakles! Herakles!›, riefen sie.

Aber alles war umsonst. Erst ließ er sich überhaupt nicht blicken und dann stürzte er plötzlich heraus, fluchte erbärmlich und trieb alle auseinander.

‹Sucht ihr den neuen Herakles?›, schrie er. ‹Steigt hinauf in das Ossa-Gebirge!›

Eine Zeit lang blieb Milon unsichtbar. Mindestens dreißig Tage vergingen, ehe er die Nase wieder aus dem Haus steckte. Erst allmählich fand er unter die Menschen zurück, ging auf den Markt und in die Volksversammlung. Er kam auch wieder in die Palästra und nahm seine Übungen auf.

Aber er war nicht mehr der Alte. Früher war er der Mittelpunkt, wo er erschien, immer gut aufgelegt und gesprächig. Jetzt hielt er sich abseits, war mürrisch, gab kurze Antworten. In der Palästra war er nachlässig, launisch und unpünktlich. Er scheute die Anstrengung, hatte keinen Willen. Als ihn ein junger Athlet in einem Übungskampf niederwarf, beschimpfte er ihn.

‹Du frecher Bengel, du halber Hahn! Hast du keine Achtung vor Milon? Ah, du sagst dir wohl: Wer ist schon Milon? Milon ist ja geschlagen, Milon ist nichts mehr wert. Wisst ihr nicht mehr, was Milon getan hat? Wie viel Ruhm er auf diese Stadt gehäuft hat? Vergesslich und undankbar seid ihr! Mögen die Götter euch strafen, indem sie euch Niederlagen bereiten! Dann werdet ihr wissen, was ich empfinde …›

Darauf rannte er fort und kam nicht mehr wieder.

Von nun an begann er dem Wein zuzusprechen. Schon morgens trank er ihn ungemischt. Er trieb sich in den Schenken herum und prahlte mit seinen früheren Siegen. Schließlich führte er Kraftstücke vor. Er ließ sich von einem Kitharaspieler eine Saite aus Schafsdarm geben, wand sie sich um die Stirn und sprengte sie durch das Anschwellen seiner Stirnadern. Wollte der Wirt einen Ochsen schlachten – ein Faustschlag und der Ochse war hin. Zecher und Müßiggänger schrien Beifall.

Eines Tages stand Milon auf dem Markt. Er war betrunken und forderte wieder einmal die Vorübergehenden auf, seine Kraft zu prüfen.

‹Hier meine Hand, die Finger gestreckt. Ergreife den kleinen Finger und versuche, ihn abzubiegen. Ihr denkt wohl ich hätte keine Kraft mehr, nur weil dieser Bergmensch mir überlegen war? Versuche es! Geht es nicht? Noch einmal!›

‹Warum gehst du nicht unter die Gaukler, Milon?›, rief einer. ‹Mit solchen Kraftstücken könntest du reich werden!›

‹Was sagst du, Schurke?›, brüllte Milon. ‹Ich – ein Gaukler? Du tust mich zum niederen Pack? Ich bin ein geachteter Bürger, ich bin Olympiasieger! Geh in den Tempel, sieh dich dort um! Nie hat jemand zuvor den Göttern so viele Siegerkränze geweiht! Da kommt unser würdiger Ratsherr, er wird es bezeugen!›

Tatsächlich, in diesem Augenblick ging der Ratsherr vorüber, der damals mit in Olympia war.

‹Was willst du, Milon?›, fragte er missmutig.
‹Diese Männer beleidigen mich›, sagte Milon. ‹Du aber, Leokrates, weißt, wer ich bin. Du verachtest mich nicht, du blickst nicht auf mich herab. Weißt du noch, was du auf meiner Siegesfeier gesagt hast? «Wenn einer unter den Sterblichen wandelt, der zu den Göttern in den Olymp entrückt wird, dann ist es Milon!» Waren das deine Worte?›
Der Ratsherr zögerte mit der Antwort. Er schämte sich, weil so viele Männer dabeistanden und zuhörten.
‹Ja, das waren sie›, sagte er schließlich. ‹Mögen die Götter mich dafür strafen.›
‹Strafen? Warum?›, fragte Milon.
‹Weil ich in meiner Verblendung einen Schwächling gepriesen habe.›
‹Einen Schwächling? Wen meinst du damit?›
‹Nun, dich, Milon.›
‹Mich …?›
‹Oh, ich bereue meine Worte! Ich habe die Götter beleidigt, indem ich den Schwächsten der Menschen ihrer Gesellschaft empfohlen habe.›
‹Du nennst mich den Schwächsten der Menschen?›, schrie Milon.
‹Mancher unterliegt hundertmal›, sagte der Ratsherr, ‹und doch steht er jedes Mal wieder auf und kämpft um den Sieg. So einen nenne ich stark. Du aber siegtest immer und unterlagst ein einziges Mal. Doch du bliebst liegen, Schwächling!›
Sprach's und ging weiter. Milon senkte die Stirn.
‹Mir ist elend›, sagte er. ‹Bringt mich nach Hause.›
Was jetzt in ihm vorging, weiß niemand mehr. Am nächsten Morgen in aller Frühe, noch vor dem ersten Hahnenschrei, klopfte es an das Tor der Palästra.
Der Gymnastes sprang vom Lager und lief hin.
‹Wer ist denn schon da? Es ist ja noch Nacht!›

‹Ich bin es, Milon.›

Er war es. So wie in früheren Zeiten. Er nahm seine Übungen wieder auf. War wie immer der Erste, der Eifrigste. Er vergoss seinen Schweiß, wälzte sich im Schlamm, ertrug jede Belastung. Obwohl er nicht mehr der Jüngste war, überragte er alle an Fleiß und Kampfesmut. Als die Herolde kamen, um zu den nächsten Olympischen Spielen einzuladen, meldete auch er sich und die strengen Eleer nahmen ihn an. Zum siebten Mal kämpfte er um den Olympiasieg. Dabei war er schon über vierzig Jahre alt.

Dieses Mal gab es viele Bewerber. Er schlug sich bis in den Endkampf durch. Sein Gegner war Timasitheos, ein junger Polisgenosse, den er selber mit ausgebildet hatte. Er war am Ende seiner Kraft und wusste, dass er verlieren würde. Aber er wusste auch, dass ganz Hellas zusah. Es wurde sein schwerster und längster Kampf. Zweimal warf er den Timasitheos, zweimal wurde er selber geworfen. Dann fiel er zum dritten Mal. Der andere gewann den Kranz. Aber der unterlegene Milon wurde wie ein Sieger gefeiert …»

Drakonides schwieg.

Auge in Auge versenkt, hatte er die letzten Worte nur zu Eutelidas gesprochen. Der Vollmond tauchte den Platz in zartes Grau und mattes Grün und das Flüsschen war schwarz und von unzähligen Lichtpunkten überflimmert. In Gruppen, deren regellose Ordnung einen Maler entzückt hätte, standen, hockten, lagen die Zuhörer, nun an die dreißig.

Die Geschichte gefiel, weil sie der mythenumwobenen Figur des berühmten Athleten ein paar neue Züge verlieh. Sie würde sich weitererzählen lassen. Aber es gab auch Bedenken und Einwände. Mancher wollte die ihm vertrauten Erzählungen von Titormos, Timasitheos und den schon von den Urgroßvätern bewunderten Kraftstücken Milons doch lieber in althergebrachter Weise hören. Man vermisste auch einen zweiten Wett-

bewerb zwischen Milon und Titormos, bei dem der Hirt zwei wilde Stiere mit je einer Hand an den Klauen festhielt, während der Athlet nur einen beherrschte.
Kaum war die Geschichte beendet, war der Erzähler schon vergessen und jeder bemühte sich um Aufmerksamkeit für sich selbst. Die malerischen Gruppen lösten sich auf. In ionischem, dorischem, böotischem, attischem und argivischem Dialekt redeten alle durcheinander. Neben Athleten waren auch Paidotriben, Aleipten und Mastigophoren hinzugetreten, die sich nun wieder ihrer Pflichten erinnerten. Massagen wurden verordnet, die Einnahme eines stärkenden Getränks empfohlen. Den Läufern, deren Agone unmittelbar bevorstanden, wurde Nachtruhe geboten.
Auch Eutelidas ging wieder, die Herme an sich gedrückt, zwischen seinen beiden Betreuern davon. Er sah sich noch einmal um, gerade als Drakonides sich nach dem Mischkrug und den Bechern bückte. Als ihre Blicke sich trafen, lächelte der Eleer.
Iolaos, der es bemerkte, verzog seine schmalen Lippen und lächelte ebenfalls, verstehend. Er hatte den Rest der Erzählung mitgehört und ging jetzt mit Drakonides hinüber zur Hütte.
«Du wärst ein vorzüglicher Gymnastes», sagte er anerkennend. «Vielleicht ist es die größere Kunst, den Geist auf den Wettkampf vorzubereiten. Was glaubst du? Hast du es bei ihm erreicht? Wird er gegen Ramphias seinen Mann stehen?»
«Ja, das glaube ich.»
«Wirklich, das hast du sehr klug gemacht.»
«Mag sein», brummte der Faustkämpfer. «Vielleicht hab ich es aber auch nur für mich selber getan.»

39

Die blutige Zeremonie des Hauptopfers begann in der Morgendämmerung des dritten Festtages.
Feierlich zogen die Priester, die Mitglieder des Olympischen Rates, die Hellanodiken und die Staatsgesandtschaften in die Altis ein, zum großen Altar des olympischen Zeus.
Dieser Altar war das Werk von Jahrhunderten. Er war aus den Resten unzähliger Opfertiere gewachsen, die auf der Protysis, dem gemauerten Fundament, unter den Messern der Priester verendet waren. Die Asche blieb liegen und türmte sich Schicht für Schicht zu einem übermannshohen, stumpfen, erdgrauen Kegel auf. Jedes Jahr kamen die Aschemassen des Hestia-Altars hinzu, die die Priester mit dem kalkhaltigen Wasser des Alpheios zu einer Tünche mischten, mit der sie den Kegel bestrichen. Der wurde durch diese Behandlung steinhart und man schlug seitlich Stufen hinein. Auf seiner obersten Plattform, die jedes Jahr etwas höher lag, wurde das Feuer entzündet.
Drakonides stand efeubekränzt in der vielhundertköpfigen Menge, die sich zwischen Säulen, Statuen und Altären staute, auf den Stufen der kleinen Halle gegenüber dem Zeustempel und blickte hinauf zu dem blutübergossenen, rauchenden Kegel. Die Teilnahme an dem Opfer, das ein Staatsopfer der Eleer war, sahen die Athleten als ihre Pflicht an, denn wer wollte so leichtsinnig sein, den obersten Gott durch Abwesenheit zu erzürnen. Auf seinen Stock gestützt, stand Philemon neben dem Faustkämpfer. Der Sophist hatte seine Hinfälligkeit als Vorwand benutzt, um sich von der Gesandtschaft zu trennen, die im Stadion ihres Auftritts harrte. Hier unter dem Dach der Halle war die endlose heilige Schlächterei, die bis zum hohen Mittag dauern würde, für einen Freigeist immerhin halbwegs erträglich. Man musste nicht in der grellen Sonne stehen, sich nicht von Mücken zerstechen lassen und man riskierte nicht,

im Kot der Opfertiere auszugleiten. Notfalls, wenn man es gar nicht mehr aushielt, konnte man auch durch die nur wenige Schritte entfernte Pforte entwischen.
Hundert Rinder wurden geopfert, die große Hekatombe. Durch einen Mohnabguss, der unter ihr letztes Futter gemischt wurde, waren die Tiere so weit beruhigt, dass sie in stiller Ordnung zu den Stufen trotteten, wo dann ihr Sträuben und brüllendes Aufbäumen zu spät kamen. Kaum waren sie von den Armen der Priesterhelfer gepackt und hinaufgezerrt, traf sie auch schon die Axt und das Messer glitt durch die Kehlen, den roten Strom freigebend, der, wenn nicht in Schalen aufgefangen, über das Fundament hinabschwemmte und breiige Pfützen bildete, in die die Männer traten, welche die Tiere herbeitrieben.
Mit schallender Stimme rief der Theokolos, der Oberpriester, vor der Flamme auf der Plattform des Aschekegels stehend, den Gott an.
Unter der schrillen Begleitmusik der Flöten standen die Seher um den Altar und starrten, halb betäubt von Dunst und Rauch, ins Feuer, in dem Gezüngel und Gewölk nach Zeichen spähend, die den höchsten Willen kundtaten.
Priester, von deren Gewändern das Blut troff, taumelten unentwegt die Stufen hinauf, schleppten die mit Fettstücken umwickelten Keulen. Sie stießen ekstatische Schreie aus, stöhnten und wanden sich.
Unten auf der Protysis arbeiteten die Priestergehilfen mit Äxten und Messern, schnitten mit erstaunlicher Geschwindigkeit die Portionen der Mahlzeit, die Zeus zugedacht waren, aus den noch zuckenden Tierkörpern heraus. Die Reste wurden beiseite geschleift, in die Küche des Prytaneions, des alten Gemeindehauses.
Die Menge blickte stumm auf die Vorgänge. Nur wenige murmelten Gebete, die meisten genossen das Schauspiel. Als einer

der Priester auf den blutschlüpfrig gewordenen Altarstufen ausglitt und mit einem Schrei auf die Protysis hinabstürzte, gab es Gelächter.

«Da hast du es», sagte Philemon. «Das Volk amüsiert sich und ist gleichgültig. Es fragt sich, warum toten Göttern opfern? Ich erinnere mich, wie es früher war, wenn die Eleer hier das große Opfer brachten. Die Menschen schlugen sich an die Brust, streckten die Arme zum Himmel, schrien und flehten. ‹Zeus, hilf uns, erhöre uns! Mach, dass die Ernte gut wird! Wehre die Städtezerstörer ab! Errette uns vor der Pest!› Sie brachten Geld und Geschmeide, opferten ihr letztes Stück Vieh. Und was geschah? Die Städte gingen in Trümmer, die Felder wurden niedergebrannt, die Pest raffte Tausende dahin. Und wo war Zeus?»

«Trotzdem wird ihm weiter geopfert», bemerkte Drakonides.

«Ich will dir sagen, wem die dort opfern», sagte Philemon. «Sich selber! Denn wozu wäre ein Priester gut, wenn er nicht Tempeldienst täte und Opfer brächte. Also streut er Weihrauch und schlachtet Rinder. Und auch die anderen, die Würdenträger, putzen emsig an den alten Kultbildern und werden nicht müde, sinnlos gewordene Bräuche zu pflegen. Neulich hast du sie daran hindern können. So sind sie nun heute besonders eifrig, um das peinliche Unglück vergessen zu machen. Und warum? Weil sie die schlechte Ordnung – oder sagen wir lieber gleich die Unordnung, deren Nutznießer sie sind, vor dem Ansturm des Zweifels und der Vernunft retten wollen. Arme Träumer! Als diese blutigen Bräuche entstanden, war der Mensch hilflos und unwissend. Inzwischen hat ihm Prometheus das Feuer gebracht, das heißt, der Mensch hat es selber entzündet, denn es gab niemals Götter, die es besaßen. Dieses Feuer hat seinen Geist erleuchtet, es hat ihn sehend gemacht und er blickt umher und bemerkt, dass er allein ist. Niemand schützt ihn, aber es ist auch keiner über ihm! Er selbst ist der Herr!

Und nun fragt er sich, warum soll ich im Namen himmlischer Trugbilder hungern? Oder meinen Nachbarn erschlagen? Oder zulassen, dass meine Söhne in die Sklaverei verkauft werden? Warum?»

Drakonides stieß den Alten sanft in die Seite und Philemon verstummte. Unversehens hatte ihn wieder rhetorischer Eifer gepackt und er hatte vergessen, wo er war. Er stand auf dem heiligsten Boden, den es in ganz Hellas gab, und leugnete die Götter, wobei er zuletzt nicht einmal die Stimme dämpfte.

Trotz der schrillen Töne der Doppelflöten, des Tiergebrülls und der lauten Gebete war ein Teil seiner Darlegung an die Ohren der Umstehenden gelangt. Einige Männer blickten sich um, verwundert, erheitert oder auch ärgerlich.

«Nun sage mir aber eines», sagte Drakonides mit halblauter Stimme. «Wenn alles so ist, wie du behauptest ... warum kommen die Menschen hierher?»

«Glaubst du, wegen dieser verzückten Schlächter?», sagte Philemon, wobei er sich ebenfalls bemühte, leise zu sprechen. «Die Eleer könnten so viele Hekatomben darbringen, wie sie wollten, niemand aus Theben, Abydos oder Tarent fiele es ein, dazu herzukommen. Nicht einmal das prächtige Kultbild aus Gold und Elfenbein, das dort im Tempel thront, würde sie in solchen Scharen herlocken. Was es ist, fragst du? Weißt du es wirklich nicht? Du bist es und deinesgleichen – der Mensch! Sie kommen des Menschen wegen, den sie anstaunen und bejubeln wollen. Siehst du, der Mensch ist schlau. Er hat die Götter oder diejenigen, die sie erfunden haben, längst überlistet. Er hat aus dem Fest zu Ehren des Gottes ein Fest zu Ehren von seinesgleichen gemacht!»

«So meinte es wohl auch Dorieus», brummte Drakonides, «als er sagte, die Athleten hätten Olympia gerettet.»

Ringsum jedoch erhob sich nun Widerspruch. Philemon hatte wieder zu laut gesprochen.

Ein Dicker mit einem riesigen Kranzgebilde auf dem Kopf drehte sich zu ihm um und sagte empört: «Ein Fest zu Ehren des Menschen? Wie kannst du so etwas behaupten, Gottloser?»
«Ich beweise es dir sogar!», sagte der Sophist, erfreut, jemand belehren zu können. «Sieh mal, am Anfang gab es nur einen Kultlauf. Wer zuerst am Altar war, entzündete mit einer Fackel das Feuer und nun wurde geschlachtet und geopfert. Schluss! Aber die Zuschauer interessierten sich mehr für den Lauf als für das Opfer. Und sie wollten bald nicht nur den schnellsten Läufer sehen, sondern auch den stärksten Ringer, den mutigsten Faustkämpfer, den geschicktesten Wagenlenker, den verwegensten Reiter. Es dauerte lange, bis sie das alles bekamen, weit über hundert Jahre. Denn erst nach und nach wurden die einzelnen Agone eingeführt. Aber nun ist es erreicht. Der Wille des Menschen wurde erfüllt. Das dort wird man wohl eines Tages weglassen!»
Der Empörte wollte widersprechen, doch da in diesem Augenblick der Theokolos auf der Kegelplattform erneut die Arme breitete und eines der zahlreichen vorgeschriebenen Gebete hervorstieß, beschränkte er seinen Widerspruch auf die Zurschaustellung vorbildlicher Gottesfurcht, indem er die Arme hob und die Gebetsformeln laut wiederholte.
«Siehst du, auch das ist ein gutes Zeichen», sagte Philemon zu Drakonides. «Vor noch nicht allzu langer Zeit hätten mich solche wie der für meine Lästerung vor den Richter gebracht. Denk an das Schicksal des Sokrates in Athen! Auch er wollte die Menschen nur zum Bewusstsein ihres eigenen Wertes erziehen. Dafür reichten sie ihm den Giftbecher. Aber die Finsternis lichtet sich, der Geist strebt auf, er hat Flügel bekommen ... so wie die Nike, zu der du dauernd hinaufblickst.»
«Es schien mir neulich, als ob sie lebte», bekannte Drakonides. «Ich hielt es für ein göttliches Wunder.»

«Ein menschliches Wunder!», sagte der Alte begeistert. «Der Meister Paionios hat es als Erster geschafft, einen Menschen im Fluge darzustellen! Er gab ihm den Namen einer Göttin, aber ist es nicht der aufstrebende Mensch, der keine Grenzen kennt? Nike ... das heißt hinauf zum Sieg, zu den Sternen, zur Sonne, in die Unendlichkeit!»

«So ähnlich habe ich es auch empfunden», sagte Drakonides verblüfft.

«Wenn es Zeus gäbe und er hätte die Macht dazu, dann hätte er längst einen Blitz auf diese Nike geschleudert», sagte Philemon. «So aber fliegt sie direkt neben seinem Tempel hinauf.»

Das anmutige Wesen spannte seine Flügel gegen den blauen Himmel und es schien tatsächlich, als wolle es alles unter sich zurücklassen, die Tempel, die Altäre, die betenden Menschen, die blutigen Opfer. Drakonides und Philemon hatten für einen Augenblick alles um sich vergessen und sahen hinauf, versunken in die Betrachtung des Kunstwerks.

Plötzlich stöhnte die Menge auf. Abermals war es am Altar zu einem Unfall gekommen.

Ein Opferstier, der nicht genügend betäubt war, hatte sich losgerissen und mit gesenkten Hörnern einen der Priestergehilfen von der Protysis hinuntergestoßen. Der Mann schrie entsetzlich und hielt sich den aufgeschlitzten Leib. Mit Messerstichen und Axthieben wurde der Stier überwältigt. Ein paar Männer umringten den Verletzten, dessen Geschrei durch den vom Theokolos hastig veranlassten Einsatz mehrerer Flöten übertönt wurde.

«Ich habe genug», sagte Philemon. «Bis unsere Gesandtschaft an die Reihe kommt, kann ich nicht warten. Zopyros ist gläubig für zwei, er wird mich ersetzen. Ich werde mich ein wenig ausruhen und dann ins Stadion gehen, damit ich einen guten Platz in der Nähe der Startschwellen bekomme.»

Als Philemon fort war, dachte Drakonides mit Unbehagen daran, dass er sich an der Götterbeschimpfung beteiligt hatte. Auf jeden Fall hatte er zugehört und nicht widersprochen. Er nahm sich vor, von nun an dem Opferritual aufmerksam zu folgen, und bemühte sich, die Gebete nachzusprechen, die der immer heiserer werdende Oberpriester von Zeit zu Zeit in den Rauch schrie. Drakonides mied jetzt den Anblick der Nike, deren Göttlichkeit fragwürdig geworden war. Um ganz sicherzugehen, schloss er die Augen. Dies war auch ratsam wegen der dicken Rauchschwaden, die heranzogen. Ein leichter Wind war aufgekommen. Ringsum wurde gehustet, die Augen röteten sich und tränten.

Drakonides beschloss zu bleiben, bis Zopyros und die anderen das Opfer für seine Polis gebracht hatten. Die Eleer hatten den letzten Stier der Hekatombe geschlachtet, nun rückten vom Stadion her die Gesandtschaften der Städte des Mutterlandes und der Kolonien an. Jeder von ihnen war ein Eleer als Proxenos zugeteilt, als Fürsprecher vor den Göttern des Landes. Fast alle Opfer wurden nun auf den Nebenaltären gebracht, da die Sonne schon hoch stand und die Zeremonie bis zum Mittag abgeschlossen sein musste. Die Priester drängten zur Eile, weil Zeus danach angeblich keine Gebete mehr annahm.

Inzwischen hatten die Hellanodiken und die Mitglieder des Olympischen Rates die Altis bereits verlassen. Auch die meisten Besucher drängten jetzt zu den Ausgängen, um rechtzeitig im Stadion zu sein. Es gab ein Durcheinander, weil schon die Sklaventrupps mit Karren voller Sand und wassergefüllten Wannen herbeikamen, um den großen Altar zu säubern und die Blutpfützen zuzuschütten.

In dem Gewühl bemerkte Drakonides einen winzigen Augenblick lang Zopyros, der, auf Thukles und einen anderen gestützt, offenbar schwer hitzegeschädigt in den Schatten des Zeustempels wankte.

Es war Drakonides unmöglich, sich dorthin durchzudrängen. Er versuchte es, wurde jedoch vom Strom der zum Ausgang Strebenden zurückgerissen, glitt aus und lag plötzlich auf der Erde, sechs, acht Männer mit sich reißend. Seine Hände griffen in blutige Eingeweide und Kot, der Gestank nahm ihm den Atem, das Gewicht der auf ihn Stürzenden erdrückte ihn fast und es bedurfte der letzten Kraftaufbietung des starken, kampfgeübten Körpers, um sich aufzurichten und das Tor zu erreichen.

Draußen riss Drakonides Gras aus, reinigte sich notdürftig. Von einem Händler kaufte er einen Becher Feigenwein.

Während er trank, blickte er zum Himmel und sah über der Altis die Geier kreisen.

40

Im Lager zog Drakonides den Chiton aus und übergab ihn einem der Sklaven, die für die Betreuung der Athleten verantwortlich waren, zur Säuberung. Er legte ein Lendentuch um, aß im Stehen ein paar Früchte und ein Stück Brot, nahm das Trageisen mit den Schabern und machte sich zum Gymnasion auf.

Unterwegs kam ihm Polyktor entgegen. Der Hellanodike wollte die Teilnehmer des Diaulos abholen, des Doppellaufs über zwei Stadien, die das heutige agonale Programm eröffnen würden. Sie hatten sich schon in der Mitte des Lagers unter einer hohen Platane versammelt, etwa fündundzwanzig bis dreißig nackte, aufgeregt durcheinander wimmelnde junge Männer, die sich gegenseitig oder mit Hilfe ihrer Gymnasten und Aleipten mit Öl bestrichen und bestäubten. Einige machten noch ein paar Lockerungsübungen, ließen die Arme kreisen, rollten die Schultern, beugten die Knie.

Als Polyktor Drakonides bemerkte, trat er sofort auf ihn zu.
«Chaire. Hast du es schon gehört?»
«Was meinst du?»
«Die harten Riemen sind zugelassen. Es ist nun Pflicht, sie im Agon zu tragen.»
«Besseren Faustkampf wird es damit nicht geben.»
«Das weiß ich auch. Ich war immer dagegen. Aber ich habe im Rat keine Stimme.»
Drakonides dachte nicht lange darüber nach, er hatte sich schon damit abgefunden. Manchmal waren die harten Riemen sogar vorteilhaft für ihn gewesen. Über langsame Gegner, die ihn zu Treffern kommen ließen, hatte er so meist die Oberhand behalten. Die Wucht seines Faustschlags, verstärkt durch die Hartlederringe mit ihren schneidenden Kanten, war manchem rasch zum Verhängnis geworden. Natürlich nicht Ramphias, gegen den er zweimal mit harten Riemen gekämpft und nicht ein einziges Mal getroffen hatte.
Drakonides dachte kurz an Eutelidas. Für einen wenig erfahrenen Faustkämpfer waren die harten Riemen besonders gefährlich. Ob er es bereits wusste ...
Im Gymnasion war Drakonides fast allein. Nur ein paar Waffenläufer schleppten ihre Schilde über den Dromos.
Drakonides brachte seine Übungen rasch hinter sich und ging dann hinüber in die Palästra, wo ihn Iolaos erwartete.
Gleich beim Eintritt bemerkte er Ramphias, der seine Gesellschaft im Hof versammelt hatte und das Pankration übte. Er schien die Männer hierbei noch weniger zu schonen und bis an die äußerste Grenze dessen zu gehen, was außerhalb des Wettkampfs erlaubt war. Gerade hatte er einem der Numidier, der schon auf den Knien lag, den Arm auf den Rücken gedreht. Der Numidier haschte mit dem freien Arm vergeblich nach dem Fußgelenk des Ramphias und bekam Tritte gegen den Hals und das Kinn.

«Aufgabe!», stöhnte er.
«Du bist empfindlich wie ein Mädchen, Kerl!», presste Ramphias hervor und riss den verdrehten Arm noch höher, sodass der Kopf des Numidiers in den Sand krachte.
«Befreie dich, du Weichkäse!»
Der Numidier brüllte auf und klopfte mit der Faust auf den Boden. Auch das bedeutete Aufgabe.
«Lass ihn los!», befahl ein elischer Gymnastes, der in der Nähe stand und die Übungen überwachte.
Ramphias gehorchte widerwillig, stieß den Schwarzen beiseite.
«So einer gibt sich als Pankratiast aus! Ich bringe dich um, du numidischer Dreckhaufen!»
Plötzlich bemerkte er Drakonides.
«Sei gegrüßt, alter Hahn!», rief er lachend. «Hast du die Neuigkeit schon gehört? Harte Riemen! Was sagst du dazu?»
«Frag morgen dein Spiegelbild», rief Drakonides. «Falls du dich noch wieder erkennst!»
Iolaos kam ihm schon entgegen und zog ihn in die Faustkämpferhalle. In der Ecke auf der Bank hockte ein dünnes, vertrocknetes Männchen mit einem Korb auf den Knien. Ein zweiter Korb stand neben ihm auf dem Boden. Beide waren mit Riemenzeug für den Faustkampf gefüllt.
«Chaire!», sagte das Männchen.
«Ach, du bist es, Bromios», sagte Drakonides.
«Ich freue mich, dass wir uns wieder sehen!», rief der Händler eifrig. «Wir haben ja schon öfter Geschäfte miteinander gemacht. Zuletzt im vorigen Jahr in Smyrna, erinnerst du dich? Warst du mit meiner Ware zufrieden?»
«Nein», sagte Drakonides. «Die Riemen waren zu spröde und lockerten sich während des Kampfes. Der Unterarmschutz verrutschte. Auch die Knöchelringe saßen nicht fest. Ich habe das Zeug fortgeworfen.»

«Das tut mir Leid», sagte Bromios mit todtrauriger Miene, die sich aber sofort wieder aufhellte. «Diesmal wirst du nichts zu beanstanden haben! Ich habe hier etwas ganz Neues, das sich aber schon allgemein durchsetzt. Die Riemen kannst du überstreifen wie einen Handschuh, das lästige Wickeln und Knüpfen entfällt. Nur den Knöchelring musst du gesondert aufsetzen.»
«Lass sehen.»
Bromios hielt ihm auf beiden Händen das röhrenförmige Riemengeflecht hin, wie eine seltene Kostbarkeit. Drakonides versuchte, es überzustreifen, doch es gelang nicht gleich. Das als Unterarmschutz eingearbeitete Fellfutter verengte die Röhre. Erst nach dem Lockern der Riemen war genug Raum, um die Hand und den Unterarm hineinzuschieben. Das Riemengeflecht bedeckte vorschriftsmäßig nur den unteren Teil der Finger. Für die Knöchel suchte Bromios Hartlederringe verschiedener Größe hervor, die er Drakonides nacheinander auf die geschlossenen vier Finger steckte.
«Wir müssen aufpassen, dass bei den Ringen die Maße eingehalten werden», sagte Iolaos. «Eineinhalb Fingerbreiten sind vorgeschrieben. Und als Dicke eine halbe Fingerbreite. So hat es der Rat festgelegt.»
«Das habe ich schon berücksichtigt», sagte Bromios beflissen. «Die haben alle die richtigen Maße, andere sind gar nicht dabei. Ich lasse dir gern ein Paar hier, Drakonides, du kannst es bis morgen ausprobieren. Wenn du nicht zufrieden bist, vertauschen wir es gegen ein anderes.»
«Nein», sagte Drakonides. «Ich muss gleich die richtigen finden. Morgen ist ja schon der Agon.»
Während sie die Knöchelringe aussuchten, blickte Drakonides sich um und stellte mit leichter Beunruhigung fest, dass Eutelidas, den er bereits bei seiner Ankunft in der Halle vermisst hatte, noch immer nicht da war. Thrasykles, der wieder die Auf-

sicht führte, unterhielt sich in der anderen Ecke mit einem fetten Aleipten und zwei elischen Faustkämpfern, die als Übungspartner verpflichtet waren. An der Wand lehnend, sahen die beiden immer öfter zu Drakonides herüber. Sie warteten anscheinend ungeduldig darauf, dass ihre Dienste benötigt wurden. Hinterher würden sie frei haben und konnten ins Stadion gehen.

Vielleicht opfert er noch, dachte Drakonides. Oder er legt vor dem Wettkampf einen Ruhetag ein. Oder übt auf dem Dromos. Nötig hätte er es, seine Füße sind auch nicht leicht.

Er hatte ein paar passende Ringe gefunden und ging zunächst an einen kleinen Korykos, um zu prüfen, ob sie sich bei schnellen Schlägen nicht lockerten. Danach trat er an einen mit Sand gefüllten, wo er sich durch hartes Schlagen überzeugte, dass sie die Knöchel ausreichend schützten. Er fand, dass die Stoffpolster zwischen Knöcheln und Lederringen zu dünn waren, und Bromios gab ihm stärkere.

Nun winkte Drakonides einem der Übungspartner, sich fertig zu machen. Der Mann war enttäuscht, weil der andere sofort von Thrasykles entlassen wurde, ließ sich aber schnell einölen und bestäuben. Die Riemen hatte er schon an den Händen. Zum Üben waren natürlich nach wie vor nur die weichen zugelassen, die Drakonides nun ebenfalls anlegen musste.

Thrasykles nahm die Gabelrute und wollte gerade zur Mitte gehen, um das Zeichen zum Beginn zu geben, als unter den Säulen des Umgangs der Gymnastes des Eutelidas erschien. Hastig trat er in die Halle und sofort auf Thrasykles zu. Die beiden gingen beiseite und flüsterten miteinander. Thrasykles machte eine betroffene Miene und winkte den fetten Aleipten und den Übungskämpfer heran. Die beiden gestikulierten aufgeregt und gaben, einander ins Wort fallend, irgendwelche Auskünfte. Der Gymnastes des Eutelidas, dessen Gesicht vor Wut entstellt war, schüttelte drohend die Faust gegen einen

Abwesenden. Im nächsten Augenblick war er wieder verschwunden.

Drakonides und Iolaos hatten den Vorgang beobachtet und mehrmals Blicke getauscht.

«Was ist geschehen?», fragte Iolaos laut.

«Nichts», sagte Thrasykles. «Nichts ist geschehen. Seid unbesorgt.»

«Warum kommt euer Landsmann nicht?»

«Er ist nicht hier.»

«Nicht hier?», rief Drakonides.

«Er bringt ein Opfer am Familienaltar.»

«Ihr habt ihn nach Hause entlassen?»

«Ein kurzer Urlaub. Ausnahmsweise von den Hellanodiken genehmigt.»

Auf weitere Fragen ging Thrasykles nicht ein. Er rief die Kämpfer zur Mitte und ließ die Rute zischen.

Später, nach dem Bad, saß Drakonides mit Iolaos am Ufer des Wildbachs.

«Das ist doch seltsam», sagte der Faustkämpfer.

«Was ist seltsam?»

«Dass einer am Tage vor dem Agon plötzlich verschwindet.»

«Alle Athleten opfern vorher. Hast du Tyche nicht auch eine Ziege ...»

«Ja. Aber hier in Olympia.»

«Wenn der Familienaltar in der Nähe steht ...»

«Nach der Vereidigung darf der Athlet den Festort nicht mehr verlassen.»

«Du hast ja gehört, es ist eine Ausnahme.»

«Angeblich sind sie doch so streng in der Auslegung ihrer Gesetze.»

«Gegen die eigenen Leute sind sie oft nachsichtig.»

«Und warum war der Gymnastes so aufgeregt?»

«Vermutlich weil er davon nichts wusste. Sieh ihn dir an, ein

Tyrann der Palästra. Wahrscheinlich wollte er bis zum letzten Augenblick üben. Er hätte den Ausflug verboten, wenn er gefragt worden wäre.»

«Die Erklärung befriedigt mich nicht.»

«Und welche hast du?»

Drakonides schwieg nachdenklich.

«Eutelidas hatte Angst», sagte er dann.

Iolaos blickte skeptisch. Diese Feststellung mit der Abwesenheit des Athleten in Zusammenhang zu bringen erschien ihm zweifelhaft.

«Du selber hast doch alles getan, um ihn aufzurichten. Er wirkte zuletzt heiter und zuversichtlich.»

«Da wusste er noch nicht, dass mit harten Riemen gekämpft wird.»

«Glaubst du etwa, er könnte ...?»

Iolaos sprach nicht weiter.

Der unausgesprochene Rest des Satzes hing wie eine Drohung in der Luft.

41

Schweigend gingen sie zu ihrer Hütte.

Im Lager war es jetzt ziemlich still, ab und zu hörte man das Anfeuerungsgeschrei aus dem Stadion. Nur die Athleten, die am nächsten Tag zu ihrem Agon antreten mussten, die Faustkämpfer, Ringer, Pankratiasten und Waffenläufer, waren anwesend, sofern sie nicht noch in der Palästra oder im Stadion übten. Jetzt, in der Zeit der größten Hitze, ruhten die meisten, sie saßen oder lagen verstreut im Schatten von Bäumen und Büschen, einige spielten mit Knöcheln, andere unterhielten sich träge.

Drakonides streckte sich im Schatten der Hütte aus. Er blickte

hinüber nach der Hecke, wo er noch am Abend zuvor den Eutelidas getroffen hatte. Nur ein Vogel war dort zu sehen, der auf dem Baumstumpf hin und her hüpfte.
Iolaos ließ sich neben dem Faustkämpfer nieder und begann, die neuen Riemen mit Fett einzureiben.
«Vielleicht ist er im Stadion», sagte er nach einer Weile, als wieder ein Jubelschrei aufstieg. «Natürlich, wir beunruhigen uns umsonst. Er ist im Stadion und sieht den Agonen der Läufer zu.»
«Und warum hat uns Thrasykles etwas anderes gesagt?»
«Er wusste nichts und wollte uns loswerden. Dabei fiel ihm das Nächstliegende nicht ein.»
«Wenn er im Stadion wäre, würde ihn sein Gymnastes nicht suchen. Er hätte ihn dort längst aufgespürt.»
«Glaubst du, dass das so einfach ist … unter so vielen Menschen?»
«Die Leute aus einem Gemeinwesen sitzen beisammen. Nicht schwer, dort jemand zu finden … noch dazu, wenn er allen bekannt ist.»
«Nun gut, vielleicht ist er doch in Letrinoi. Oder er ist inzwischen längst in der Palästra bei seinen Übungen. Ich werde noch einmal hingehen und mich erkundigen.»
Als Iolaos nach kurzer Zeit zurückkam, hatte auch Drakonides im Lager mit einigen Athleten und Betreuern gesprochen. Aber Klarheit hatten sie beide nicht gewonnen. Die elischen Pankratiasten, die mit Eutelidas unter einem Dach wohnten, hatten ihn nur bei seinen Morgenübungen bemerkt. Sie waren dann fortgegangen, um am Opfer im heiligen Hain teilzunehmen, ohne sich weiter um ihn zu kümmern. Ein Aleiptes aus Megara wollte Eutelidas oder einen großen, kräftigen Burschen, der ihm ähnelte, zurzeit des Opfers am Kladeos gesehen haben, und zwar am dem Festort gegenüberliegenden Ufer. Er habe etwas getragen, sagte der Mann, das wie ein Schlauch

oder ein langer Kasten aussah. Der Aleiptes hatte nicht weiter auf ihn geachtet, sondern gedacht, er mache einen Spaziergang. Allerdings hatte er sich gewundert, dass ein elischer Agonist nicht am Staatsopfer der Eleer teilnahm. Dagegen sprach die Aussage eines Ordnungshüters, wonach der Faustkämpfer festlich bekränzt und gewandet in Richtung der Altis gegangen war. Dort hatte ihn aber niemand gesehen.

Auch die Athleten, die Iolaos in der Palästra befragt hatte, waren ihm nicht begegnet. Der Paidotribes hatte aber nur wenige sprechen können, denn der Aufsicht führende Tellon hatte ihn barsch darauf hingewiesen, er habe die Aufgabe, seinen Athleten zu betreuen, nicht aber andere bei ihren Übungen zu stören.

«Er wirkte beunruhigt», sagte Iolaos, «ebenso wie Thrasykles und die anderen Eleer in der Palästra. Als ich hinausging, sah ich noch, wie sie die Köpfe zusammensteckten. Nun, das verstehe ich. Wenn dieser Eutelidas tatsächlich ...»

«Du glaubst also auch daran!», unterbrach Drakonides ihn heftig.

«Nein, keineswegs», sagte Iolaos beschwichtigend. «Dass man ihn beim Opfer nicht sah, beweist gar nichts. Es herrschte ja dort ein fürchterliches Gedränge. Außerdem haben wir gehört, dass er am Familienaltar opfern wollte.»

«Man opfert nicht am Familienaltar, wenn der Staat die große Hekatombe darbringt.»

«Vielleicht ist er danach erst aufgebrochen.»

«Und was hat er am Kladeos gemacht?»

«Sagtest du nicht, der Megarer war unsicher? Vielleicht war ein anderer am Kladeos.»

«Vielleicht war er es aber doch. Er nutzte die allgemeine Ablenkung durch das Opfer im heiligen Hain, um ...»

«Lassen wir doch diesen Verdacht! Glaube mir, er ist in Letrinoi. Er wird vor Einbruch der Nacht zurück sein.»

Drakonides erwiderte nichts. Doch seine Miene sagte deutlich genug, wie wenig er davon überzeugt war.
«Es scheint mir», sagte Iolaos fast heiter, in einem Tonfall, als wollte er sich selber beruhigen, «die Eleer wollen nichts unversucht lassen! Der Sieg im Faustkampf ist ja besonders wertvoll und sie würden gern einen der Ihren bekränzen. Hat er nicht mächtige Gönner? Wahrscheinlich hoffen sie doch darauf, dass er gewinnt, und tun alles, um seinen Mut zu stärken. Wenn die Hausgötter helfen können ... warum nicht die Hausgötter? Aber es durften nur wenige wissen, weil es ja gegen die Vorschrift ist. Nicht einmal seine Schlafgenossen, sonst hätten die auch noch nach Hause gewollt. Deshalb ist er heimlich über den Kladeos gegangen. Vielleicht will er sogar diese Jungfrau treffen, um durch ihren Anblick und ihren Zuspruch ...»
Er verstummte, denn Drakonides reckte plötzlich den Hals und starrte zum Lagereingang hinüber.
Iolaos folgte dem Blick und stieß einen Laut der Überraschung aus.
Dort näherte sich inmitten einer Gruppe von Männern ein schlankes, langbeiniges Mädchen. Es trug einen Goldreif im Haar und war mit dem kurzen Chiton der Heraienläuferinnen bekleidet. Den Kopf hoch erhoben, bewegte es sich sicher und ungezwungen, warf stolze Blicke nach allen Seiten und schien nicht im Geringsten verlegen zu sein.
«Bei Styx!», entfuhr es Drakonides. «Ob sie das ist ...?»
Während sie ihre Vermutungen über den Verbleib des Eutelidas austauschten, hatten die beiden Männer gar nicht bemerkt, wie um sie herum Bewegung ins Lager gekommen war. Zunächst waren die Läufer, die die Agone des heutigen Tages bestritten hatten, zurückgekehrt und hatten sich, nachdem Sand und Öl abgeschabt waren, ins Wasser gestürzt. Ihnen waren sogleich die Besucher gefolgt, um zur gewohnten Zeit mit den Athleten – es waren auch jetzt, da schon viele nach Abschluss ihrer

Agone ins Wohnlager für die Festgäste übergewechselt waren, noch an die fünfzig – bei Schmaus und Schwatz zusammen zu sein. Heute brachten sie keine Speisen mit, weil die Küche des Lagers Opferfleisch im Übermaß bereithielt. An mehreren von Sklaven gedrehten Spießen wurden die Festbraten gar und vor allem die Ringer holten sich riesige Portionen, um sie als letzte Stärkung vor dem Agon zu verspeisen. Wie üblich wurden die Tagesereignisse besprochen, im größeren oder kleineren Kreise saß man beisammen und immer neue Besuchergruppen quollen herein.

Die Gruppe, zu der das Mädchen gehörte, war eine besondere und sie erregte allgemeines Aufsehen.

Voran schritt der alte Ornytos, der Lagervorsteher, der sich zum Fest bekränzt hatte und einen reich gefalteten und bestickten Mantel trug. Hinter ihm ging ein älterer, wohlhabend aussehender Eleer, flankiert von zwei Herren mit dunklen Gesichtern, fremdartigen Barttrachten und bizarren Kostümen, die offenbar Nichthellenen waren und als Gastfreunde des Eleers das Fest besuchten. An der Seite des Mädchens sah man noch einen jungen, selbstbewusst blickenden Spartiaten, der seinen Schopf langer, über der Stirn zusammengebundener Haare wie ein Diadem und seinen groben, wollenen Tribon wie einen Königsmantel trug.

Während sich ihm die Köpfe zuwandten, grüßte Ornytos nach allen Seiten und führte die Gruppe zu den Wohnhütten. Einige Male blieb er stehen, um seinen Begleitern etwas zu erklären oder um ihnen einen Athleten oder Gymnasten vorzustellen. Als er Drakonides vor seiner Hütte bemerkte, verharrte er auch hier und begrüßte ihn.

Der Faustkämpfer erhob sich respektvoll.

«Chaire, mein Teurer! Erlaubt bitte», sagte Ornytos, zu seiner Begleitung gewandt, «dass ich euch Drakonides vorstelle, den berühmten Faustkämpfer aus Mytilene. Schon mehrmals war er hier zu Gast. Fast hätte er unterwegs bei einem Schiffbruch das Leben verloren. Wir freuen uns, dass er es dennoch geschafft hat. Er hat ja diesmal schon tüchtig von sich reden gemacht, obwohl sein Agon noch gar nicht dran war. Ihr habt sicher davon gehört. Demainete, mein Kind, wenn du später verheiratet bist und wagst dich zur Festzeit hierher, dann begib dich nur in seine Obhut. Er ist der furchtlose Beschützer der Frauen!»

Das Mädchen schürzte spöttisch die Lippen, die Herren lachten. Allen war anzusehen, dass sie über die Angelegenheit, von der die Rede war, Bescheid wussten. Drakonides lachte höflich mit und die Herren von auswärts fingen ein Gespräch mit ihm an, wobei sie lebhaftes Interesse für den Faustkampf bekundeten. Sie fragten ihn dieses und jenes, verglichen die Kampfregeln mit den bei ihnen zu Hause, in Ägypten und Karthago, vorgeschriebenen und es kam zu einem Wortwechsel mit dem jungen Spartiaten, der ihnen erklärte, dass ein Agon, der durch das Aufgabezeichen entschieden werde, für ihn und seinesgleichen nicht in Frage komme, weil sich ein Mann aus Sparta niemals ergebe.

Drakonides, der sonst bei solchen Gelegenheiten den kunstvollen Faustkampf nach Regeln gegen die rohen Prügeleien der Männer vom Eurotas verteidigte, folgte dem Gespräch bald nur noch mit halber Aufmerksamkeit. Er beobachtete das Mädchen, das ihn auch seinerseits musterte, und zwar, wie ihm nicht entging, mit wenig verhohlener Abneigung. Kein Zweifel, das war jene Demainete, die dem Eutelidas als Braut bestimmt war. Das erklärte auch ihre Aufmerksamkeit für ihn. Während ihr rascher Blick an seinen Schultern, Armen und Beinen entlangglitt, mochte sie seine Aussichten für den Kampf abwägen und mit denen des anderen, des ihr in Aussicht gestellten Bräutigams, vergleichen. Offenbar war sie in großer Unruhe. Sie bewegte ihre prachtvollen, muskulösen Schenkel wie an der Startschwelle eines Dromos, drehte die Schultern,

schnippte mit den Fingern. Aus den Gruppen der Männer, die ringsum im Grase hockten, flogen ihr Scherzworte zu, die sie jedoch nicht zu hören schien. Immer häufiger suchte sie Ornytos, der in das Gespräch vertieft war, durch Seufzer und Gesten auf sich aufmerksam zu machen.
Schließlich sagte sie unvermittelt, in schroffem Ton: «Wollen wir nicht endlich weitergehen, Großvater? Damit ich hier meine Schuldigkeit tun kann?»
Die Männer wandten sich ihr nun zu und Ornytos sagte ein wenig tadelnd: «Bezähme deine Ungeduld, Töchterchen. Wirst deinen Liebsten gleich wieder sehen!»
Zur Überraschung des Drakonides entlockten diese Worte dem Mädchen ein verächtliches Lachen.
Doch Ornytos schien es nicht zu bemerken und erklärte: «Das ist das Kind meiner Tochter und meines Schwiegersohnes Gorgias, den du hier neben mir siehst. Er besitzt große Güter und war Olympiasieger im Wagenrennen. Was Demainete betrifft, so ist sie dem Eutelidas zur Frau versprochen.»
«Zur Frau?», fragte sie spitz. «Warum sagst du nicht, dass ich der Kampfpreis bin?»
«Aber der Kampfpreis, Töchterchen, ist doch der Kranz vom heiligen Ölbaum», sagte der Alte vorwurfsvoll.
«Ah! Dann also bin ich nur eine Beigabe!»
«Meine Tochter hat eine scharfe Zunge», sagte Gorgias mit etwas gezwungener Heiterkeit. «Aber in ihrem Wesen ist sie freundlich und zartfühlend. Sonst hätte sie nicht herkommen wollen.»
«Es war nicht mein Wille, es war dein Befehl!»
«Dem du dich freudig unterwirfst, wie ich weiß. Denn du hast natürlich den Wunsch, meinen Gastfreunden zu zeigen, dass du trotz aller Freiheit, die ich dir ließ, eine gehorsame Tochter geblieben bist. Was ihr nicht immer leicht fällt, seit sie beim Hera-Fest den Kranz gewann.»

Alle lachten und Demainete warf dem jungen Spartiaten einen koketten Blick zu.
Drakonides begann zu verstehen. Dieses Mädchen, das dem Eutelidas für den Fall seines Sieges versprochen war, hatte keine Ähnlichkeit mit den unterwürfigen Jungfrauen, die fast überall in Hellas in der Enge der Häuser und der Familien aufwuchsen. Nach den Gesprächen mit Eutelidas hatte er auch nichts anderes erwartet. Sie erinnerte ihn an Pherenike. Offenbar war sie dorisch erzogen worden, wie viele elische Mädchen, das heißt in recht freiem Umgang mit ihren andersgeschlechtlichen Altersgenossen. Das hatte sie selbstbewusst gemacht und es musste sie daher tief erniedrigt haben, dass ihr Vater sie als Belohnung ausgesetzt hatte, dass sie sich willenlos einem Sieger ausliefern sollte. Selbst wenn ihr Eutelidas sonst nicht zuwider war, musste sie ihn schon dafür verabscheuen.
Jetzt begriff Drakonides auch, warum sie ihn so hasserfüllt angesehen hatte. Vor seinem Erscheinen hatte sie sicher sein können, dass ihr Vater sein Wort nicht einlösen musste. Nun aber war plötzlich wieder Hoffnung auf einen elischen Olympiasieg gewesen und man hatte den «Kampfpreis» ins Lager gebracht. Umsonst!, dachte Drakonides mit bitterer Schadenfreude. Noch wissen sie ja nicht, dass ihr Held das Weite gesucht hat. Er empfand einen Augenblick Genugtuung für das Mädchen, aber gleich darauf auch die tiefe Hoffnungslosigkeit seiner eigenen Lage. Denn nun war es ja sicher: Da ihn Leute aus seinem eigenen Heimatort besuchen wollten, konnte Eutelidas nicht dorthin beurlaubt sein. Auch dass der Lagervorsteher Ornytos von einem solchen Urlaub nichts wissen sollte, war unwahrscheinlich.
Was nun folgte, bestätigte seine Befürchtung.
«Mein Lieber», sagte Ornytos, «wir müssen jetzt gehen. Zeus möge dir beistehen, wenn du morgen ins Stadion einziehst. Wir wollen nun unseren Landsmann Eutelidas aufsuchen.»

«Den trefft ihr nicht an», sagte Drakonides.
«Wie? Ist er nicht hier?»
«Nein.»
«So ist er noch bei seinen Übungen.»
«In der Palästra sah ihn heute noch niemand.»
«Ja, was heißt das?», rief Gorgias. «Er ist nicht im Lager? Nicht in der Palästra? Bei allen Göttern, wo ist er denn?»
«Es hieß, dass er opfern wollte.»
«So spät noch?»
«Das wohl nicht. Aber der Weg zum Altar ist weit.»
«Wie kann er weit sein?», sagte Ornytos. «Alle Altäre liegen im heiligen Bezirk.»
«Dieser nicht.»
«Welcher soll denn das sein?»
«Der Familienaltar in Letrinoi.»
Diese Mitteilung löste bei Ornytos und Gorgias die erwartete ungläubige Betroffenheit aus. Während Demainete ihn anstarrte, der Mann aus Sparta spöttisch grinste und die Fremden verständnislose Blicke tauschten, wurde Drakonides zu einer Erklärung aufgefordert.
Er sagte, er habe die Nachricht vom Gymnasten Thrasykles, und kaum war dies heraus, da sah er vom Eingang her den Genannten herankommen. Neben ihm wehte der Purpurmantel eines Hellanodiken, es war Polyktor. Der Dritte in der Gruppe, der heftig gestikulierend und wilde Blicke um sich werfend auf die beiden anderen einsprach, war der Gymnastes des Eutelidas.
«Fragt ihn selbst», sagte Drakonides. «Da kommt er gerade.»
Ornytos trat den Männern entgegen. Sie verlangsamten ihren Schritt und kamen zögernd heran. Ihre Mienen zeigten Verlegenheit und sie waren jetzt offensichtlich bemüht, ihre Aufregung zu verbergen.

«Beim Zeus, was bedeutet das?», rief Ornytos. «Wo ist euer Athlet? Wo ist Eutelidas?»

«Ist er denn immer noch nicht hier?», fragte Polyktor.

Ornytos fiel über den Gymnasten her.

«Warum passt du nicht auf? Warum kümmerst du dich nicht um ihn?»

«Die Götter sind Zeugen, ich habe ihn kaum aus den Augen gelassen!», sagte der Mann. «Nur für das große Opfer gab ich ihm frei, danach sollte er gleich in die Palästra kommen. Er kam nicht! Dabei wusste er, dass wir die neuen Riemen probieren müssen, er hat sie ja kaum an den Fäusten gehabt! Die Rute bekommt er, wenn er sich blicken lässt, der Faulpelz, der Duckmäuser! Vielleicht liegt er da oben irgendwo in den Büschen und schnarcht!»

«Was soll das heißen? Eben hörten wir, dass er in Letrinoi sei, um zu opfern.»

«Das war nur eine Vermutung», sagte Thrasykles kleinlaut. «Wirklich nur eine Vermutung!»

Er hatte Drakonides und Iolaos bemerkt, in deren Gegenwart er seine Auskunft nicht gut ableugnen konnte.

«Eine Vermutung?», rief Gorgias. «Ihr wisst tatsächlich nicht, wo er ist?»

Einen Augenblick herrschte gespanntes Schweigen im Kreis. Doch plötzlich wechselte das Gesicht des Polyktor den Ausdruck. Verlegenheit und Besorgnis verschwanden.

«Also gut, es ist nicht nur eine Vermutung», sagte der Hellanodike. «Doch ereifert euch nicht, es gibt keinen Grund zur Beunruhigung. Ich selber habe seinen Antrag genehmigt. Vielleicht habe ich damit das Gesetz, die Agonisten bei der Erfüllung ihrer Pflichten gegenüber den Göttern zu unterstützen, ein wenig zu weitherzig ausgelegt. Zieht mich dafür zur Verantwortung, wenn es sein muss. Ich kam her, weil ich hoffte, Eutelidas sei schon zurück und unnötige Aufregung könne

vermieden werden. Nun, die Hoffnung war vergebens, aber seid unbesorgt, er wird bald wieder hier sein. Verzeih, Knemon, dass du nicht eingeweiht wurdest», wandte er sich an den Gymnasten, «aber wir wissen ja, dass du Übungen, die die Seele des Athleten stärken, für unnötig hältst.»
Der Gymnastes wollte zurückgrollen, doch Ornytos kam ihm zuvor und sagte rasch, die Erklärung Polyktors befriedige ihn und der Rat werde später wohl prüfen müssen, ob die Entscheidung des Hellanodiken noch dem Gesetz entsprochen habe oder es schon überschreite. Gorgias meinte, es sei zu erwägen, ob hier vielleicht die eine Vorschrift der anderen widerspreche und also die Vorschriften zu verbessern seien. Dann redeten sie jäh von etwas anderem, als interessiere sie Eutelidas nicht mehr. Polyktor beklagte, dass für den Ringeragon am nächsten Vormittag noch feiner Sand fehle, und Ornytos erkundigte sich angelegentlich, ob die Waffenläufer schon mit den Schilden geübt hätten, die sie im Wettkampf tragen würden. Während sie über dies und anderes sprachen, gingen sie schon in die Richtung des Tores und Drakonides bemerkte noch, wie Gorgias dem Knemon und dem Thrasykles mit einer unauffälligen Kopfbewegung bedeutete, ihm zu folgen.
Als sich nun auch die anderen entfernten, trat Demainete, die wie ein Luchs gelauert hatte, plötzlich auf Drakonides zu und flüsterte mit einem Lächeln, das ihre freudige Erregung nicht verbarg: ‹Ich kam her, um jemand Mut zuzusprechen! Soll ich umsonst gekommen sein? Ich wünsche, dass du es bist, der den Kranz gewinnt! Mögen die Götter auf deiner Seite sein!»
Sie drehte sich um und lief hinter den anderen her.
Drakonides blickte ihr lächelnd nach. Er sah, wie sie dem jungen Spartiaten verstohlen die Hand drückte und auch ihm etwas ins Ohr flüsterte.
Jetzt verstand er vollkommen.

42

Hinter sich hörte Drakonides die trockene Stimme des Iolaos. Die Heiterkeit verflog und die neue Lage zeigte sich in ernüchternder Klarheit.

«Jetzt wissen wir, woran wir sind», sagte der Paidotribes. «Die Geschichte vom Opfer am Familienaltar ist tatsächlich erfunden. Polyktor hat nicht die Wahrheit gesagt, aber Ornytos und Gorgias waren ihm dankbar, dass er ihnen half, vor uns und den Fremden den Schein zu wahren. Es wäre ein ungeheurer Verlust für ihr Ansehen als Ordner des Festes. Jetzt beraten sie wohl, was zu tun ist ... wie sie alles so glaubhaft wie möglich erklären. Vielleicht versuchen sie, ihn zurückzubringen. Aber wo sollen sie ihn suchen?»

«Bei Styx!», sagte Drakonides dumpf. «Begreifst du, was das bedeutet? Begreifst du das?»

Er ließ sich wieder vor der Hütte im Gras nieder, umschlang die angezogenen Knie mit den Armen, stützte das Kinn darauf und starrte vor sich hin.

«Übrigens hattest du Recht», sagte Iolaos, dessen Blick auf das handschuhartige Ledergeflecht fiel, das er noch immer in der Hand hielt. «Die harten Riemen waren der Grund. Du hast ja diesen Knemon gehört. Er muss es in aller Frühe erfahren haben und hatte nichts Eiligeres zu tun, als den Euteliclas damit zu erschrecken. Nichts ist grausamer als eine schlimme Nachricht beim Erwachen.»

«Wie schön, dass bald Schlafenszeit ist», sagte der Faustkämpfer grimmig. «So hat es mich Glücklichen also weniger grausam getroffen.»

In diesem Augenblick wurde sein Name gerufen.

An der Spitze seines Haufens kam Ramphias vom Kladeos herauf. Er hatte ein Tuch um die Lenden geschlungen, die feuchten Haare klebten ihm an der Stirn.

«Warum hockst du so trübselig da, Drakonides? Danke den Göttern! Du und ich, wir kosten vom Becher der Freude!»
«Was willst du von mir?»
«Weißt du es noch nicht? Wir beide sind morgen unter uns! Wir haben das Stadion für uns allein! Das ist doch schon lange unser sehnlichster Wunsch. Oder nicht? Ach, was werden wir für ein schönes Paar sein! Ich werde dich wie der feurigste Liebhaber streicheln!»
Die Geste, mit der er diese Worte begleitete, ließ seine Leute in brüllendes Gelächter ausbrechen.
Drakonides fuhr wütend auf und suchte nach einer Entgegnung. Da ihm aber nichts einfiel, brachte er nur ein klägliches Grunzen hervor.
Die Gesellschaft entfernte sich lärmend.
«Sie wissen es also auch schon», sagte Iolaos.
«Ich könnte ihn umbringen, diesen Feigling! Wenn ich nur wüsste, wo er steckt!»
Drakonides stöhnte.
«Ich fürchte, dir nützen jetzt weder Klagen noch Drohungen», sagte Iolaos, «sie trüben nur den Blick für die Tatsachen. Wenn der Eleer verschwunden bleibt, ist alle Hoffnung auf das Freilos verloren. Einen Ephedros wird es dann morgen nicht geben. Ramphias hat Recht, du wirst im Stadion mit ihm allein sein. Finde dich damit ab, Drakonides.»
«Ist das alles, was du mir zu sagen hast?»
«Nein. Ich meine, es gibt Gegner, die furchtbarer sind als dieser Ramphias. Hast du nicht gerade das Meer besiegt, das dir ans Leben wollte?»
«Ich hatte Glück. Ich wurde nicht auf die Klippen geschleudert. Manchmal kommt man ohne Glück nicht aus. Wenn Tyche nicht hilft, ist alles verloren.»
«Du glaubst also, es gibt morgen keine Rettung für dich.»
«Bei Styx, warum bin ich hergekommen?», stieß Drakonides

plötzlich verzweifelt hervor. «Was wollte ich hier? Was hatte ich hier noch zu suchen? Warum bin ich denn nicht nach Hause gefahren, so wie ich es vorhatte? Und als ich dann hier war ... warum bin ich nicht bei meinem Vorsatz geblieben? Geschieht mir recht, mir elendem Schwächling!», fuhr er fort, indem er sich einen so heftigen Faustschlag gegen die Stirn versetzte, dass sein Kopf zur Seite schnellte. «Hätte ich doch auf die gehört, die mir wohl wollten, die mich warnten! Warum lasse ich mich wie ein Ochse herumzerren! Mir von jedem Schmarotzer etwas einflüstern! Ich erwürge diesen Sosigenes! Wo ist er? Er soll mir nicht unter die Augen kommen ...»

So schimpfte und fluchte er weiter.

Iolaos seufzte, wandte sich ab und wartete mit unbewegter Miene, bis der Ausbruch vorüber war.

Als Drakonides sich endlich beruhigt hatte und nur noch keuchend vor sich hin stierte, sagte er: «Sprechen wir nun davon, was zu tun ist. Die Sache hat immerhin einen Vorteil.»

«Einen Vorteil? Mach dich nicht lächerlich!»

«Du hast nur einen einzigen Gegner. Also müssen wir uns nur auf einen vorbereiten.»

Mit ruhigen, sorgsam gewählten Worten und ohne sich darum zu kümmern, ob der Faustkämpfer zustimmte oder nicht, legte er nun dar, auf welche Weise dem Ramphias beizukommen wäre.

Sein Plan war sehr einfach. Nach seiner Meinung musste es Drakonides darauf anlegen, die Vorzüge seines Gegners, so gut es ging, in Nachteile zu verwandeln. Alles, was Ramphias an guten Eigenschaften besaß, musste im Laufe des Kampfes auswuchern und sich gegen ihn wenden. Sein Wagemut musste sich zur Tollkühnheit steigern, seine Schnelligkeit zur Hast, seine Angriffslust zur Angriffswut, seine Unbekümmertheit zum verderblichen Leichtsinn. Nur wenn all dies zusammenkäme, wenn die unausbleiblichen Nachlässigkeiten in der Verteidigung den Fäusten des Drakonides die Lücke rissen, durch die sie den vielleicht einzigen entscheidenden Schlag führen könnten, sei der Kampf zu gewinnen.

Obwohl er davon nur aus Erzählungen wusste, erinnerte Iolaos Drakonides daran, dass sein einziger Sieg gegen Ramphias auf diese Weise zustande gekommen war. Als Drakonides, der nur widerwillig zuhörte, den Einwurf machte, Ramphias habe ja längst gelernt, dass blindes Wüten gefährlich sei, und erst im letzten isthmischen Endkampf bewiesen, dass er auch abwarten, den Gegner belagern und ihn dann im richtigen Augenblick überrennen könne, ließ Iolaos sich davon nicht irremachen. Ramphias sei wie ein Raubtier, das im Umgang mit den Jägern etwas vorsichtiger geworden ist. Wenn man es aber reize und wild mache, werde es seine Natur nicht verleugnen können.

Iolaos erläuterte nun, dass die Voraussetzungen günstig seien, den Ramphias leichtfertig und unvorsichtig zu machen. Er werde wie ein Heros gefeiert, die Zuschauer sähen ihn jetzt schon bekränzt, er selbst glaube fest an seinen Sieg. Dass dieser erst mühsam erkämpft werden müsse, könne ihm nur mehr lästig sein. So werde er sich dieser Pflicht rasch entledigen wollen. Das sei auch nötig, weil er sich noch zum Pankration gemeldet habe. Ein langer, kräftezehrender Faustkampf mindere dort seine Aussichten, schließlich werde es ja Ausscheidungskämpfe geben. Sicher denke er an den berühmten Theagenes, der von den Hellanodiken mit einem Talent bestraft wurde, weil er sich für beide Agone gemeldet hatte, aber nach seinem Faustkampfsieg nicht mehr imstande war, noch zum Pankration anzutreten. Also werde ihn jede Verzögerung, jeder ermüdende, aber wirkungslose Angriff ungeduldiger, wütender machen. Und noch etwas komme hinzu. Müsse für ihn nach sieben Siegen über Drakonides der achte nicht selbstverständlich sein? Könnte ihn das nicht verleiten, etwas weniger umsichtig, weniger gewissenhaft zur Sache zu gehen?

Zunächst hatte Drakonides sich abgewandt und nur von Zeit zu Zeit brummend und knurrend Zweifel bekundet. Aber je länger Iolaos zu ihm sprach, in seiner leidenschaftslosen Art, die Drakonides sonst so missfiel, weil er sie für Hochmut und Anmaßung hielt, desto stiller wurde der Faustkämpfer, desto gespannter hörte er zu.
In diesen wenigen Tagen der Vorbereitung auf den olympischen Agon war zwischen den beiden Männern eine kühle Vertrautheit entstanden. Die Erkenntnis des Drakonides, dass er am Tag nach dem Probekampf besser dem Rat des Iolaos gefolgt wäre, hatte dessen Ansehen bei ihm gehoben und er hatte begonnen, auf den grämlichen Paidotriben zu hören. Obwohl er seine Berühmtheit und seine Erfahrung nach wie vor als Schild benutzte, prallten die Pfeile des Iolaos nicht mehr nur ab und mancher Hinweis hatte Beachtung gefunden. So war es nicht zuletzt das Verdienst des Iolaos, dass Drakonides sich wieder erholt und Zuversicht gewonnen hatte. Um diesen Zustand zu erhalten, hatte der Paidotribes auch versucht, den Verdacht auf eine Flucht des Eutelidas anfänglich abzuwehren. Als aber der Fall dann klar war, hatte er sofort erkannt, dass es nun darauf ankam, das Beste aus der neuen Lage zu machen.
Je karger die Ernte zu werden versprach, desto sorgsamer musste jedes Saatkorn in die Erde gesenkt, desto aufmerksamer musste der Boden gepflegt werden. Drakonides, der als Bauer einen Sinn für das Zweckmäßige hatte, spürte dieses Bemühen und er verschloss sich ihm nicht länger.
Iolaos kam nun auf die offensichtlichen Vorzüge zu sprechen, die Drakonides gegenüber Ramphias hatte. Das waren vor allem sein hoher Wuchs und die Länge der Arme Dadurch konnte er sich den Gegner vom Leibe halten, seine Hiebe mit offenen Händen abwehren, ehe sie ihr Ziel erreichten. Solange die Arme nicht müde wurden und herabsanken, war der Kopf in Sicherheit. Dann der Faustschlag, vernichtend, zerschmet-

ternd. Drakonides musste nur gut beobachten und auf den richtigen Augenblick warten. Wenn er die aufprasselnde Flamme eindämmen und sich gedulden konnte, bis sie ein wenig heruntergebrannt war, würde ein einziger Treffer wie ein Wasserguss wirken. Iolaos kam jetzt sogar zu der Einschätzung, dass es ein Fehler des Ramphias war, die harten Riemen zu beantragen. Statt den Sieg damit sicherer zu machen, war er ein unnötiges Risiko eingegangen.

Drakonides hörte immer begieriger zu und seine Augen, die eben noch stumpf und trübe geblickt hatten, bekamen nach und nach wieder Glanz. Der Rücken straffte sich, überall an seinem Körper begannen die Muskeln zu arbeiten.

Immer häufiger sagte er: «Ja, bei Styx!», oder «So kann man es auch betrachten!», oder: «Du sprichst aus, was ich denke!»

Als Iolaos endlich schwieg und ihn mit einem prüfenden, abwartenden Blick ansah, war nichts mehr von seiner Verzagtheit zu spüren. Er war wie verwandelt.

«Recht hast du!», rief er. «Wozu kleinmütig sein? Gepriesen sei dein Scharfsinn, denn du hast alles herausgefunden, worin ich ihm überlegen bin. Und das ist nicht wenig! Habe ich etwa Grund, ihn zu fürchten? Durchaus nicht! Ich werde alles so machen, wie du es vorschlägst, und mit Hilfe der Götter werde ich siegen! Du bist mir ein prächtiger Kerl, du verstehst deine Sache.»

Und indem er dem Iolaos plötzlich seine Pranke auf die Schulter schlug, fügte er hinzu: «Jetzt habe ich Hunger wie zehn Wölfe!»

Er sprang auf und zog Iolaos mit fort. Sie gingen hinüber zu den Bratspießen, wo sie sich ein paar saftige Stücke aussuchten, die eben vom Feuer kamen.

Eine Meute junger Athleten, die ihren Agon hinter sich hatten und schon etwas bezecht waren, zog singend durch das Lager.

Ein Flötenspieler tänzelte an der Spitze. Übermütig bildeten die jungen Männer einen Kreis um Drakonides und Iolaos und jedes Mal, wenn die beiden ausbrechen wollten, fassten sie sich an den Händen und verhinderten es.
Den Faustkämpfer amüsierte das Spiel. Er hielt ein Stück Fleisch in der Hand und aß und machte dazu sogar ein paar Tanzschritte.
Schließlich zogen die jungen Männer weiter.
«Wir werden morgen singen und tanzen!», sagte Drakonides lachend. «Dessen bin ich jetzt vollkommen sicher! Hast du gehört, was diese ungebärdige Jungfrau mir gewünscht hat? Nein, sie hat es mir ja ins Ohr geflüstert. Den Sieg, den Kranz! Bei Styx, ich glaube fast, ich gefalle ihr, obwohl es zu Anfang gar nicht so aussah.»
Für sich fügte Drakonides leise hinzu: «Und auch du, meine Pherenike, wünschst mir aus vollem Herzen den Sieg, dessen bin ich gewiss! Auch wenn du es nicht eingestehst . . .»

43

Als sie zur Hütte zurückkamen, warteten dort etwa zwanzig Männer: Zopyros, Philemon, Thukles und andere. Auch Sosigenes, der sich wieder erholt hatte, war dabei.
Drakonides wurde mit freudigem Zuruf begrüßt. Sie waren gekommen, um vor dem Agon noch einmal das göttliche Wohlwollen auf ihn herabzuflehen.
Zopyros umarmte Drakonides. Sein weißer Sichelbart stach gegen die Brust des Riesen. Mit vor Rührung zitternder Stimme rief er:
«Glückliche meerumspülte Stadt Mytilene! Dein tapferer Sohn Drakonides wird morgen ins Stadion einziehen und seine Fäuste rühren, zu Ehren der Götter und zu deinem Ruhme!»

«Euoioi!», schrie Sosigenes, riss sich den Kranz vom Kopf und schwenkte ihn heftig.
Alle traten heran, umarmten Drakonides und drückten ihm die Hand.
«Ich danke euch, dass ihr gekommen seid, Freunde!», sagte der Faustkämpfer fröhlich. «Und ich verspreche euch, dass ich mich nicht schonen werde!»
«Sei zuversichtlich!», sagte Zopyros. «Tyche wird sich deiner fürsorglich annehmen. Wir haben ihr heute noch eine zweite Ziege geopfert.»
«Noch eine zweite Ziege?», fragte Drakonides. «Warum?»
«Nun, um ganz sicherzugehen, dass du Ephedros wirst.»
«Aber das war ja nicht mehr notwendig!»
«Nicht mehr notwendig?»
«Es wird keinen Ephedros geben.»
«Keinen Ephedros?»
«Dieser feigherzige Eleer ist verschwunden. Umso besser! Nun habe ich nur noch einen Gegner.»
«Ramphias!», riefen mehrere.
«Ja.»
Für einen Augenblick schien diese Mitteilung allen die Zunge zu lähmen. Einige tauschten Blicke, andere starrten Drakonides ungläubig an. Dann bestürmten sie ihn mit Fragen. Nachdem Drakonides und Iolaos kurz erklärt hatten, was geschehen war, verstummten sie abermals. Diesmal war es ein längeres Schweigen.
«So haben wir also die Ziege umsonst geopfert», sagte schließlich Zopyros mit einem erbarmungswürdigen Seufzer.
Drakonides blickte hinunter auf die Köpfe, die sich vor ihm senkten, und die Gesichter, die sich verlegen wegdrehten.
«Was habt ihr denn?», fragte er rau. «Warum seid ihr auf einmal so still geworden?»
«Was gibt es noch zu reden?», sagte einer. «Warten wir ab!»

«Gutes kann daraus nicht werden», meinte ein anderer.
«Und warum nichts Gutes?», rief Drakonides, indem er auf den Mann losfuhr, ihn am Arm packte und schüttelte.
«Ich meine ja nur, du und Ramphias ...», stammelte der Mann erschrocken. «Wie willst du ihn denn besiegen, wenn du nicht vorher Ephedros wirst?»
Dies war die allgemeine Ansicht. Jetzt redeten alle durcheinander.
«Er wird dir das Fell über die Ohren ziehen und wir müssen dabei noch zugucken!»
«Das wird nicht angenehm sein.»
«Drakonides kann ja aufgeben, wenn es zu schlimm wird.»
«Ja, aber vorher muss er kämpfen! Denkst du, die Festversammlung lässt sich gefallen, dass einer aufgibt, bevor er gekämpft hat?»
«Dafür würde er von den Hellanodiken bestraft.»
«Mit Geld?»
«Nein, ich glaube, mit Rutenstreichen.»
«Besser wäre gewesen, er hätte sich gar nicht beworben.»
«Konnte er vorher wissen, wie es kommt?»
«Glaubt mir, ich habe ihn gewarnt! Wagt man sich auf das Meer, wenn das Schiff nicht mehr seetüchtig ist?»
Iolaos, der sich mühsam beherrscht hatte, fuhr jetzt heftig dazwischen.
«Genug! Es ist besser, ihr verschwindet!»
«Sieh sie dir an!», höhnte Drakonides. «Sieh sie dir an, diese Heuchler! Jetzt wollen sie mich sogar gewarnt haben. Ihr hättet mich gewarnt?», schrie er plötzlich. «Habt ihr mich nicht vielmehr gedrängt? Seid ihr nicht von mir geschlichen wie von einem Aussätzigen, als ich euch sagte, ich wolle mich nicht mehr bewerben? Ihr Jämmerlinge! Das wollt ihr wohl nicht mehr wahrhaben, wie? Und du, Alter», wandte er sich an Zopyros, «hast du nicht schnell ein Märchen erfunden – vom Ret-

ter Zeus, der mich nur den Fluten entriss, damit ich hier kämpfen konnte?»
«Vielleicht hast du ihn inzwischen erzürnt!», sagte Zopyros mit seiner zittrigen Fistelstimme. «Hast am Typaion verhindert, dass er seine Genugtuung erhielt. Und vor den Gebeten und Opfern hast du dich immer gedrückt, warst niemals sehr eifrig!»
«Ich hatte meinen Eifer zu teilen, zwischen den Göttern und meinen Pflichten!», entgegnete Drakonides. «Habt ihr mich nicht auch im Namen der Tüchtigkeit aufgefordert ...»
«Ich glaube an deine Tüchtigkeit!», ließ sich jetzt Philemon vernehmen. Herausfordernd, seinen Stock schwingend, sah er sich um. «Ihr Kleinmütigen! Warum habt ihr kein Vertrauen zu ihm? Er wird ihn besiegen wie Theseus den Minotauros!»
Diese Worte hatten wenig aufmunternde Wirkung.
Sosigenes, der bis jetzt, ungewöhnlich genug, geschwiegen hatte und dessen Gesicht wie ein verunglückter Fladen aussah, versuchte einen kläglichen Scherz.
«Der Minotauros war nur ein Stier ... aber Ramphias ...»
Kaum war dies ausgesprochen, als Drakonides Sosigenes schon an der Schulter gepackt hatte. Wortlos drehte er ihn herum und stieß ihn mit einem Fausthieb in den Rücken zu Boden.
Sosigenes überschlug sich, raffte sich aber gleich wieder auf und rieb sich stöhnend die getroffene Stelle.
«Das für deine guten Ratschläge!», rief Drakonides.
«Geht jetzt! Macht, dass ihr fortkommt! Lasst ihn in Ruhe!», sagte Iolaos. «Glaubt ihr, dass er das braucht ... Streit und Aufregung ... einen Tag vor dem Wettkampf?»
Er fasste einige Männer an Armen und Schultern und drängte sie in die Richtung der niedrigen Mauer, in der sich die Pforte befand. Die anderen folgten in losen Gruppen, zögernd, unter betretenem Schweigen.
Als sie an der Pforte anlangten, mussten sie einen Augenblick

warten, weil ein Trupp von zwanzig, fünfundzwanzig Mastigophoren hereinkam. Es waren in der Mehrzahl Lyder und Karer, alle besonders kräftige Leute. Mit eifrigen, grimmigen Mienen gingen sie zum Kladeos-Ufer und dort zum Wald hinauf.
«Sie suchen ihn», sagte einer der beiden elischen Pankratiasten, der mit seinen Besuchern um einen Mischkrug herum saß. «Wisst ihr, dass er nicht einmal seine Sachen mitgenommen hat? Gürtel, Sandalen, Ölfläschchen ... alles noch da. Nur die Herme, an der er immer geschnitzt hat, ist fort.»
Das war es, was der Megarer für einen Schlauch oder Kasten gehalten hatte, dachte Drakonides, der in der Nähe stand und die Worte des Pankratiasten gehört hatte.
Und dann dachte er noch: Bei Styx, warum lasse ich nicht auch alles hier ...
«Drakonides ...», sagte Iolaos, der zurückgekommen war.
Ein düsterer Blick des Faustkämpfers traf ihn. So zog er es vor, nicht das zu sagen, was ihm jetzt auf der Zunge lag. Er wusste, es war im Augenblick zwecklos.
«Ich wollte nur ... Noch eine Massage?»
«Später.»
Drakonides drehte sich um und ging langsam, mit schwerfälligen Schritten, auf den Wildbach zu.
Iolaos sah ihm beunruhigt nach.

44

Wie allabendlich waren vom Wohnlager her Musik und Gesänge zu hören. Von den zahlreichen Feuern stieg Rauch auf, die Luft war gesättigt vom Bratengeruch.
Überall wurden die Spieße gedreht, nach dem Opfer der hundert Rinder gab es Fleisch in Fülle. Auch im Küchenhof des ehrwürdigen Prytaneions herrschte Betriebsamkeit. Das fest-

liche Gastmahl wurde vorbereitet, zu dem immer am dritten Tag der Spiele, nach dem Hauptopfer, der Olympische Rat die Gesandten der griechischen Staaten empfing. Bei der Zubereitung des Mahles, von dem bereits Zeus gekostet hatte, wetteiferten die besten Köche des Landes.

Aisypos, Gryllos, Polyktor und einigen anderen dürfte der Braten nicht schmecken, dachte Drakonides, während er am Kladeos stand und kleine Steine ins Wasser warf.

Gleich darauf stieß er ein zorniges Lachen aus. Warum habe ich nicht auf den ersten Blick gesehen, am Tag der Ankunft in der Palästra, dass dieser Eleer ein Feigling ist? Warum ließ ich mich täuschen? Weil ich in meiner Gier nach Ruhm die Augen schloss! Weil ich blind vorwärts tappte, dem unvermeidlichen Unglück entgegen! Einer schmachvollen Niederlage im Angesicht von ganz Hellas, das den alten Drakonides seiner törichten Anmaßung wegen auslachen wird!

Bleich und entsetzt erschienen ihm jetzt, in der Erinnerung, die Gesichter seiner Mitbürger, nachdem sie erfahren hatten, was geschehen war. Vielleicht war ihr Mitleid aufrichtig, anders als das tönende Geschwätz des Iolaos, dieses Wichtigtuers, der noch nie bei großen Spielen einen Athleten betreut hatte. Was waren denn seine Ratschläge wert? Keinen Obolos. Denn konnte man ernsthaft hoffen, dass ein Faustkämpfer wie Ramphias im Stadion von Olympia, wo er zum ersten Mal in seinem Leben vor der glänzendsten Festversammlung auftreten würde, alle die Fehler und Leichtfertigkeiten beging, die ein Iolaos bei ihm voraussetzte? Bei Styx, man musste sehr unerfahren und hochmütig sein, um eine solche Hoffnung zu nähren!

Eine Weile fuhr Drakonides noch fort, sich und anderen fruchtlose Vorwürfe zu machen. Wieder einmal folgte sein Blick dem Lauf des Wildbachs, der sich oben im Wald verlor. Ob sie ihn finden werden?, dachte er. Vielleicht sitzt er zwischen Büschen und Blumen friedlich auf einem Baumstamm und schnitzt an der Herme. Und wenn die Mastigophoren aus dem Dickicht heraus auf ihn eindringen, ist er vielleicht erstaunt, weil man ihn auch dort nicht in Ruhe lässt. Vielleicht ist er nicht einmal weit gekommen, nur bis in den kleinen Olivenhain ...

Bei diesem Gedanken fuhr Drakonides ein Schreck in die Glieder. Pherenike! Auch an diesem Abend wollte sie dort sein und auf ihn warten. Noch war es hell, doch die Sonne stand bereits tief. Wenn Pherenike früher gekommen war, konnten sie die Mastigophoren, die über den Bach gegangen waren, aufgespürt haben. Es waren rohe, baumstarke Sklaven, unter Aufsicht als Ordnungshüter verwendbar, doch unbeobachtet im Schatten des Waldes ...

Drakonides blickte um sich. An der Uferböschung, im Wasser ... überall tummelten sich Athleten, die ihr abendliches Bad nahmen. Kaum möglich war es, jetzt unbemerkt aus dem Lager zu gelangen. Wenn er gesehen wurde, konnte gleich ein Gerücht entstehen: Auch Drakonides ist geflohen! Natürlich würde es jemand melden und man würde auch ihn verfolgen.

Aber wahrscheinlich würde man ihn schon festhalten, bevor er das Lager verlassen konnte. Auch am Waldrand lungerten Mastigophoren, die Posten waren verstärkt worden. Wenn es nur schon etwas dunkler wäre ...

Jemand berührte ihn am Arm. Wie aus dem Boden gewachsen stand er neben ihm.

«Chaire! Ich komme von meiner Mutter.»

Es war Peisirhodos. Er trug seine Siegerbinde und einen kurzen Mantel, die Chlamys.

«Du bist es!», rief Drakonides und schloss den Jungen erfreut in die Arme. «Du kommst mir gerade im richtigen Augenblick. Hast dich ja tüchtig herausgeputzt!»

«Ja», sagte der Fünfzehnjährige stolz. «Ich bin eingeladen, ins Prytaneion. Zu dem Gastmahl für die Gesandtschaften.»

«Als Ehrengast!»
«Das wohl nicht.» Der Junge lächelte verlegen. «Aber wir Kranzgewinner dürfen teilnehmen.»
«Und deine Mutter? Wo ist sie jetzt?», fragte Drakonides gespannt.
«In unserem Zelt. Am anderen Ufer des Alpheios.»
«Den Göttern sei Dank! Lässt sie mir etwas mitteilen?»
«Ja. Dass sie heute nicht kommen kann, weil es meinem Großvater schlecht geht.»
«Was ist mit ihm?»
«Er hustet schlimmer als sonst und fühlt sich sehr schwach. Aber das passiert öfter, er wird sich erholen.»
«Ich bin froh, dass sie nicht herkommen wird. Es wäre heute besonders gefährlich.»
«Ist es wahr, dass sie den Eutelidas suchen?»
«Woher weißt du das?»
«Von dem Dicken, mit dem ich in der Palästra geübt habe. Stimmt es? Er ist wirklich verschwunden? Ist er geflohen?»
«Verbreite das nicht! Ich glaube, dass er zurückkommen wird.»
«Das würde sonst schwer für dich werden ... mit Ramphias. Aber da fällt mir ein ...»
Peisirhodos zog unter dem Mantel ein paar zusammengeheftete Wachstafeln hervor.
«Kannst du lesen?», fragte er den Faustkämpfer.
«Nur ein bisschen», gestand Drakonides. «Schreibt sie mir etwas?»
«Ja.»
«So lies es mir vor.»
«Ich kann es auch nicht besonders gut.»
«Nun, dann versuchen wir es gemeinsam.»
Drakonides legte dem Jungen die Hand um die Schultern und schlecht und recht, einander berichtigend und ergänzend, er-

schlossen sie aus den steif in das Wachs geritzten Lettern das Folgende:

«Pherenike an Drakonides, den teuersten Freund. Ich habe noch einmal über alles nachgedacht und meine Angst wird größer, je näher die Zeit des Agons rückt. Ich bitte dich, dass du meinen Rat nicht verschmähst, der nicht nur von einer liebenden Frau kommt, sondern von einer wissenden und verständigen. Auch mein Vater Dorieus, mit dem ich über alles gesprochen habe, schließt sich dem an. Er hat erfahren, was es bedeutet, zu spät mit der Agonistik aufzuhören. Es gibt jetzt Besseres für dich zu tun. Gehe zu den Hellanodiken und melde dich ab. Gib ein Leiden vor, zum Beispiel ein Muskelreißen, das ist häufig bei Faustkämpfern. Wegen des Bußgelds hab keine Sorge. Auch wenn es nicht wenig sein sollte, wird es mein Vater für dich übernehmen. Sei weise, mein Teuerster, nimm unseren Rat und auch dieses Angebot an. Kümmere dich nicht darum, was geredet wird. Es wird dich hoch ehren, wenn du jetzt klug bist. Meiner Liebe und Dankbarkeit kannst du für alle Zeiten gewiss sein, verdiene nun auch meine Bewunderung.»

So stand es auf den Wachstäfelchen und als sie schließlich murmelnd und seufzend das letzte Wort buchstabiert hatten, schwiegen der Mann und der Junge.

Drakonides schluckte, die Kehle war ihm trocken geworden.

«Was meinst du dazu?», fragte er schließlich.

«Ich weiß nicht», erwiderte Peisirhodos, den Kopf senkend. «Großvater meint …»

«Wie denkst du selber darüber?»

«Ich?»

Der Junge druckste.

«Als deine Mutter das schrieb … Habt ihr da schon gewusst, dass dieser Eleer, dieser Eutelidas …?»

«Nein, das hab ich erst hier im Athletenlager erfahren.»

«Sag ihr nichts davon. Hast du verstanden?»

«Ja.»

«Und sage ihr, dass ich ihr leider nicht antworten kann. Meine Hände, verstehst du … sie können den Griffel nicht halten.»
Peisirhodos lachte kurz auf.
«Mir geht es auch so.»
«Und dann sage ihr noch etwas. Sage ihr … sie soll sich nicht sorgen.»
«Und was wirst du tun?»
«Was würdest denn du tun … an meiner Stelle?»
Der Junge blickte mit seinen großen tiefbraunen Augen ernsthaft zu Drakonides auf, schwieg aber.
«Gut, ich erlasse dir die Antwort», sagte der Faustkämpfer. «Denn ich kenne sie ja. Und nun geh! Geh zu den Ratsherren ins Prytaneion und lass es dir wohl sein. Den Brief … die Wachstafeln … die behalte ich. Geh jetzt!»
Peisirhodos machte eine Verbeugung und flüsterte hastig: «Ich werde zu allen Göttern flehen … Du sollst den Kranz gewinnen … Du sollst …»
«Leb wohl.»
Der Junge eilte davon.
Drakonides drückte die Wachstäfelchen an die Brust.
Welche Versuchung!, dachte er. Danke, mein Sohn! Ich weiß jetzt, dass du dir einen Vater wünschst. Einen, der deiner würdig ist …

45

Drakonides setzte sich auf einen Stein am Wasser, nahm ein Stöckchen und begann, Buchstaben in den Sand zu zeichnen. Er hatte als Kind in Athen ein bisschen lesen und schreiben gelernt, doch hatte er nur kurze Zeit den Unterricht beim Grammatisten besucht, dann waren seine Verwandten nicht mehr bereit gewesen, dafür aufzukommen. Vielleicht werde ich bald

Zeit haben, es noch richtig zu lernen, dachte er, das könnte nicht schaden. Dann könnte ich es zum Gymnasten bringen und gelehrte Schriften über Heilkunst und Leibesübungen lesen. Wenn ich in Dorieus' Palästra in Rhodos junge Leute unterrichten werde, möchte ich mehr sein als nur ein Paidotribes, ein einfacher Übungsleiter.

Obwohl er sich gerade im Lesen versucht hatte, konnte er sich an einige Buchstaben schon wieder nicht mehr erinnern. Ein paar junge Athleten trugen ein mit Wein oder Wasser gefülltes Kühlgefäß, einen Psykter, vorüber und er versuchte, das Wort zu schreiben. Doch das Zeichen für «ps» fiel ihm nicht ein und er schrieb stattdessen ein «f».

Da hörte er hinter sich ein meckerndes Lachen.

«Ein neues Rätsel!», sagte Sosigenes. «Was wird in der Hand eines schreibenden Faustkämpfers aus einem Psykter? Die Antwort: ein Fykter!»

Drakonides fuhr heftig herum und raunzte: «Was willst du noch? Hast du noch nicht genug? Verschwinde, du Lump! Du Parasit!»

Sosigenes grinste breit.

«Ein Lump bin ich nicht, ein Parasit – zuweilen. Ich lade mich gern zu Gastmahlen ein und zeige mich für die Bewirtung mit ein paar Witzen erkenntlich. Und wenn man mich durch die Haustür hinauswirft, komme ich durch die Gartenpforte wieder herein. Siehst du, da bin ich!»

Drakonides wandte sich ab und schnaufte verächtlich.

Sosigenes deutete dies als Zeichen der Versöhnung, schlich um den Stein herum und hockte sich neben dem Faustkämpfer nieder.

Eine Weile blickten sie stumm zu den Hügeln hin, über die die sinkende Sonne einen Purpurmantel warf. Goldgesäumt waren die Spitzen und zu den Tälern hinab wallte der weite Faltenwurf der Schatten.

«Ein schönes Land, dieses Pisa», sagte Sosigenes schließlich gefühlvoll.

«Es wird Zeit für dich zu verschwinden!», fuhr Drakonides ihn an. «Oder willst du von den Aufsehern Prügel beziehen?»

«Nun, wennschon», sagte Sosigenes. «Ich bleibe hier, solange es geht. Ist es vielleicht nicht das letzte Mal, dass wir so beieinander sitzen?»

Drakonides wandte sich ihm zu und starrte in das runde Gesicht, das ein Ausdruck von Wehmut und Entsagung gleichsam verklärte.

Der Faustkämpfer, der eigentlich eine Grobheit hervorstoßen wollte, sagte betroffen: «Wie meinst du das? Du glaubst doch nicht etwa, er bringt mich um?»

«Ich nicht», sagte Sosigenes seufzend. «Aber andere scheinen so etwas zu fürchten.»

«Wer?»

«Zopyros zum Beispiel. Er sagte, hoffentlich ergeht es mir morgen nicht wie dem Architheoros der Phoker, unserer Nachbarn im Wohnlager.»

«Wie erging es dem denn?»

«Na, das ist doch der, dem sie nach dem Rennen der Viergespanne die Urne mit der Asche des Wagenlenkers übergaben.»

«Bei Styx!», sagte Drakonides. «Und Zopyros befürchtet nun ...?»

Der Satz erstarb ihm auf der Zunge.

«Wie ich schon sagte, ich glaube das nicht», fuhr Sosigenes nach einer Pause fort. «Aber, verzeih meinen Kleinmut, dass du jetzt noch den Kranz gewinnst, glaube ich auch nicht. Und deshalb, meine ich, werden wir uns nicht wieder sehen.»

«Du wirst mich schon wieder belästigen, wenn wir zu Hause sind», brummte Drakonides. «Öfter, als mir lieb sein wird.»

«Keine Sorge. Nur ein freier Hellene kann seine Schritte lenken, wohin er will.»

«Bist du denn etwa keiner?»

«Nicht mehr lange. Denn wenn dich Ramphias morgen besiegt, werde ich sechshundert Drachmen verlieren. Der Wechsler Isarchos wird die Wette gleich auszahlen, aber von da an bin ich in seiner Hand. Ich musste ja mit meiner Person bürgen, weil ich kein Geld hatte. Isarchos sagte, er gehe nur ausnahmsweise bei mir bis zu sechshundert Drachmen hinauf, also bin ich wohl siebenhundert wert. Er will ja an dem Geschäft auch verdienen.»

«Der Wechsler muss nicht bei Sinnen sein», sagte Drakonides, seine Bewegtheit hinter Hohn verbergend. «Wer sollte für dich siebenhundert Drachmen geben?»

«Mach dir darüber keine Sorgen», erwiderte Sosigenes mit läppischem Stolz. «Für einen, der so viel weiß wie ich und so viele Künste beherrscht, gibt mancher vielleicht noch mehr. Ich kann lesen und schreiben, zur Kithara singen, das Tympanon schlagen, den Kordax tanzen, ich kenne über dreihundert Rätsel, dichte aus dem Stegreif ...»

«Will er dich etwa gleich hier verkaufen?»

«Vielleicht. Es sind ja so viele vornehme und reiche Männer hier, die gastfreie Häuser haben und einen unterhaltsamen Sklaven brauchen könnten. Wenn nicht, dann muss ich Isarchos nach Delos folgen, zum Sklavenmarkt. Wir werden mehrere sein, die er hinbringt. Also wird es nicht langweilig werden.»

«Du könntest ja flüchten.»

«Denke nur nicht, dass der mich nicht findet. Du solltest die wüsten Kerle mal sehen, die er in seinen Diensten hat. Schlimmer als Räubergesindel, der Auswurf der Menschheit! Sie lauern überall, sogar an den Kais von Korinth. Kein Schiff, das mich mitnehmen würde, nach Hause ...»

«Ich habe kein Mitleid mit dir», sagte Drakonides. «War ich es nicht selber, der dich gewarnt hat?»

«Ich mache dir ja auch keine Vorwürfe», sagte Sosigenes mit treuherziger Miene. «Wie könnte ich! Bist du nicht noch viel schlimmer vom Schicksal geschlagen? Wer weiß, vielleicht sind Zopyros' Befürchtungen ... Ich meine, vielleicht kann ich froh sein, wenn mich Isarchos nach Delos verschleppt. Dann brauche ich deiner armen Schwester nicht mitzuteilen ...»

Drakonides fuhr abermals heftig herum und Sosigenes verstummte gehorsam.

Eine Weile beobachtete er den Faustkämpfer, der auf das Wasser des Wildbachs starrte, aus den Augenwinkeln.

Plötzlich neigte er sein rundes Schelmengesicht zu ihm hin und sagte: «Aber vielleicht ist doch noch nicht alles verloren. Wenn der Eleer nun zurückkommt ...»

Drakonides antwortete nicht.

«Ich sah vorhin die Mastigophoren», fuhr Sosigenes fort. «Vielleicht finden sie ihn. Was meinst du?»

«Er wird nicht so dumm sein, sich hier in der Nähe herumzutreiben», sagte der Faustkämpfer unwillig.

Sosigenes rückte noch näher heran.

«Sagtest du nicht, er sei aus Letrinoi? Das ist doch nicht weit, kaum achtzig Stadien. Er könnte dorthin zurückgekehrt sein.»

«Selbst wenn es so wäre ... Er dürfte sich dort auf keinen Fall zeigen. Seine Leute würden ihn mit Gewalt zurückbringen.»

«Da hast du Recht. Trotzdem bin ich sicher, dass er nur dort sein kann. Er muss sich verbergen. Wo aber könnte er denn das besser als an einem Ort, wo er jeden Baum, jeden Strauch, jede Höhle und jede Erdmulde kennt? Bei allen Göttern, er kann nur in Letrinoi sein!»

«Was ereiferst du dich? Ist er dort, so ist er nicht hier. Und wenn er dort ist, wird er sich, wie du selbst sagst, gut verstecken. Suche den Käfer im Heu!»

«Wenn viele suchen, finden sie ihn.»

«Viele?»
«Das ganze Dorf. Wir müssten es auf die Beine bringen.»
«Jetzt, wo es Nacht wird?»
«Der Vollmond leuchtet.»
Langsam wandte Drakonides den Kopf und blickte Sosigenes an.
«Meinst du wirklich, man würde ihn finden?»
«Bestimmt! Wenn du einverstanden bist und mir Geld gibst, miete ich einen Esel und reite gleich hin.»
«Und was willst du dort tun?»
«Lärm schlagen. Was sonst?»
Sosigenes sprang schon auf die Beine.
«Warte!», sagte Drakonides. «Nein ... Lass es bleiben, es wäre sinnlos! Selbst wenn man ihn aufspürte und zurückschleppte ... Glaubst du, sie ließen ihn dann noch ins Stadion? Einen, von dem alle Welt weiß, dass er ein Feigling und geflohen ist?»
«Aber wie sollte man es sonst machen? Freiwillig käme er sicher nicht mit. Wer sollte ihn dazu bewegen?»
Der Faustkämpfer antwortete nicht und schwieg lange.
Sosigenes beobachtete ihn.
Plötzlich hob Drakonides den Kopf und sagte: «Geh über den Kladeos und besorge uns ein Gespann. Ich folge, sobald es mir möglich ist.»
«Du willst mitkommen?»
«Ja.»
«Aber du kannst die Nacht nicht auf der Straße verbringen. Vor dem Agon musst du dich ausruhen.»
«Ausgeruht oder nicht ... Ich würde so oder so verlieren. Und schlafen könnte ich ja doch nicht.»
«Aber wie willst du aus dem Lager herauskommen?»
«Keine Sorge, ich schaffe das schon.» Drakonides sprang ebenfalls auf. «Bei Styx! Es ist eine Hoffnung. Die letzte!»

46

Als Sosigenes das Lager verließ, hatten sie Folgendes verabredet: Er sollte über die schmale Holzbrücke kurz vor der Mündung auf die andere Seite des Kladeos gehen und dort die nötigen Vorbereitungen treffen. Drakonides würde sich von Iolaos massieren lassen, dann aber unter dem Vorwand, vor dem morgigen Agon allein sein zu wollen, den Paidotriben abschütteln. Er würde an den Kladeos zurückkehren und ein Abendbad nehmen. Dabei würde er, unter der von Aufsehern bewachten Brücke hindurch, bis in die Nähe der Mündung schwimmen und heimlich am anderen Ufer hinaussteigen. Dort, an der Straße, die zur Meeresküste hinabführte, sollte Sosigenes ihn mit Kleidern für die nächtliche Fahrt erwarten.

Alles verlief nach Plan.

Kaum waren die letzten Sonnenstrahlen erloschen, lag Drakonides, in einen alten, schäbigen Mantel gehüllt, einen Petasos tief in die Stirn gedrückt, im Stroh auf einem Wagen, der über die «heilige Straße» dahinrumpelte. Sosigenes hockte neben dem Fuhrmann.

Es war ihm nicht schwer gefallen, ein Gespann zu finden. Auf den Rastplätzen am Alpheios-Ufer warteten Hunderte, die die Reisenden aus den westlichen Staaten vom elischen Hafen Kyllene zum Festort geholt hatten und sie in zwei Tagen wieder dorthin bringen sollten. Sosigenes hatte einen Ansturm der Fuhrleute ausgelöst, die schreiend ihre Preise unterboten. Schließlich hatte er sich mit einem Bauern geeinigt, von dem er annehmen konnte, dass er sie auch in der Nacht ohne zeitaufwendige Umwege an ihr Ziel bringen würde. Der Mann stammte aus Dispontion, einem kleinen Ort, der nur fünfundzwanzig Stadien von Letrinoi entfernt lag, und er schwor, dass er jeden Stein in der Gegend kenne. Da Drakonides ihm für besondere Eile ein paar Drachmen zusätzlich versprochen hatte,

trieb er die beiden Maulesel an, die ausgeruht waren und hurtig trabten. Menschen und Tiere litten jetzt weniger unter der Hitze, die mit dem Sonnenuntergang nachgelassen hatte.
Der Weg war von dichtem Gebüsch gesäumt, Ginster und der immergrünen, stachligen Kermeseiche. Pinien, Fichten und wilde Ölbäume mit im Mondlicht grau glänzendem Blattwerk glitten vorüber. Die breite Spiegelstraße des Alpheios begleitete sie auf der linken Seite, rechts verloren sich nach und nach die letzten Hügel. Eine sanft gewellte Ebene begann, mit Waldstreifen und Gebüschtupfern unregelmäßig gemustert. Nun kamen Wiesen mit fettem Vieh, Ölbaum- und Weinkulturen, Felder, auf denen Weizen und Gerste standen oder teilweise schon abgeerntet waren. Dazwischen leuchtete das weiße Mauerwerk kleinerer Ansiedlungen.
Dann gabelte sich der Weg und ein Altar des Poseidon kündete von der Nähe des Meeres, das man auf der Hafenstraße flussabwärts erreichte. Aber sie blieben auf der «heiligen Straße», die über die Grenze der Pisatis, des Mittellandes, zu dem Olympia gehörte, ins eigentliche, das «hohle» Elis, und bis in die Landeshauptstadt führte.
Immer häufiger kamen sie nun durch Dörfer. Vor den Häusern hockten die Bauern im Gras und blickten ihnen neugierig nach. Ab und zu begegneten ihnen Reiter und Gespanne, auch größere Gruppen von Männern, die kräftig ausschritten. Die waren, wie ihnen der Fuhrmann erklärte, nach Olympia unterwegs. Es handelte sich vor allem um ärmere Bauern und Tagelöhner, die es sich jetzt, während der Ernte, nicht leisten konnten, die ganze Festzeit dort zu verbringen. Sie beschränkten sich daher auf einen einzigen Tag. So, wie sie von den Feldern kamen, zogen sie los und liefen die Nacht hindurch, um in der Frühe an Ort und Stelle zu sein. Am Abend würden sie dann wieder heimwandern.
Zum vierten Tag der Spiele, dem kommenden, sei der Zulauf

immer besonders groß, sagte der Fuhrmann, wegen der beliebten Zweikampfagone. Er grüßte viele Männer, die ihnen entgegenkamen, nannte sie beim Namen und rief ihnen dieses und jenes nach. Das seien Nachbarn und Bekannte aus Letrinoi und Dispontion, erläuterte er und fügte hinzu, die gingen vor allem eines Mannes wegen hin, den sie mit ihrem Beifallsgeschrei unterstützen wollten. Schon lange nämlich, seit dem Viergespannsieg des Gorgias, hätte sich niemand aus ihrer Mitte mehr um den Kranz vom heiligen Ölbaum beworben. Nun habe es wieder einer gewagt und den Einzug in den olympischen Agon geschafft. Ein junger Mann namens Eutelidas, Faustkämpfer.

Der strengen Weisung des Drakonides gemäß hatte Sosigenes dem Fuhrmann den Zweck dieser seltsamen nächtlichen Fahrt verschwiegen. Für das Verschwinden des Eutelidas fehlte bisher jede Bestätigung und es konnte auch ihrem Vorhaben keineswegs nützlich sein, wenn die Nachricht von einer feigen Flucht verbreitet wurde. Zwar hatte der Fuhrmann mehrmals neugierig gefragt, doch war er mit ausweichenden Antworten beschieden worden, sodass er sich schließlich zufrieden gab und sich wohl sagte, er werde am Ziel der Fahrt schon noch alles erfahren.

Stattdessen wurde er selber befragt und da er mitteilsam und wohl unterrichtet war, erfuhren Drakonides und Sosigenes manches, was sie interessierte. Der Bauer war stolz, ihnen Auskunft über den derzeit berühmtesten Mann der Gegend geben zu können. Seine Erzählung erklärte vieles, was Drakonides bisher nur hatte ahnen können.

Der Vater des Eutelidas, Kephalos, so erfuhren sie, war früher einer der reichsten Männer Letrinois gewesen, bevor ihn ein Unglück traf und von einem Tag zum anderen arm und elend machte. Als nach dem Ende des Peloponnesischen Krieges die siegreichen Spartaner die Eleer überfielen, um sie zu züchtigen, weil sie ihre gewohnte Neutralität aufgegeben, mit den

Athenern paktiert und den vornehmen Lichas in Olympia ausgepeitscht hatten, waren sie mit den Verantwortlichen, das heißt der Mehrheit der wohlhabenden und einflussreichen Männer, auf die grausamste Weise verfahren. Dem Kephalos trieben sie das Vieh fort, zerstörten die Weinberge und Ölpflanzungen, brannten das Getreide auf den Feldern nieder und zündeten schließlich auch sein Haus an, wobei zwei Söhne ums Leben kamen. Als er sich den Zerstörern entgegenwarf, empfing er einen Schwerthieb, der seinen rechten Arm unbrauchbar machte. Der Unglückliche versuchte mit eiserner Tatkraft, sich aus Trümmern und Asche zu erheben, doch es gelang nicht recht. Er musste den größten Teil seines Gutes verkaufen, trotzdem weitere Schulden machen und in den bedrängtesten Verhältnissen leben. Die einzige Hoffnung war nun der später geborene Sohn Eutelidas, der auch ein tüchtiger Bauer wurde. Da er aber den Vorzug einer ungewöhnlichen Körperkraft hatte, erkannte Kephalos die Möglichkeit, ein wenig vom alten Glanz zurückzugewinnen, und er bestimmte ihn zum Faustkämpfer.
«Denn ein Athlet», sagte der Fuhrmann, «ist bei uns im Staat Elis so angesehen wie ein Ratsherr – wenn er aber bekränzt ist, hundertmal mehr.»
Kephalos schickte den Sohn schon als Knaben in die Palästra, aber nach einem Misserfolg bei den Olympischen Spielen gab er diese Hoffnung erst einmal auf und holte Eutelidas zurück in die häusliche Wirtschaft. Mit der ging es immer mehr bergab und Kephalos wurde nun auch in Prozesse verwickelt. Man verklagte ihn, weil er seine Schulden nicht zurückzahlte, und er selber klagte, weil er sich von bösartigen Nachbarn bestohlen glaubte. Eutelidas arbeitete für zwei, doch die Schulden wollten nicht abnehmen. Schließlich sah Kephalos nur einen Ausweg: die Heirat seines Sohnes mit der Tochter seines hartnäckigsten Gläubigers, des Gorgias.

Die Unverschämtheit wurde zurückgewiesen. Alle Welt lachte den Alten aus. Wie es dann zu der Abmachung gekommen war, dass Eutelidas als Olympiasieger dem Gorgias und seiner Familie willkommen sein würde, wusste der Fuhrmann nicht zu sagen. Sicher war, dass Kephalos ein Spiel mit hohem Einsatz wagte. Indem er Eutelidas mehrmals zehn Monate nach Elis in die Palästra schickte, beraubte er sich seiner Arbeitskraft, riskierte er den völligen Ruin.

«Eutelidas begehrte dagegen auf», sagte der Fuhrmann, «noch am Tag seiner Abreise. Auf dem Markt, vor allen Männern des Ortes, beschwor er seinen Vater, das Glück und Wohlergehen der Familie nicht auf den unsicheren Ausgang eines Agons zu bauen. Ich war dabei, ich war zufällig dort. Er rief, er wolle die Schulden mit dem Ertrag seiner Arbeit bezahlen. Aber der Alte blieb unerbittlich. Eutelidas musste dem Knemon und den anderen folgen. Nun, wenn er siegt, ist ja alles in Ordnung. Die Prämie, die man bei uns in Elis zahlt, kann sich sehen lassen. Dazu die Mitgift der Braut ... Aber wird er auch siegen? Er wird einen Gegner bekommen, den sie den ‹Löwen von Halikarnassos› nennen. Weil er wie ein reißendes Tier ist, furchtbar, entsetzlich. Den Dritten, der noch dabei ist, braucht er nicht zu fürchten. Er ist schon alt, ein zahnloser Wolf. Aber der Löwe ... Was meint ihr, wer siegen wird? Ihr kommt doch von dort ...»

Der Fuhrmann blickte sich um und Drakonides wandte den Kopf zur Seite, um sein Gesicht zu verbergen.

«Ich glaube, der alte Wolf gewinnt», sagte Sosigenes.

Der Bauer nahm dies als Scherz und lachte.

Da sie jetzt in Dispontion anlangten, lud er sie ein, in sein Haus zu kommen und seinen Wein zu kosten. Sie lehnten ab, aber nun bestand er darauf, seine Kinder zu sehen. Sosigenes musste alle Überredungskunst aufbieten und Drakonides noch ein paar Drachmen zusätzlich versprechen, damit er ohne Aufenthalt weiterfuhr.

Gegen Mitternacht näherten sie sich Letrinoi.
«Zu wem wollt ihr denn?», fragte der Fuhrmann. «Darf ich es endlich erfahren? Oder ist es noch immer ein Geheimnis?»
«Fahr uns zum Hause des Kephalos!», sagte Drakonides.

47

Die Ortschaft Letrinoi zog sich wie alle elischen Dörfer weit auseinander. Die Anwesen waren zwischen Wiesen und Feldern verstreut. Nur ein paar Häuser, um einen Tempel gruppiert, bildeten eine Art Marktplatz.
Nach allem, was er gehört hatte, zweifelte Drakonides nun nicht mehr daran, dass der Vater des Eutelidas der wichtigste Verbündete war, wenn er seinen Gegner aufspüren und nach Olympia zurückbringen wollte. Kephalos würde nichts unversucht lassen, um das Unheil, das nun unaufhaltsam über sein Haus hereinbrechen musste, abzuwenden. Sosigenes, der ebenso dachte, erkundigte sich vorsichtig, ob Kephalos nicht etwa bereits in Olympia sei. Der Fuhrmann meinte aber, er würde sich wie alle ärmeren Bauern mit einem eintägigen Besuch begnügen und gewiss erst am Morgen aufbrechen, da der Agon seines Sohnes erst nachmittags stattfinden werde. Andere Wettkämpfe würden ihn wohl kaum interessieren.
Da er nun annehmen musste, Drakonides und Sosigenes seien auswärtige Gastfreunde des Kephalos, den sie, um ihm den beschwerlichen Fußweg zu ersparen, zum Festort abholen wollten, suchte der Fuhrmann auf dem letzten Stück Weges noch rasch durch allerlei Lobsprüche das Nachteilige, das er über den Alten berichtet hatte, abzuschwächen. Er nannte ihn jetzt sogar einen «Wohltäter», der uneigennützig für den Ruhm des Gemeinwesens wirke.
Mittlerweile hatten sie eine Gasse erreicht, aus der ihnen schon

beim Einbiegen Stimmengewirr entgegenschlug. Als sie hineinfuhren, erwartete sie eine Überraschung.

Vierzig bis fünfzig Männer befanden sich hier, alle in höchster Aufregung. Sie drängten sich an einer Lehmziegelmauer, die einen Hof umschloss, in dem sich offenbar etwas ereignete. Einige versuchten, durch die niedrige Pforte einzudringen, wurden jedoch von drinnen daran gehindert. Andere hoben und stützten einander, um über die Mauer zu blicken. Zurufe schwirrten hin und her. Man teilte einander mit, was drinnen vorging.

Die Ankunft des Mauleselgespanns, von dem die drei Männer herabsprangen, lenkte die Aufmerksamkeit einen Augenblick ab. Das Aufkreischen einer Frau ließ aber die Köpfe gleich wieder herumfahren.

Drakonides hatte sofort die Pferde bemerkt, die rings an den Bäumen angebunden waren. Er wusste nun, dass sie hier nicht die Ersten waren.

Mit raschen Schritten näherte er sich der Ansammlung, stieß ein paar Männer beiseite, trat an die Mauer. Sein Kopf ragte über den oberen Rand und ohne sich recken zu müssen, konnte er in den Hof blicken.

In dem wütenden Greis, der auf dem Brunnenrand kniete, das lange graue Haar einer Frau um seine linke Faust gewickelt, während sein rechter, verkrümmter Arm herabhing, erkannte er sogleich den Kephalos. Flüche und abgerissene Drohungen ausstoßend, drückte der Alte den Kopf und den Oberkörper der Frau in das Brunnenloch und es schien, als wolle er sie hinabstoßen. Die Frau schrie herzzerreißend, aber niemand kam ihr zu Hilfe, obwohl der Hof voller Menschen war. Im letzten Augenblick vor dem Absturz riss Kephalos sie zurück und stieß sie zur Seite.

Zerzaust und vor sich hin wimmernd stand sie mitten im Hof, während der alte Mann keuchend auf dem Brunnenrand

hockte. Solange nichts weiter geschah, fand Drakonides Zeit, die Leute, die ihm zuvorgekommen waren, genauer anzusehen.
Fünf, sechs Männer, die herumstanden, waren Mastigophoren, man sah es an ihren Respekt einflößenden Körpermaßen, den Lederkappen sowie der Peitschenbewaffnung.
Gorgias und Knemon waren anwesend. Hinter Gorgias, in einen weiten Mantel gehüllt, stand regungslos Demainete.
«Was siehst du nun?», raunte Sosigenes, der sich vergebens reckte und streckte, um über die Mauer zu blicken.
«Still!», sagte Drakonides.
Gorgias hatte zu sprechen begonnen.
«Also zum letzten Mal, Kephalos», rief er. «Willst du uns sagen, wo dein Sohn ist?»
«Warum quält ihr mich noch?», schrie der Alte auf. «Trifft die Schande nicht mich am meisten? Bin ich in dieser Nacht nicht ehrlos geworden?»
Er schluchzte.
«Deine Ehre geht uns nichts an», sagte Gorgias ungerührt. «Hier geht es um unser aller Ehre. Die Schande träfe alle Eleer, wir wären vor ganz Hellas blamiert! Du willst also zulassen, dass vor der Festversammlung verkündet wird, ein elischer Faustkämpfer sei aus Feigheit geflohen.»
«Was soll ich tun? Habt ihr das Haus nicht durchsucht? Durchsucht es ein zweites Mal! Schleppt ihn her! Gebt mir ein Messer! Ich selber stoße es ihm in die Kehle!»
«Rette dich, Söhnchen, wo immer du bist!», kreischte die Frau. «Ihr Götter, helft ihm!»
«Du weißt, wo er sich verkriecht! Gestehe es endlich!», brüllte Kephalos, indem er aufsprang und ihr einen Stoß versetzte, der sie zu Boden warf.
«Ich habe den Kerl empfohlen, man wird mich zur Verantwortung ziehen!», jammerte Gorgias, hin und her laufend. «Bei

der Bewerbung um das Hallanodikenamt wird man mich zurückweisen, und wenn ich noch so viel Geld in den Festfonds stecke! Dabei wollte ich ihn in meine Familie aufnehmen, ihn mit meinem einzigen Kind verheiraten!»

«Ich hätte ihn totprügeln sollen, den Faulpelz, den Duckmäuser!», schrie Knemon dazwischen.

«Höre», sagte Gorgias plötzlich in bittendem Tonfall, wobei er vor Kephalos stehen blieb. «Sorge dafür, dass er zurückkehrt! Flehe die Hilfe der Götter herab! Mach dich auf die Suche! Tu alles, was möglich ist! Unsere Abmachung gilt und ohne Bedingung. Er bekommt sie auch ohne den Kranz!»

«Nein», rief Demainete und trat heftig zwei Schritte vor. «Nein, ich will ihn nicht! Ich nehme ihn nicht! Lieber ertränke ich mich im Meer!»

Ihr Vater drehte sich blitzschnell um und schlug sie.

Demainetes aufgestecktes Haar fiel herab und bedeckte das Gesicht. In der Bewegung, mit der sie den Kopf zurückwarf, lagen all ihr Hass und ihre trotzige Entschlossenheit.

«Ich erlasse dir deine Schulden!», lockte Gorgias.

«Aber ich weiß ja nicht, wo er ist! Erschlagt mich, wenn ich es weiß!», schrie Kephalos, erneut aufschluchzend und das Gesicht mit den Händen bedeckend.

«Höre gut zu», sagte einer der Mastigophoren, wohl der Anführer des Trupps, mit schneidender Stimme. «Sollte dein Sohn den Eid brechen, den er Zeus Horkios geleistet hat, musst du nach dem Gesetz ein Bußgeld zahlen. Es beträgt ein Talent!»

Ein Aufschrei erscholl hinter, aber auch vor der Mauer. Die lauschenden Männer blickten sich bei der Nennung der ungeheuren Summe schreckensstarr an. Mit ihrem praktischen Verstand mochten diese elischen Bauern gleich rechnen: ein Talent – sechstausend attische Drachmen – eine prächtige Herde von sechzig Milchkühen!

Kephalos wankte und aus dem Schatten des Hauses huschte ein alter Sklave hervor und stützte ihn.
«Du Dummkopf, du toller Hund!», schrie die Frau, indem sie sich aufraffte und mit schleppenden Schritten auf Kephalos zuging. «Dein wurmzerfressener Verstand hat uns endlich in den Ruin gestürzt. Sechstausend Drachmen! Wenn du auch auf der Stelle tot umfallen wolltest, die Götter sollten dich dafür strafen! Noch im Hades müsstest du dafür schuften! Warum hast du ihn dazu gezwungen? Aus Eitelkeit! Weil du wieder ein großer Herr sein wolltest! Ich habe dir immer gesagt, es ist nichts für ihn. So ein tollwütiger Held ist er nun einmal nicht! Aber das hast du ja niemals begriffen ... Hast Schulden gemacht, hast prozessiert, hast uns noch tiefer ins Unglück gestoßen! Der Schweiß, den er auf dem Acker vergoss, um uns zu retten, war dir nicht gut genug. Er musste ihn in der Palästra vergießen, da ist er ja wertvoller! Hätte er lieber gearbeitet, statt sich zu prügeln ... hätte er das Brachfeld bestellt, wie er wollte, das an der Nymphengrotte ... wo sie uns ein Stück nach dem anderen abreißen, diese Diebe, diese Räuber! Aber du stellst ja nicht einmal eine Herme auf! Gleichgültig ist dir das alles, willst ja nur mit dem Ölkranz protzen, als Vater des Siegers ...»
Während die alte Frau noch weitere Anklagen gegen Kephalos schleuderte, der stumm und gebrochen mitten im Hof stand, wandte sich Drakonides ab und trat von der Mauer zurück. Er senkte den Kopf und ging ein paar Schritte wie ein Schlafwandler.
Als ihn Sosigenes ansprach, antwortete er nicht. Er legte den Kopf auf die Seite und schien auf eine innere Stimme zu lauschen, die ihm von sehr weit her etwas zuflüsterte.
Sosigenes sah ihn betroffen an, berührte ihn, knuffte ihn.
Endlich erwachte Drakonides. Langsam hob er den Kopf, in seinen Augen blitzte es auf.

Er hatte verstanden.
«Hol den Fuhrmann her! Schnell!»
«Warum? Willst du zurückfahren, ohne …»
«Bei Styx, hol ihn her!»
Der Fuhrmann hatte sich zu ein paar Männern gesellt, die er kannte. Nur widerwillig ließ er sich von Sosigenes fortziehen.
«Ein Unglück ist das!», schimpfte er, als er herankam. «Dafür schicken die Götter dem Land Elis die Dürre, die Pest, Feuersbrünste, Überschwemmungen …»
«Halt's Maul!», sagte Drakonides. «Du hast geschworen, dass du hier in der Gegend jeden Stein kennst. Bringe uns also zur Nymphengrotte!»
«Was wollt ihr dort, jetzt um Mitternacht?»
«Du findest sie?»
«Ja, aber … ah! Soll das heißen, du glaubst …? He, Sotades, Mantitheos!», rief er. «Der hier vermutet …»
Die Riesenhand des Drakonides schloss ihm den Mund, und als sie sich löste, ballte sie sich drohend vor seiner Nase zur Faust.
«Kein Wort mehr, oder du wirst es bereuen!»
Zum Glück hatte niemand auf sie geachtet. Das Geschrei der Frau nahm noch immer die Aufmerksamkeit der Leute gefangen.
In diesem Augenblick traten auch die Mastigophoren heraus und gingen zu ihren Pferden. Drakonides zog den Fuhrmann in einen Baumschatten und wartete, bis der Trupp sich entfernt hatte.
«Ist es weit bis zur Grotte?»
«Nicht sehr.»
«Wir müssen vermeiden, dass man uns folgt. Mach einen Umweg. Beeilen wir uns.»

48

Die Grotte lag nur wenige Stadien vom Hause des Kephalos entfernt, doch da Drakonides einen Umweg befohlen hatte, mussten sie das Dorf verlassen, im Bogen um ein Waldstück fahren und dann einen flachen Hügel hinauf.
Sosigenes, der zwar nicht recht verstand, was Drakonides mit solcher Sicherheit hierher trieb, verkniff es sich, Fragen zu stellen. Die verschlossene Miene des Faustkämpfers stellte ohnehin keine Antwort in Aussicht.
Drakonides beobachtete die Landschaft und prägte sich markante Punkte ein.
Der Bauer schwieg ebenfalls. Angst und Aufregung verschlugen ihm die Sprache. Nur ab und an warf er dem unheimlichen Riesen, dessen Gesicht unter dem breiten Hut nicht zu erkennen war, einen scheuen Blick zu und versicherte, sie würden in Kürze am Ziel sein.
Als er erklärte, die Grotte läge jetzt nur noch zweihundert Schritte voraus, befahl Drakonides anzuhalten und fügte, die Stimme dämpfend, hinzu, den Rest des Weges müsse man zu Fuß zurücklegen. Der Fuhrmann sprang augenblicklich vom Wagen und schlang die Zügel um einen Baumstamm. Er freute sich auf das Abenteuer, als dessen Held er sich wohl bereits fühlte und von dem er sein Leben lang würde erzählen können.
Doch als er nun abgewandt dastand, näherte Drakonides sich ihm von der Seite und gab ihm einen Schlag auf den Hals, der ihn umwarf. Der Schlag war von mäßiger Wucht, genügte aber, den schmächtigen Mann in eine kurze Ohnmacht zu versetzen. Drakonides erklärte Sosigenes flüsternd, dass er ihn knebeln und fesseln und dann auf den Wagen ins Stroh legen solle, und Sosigenes war sehr erleichtert, nur Wache halten zu müssen.

Der Faustkämpfer wandte sich ab und ging allein auf die Grotte zu.

Er schlich halb gebückt über die von niedrigem Buschwerk bewachsene Wiese, die tatsächlich nach der von dem Fuhrmann angegebenen Entfernung wie abgeschnitten endete. Zehn, zwölf Fuß unter ihm plätscherte ein dünnes Bächlein dahin, das anscheinend aus der Grotte kam. Der Felsblock, auf dem Drakonides stand, musste wie ein Türsturz über dem Eingang liegen.

Es war still, nur ein Käuzchen schrie in der Nähe. Der moosbewachsene Platz vor der Grotte war leer, nichts deutete auf die Anwesenheit eines Menschen hin.

Drakonides legte sich flach auf den Stein, um zu beobachten und zu lauschen.

Vor seinen Augen lag ein schmaler, von Gestrüpp und Unkraut überwucherter Acker, an den ein größeres Weizenfeld grenzte, wo die Schnitter schon ihre Arbeit getan hatten. Im Mondlicht war deutlich zu sehen, wie unregelmäßig die Grenze zwischen den Äckern verlief. Ein Teil des Brachfelds war gebieterisch weggeschnitten, wie eine riesige gelbe Nase ragte der Stoppelacker hinein. Drakonides bemerkte, wie sorgsam die Binder die geschnittenen Garben nach Westen ausgerichtet hatten, damit die Ähren besser zur vollen Reife kamen. Sein Blick glitt die langen Reihen entlang und stockte erst, als er inmitten der Garben, etwa dort, wo die Nase begann, etwas Längliches, Dunkles wahrnahm. Er blickte schärfer hin, sah den Schattenriss eines grob gebildeten bärtigen Kopfes und wusste, um was es sich handelte. Es war eine Herme.

Es war die Herme, die hier stehen musste.

Drakonides starrte auf das schmale, dunkle Gebilde und dachte, dass es vernünftig war, an der alten Grenze den Pfahl aufzustellen, um den frechen Nachbarn vor künftigen Übergriffen zu warnen. Klug war es auch, in den ersten Nächten Wache zu halten, damit es dem anderen nicht etwa einfiel, das Zeichen heimlich zu entfernen. Drakonides stellte sich vor, der Nachbar würde jetzt plötzlich knüppelbewaffnet, von ein paar Helfern unterstützt, hier erscheinen und die Herme umstoßen. Würde nicht der, der in der Grotte saß, wütend herauskommen und sich auf die Übermacht stürzen? Derselbe, der Angst vor einem Faustkampf mit harten Riemen hatte?

Bei Styx!, dachte Drakonides plötzlich erbittert. Hier also hat er sich verkrochen, der Hasenschwanz, der elende Feigling!

Er erhob sich und sprang hinab.

Er landete hart vor dem Eingang der Grotte und drückte sich seitlich an den Felsen.

Aus dem Innern der Grotte kam ein Geräusch, dem Aufflattern eines Vogels ähnlich.

Drakonides lauschte. Es war wieder vollkommen still.

«Komm heraus!», sagte Drakonides. «Ich weiß, dass du hier bist.»

Keine Antwort. Stille.

Vielleicht ist er bewaffnet, dachte Drakonides. Mit einem Stein oder einem Messer. Natürlich, dem Schnitzmesser ..

«Ich habe die Herme wieder erkannt. Wozu versteckst du dich noch? Komm heraus! Wir sind nur zu zweit, ein verschwiegener Freund ist bei mir. Lass uns zurückkehren nach Olympia. Es wird niemand erfahren, dass du geflohen bist.»

Wieder kam ein Geräusch aus der Grotte. Es konnte ein Scharren sein oder auch ein Räuspern und Stöhnen.

Drakonides schob sich an den Rand der Öffnung und versuchte, in die Grotte zu spähen. Sie musste tief sein, drinnen lag alles in undurchdringlicher Schwärze.

«Was du auch immer im Sinn hast, es ist hoffnungslos. Denke daran, du musst weiterleben. Aber die beleidigten Götter werden dich mit ihrer Rache verfolgen und die Menschen werden dich verachten. Wie willst du das ertragen? Wie kannst du als ehrloser Mensch ein ehrliches Leben führen?»

Drakonides lauschte und jetzt war deutlich ein Atmen zu hören, hastig, unregelmäßig, dann plötzlich aussetzend und vom leisen Plätschern der Quelle übertönt.

«Wozu zögerst du? Noch sind wir allein. Ich kann dich nicht gegen deinen Willen fortbringen. Aber unweit von hier sind fünfzig Männer versammelt, die bereit sind, sich auf dich zu werfen ... dein Vater an ihrer Spitze. Wenn er dazu noch imstande ist, denn er ist schon sehr schwach. Es wird bald mit ihm zu Ende gehen, aber das ist für ihn eine göttliche Gnade, denn so bleibt ihm das Schlimmste erspart. Wie sollte er jemals ein Talent aufbringen, das sie zur Sühne deines Frevels verlangen?»

Drakonides trat vor den Eingang der Grotte.

Seine Stimme, dumpf nachhallend, klang wie die eines Orakelpriesters, als er hineinrief:

«Was also hast du gerettet, da du nun alles verlieren wirst? Dich selber? Suche lieber den Tod!»

Er entfernte sich ein paar Schritte, setzte sich in der Nähe auf die Erde und wartete.

Nach kurzer Zeit und ohne dass vorher ein Schritt zu hören war, erschien Eutelidas vor der Grotte. Er musste in unmittelbarer Nähe des Eingangs gestanden haben.

Er trug noch sein Festgewand, einen langen, gegürteten Chiton, der aber zerrissen und beschmutzt war. In seinem Haar hingen die kläglichen Reste eines Myrtenkranzes.

Drakonides stand auf und ging auf ihn zu.

«Warum bist du gekommen?», stieß der Eleer mit gepresster, halberstickter Stimme hervor.

Drakonides sah ihn an und wollte eine stolze, verächtliche Antwort geben.

Aber Eutelidas lachte schrill auf: «Weil du Angst hast! Auch du! Das ist der Grund, weshalb du hier bist!»

Drakonides schwieg. Die Empörung blieb ihm im Halse stecken. Der andere hatte die Wahrheit gesagt.

Dann sprachen sie kaum noch miteinander.

Drakonides forderte den Eleer nur auf, die Herme mitzunehmen, damit sie ihn nicht verraten konnte.

Sosigenes erwartete sie in freudiger Aufregung. Er war fast nackt, mit seinem in Streifen und Stücke gerissenen Hemd hatte er den Fuhrmann gefesselt und geknebelt. Auch die Augen hatte er ihm verbunden. Drakonides beruhigte den Mann, der zappelnd im Stroh auf dem Wagen lag, und versprach ihm das Doppelte des vereinbarten Fuhrlohns.

Sie stiegen auf und Eutelidas musste den breiten Hut des Bauern aufsetzen, damit ihn unterwegs niemand erkannte. Anfangs übernahm Drakonides die Zügel, um das Gefährt zurück auf die «heilige Straße» zu führen. Dann lenkte Sosigenes das Gespann und Drakonides streckte sich neben dem Fuhrmann im Stroh aus und versuchte trotz des Gerumpels zu schlafen.

Sie fuhren sehr schnell, obwohl nun die Straße leicht anstieg. Mit Geschrei und Pfiffen trieb Sosigenes die Maulesel an und die Männer, die auf ihrer Wanderung nach Olympia vor ihnen gingen, sprangen erschrocken ins Gebüsch. So wurde jede Berührung vermieden. Eutelidas blieb während der ganzen Fahrt stumm, damit der Fuhrmann nicht seine Stimme erkannte. Mochte der denken, was er wollte, gehört und gesehen hatte er nichts!

Kurz vor dem Festort stiegen die beiden Athleten vom Wagen und schlugen einen Weg ein, der durch ein Wäldchen zum Kladeos hinaufführte. Sosigenes sollte erst ein Stück weiter, in der Nähe des Rastplatzes der Fuhrleute absteigen, nachdem er dem Bauern die Fesseln gelöst und ihn bezahlt hatte. Für den Fall, dass der Mann ihn verfolgen würde, sollte er ihn in das Gassengewirr des Wohnlagers locken. Ein Entkommen war dort nicht schwer.

Drakonides und Eutelidas überquerten den Kladeos drei, vier Stadien oberhalb des Athletenlagers, wo er kaum noch knietief war. Es war nicht zu befürchten, dass der Eleer sich abermals absetzen würde. Bei seiner Ankunft im Lager sollte er als Entschuldigung anführen, er habe am Tag vor dem Wettkampf die Stille des Waldes gesucht, dort an seiner Herme geschnitzt und später geschlafen. Erst im Dunkeln sei er wieder erwacht und habe sich verirrt. Die Erklärung war kaum zu widerlegen. Glücklicherweise war dem Eleer auf seinem Fluchtweg abseits der Straße niemand begegnet. Überdies war zu erwarten, dass die Freude über sein Wiederauftauchen alle zweifelnden Stimmen ersticken würde.

Drakonides ging am Kladeos ein Stück abwärts, warf dann den Hut und den Mantel fort und stieg in den Wildbach, der ihn hinabtrug bis zu der Stelle, wo er am Abend aufgebrochen war. Er fand seinen Chiton im Gebüsch und kehrte zur Hütte zurück. Für alle Fälle hatte er sich eine Erklärung zurechtgelegt. Aber es trat ihm niemand entgegen, die Aufseher schienen zu schlafen.

Vor der Hütte erwartete ihn Iolaos.

«Verzeih», sagte Drakonides nur.

«Ist er zurück?»

«Ja.»

Iolaos seufzte.

«Du hast Glück, es hat niemand bemerkt, dass du fort warst.»

Drakonides ging gleich in die Hütte und streckte sich aus. Iolaos legte sich neben ihn und fragte nur noch, wann er ihn wecken solle. Drakonides erwiderte, erst wenn es Zeit sei, sich zum Agon zu rüsten. Da die Ringerwettkämpfe den ganzen Vormittag andauern würden, konnte er sich also lange ausruhen.

Aber der Schlaf wollte nicht kommen. Drakonides lag stöh-

nend auf der Matte, der Schweiß brach ihm aus, er fühlte sich elend.
Immer wieder hörte er das schrille Lachen und die Worte, die der Eleer vor der Grotte zu ihm gesagt hatte.
«Auch du hast Angst. Das ist der Grund ...»

FÜNFTER TEIL

DER EPHEDROS

49

Drakonides befindet sich auf einem Berg. Es muss ein sehr hoher Berg sein, dicke Wolkenschwaden hüllen ihn ein, ziehen über und unter ihm hinweg. Der Wind bläst und pfeift, jagt und zerfetzt die Wolken. Ab und zu wird ein Stück blauen Himmels und einer lichtdurchfluteten Landschaft sichtbar.

Drakonides ist nicht allein. Pherenike ist bei ihm, lächelt ihm zu. Sie tritt an seine Seite, ergreift seine Hand. Doch da ist auch noch eine andere. Nike, die geflügelte Göttin, schwebt herbei und nimmt seine andere Hand. Die Geliebte küsst ihn und will ihn fortziehen. Sie will ihn vom Gipfel des Berges hinunterführen, auf einem sicheren Weg, in eine Stadt am Meeresgestade, mit breiten Straßen, Tempeln und Gärten.

Schon ist er ihr ein paar Schritte gefolgt. Aber die andere, die Göttin, lässt ihn nicht los, hält ihn fest. Sie spannt weit ihre Flügel, in die der Wind greift, und mit unwiderstehlicher Kraft zieht sie ihn mit sich. Die Geliebte wehrt sich verzweifelt, sucht ihn zu halten. Doch seine Hand gleitet aus der ihren, er steigt mit der Göttin auf, die Frau bleibt unten zurück, wird kleiner, verschwindet.

Mit wehendem Mantel und ausgebreiteten Flügeln, halb schwebend, halb schreitend, führt Nike ihn immer höher hinauf. Da reißt der Wolkenschleier, zerfließt und verflüchtigt sich und Drakonides erkennt, wo er sich befindet. Es ist der Olymp, der Sitz der Götter. In einem flirrenden, gleißenden, unwirklichen Licht sieht er Zeus, der im Purpurmantel auf einem

Prunksessel thront. Er hat die Züge des Aisypos, des ersten Kampfrichters, die gleichen dunklen, beherrschenden Augen und den von grauen Wellen durchzogenen Bart. Als Nike und Drakonides sich nähern, erhebt er sich und beginnt zu sprechen.

Drakonides hört andächtig zu, denn er glaubt, dass Zeus ihn begrüßen will. Doch er versteht nicht, was der Gott sagt. Er spricht eine fremde Sprache, die einem schmetternden Gesang gleicht. Bald merkt Drakonides, dass er zornig ist. Mit jeder Geste schleudert Zeus Blitze, man hört Donnerschläge. Er ist offenbar über die Ankunft des Athleten, sein Eindringen in die Gefilde der Unsterblichen erbost und er macht der untergeordneten Göttin, die ihn heraufgebracht hat, heftige Vorwürfe. Beklommen sieht Drakonides, wie der Olymp sich bevölkert. Ringsum nehmen auf langen Bänken die Götter und Halbgötter Platz, hinter Schranken und Gittertüren, wie zu einer Gerichtsverhandlung. Als Zeus seine Anklagerede beendet, erheben sich alle und treten in langer Reihe heran. Drakonides will etwas erwidern, sich rechtfertigen, aber so sehr er auch schreit, kein Laut dringt aus seinem Munde.

Eine Urne steht plötzlich vor ihm, in die jeder Gott einen Stein wirft – einen weißen, der den Athleten freispricht, oder einen schwarzen, der ihn verdammt und zu ewigen Qualen im Hades verurteilt.

Seltsam ist, dass auch alle anderen Götter und Halbgötter die Gesichter und Gestalten von Menschen haben, die Drakonides kennt. Der Hermes mit dem Flügelhut ähnelt Iolaos, der schildbewehrte Ares dem finsteren Knemon. Artemis, mit Lanze und Bogen, zeigt das stolze, spöttische Lächeln der Demainete. Poseidon mit dem Dreizack trägt die Züge seines Opfers, des toten Dikon, aus dem runden Gesicht des mit Weinlaub bekränzten Dionysos blinzeln die Äuglein des Sosigenes. Auch Prodike, Drakonides' verstorbene Frau, und seine Tochter Myrto treten unter den Göttern heran und werfen ihre Steine in die Urne. Agathokles, Polyktor, Gryllos, Philemon, Zopyros, der Fischer Battos und der Gymnastes Tellon schreiten in der endlosen Reihe derer, die das Urteil über ihn fällen. Die Keule geschultert, in ein Löwenfell gehüllt, nähert sich Herakles, der die Hand öffnet und Drakonides den schwarzen Stein zeigt, bevor er ihn in die Urne wirft. Sein verächtlicher Blick ist der des Ramphias.

Als alle Götter vorüber sind, nimmt Aisypos-Zeus die Urne, um sie zu stürzen und die Steine zu zählen. Doch er besinnt sich. Er winkt Drakonides herbei und befiehlt ihm, hineinzugreifen und selber sein Schicksal zu erlosen. Nun versteht der Athlet auch die Sprache des Gottes.

«Ziehe den Stein mit dem Buchstaben Beta!», sagt er feierlich. «Es ist das Freilos. Findest du ihn, wirst du Ephedros sein!»

Drakonides steckt die Hand in den engen Urnenhals, reißt sie aber gleich wieder furchtsam zurück.

Da löst sich aus der Götterschar eine weibliche Gestalt, die kein Gesicht hat. Das muss Tyche, die Göttin des Glücks, sein. Blind tastet sie vorwärts, erwischt die Hand des Drakonides, taucht sie in die Urne und zieht sie wieder hervor.

Drakonides macht einen Freudensprung. Er hat den Stein mit dem Buchstaben Beta gezogen!

Unter den Göttern erhebt sich ein aufgeregtes Getuschel, das fast wie ein boshaftes Zischen klingt.

Zeus neigt sich zu Drakonides und sagt streng: «Du hast das Freilos gezogen. Dein Frevel ist dir damit vergeben. Aber hüte dich, künftig noch einmal den Kranz der Unsterblichkeit zu begehren!»

Drakonides nickt verwirrt und blickt sich um.

Nike hat schon ihre Flügel gebreitet. Der Wind drückt das zarte Gewand an ihren Körper, ihr Gesicht ist von Eifer gerötet.

«Komm!», ruft sie. «Ich trage dich höher … viel weiter hinauf, als diese missgünstigen Götter zu denken vermögen … in Höhen, die nur der Mensch erreicht … nur der Mensch …»
Sie zieht ihn an sich und schlägt den Mantel um ihn und sie fliegen hinauf und entfernen sich von den Göttern. Wieder tauchen sie in Wolken ein, mit denen sie stürmisch vorwärts treiben.
Da zuckt ein Blitz, Nike schreit auf.
Ein Flügel hängt gebrochen herab.
Mit dem anderen heftig schlagend versucht sie verzweifelt weiterzufliegen, aber sie sinken, fallen, stürzen.
Brüllend sieht Drakonides die Erde auf sich zurasen …

«Was hast du? Was ist geschehen?»
Iolaos eilte aufgeregt in die Hütte.
Drakonides hatte sich aufgerichtet. Sein schweißüberströmter Körper zitterte.
«Nichts, nichts, mir war so …», murmelte er.
«Du hast gebrüllt wie ein Opferstier.»
Iolaos setzte sich neben den Faustkämpfer und blickte ihm prüfend ins Gesicht.
Drakonides wandte sich ab. Das Sonnenlicht, das durch die Tür hereinfiel, blendete ihn.
«Ein seltsamer Traum», sagte er. «Verstehst du das? Tyche verschafft mir das Freilos, aber Zeus verweigert mir den Kranz, bricht Nike, die mich hinauftragen will, den Flügel und lässt uns abstürzen. Bei Styx! Aber ist das nicht vollkommen klar? Ich werde Ephedros, doch nicht Olympiasieger.»
«Wie kommst du darauf? Warum lässt du dich von einem Traum beunruhigen?»
Hinter Iolaos lugten ein paar neugierige Gesichter, die Aufsehern und fremden Betreuern gehörten, in die Hütte hinein.
«Weißt du es schon, Drakonides?», rief einer. «Dein Gegner ist wieder da. Ihr werdet nun doch zu dritt sein!»

Drakonides warf den Männern einen gequälten Blick zu.
Iolaos sprang auf und drängte sie hinaus.
«Er weiß es schon. Lasst ihn in Ruhe!»
«Vielleicht sollte ich einen Seher oder Traumdeuter fragen», sagte Drakonides. «Es sind ja viele hier.»
«Hast du so kurze Zeit vor dem Agon nichts Besseres zu tun? Also gut, wenn es dir so wichtig ist … Ich selber kann dir den Traum erklären. Die eine Göttin wird helfen, die andere ist machtlos … das ist alles. Wende dich also, wenn du vor dem Kampf betest, an die Hilfreiche. Um die andere kümmere dich nicht.»
«Du glaubst wirklich, es ist nur so zu deuten?», fragte Drakonides, argwöhnisch blinzelnd.
«So und nicht anders. Das ist ja auch selbstverständlich. Zu wem anders solltest du beten als zu Tyche, nachdem du dir unbedingt deinen Gegner zurückholen musstest.»
Drakonides schnaufte und schüttelte heftig den Kopf, als wolle er die Gestalten des Traumes endgültig loswerden.
«Wie viel Zeit habe ich noch?», fragte er.
«Du kannst dich in Ruhe vorbereiten», sagte Iolaos. «Bei den Ringern hat gerade erst der zweite Durchgang begonnen.»
Drakonides legte sein Lendentuch um und trat vor die Hütte.
Er atmete tief. Die Luft war trocken und es war jetzt schon so heiß wie an den vergangenen Tagen erst mittags.
Der Faustkämpfer begann mit seinen Morgenübungen. Er schlug ein paar Haken und Schwinger, hüpfte auf der Stelle, beugte das Knie.
Er sah dabei weder nach links noch nach rechts und war daher überrascht, als er plötzlich von der Umfassungsmauer des Lagers her Geschrei und Händeklatschen hörte.
Er bemerkte einen Haufen von vierzig bis fünfzig Männern, die jenseits der Mauer standen und ins Lager hereinsahen. Sie

starrten nach einer der Hütten und als Drakonides ihrem Blick folgte, sah er, dass es Eutelidas war, der diesen Begeisterungsausbruch hervorrief.
Sein tapferer Gegner war gerade herausgetreten und ging nun in sicherer Begleitung mehrerer Betreuer zum Kladeos hinunter, um sein Morgenbad zu nehmen. Zu Drakonides' Erstaunen war auch Knemon dabei. Eutelidas winkte den Männern zu.
«Zeus möge deine Verleumder strafen!», rief einer. «Schmücke dich mit dem Kranz, mein Sohn!»
Es war tatsächlich Kephalos, der dort stand und seine linke, die gesunde Faust schüttelte.
Bei Styx, dachte Drakonides, sie müssen gleich einen Eilboten hingeschickt haben. Er zweifelte nun nicht mehr daran, wer die anderen waren.
Es waren die Nachbarn, die in der Nacht das Haus des Kephalos belagert hatten.
«Wissen sie nichts oder heucheln sie?», fragte Iolaos, der die Männer und Drakonides beobachtet hatte.
«Sie wissen nichts», sagte Drakonides. «Und brauchen auch nichts zu wissen.»
Nach dem Morgenbad holte er sich aus der Küche sein Frühstück – Fleisch, Käse, Brot und Oliven.
In der Nähe der Tische, wo die Speisen ausgegeben wurden, hockte auf dem von Knochen, Fischgräten, Brotresten und Obstkernen übersäten Rasen inmitten seines Haufens Ramphias. Auch er war beim Frühstück, wobei er scherzte und sich prächtig zu unterhalten schien.
Obwohl er zwei schwere Agone vor sich hatte, konnte man nicht das geringste Zeichen von Gespanntheit oder Besorgnis an ihm wahrnehmen. Lärmende Fröhlichkeit und unbekümmerte Frechheit mussten so tief in seiner Natur liegen oder so gut gespielt sein, dass alle anderen Empfindungen und Zustände unbemerkt blieben.

«Drakonides!», schrie er. «Was sagst du dazu? Unser zärtliches Liebesfest fällt aus. Der lästige Dritte ist wieder da. Und ich wollte so gern mit dir allein sein!»
Ein Heiterkeitsausbruch seiner Leute unterbrach ihn einen Augenblick.
«Willst du nun etwa Ephedros werden?», fuhr er dann fort. «Ich rate dir, wünsch dir das nicht! Du würdest vor Eifersucht platzen! Oder könntest du etwa ertragen, dass ich den anderen streichle und stoße?»
«Da hast du Recht, das könnte ich nicht!», rief Drakonides. «Wenn du das tust, sieh dich vor! Weißt du, was ich dann mit dir mache?»
«Was denn? Sag es! Ich bin gespannt!»
«Ich werde dir einen Rettich in den Arsch treiben, dass dir Hören und Sehen vergeht!»
Jetzt bekam Drakonides seinen Beifall. Der Koch und seine Gehilfen lachten laut bei der Vorstellung, dass den Ramphias die Strafe eines ertappten Liebhabers treffen könnte.
Als Drakonides sich etwas abseits gelagert hatte, um zu essen, kam Ramphias plötzlich herbei und ließ sich neben ihm nieder. Er sprach in vertraulichem, wie immer halb scherzhaftem Ton, der jetzt aber jeder Anzüglichkeit entbehrte.
«Das mit dem Rettich muss ich mir merken», sagte er. «Ein guter Spaß, so etwas lieben die Zuschauer. Schade für dich, dass es so wenige gehört haben. Übrigens ... Glaubst du die Geschichte, die die Eleer verbreiten? Eingeschlafen ... im Walde verirrt? Ich bin sicher, der hatte sich hinten bekleckert. Was meinst du dazu?»
«Ich hab's nicht abgewischt», brummte Drakonides.
«Beim Zeus, er verdiente eine Belohnung dafür!», sagte Ramphias. «Wenn ich es nur mit ihm allein zu tun hätte! Aber stelle dir vor, er wird Ephedros. Wir beide vergießen unseren Schweiß, vielleicht unser Blut, und so einer schöpft den Rahm

von der Milch. Es wäre eine Schande, eine Beleidigung für alle Athleten! Was hältst du von einem Abkommen, Alter?»
«Einem Abkommen? Mit dir?»
Drakonides spuckte einen Olivenkern aus und wandte sich ab.
«Wenn du das Freilos nicht ziehst, gewinnst du den Kranz ohnehin nicht», sagte Ramphias überzeugt. «Aber du könntest einen silberbeschlagenen Gürtel gewinnen ... oder ein Perlendiadem ...»
«Und was verlangst du für deine Schätze?»
«Du schonst mich ein bisschen. Damit ich unsere Athletenehre an diesem Hasenschwanz rächen kann.»
«Und wenn du mich schontest ...»
«Verzeih ...»
«Schon gut. Ich sehe, du bist ein Anfänger. Warst noch nie hier. Wenn wir nachher in das Stadion einziehen, achte auf die kleinen Zeusstatuen am Eingang. Die Eleer nennen sie Zanes. Lies die Inschriften! Sie wurden allesamt von Athleten errichtet, die man der Bestechung überführte.»
«Uns beide würde man nicht überführen. Wir kennen Finten und Tricks, um die Hellanodiken zu täuschen.»
«Verschwinde!»
Ramphias seufzte und sah einen Augenblick bekümmert aus. Aber gleich war das unverschämte Grinsen wieder da. Er sprang auf und entfernte sich.
Plötzlich drehte er sich noch einmal um und sagte so laut, dass alle ringsum es hören konnten:
«Also vergiss nicht, ich erwarte dich zu meiner Siegesfeier! Falls du imstande bist zu kommen!»

50

Vom Stadion her war jetzt ständig das Schreien und Pfeifen der Zuschauer zu hören.
Im Agon der Ringer schien die Entscheidung nahe zu sein. Die Sonnenuhr am Eingang des Lagers zeigte an, dass die heißeste Tageszeit, in der gewöhnlich keine Wettkämpfe stattfanden, begonnen hatte.
Thrasykles kam ins Lager, um sich im Auftrag der Hellanodiken zu erkundigen, ob die drei Faustkämpfer gesund und zum Agon bereit seien.
Er entschuldigte sich bei Drakonides und Iolaos für die Notlüge, mit der er sie tags zuvor abgespeist und die dann sogar Polyktor wiederholt hatte. Man konnte nicht wissen, sagte der Gymnastes, dass das Verschwinden des Eutelidas eine so harmlose Ursache hatte, und er wollte die Verbreitung schlimmer Gerüchte verhindern. Eine Störung des Festes sollte vermieden werden, die nur jenen Ungläubigen genutzt hätte, welche darauf lauerten, mit der Eidbrüchigkeit eines Athleten die Ohnmacht der Götter zu beweisen. Natürlich sei Eutelidas mit einer seinem Vergehen angemessenen Strafe belegt worden.
Iolaos sprach noch eine Weile mit Thrasykles und Drakonides fand unterdessen einen schattigen Platz hinter der Hütte, lehnte den Rücken gegen die Lehmziegelwand und schloss die Augen.
Er versuchte, an nichts zu denken, vor allem nicht an den Agon und daran, was hinterher sein würde. Anfangs gelang es ihm, aber nach und nach leuchteten in seiner Vorstellung Bilder auf und er konnte sie nicht verdrängen.
Er dachte zum Beispiel, dass der Architheoros der Phoker nachher im Stadion sitzen und dass die Urne mit der Asche des Wagenlenkers neben ihm stehen würde, damit sie vor Dieben sicher war. Der Gedanke war lächerlich und Drakonides ver-

scheuchte ihn, aber nun sah er plötzlich Myrto vor sich, die sich schreiend und klagend auf dem Fußboden eines Zimmers wälzte, sich gegen die Brust schlug und das Gesicht zerkratzte, von einem grausamen Schmerz überwältigt.

Dann fiel ihm die alte Schauergeschichte von dem Faustkämpfer Kleomedes aus Astypalaia ein, der im olympischen Endkampf seinen Gegner Ikkos getötet hatte. Die Hellanodiken weigerten sich, ihm den Kranz zu verleihen, worauf sich die Nacht des Wahnsinns auf den armen Geist des Faustkämpfers senkte. In seiner Vaterstadt angekommen, riss er die tragenden Säulen eines Schulhauses ein und sechzig Kinder fanden den Tod.

Drakonides sah diesen Kleomedes vor sich, ein Ungeheuer, das mit irre rollenden Augen und schäumendem Mund an den Säulen rüttelte und ein wildes Geheul anstimmte, als die Stützbalken brachen, und schrecklich auflachte beim Gewimmer der sterbenden Kinder. Er sah ihn in Panik davonstürzen durch die engen, weißen, verwinkelten Gassen, über Treppen und Mauern, verfolgt und gejagt von einer wütenden, schreienden Menge, die hinter ihm in den Tempel drängte, wohin er in höchster Not geflüchtet war, und die sich mordgierig auf die Truhe stürzte, das einzig mögliche Versteck im Raum, deren Deckel sich aber nicht öffnen ließ, bis man mit Äxten kam und ihn zerschlug, und die man dann leer fand, denn Kleomedes war spurlos verschwunden. Hatte sich aufgelöst, war zu Nichts geworden.

Bei Styx!, dachte Drakonides zornig. Warum denke ich jetzt an Wahnsinn und Tod? Warum denke ich überhaupt an etwas?

Er war froh, dass Iolaos dann wieder zu ihm kam. Als aber der Paidotribes erklärte, man müsse noch einmal die Kampfweise für die beiden in Frage kommenden Fälle erörtern, schnitt Drakonides ihm das Wort ab. Er wolle jetzt nichts mehr davon hören, sondern zur Beruhigung Knöchel spielen. Iolaos fügte sich. Da sie jedoch keine Knöchel besaßen, musste er solche erst im Lager besorgen. Drakonides blieb wieder allein, doch diesmal wurde er abgelenkt.

Die ersten Ringer kamen zurück, mit Staub und Schweiß bedeckte Kolosse aus Muskeln und Fett. Wie fast immer nach einem Wettkampf wurde lauthals geschimpft und einmal mehr sorgten zwei für köstliche Abwechslung, indem sie den gerade im Stadion bestrittenen Kampf zu wiederholen suchten. Der Sieger, der den nächsten Durchgang erreicht hatte, dort aber auch gescheitert war, wurde vom Unterlegenen der Anwendung verbotener Griffe bezichtigt und bald packten sie einander am Genick, an den Handgelenken und Füßen, schoben, stießen, drückten und schließlich warf einer den anderen zu Boden.

Die Übrigen kümmerten sich nicht um sie, sondern sprachen tröstend auf den Größten und Dicksten ein, der herzzerreißend schluchzte und sich den Unglücklichsten aller Menschen nannte. Es war derselbe, den Drakonides schon beim Eid am Altar des Zeus Horkios in Tränen aufgelöst gesehen hatte. Der Faustkämpfer musste lächeln über die zehn, zwölf gewaltigen Männer, die mit vorgestreckten Bäuchen und müde hängenden Atlasschultern besorgt um den greinenden Riesensäugling herumstanden.

Schließlich trollten sich alle zum Kladeos hinunter, um sich zu schaben und zu reinigen.

Aus dem Stadion stieg ein lang gezogener Jubelschrei auf, der nur einem Sieger gelten konnte. Schrille Aulos-Töne mischten sich hinein und dann ertönte ein wohl bekanntes Trompetensignal. Es rief den Gewinner auf die Hellanodikentribüne, wo er die Siegerbinde und den Palmzweig als vorläufige Preise empfangen würde. Die eigentliche Siegerehrung mit der Überreichung der Kränze vom heiligen Ölbaum würde erst am kommenden Tag, dem letzten der Spiele, im Zeustempel stattfinden.

Die Pause, die nun der Mittagshitze wegen begann, war in ihrer Ausdehnung abhängig vom Ermessen der Hellanodiken, die dafür Sorge zu tragen hatten, dass die drei restlichen Agone, der Faustkampf, das Pankration und der Waffenlauf, vor Einbruch der Dunkelheit beendet wurden. Da bei den Zweikampfagonen die Länge der Kämpfe unbegrenzt war und fast allein von den Agonisten selber abhing, konnte aber natürlich nie eine sichere Vorausschau auf den zeitlichen Ablauf erfolgen. Die Hellanodiken mussten sich auf allgemeine Erfahrungen und ihr Wissen über die einzelnen Teilnehmer verlassen, soweit sich deren Verhalten im Wettkampf überhaupt voraussagen ließ. Bei hohen Teilnehmerzahlen war es schon vorgekommen, dass ganz auf die Pause nach dem Ringen verzichtet wurde. Aber damit war heute nicht zu rechnen.

Die beiden Zweikampfagone waren mit drei Faustkämpfern und zehn Pankratiasten zahlenmäßig recht schwach besetzt und beim abschließenden Waffenlauf über zwei Stadien, dem überhaupt letzten Wettkampf der Olympischen Spiele, würde es keine Vorläufe geben. Es war also wohl zu vermuten, dass die Hellanodiken nun sich selber und den Zuschauern eine längere Ruhe gewähren und die Faustkämpfer nicht in der Glut des Mittags ins Stadion führen würden.

Iolaos kam mit den Knöcheln. Er und Drakonides setzten sich einander gegenüber, glätteten den Sand in der Mitte und würfelten eine Weile. Da der Paidotribes auch nur ein mäßiger Spieler war, gewann Drakonides oft und seine Stimmung hob sich ein wenig. Schließlich warf er sogar eine Aphrodite, was ihm noch nie gelungen war. Ein freudiger Schreck durchfuhr ihn und schien auf einmal den Druck zu lockern, der seit dem Erwachen auf ihm lastete. Er fühlte sich plötzlich zuversichtlicher, freier. An einem solchen Tag, zu einer Stunde, da auch der Abgeklärteste nach Zeichen spähen würde, war dieser Wurf ein Göttergeschenk.

Vielleicht, dachte er, war es die Göttin der Liebe, die ihm so ih-

ren Beistand ankündigte. Vielleicht als Anerkennung für seine Tat am Typaion. Pherenike mochte auch an einem ihrer Altäre auf der anderen Seite des heiligen Flusses für ihn gebetet und geopfert haben. Warum sollte eine so mächtige Göttin, die sich Ares, den Herrn des Krieges, und Hephaistos, den Gott des Feuers und der Schmiedekunst unterwarf, nicht mit einem Ramphias fertig werden?
Drakonides hatte jetzt Lust, sich zu unterhalten, und sie sprachen, während sie weiterspielten, über die heimische Palästra. Der Athlet erinnert sich daran, wie Dikon ihn für den Faustkampf gewonnen und dann dorthin gebracht hatte. Das sei auf der Hochzeitsfeier der Schwester seiner verstorbenen Frau Prodike gewesen, wo es zu dieser ungeheuren Schlägerei zwischen Mytilenern und Methymnern gekommen war. Drakonides versicherte, seit dem Kampf der Lapithen und Kentauren, wo Theseus selber Haken und Schwinger verteilt hatte, könne es nie wieder auf einer Hochzeit so heiß hergegangen sein.
Ein Bursche aus der anderen Stadt auf Lesbos, Methymna, ein gewisser Alkimos, der vorher vergeblich um die Braut geworben hatte, sei plötzlich während des Hochzeitsmahls mit ein paar Freunden erschienen und habe Einlass begehrt. Der Brautvater, der glaubte, den abgewiesenen Bewerber damit versöhnen zu können, habe sie arglos ins Haus gelassen. Die Methymner hätten sich anfangs auch ganz anständig benommen, gegessen, getrunken, ein bisschen mit den Frauen und Mädchen gescherzt, nichts weiter. Keiner der Gäste, weder Dikon als Onkel noch er, Drakonides, als Freund des Bräutigams, habe geahnt, was kommen würde. Als dann aber die Nacht hereinbrach und alle schon ziemlich bezecht waren und der Bräutigam die Braut in sein Haus bringen wollte, hätten die Methymner sich plötzlich auf sie und die Mädchen gestürzt und alle, ehe die Männer aus Mytilene noch recht begriffen hatten, was vorging, zum Strand hinuntergeschleppt.

«Bei Styx!», sagte Drakonides, dessen Hals sich straffte und dessen Augen zu glänzen begannen. «So eine Gemeinheit! Die Mädchen kreischten und zappelten. Aber als wir endlich zur Stelle waren, hatten die Kerle sich verdreifacht, ihre Verstärkung hatte am Strand gelauert. Einige Mädchen waren schon in die Boote gezerrt worden, darunter auch Prodike Ich hatte sie an dem Tag zum ersten Mal gesehen, sie war jünger als die Braut, sie gefiel mir. Als sie das Boot mit ihr abstießen, sprang ich ins Wasser, riss einem der Burschen das Ruder weg und schlug damit um mich. Zwei Methymner stürzten rücklings ins Meer, ich schnappte mir die Prodike und wollte mit ihr an den Strand zurück ... da überfielen mich gleich vier oder fünf von denen und nun musste ich mich meiner Haut wehren. Linker Haken! Rechter Haken! Fußstoß! Tritt in den Hintern! Bei Styx, das war kein sauberer Faustkampf! Sie sanken hin wie abgemäht. Einer nach dem andern gab auf. Plötzlich stand dieser Alkimos vor mir, nicht kleiner als ich, mit geballten Fäusten. Er stampfte wie ein wildes Pferd. Zuerst haute er mir die Faust auf die Nase, du siehst das Ergebnis noch heute. Dann schlug ich ihn zwischen die Zähne, dass er Blut spuckte. So ging es weiter, ein Treffer nach dem anderen, von Verteidigung hatten wir keine Ahnung. Wer stürzte, raffte sich wieder auf. Keiner wich. Endlich knickten ihm die Knie ein, er fiel hintenüber in die Brandung. Ich zog ihn noch an den Füßen heraus.»

Drakonides lachte wie ein Junge. Der Stolz auf das glänzend bestandene Abenteuer verjüngte ihn und für einen Augenblick schien er derselbe wie damals zu sein, der größte Raufbold, der Retter der Mädchen. Alles andere schien er vergessen zu haben.

«Und was geschah weiter?», fragte Iolaos, der die Knöchel in der Hand behalten und, erfreut über die heitere Laune seines Athleten, interessiert zugehört hatte.

«Was weiter geschah? Die Methymner lagen herum wie gestrandete Fische. Ein Bild des Jammers! Plötzlich kommt Dikon auf mich zu und umarmt mich. ‹Aus dir wird ein Faustkämpfer, Drakonides! Apollon selber wird dich beneiden. Aber noch bist du erst eine Raupe. Komm in meine Palästra, damit du ein Schmetterling wirst!› Siehst du, so wurde ich Athlet.»

«Und die Hochzeit? Und Prodike?»

«Die Hochzeit? Alles geschah, wie sich's gehörte. Wir führten das Brautpaar nach Hause und ich grölte das Hochzeitslied mit, obwohl mir bei jedem Ton die Schädeldecke zu platzen schien. Wo meine Nase war, musste ein Feuerloch sein. Und Prodike? Sie wusch meine Wunden und bestrich sie mit Salbe. Und als wir mal einen Augenblick allein waren, küsste sie mich, dass ich fast in Ohnmacht fiel. Sie hatte das Feuerloch getroffen!»

Drakonides lachte lange und laut. Er schüttelte sich vor Vergnügen.

Als er aufblickte, sah er eine verdrießliche Miene und eine nörgelnde Stimme sagte: «Hier also seid ihr. Ich suche euch schon überall.»

Es war der fette Aleiptes aus der Palästra. Da Drakonides keinen eigenen mitgebracht hatte, war ihm dieser für den Agon zugeteilt worden.

«Ist es Zeit?», fragte der Faustkämpfer, dessen Heiterkeit augenblicklich verflog.

«Schon lange», sagte der Aleiptes. «Die beiden andern sind längst bestäubt, aber ihr lasst es euch wohl sein und erzählt euch Geschichten.»

«Beeilen wir uns», sagte Iolaos.

Sie sprangen auf und Drakonides warf den Lendenschurz ab. Der Aleiptes löste eines der Ölfläschchen, die an seinem Gürtel hingen, vom Haken und goss seinen Inhalt dem Faustkämpfer über Brust und Rücken. Er verstrich das Öl und massierte es mit raschen, geübten kleinen Drehbewegungen ein.

Als Iolaos derweil schon den Athleten bestäuben wollte, riss er ihm den Korb aus der Hand und raunzte: «Das kannst du nicht. Das ist meine Sache. Ich bin verantwortlich, wenn es nicht gut gemacht ist.»
Es gelang ihm tatsächlich, mit kurzen, lockeren Würfen die Staubschicht hauchdünn und völlig gleichmäßig aufzutragen.
«Wie ein koischer Schleier!», sagte er, indem er drei Schritte zurücktrat und sein Werk bewunderte.
Sie gingen um die Hütte herum und sahen, dass sich die beiden anderen Faustkämpfer schon in der Mitte des Lagerplatzes unter der hohen Platane eingefunden hatten, von wo die Agonisten ins Stadion geführt wurden. Beide umgab ein Schwarm von Betreuern, auch andere Athleten standen schwatzend und gaffend herum. Alle warteten auf Polyktor.
Iolaos verschwand einen Augenblick in der Hütte, um die Riemen zu holen, die dort an einem Nagel hingen. Sie sollten erst im Stadion angelegt werden.
Drakonides stand mit dem Aleipten vor der Hütte.
«Höre, Freund», sagte er, indem er sich zu ihm neigte und ein wenig die Stimme senkte. «Wie ist es mit der Behandlung im Krankenzelt? Habt ihr erfahrene Ärzte? Und beherrschen sie ihr Handwerk?»
«Wie kannst du fragen!», sagte der Aleiptes. «Wir haben sie aus Knidos und Kos kommen lassen. Es gibt keine besseren, sie sind auch teuer genug.»
«Verstehen sie sich auf das Schneiden?»
«Gewiss.»
«Auch auf das Brennen?»
«Natürlich.»
Der Faustkämpfer wollte noch weitere Fragen stellen, besann sich aber und schwieg.
Iolaos kam mit den Riemen und sie gingen zur Mitte.

Eutelidas, der mit gesenktem Kopf auf die Anweisungen Knemons hörte, sah kurz auf, hielt aber dem Blick des Drakonides nicht stand, sondern wandte sich rasch wieder ab.
Der unverwüstliche Ramphias war sogar jetzt zu einer Unterhaltung aufgelegt.
«Bist du nicht auch froh, Drakonides, dass wir endlich aus diesen stinkenden Hütten herauskommen?», sagte er. «Die Eleer bilden sich etwas auf ihre Heiligkeit ein und glauben, man muss dafür alles in Kauf nehmen. Nicht mal ein Dampfbad gibt es. Ich gehe von hier gleich nach Akragas. Welche Bequemlichkeiten, was für ein Wohlleben! Und wenn man als frisch bekränzter Olympiasieger kommt ...»
Er sparte sich weitere Prahlereien, denn er bemerkte, dass niemand zuhörte. Sogar die Aufmerksamkeit seiner eigenen Leute war abgelenkt. Ein leuchtender Fleck am Eingang des Lagers fing alle Blicke, der Purpurmantel des Hellanodiken.
Polyktor kam, um die Teilnehmer am olympischen Faustkampf ins Stadion zu führen.

51

«Heil dir und Freude, Siegumstrahlter ...»
Aus einer Ecke des Stadions tönte die Siegeshymne des Archilochos, angestimmt auf den Gewinner des Langlaufs am Vortag, der unter den Zuschauern war und, mit Blumengirlanden behängt, auf den Schultern seiner arkadischen Mitbürger thronte.
«Veilchenbekränztes Athen, du göttliche Stadt ...», schallte es nun vom Wall gegenüber, wo ein Graubart mit dem Palmzweig winkte, der Besitzer des siegreichen Viergespanns.
Hinter der Kampfrichtertribüne besangen andere den «Spross der ruhmreichen Stadt Syrakus ...»

«Korinth, das jünglingsstolze …», krähten ganz oben auf dem Wall ein paar Greise.
Überall wurde jetzt gesungen.
Obwohl die Sonne erbarmungslos brannte, waren fast alle Zuschauer im Stadion geblieben. Nur der Olympische Rat, die Hellanodiken und die Ehrengäste, die sichere, wohl bewachte Plätze hatten, waren verschwunden, um in kühlen Hallen und schattigen Höfen zu ruhen und Erfrischungen zu sich zu nehmen. Alle anderen harrten aus. In der Gluthitze schmorend, von Fliegen und Mücken geplagt, behauptete jeder das Stückchen abschüssiger Rasenfläche, das er erkämpft hatte, oder ließ es von Freunden und Mitbürgern frei halten, wenn er genötigt war, kurzzeitig hinter den Wällen zu verschwinden.
Da jetzt unten auf der Kampfbahn nichts weiter zu sehen war als ein Trupp von dreißig, vierzig Sklaven, die den Boden glätteten und festwalzten, erinnerten sich die meisten daran, dass nicht nur das Auge gesättigt sein wollte. Was man in Krügen und Körben mitgebracht hatte, wurde gegessen und getrunken, man kaufte von Händlern Obst und Gebäck und wenn man Glück hatte, kam ein Mann mit einer Amphora vorüber, der zum Wucherpreis von zwei Drachmen den Becher mit frischem, leidlich kühlem Wasser füllte.
Man machte es sich so bequem wie möglich und mancher, der den Athleten die Nacktheit neidete, legte jetzt das letzte schweißdurchtränkte Kleidungsstück ab. Bekränzt waren alle. Das Verbot, Kopfbedeckungen zu tragen, und die Pflicht, sich zu Ehren der Götter zu bekränzen, hatte groteske Gebilde hervorgebracht, phantasievolle Laubkronen riesigen Ausmaßes, mit denen man den Göttern, die von oben herabblickten, auffallen wollte, sich aber gleichzeitig vor der Sonne schützte. Stellenweise waren die Wälle grün von diesem auf Menschenköpfen sprießenden Buschwerk. Man döste ein wenig, spielte

Knöchel, gab sich Rätsel auf, Philosophen haschten auch hier nach Zuhörern, Kriegsveteranen prahlten mit ihren Erlebnissen, zarte Jünglinge unter Sonnenschirmen küssten sich. Die einen ereiferten sich noch über die Ringer, die anderen schlossen letzte Wetten zum Faustkampf ab. Und viele sangen.

«Heil dir und Freude, Siegumstrahlter ...»

Da war auch Sosigenes, der den Chor der Mytilener stimmkräftig anführte. Vor ihm stand ein Mischkrug mit Wein, dem er so eifrig zusprach, dass er schon ziemlich betrunken war. Die Mytilener hatten einen günstigen Platz am Fuße des Südwalls, gleich hinter der Wasserrinne, die den Kampfplatz umgab. Sosigenes, der in der Nacht kein Auge zugetan hatte, war nach dem glimpflichen Abschluss seines Abenteuers gleich von Zelt zu Zelt geschlichen und hatte alle mit der freudigen Nachricht geweckt, dass nun doch Aussicht auf das Freilos bestünde. Woher er das wusste, verriet er nicht und es fragte ihn auch niemand. Lange vor Aufgang der Sonne waren sie losgezogen und als Erste im Stadion eingetroffen. Und nun sangen sie die Siegeshymne, als sei ihr Mitbürger schon bekränzt.

«Ich warne euch, Freunde!», sagte Philemon, der ganz vorn auf einem Klappstuhl hockte. «Keinen schlimmeren Feind des Erfolgs gibt es als Übermut!»

«Warum gönnst du ihnen die Vorfreude nicht?», entgegnete Zopyros, der neben ihm saß. «Kämpft er etwa allein? Mehr als die Hälfte der Götterversammlung ist für ihn. Die Griechen vor Troja hatten viel weniger Unterstützung.»

«Deshalb brauchten sie ja für ihren Sieg auch zehn Jahre!», meinte Thukles lachend.

Es waren wohl an die dreißigtausend im Stadion, das nach dem großen Umbau während der letzten Olympiade bedeutend mehr Zuschauer fasste als vorher. Selbst jetzt, da man es für die Zweikampfagone halbiert hatte, um den Kampfplatz zu begrenzen und allen eine gute Sicht zu ermöglichen, da also die östliche Hälfte der Wälle leer blieb und ein Teil der Zuschauer, der sonst dort Platz fand, hinter einer Absperrung in der Mitte des Stadions auf dem Dromos lagerte, war für die Festversammlung ausreichend Raum. Vor allem der neue hoch aufgeschüttete Wall im Westen, der nun den heiligen Hain vom Stadion trennte, erfreute sich des lebhaftesten Andrangs, weil er nur wenige Schritte hinter den Startschwellen für die Läuferagone lag und man hier die Athleten ganz aus der Nähe beobachten konnte. In die flach ansteigenden, mit Gras bewachsenen Wälle waren keine Sitzreihen gegraben worden, es gab nur wenige Bänke auf dem Nordwall für den Rat und die Ehrengäste. Wer sich nicht selbst einen Stuhl oder Hocker mitbrachte, musste mit dem Erdboden vorlieb nehmen. Die Veranstalter hielten es nicht der Mühe wert, diesen oft beklagten Zustand zu ändern. Sie waren davon überzeugt, dass das Vergnügen, Olympische Spiele zu sehen, mit ein paar Unbequemlichkeiten nicht zu teuer erkauft war.

52

Im Nordwesten, am Tor zur Altis, gab es jetzt Bewegung unter den Zuschauern und plötzlich mischten sich in den Gesang und das Stimmengewirr die schrillen, spitzen, durchdringenden Töne des Aulos. Gleich ebbte der Lärm im Stadion ab.

Der Flötenspieler wurde nun sichtbar. Er machte ein paar Schritte ins Stadion hinein, worauf er sich, immerfort weiterspielend, umdrehte und zurückgewandt stehen blieb.

Aus dem Tor traten jetzt die Würdenträger, voran der Olympische Rat und die Priester, dann die Ehrengäste, darunter einer der beiden Könige Spartas und der Archon Eponymos, der oberste Staatsbeamte Athens, außerdem mehrere kleine Fürsten, ein paar berühmte Feldherren, Philosophen und Künstler.

Wer ihn vorher noch nicht bemerkt hatte, wurde jetzt auf einen untersetzten, bärtigen Mann, den Athener Platon, aufmerksam gemacht, den Schüler und Freund des Sokrates, Gründer und Leiter der Athener Akademie, Schöpfer tiefgründiger philosophischer Schriften.

Mehr Aufmerksamkeit noch erregte eine andere Berühmtheit: Xenophon, der ebenfalls ein Freund des Sokrates gewesen, jetzt aber seiner spartafreundlichen Haltung wegen aus Athen verbannt war. Auf seinem Landgut in Skillus, in unmittelbarer Nähe Olympias, arbeite Xenophon jetzt, so hieß es, an einer «Hellenika», einem großen Werk über die jüngste Geschichte der Griechen.

Sprechchöre riefen seinen Namen und der hoch gewachsene, hagere alte Kriegsmann und Schriftsteller dankte winkend, mit eckiger Würde.

Keinen Beifall erhielt die einzige, verheiratete Frau, der es erlaubt, ja geboten war, die Spiele zu sehen: die Priesterin der Demeter Chamyne, der Muttergöttin.

Die Furcht, dass die Göttin, deren Vorgängerin hier früher Heimrecht hatte, Olympia aus Vergeltungssucht Schaden zufügen könnte, hatte die Einführung des seltsamen Brauchs veranlasst. Indem man ihrer ersten Dienerin dieses Vorrecht gewährte, wollte man – trotz der Todesdrohung gegen andere Frauen – die Göttin versöhnlich stimmen.

In einen strengen Peplos gehüllt, schritt die Priesterin, eine grauhaarige, schon gebeugte Frau, hinter dem Theokolos und den anderen Priestern den Wall hinauf und nahm bescheiden auf den Stufen eines kleinen Marmoraltars Platz.

Die meisten Würdenträger und Ehrengäste erhielten ihren Anteil am Beifall, wobei die Polisgenossen und Stammesbrüder der Geehrten den Ton und die Lautstärke angaben.

Einige der grell aufgeputzten kleinen Machthaber genossen dies sichtlich. Sie winkten, verneigten sich, schlugen sich überwältigt an die Brust, warfen Blumen und Kränze unter die Leute.

Als der hinkende, schon betagte König im Stadion erschien, sprangen tausend Spartaner wie ein Mann auf, wobei sie auf Kommando einen kurzen, scharfen, rhythmischen Begrüßungsruf ausstießen.

Auch die Gewinner der bisherigen Wettbewerbe sowie einige Sieger früherer Spiele, Gorgias darunter, nahmen auf den Bänken des Nordwalls Platz und empfingen Beifall. Der greise Dorieus hatte allerdings – nicht nur seines schlechten Gesundheitszustands wegen – abgelehnt, einer besonderen Einladung des Olympischen Rates zu folgen. Peisirhodos saß schweigsam und aufgeregt unter den Siegern der Knabenagone.

Der Aulos verstummte und gleich darauf hörte man vom heiligen Hain her das Schmettern der Salpinx. Im kurzen, gegürteten Chiton, die Wollbinde des Siegers um die Stirn gewunden, das in der Sonne blitzende Metallrohr am Mund, erschien der Eleer Ktesiphon, der Gewinner des Wettkampfs der Trompeter. Ihm folgten die zehn Kampfrichter in ihren Purpurmänteln, der Alytarch als Vertreter der olympischen Gerichtsbarkeit und der Herold.

Danach kamen die drei Athleten ins Stadion.

Drakonides, der größte, ging in der Mitte, links von ihm Ramphias, rechts Eutelidas. Den Beschluss bildeten die Gymnasten und Aleipten.

Dieser Augenblick brachte endgültig Leben in die träge, unter der Hitze leidende Menge.

Auf dem Südwall sprangen mehrere tausend elische Zuschauer auf. Die Mytilener, die diese Wand im Rücken hatten, schrien tapfer dagegen an. Auf der anderen Seite, auf dem Nordwall, feierten die Ionier aus Halikarnassos, eine kleine, aber stimmkräftige Gruppe, ihren «Löwen».

Der Zug bewegte sich zur Mitte des Stadions und hier stellten sich die Athleten und Gymnasten nebeneinander auf, mit dem Blick nach Osten. Ihnen gegenüber bildeten die Hellanodiken eine Reihe.

Die Salpinx schwieg und der Herold trat vor, Kratinos aus Theben, der ebenfalls die Wollbinde des Olympiasiegers trug. Er war ein sehr dicker Mann, dem das Haupthaar bis auf die Schultern fiel und der Bart über Brust und Bauch hinabwallte. Im starken Kontrast zu seiner Erscheinung stand die hohe, schneidend helle Stimme, die bis in den letzten Winkel des Stadions drang und mit der er sich auch gegen Geschrei und Beifall behaupten konnte. Früher, hieß es, sei er als Tritagonistes, als dritter Schauspieler, im Theater aufgetreten. Nun aber reiste er mit den Athleten von Fest zu Fest, um mit seiner Trompetenstimme die Wettkämpfe einzuleiten und ihre Ergebnisse zu verkünden.

Kratinos nannte die Namen und die Heimatorte der drei Athleten und natürlich bekam der Eleer den meisten Beifall. Darauf wiederholte der Herold vor der Festversammlung die Fragen, die den Athleten schon bei der Prüfung gestellt worden waren. Er fragte, ob sie von griechischen Eltern abstammten, ob sie vollberechtigte Bürger ihrer Polis und ob sie frei von Blutschuld seien.

Auf jede dieser Fragen antworteten die drei nach der Vorschrift: «So ist es.»

Und nun kam Kratinos' großer Augenblick. Er kehrte sich von den Athleten ab, machte ein paar große, wiegende Schritte auf jeden der Zuschauerwälle zu, ließ mit wohl einstudierter langsamer Drehbewegung des Kopfes die Augen über die Menge gleiten und rief schmetternd: «Ist jemand hier im Stadion, der uns beweist, dass einer von diesen Männern gelogen hat?»

Diese von alters her vorgeschriebene Formel war rein rethorisch. Die Liste der Athleten war allen bekannt und hätte längst angefochten werden können. Es war allerdings schon vorgekommen, dass ein Ankläger der Wirkung halber seine Beschuldigungen gegen einen der Teilnehmer bis zu diesem Augenblick zurückgehalten hatte. Doch das hatte es schon lange nicht mehr gegeben.

Auf die Frage des Herolds herrschte einen Atemzug lang gespannte Stille. Kratinos schien ebenfalls voller Besorgnis zu lauschen.

Dann aber nickte er befriedigt, reckte sich, hob den Brustkorb und rief:

«Ihr haltet diese Männer für würdig! So mögen sie sich im Agon bewähren – zu Ehren des Zeus, ihren Mitbürgern und sich selber zum Ruhme!»

Wieder ertönte die Salpinx und dann trat Aisypos vor und hielt eine kurze Ansprache an die Athleten. Nur einzelne Wortfetzen drangen zu den Wällen hinüber, der Hellanodike hatte keine Heroldstimme. Der Lärm im Stadion schwoll an, auch Gesänge wurden wieder laut. Die Zuschauer wussten, was der Kampfrichter sagte. Er mahnte die Athleten noch einmal, nach den Regeln zu kämpfen, den Sieg nicht mit unlauteren Mitteln zu suchen und sich des Eides bewusst zu sein, den sie geleistet hatten.

Dann setzte das Flötenspiel wieder ein und die Hellanodiken gingen hinüber zu der nur für sie auf dem Südwall errichteten Tribüne. Die Mehrzahl von ihnen nahm oben auf den Sesseln Platz. Nur die drei, die den Agon leiten würden, blieben vor der Tribüne stehen und erwarteten die Athleten, die der Alytarch nun heranführte. Auf seinen Wink stieg ein Ephebe hinauf, um die silberne Urne zu holen, die dort auf dem Tischchen stand.

Sie enthielt die drei wolfsbohnengroßen runden Steine, deren

zwei mit dem Buchstaben «Alpha» beschriftet waren. Der dritte trug den Buchstaben «Beta».
Wer diesen zog, würde Ephedros sein.

53

Immer wenn Drakonides ein Stadion betrat, waren Zweifel und Ängste plötzlich verschwunden. Das erhebende Gefühl, von einer gewaltigen Menge wie ein König empfangen zu werden, ja noch begeisterter, noch leidenschaftlicher, gab ihm Sicherheit und Kraft, und was ihn allein in diesem Augenblick erfüllte, war der heiße Wille zu siegen.
Schon im heiligen Hain, als sie auf ihren Auftritt warteten, hatte er im Vorgefühl dieses feierlichen Augenblicks alles, was ihn bedrückte, vergessen.
Er hatte kurz zu der Nike hinübergeblickt und ein zufriedenes Lächeln war über sein Gesicht gehuscht, als er sich der Unversehrtheit ihrer Flügel versichert hatte. Beim Eintritt ins Stadion war seine Haltung gemessen, seine Miene heiter und zuversichtlich gewesen. Während Ramphias Luftsprünge gemacht und wilde Schreie ausgestoßen hatte, war er mit vorgewölbter Brust und erhobenem Kopf, nur einmal seinen Polisgenossen winkend, ruhig zur Mitte gegangen. Mit lauter Stimme hatte er die Fragen des Hellanodiken beantwortet und dem Aisypos, der ein Riese wie er selbst war, hatte er bei dessen Ansprache begeistert in die Augen gesehen und mehrmals Zustimmung bekundet. Wiederum ohne Hast war er dem Alytarchen zur Tribüne gefolgt, und als jetzt die Urne gebracht wurde, blickte er ihr mit einer so hoffnungsfrohen Gelassenheit entgegen, als wollte er sagen: Bei Styx, da bringen sie mir auch noch das Freilos! Können denn die gerechten Götter, die dort vom Kronoshügel aus zusehen, etwas anderes wünschen als meinen Sieg?

Währenddessen herrschte ringsum die größte Aufregung.
Bis zum letzten Augenblick wurden Wetten abgeschlossen. Auf den Wällen und hinter der Absperrung auf dem Dromos gab es Gedränge um bessere Plätze.
Die Anhänger der drei Athleten beteten laut.
Zopyros war aufgesprungen und rang die Hände in Richtung des Kronoshügels. Auch die meisten anderen Mytilener flehten und beteten.
Am eifrigsten war Sosigenes. Er füllte unentwegt den Becher und netzte die Erde vor sich mit Trankopfern. Für Hermes Enagonios, Phoibos Apollon, Tyche, Athene, Dionysos, Herakles. Natürlich hatte jeder der Götter und Halbgötter Anspruch auf einen eigenen Becher, den der tapfere Sosigenes leeren musste.
Und das Gebet, das das Mädchen Demainete, eindringlich flüsternd, mit geschlossenen Augen und erhobenen Händen an eine vertraute Gottheit richtete … galt es ebenfalls Drakonides? Wünschte ihm Demainete auch jetzt noch den Sieg?
Sie stand ganz oben auf dem Südwall, inmitten des Häufleins junger und sehr junger Mädchen, der Heraiensiegerinnen unterschiedlicher Altersgruppen. Die Mädchen schrien und klatschten dem Eutelidas zu. Als Demainete aber die Augen öffnete, suchte ihr Blick einen anderen.
Der lagerte auf demselben Wall, inmitten eines Haufens seiner langhaarigen Kameraden. Es war der junge Spartiat, der bei ihrem Besuch im Athletenlager an ihrer Seite gewesen war. Er sah fast unentwegt zu ihr herüber, und als ihre Blicke sich jetzt trafen, nickte er ernst.
Der Alytarch gab dem jungen Mann mit der Urne das Zeichen.
Das silberne Gefäß mit ausgestreckten Armen vor sich hertragend, trat der Ephebe zu den drei Faustkämpfern.
Zunächst wandte er sich an Eutelidas, der aus seiner Sicht der

Erste in der Reihe war. Die Hand des muskelbeladenen, schweren Mannes zitterte heftig und ein Mastigophoros, der bei ihm stand, musste sie packen und in den Urnenhals drücken. Als die Faust wieder zum Vorschein kam, ergriff sie der Mastigophoros erneut und sorgte dafür, dass sie geschlossen blieb.

Der Urnenträger ging zum Nächsten. Es war Drakonides.

«Nach eurem Willen, Unsterbliche!», murmelte er.

Seine Hand tauchte in das Gefäß hinab und die Finger ertasteten auf dem Grunde die beiden Steine. Der eine schnellte fort, aber er wollte ihn nun erst recht haben. Er fand ihn wieder und schloss ihn in seine Faust.

Als der Urnenträger zu Ramphias kam, bot dieser den Zuschauern ein kleines Gaukelspiel. Er zögerte, zierte sich.

Muss ich denn überhaupt noch hineinfassen? Ist das noch notwendig?

Endlich fügte er sich seufzend.

Die drei Athleten standen nebeneinander und jeder hatte nun sein Los in der Hand.

Drakonides spürte das kleine, glatte, runde Gebilde, das kühl an seiner Haut lag. Nun packte ihn doch die Unruhe und es kostete ihn Beherrschung zu warten, bis er auch diesmal an die Reihe kam.

Polyktor, der Alytarch und der Herold traten zuerst auf Ramphias zu.

Der streckte ihnen lächelnd die Faust entgegen und öffnete sie.

«Alpha!», sagte der Alytarch.

Nur einen Augenblick lang zeigte Ramphias seine Enttäuschung. Er warf den Stein in den Sand und stieß einen Fluch aus.

Aber gleich darauf lachte er und rief: «Ich danke euch, Götter! Ihr wollt nicht, dass ich als Ephedros siege. Es bringt weniger Ruhm!»

Er tanzte umher, schüttelte die Fäuste und schlug ein paar Mal in die Luft. Vom Nordwall, wo seine Anhänger saßen, kam Beifallsgeschrei.

Polyktor stand nun vor Drakonides, lächelte aufmunternd.

Drakonides streckte die Faust vor und öffnete sie.

«Alpha!», sagte der Alytarch.

Drakonides starrte so lange auf den Stein, bis der Mastigophores ihn fortnahm. Als er dann ungläubig, fassungslos aufsah, blickte er in das ebenso fassungslose, erschrockene Gesicht des Eutelidas, der sich herübergebeugt hatte und noch immer in dieser Haltung verharrte.

Jetzt wurde auch der Eleer aufgefordert, die Faust zu öffnen.

«Beta!», sagte der Alytarch.

Der Herold winkte und Ktesiphon, der in der Mitte des Stadions stand, blies ein kurzes Signal.

Augenblicklich wurde es still auf den Wällen.

Polyktor trat zwischen Drakonides und Ramphias, packte jeden am Handgelenk und zog sie ein wenig zur Mitte.

Kratinos folgte ihnen und schrie:

«Im Vorkampf der Faustkämpfer messen die Kräfte: Ramphias aus Halikarnassos und Drakonides aus Mytilene! Eutelidas aus Elis ist Ephedros!»

Auf dem Südwall erhob sich ein Riesengebrüll. Die acht- bis zehntausend elischen Zuschauer umarmten einander und warfen ihre Kränze in die Luft. Die kleine Gruppe der Mädchen auf der Höhe des Walls umschwirrte Demainete mit Freudengekreisch. Teilnahmslos ließ sie sich umarmen und küssen.

Die Mytilener, die alle aufgesprungen waren, standen jetzt stumm und traurig da wie ein Haufen beiseite gestellter, beschädigter Statuen. «Warum wenden die Götter sich von uns ab?», jammerte Zopyros.

«Weil ihr sie zu sehr gemästet habt!», höhnte Philemon. «Von euren reichlichen Opfern sind sie träge geworden.»

«Schade um den Wein», sagte Sosigenes und stierte auf die feuchte Stelle vor sich im Sand, wo die Trankopfer versickert waren.
Plötzlich hob er den Kopf, warf einen Blick voll abgrundtiefer Bestürzung zu dem gerade beiseite gehenden Eutelidas hinüber und stöhnte: «Und wir haben ihn noch gesucht und hergeschleppt. Wozu? Damit er Ephedros werden konnte?»

54

So war es also entschieden.
Der Faustkämpfer Drakonides, der eigentlich nur nach Olympia gekommen war, um zuzuschauen, hier aber plötzlich, von einer törichten Gier nach Ruhm gepackt, der Einflüsterung eines Narren nachgab und versuchte, mit einem Losstein zum Sieg zu gelangen, hatte sich selber hereingelegt.
Als Opfer seines Übermuts würde er nun gezüchtigt werden und ganz Hellas würde Zeuge sein.
Die heitere Zuversicht war dahin und Zorn packte Drakonides. Gegen sich selbst, seine Dummheit und Anmaßung. Gegen die Götter, die treulos und gleichgültig waren. Gegen Sosigenes, den schlangenzüngigen Taugenichts. Gegen Zopyros und Philemon und die anderen, die ihn hergehetzt hatten. Gegen diesen schwachsinnig grinsenden, mit den Augen um Verzeihung bettelnden Eutelidas, den er vor immer währender Schande bewahrt hatte und der dafür nun dort in der Ecke unter dem Sonnenschirm sitzen und zusehen durfte. Gegen Ramphias, diesen gefährlichen Possenreißer, dieses Raubtier mit dem Gehabe eines Marktköters, der, während man ihm die Riemen anlegte, herausfordernd zähnebleckend herübersah. Gegen den eiskalten Wichtigtuer Iolaos, der so tat, als sei nichts geschehen, und überflüssige Anweisungen gab. Gegen alle, die ihn von den

Wällen herab gierig begafften, diese grausame, lüsterne Menge, die jubeln würde, wenn er blutüberströmt im Sande läge.

Das Seltsame aber war, dass dieser Zorn ihm jetzt gut tat. Es war ein so ungeheurer Zorn, dass Drakonides schmerzhaft spürte, wie sich Arme und Beine strafften, wie sich sein Brustkorb dehnte und die Muskeln vor Anspannung zitterten. Dieser Zorn fuhr ihm wie Feuer in die Knochen, er brachte das Blut dazu, schneller zu fließen. Dennoch war es kein rauschhafter Zorn, der den Blick verzerrte und die Bewegungen wild und unsicher machte. Es war ein trockener, klarer Zorn, der alle Kraft des Körpers und des Geistes auf einen Punkt verdichtete: trotzdem zu siegen.

Seitlich der Hellanodikentribüne war mit Pfählen und Balken das Geviert abgesteckt, wo sich die Athleten auf den Kampf vorbereiteten. Polyktor, inzwischen mit einer Gabelrute versehen, stand bereits in der Mitte des Kampfplatzes. Er wartete darauf, dass die Betreuer fertig wurden, die den Athleten die Lederringe an den Knöcheln befestigten. Die beiden anderen für den Ablauf des Agons verantwortlichen Kampfrichter prüften das Riemenzeug und kontrollierten anhand eines Musters die Maße der Knöchelringe. Die Zuschauer wurden ungeduldig und lärmten. Einige, die in der Nähe saßen, warfen mit Hühnerknochen und Obstkernen.

Ein Zwischenfall erregte die Gemüter noch mehr.

Ramphias, der zuerst fertig war, übersprang die Absperrung und lief quer über den Platz auf den Nordwall zu, wo seine Anhänger Siegesgesänge angestimmt hatten. Auch einige der ionischen Würdenträger erhoben sich, winkten ihm zu und klatschten. Um die Zuschauer noch mehr anzustachen, gebärdete er sich wie ein Wahnsinniger. Er machte gewaltige Sprünge, als wolle er sich von der Erde lösen, ließ die Fäuste wirbeln und stieß raue Laute aus.

Plötzlich durchbrach eine Gruppe von zwanzig, dreißig Zu-

schauern die lockere Kette der vor den Wällen postierten Mastigophoren und bewegte sich auf den Faustkämpfer zu.
Zwei kräftige Männer in der Mitte trugen einen schweren Gegenstand auf den Platz, der aber nicht gleich zu erkennen war. Die anderen umringten sie und das ganze Knäuel schrie und sang und wehrte dabei die Peitschenträger ab, die von allen Seiten herbeiliefen.
Jetzt war Ramphias bei der Gruppe. Er verschwand in ihr, tauchte aber gleich wieder auf und als die Männer respektvoll zurückwichen, stand er allein in der Mitte und stemmte eine bronzene Figur hoch, die einen Faustkämpfer darstellte und mit einer Inschrift versehen war, die allerdings nur die Nächststehenden lesen konnten. Dennoch verstand im Stadion jeder, was das bedeutete.
Ramphias zeigte der Festversammlung seine eigene Siegerstatue!
Wie auch anderswo war es den Siegern erlaubt, den Göttern zum Dank ein Standbild zu weihen, das aber natürlich vor allem an den Erfolg im Agon erinnern sollte. Gewöhnlich gab der Athlet es gleich nach dem Gewinn des Kranzes bei einem Künstler in Auftrag und es dauerte dann meist längere Zeit, bis es an seinem Bestimmungsort stand. Dieser sich unüberwindlich fühlende Ramphias hatte das Denkmal aber schon vorher bestellt. Noch mehr, er hatte es auch gleich mitgebracht, hierher ins Stadion. Offenbar hatte er die Absicht, es nach dem Agon gleich selbst in den heiligen Hain hinüberzutragen und dort aufzustellen.
Das war eine ungeheure Dreistigkeit und einen Augenblick lang schien den Tausenden der Atem zu stocken.
Es wurde fast still.
Dann aber brach der Tumult los. Wütende Protestrufe ertönten von allen Seiten.
Man schrie: «Gottesfrevel!» und: «Bestraft ihn!»

Auf dem Nordwall kam es zwischen Jubelnden und Empörten zum Handgemenge. Die Mastigophoren stürzten sich ins Getümmel.
Inzwischen war Polyktor bei Ramphias. Er versetzte ihm einen Schlag mit der Gabelrute und bedeutete ihm zornig, sich zum Agon bereitzumachen.
Ramphias stemmte ein letztes Mal lächelnd die Statue hoch und übergab sie dann wieder den beiden Männern, die sich beeilten, mit ihr auf den Wall zu entkommen.
Die Aufregung legte sich nicht, es brodelte und zischte weiter. Polyktor trieb Ramphias, der noch immer vor seinen Anhängern posierte, energisch zur Mitte und winkte heftig zur Gymnastenecke hinüber. Der Kampf musste unverzüglich beginnen. Nur so würde der überall aufzüngelnden Flamme des Unmuts die Nahrung entzogen, würde die Aufmerksamkeit der Wütenden abgelenkt werden.
Als Drakonides jetzt über die Schranke stieg und zur Mitte lief, empfing ihn ein Jubelsturm.
Der alte Faustkämpfer war bekannt, die meisten hatten ihn hier und auf anderen Festen erlebt. Man bewunderte seinen Mut und seine Zähigkeit und obwohl ihm kaum jemand den Sieg zutraute, waren die meisten auf seiner Seite. Die Eleer natürlich vor allem, weil sie hofften, dass er Ramphias zugunsten des Ephedros ermüden würde. Aber auch alle jene, die das großspurige Gehabe des «Löwen von Halikarnassos» abstieß.
Der Lärm war so groß, dass das einleitende Wortgeplänkel der Athleten völlig unterging.
Es waren auch nur die üblichen Spötteleien und Beleidigungen. Sie verglichen einander wieder mit Kampfhähnen und Ramphias fragte, ob Drakonides auch feurig genug sei und genügend Knoblauch gefressen habe und ob er sich daran erinnere, wie er im Frühjahr auf dem Isthmos gerupft worden war. Darauf entgegnete Drakonides, das Stadion werde gleich wie

ein Hühnerhof aussehen, so würden die Federn des Ramphias umherstieben. Dazu müsse ein anderer kommen, schrie Ramphias, nicht gerade der älteste Gockel von ganz Hellas.
Polyktor trat zwischen sie und befahl ihnen, die Anfangsstellung einzunehmen, einander gegenüber, mit drei Schritten Abstand.
Die Rute fuhr zwischen ihnen herab.
Der olympische Agon der Faustkämpfer hatte begonnen.

55

Wenn frischer Angriff der halbe Sieg, vorsichtiges Zögern die halbe Niederlage ist, so betrat Ramphias gleich die Siegerstraße. Was Iolaos vorausgesagt hatte, traf ein. Der «Löwe» hatte es eilig und verlor keine Zeit.
Kaum waren die Linken zur Verteidigung oben, schlug er von rechts ein paar Schwinger. Drakonides fing sie mit der offenen Hand. Da bekam er die erste Faust ins Gesicht, eine gerade geschlagene Linke, die Kante des Lederrings ritzte die Oberlippe. Schon kam die nächste. Bei Styx, so schnell konnte man den Kopf nicht zurückreißen! Die Nase war kaum berührt worden, aber der Ring war wie ein Messer. Drakonides schmeckte das Blut. Zurück, zurück!, dachte er.
Doch als er rückwärts ging, war Ramphias plötzlich auf seiner Linken und sprang auf ihn zu. Drakonides wich aus, schlug einen Haken in die Luft. Aber Ramphias war bereits auf der rechten Seite. Seine Fäuste schienen sich zu vermehren. Waren es fünf Fäuste? Acht Fäuste? Zehn Fäuste?
Sie flogen heran wie gierige Vögel. Sie pickten ins Ohr. Sie rissen ein Stückchen Haut von der Wange ab. Der Riesenbaum Drakonides suchte die lästigen Vögel abzuwehren. Er bog seinen Stamm, schwenkte die Äste, aber sie flatterten nur um ihn

her und fielen dann wieder scharenweise ein, stießen zu, hackten und fraßen. Es schien, dass der Baum schon zu wanken begann. Seine beschädigte Rinde glänzte. Er schüttelte sich verzweifelt.

«Es ist zwecklos», sagte der fette Aleiptes. Er tastete schon nach den Töpfen mit Wundsalbe, die an seinem Gürtel hingen. «Wenn er nicht aufgibt, geht es schlimm für ihn aus. Warum tut er es nicht?»

«Weil er gewinnen will», sagte Iolaos.

Der Aleiptes lachte nur auf.

Die Anhänger des Ramphias auf dem Nordwall sangen schon die Siegeshymne. Zwei Männer stemmten die Statue hoch.

Die Mytilener standen und feuerten Drakonides an, aber nur weil es sich so gehörte. Nicht weil sie noch glaubten, dass es Sinn hatte.

«Er lässt sich ohne Widerstand niedermachen!», stöhnte Sosigenes. «Beim Zeus, er hat nicht mal den richtigen Zorn!»

Aber der Zorn des Drakonides war kühl und beherrscht und der Riesenbaum wusste, wenn er sich noch eine Weile bog und schüttelte, würden die Vögel langsamer flattern, ihre Flügel lahm, ihre Schnäbel stumpf werden. Drakonides hatte noch keinen Treffer erhalten, nur Kratzer und Schnitte des scharfkantigen Leders. Er hatte sich wenig bewegt und Kräfte gespart, sein Körper war straff und gespannt. Hinter der blutigen Maske seines Gesichts waren klare Gedanken und seinen wachen, flinken Augen entging keine Bewegung des Gegners.

Er macht ja wirklich den Fehler, den ihm Iolaos zugetraut hatte, dachte er. Er hat es eilig, will es schnell hinter sich bringen. Wozu mit dem alten Drakonides viel Zeit verschwenden? Er ärgert sich schon, man sieht es ihm an. Warum fällst du nicht endlich um, Alter?, scheint er zu sagen, ich habe noch mehr vor, warum hältst du mich auf? Aber er hat nicht mal Lust, mich

zu beschimpfen. Er hetzt sich ab, schlägt immer wütender, zielloser. Trifft schon nur noch Schulter und Brust …
Polyktor hob die Rute und gab Ramphias einen Streich auf den Rücken.
«Ziele zum Kopf!», rief er.
Ramphias schwang auch sofort die Rechte heraus, doch Drakonides warf den Kopf zur Seite und wieder wurde ihm nur ein Stück Haut abgefetzt. Von den Wällen tönten jetzt Sprechchöre, um ihm Mut zu machen. Es schien ein Wunder zu sein, dass er immer noch stand. Sein Kopf, sein Hals, seine Schultern … alles war schon voller Blut, das auf Brust und Rücken hinablief.
Ramphias dagegen war völlig unversehrt, er hatte keinen einzigen Kratzer. Seine Füße stampften den Sand und wirbelten ihn auf. Doch jeder hier wusste, wie viel Kraft ihn das kostete. Wieder ein Haken, der in die Luft stieß … Wieder ein Schwinger, der haarscharf vorbeisauste …
Die Zuschauer auf dem Südwall gerieten in Hitze. Jeder Hieb, der sein Ziel verfehlte, wurde von einem freudigen Aufschrei begleitet. Die Mytilener schrien für Drakonides, die Eleer für ihren Ephedros.
Der saß seitlich auf einem Klappstuhl und blickte mit brennenden Augen auf das Geschehen.
Knemon beugte sich zu ihm.
«Wenn sie so weitermachen, kannst du es schaffen!»
Der Gymnastes des Ramphias legte die Hände trichterförmig an den Mund und schrie: «Schone dich, Ramphias! Leg eine Pause ein!»
Doch Ramphias gönnte sich keine Pause. Im Gegenteil, er erhöhte das Tempo. Er schien nicht verschnaufen zu wollen, bevor dieser Gegner gefällt war.
Drakonides starrte in sein Gesicht, das hinter den Fäusten auf- und abtauchte.

Wo war das Ziel? Wo war die Lücke?
Das Gesicht glitt zur Seite, stieß nach vorn, schnellte in die Höhe.
Er sah von der Stirn breite Schweißbäche rinnen, sah den geöffneten Mund, aus dem keuchender Atem kam, die kühn geschwungenen fleischigen Lippen, die noch keine Narbe entstellte, besonders das hübsche, herzförmige Stückchen Oberlippe, das eine Kette glänzender Schweißperlen zierte …
Da war es ganz nah und frei und ungedeckt vor ihm und seine Faust stieß zu und das Gesicht sank nach hinten, die wütenden Fäuste torkelten, schwangen ins Leere.
Ein einziger Seufzer entrang sich den Tausenden.
Dann folgte ein ohrenbetäubender Schrei.
Ramphias war gefallen. Der Heros wälzte sich im Sand.
Drakonides starrte erstaunt auf den hilflosen Körper – zu lange.
Als er hinzusprang, war es zu spät.
Ramphias rollte sich wie eine Katze zusammen und unter der schwingenden Faust hindurch schnellte er hoch.
Sie stolperten aneinander vorbei und hatten nun jeder den andern im Rücken. Herumfahrend sahen sie, dass ein Angriff nicht lohnen würde.
Sie ließen die Arme sinken und ruhten sich aus.
Die Zuschauer waren aufgesprungen. Nach Ramphias' Fall hatten viele bereits das Ende des Kampfes erwartet.
Die Mytilener blähten sich vor Stolz.
«Er kämpft wie Epeios! Ich sehe die Helden Homers vor mir!», rief Philemon und zitierte begeistert: «… und er schlug auf den Backen des Schauenden, dass er nicht länger stehen konnt' und zur Erde die blühenden Glieder ihm sanken!»
«Euoioi! Euoioi!», lallte Sosigenes.
«Bei allen Göttern, das hätte ich ihm nicht zugetraut!», sagte der fette Aleiptes zu Iolaos.

«Aber warum … warum …», murmelte der Paidotribes, der Drakonides nicht aus den Augen ließ.
Auch Drakonides haderte mit sich selbst. Eine solche Gelegenheit nicht genutzt zu haben war unverzeihlich.
Das wäre mir früher nicht passiert, dachte er voller Bitterkeit. Ein Gegner, der vor mir auf dem Boden lag, getroffen, benommen, verletzt … Bei Styx, der hätte sich nicht so schnell wieder erhoben! Ich hätte ihn außer Gefecht gesetzt, ehe er nur ein Glied hätte rühren können! Ich bin eben doch schon zu alt, meine Bewegungen sind langsam, meine Gedanken träge. Der Treffer war nur ein Zufall. Und jetzt wird es schwerer. Ramphias ist gewarnt …
Sie standen zehn Schritte voneinander entfernt.
Polyktor gewährte ihnen die Pause. Er wartete, dass einer der beiden den Kampf wieder eröffnen würde.
Wer im Vorteil war, tat dies gewöhnlich. Doch Drakonides schien keine Neigung zu haben. Ramphias rührte sich erst recht nicht. Seine Oberlippe und die Zunge waren aufgerissen, mehrere Zähne standen quer. Er litt und er war verwirrt. Der furchtbare Treffer, wenngleich überstanden, würde Folgen haben, die er sich blitzschnell ausmalen mochte.
Seine Lage hatte sich völlig verändert. Er hatte schon jetzt ein Talent verloren, denn dass er mit dieser Wunde noch zum Pankration antreten konnte, war ausgeschlossen. Sechstausend Drachmen betrug das Strafgeld, das schon der große Theagenes gezahlt hatte. Auch der Faustkampfsieg war so gut wie verloren. Wie sollte er jetzt noch den Ephedros schlagen! Das einzig Erreichbare war ein Erfolg über diesen alten Hahn, dem er schon siebenmal den Kamm abgefressen hatte.
Er stieß einen gurgelnden, glucksenden Laut aus, der ein Schrei der Wut und Empörung sein sollte. Vor seinem Mund stand blutiger Schaum.
Drakonides nahm rasch die Arme hoch.

Er erwartete einen rasenden Angriff. Schon öfter hatte er erlebt, dass einem gefährlich verletzten Gegner Titanenkräfte wuchsen.
Aber Ramphias stürmte nicht an. Er beherrschte sich, ging kein Risiko ein.
Er trat noch ein paar Schritte zurück und spie einen Zahn in den Sand. Dann gab er seinen Anhängern auf dem Nordwall ein Zeichen.
Keine Sorge, es ist nichts passiert!
Die Antwort war ein Freudengeschrei. Ringsum wurde es wieder unruhig. Man verlangte die Fortsetzung des Kampfes.
Polyktor winkte den Agonisten, die wieder aufeinander zutraten.
Die Rute des Hellanodiken fuhr herab. Abwartend tänzelten sie auf der Stelle.
«Kämpft!», rief Polyktor und gab jedem noch einen mäßigen Rutenstreich.
Drakonides wusste, dass nun der schwierigste Teil des Kampfes begann.
Das verwundete Raubtier war doppelt gefährlich. Er kannte Ramphias lange genug, um zu wissen, dass der nicht aufgab, um Schlimmeres zu verhüten. Jetzt musste ihn der Ehrgeiz packen. Er würde warten und sich auf alles besinnen, was er gelernt hatte. Ein Löwe, tief im Gebüsch versteckt, der lauerte, bis der Gegner herankam. Und der nur sprang, wenn er sicher sein konnte, ihn an der Gurgel zu packen.
Ramphias begann jetzt zu ziehen und Drakonides ging mit.
Keiner wagte einen Schlag. Sie deckten mit den offenen Linken und ließen die Rechten nur ab und zu hochzucken. Jeder achtete sorgsam darauf, die Sonne in den Rücken zu bekommen. Das hatte zur Folge, dass sie im Zickzack gingen und ständig die Richtung wechselten.
So durchquerten sie mehrmals das Stadion.

Drakonides bemerkte mit Unbehagen, dass von dem kühlen Zorn nichts mehr übrig war. Er hatte den entscheidenden Schlag verpasst und das machte ihn unsicher. Jetzt kehrte die Angst zurück und gewann nach und nach die Oberhand. Das Unwägbare war eingetreten, das ihm oft widerfahren war. Mitten im Kampf wechselte die Stimmung, nach einem folgenschweren Fehler schlugen Mut und Siegeszuversicht in Zaghaftigkeit und Furcht um.

So war er jetzt nur noch darauf bedacht, sich vor dem erwarteten Angriff zu schützen. Er achtete mehr auf sich selbst als auf den Gegner. Ich ermüde ihn, redete er sich ein, mit dieser Wunde hält er es nicht lange aus. Noch ein paar Mal durchs Stadion und er fällt von allein. Ich muss nur verhindern, dass er mich vorher noch überrumpelt. Solange er steht, ist alles möglich. In seiner Wut und Enttäuschung kann er jedes Maß verlieren. Er würde mich sicher am liebsten umbringen …

Nun ging Drakonides wieder rückwärts und Ramphias trieb ihn vor sich her.

Wären nicht die blutüberströmten Gesichter, die erhobenen Fäuste und das Toben der Menge gewesen, hätte man fast vergessen können, dass hier mit grausamer Härte ein Kampf ausgetragen wurde. Die beiden starken, geschmeidigen, nackten Körper, die eine seltsame Anziehungskraft beieinander hielt, die in rhythmischer Übereinstimmung kleine Sprünge und halbe Drehungen machten, sich duckten und streckten, vorwärts und seitwärts bogen und dazu ein anmutiges Muskelspiel der Schultern, Rücken und Schenkel zeigten, boten eher ein Bild der Harmonie und der Schönheit. Das eigenartige Männerpaar schien sich weltfern einem kultischen Tanz hinzugeben, zu einer Musik, die es nur allein hörte und die aus den mythischen Zeiten dieses geheimnisumwitterten Ortes herüberklang.

Die Wasseruhr auf der Kampfrichtertribüne zeigte an, dass seit dem Beginn des Agons fast eine Stunde vergangen war. Die Hellanodiken blickten jetzt öfter dorthin und besprachen sich ungeduldig.

Schließlich stand Aisypos auf und gab Polyktor ein Zeichen, er möge den Kampf zur Entscheidung bringen. Der zog energisch die Rute über die Rücken der Athleten, und als hätten die beiden darauf gewartet, dass sie endlich geweckt würden, fuhren sie gegeneinander los. Der Tanz wurde wieder zum Agon.

Den ersten Schlag führte Drakonides. Er begriff plötzlich, dass es höchste Zeit dazu war.

Sein ängstliches Zögern hatte nur dem Gegner genützt. Ramphias war keineswegs fast am Ende – im Gegenteil. Er hatte sich von dem Treffer leidlich erholt. Die Hitze des Kampfes betäubte den Schmerz, der erst hinterher richtig wüten würde. Drakonides hätte das wissen müssen, er selber hatte als Krieger und Faustkämpfer solche Körperzustände erlebt. Und auch der Geist des «Löwen» war wieder klar. Der Schreck hatte Ramphias anfangs verunsichert, die Betroffenheit darüber, dass ihm so etwas passieren konnte. Das war überwunden. Er hatte geduldig gewartet und seinen Gegner erschöpft. Mit jedem Schritt, jedem Sprung, jedem Atemzug. Drakonides war schon einige Male gestolpert. Seine Waden zitterten. Er stieß dumpfe, rasselnde Töne hervor. Schweiß fiel wie Regen von ihm ab. Jetzt erkannte er, dass es umgekehrt war. Nicht Ramphias würde stehen bleiben und umsinken, sondern er selbst. Noch einmal, zweimal quer durch das Stadion, dann würde er mit seinen Kräften am Ende sein.

Bei Styx, schoss es ihm durch den Kopf, ich muss etwas davon übrig behalten, für diesen Hasenschwanz, den Ephedros!

Im selben Augenblick spürte er auf seinem Rücken den Rutenstreich.

56

Die Rechte schwingt steil aus der Hüfte und reißt den ganzen Körper herum.
Sie trifft ins Leere, doch Drakonides kann sie jetzt nicht mehr stoppen. Sie schlägt weiter, wütend und blind. Es macht sie nur kühner, dass sie auf keinen Widerstand stößt.
Auch als Drakonides am linken Ohr einen reißenden Schmerz spürt, sein Kopf zur Seite geschleudert wird und sein Hirn sich mit einem Rauschen, Wirbeln und Strudeln füllt, kann die Faust nicht mehr stillstehen.
Jetzt trifft sie krachend auf etwas Hartes und jetzt fällt sie herab.
Die Zuschauer sehen staunend, wie sich Drakonides nach dem Hieb auf das Ohr im Kreis dreht, wie Ramphias sorglos hinterher stürzt und wie er mitten hineinrennt in die unaufhaltsam weiterschwingende Faust. Und dann sehen sie die beiden Kämpfer voneinander fortwanken und in die Knie gehen. Nicht weit von der Wasserrinne, die um das Stadion läuft.
Als Drakonides merkt, dass seine Finger in die Erde greifen, ist das Rauschen und Strudeln gleich fort.
Er denkt, also ist es geschehen, so musste es kommen.
Er öffnet die Augen und sieht den Himmel, vor den sich plötzlich ein purpurner Vorhang schwingt.
Es ist der Mantel des Hellanodiken.
Gleich darauf hört er Polyktors ruhige Stimme: «Gib auf, Drakonides! Gib das Zeichen!»
Drakonides hebt ein wenig den Kopf.
Zehn, zwölf Schritte entfernt sieht er Ramphias über den Sand kriechen.
Warum macht er mich nicht fertig?, denkt er verwundert. Habe ich ihn denn auch getroffen?

«Wasser!», stöhnt er.
Ein paar Zuschauer knien an der Rinne und besprengen ihn.
Ramphias liegt ein Stück weiter neben der Rinne und taucht sein Gesicht hinein.
«Gib das Zeichen, Drakonides!»
Das Wasser tut gut. Drakonides lechzt nach den wenigen Tropfen, die ihn erreichen, steckt die Zunge heraus.
Die eine Hälfte seines Kopfes ist wie versteinert, er spürt sie nicht mehr. Angenehm klingt die Stimme Polyktors, verführerisch. Jetzt nur ein wenig die Hand heben und den Finger ausstrecken und hilfreiche Arme würden ihn in den Schatten tragen, er würde von einem Schwamm gestreichelt werden und viel kühles Wasser würde auf ihn herabrieseln.
«Gib auf! Gib das Zeichen!»
Drakonides hebt wieder den Kopf.
Er sieht jetzt, wie Ramphias aufsteht. Wie er schwankt. Wie er herüberstiert, einen Schritt näher kommt. Die baumelnden Arme hebt und die Fäuste in Kampfhaltung bringt.
Das Gesetz des Faustkampfs ist unerbittlich. Wer nicht aufgibt, wird weiter geschlagen. Bis er liegen bleibt oder die Besinnung verliert.
Der Hellanodike beugt sich vor. Er wartet, die freundlichen Augen flehen.
Drakonides hat keine Zeit mehr. Ramphias wird gleich über ihm sein, ein Hieb wird genügen. Dann wird auch die andere Hälfte des Kopfes zu Stein werden. Dann wird es aus sein. Die treulosen Götter können frohlocken …
Seltsam, dieser Gedanke setzt wieder den Zorn in Brand, er flammt hell auf.
Dort drüben auf dem Kronoshügel sitzen sie, unsichtbar, hinterhältig, verschlagen. Gleich werden sie höhnisch Beifall klatschen. Ramphias ist schon da, der Vollstrecker ihres bösen Willens …

Die Faust fährt auf Drakonides herab, aber sie hat keine Wucht mehr und trifft nicht.
Drakonides befiehlt seinem Körper, der nach Wasser und Ruhe giert, sich aufzurichten. Er stützt sich mit der linken Hand auf, während er mit der offenen Rechten einen zweiten Hieb abwehrt.
Jetzt kommt er hoch, er schafft es, er steht. Seine Stimme klingt wie eine mit Sand gefüllte Trompete.
«Ohne Abwehr!», krächzt er.
«Ohne Abwehr!», würgt, gurgelt Ramphias hervor.
Das letzte Mittel, einen Kampf zu entscheiden. Die Kämpfer verzichten auf jede Verteidigung.
Polyktor senkt die Gabelrute wie eine Schranke. Sie sind sechs, acht Schritte voneinander entfernt.
Ramphias hebt die lederbewaffneten Hände zum Himmel, seine zerschundenen Lippen bewegen sich betend.
Drakonides sieht ihn dabei scharf an und sein Blick heftet sich auf den Punkt, den er treffen muss. Er wird ihn nicht aus den Augen lassen, keine Zeit vertun mit Gebeten, keine Helfer rufen, die doch nicht kommen, nur seinen Augen vertrauen und seiner Faust, die den kürzesten Weg finden muss.
Im Stadion ist es fast still geworden. Die meisten Zuschauer stehen jetzt, um das Geschehen besser beobachten zu können.
Das ist einer der wenigen raren Augenblicke, die für alles entschädigen, die allein schon es lohnen, dabei gewesen zu sein.
Die Rute fährt hoch und wieder herab. Der Hellanodike tritt zurück.
«Kämpft!»
Drakonides schwankt vorwärts.
Er starrt auf den Punkt, den er nicht aus dem Blick verloren hat und der sich, ebenfalls schwankend, nähert. Er muss um den Bruchteil eines Atemzugs schneller sein, den winzigen Vorteil

seiner längeren Arme nutzen. Er bohrt seinen Blick in diesen hüpfenden, zitternden, kreisenden freien Punkt. Jetzt ist er nahe genug …

Ramphias macht einen Luftsprung und fällt auf den Rücken. Der Hieb auf die Kinnspitze ist das Ende des Kampfes.

Drakonides stolpert über die Beine des Fallenden, knickt in den Knien ein, reißt sich hoch, blickt hinter sich.

Ramphias liegt im Sand. Er hat gerade noch so viel Kraft, die Hand mit dem ausgestreckten Zeigefinger zu heben.

Der Schrei, der zum Himmel steigt, erschreckt sogar die beiden Adler, die dort kreisen, sie drehen ab.

Drakonides torkelt, als sei er betrunken. Wie irrsinnig lachend, schüttelt er die Faust gegen den Kronoshügel.

Iolaos und der fette Aleiptes rennen auf ihn zu und stützen ihn.

Auf dem Nordwall kommt es zum Handgemenge. Ein Häuflein Getreuer verteidigt die Statue des Ramphias, für die es nun keine Verwendung mehr gibt. Schließlich wird sie den Männern entrissen und auf den Kampfplatz hinabgeschleudert, gerade als zwei Mastigophoren den Heros aus dem Stadion bringen, mit hängendem Kopf und nachschleifenden Füßen.

«Heil dir und Freude, Siegumstrahlter …»

Die Männer aus Mytilene sind aufgesprungen, haben sich an den Händen gefasst und singen. Zopyros versagt vor Begeisterung die Stimme, Tränen rinnen in seinen Bart. Philemon schwingt seinen Stock im Takt.

Nur Sosigenes singt nicht.

Er sitzt vor dem leeren Mischkrug und kichert töricht in sich hinein. Sein trauriger, spöttischer Blick schweift über die Köpfe seiner Mitbürger hinweg, den Wall entlang, wo zehntausend elische Zuschauer jubeln und tanzen …

57

«Elaia Kallistephanos», Baum der schönen Kränze, hieß der uralte Oleaster, der im heiligen Hain stand, etwas versteckt hinter dem Zeustempel.

Der Überlieferung nach war es Herakles, der den wilden Ölbaum hierher brachte, von den schattigen Quellen des Istros, aus dem Land der Hyperboreer. Er verlieh auch als Erster den Kranz als Kampfpreis, denn so, wie er gewaltige Taten vollbrachte, ohne Lohn zu erhalten, sollten alle, die nach ihm kämpften, ihren Schweiß ohne Aussicht auf Belohnung vergießen, nur für ein einfaches Reis, dessen Gewinn den außerordentlichen, vortrefflichen Mann aus der Menge heraushob.

Als später der Erneuerer der Olympischen Spiele, König Iphitos, beim Delphischen Orakel anfragte, was er als Preis vergeben solle, gebot ihm die Pythia, die weissagende Priesterin im Apollontempel, das Haupt des Siegers mit den Zweigen desjenigen Ölbaums zu umwinden, welcher von dem zarten Netz der Spinne umwoben sei. Iphitos ging nach Olympia, fand diesen unter den vielen Ölbäumen im heiligen Hain und bestimmte, dass nur er den Siegern künftig die Preise liefern solle. Man umgab ihn mit einem Gitter und setzte einen Altar der Nymphen in das Gehege, denen die Pflege des Kranzspenders anvertraut wurde. Mit Hilfe der Priester und Gärtner, die das Heiligtum ständig betreuten, pflegten sie ihn gut und er gedieh nun schon mehrere Jahrhunderte.

Auf diesen seltenen Baum zu bewegte sich in der Frühe des fünften und letzten Tages der Olympischen Spiele, kurz nach Sonnenaufgang, ein feierlicher Zug.

Die Zuschauer, die schon wieder zu Tausenden den heiligen Hain bevölkerten und von den Mastigophoren mühsam zurückgedrängt wurden, erkannten die Männer, die ihnen in die-

sen Tagen vertraut geworden waren – die Hellanodiken, die Nomophylaken, die Priester und die anderen Festordner.
Hinter dem Flötenspieler, der an der Spitze schritt, kamen zwei Epheben, die einen elfenbeinernen Prunktisch trugen, auf dem ein goldenes Messer lag. Ihnen folgte ein etwa zwölfjähriger Knabe. An diesem Festmorgen hatte er eines der wichtigsten Ämter. Das Gesetz schrieb vor, dass er «doppelt umblüht» sein musste, das heißt, beide Eltern, freie Griechen natürlich, mussten am Leben sein.
Umgeben von den hohen Würdenträgern und begafft von der hälsereckenden Menge, schnitt er die siebzehn Reiser vom heiligen Baum, mit denen die siebzehn Sieger bekränzt werden sollten.
Dann wurde der Tisch, auf dem die Reiser lagen, dem Zug voraus in den Tempel des Zeus getragen und dort vor dem Thron des höchsten Gottes niedergesetzt. Aus der erhabenen Höhe von vierzig Fuß blickte Zeus gnädig herab, ein Wunderwerk des berühmten Athener Bildhauers Pheidias aus Ebenholz, Gold und Elfenbein.
Zu Füßen des Zeus nahmen die Würdenträger Platz. Unter den Säulen der Halle standen die Athleten, ihre Verwandten und Freunde. Befangen und ehrfürchtig blickten sie um sich, geblendet von der Pracht der gewaltigen Statue und der Tempelausstattung. Das Morgenlicht, das durch die hohe Pforte im Osten hereinströmte, spielte mit all dem Gold, den bunten Steinen, dem schwarzen Marmor. Ein Ephebenchor sang, es duftete nach Weihrauch und Zedernharz. Es war ein ungeheurer, raffiniert entfalteter Glanz.
Der thronende Weltherrscher verlieh nun durch die Hand des ersten Hellanodiken den Jünglingen und Männern, die zu seiner Ehre gekämpft und gesiegt hatten, die Preise.
Ein Priester bog das Reis und band es mit einem Faden zu einem einfachen Kranz, den Aisypos dem Sieger in die Stirn

drückte. Kratinos, der Herold, verkündete dazu den Namen, Vatersnamen und Heimatort.
Alle waren sie hier: die Gewinner der Knabenagone, darunter Peisirhodos, die Besitzer der siegreichen Pferde und Gespanne, die Schnellsten im Stadionlauf, im Doppellauf, im Langlauf und Waffenlauf, die Sieger im Fünfkampf, im Ringen und Pankration …
Und auch der große, verlegen blickende Bursche, der zögernd herantritt und feuerrot wird, als er den Kranz auf dem Kopf spürt.
«Olympiasieger im Faustkampf: Eutelidas, Sohn des Kephalos, aus Elis …»

58

«Berichte mir alles.»
«Es wird dich aufregen und der Arzt hat dir Ruhe verordnet.»
«Berichte!», sagte Drakonides mit tonloser Stimme, kaum die Lippen bewegend. «Ich kann mich nicht mehr an alles erinnern.»
Er lag im Krankenzelt auf einer Matte, den Kopf auf seinen Korykos gebettet. Das verletzte Ohr war dick mit einem mehligen Brei bestrichen. Eine schwarze Salbe bedeckte die zahlreichen Wunden im Gesicht, am Hals und an den Schultern.
«Viel ist da nicht zu berichten», sagte Iolaos, der neben Drakonides im Gras hockte. «Man musste kein Zeichendeuter sein, um vorauszusehen, was kommen würde.»
«Ich weiß nur noch … dass ihr mich in eine Ecke geschleppt habt … dass wir irgendwie Streit bekamen.»
«Weil ich dir abriet weiterzukämpfen. Nach dem Vorkampf gegen Ramphias warst du am Ende. Ich sagte dir, es sei aussichts-

los mit dem halb abgerissenen Ohr und den vielen Verletzungen. Da wurdest du wütend und sagtest, ich sei von den Eleern bestochen.»
«Verzeih.»
«Als Polyktor dich ebenfalls warnte, schriest du ihn an. Alle Kampfrichter, brülltest du, seien parteiisch und alle Eleer Feiglinge. Und die Götter nanntest du Betrüger und Verräter. Wir fürchteten schon um deinen Verstand.»
«Trotzdem ... Es war gut, dass ich nicht auf euch gehört habe. Es war ein langer Kampf ... hab ich Recht? Ich brachte ihn ... in schwere Bedrängnis ...»
«Der Kampf war kurz, Drakonides. Sehr kurz. Und die Bedrängnis, in die du ihn brachtest ...»
«Wie? Sprich doch weiter ...»
«Ich meine, es waren ganz andere Nöte. Er zögerte, seinen Vorteil zu nutzen. Griff nur sehr zaghaft an, ging zurück.»
«Weil ich ihn vor mir hertrieb. Ich traf ihn sogar.»
«Dieser Treffer war dein Verhängnis. Er war so erschrocken, dass er sofort zurückschlug. Nicht einmal sehr hart. Doch es genügte für dich. Du bliebst liegen.»
«Hätte Polyktor den Kampf nicht gleich abgebrochen ...»
«Das tat er ja nicht. Er winkte und ich lief auf den Kampfplatz. Ich musste über den ganzen Dromos, denn du lagst auf der anderen Seite, am Nordwall. Als ich dort ankam, warst du noch immer ohne Besinnung. Bei allen Göttern, es war hoffnungslos.»
Drakonides seufzte und schloss die Augen. Von weitem, vom heiligen Hain her wehten die Töne eines Chorlieds herüber.
«Es ist so weit, sie werden bekränzt!», sagte jemand.
Das Krankenzelt, im Schatten eines der hohen Wälle des Hippodroms errichtet, bestand nur aus einem Leinendach, welches über mehrere Reihen hoher Stangen gespannt war. Unter den etwa fünfzig Kranken und Verletzten waren die wenigsten Ath-

leten. Ein paar Reiter und Wagenlenker, die man mit Knochenbrüchen hergebracht hatte, trugen Schienen und Verbände. Ein Pankratiast, dem ein Fußgelenk, das ihm sein Gegner ausgerenkt hatte, gerichtet wurde, lag stöhnend auf der Streckbank. Erschöpfte Greise, Männer mit Fieber, Durchfall und Geschwüren, Jünglinge mit Wunden, die von Raufereien herrührten, waren die Übrigen. Ärzte und ihre Gehilfen eilten mit Salbtöpfen, Messern und Zangen umher. Auch Frauen, denen hier – außerhalb des heiligen Bezirks – der Aufenthalt erlaubt war, befanden sich unter den Pflegern und Helfern. Schwärme von Fliegen hatten sich auf den Kranken, die sie nur mit matten Bewegungen abwehrten, niedergelassen. Obwohl das Zelt nach allen vier Seiten offen war, herrschte schon jetzt, in der Frühe, eine drückende Hitze. Es roch nach Wacholder, Myrrhe und Unrat.

Hinter Drakonides war ein Ächzen zu hören. Der Faustkämpfer drehte ein wenig den Kopf. Das Ächzen wiederholte sich.

Es kam aus einem dick mit der schwarzen Salbe bestrichenen Mund, in dem ein Goldfaden schimmerte, der die gelockerten Zähne zusammenhielt. Die Nasenlöcher des Verletzten waren mit karchedonischem Leder verstopft, um einen Bruch zu richten. Ein Tuch, das vor den Fliegen schützen sollte, bedeckte den oberen Teil des Gesichts.

Drakonides knurrte etwas, richtete sich mit Mühe ein wenig auf und stützte sich auf den Ellbogen.

«Das kann ich doch tun», sagte Iolaos.

«Lass nur», erwiderte Drakonides. «Er hat es lieber, wenn ich es mache.»

Er nahm den Becher, schöpfte Wasser aus einem Krug und gab sich beim Einflößen Mühe, die wunden Lippen nicht zu berühren.

Langsam, unter Keuchen die Worte hervorstoßend, sprach er auf den Verletzten ein.

«Das hast du nun davon, Ramphias. Wozu musstest du die harten Riemen beantragen. Mit der Schönheit ist es vorbei. Du wirst vor dir selber erschrecken und hoffentlich wird dich die Reue packen. Wären wir nicht auch so miteinander fertig geworden? Einer von uns würde jetzt bekränzt werden. Bei Styx, und ich wohl eher als du. Hättest du mir nicht das Ohr zerschlagen, wäre es diesem Eleer schlecht ergangen.»
Ramphias stieß ein paar dumpfe Laute hervor und zog die Finger zur Faust zusammen, als wollte er zuschlagen.
«Damit wirst du jetzt ein paar Monate warten müssen», sagte Drakonides. «Für den Faustkampf kein Schaden.»
Er schob Ramphias das verrutschte Tuch zurecht und verscheuchte ein paar Fliegen. Stöhnend berührte er mit einer Hand seine Schläfe und befühlte sein Kinn.
«Wozu rede ich überhaupt mit ihm? Jedes Wort ... eine Qual ...»
«Es wird dir bald besser gehen», sagte Iolaos mit einem besorgten, forschenden Blick.
«Aber dazu braucht er unbedingt Ruhe und keine aufregenden Geschichten!»
Pherenike stand plötzlich hinter Iolaos und forderte ihn mit einer gebieterischen Geste auf, seinen Platz an der Seite des Verletzten zu räumen. Er gehorchte mit verdrießlicher Miene.
Pherenike war erhitzt, ihr Atem ging heftig. Die kurzen Haarlocken klebten ihr an der Stirn und im Nacken. Sie kniete bei Drakonides nieder und stellte neben sich auf den Boden eine kleine Amphora mit Honig und einen Korb mit unreifen Trauben.
«Nun habe ich alles, was ich brauche. Auch Kupferblüte und Eichwurzel. Zum Glück gibt es nichts, womit hier auf dem Markt nicht gehandelt wird. Warum richtest du dich denn auf? Warum bleibst du nicht liegen? Jede Anstrengung ist noch gefährlich, bedenke das! Ich bereite dir jetzt die schwarze Salbe,

die richtige ... nicht das, was sie hier darunter verstehen. Sei einsichtig, Lieber, ruh dich aus ...»
Sie half Drakonides, sich wieder auszustrecken, und schob ihm die Kopfstütze zurecht.
«Ich habe auch schon ein Gespann gemietet», fuhr sie fort. «In zwei, drei Tagen, sobald du reisen kannst, brechen wir auf. Von Korinth nehmen wir das nächste Schiff nach Rhodos und ...»
«Aber ... aber ich muss erst nach ...»
«Nein, ich kann dich jetzt nicht aus den Augen lassen. Und längere Schiffsreisen darfst du noch nicht unternehmen. Ich möchte zu Hause auch einige Ärzte zu Rate ziehen, die ich gut kenne. Für den Fall, dass deine Verletzungen ernster sind, als wir annehmen. Du wirst es dort gut haben und hoffentlich bald wiederhergestellt sein. Und du sollst dich derweil auch nicht nach deiner Tochter sehnen. Peisirhodos geht mit deinen Freunden nach Mytilene, holt sie ab und bringt sie nach Rhodos.»
«Das wäre gut, ich danke euch», murmelte Drakonides.
«Mein Sohn sieht schon seinen Vater in dir. Er bewundert dich!»
«Wo ist er jetzt?»
«Im Tempel des Zeus.»
«Ja», sagte Drakonides. «Gewiss ... natürlich. Es ist so weit. Die Siegerehrung, sie werden bekränzt. Ich hatte es beinahe vergessen ...»
In diesem Augenblick war vom heiligen Hain her wieder Gesang zu hören.
«O Götter!», stammelte Pherenike ergriffen. «Die Stunde, die ich so innig herbeigesehnt habe! Mein Sohn erhält den Kranz vom heiligen Ölbaum!»
Tränen liefen ihr über die Wangen.
Rasch wandte sie sich jedoch ab, als sie bemerkte, dass Drakonides sie anstarrte.

59

Im Krankenzelt fand Pherenike keine freie Kochstelle und so musste sie ihre Unterkunft auf dem anderen Alpheios-Ufer aufsuchen, um dort das Heilmittel anzusetzen. Sie wollte aber während der Kochzeit die Aufsicht einer gemieteten Magd überlassen und gleich an das Lager des Drakonides zurückkehren. Inzwischen blieb Iolaos bei ihm, dem sie, bevor sie fortging, das Versprechen abgenommen hatte, mit dem Verletzten nicht über Faustkampf und schon gar nicht über den Agon des Vortags zu reden. Der Paidotribes hatte ihr mürrisch beigepflichtet. Wenn er die Frau auch nicht für befugt hielt, ihm Anweisungen zu erteilen, sah er in diesem Fall doch die Berechtigung ein. Als Drakonides weitere Auskünfte von ihm verlangte, schwieg er oder gab nur ganz knappe Antworten.
Der Geschwächte hörte bald auf zu fragen, schloss die Augen und dämmerte ein.
Doch die Ruhe sollte nicht lange währen.
Vom Zelteingang her waren plötzlich erregte Stimmen zu hören. Es war Zopyros, der gestenreich einem glatzköpfigen Arzt und zwei Mastigophoren, die dort Wache hielten, etwas auseinander setzte. Philemon, Thukles und andere mischten sich ein. Der Arzt ließ sich schließlich erweichen und einige der Besucher durften ins Zelt. Die Übrigen mussten am Eingang warten.
Zopyros raffte den Mantel bis über seine mageren Knie, schlängelte sich zwischen den Matten hindurch, stieg hurtig über Wasserkrüge und Gefäße mit Unrat, entdeckte Iolaos und trat mit fröhlicher Miene an das Lager des Faustkämpfers.
«Wie geht es unserem ruhmreichen Helden?», rief er von weitem schon. «Erholt er sich?»
Iolaos bat ihn mit Zeichen, sich ruhig und rücksichtsvoll zu verhalten, doch da Drakonides die Augen aufschlug, klatschte Zopyros in die Hände und krähte: «Den Göttern sei Dank, du

bist bei Bewusstsein! Freue dich, Drakonides, ich habe eine wunderbare Nachricht für dich. Es wird dir in deiner Heimatstadt alle Ehre zuteil werden, die einem Olympiasieger zukommt! Was sagst du dazu?»

«Machst du dich über mich lustig, Großvater?», stieß der Faustkämpfer zwischen den halb geschlossenen Zähnen hervor. «Habe ich etwa den Kranz gewonnen?»

«Das nicht, doch du hättest ihn verdient! Für uns bist du der wahre Gewinner. Höre also. Wir haben gestern im Wohnlager eine Art Ratsversammlung abgehalten. Es sind ja fast alle angesehenen Männer unserer Stadt hier am Festort. Zuerst sprach ich und dankte den Göttern ...»

«Wofür?»

«Nun, das gehört sich doch so», sagte Zopyros, ein wenig verlegen. «Die Götter verliehen dir die Kraft zu diesem glänzenden Sieg, wenn sie dir auch leider das Freilos versagten.»

«Sie haben mich schmählich im Stich gelassen!»

«Ganz meine Meinung!», sagte Philemon, der unterdessen mit Thukles und Kalliades herangekommen war. «Was du geleistet hast, ist allein dein Verdienst! Deshalb stellte ich auch den Antrag, der Arete, der menschlichen Tüchtigkeit, auf unserem Markt ein Standbild zu errichten. Er wurde einstimmig angenommen!»

«Außerdem wird dir ein Festschmaus bereitet!»

«Alle deine Auslagen trägt das Gemeinwesen.»

«Und es zahlt dir als Prämie zusätzlich dreihundert Drachmen!»

Die Männer fielen einander ins Wort. Jeder wollte seinen Anteil an der Verkündung der guten Botschaft haben.

«Wartet!», sagte Drakonides. Er wälzte sich auf die Seite, richtete sich unter Stöhnen auf und blinzelte misstrauisch in die Runde. «Ich möchte wissen, warum ... warum ihr so eifrig seid, mich zu ehren. Was steckt dahinter?»

«Unser Stolz und unsere Bewunderung!», rief Philemon volltönend unter den beifälligen Rufen der anderen.

«Das ist alles? Vor zwei Tagen ... als ihr mich im Athletenlager besuchtet ... da schien es mir, dass ihr gegen einen Verlierer ... nicht so großzügig sein würdet.»

Ein kurzes unbehagliches Schweigen trat ein.

«Gesteht nur, welchen Grund ihr noch habt», sagte Iolaos, indem er seine dünnen Lippen spöttisch verzog.

«Wenn es denn sein muss», sagte Philemon. «Geben wir zu, dass es unser schlechtes Gewissen ist.»

«Philemon hat Recht», sagte der bedächtige Thukles, «obwohl er allein keinen Grund hat, sich Vorwürfe zu machen. Denn er glaubte an deinen Sieg, Drakonides, auch als der Eleer verschwunden war. Wir anderen aber hatten gezweifelt und als wir gestern in trauriger Stimmung ins Lager zurückkehrten, holte uns Iolaos zusammen und hielt uns eine strafende Rede. Seht ihr, rief er, nun könnte Drakonides Olympiasieger sein! Denn wenn er nur Ramphias zum Gegner gehabt hätte, würde man ihn jetzt bekränzen. Nur euer Kleinmut war es, der ihn bewog, an sich selber zu zweifeln und lieber dem Los als seiner Tüchtigkeit zu vertrauen! Hättet ihr ihn nicht entmutigt, wäre er niemals dem schlechten Rat des Sosigenes gefolgt und hätte den feigen Eleer zurückgeholt.»

«Ihr wisst davon?», fragte Drakonides unwirsch.

«Wir wissen alles», sagte Zopyros. «Sosigenes hat es uns berichtet.»

«Dieser Schuft! Ich hatte ihm ... hatte ihm streng verboten, darüber zu reden.»

«Zürne ihm nicht. Sein Mund floss über vor Kummer, weil er an das traurige Schicksal dachte, das ihn erwartete. Das er jedoch hätte abwenden können, wenn er dir besser geraten hätte.»

«Und wo ist er jetzt?», fragte Drakonides beunruhigt. «Hat der Wechsler ihn etwa schon ...»

«Was denkst du von uns, Drakonides?», sagte Zopyros. «Glaubst du, wir brächten es fertig, deinen Verwandten der Sklaverei auszuliefern?»

«Wir haben ihn losgekauft, es war teuer genug», seufzte Kalliades, der Verwalter der Kasse.

«So ist er frei?»

«Dort siehst du ihn.»

Tatsächlich, vom Eingang des Zeltes her, wo die anderen Männer standen, strahlte das runde Schelmengesicht des Sosigenes.

«Euoioi!», schrie er herüber und schnitt eine lustige Fratze.

Drakonides schnaufte und wandte sich ab. Er war froh, doch er wollte es nicht zeigen.

Die Männer aus Mytilene tauschten Blicke und nickten Zopyros aufmunternd zu.

«Da wäre noch etwas, Drakonides», sagte der Architheoros. «Wir sind zu dem Schluss gekommen, dass wir der Festversammlung das Licht der Wahrheit aufstecken müssen. Zwar verbietet es das Gesetz, einem zu Unrecht Bekränzten den Sieg wieder abzuerkennen, doch eine Bestrafung hat der Eleer verdient. Wir meinen, er soll das Bußgeld zahlen!»

«Eine so hohe Summe kann er nicht aufbringen», sagte Drakonides.

«Auch nicht mit der Prämie für den Kranz?»

«Auch damit nicht.»

«Wir haben gehört, dass er heiraten wird. Die Braut soll reich sein.»

«Sie ist heute Nacht geflohen, mit einem Mann aus Sparta», sagte Iolaos.

«Wir sind trotzdem der Meinung ...»

«Nein!», sagte Drakonides.

In diesem Augenblick schallte es wieder vom Hain herüber. Es war die Archilochos-Hymne, die sie in diesen Tagen so oft gehört hatten. Noch einmal erklang sie zu Ehren der Bekränzten.

«Heil dir und Freude, Siegumstrahlter ...»

Alle wandten den Kopf und lauschten.

Das Jammern und Stöhnen der Kranken verstummte. Selbst der Pankratiast auf der Streckbank hielt für einen Augenblick den Atem an.

Plötzlich war wieder das Ächzen vernehmbar. Drakonides wandte den Kopf und erschrak.

Der Verletzte neben ihm hatte sich halb aufgerichtet und mit aller Kraft, deren er fähig war, die Faust geballt und zum Schlag ausgeholt. Zwei-, dreimal schlug er in die Luft. Die Wunde an der Lippe brach auf und Blut rann ihm über das Kinn. Durch die heftige Bewegung war das Tuch herabgefallen.

«Ramphias! Das ist ja Ramphias!», riefen die Männer aus Mytilene.

«Beruhige dich!», sagte Drakonides.

Die Augen des «Löwen» funkelten, er stieß zornige Laute aus.

Drakonides blickte ihn aufmerksam an.

Wie wahr!, dachte er. Wie gut verstehe ich seine Empfindungen! Dreinschlagen sollte man vor Zorn über so viel himmelschreiendes Unrecht! Wir beide haben ehrlich gekämpft, haben uns Wunden zugefügt und jetzt liegen wir hier. Er aber wird mit dem Kranz geschmückt, geehrt und besungen. Zum Hades mit den Gesetzen, die uns zwingen, so etwas anzuerkennen! Ich tue es nicht ... und ich werde es zeigen!

«Ihr habt beschlossen, ihn zu bestrafen?», brüllte er. «Gut! Ich übernehme das selbst!»

Mit einer Behändigkeit, die man ihm in seinem Zustand nicht zugetraut hätte, sprang er vom Lager auf. Er zerrte sein Festgewand aus dem Korykos und warf es über.

Alle redeten durcheinander.

«Wohin willst du?»
«Was hast du vor?»
«Willst du ohne Erlaubnis des Arztes fortgehen?»
Doch Drakonides hatte sich schon zwischen ihnen hindurchgezwängt und strebte nun raschen Schrittes dem Ausgang zu. Seine Füße stießen Krüge um, Wasser und Unrat flossen über den Boden. Flüche wurden laut. Ein Kranker, den er getreten hatte, schrie auf.
Der glatzköpfige Arzt, der ihn aufhalten wollte, flog beiseite. Ebenso erging es den Männern vor dem Zelt, den Mytilenern und den Mastigophoren.
«Haltet ihn auf! Er wird sich umbringen!», rief der Arzt.
Es war dies der Augenblick, als Pherenike zurückkam und gerade in das Zelt treten wollte. Sie schrie auf und streckte erschrocken die Arme vor. Drakonides stürmte an ihr vorüber.
Draußen begann er zu laufen. Keuchend, stolpernd legte er die kurze Entfernung zurück, die das Hippodrom vom Stadion trennte.
Als er begann, den Wall zu erklettern, hatten Iolaos und Pherenike ihn eingeholt. Beide versuchten, ihn zu packen und festzuhalten. Aber er wehrte sie wütend ab und mit rasselndem Atem und heftigen Ruderbewegungen der Arme erklomm er den Wall.
Oben angekommen, schwankte er heftig und es schien, als werde er gleich zusammenbrechen. Sein mit Mehl und schwarzer Salbe bestrichener Kopf, an dem überall aus den Wunden das Blut hervorschoss, glich dem eines grell geschminkten Possenreißers.
Noch einmal versuchten die beiden, sich auf ihn zu werfen. Doch Iolaos erhielt einen Faustschlag ins Gesicht, der ihn umwarf. Pherenike wurde von dem Rasenden an den Schultern gepackt und zu Boden gestoßen, sodass sie die halbe Höhe des Walles wieder hinabglitt.

Als nun auch die anderen Mytilener oben erschienen, überquerte Drakonides bereits den Dromos des Stadions. Wankend, mühsam die Richtung haltend, lief er dem Nordwesttor entgegen. Vergebens waren die Rufe der Männer.
«Er ist wahnsinnig!», schrie Iolaos, der sich benommen wieder erhoben hatte. Er rannte den Zuschauerwall hinab, der noch von den Überresten des letzten Wettkampftages übersät war: Obstschalen, Knochen, Scherben. Er stieß gegen einen zerbrochenen Klappstuhl, fiel.
Als er aufblickte, war Drakonides verschwunden.

60

Am Ende des Tunnels, der den westlichen Zuschauerwall durchschnitt und in den heiligen Hain mündete, stieß der Faustkämpfer auf eine Menschenwand.
Nicht einmal beim Opfer der Hekatombe waren so viele in dem Wäldchen gewesen. Die Menge staute sich zwischen den Bäumen, Altären und Statuen, kein Steinchen konnte zu Boden fallen. Gleich rechts, auf der Terrasse der Schatzhäuser, die einige Griechenstädte zur Aufbewahrung kostbarer Weihgaben errichtet hatten, drängten sich Hunderte. Auch die Dächer der zwölf kleinen Tempel waren bevölkert. Trauben jugendlicher Gaffer sah man auf den uralten Bäumen.
Mit weit aufgerissenen Augen spähten alle hinüber zum Zeustempel, wo jetzt die Olympiasieger aus dem inneren Raum zur Ringhalle heraustraten, um die Menge zu begrüßen. Ein wildes Stoßen und Schieben begann, jeder versuchte, so nahe wie möglich an die Absperrung heranzukommen, um einen Blick, ein Lächeln dieser Auserwählten zu erhaschen. Blumen und Kränze flogen zu ihnen hinüber. Elische Jungfrauen umringten die Sieger, küssten sie und schmückten sie mit Girlanden.

Drakonides pflügte die Menge. Er drückte Schultern und Köpfe beiseite, teilte, unbekümmert um das Protestgeschrei, links und rechts Rippenstöße und Faustschläge aus. Sein blutiger, schwarzweiß bestrichener Gauklerkopf ragte über alle hinweg und bewegte sich ruckweise vorwärts. Eine fiebrige Hitze herrschte darin, ein letztes Aufglühen des Zornes und der Gerechtigkeitsliebe.

Schlag ihn nieder!, befahl ihm eine Stimme. Strecke ihn auf die Tempelstufen! Möge danach geschehen, was wolle …

Mit einem Fausthieb sprengte er zwei ineinander verklammerte Hände, zerriss die Kette der Mastigophoren, die den Platz um den Tempel absperrte. Er stolperte in den freien Raum. Hunderte Augen sahen ihn an. Ein Mastigophoros, der ihn zu packen suchte, erhielt einen Stoß vor die Brust, der ihn umwarf. Jäh verstummten Geschrei und Beifall.

Die Vorahnung von etwas Unerhörtem lähmte die eben noch klatschenden, jubelnden, Blumen werfenden Menschen.

Drakonides reckte den Hals und starrte hinauf. Dort, auf der obersten Stufe standen sie, die Bekränzten …

Aber wo war er?

Versteckte er sich schon wieder, der Feigling? Ahnte er, was ihm bevorstand?

Jetzt löste sich einer aus der Gruppe. Die wuchtigen Schultern, das Unschuldsgesicht, das verlegene Lächeln …

Bei Styx, dachte Drakonides. Der hat noch den Mut, mir entgegenzutreten!

Aber was tut er? Er reißt sich den Kranz vom Kopf … Er hält ihn mir hin … Er drückt ihn mir in die Stirn. Er packt die Faust, die ihn eben noch schlagen wollte, presst sie, schüttelt sie, schwenkt sie …

Rasender Jubel. Die Menge versteht. Sie waren ja alle dabei, am Vortag im Stadion. Der Olympiasieger bekränzt seinen Gegner, dem er den Sieg verdankt. Ein seltener Augenblick …

Nun bricht überall die Kette der Mastigophoren. Ein paar Männer stürmen heran. Drakonides wird hochgestemmt und schwebt in die Menge hinein.

Neidvoll sehen die sechzehn Sieger dem siebzehnten nach, der gar keiner ist. Nur ihm fliegen jetzt noch Blumen und Kränze zu.

Mit Flötenspiel und Gesang formiert sich der Zug, bewegt sich zum Altistor hin, zum Alpheios hinunter.

«Heil dir und Freude, Siegumstrahlter ...»

Am Ufer des heiligen Flusses versammeln sich alle. Der Mann, der über der Menge thront, ist unter Girlanden und Blumen kaum zu erkennen.

Er gleitet herab von den Schultern der Männer, und wie er nun aufrecht am Alpheios steht, weichen sie ehrfürchtig vor ihm zurück.

So verharrt er noch einen Augenblick reglos und sinkt dann nach vorn in das flache Wasser.

Hoch spritzt es auf, und als es dann wieder ruhig fließt, löst es den Kranz vom Kopf des Toten und trägt ihn fort zur Mitte und flussabwärts dem Meer zu.

GLOSSAR

Acheron	Fluss in der Unterwelt, den die Seelen auf dem Weg in das Totenreich überqueren mussten; man legte dem Toten einen Obolos als Lohn für den Fährmann Charon in den Mund
Achilleus	(dt. Achill) der tapferste griechische Held im Kampf um Troja, zentrale Gestalt der «Ilias» des Homer
Agon	(griech.) Wettbewerb, Wettkampf
Akoniti-Sieg	(griech. ohne Staub) verdienstloser Sieg, weil der Athlet in Ermangelung eines Gegners nicht mit dem Sand des Stadions in Berührung gekommen ist
Aleiptes	Masseur, Betreuer der Athleten
Alytarch	Oberaufseher in Olympia, der mit einer Anzahl von Helfern die Strafurteile vollzog
Aphrodite	Göttin der Liebe und der Schönheit
Apite!	Startkommando, etwa: Ab! Abgang!
Apollon	auch Phoibos, Gott des Lichts, der Weissagung, des geistigen Lebens und der Künste, Schutzherr des Faustkampfs; in einer der Gründungssagen Olympias Sieger über Ares im Faustkampf
Ares	Gott des Krieges
Arete	(griech.) Tüchtigkeit, Tugend; schon bei Homer höchster Grad der Leistungsfähigkeit
Artemis	Göttin der Jagd und des Naturlebens
Asklepios	Gott der Heilkunst, an dessen Altären der Hahn ein bevorzugtes Opfertier war
Athen	auf der Halbinsel Attika gelegener Stadtstaat, der im 5. Jahrhundert v. Chr. zur Hauptmacht in Grie-

	chenland aufstieg, jedoch durch die Niederlage im Peloponnesischen Krieg (404 v. Chr.) diese Stellung an Sparta verlor
Athene	streitbare Göttin, Schutzherrin von Städten (u. a. Athen), auch als Göttin der Kunstfertigkeit und Weisheit verehrt
Aulos	Musikinstrument, aus zwei Blasrohren bestehend, mit scharfem, durchdringendem Ton
Buleuterion	(griech.) Rathaus
Chaire	Sei gegrüßt! Leb wohl!
Chiton	hemdartiges Gewand aus Leinen oder Wolle
Delos	Insel im Ägäischen Meer, die bis in die Römerzeit ein Zentrum des Sklavenhandels war
Delphi	Heiligtum des Apollon in Mittelgriechenland, Schauplatz der alle vier Jahre (jeweils im 3. Jahr der Olympiade) stattfindenden Pythischen Spiele; der Siegerpreis war ein Lorbeerkranz
Demeter	Göttin der Fruchtbarkeit und des Ackerbaus
Dionysos	Gott der Fruchtbarkeit und des Weins
Dorer	einer der griechischen Hauptstämme, zu dem die Bewohner der Landschaft Lakonien (mit der Hauptstadt Sparta) und der westkleinasiatischen Inseln Rhodos und Kos gehörten; sie zeichneten sich durch Stammesbewusstsein, militärische Tüchtigkeit, Stolz, einfache Lebensart und eine verhältnismäßig angesehene Stellung der Frau aus
Drachme	Masse- und Münzeinheit mit zu verschiedenen Zeiten unterschiedlichem Wert
Dromos	(griech.) Lauf, Laufbahn; auch Bezeichnung für den Kurzstreckenlauf in Olympia über die Stadionlänge
Eileithyia	Göttin der Geburt; auch Beiname der Hera
Elis	Stadt und Landschaft im Nordwesten des Peloponnes, deren Bewohner um 570 v. Chr. die Leitung der Olympischen Spiele übernahmen
Epeios	in Homers «Ilias» einer der griechischen Helden vor Troja, der bei den Patroklos-Spielen den Faustkampf gewinnt

Epheben	die jungen Männer ab 18 Jahre; zu den Knaben zählte man (auch bei Wettkämpfen) die Jugendlichen bis 18 Jahre
Erinnyen	Rachegöttinnen der Unterwelt
Eros	Gott der Liebe
Ganymedes	der Sage nach der Schönste der Sterblichen; von Zeus, der ihn liebte, auf den Olymp entführt, wo er der Mundschenk der Götter wurde
Gymnasion	(griech. gymnos = nackt) Übungsstätte für körperliche Ertüchtigung, vorwiegend für Sportarten, die viel Raum beanspruchten, wie Lauf, Fünfkampf
Gymnastes	Lehrer und Trainer für die Übungen des Gymnasions und der Palästra, der in der Regel wissenschaftliche Kenntnisse auf den Gebieten der Hygiene (gesunde Lebensführung) und Medizin besaß
Hades	Gott der Unterwelt, Bruder des Zeus und des Poseidon; auch die Unterwelt selbst
Hekatombe	(griech. hekaton = hundert) Opfer von 100 Rindern; auch anderes großes, feierliches Opfer
Helios	Sonnengott, der mit feurigen Rossen den Sonnenwagen über den Himmel führt
Hellanodiken	Kampfrichter in Olympia
Hera	Schwester und Gemahlin des Zeus, sie wurde unter vielen Namen verehrt, z. B. als Gamelia, die Schutzherrin der Ehe; im heiligen Hain zu Olympia stand ein Hera-Tempel
Herakles	Heros der griechischen Sage, Urbild des Kraftmenschen; nach zahlreichen Kämpfen und Abenteuern starb er durch ein vergiftetes Gewand, das ihm seine eifersüchtige Frau schickte; der Ursprung der Olympischen Spiele wurde auch mit ihm in Zusammenhang gebracht
Herme	aus dem Kult des Hermes, des Gottes der Wege, entstandener Pfahl, den man an Wegen und Grenzmarken aufstellte
Heroen	Helden der griechischen Vorzeit; Sagenhelden, die nicht selbst Götter waren oder nur (wie Achilleus und Herakles) von Göttern abstammten; auch

	Städtegründer, verdiente Gesetzgeber, Ahnherren von Geschlechtern
Hestia	Göttin des Familien- und des Staatsherdes, ihr Altar mit dem ewigen Feuer stand in Olympia im Prytaneion
Hippodrom	Bahn für Pferde- und Wagenrennen
Homer	am Anfang der griechischen und damit der europäischen Literatur stehender Dichter (vermutlich 8. Jahrhundert v. Chr.), der als Schöpfer des Heldenepos «Ilias» gilt; dessen 23. Gesang über die Leichenspiele zu Ehren des gefallenen Patroklos ist die älteste Darstellung eines Sportereignisses; auch in der Homer zugeschriebenen «Odyssee» wird von sportlichen Ereignissen erzählt
Hoplit	schwer bewaffneter Fußsoldat
Hybris	nach griechischer Vorstellung anmaßender Übermut des Menschen, der sich über den Willen der Götter hinwegsetzt
Hydra	sagenhaftes Ungeheuer mit neun Köpfen, von Herakles erlegt
Ionien	ein Teil der von Griechen besiedelten Westküste Kleinasiens; die Ionier, einer der Hauptstämme der Griechen (zu ihnen gehörten auch die Athener), galten als Träger einer verfeinerten Kultur
Iphitos	sagenhafter König von Elis, Erneuerer der Olympischen Spiele
Isthmos	Landenge, speziell die von Korinth; hier wurden im Poseidon-Heiligtum die Isthmischen Spiele veranstaltet
Kadmos	griechischer Heros, Gründer der Burg Thebens
Kentaur	wildes Fabelwesen, halb Mensch, halb Pferd
Kitharode	Sänger, der sich mit der Kithara, einem Saiteninstrument, begleitete
Kordax	ein exzentrischer Tanz
Kothurn	hoher Schuh des Schauspielers in der Tragödie
Kottabos	ein Gesellschaftsspiel
Kronos	Vater des Zeus; nach einer der Sagen vom Ursprung Olympias haben Vater und Sohn auf dem

	Kronoshügel um die Herrschaft der Welt gerungen; Zeus besiegte Kronos und verbannte ihn in den Tartaros, den tiefsten Teil der Unterwelt
Lapithen	in der Sage thessalisches Riesenvolk
Mastigophoren	Ordnungshüter in Olympia
Metroon	ein Tempel in Olympia
Milon	ein Ringer aus Kroton (griechische Stadt in Süditalien), berühmtester Athlet der Antike; siegte zwischen 540 und 516 v. Chr. sechsmal in Olympia
Mine	Masse- und Münzeinheit; eine Mine = 100 Drachmen
Moiren	Schicksalsgöttinnen
Nemea	Stadt im Osten der Peloponnes, Austragungsort der Nemeischen Spiele
nemeischer Löwe	in der Gegend von Nemea hausender Löwe; Herakles tötet ihn und trägt sein Fell
Nomophylax	Gesetzeshüter
Numidier	Bewohner der Nordküste Afrikas
Nymphen	Segen und Fruchtbarkeit spendende Naturgottheiten
Obolos	die kleinste griechische Münze, den sechsten Teil einer Drachme wert
Odysseus	Held des Trojanischen Krieges, König von Ithaka
Ödipus	in der Sage König von Theben; tötete unwissentlich seinen Vater und heiratete seine Mutter
Olymp	Bergmassiv in Nordgriechenland, galt als Göttersitz
Olympische Spiele	die bedeutendsten panhellenischen Spiele, die alle vier Jahre zu Ehren des Zeus im heiligen Bezirk Olympias (im Westen der Halbinsel Peloponnes) durchgeführt wurden; die offizielle Zählung nach Olympiaden begann 776 v. Chr.; von diesem Zeitpunkt an fanden die Spiele über ein Jahrtausend lang mit wenigen Ausnahmen regelmäßig statt, bis sie 394 n. Chr. der römische Kaiser Theodosius als heidnisch verbot
Orakel	Götterspruch als Antwort auf eine von Menschen gestellte Frage; auch der Ort, wo diese Antwort von Priestern erteilt wurde

Paian	Chorlied, bei Siegesfeiern oder anderen Festen gesungen
Paidotribes	Übungsleiter, weniger qualifiziert als der Gymnastes
Paionios	Bildhauer der 2. Hälfte des 5. Jahrhunderts v. Chr.; war an der bildnerischen Ausgestaltung des Zeus-Tempels beteiligt und schuf die Statue der Nike, deren gut erhaltener Torso sich heute im Museum von Olympia befindet
Palästra	(griech. Palaistra) von Säulenhallen umgebener Übungsplatz, speziell für die Kampfsportarten
Pankration	Kampfsport, der in sich Elemente des Faustkampfs und des Ringens vereint und bei dem u. a. auch Würgen, Klammern, das Verdrehen der Gelenke und Fußstöße erlaubt waren; seit 648 v. Chr. im olympischen Programm
Peloponnesischer Krieg	der Kampf um die Vorherrschaft in Griechenland zwischen dem demokratischen Athen und dem oligarchischen Sparta (431–404 v. Chr.), der mit dem Sieg Spartas endete
Pelops	Heros der griechischen Sage, Eroberer der nach ihm benannten Halbinsel; galt als Begründer der Wagenrennen in Olympia
Periodonike	ein Athlet, der bei allen panhellenischen Spielen im Zeitraum einer Olympiade siegte
Petasos	Reisehut mit breiter Krempe als Sonnenschutz
Pheidias	bedeutendster Bildhauer der klassischen Epoche der Griechen (2. Hälfte des 5. Jahrhunderts v. Chr.), auch Schöpfer des fast 17 Meter hohen Standbildes der Athena Promachos auf der Athener Akropolis
Pindaros	(dt. Pindar) Chorlyriker, gest. um 446 v. Chr.; dichtete zahlreiche Preislieder für die Sieger der panhellenischen Spiele
Pittakos	Tyrann und Gesetzgeber von Mytilene, gest. um 570 v. Chr.
Pluton	Gott der Reichtum spendenden Erdentiefe, oft mit Hades gleichgesetzt

Polis	(griech. Burg, Stadt, Staat) Stadtstaat in der Antike, der in der Regel aus einem städtischen Zentrum und umliegendem Landgebiet bestand
Polydeukes	Sohn des Zeus, Zwillingsbruder des Kastor; zeichnete sich als Faustkämpfer aus, schlug u. a. den großmäuligen, ungeschlachten Bebrykerkönig Amykos
Poseidon	Gott des Meeres und aller Gewässer, Bruder des Zeus und des Hades
Prokrustes	(griech. Strecker) in der Sage Unhold, von Theseus getötet; erfand das als Folterinstrument berüchtigte Prokrustes-Bett
Prometheus	in der Sage Sohn eines Titanen, der den Göttern das Feuer stahl, um es den Menschen zu bringen
Prytaneion	an vielen Orten Gemeindehaus, Heimstätte des staatlichen Herdfeuers
Pythia	weissagende Priesterin im Apollon-Tempel zu Delphi
Salpinx	Trompete, die im Krieg, beim Kult und zu Festen geblasen wurde
Sirenen	Dämonen, Mischgestalten aus Mensch und Vogel, betörten vorbeifahrende Schiffer mit ihrem Gesang, worauf diese an Klippen scheiterten und umkamen
Sisyphos	König von Korinth, der der Sage nach für seine Taten nach dem Tode in der Unterwelt büßen musste
Skiron	in der Sage Wegelagerer, der Vorüberkommende ins Meer stürzte; Theseus bereitete ihm das gleiche Schicksal
Skythen	Sammelname für die Angehörigen der in der Gegend des Schwarzen Meers lebenden Volksstämme; als Sklaven hatten sie oft bevorzugte Stellungen, z. B. als Ordnungshüter und Leibwächter
Solon	Gesetzgeber in Athen, um 600 v. Chr.
Sophist	(griech. Lehrer der Weisheit) Gelehrter, der zahlenden Schülern Wissen vermittelte; die Sophisten bevorzugten für ihre Auftritte öffentliche Orte, wo sich die Jugend versammelte, z. B. Märkte, Gymnasien, Palästren

Sparta	Hauptort der Landschaft Lakonien im Süden der Peloponnes; Vormacht Griechenlands im ersten Drittel des 4. Jahrhunderts v. Chr.; Spartas Erziehungssystem, in dem Sport eine wichtige Rolle spielte, war vor allem auf die kriegerische Ertüchtigung der aristokratischen Oberschicht ausgerichtet; auch die Mädchen wurden in die sportliche Erziehung einbezogen
Stadion	Längenmaß (600 Fuß = 176,6 m); auch Bezeichnung für die Austragungsstätte von Sportwettkämpfen und für den Kurzstreckenlauf. Das olympische Stadion hatte eine Länge von 192,27 m
Stymphalische Vögel	in der Sage Vogelungeheuer, die Herakles unschädlich machte
Styx	(griech. der Verhasste) Fluss in der Unterwelt
Syrinx	Hirtenflöte, nach dem Hirtengott Pan auch Panflöte genannt
Talent	größte Masse- und Münzeinheit; 1 Talent = 600 Drachmen
Theagenes	berühmter Athlet des 5. Jahrhunderts v. Chr., der über 1400 Siegerkränze errungen haben soll
Theoren	(griech. theoria = Festgesandtschaft) Gesandte
Theseus	athenischer Nationalheros
Tribon	kurzer Mantel der Spartiaten aus grober Wolle
Tyche	launenhafte Göttin des Zufalls, der glücklichen und unglücklichen Fügung
Xystos	in Elis Übungsplatz der Athleten, die sich auf die Olympischen Spiele vorbereiteten
Zeus	höchster Gott der Griechen, Sohn des Kronos